Knaur.

Knaur.

Über den Autor:

Jan van Aken schrieb für verschiedene Zeitschriften und arbeitete für ein Amsterdamer Kulturzentrum. Sein erster Roman *Het oog van de Basilisk* fand 2000 in den Niederlanden begeisterte Leser und Kritiker. Am Manuskript zu *Das Geständnis des Mönchs* hat van Aken zehn Jahre gearbeitet.

Jan van Aken

Das Geständnis des Mönchs

Roman

Aus dem Niederländischen
von Jörg Schilling und Rainer Täubrich

Knaur Taschenbuch Verlag

Die niederländische Originalausgabe erschien unter dem Titel
»De valse dageraad« bei Uitgeverij Bert Bakker, Amsterdam
Die Übersetzung wurde gefördert von Nederlands Literair Produktie- en Vertalingenfonds, Amsterdam

Vollständige Taschenbuchausgabe Dezember 2005
Knaur Taschenbuch
Ein Unternehmen der Droemerschen Verlagsanstalt
Th. Knaur Nachf. GmbH & Co. KG, München

Umschlaggestaltung: ZERO Werbeagentur, München
Umschlagabbildung: Corbis
Satz: Ventura Publisher im Verlag
Druck und Bindung: Nørhaven Paperback A/S
Printed in Denmark
ISBN-13: 978-3-426-63226-0
ISBN-10: 3-426-63226-8

2 4 5 3 1

Maria Bartussek zugeeignet

Prolog

Wie ein neunundneunzigjähriger Mönch erfährt, dass er seinen letzten Freund überlebt hat. Über die Wahrheitsliebe von Trunkenbolden

Ich bin älter, als ich jemals werden wollte.
Heute sah ich die Sonne erlöschen und wieder aufflammen. Unter den Dörflern, die so etwas noch niemals gesehen hatten, brach Panik aus. Sie kennen nichts anderes als ihre kargen Äcker.
Was war das aber auch für ein friedlicher Tag! Die Vögel sangen, der Wind strich über das Blattwerk der hohen Pappeln, und die Leiche eines schon vergessenen Strauchdiebs wiegte sich sanft an einem Galgen hin und her. Aber dann begann der große Schatten sich über das Land zu werfen, innerhalb weniger Atemzüge verdüsterten sich die grünen Hügel, und die Vögel schwiegen erschreckt. Sogar die Krähen, die sich am Galgenaas gütlich taten, vergaßen ihre Beschäftigung. In dem unwirklichen Licht war nur das leise Jammern der Menschen zu hören, die sich flach auf die Erde geworfen hatten und nicht aufzusehen wagten; denn das konnte ja nur die Vorankündigung der apokalyptischen Reiter sein, die in unsere Gegend kamen.
Ich gebe zu, dass auch ich den dunklen Horizont nach ihnen absuchte, aber nicht lange. Mich faszinierten die flackernden Schatten auf der Erde und die Schönheit dieser schwarzen Sonne mit ihrem Strahlenkranz.
Gerbert hatte diese Sonnenfinsternis vor langer Zeit prophezeit. Ich weiß noch, dass er mir das genaue Datum nannte. »Nicht dass du das noch erleben wirst, Hroswith«, hatte er gesagt, »aber deine Kinder leben dann vielleicht noch und bestimmt deine Enkel und Urenkel.«

Er irrte sich.
Erst am Abend erkannte ich den Zusammenhang zwischen dem Ereignis dieses Tages und Gerberts einstiger Prophezeiung. In letzter Zeit mache ich mir nicht mehr so viele Gedanken über das jeweilige Datum, ja nicht einmal über das Jahr, in dem ich lebe.
Unser Spaziergang war eine Idee von Bodo, dem Novizen, der seit kurzem für mich sorgt. Er meinte, körperliche Bewegung sei gut für meine alten Knochen, und das ist selbstverständlich eine unumstößliche Tatsache, auch wenn diese Idee sich bei ihm kaum auf irgendwelchen Sachverstand stützen kann. Aber ich ergreife jede Gelegenheit, um der grauen Eintönigkeit des Alltags zu entkommen.
Wenn ich mich, was selten genug passiert, unter die Leute mische, wundere ich mich über die Greise, die bei meinem Anblick krumm gebückt an ihrem Stock weghumpeln oder mit blinden Augen im Bett liegen, versorgt von ihrer erschöpften Brut. Als sie noch Kinder waren, lief ich schon Dutzende von Jahren auf Erden herum. Und doch bin ich noch aufrecht an Leib und Seele, und in meinem Inneren brennt das Feuer der Jugend. Mager und bleich, der Schrecken der Dörfler und Bauernrüpel im weiten Umkreis, bin ich älter geworden als jeder von ihnen, älter als die Adligen, in deren Kreisen ich verkehrte und die ich zu verachten lernte, älter als je irgendein Geistlicher oder Papst geworden ist, abgesehen von Nilus von Rossano.

Vor einer Woche, als die Bauern zur Heumahd auszogen, kam ein Bote, der mir Albertus' Tod mitteilte. Mein alter Trinkkumpan war in der Abtei des Hohen Stifts am Blutsturz gestorben. Das bedeutet, dass ich meinen letzten Freund überlebt habe; mein letzter Feind hat vor vielen Jahren ins Gras gebissen, und mit dem Älterwerden verliert man die Kraft, sich neue Feinde zu schaffen, vor allem, wenn man sich aus dem Getriebe der Welt zurückgezogen hat.
Albertus hatte ich schon lange nicht mehr gesehen. Dutzende von Jahren ist es bereits her, dass ich ihm von dem Streit um die Abtei in Eltnon und die Burg Uplade erzählt habe, von meinen Irrfahr-

ten bis an die Enden der Welt und meiner Teilhabe an den großen Ereignissen im Reich.
»Hroswith, ich will eine Chronik unserer Zeit schreiben, damit sie nicht in Vergessenheit gerät«, sagte er, als er mich an einem Sommerabend besuchte, um das Bier zu probieren, das nach meinen Anweisungen gebraut worden war. Wir saßen in meiner kleinen Kammer in der Abtei, wo ich damals viel Zeit verbrachte, und schenkten uns selbst aus dem angezapften Fass ein.
»Das gefällt mir«, sagte ich. »Es gibt ja kaum Chronisten heutzutage.« Wie sehr das stimmte, möge aus der Tatsache deutlich werden, dass kein Mensch mehr weiß, was vor vierzig, fünfzig Jahren stattgefunden hat, weil fast niemand mehr am Leben ist, um davon zu berichten, und die Geschichten durch die Überlieferung unzuverlässig werden.
Jetzt erscheint es nicht mehr von Bedeutung, aber an diesem Abend, als das Bier meine Zunge gelöst hatte, erzählte ich Albertus die Geschichte meines Lebens, das so eng verwoben war mit den Lebensläufen von eigenartigen und hochgestellten Menschen. Manche liegen in ihren Gräbern keine Stunde zu Fuß von hier entfernt, von anderen habe ich nie vernommen, wann der Tod sie ereilt hat, aber in stillen Augenblicken wusste ich, dass sie in Gegenden, die weiter weg sind, als ein Reiter in zwei Monaten reisen kann, ihren letzten Atemzug ausgehaucht hatten.
Was ich noch nie jemandem gesagt habe, vertraue ich nun dem Pergament an: Ich glaube nicht an ein Leben nach dem Tode, in welcher Form auch immer. Ich glaube nur an die Erinnerung, aber auch diese wird verschwinden und nicht einmal als Traum fortleben in dem ewigen Schlaf, der uns erwartet. Aus diesem Grunde sagte ich Albertus meine Hilfe zu; nur das Geschriebene hat schließlich Bestand.
Viele Abende saßen wir beisammen, und ich erzählte, bis meine Kehle trocken wurde, aber dann trank ich wieder einen Becher und erzählte weiter. Schließlich hatte ich nichts mehr zu erzählen, aber Albertus blieb noch tagelang und stellte unwichtige Fragen. Mir

kam der Gedanke, dass er mich nur wegen des Bierkellers hinhielt. Ich erinnerte mich an die List der klugen Frau in *Tausendundeine Nacht*, die durch das Erzählen von Geschichten ihre Hinrichtung hinauszuzögern wusste.

Ich sagte zu Albertus, dass ich nichts mehr zu berichten hätte und dass er besser nach Hause reiten solle, um seine Aufzeichnungen zu bearbeiten. Wenn er es wünschte, würde ich ihn dort besuchen. Er lachte verlegen, und seine Wangen wurden so rot wie seine Nase. Er bestieg seinen Esel, und abgesehen von einem kurzen Brief oder einem übermittelten Gruß hörte ich nichts mehr von ihm, bis man mir seinen Tod meldete.

Der Überbringer der Nachricht holte ein Buch aus seiner Satteltasche und übergab es mir. »Albertus wollte, dass Ihr dies bekommt. Es ist eine Abschrift des Manuskripts, das er vor Jahren dem Bischof von Worms geschickt hat.«

Ich schleppte mich, so schnell es ging, die Wendeltreppe hoch in meine kleine Zelle. Meine Neugier siegte über meine Trauer, aber schon beim Treppensteigen bemerkte ich, dass das Gewicht des Buches – es hieß *De Diversitate Temporum* – nur einen Bruchteil von dem der Bibel ausmachte, die seit ein paar Tagen auf meinem Tisch lag. Hatte mein Leben denn nicht mehr Gewicht als diese zusammengebundenen Tierhäute? Wie hatte Albertus in solcher Kürze wiedergeben können, was ich ihm erzählt habe?

Meiner Enttäuschung zum Trotz begann ich sofort mit der Lektüre. Albertus eröffnete sein Buch mit einer Widmung an Bischof Burchard von Worms; er schmeichelte dem Mann endlos, wofür dieser, wie ich weiß, sehr empfänglich war. Ich habe einst diesen Burchard gekannt, auch er einer von jenen, die schon lange der Rasen deckt. Albertus entschuldigt sich dafür, dass er nicht alle verfügbaren Quellen angeführt habe, um nicht ausführlicher zu werden als nötig. Das konnte ich nachvollziehen! Ich war erstaunt, was von meinen Bekenntnissen übrig geblieben war.

Beim Weiterlesen konnte ich ein Lachen nicht unterdrücken. Albertus erwähnt einen hypothetischen Gegner, der womöglich neidisch werden könnte und sein Werk »mit grimmigem Blick besieht, missgünstig seine Stirn runzelt« und allerlei abwertende Kritik über diese »unbeholfene Schrift« äußert. Er bittet den Bischof stattdessen, lieber selbst über sein Buch zu urteilen, und fügt apologetisch hinzu, dass er es geschrieben habe, um sein Herz von Müßiggang und Faulheit zu befreien, auch dass er ansonsten nicht geeignet sei für nützliche Beschäftigungen wie das Chorgebet oder für »die Entwicklung welcher Tugend auch immer«.

Nein, dachte ich, das wussten wir schon. Albertus konnte wirklich gar nichts außer trinken. Aber darin kam ihm niemand gleich.

Während ich mit zunehmender Wut, zum Schluss zitternd vor Zorn, das Buch las, erkannte ich, dass Albertus mit diesem hypothetischen Gegner keinen anderen als mich meinte. Damit hielt er sich ein Hintertürchen offen für den Fall, dass ich ihn anklagen und seine Worte Lügen strafen würde.

Der Teufel weiß, warum, aber Albertus hat meine Geschichte völlig verstümmelt und, was noch schlimmer ist, nicht einmal meinen Namen in seinem bescheidenen Büchlein erwähnt, das keinen anderen Zweck verfolgt, als in einen episkopalen Arsch zu kriechen. Alles hat er verdreht, dieser Hurensohn, und jetzt beklagte ich seinen Tod erst wirklich: Ich hätte dem versoffenen Schwätzer zu gern eine Tracht Prügel verpasst.

Ich warf das Buch in eine Ecke und sah tagelang nicht mehr hinein. Später, als ich mich einigermaßen beruhigt hatte, wurde mir klar, dass Albertus in seinem Rausch den größten Teil meines Berichtes verpasst haben musste. Ich erinnerte mich daran, dass ich noch Stunden weitergesprochen hatte, während er immer wieder einnickte.

In den darauf folgenden Tagen geriet ich mehrfach in Versuchung, das Pergament in meiner Feuerstelle zu verbrennen, aber ich tat es nicht. In meinem Geist reifte der Plan, selbst, zum letzten Mal, ein Buch zu schreiben, in dem ich Albertus ergänzen, falls nötig widerlegen und nur die reine Wahrheit zu Papier bringen würde, so wie sie sich vor meinen Augen abgespielt hatte.

Ich bezweifelte, dass mein Gedächtnis noch so gut sein würde wie

früher, aber meine Erinnerungen kamen mit einer Intensität zurück, dass es mir erschien, als lebte ich in der Vergangenheit. Ich hörte wieder Stimmen und Feldgeschrei, ich aß wieder exotische Gerichte und roch den süßen Duft der Mädchen, die ich geliebt hatte. Alle sind sie jetzt Futter für die Würmer.
Ich bat Bodo, mir Schreibgerät zu verschaffen. Ohne Fragen zu stellen, brachte der Novize mir Gänsefedern, Tinte und Kerzen. Ich erwog Albertus' Werk vom Pergament abzuschaben, entschied mich aber doch, es unversehrt zu lassen, damit ich später sehen konnte, was er ausgelassen hatte.

Ich, Hroswithus von Wikala, neunundneunzig Jahre alt, der glaubte, er sei der Antichrist, und mehr Religionen kennen gelernt hat, als er jetzt Jahre zählt, ich radiere die Bibel aus. Zeile für Zeile schabe ich die Tinte ab, mit der die Evangelien und Testamente dieses Totenkultes niedergeschrieben wurden, den ich zu hassen gelernt habe.
Bevor meine Gedanken und meine Erinnerungen verwehen werden wie eine Pusteblume im Wind, wird mein Leben die leeren Blätter füllen, und noch einmal werde ich mich fühlen, als könnte ich noch jemandes Feind sein. Ich werde nicht im Latein des Klerus schreiben, sondern in einer Sprache, die niemals zuvor schriftlich niedergelegt worden ist: in der des Volkes, zu dem ich gehöre. Weicht, krumme Zeilen, verworrene Zeichen einer wurmstichigen Irrlehre! Weicht für das glorreiche Leben von Hroswithus Wikalensis, dem Weltreisenden und Gelehrten.

I.
Die Gaugräfin von Hamaland

1. Kapitel

Wie der Waffenschmied Fritherik und seine Frau einen Sohn bekommen und drei Töchter verlieren. Hroswith kriegt eine Ohrfeige, die ihm im Gedächtnis bleiben wird, und hört merkwürdige Stimmen

Meiner Geburt gingen offenbar böse Vorzeichen voraus: Eine Mäuseplage im Juni des Jahres und eine Wassernot, die in jener Mittsommernacht begann, bevor ich meinen ersten Schrei tat. Ich kam zu früh. Meine Mutter Frijonde, die gerade Reisig für das Küchenfeuer sammelte, fühlte die ersten Anzeichen meiner Ankunft, und weil sie schon drei Töchter zur Welt gebracht hatte, wusste sie, was ihr bevorstand. Sie setzte sich, als es heftig zu regnen begann, nieder ins Moos und sagte stöhnend: »Es ist noch nicht deine Zeit, mein Junge, warte noch ein Weilchen!« In einer Traumerscheinung in der vorangegangenen Nacht war ihr nämlich vorhergesagt worden, dass sie einen Sohn bekommen würde.

Zwischen den Wehen rief meine Mutter nach meinem Vater. Aber Fritherik hörte nichts. Er stand eine Meile entfernt in seiner Schmiede und ließ Amboss und Eisen unter den Schlägen seines Schmiedehammers singen.

Mit Mühe gelang es Frijonde, die nach Hause laufen wollte, sich ein wenig zu erheben, aber es war zu spät: Ich glitt aus ihr heraus, während sie noch in der Hocke saß, und landete im Moos. Sie nahm mich in die Arme und lehnte sich an eine Eiche. »Nur ruhig, mein Kleiner!«, sagte sie. »Ich wickle dich in mein Umschlagtuch, und dann warten wir auf deinen Vater, der kommt bestimmt bald und holt uns.« Und nachdem sie mich in das Tuch gewickelt hatte, fiel sie in einen tiefen Schlaf.

Sie schlief nicht lange, und als sie erwachte, waren ihre Arme leer.

Jetzt schrie sie wie am Spieß, und zwar so laut, dass mein Vater, der inzwischen nach ihr suchte, sie schnell fand. Er durchsuchte die Umgebung und entdeckte die Spuren eines Wolfs. »Hast du selbst die Nabelschnur durchgeschnitten?«, fragte er seine Frau. Sie konnte nur stumm den Kopf schütteln.

Er brachte sie nach Hause, legte die anderen Kinder zu ihr ins Bett und ging dann in der anbrechenden Abenddämmerung auf die Suche nach meinen sterblichen Überresten, um sie zu begraben. Auch wollte er den Wolf töten, der sein Kind geraubt hatte.

Nachdem er stundenlang der Spur gefolgt war, wusste er, dass er sich verlaufen hatte; wegen der Überschwemmung war die Umgebung nicht mehr wiederzuerkennen. Auf der Flucht vor der Gewalt des Wassers folgte er einem Weg, der durch die hoch gelegenen und unwirtlichen Wälder des Eisenberges führte. Hier war er wieder auf bekanntem Gebiet. Er wollte zurück nach Hause, musste aber erkennen, dass sein Heimweg vom Wasser abgeschnitten war. Und dann hörte er, durch Wind und Regen hindurch, ein schreckliches Schreien.

Anfangs war Fritherik ängstlich ums Herz; außer vor wilden Tieren musste man sich im Wald auch vor weißen Frauen und Erdmännchen fürchten. Bald erkannte er, dass es sich um die Schreie eines kleinen Kindes handelte, und nach einigem Suchen fand er mich. Ich schrie mit solcher Kraft, als habe der Teufel selbst meine Stimme verstärkt, um mir das Leben zu retten. Ich lag in einer flachen, trockenen Mulde und sogar in das Umschlagtuch war ich noch gewickelt. Fritherik hob mich hoch, legte sich das kreischende kleine Bündel auf den Kopf und machte sich, durch das Wasser watend, auf den Weg. Stunden später, gegen Morgen, drückte er seiner Frau ein inzwischen eingeschlafenes Kind in die Arme, mit den Worten: »Wenn ich von jetzt an sage, dass ich für Brennholz sorgen werde, meine ich damit, dass du zu Hause bleiben sollst.«

Er ignorierte ihre Fragen und legte sich schlafen, denn die Suche hatte ihn völlig erschöpft. Frijonde wollte sich neben ihm ausstrecken, aber ich wählte diesen Augenblick, um trotz meiner Müdig-

keit loszuheulen, sodass sie ihre Jacke öffnete und mir eine Brustwarze in den Mund steckte, worauf ich, wohl zum ersten Mal in meinem Leben, zu trinken anfing. Ich trank, als wollte ich all ihre Kraft durch die kleine Öffnung saugen.
»Sieh doch, was für ein Hunger! Als ob du in einer einzigen Nacht sieben Jahre gefastet hättest ... Hatten die weißen Frauen dich gestohlen? Komm nur her«, sagte sie sanft, während sie mir in die Augen sah, die ich fest auf sie gerichtet hatte. Ich sehe ihr Gesicht wieder vor mir. So alt ich bin, meine frühesten Erinnerungen gehen zurück bis auf diese Nacht, und sie stehen mir genauso klar vor Augen wie der gestrige Tag oder die letzte Woche.

Im Monat nach meiner Ankunft starben nacheinander meine Schwestern, ohne dass meine betrübten Eltern den Schluss zogen, dass ich womöglich der Grund ihres Unglücks sein könnte. Offenbar wog das Glück, einen Sohn zu haben, den Verlust von drei nutzlosen Mädchen reichlich auf.
Meine frühen Kindheitsjahre verbrachte ich damit, Fritherik zuzuschauen, der Funken aus dem Eisen schlug und mir von begabten Gildebrüdern aus der Vergangenheit erzählte und von den Zaubersprüchen, mit denen sie ihre berühmten Schwerter besprochen hatten, damit diejenigen, die sie benutzten, unüberwindbar blieben und nur von sich selbst oder durch die Arglist einer Frau besiegt werden konnten. Der größte Meister seines Fachs war natürlich Wieland gewesen, der Schwerter für Könige und Helden geschmiedet und mit List eine Königstochter erobert hatte. Ich nahm mir vor, später auch eine Königstochter zu erobern.
Fritherik war ein großer Mann, er schwang den Schmiedehammer mit ebensolcher Leichtigkeit wie das Schwert, und seine Waffen wurden weit und breit wegen ihrer Schärfe und Treffsicherheit gerühmt. In den umliegenden Dörfern ging das Gerücht um, dass Frijonde die Waffen mit ihren seltsamen Künsten verzaubere, aber niemand nahm daran Anstoß. Was den Menschen Vorteile einbringt, stört sie nicht, auf welche Weise dies auch immer zustande

gekommen sein mag. Und diejenigen, die Nachteile durch die von meinem Vater geschmiedeten Waffen erlitten, konnten anschließend nichts mehr dazu sagen.

Fritheriks Geschichten zu lauschen war wie ein Zauber. Er erzählte mit kräftiger Stimme, ohne auch nur einen Augenblick ins Stocken zu geraten, und unterstrich seine Sätze regelmäßig mit Hammerschlägen. Wenn er einen Kampf beschrieb, klangen seine Schläge lauter und immer heftiger, in der Glut des Feuers leuchtete sein schwitzendes Gesicht, vor Wut und Kampfeslust verzerrt, und seine Worte dröhnten durch die Schmiede, bis er unter lauten Todesschreien oder Triumphgebrüll sein Werkstück in das Wasserbecken warf, um das Eisen zu härten. Sprachlos vor Entsetzen sah ich dann zwischen den Dampfwolken sein erhitztes, grinsendes Gesicht. Erzählte er von Drachen, die mit rauchenden Mäulern, Feuersäulen speiend, auf den Drachentöter zustürmten, dann schürte er das Feuer und blies den Blasebalg, bis die Flammen hochschlugen und ich zurückweichen musste, um nicht meine Augenbrauen zu versengen.

Einmal, ich muss ungefähr sechs Jahre alt gewesen sein, fragte mich Frijonde, was Fritherik mir an diesem Tage erzählt habe. Ich schilderte die Geschichte, die ich am Morgen gehört hatte, und versuchte, sie so wiederzugeben wie mein Vater. Dieser hatte in einem Nebenraum zwischen Schmiede und Haus zufällig zugehört und kam ins Zimmer, als ich damit fertig war. Er sagte: »Er erzählt es genauso wie ich!«

»Darum hatte ich ihn auch gebeten«, sagte meine Mutter.

»Du verstehst mich nicht«, sagte er. »Er hat es wortwörtlich wiederholt, ohne auch nur einen einzigen Fehler zu machen.« Er drehte sich zu mir um und fragte, ob ich die Geschichte von Godegisil und den Burgundern wiedergeben könne, die er mir vor einem Monat erzählt hatte. Ich tat, was er verlangte. Wieder schlug er vor Erstaunen die Hände zusammen.

»Frijonde«, sagte er, »ich erkenne meine eigenen Worte wieder, wie ich sie vor einem Monat gesprochen habe. Unser Sohn hat ein perfektes Gedächtnis, er wird es im Leben weit bringen.«

Frijonde schüttelte den Kopf, sie wusste, dass der Sohn eines Schmieds nur wenig erreichen konnte. Aber stolz war sie doch.

Die Schmiede gehörte zum Städtchen Wikala, obwohl die Werkstatt und unser Wohnhaus sich weit außerhalb der Stadttore befanden. Nur ganz selten nahm Fritherik mich mit in die Stadt, die zwar nicht groß war, aber auf mich, das Landkind, mit ihren vielen Häusern und den Schiffen im Hafen, die manchmal größer als die Bauernhütten waren, doch einen tiefen Eindruck hinterließ. Ich kannte sonst nur den Wald, die Bäume und Hügel. Die Gehöfte in unserer Nähe waren niedrige, halb in der Erde versunkene, reetgedeckte Gebäude, die in einigem Abstand voneinander lagen.
Die Schmiede war das einzige Gebäude in der Umgebung, das wegen der Brandgefahr über ein Balkendach verfügte. Deswegen wohnten wir auch außerhalb der Stadt. Zudem war Fritherik kein Mensch, der inmitten von Leuten hätte wohnen können. Er liebte die Ruhe und die Einsamkeit des Waldes.
Auch auf mich übten die Wälder rund um die Schmiede eine unwiderstehliche Anziehungskraft aus. Wenn ich nicht in der Werkstatt saß, streifte ich umher, um Eisensteine zu suchen, aus denen Fritherik das Erz schmelzen konnte. Viele gab es nicht mehr. Fritherik erzählte, dass die Leute schon viele hundert Jahre danach suchten. Früher seien es so viele gewesen, dass man schon nach einer Viertelstunde mehr hatte, als man tragen konnte.

Je älter ich wurde, desto weiter führten meine Streifzüge mich fort. Fritherik schnitzte mir einen Bogen, und ich übte, kleine Ziele zu treffen, bis ich meine Arme vor Muskelschmerzen nicht mehr heben konnte und meine Finger vom Spannen der Sehne rau geworden waren. Schließlich traf ich alles, was ich nur wollte, und oft kam ich mit einem Hasen oder einem Fasan nach Hause.
Nur wenige Menschen gingen in den Wäldern rund um Wikala auf die Jagd; die meisten wagten es nicht, den Schutz der Stadt zu verlassen. In den Jahrzehnten vor und nach meiner Geburt war es

unruhig in unserer Gegend. Wildes Volk streifte umher, und die Städte wurden von Horden wilder Normannen geplündert, die mit ihren kleinen, schnellen Drachenschiffen die Flüsse hinauffuhren. Gerüchte machten die Runde, dass stromabwärts eine große Stadt geplündert und niedergebrannt worden sei, aber es gab keine Überlebenden, die Genaueres berichten konnten.
Niemand in Wikala erwartete allerdings einen Überfall. Der Priester versicherte uns, dass wir nichts zu befürchten hätten, solange wir unseren religiösen Pflichten nachkämen und unsere Abgaben leisteten. Er sei unser Fürsprecher vor Gott und werde uns beschützen.
Frijonde glaubte nicht an den Gott der Priester und Bischöfe. Sie opferte wie ihre Eltern und Ahnen den alten Göttern. Sie stammte nicht aus der Gegend.
»Der Christengott will uns alle zu Sklaven machen«, sagte sie oft zu mir. »Früher waren wir freie Menschen, nun müssen wir vor einem fremden Gott im Staub kriechen. Er ist ein Gott der Gesetze und Regeln, aber er spricht nicht einmal unsere Sprache und lässt sich von fetten Mönchen vertreten, deren vornehmstes Streben es ist, ihren eigenen Bauch zu füllen. Widersprich ihnen nicht, das kann dich das Leben kosten, aber folge ihnen nur, wenn du keine andere Wahl hast! Meide diese Leute wie die Pest, denn sie werden uns alle vernichten, wenn sie dazu die Gelegenheit bekommen!«
Und doch gingen wir, wenn wir in Wikala waren, in die Kirche, denn es war nach einem Kapitular Kaiser Karls offiziell noch immer bei Todesstrafe verboten, einen Kirchgang auszulassen.
Frijonde ermahnte mich, nicht von ihren Göttern zu reden, wenn andere Leute dabei waren. Aber ich sah fast nie andere Leute.
Da nun meine Jugend verflogen ist, denke ich oft zurück an ihre Worte. Ich glaube, sie hatte Recht, auch wenn ich mir nicht vorstellen kann, wie die Welt ohne Geistliche aussehen würde. Ich habe Bücher von Römern und Griechen gelesen, ja sogar von Arabern, und glaube nicht, dass sie sich sehr von den Christen unterschieden.

Auch meine eigenen Ahnen werden nicht sonderlich anders gewesen sein.
Ich habe die Götter vieler Völker kennen gelernt, und je mehr es wurden, desto weniger glaubte ich an die Existenz welchen Gottes auch immer. Religionen dienen nur menschlichen Zielen, und letzten Endes werden alle Menschen von denselben Begierden getrieben. Ich weiß jetzt, dass nichts so schrecklich ist wie die Gier nach Macht, auch für diejenigen, die sich selbst verdammen, weil sie sie ausüben.

Wie sehr wünsche ich mir jetzt, alt und müde wie ich bin, die Zeit herbei, in der ich bei Fritherik und Frijonde lebte. Ich denke oft an die Lichtung im Wald, an der das Haus stand, wo ich dreizehn-, vierzehnmal sah, wie die Blätter sich verfärbten und herunterfielen und das Land sich in ein weißes Totenhemd hüllte. Wenn es endlich Frühling wurde, kam es mir vor, als schlügen mir selbst Zweige und Blätter aus. Frijonde stellte dann einen Tisch und Stühle unter die Bäume, und dort aßen wir zu Abend und lauschten den Vögeln in der stillen Stunde, bevor die Dämmerung hereinbrach.
Die Winter waren lang und dunkel, wir blieben im Haus, und Frijonde und Fritherik erzählten Geschichten, sangen merkwürdige Lieder (die ich schnell nachsingen konnte) und brachten mir nützliche Zauberformeln bei. In diesen dunklen Zeiten des Jahres lebten wir vor allem von unseren Vorräten.
Bange Zeiten waren dies für jeden von uns, obwohl ich, wenn ich jetzt daran zurückdenke, erkenne, dass es kein Tier gab, das zu uns gelangen und uns bedrohen konnte, während der Mensch, furchteinflößender als jedes Tier, die wärmeren Jahreszeiten bevorzugt, um auf Raubzüge zu gehen.
Manchmal werde ich nachts vom Geheul der Wölfe wach, dann spüre ich wieder, dass mich Frijondes Geruch nach abgebranntem Holz umgibt, wenn sie mich zu sich ins Bett unter die groben Decken holte. Sie sang dann alte Beschwörungsformeln, um mich zu beruhigen. Fritherik wachte in diesen Nächten, ich sehe ihn noch

zusammengesunken auf seinem Schemel an der Glut des glimmenden Herdfeuers sitzen, eine Doppelaxt oder ein Schwert auf den Knien, bereit, bei dem kleinsten Zeichen von Unheil aufzuspringen.

Fritherik hatte mich schwimmen gelehrt, in einem flachen Seitenarm des Flusses, der nun versandet ist, sodass hier heutzutage kein Ruderboot mehr fahren kann. Aber mir kam das Gewässer unendlich vor, und obwohl es, wie ich schon sagte, nicht tief war, konnte selbst ein Erwachsener dort nicht stehen. Es gab kaum eine Strömung, aber das Wasser war klar. Fritherik sagte, der Seitenarm, an dem die Schmiede stand, sei einst das wirkliche Flussbett gewesen, aber nach einer Überschwemmung fünfzig Jahre vor meiner Geburt verlagerte der Fluss seinen Lauf, und dieser Arm wurde zum Altwasser. Es war ein herrlicher Platz zum Fischen.

Fritherik hatte ein Boot, mit dem er immer in die Stadt fuhr, um Einkäufe zu erledigen und Schmiedearbeiten abzuliefern. Wenn wenig in der Schmiede zu tun war, suchte er sich eine ruhige Stelle, holte sein Angelzeug heraus und warf eine Schnur aus. Die kleinen Haken fertigte er selbst an, es waren die feinsten und schärfsten, die ich bis zum heutigen Tag gesehen habe.

Ich erinnere mich an einen solchen Tag, mitten im Sommer, ich war etwa sechs Jahre alt. Der Himmel war strahlend blau. Wir hatten das Boot im Schilf am linken Ufer des Flusses festgemacht, in der Nähe der Biegung, wo der Seitenarm abzweigte.

Fritherik hatte lange Zeit auf den Angelschwimmer gestarrt, aber jetzt fiel sein Kopf langsam zur Seite, und seine Augen fielen zu. Die Angel hielt er weiter in der Hand, und er stützte sich schwer auf eine Kante des Bootes, das dadurch schief im Wasser lag. Ich behielt weiter den Schwimmer im Auge. Die Sonne brannte, und es rührte sich kein Blatt, nur das Murmeln des strömenden Wassers war zu hören. Ich musste meine Augen einige Male weit aufsperren, um nicht auch einzuschlafen.

Auf einmal plumpste ein Steinchen neben dem Schwimmer ins Wasser. Sofort war ich hellwach. Ich spürte, dass jemand mich

beobachtete, und drehte mich um. Hinter mir im Boot saß ein fremder Mann. Wie hatte er dorthin gelangen können, ohne dass wir es merkten?
Ich hatte ihn noch nie gesehen. Er trug einen schwarzen Mantel über einer roten Jacke und auf dem Kopf einen schwarzen Schlapphut, dessen Krempe sein Gesicht halb im Schatten ließ. Er lächelte mir zu und warf noch ein Steinchen nach dem Schwimmer. Ich sah zu Fritherik hinüber; der schlief, als ob nichts geschehen sei. Ich wollte ihn wecken, aber der Fremde zischte mich an. Er hob den Kopf, sodass sein Gesicht vollständig zu sehen war. Zwei glühende Augen blickten mich so durchdringend an, dass ich am ganzen Körper zu zittern begann.
»Lass Fritherik schlafen!«, flüsterte der Mann. »Er ist ein Freund von mir, so wie die Frau seines Hauses, die sich Frijonde nennt. Ich bin deinetwegen hier.«
Ich nahm all meinen Mut zusammen und fragte: »Wer bist du?«
»Man nennt mich den Mann mit dem Mantel; einen Namen habe ich nicht.«
»Was willst du von mir?«
»Ich wollte dich sehen. Wir werden einander wiederbegegnen, das verspreche ich dir. Eines Tages wirst du mich brauchen.«
Flink wie eine Katze schnellte er vor und gab mir eine so kräftige Ohrfeige auf die rechte Wange, dass ich Sterne sah. Vor Angst und Schreck schrie ich auf. Fritherik wurde sofort wach.
»Was ist los, was ist passiert?«, rief er.
»Der Mann … Er hat mich geschlagen!«, sagte ich weinend und zeigte auf den Platz hinter mir.
»Welcher Mann?« Fritherik sah wild um sich, aber es war niemand da. Der Mann war genauso geräuschlos verschwunden, wie er gekommen war. In diesem Augenblick wurde die Angel fast aus Fritheriks Händen gerissen. Er musste alle Kraft aufbieten, um nicht aus dem Boot gezogen zu werden.
Mehr als eine Stunde kämpfte er, um die Schnur einzuholen. Schließlich gelang es ihm, den Fisch ins Boot zu bekommen. Das

Tier war das größte, das wir je gesehen hatten. Fritherik machte, ohne etwas zu sagen, das Boot los und ruderte in die Flussmitte. Er murmelte vor sich hin: »Die Schnur ist nicht so dick, die hätte ihn nie halten können. Und doch hat sie ihn gehalten.« Er sah mich an und sagte: »Wenn wir zu Hause sind, musst du mir sagen, warum du so geschrien hast.«

Später, als er den in Stücke geschnittenen Fisch über dem Holzfeuer räucherte, berichtete ich ihm von dem Mann. Fritherik schüttelte den Kopf. Zuerst wollte er nichts dazu sagen, aber als Frijonde bemerkte: »Das war der Mantelmann«, sagte er: »Der Junge hat geträumt, da war niemand.«

»Auch wenn er geträumt hat, der Mantelmann ist bei ihm gewesen.«

»Er hat mich gehauen. Es hat wehgetan«, sagte ich wütend. »Das hab' ich nicht geträumt.«

»Er hat dir eine Ohrfeige gegeben, um einen Pakt zu bekräftigen, damit du den nicht vergisst«, sagte Frijonde. »Das ist ein alter Brauch. Ist es nicht so, Fritherik?«

»Du musst es ja wissen«, antwortete Fritherik mürrisch. Und wie sehr ich auch bettelte, sie wollten mir nicht mehr sagen, als dass es höchste Zeit sei, ins Bett zu gehen. Es sollte Jahre dauern, bevor ich den Mann mit dem Mantel wiedersah, aber in dieser Nacht begannen die Stimmen in meinem Kopf zu sprechen.

Anfangs schenkte ich ihnen kaum Aufmerksamkeit; ich dachte, dass ich meine Eltern hörte, die sich in gedämpftem Ton unterhielten. Aber nach kurzer Zeit vernahm ich die Stimmen deutlicher, und ich versuchte zu verstehen, was sie sagten.

Ich wurde nicht klug daraus, denn die zwei, etwas später drei Stimmen sprachen in einer Sprache miteinander, die ich nicht verstehen konnte. Raue Kehllaute waren es, die sich mit schnalzenden und zischenden Klängen mischten. Ab und zu brachen alle drei in Gelächter aus. Dann hielten sie kurz inne, und ich fing an einzuschlummern, aber plötzlich waren sie wieder da, und sie sangen ein Lied in derselben Sprache, die sie zuvor gesprochen hatten. Die Melodie des Liedes klang mir sehr befremdlich in den Ohren. Nicht dass ich irgendeine Ahnung von Musik hatte, aber ich hörte doch, dass es ganz andere Töne waren als die, die Frijonde und Fritherik mir vorsangen.

Aber ich war so müde, dass mich selbst diese Lieder nicht mehr wach halten konnten, und fiel in Schlaf.

Am nächsten Tag erzählte ich Frijonde von den Stimmen, und sie sagte, es sei nicht schlimm, wenn die Sterblichen von Zeit zu Zeit etwas von den Göttern oder den Geistern der Verstorbenen auffingen. Es komme nicht oft vor, und sicher würde ich bald davon verschont werden. Ich sah aber, wie sie Fritherik ängstliche Blicke zuwarf, der nur die Schultern hob und weiter das Nudelholz abschmirgelte, das er für sie gemacht hatte.

Die Stimmen hörten nicht auf. Fast jeden Abend, wenn ich mich schlafen legte und alles still war, fing das Gemurmel an, meistens gerade noch verständlich, manchmal etwas lauter. Lieder und Gruppen von Wörtern, die Gedichten oder Beschwörungsformeln glichen, wiederholten sich regelmäßig, und bald konnte ich eine ganze Anzahl auswendig.

Neue Stimmen nahmen an dem Getratsche teil, alte verschwanden für längere Zeit oder für immer. Ich gewöhnte mich daran, und nach einer gewissen Zeit erkannte ich eine Wortfolge oder einen Satz wieder. Ich lernte ein paar Wörter. Ab und zu verstand ich auf einmal einen kurzen Satz oder einen Satzteil, aber die Stimmen besprachen niemals etwas, das für mich von irgendeiner Bedeutung war. Auch schenkten sie mir keine Beachtung, obwohl ich ein- oder zweimal versuchte, mit ihnen zu reden. Ich erwähnte es meinen Eltern gegenüber nicht mehr, und sie fragten mich auch nicht danach.

Fritherik hatte es sich in den Kopf gesetzt, dass ich ein besonderes Kind sei, das lesen und schreiben lernen müsse. Er fand, dass ein Mensch, der seine Worte nicht auf Papyrus oder einer Tierhaut bewahren konnte, niemals Bedeutung erlangen werde. Wenn er stirbt, verfliegen seine Worte wie der Geist aus einem Weinkrug, der zu lange offen gestanden hat. Frijonde lachte ihn aus: »Soll der Junge etwa ins Kloster gehen? Wo sonst lernt man lesen? Nur über meine Leiche!«

Frijonde sprach selten über den Glauben ihrer Ahnen, und ich wusste nicht, worin er bestand. Fritherik, dem die Religion einerlei war, beschwor sie, sich und mich nicht in Gefahr zu bringen.

Das war schwer genug, denn wenn wir auch die Kirche besuchten, so machten doch ihr zurückgezogenes Leben und der fremde Zungenschlag meiner Mutter meine Eltern in den Augen der Einwohner von Wikala verdächtig. Nur selten erschienen wir sonntags in der hölzernen Saalkirche des Hafenstädtchens, aber wenn wir hereinkamen, drehten sich die Hälse, und hundert Augenpaare schauten auf das Dreigespann aus dem Wald: die flachsblonde Frijonde, die ihre Zöpfe auf dem Kopf zusammengedreht trug wie eine adlige Dame; Fritherik, groß und unbeholfen in seiner besten Kleidung, die immer gut saß, und schließlich ich, klein, mit blitzenden Augen und rabenschwarzen Haaren – und in nichts den tumben Dörflern gleich.

Ich fühlte mich in der dunklen Kirche nicht wohl, vor allem das lange Sitzen fiel mir schwer. Aber ich verhielt mich ruhig und wartete ungeduldig den Augenblick ab, an dem wir nach draußen konnten. Manchmal sprach Fritherik noch mit Kunden. Ein einziges Mal sah ich, dass er mit dem Priester sprach. Wenn wir dann nach Hause gingen, war er ernst und schweigsam. Einmal hörte ich ihn zu Frijonde sagen: »Er hat wieder abgelehnt, der alte Bock. Er meint, es hat überhaupt keinen Sinn, den Jungen schreiben und lesen zu lehren. Warte nur, bis er mich braucht …«

Frijonde zuckte mit den Achseln. Sie rief mich, weil ich zu nah am Ufer spielte, und ich trippelte neben ihr her und hob flache Steine auf, um sie auf dem Wasser springen zu lassen. Währenddessen fragte ich mich, was »lesen« oder »schreiben« eigentlich war und warum ich es lernen sollte.

2. Kapitel

Wie Hroswith dank der Reliquien eines Pilgers lesen und schreiben lernt

Fritherik hatte Recht bekommen. Es kam der Tag, an dem der Priester einen Schmied brauchte und anfragen ließ, ob er nicht mal mit meinem Vater reden könne. Fritherik ließ ihn eine Woche warten, aber an einem sonnigen Tag lud er trotz Frijondes Einspruch das Handwerkszeug in sein kleines Boot, und wir legten ab. Frijonde sah uns kopfschüttelnd nach, bis wir die Biegung erreichten.

»Junge, was das Weib keifen kann«, sagte Fritherik und grinste mich an, während er die Ruder eintauchte. Ich ließ meine Hand ins Wasser hängen und sah zum Ufer und zu den Schilfgürteln hinüber, die an uns vorüberflogen. Ich schlief ein, und das Erste, was ich sah, als ich erwachte, waren die kleinen Holzhäuser und Hütten am Flussrand und das bescheidene Kirchlein, das sich nur wenig über die Reetdächer erhob. Fritherik legte direkt an der Brücke an, sprang an Land und half mir aus dem Boot. Zwei alte Männer sahen uns zu, einer von ihnen hob zur Begrüßung die Hand. Fritherik ließ die Sachen im Boot und nahm mich an der Hand mit zu dem lang gestreckten Holzgebäude, das die Kirche war. Ich dachte, dass wir hineingehen würden, aber Fritherik ging zu einem kleinen Haus, das danebenstand, und klopfte an.

Wir hörten Schritte und das Geräusch eines Schließbalkens, der entfernt wurde. Durch einen Spalt sah ich das bleiche Gesicht des Priesters, der mich misstrauisch beäugte. Sein Gesicht hellte sich erst auf, als er Fritherik bemerkte. Nachdem er die Tür hinter sich geschlossen hatte, machte er eine Handbewegung und lief voraus durch die modrigen Gassen zu einem Grundstück, das gerodet worden war. Es war von schmalen, kürzlich gegrabenen Rinnen

durchzogen, die halb voll Wasser standen. Auf Brettern waren reihenweise viereckige Steine aufgestapelt.
»Du willst eine neue Kirche bauen?«, fragte Fritherik erstaunt. Der Priester nickte: »Wir haben schon damit angefangen. Ein Baumeister aus der Königspfalz und seine Arbeiter werden mit Hilfe der Stadtbewohner eine steinerne Kirche errichten, die schöner sein wird als jedes andere Gotteshaus im weiten Umkreis.«
»Und du hast noch keinen Schmied?«, fragte Fritherik, während er über den Bauplatz lief und jede Rinne untersuchte, als wäre er selbst der Baumeister. Der Priester hoppelte hinterher und hatte Mühe, mit Fritherik Schritt zu halten. Ich folgte in ihrem Schlepptau.
»Einen Schmied braucht man nicht unbedingt für den Bau einer Kirche, ich kann auch alles aus der Pfalz kommen lassen …«
Fritherik blieb auf einmal stehen, sodass der kleine Mann gegen ihn stieß. »Warum machst du das dann nicht?«, fragte er stirnrunzelnd.
»Es wäre teurer. Dieser Baumeister und seine Gesellen kosten schon ein Vermögen. Es wird wenig übrig sein, nachdem ich sie bezahlt habe …«
»Nicht genug, um mich zu bezahlen?«
Der Priester machte eine beruhigende Geste. »Natürlich werde ich dich bezahlen. Ich bekomme Spenden, und wenn ich Hunger leiden müsste, die Kirche wird gebaut.« Er fügte hinzu: »Im Übrigen würde es dir nicht übel anstehen, Bruder, wenn auch du einen Beitrag leisten würdest.«
»Ich wohne gar nicht in dieser Stadt«, sagte Fritherik mürrisch.
»Ein Gotteshaus ist an erster Stelle für Gott da, und eine Spende wäre auch gut für dein Seelenheil. Ich kann dir sogar versichern …«, fuhr der Mann fort, aber Fritherik unterbrach ihn.
»Ich glaube, dass wir uns sicher einigen werden«, sagte er. »Hroswith, bleib mal hier, der Pfarrer und ich werden einen kleinen Spaziergang machen. Wir haben etwas zu besprechen.« Er legte dem Priester die Hand auf die Schulter und zog ihn mit sich fort.

Der Pfarrer von Wikala hatte große Träume. Vor einem Jahr hatte er von einem Pilger, der im Heiligen Land gewesen war, einen Nagel gekauft, der vom wahrhaftigen Kreuz stammte. Danach erwarb er einen Dorn aus der Spottkrone, die einst das gemarterte Haupt des Gekreuzigten bis aufs Blut gedrückt hatte. Dies erwies sich deutlich als die Wahrheit, weil schwarzes geronnenes Blut auf dem ansonsten hellen Dorn zu sehen war.
Der Ankauf hatte ihn ein Vermögen gekostet, aber nach einigem Drängen und dem Versprechen eines vollständigen Ablasses begannen die Bürger der Stadt, murrend für den Bau einer neuen Kirche zu spenden. Der Gaugraf sagte seine Unterstützung zu, und der Bischof verfolgte die Baufortschritte mit Interesse. Fritherik war mit Begeisterung bei der Sache. Schmiedeeiserne Gitter, Stäbe und Absperrungen über die Kapellen sowie schwere Türbeschläge, dergleichen Dinge verlangte sein Auftraggeber.
Fritherik erzählte mir, dass der Pfarrer überhaupt nicht bereit gewesen war, einen angemessenen Preis für seine Arbeit zu bezahlen, sodass er ihm vorgeschlagen hatte, er solle gleichsam als Teil der Bezahlung mich lesen lehren. Der Pfarrer machte Einwände geltend, denn, so sagte er, es liege keineswegs in Gottes Bestimmung, dass Menschen aus der Ordnung heraustträten, in die der Allmächtige sie gestellt habe. Erst im Himmel und nicht früher könne man auf Erlösung von den irdischen Beschränkungen hoffen. Darüber hinaus sei es Verschwendung von Zeit und Mühe, einem Handwerkersohn etwas beizubringen, was ihm weder durch seinen Stand noch durch seine eingeschränkte Intelligenz in die Wiege gelegt worden sei. Aber er wolle eine Ausnahme machen, weil sein Ziel wichtiger sei als ein einzelnes im Übrigen ohnehin schon auf Abwegen befindliches Schaf. Fritherik solle sich also mit einer geringen Entlohnung begnügen.

So saß ich eines Herbstmorgens an dem einförmigen Tisch des Pfarrhauses und buchstabierte. Im Ofen brannte ein qualmendes Feuer, und die Pfarrersfrau saß auf einem Schemel und rührte mit dem Löffel im Topf über dem Feuer, während sie mit der anderen Hand einen Säugling an ihre Brust hielt. Zwei hohläugige Kinder spielten in der Türöffnung mit einem Ferkel, das ihnen in naher Zukunft als Nahrung dienen sollte. Ab und zu lief das kleinere Kind zur Mutter und kletterte auf ihren Schoß, um sich auch an der herunterhängenden Brust zu laben. Hinter einem Verschlag wälzte sich grunzend eine Sau in ihrem Kot.

Der Text, der vor mir lag, war der Brief des Paulus an die Thessalonicher, und obwohl ich die Buchstaben schnell begriffen hatte, war mir der Sinn nicht klar, auch wenn ich im Begriff war, die Worte zu verstehen.

»Ich kann dir lesen und schreiben beibringen«, murmelte der Pfarrer, »aber Latein ist wohl zu viel verlangt von solch einem Bauernschädel.« Er schlug die Bibel zu und begann, Zeilen auf eine Schiefertafel zu schreiben. Als er fertig war, musste ich sie vorlesen. Ich machte, was er sagte, und er setzte sich auf und sah mich an.

»Das Alphabet hast du ja schnell gelernt«, sagte er. »Nun, das sollten wir deiner Bauernschläue zuschreiben. Aber in einer Schmiede oder auf dem Acker sind diese Fertigkeiten doch zu nichts nütze; ich begreife nicht, was deine Eltern umtreibt, oder wollen sie etwa einen Geistlichen aus dir machen? Na, dann los. Von jetzt an sprechen wir nur noch Latein.«

Er ließ mich vorlesen und korrigierte mich, wo nötig. Leise fügte er die Bedeutung hinzu, stellte dies aber bald ein, denn zu seinem und meinem eigenen Erstaunen lernte ich so schnell, dass es schien, als habe die Sprache schon immer in meinem Innersten geschlummert. Die Geschichten, die wir zusammen lasen, interessierten mich, auch wenn Frijonde behauptete, sie seien ein Nichts, verglichen mit den Sagen, die verbreitet wurden, bevor uns das Christentum mit dem Schwert auferlegt worden sei.

Monatelang besuchte ich den Unterricht. Die Frau des Pfarrers saß meistens stillend dabei, und nach einiger Zeit hatte sie einen neuen Säugling auf dem Schoß, während der zuvor geborene auf die Türschwelle umzog und wie die anderen mit einem inzwischen neuen

Ferkel spielte. Die Frau lachte von Zeit zu Zeit hoch auf und verfiel dann wieder in Stillschweigen.

»Warum sagt Eure Frau niemals was?«, fragte ich eines Tages.

Der Pfarrer seufzte und wischte meine Tafel ab. »Das werde ich dir sagen. Vor einigen Jahren, als sie gerade das Kleine in die Wiege gelegt hatte, wollte sie kochen. Es war in dem großen Hungerjahr, ich glaube nicht, dass du dich daran erinnern kannst. Die Sau hatte schon lange keinen Abfall mehr bekommen, den aßen wir selbst. Auf einmal hörte meine Frau etwas krachen; als sie sich umdrehte, sah sie, wie die Sau, die aus dem Verschlag ausgebrochen war, unser Erstgeborenes aus der Wiege herausschlabberte. In einem Augenblick war das Kind verschwunden. Seitdem hat sie kein Wort mehr gesagt. Nun ist ohnehin die Schwatzsucht die größte Untugend der Frau; davon ist sie wenigstens geheilt. Es war übrigens nur ein Mädchen.«

»Und die Sau?«, fragte ich, während ich meinen Hals nach dem Verschlag reckte, hinter dem sich die Übeltäterin mit grunzenden Lauten bemerkbar machte.

»Die ist verurteilt worden. Sie starb auf dem Scheiterhaufen, und das war überhaupt das Schlimmste: Wenn die Richter sie zur Vierteilung oder zum Galgen verurteilt hätten, dann hätten wir wenigstens etwas zu essen gehabt. Dies ist nun schon wieder die dritte, die wir seitdem mästen. Aber frag nicht so viel und lies weiter!«

An ein paar Tagen in der Woche brachte Fritherik mich morgens zum Pfarrer und ging anschließend zur Baustelle. Die Arbeiter aus der Pfalz hatten einen schlechten Ruf im Städtchen, denn die Frauen und die jungen Mädchen wurden nicht müde, den muskulösen jungen Männern zuzusehen, die Gerüste bauten und Mörtel, Steine und Balken herantrugen. So mancher Städter bekam in dem Sommer, als ich das Lesen lernte, Hörner aufgesetzt.

Fritherik verstand sich gut mit den Arbeitern und mit Hildebrand, dem Baumeister. Oft saß er nach der Arbeit mit ihnen in einer Spelunke und trank, denn Mörtel und Schmiedefeuer machten

durstig. Wenn er dann betrunken nach Hause kam, sprach Frijonde tagelang nicht mit ihm.
Anfangs hatten die Einwohner der Stadt keine Lust zum Arbeiten, obwohl der Priester sie dazu aufrief. Statt der harten Arbeit spendeten sie lieber, um so ihre Pflicht zu erfüllen. Aber nach einiger Zeit begann die Anwesenheit der fremden Gäste die fromme Gemeinschaft zu stören, und immer mehr Stadtbewohner fingen an mitzuhelfen, damit die Kirche schnell fertig wurde.
Zu ihrem Ärger brachte der Herbst schwere Regenfälle, sodass die Arbeiten zum Stillstand kamen. Während die Bauleute in der Herberge prassten und hinter den Jungfrauen herliefen, arbeitete Fritherik in seiner eigenen Schmiede. Ich hielt mich in der Nähe des Hauses auf, ging auf die Jagd und suchte Eisensteine, aber in unserer Umgebung konnte man keine mehr finden. In all den Jahren meiner Streifzüge hatte ich sie bis auf den Letzten eingesammelt. Das Leben im Wald fand ich immer noch schön, aber es reichte mir nicht mehr aus. Ich war erleichtert, als der Regen aufhörte und die Besuche in der Stadt wieder anfingen.

Lesen wollte ich, und das einzige Buch in der ganzen Stadt war die Bibel des Pfarrers. Nachdem ich sie komplett durchgelesen hatte, fing ich wieder von vorne an; die Geschichten gefielen mir, vor allem die aus dem Alten Testament. Weniger interessierten mich die Evangelien. Und die Paulusbriefe überschlug ich am liebsten. Das konnte ich freilich nur, wenn der Pfarrer schlief. Sobald ihm die Augen zufielen, blätterte ich ein paar Seiten weiter und versuchte, unbemerkt an einer anderen Stelle weiterzumachen. Manchmal glückte es, ich sprang vom zweiten Korinther- bis zum Titusbrief, aber als ich von Philemon zu Jacobus wechseln wollte, merkte es der Pfarrer und gab mir eine Ohrfeige. »Du Teufelskind! Wieder von vorne: Titus, Vers eins!«, rief er und schloss die Augen. Er nannte mich oft Teufelskind und hörte nicht auf, Anspielungen auf mein geheimnisvolles Verschwinden als Säugling zu machen. Und doch erledigte er seine Aufgabe gut. Er schlug mich nur selten; oft hob er zwar die Hand, aber meistens überlegte er es sich, vielleicht weil er Fritheriks kräftige Arme vor sich sah.

Im Dezember geschah ein Wunder. Es war in der Woche vor Weihnachten, und ich war zur Baustelle gegangen. Ich fand Fritherik mit einem großen Gitter beschäftigt, und einige Leute halfen ihm beim Halten der schweren Teile. Fritherik schwitzte, und trotz des kalten Wetters trug er nicht mehr als ein schmutziges Hemd ohne Ärmel. Er schlug eine Spirale in einen Metallstreifen. Als er mich sah, hielt er inne.

»Bist du schon fertig, Junge? Kommst du, um uns zu helfen?«

Ich nickte und fing an, mit ein paar Eisennägeln auf einem Arbeitstisch zu spielen. Ich zählte sie, das hatte der Pfarrer mir beigebracht. Es waren zehn. Danach versuchte ich, Buchstaben mit ihnen zu legen, denn ich hatte meine Schiefertafel beim Pfarrer liegen lassen. Ein kahler Hund mit tückischen Augen kam zwischen den Häusern herangeschlichen. Ich suchte einen Stock, um ihn zu verscheuchen, fand aber keinen. Einer der Maurer warf ein Stück Ziegelstein und traf das Tier voll auf den Kopf. Jaulend lief der Hund weg und verschwand zwischen den Häusern. Ich versuchte, mit den Nägeln meinen Namen zu legen, aber ehe ich beim S angekommen war, waren sie alle.

Auf einmal ertönte Geschrei aus der Richtung des Hauptplatzes. Jeder ließ die Nägel liegen und rannte dorthin, wo der Lärm herkam. Bevor ich auf dem Platz ankam, sah ich schon den Rauch, der niedrig zwischen den Häusern hing. Die alte Kirche brannte. An einer Seite schlugen schon die Flammen heraus, und die Bewohner der Stadt bildeten bereits eine Eimerkette. Fritherik stand ganz vorn und leerte Eimer auf Eimer, aber das Feuer breitete sich aus, und Teile des Daches stürzten bereits ein.

»Schützt die Häuser! Die Kirche ist ja doch verloren«, riefen die Leute, die um die Kirche herum wohnten. Selbst gaben sie ein gutes Vorbild und schütteten Wasser auf die Dächer und Mauern. Sehr schnell ließen die meisten das Kirchengebäude im Stich und halfen beim Befeuchten der Häuser. Fritherik verschwand und kam mit einer Axt zurück, mit der er das Dach und die Mauern der Kirche bearbeitete, um das Feuer in Grenzen zu halten. Die Häuser wurden verschont, aber von der Kirche blieb nichts übrig außer einem Haufen Asche und ein paar halb verkohlten Balken. Die Menschen starrten niedergeschlagen auf die Überbleibsel, und der Pfarrer versuchte, ihnen Mut zuzusprechen.

»Was heute geschehen ist, ist ein Fingerzeig Gottes. Er will uns sagen, dass wir noch härter an dem neuen Gotteshaus arbeiten und mehr spenden müssen, um den Bau glücklich zu Ende zu führen.«

Jemand aus der Menge rief: »Was ist mit den Reliquien geschehen?« Die Leute begannen durcheinander zu rufen. Wurde denn die neue Kirche nicht vor allem für die Reliquien gebaut? Mit einer Stimme, die nicht zu seiner kleinen Statur passte, gebot der Pfarrer der Gemeinde zu schweigen. »Schweigt, ihr Kleingläubigen! Gott hat eine Absicht verfolgt, als Er dieses Unglück über uns schickte, und Er wird uns auch neue Reliquien beschaffen!«

Aber das Stimmengewirr hielt an. Als der Pfarrer in seinem Haus verschwand, verliefen sich die meisten Leute. Es begann, dunkel zu werden, und Fritherik und Hildebrand riefen die Arbeiter zusammen, um zum Trinken zu gehen, denn zum Arbeiten war es inzwischen zu spät. Ich ging mit und setzte mich neben Fritherik an einen Tisch in der Schankstube. Der Wirt brachte mir einen Becher Milch mit Haut. Nach drei Krügen machte Fritherik Anstalten zum Aufbruch, aber er ließ sich zu noch einem letzten überreden. Und während er mit den Männern überlegte, ob er nicht noch einen allerletzten nehmen sollte, hörten wir wieder Geschrei auf der Straße. Wir machten, dass wir nach draußen kamen, und ich, klein wie ich war, schlüpfte zwischen allen durch und sah den Pfarrer, der etwas in der Hand hielt.

»Ein Wunder! Ein Wunder!«, rief er. Die Gläubigen scharten sich um ihn und schauten auf den Eisennagel in seiner Hand. Dann öffnete er die andere Hand und zeigte den Dorn aus der Krone, die das gemarterte Haupt des Gekreuzigten bis aufs Blut gedrückt hatte

… Zwar schien das dunkle Blut zu fehlen, aber das schrieb jeder stillschweigend der läuternden Kraft des Feuers zu.
Ein ehrfurchtsvolles Murmeln ging durch die Menge.
»Ich fand sie zwischen der Asche, vollkommen unversehrt und schöner als je zuvor!«, jubelte der Pfarrer, der vor Aufregung schwitzte. Alle entblößten das Haupt und begannen, laut zu beten. Fritherik umfasste meine Schultern und fragte, ob ich seine Axt zur Baustelle zurückbringen wolle, dann könnten wir nach dem Gebet nach Hause. Ich nahm das schwere Ding auf die Schulter und ging zum Schuppen auf dem Bauplatz. Ich ging an dem Tisch vorbei, an dem ich Stunden zuvor mit den Nägeln gespielt hatte. II R O las ich. Fritherik sagte kein Wort auf dem Nachhauseweg, erst beim Essen. Frijonde schnaubte verächtlich, nachdem sie die Geschichte gehört hatte, und sagte: »Das ist doch alles Schwindel!«
Aber von diesem Tage an nahm Fritherik seine kirchlichen Pflichten ernster. An keinem Sonntag fehlte er bei der Messe, die bis auf weiteres unter freiem Himmel stattfand. Frijonde ging mit, aber unter Protest. Und ich langweilte mich dort zu Tode, auch wenn ich jetzt Latein verstand.

3. Kapitel

Wie die Städter Hroswiths Sangeskunst würdigen

Nachts lag ich immer stundenlang wach und lauschte den Stimmen, die niemals verstummt waren. Seitdem ich ein paarmal in der Woche Glaubensunterweisung erhielt, hatte ich begonnen, den Stimmen zu misstrauen. Der Pfarrer belehrte mich, dass der Böse, genau wie Gott, stets unter uns weilt und dass er überall auf der Lauer liegt, um den Menschen zu verführen. Der Verderber ruht und rastet nicht, bis er die Seelen der standhaften Gläubigen für seine finsteren Ziele gewonnen hat.

Wenn dies die Stimmen von Astaroth, Belial und Beelzebub waren, dann musste ich wohl ein Teufelskind sein, wie der Pfarrer so oft behauptete. Ich dachte an den Mann mit dem Mantel, der mich vor Jahren besucht hatte. Kurz nach seinem Auftauchen hatten die Stimmen angefangen. Von Verführung aber hatte ich noch nichts gemerkt, und das enttäuschte mich. Möglicherweise lagen die Versuchungen genau in dem, was die Teufel mir nachts erzählten, und ich konnte mich glücklich preisen, dass sie nicht meine Sprache sprachen. Ich begann mich zu fragen, ob ich, wenn ich wirklich ein Teufelskind war, nicht besser die Seite des Teufels wählen solle; er war doch schließlich mein Vater?

Ganze Nächte hindurch dachte ich darüber nach. Ich hatte die Bibel inzwischen zweimal laut gelesen und kannte sie auswendig. So wusste ich, dass nach tausend Jahren das Tier aus seinem Gefängnis befreit werden und dass dann der Antichrist auf Erden erscheinen würde, der dunkle Christus, der die Völker ins Unglück stürzen solle. Aber tausend Jahre wonach? Nach Christi Geburt oder etwa nach seinem Tod? Ich beschloss, dass ich zu gegebener Zeit einmal herausbekommen wollte, wie viel Zeit seitdem überhaupt vergangen war.

Der Pfarrer schlug vor, dass ich Messdiener werden sollte. Er könne durchaus Hilfe gebrauchen und würde auf diese Weise auch noch einen Nutzen haben von meinem Unterricht, der, so meinte er, nach mehr als einem Jahr in keinem Verhältnis zu Fritheriks Arbeit mehr stehe, die ja schließlich noch bezahlt werde. An der Stelle des alten Kirchengebäudes stand ein provisorischer Altar mit einem Vordach, damit das Bild des Gekreuzigten und der Hirte seiner Gemeinde trocken blieben, wenn es regnete: »Ich will gern ministrieren«, sagte ich brav; da ich ja ohnedies zur Kirche musste, konnte ich genauso im Trockenen stehen.
Der Pfarrer prägte mir alle Verrichtungen ein und ließ mich alles zehnmal wiederholen, obwohl ich es schon nach dem ersten Mal begriffen hatte. Ich merkte wohl, dass er sich über seinen eifrigen Schüler freute. Er ließ die Bemerkung fallen, dass er schon früher Messdiener gehabt habe, aber die seien zu dumm gewesen, und nach einigen Gottesdiensten habe er sie entlassen. »Ich mache noch einen Kaplan aus dir«, sagte er.
Als ich das erste Mal während der Messe neben dem Seelenhirten stand, ging ein Raunen durch das versammelte Volk. »Der Wechselbalg«, hörte ich flüstern, und die Blicke wanderten von mir zu Fritherik, der seit kurzem in der Stadt mit Sympathie rechnen konnte. Von ihm wanderten sie zu Frijonde, aber sie blieb ihnen ein Rätsel. Als Fremde hatte sie schon eine Menge Zungen in Bewegung gebracht. Die Städter wussten von meinem Verschwinden nach der Geburt. Für sie war klar, dass meine Mutter ein untergeschobenes Kind aufgenommen hatte. Nicht zufällig seien ja ihre eigenen Töchter gestorben. Ich hatte die Leute sagen hören, dass sie diesen Mann, diesen freundlichen Schmied, durch tückische Zauberkünste in ihre Macht bekommen hätte. »Und dieser Junge, seht doch nur, wie er aussieht! Ganz anders als unsere Kinder.«
Und nun stand dieses Elfenkind da vorn und half bei der Messe! Aber der Pfarrer tat, als höre er nichts. Er ging völlig in der Eucharistie auf, ließ seine beschwörenden Formeln erklingen, und das

schweigende Volk schaute verzückt zu, wie das Mysterium sich erneuerte. Allmählich regte sich niemand mehr über den neuen Messdiener auf.

Ich saß im Pfarrhaus und putzte den Messkelch, dabei sang ich das Lied von dem Schmied, der klüger war als der König. Die Frau des Pfarrers lag beim Feuer und schlief, die Kinder spielten mit ihrem Ferkel und beachteten mich nicht. Als der Pfarrer hereinkam, verstummte ich: Er wollte keine heidnischen Lieder hören. Aber dieses Mal setzte er sich hin und sagte: »Mach ruhig weiter, Hroswith! Ich will deine Stimme hören.« Das ließ ich mir nicht zweimal sagen, und ich sang, dass es eine Lust war. Der Pfarrer kratzte sich über das stoppelige Kinn und sah mich mit schiefem Kopf an, bis ich aufhörte.

»Ich glaube, dass ich deine Stimme gebrauchen kann«, sagte er darauf. »Wenn die neue Kirche geweiht wird, will ich Gesang bei den Messen. Zu gegebener Zeit werde ich einen Chor gründen. Vielleicht ist es eine gute Idee, dich bei der Einweihung singen zu lassen.«

Ich stimmte zu; ich sang gern. Von diesem Tag an bekam ich neuen Unterricht, und diesmal lernte ich Lieder für die Liturgie, in Latein, aber auch in einer unbekannten Sprache, dem Griechischen. Ich konnte es nicht abwarten, diese Sprache zu lernen, aber der Pfarrer räumte ein, dass er sie nicht konnte. Es wäre auch verkehrt, wenn ich zu viel lernte, sagte er, denn ich könnte leicht verrückt werden, und dann wäre die Einweihung in Gefahr. Also sang ich die Lieder, die er mich lehrte, und jeder schwieg und lauschte; selbst die Kinder ließen ihr Ferkel in Ruhe und hörten mit offenem Mund zu.

An diesem letzten Sommertag war ich in die Stadt gekommen, um der Kirchweihe Glanz zu verleihen. Frijonde klagte schon tagelang über Kopfschmerzen und blieb schließlich krank zu Hause.

Ich hatte Fritherik auf dem Hauptplatz zurückgelassen und war zum Pfarrhaus gegangen, um mein neues Messgewand anzuziehen.

Der Pfarrer war nervös und gab seinen Kindern eine Ohrfeige nach der anderen. Sogar die Frau schien anders als sonst. Sie blickte ständig um sich und gab leise Töne von sich wie ein kleiner Hund, der die Aufmerksamkeit auf sich ziehen will. Draußen erklang schon das helle Geläut der neuen Kirchenglocke.
Die Natursteinkirche war größer als die alte. Das Volk kam in großer Zahl. Auch Gäste aus den umliegenden Dörfern und Klöstern, und sogar ein paar Herren aus Utrecht und der Königspfalz waren darunter. Die Feierlichkeit verlief genau wie vorgesehen, und niemals hatte ich unseren Pfarrer mit mehr Inbrunst die Messe zelebrieren sehen. Dann kam mein Einsatz: Schneller als erwartet schwiegen alle, damit ich dem Allerhöchsten mein Dankeslied senden konnte, um ihn dazu zu bewegen, den Einwohnern des Städtchens ein langes, glückliches Leben zu schenken.
Ich öffnete meinen Mund und setzte ein. Aber es ging vollkommen daneben. Zu meinem Schrecken kamen nicht die erwarteten wohllautenden lateinischen Worte aus meiner Kehle, sondern es erklang ein lang gezogenes Schreien wie von einem Esel, dem ein Redeschwall in den Sprachen der nächtlichen Stimmen folgte. Und dann ging mein Gesang in ein Lied über, das ich oft während meiner durchwachten Stunden gehört hatte. Ich versuchte aufzuhören und sah zum Pfarrer hinüber, der mich, wie an den Boden gefesselt, mit vor Abscheu verzogenem Gesicht ansah. Es schien, als sei ich von einem Dämon besessen.
Das fromme Volk lauschte andächtig; den Leuten fiel nicht auf, dass ich nicht in Latein sang. Aber allmählich bemerkten sie, dass der Pfarrer sich merkwürdig benahm, und Stimmengewirr übertönte plötzlich meinen Gesang. Nach einem langen jammervollen Schrei versagte meine Stimme. Alle schwiegen nun und blickten den Pfarrer an, der offenbar Mühe hatte, Luft zu bekommen. Schließlich stieß er die alte Teufelsbeschwörung hervor, anfangs stammelnd, aber schließlich mit der Kraft eines Sturmes:

»nu uuill ih bidan den rihchan crist
the mannelihches chenist
ther den divvel gibant
in sinen namon uuill ih gan
nu uuill ih then ureidon
slahan mit ten colbon«

Danach rief er ein paarmal »*vade retro*«. Schließlich drehte er sich um und wandte sich an die Gemeinde: »Werft das Teufelskind hinaus! Auf den Scheiterhaufen, bevor es uns ins Verderben stürzt! Der Antichrist ist unter uns!«

Die stärksten und tapfersten unter den Städtern näherten sich mir mit Mienen, die mich um mein Leben fürchten ließen. Woher kamen auf einmal diese Stöcke und Messer? Wer hatte so schnell diese rostige *spatha*, diese Waffe aus längst vergangenen Zeiten in die Kirche gebracht? Der Pfarrer donnerte weiter und rief lateinische Sentenzen, die mich in die tiefste Finsternis zurückschleudern sollten. Der Männer drängten sich um mich; die Frauen schrien nach meinem Blut, und manche eilten schon nach draußen, um Reisig zusammenzutragen. Ich suchte in der Menge nach Fritherik, aber ich sah ihn nicht. Hände hielten mich fest, und als deutlich wurde, dass die Berührung eines Satanskindes nicht sofort Brandblasen verursachte, wich die Angst der Leute, und sie zerrten und schleiften mich auf den Platz, wo der Stadtzimmermann in aller Eile inmitten von Holzscheiten einen Pfahl aufstellte. Auf einmal hörte ich links von mir Fritheriks Stimme und gleich darauf sah ich ihn auch. Seine langen Arme schwangen eine Axt, sein Gesicht war von Mordlust verzerrt. Er mähte durch die Menge, und es schien, als seien sein Bart und sein langer Schnurrbart schwarz gefärbt, aber als er dichter bei mir war, sah ich, dass sie vor Blut troffen so wie seine Kleider und seine Axt.

Er hatte sich einen Weg zu mir durchgekämpft und hinter ihm stapelten sich Leichen und abgehauene Gliedmaßen, Verstümmelte versuchten wegzukriechen.

Dann stand Fritherik mit leicht gebeugten Knien vor mir, den Rücken mir zugewandt. Mit der blutigen Axt machte er einen Ausfall gegen die Leute, die erst zurückwichen und dann, als fassten sie alle auf einmal den gleichen Entschluss, eilig die Flucht ergriffen. Um mich herum war überall Geschrei und Todesklagen. Nur wir zwei waren noch übrig, abgesehen von ein paar Schwerverletzten, die sich kaum noch bewegten. Der Geruch von Blut hing über dem Platz, und Fritherik nahm mich bei der Hand und rannte zur Brücke, die über den Fluss führte. Er nahm nicht denselben Weg wie sonst, sondern zog mich in die Dunkelheit des Waldes hinein. Wir eilten schnell unter den hohen Bäumen hindurch und erreichten einen Bach, der sich in kleinen Wasserfällen und Wirbeln zwischen niedrigen, dicht bewachsenen Hügeln hindurchschlängelte. Dort wusch Fritherik das Blut ab. So wollte er Frijonde nicht unter die Augen treten.

»Ich fürchte, dass wir nicht in unserem Haus wohnen bleiben können, mein Junge«, sagte er gehetzt. »Sie werden schnell hinter uns herkommen. Wir müssen einen Umweg machen und können nicht den Weg am Fluss entlang nehmen, für den Fall, dass sie heute Abend schon die Verfolgung aufnehmen. Ich glaube, jetzt haben sie noch zu viel Angst.«

Er fragte überhaupt nicht nach meinem eigenartigen Benehmen in der Kirche, und hätte er es getan, so hätte ich ihm die Erklärung schuldig bleiben müssen. Wir liefen lange weiter. Meine Beine versagten fast, als wir den Brandgeruch wahrnahmen. Fritherik fing an zu rennen, und ich folgte ihm auf die Lichtung.

Als ich dort ankam, lag Fritherik kniend auf der Erde, das Gesicht in den Händen vergraben, und stieß einen Schrei aus, der nichts Menschliches mehr hatte. Haus und Schmiede waren verschwunden, ich sah einen Haufen schwarz versengter Steine, verkohlte, noch rauchende Balken, Schlacke und Asche. Und als ich dachte, dass wir uns geirrt haben mussten, dass dies nicht unser Zuhause war, denn da standen doch zuvor unser Wohnhaus und die Schmiede, da sah ich Frijonde liegen, und sie schien zu schlafen …

4. Kapitel

Worin Hroswith eine lange Reise macht. Ein Wanderkrämer erzählt eine eigenartige Geschichte

Ich war am Boden zerstört, als mir bewusst wurde, was geschehen war. Ich setzte mich, aber weinen konnte ich nicht. Vor meinem geistigen Auge sah ich, was sich abgespielt haben musste. Noch bevor die Trauer einsetzte, überkam mich eine alles verzehrende Wut, und ich schwor mir im Stillen, dass ich Frijonde rächen würde, sobald ich alt genug wäre. Sogar jetzt noch, mehr als ein dreiviertel Jahrhundert später, muss ich meine Schreibfeder antreiben, um nicht an diese Nacht denken zu müssen.

Fritherik blieb lange unbeweglich liegen, aber schließlich stand er auf und nahm mich an der Hand. Es regnete schon eine ganze Weile, und ich zitterte in meinen durchgeweichten Kleidern. Über Fritheriks Gesicht troff der Regen, und seine Miene ließ mich noch mehr frieren. Meine Zähne begannen zu klappern.

»Wir können hier nicht bleiben«, sagte er knapp, »aber ich muss für deine Mutter noch ein Grab schaufeln.« Und er zog mich weiter in den Wald hinein. Von diesem Moment an verblasst meine Erinnerung, und ich sehe im Rückblick nur noch eine verwirrende Abfolge von Schatten. Ab und zu nahm Fritherik mich einen Augenblick lang in seine Arme, sodass ich schlafen konnte. Ich hatte Fieber und fing an zu husten.

Nur vage erinnere ich mich an ein Häuschen, tief im Wald, wo eine alte Frau für mich sorgte. Dort lag ich tagelang im Bett, ohne Fritherik zu sehen. Manchmal weckte mich die Frau, um mir etwas warme Ziegenmilch oder Roggenbrei zu geben. Nach langer Zeit, ich weiß nicht, wie lange es dauerte, kam Fritherik und holte mich.

Ich erkannte ihn nicht gleich wieder, wie er da an meinem Bett stand und mich mit einem finsteren Blick musterte, den ich zuvor noch nie gesehen hatte. Er hatte Bart und Schnurrbart abgeschnitten, und das Haar war kurz geschoren. Sein Gesicht war grau und eingefallen. Ohne ein Wort half er mir, mich anzuziehen, und gab der alten Frau ein Silberstück.

Draußen stand ein Pferd. Fritherik sprang in den Sattel, fasste mich um die Mitte und setzte mich vor sich. Die Frau kam nach draußen und gab ihm eine Decke, die er um mich schlug. Er gab dem Tier die Sporen, und wir begannen einen langen Ritt.

Am nächsten Tag, es dämmerte schon, kamen wir in eine Stadt. Die größeren Häuser waren hier zum Teil aus Stein errichtet, und viel Volk war auf der Straße. Hinter kleinen Ständen mit ausgestellten Esswaren priesen Kaufleute ihre Ware an. Die Straßen waren gepflastert, und schwer beladene Ochsenkarren polterten derart vorbei, dass die Fußgänger unter ihren eisenbeschlagenen Rädern zerquetscht zu werden drohten.

Fritherik stieg bei einer Herberge ab und übergab das Pferd einem Knecht. Wir traten in eine rauchige Schankstube, in der viele Leute an einfachen Tischen voller Töpfe und Schüsseln saßen, miteinander schwatzten und aßen. Fritherik zeigte mir einen freien Platz und ging zum Wirt, der mit verschränkten Armen am Kamin stand.

Ich muss ausgehungert auf die Schüsseln geblickt haben, denn der Mann neben mir reichte mir ein Stück Lammkeule und sagte: »Greif zu, Junge, dafür ist es da.«

Ich fing an zu nagen, das Fett troff mir vom Kinn. Die Männer lachten über meine Gier, und ein Greis gab mir einen großen Brocken Brot und eine Schale gekochter Gerste mit Gemüse.

»Wann hast du denn das letzte Mal etwas gegessen?«, erkundigte er sich neugierig. Seine dunklen Knopfaugen wanderten von mir zu meinem Vater, der noch immer mit dem Wirt sprach. Ich dachte nach, aber es fiel mir schwer, mich an etwas aus den letzten Tagen zu erinnern. Es war, als hätte Nebel über meinen Gedanken gelegen.

»Gestern, glaube ich«, sagte ich.
Fritherik kam hinzu, und die Männer gaben auch ihm aus den Töpfen und Schüsseln zu essen. Er machte sich darüber her und riss wie ein Raubtier das Fleisch von den Knochen. Die Männer sahen zu, wie er aß, und ein Wanderkrämer fragte: »Woher kommt ihr?«
Bevor ich etwas sagen konnte, antwortete Fritherik kurz angebunden: »Wir kommen aus Köln und sind auf der Durchreise.«
»Wohin, wenn ich fragen darf?«
»Ins Bistum Utrecht, wenn du's genau wissen willst.« Fritheriks Tonfall bewirkte, dass der Mann nicht weiterfragte und sich wieder mit seinem Essen beschäftigte. Der Wirt brachte Fritherik eine Kanne Bier und mir einen Becher davon.
Der Mann neben mir sagte lachend: »Erzählt Bodwin nicht so viel, denn dann weiß es bald der ganze Gau! Alle Wanderkrämer sind sich gleich, wenn's aufs Tratschen ankommt.«
Der Krämer warf ihm einen säuerlichen Blick zu. Alle lachten, außer Fritherik und mir. Ich trank mein Bier aus und merkte, wie mir der Kopf schwer wurde. Meine Augen fielen zu, und ich wollte nur noch ins Bett.
»Mach nicht so ein beleidigtes Gesicht, Bodwin, erzähl uns lieber eine von deinen Geschichten!«, rief jemand.
Der Wanderkrämer hob seine krummen Schultern. »Habt ihr schon gehört, was in Wikala passiert ist?« Ich war sofort hellwach und blickte schnell hoch, ob der Krämer mein Erschrecken bemerkt hatte. Er achtete aber nicht auf mich und auch nicht auf Fritherik, der einen Augenblick lang mit dem Abnagen des Knochens aufgehört hatte und dem Mann einen Blick zuwarf. Dann kaute er weiter, als wäre nichts geschehen. Niemand kannte die Geschichte, also legte der Krämer los.
»Es passierte vor zwei, drei Wochen in Wikala, wie ich euch schon erzählt habe. Sie wollten da eine neue Kirche einweihen, und der Messdiener sollte bei der Feier ein Danklied singen. Nun war das aber ein Teufelskind, das konnte man deutlich sehen: pechschwar-

zes Haar, ein Gesicht wie der Tod selbst, und seine Augen brannten wie feurige Kohlen. Er hatte sich mit List die Zuneigung des Pfarrers zu erwerben gewusst und sollte die Weihe mit seinem Gesang verschönern. In dem Augenblick aber, als er anfangen sollte zu singen, begann er zu meckern wie eine Ziege und zu schreien wie ein Esel, und so entehrte er die Messe und die Kirche. Er konnte nur entkommen, weil der Teufel ihm zu Hilfe kam. Die Stadtbewohner sind danach in den Wald gezogen, um das Haus seiner Mutter, einer verrufenen Hexe, anzuzünden und sie zu verbrennen ...«

Ich merkte, wie mir das Blut zu Kopf stieg, und wollte etwas sagen, aber ein Rippenstoß von Fritherik sorgte dafür, dass ich fast von der Bank fiel. Am Tisch wurde es totenstill. Einige Leute schlugen ein Kreuz, auch Fritherik. Ich folgte schnell seinem Beispiel. Der Mann neben mir pfiff durch die Zähne. »Ist das wirklich passiert?«, fragte er.

»So wahr ich hier sitze, aber das ist noch nicht alles! Am nächsten Tag kommt der Mann der Hexe – die war verheiratet – in der Nacht in die Stadt; er holt den Pfarrer aus dem Bett, stopft ihm einen Knebel in den Mund und nagelt ihn mit ausgebreiteten Armen an die mächtige Kirchentür. Mit der flachen Seite einer schweren Axt schlägt er die langen Eisennägel mitten durch die Handgelenke und Schienbeine des Pfarrers, der nicht einmal schreien kann! Und dann – einige Leute haben es mit eigenen Augen gesehen –, dann schlägt er dem Pfarrer einen Nagel in die Stirn.« Der Wanderkrämer ließ die Stimme sinken, die Umstehenden beugten sich zu ihm hinunter, um ihn besser verstehen zu können. »Und dieser Nagel – ich schwöre, so ist es – war eine Reliquie aus derselben Kirche, es war ein Nagel vom wahren Kreuz, an dem unser Herr Jesus Christus gestorben ist.« Er nickte und lehnte sich zurück, um die Männer einen nach dem anderen durchdringend anzublicken.

Ich sah Fritherik fassungslos an, der weiter auf seinen Teller starrte. Nach dem Schlachtfest auf dem Platz vor der Kirche konnte ich mir vorstellen, dass er in seinem Zorn zu allem imstande gewesen war. Aber meine eigene Wut hatte sich noch nicht entladen können, sie

galt der Stadt Wikala und allen Leuten, die dabei gewesen waren. Meine Wut galt der ganzen Welt.
»Du solltest nicht solche Gräuelmärchen erzählen, wenn ein Kind dabei ist, sieh nur, was er für eine Angst hat!«, sagte der Mann, der neben mir saß. Mir war klar, dass ich mich verstellen musste, und ich zog ein ängstliches Gesicht.
»Ja, er leidet schon genug unter Albträumen«, sagte Fritherik. »Es ist Schlafenszeit, Sohn, wir müssen morgen wieder früh raus.« Er hob mich von der Bank und trug mich die Treppe hinauf in ein Zimmer, wo ich in dieser Nacht schlief wie ein Toter.

Am nächsten Tag brachen wir vor dem Morgengrauen auf. Fritherik holte das Pferd aus dem Stall und sprach kurz mit dem Wirt, der nach draußen gekommen war. Der Mann blieb stehen, als wir wegritten, und hob die Hand zum Abschiedsgruß. Die Pferdehufe klangen hohl auf dem Pflaster der leeren Straßen, und wir verließen die Stadt durch ein kleines Tor. Ein schläfriger Wächter grüßte höflich. Ich fragte Fritherik nicht, wie diese Stadt hieß, und ich bin nie wieder dort gewesen.
Fritherik sagte mir, dass der Wirt ein alter Freund von ihm sei. Der Mann konnte schweigen wie ein Grab und war ausgezeichnet im Bilde über die Neuigkeiten aus den angrenzenden Gauen und Grafschaften. Er wusste von einem Grafen, der einen Schmied suchte, und zu ihm waren wir unterwegs. »Ich glaube, dass wir da unterkommen, ich kenne ihn noch von früher«, sagte Fritherik. An diesem Tag sprach er kein weiteres Wort.
Ich schlief fast die ganze Zeit, denn meine Krankheit war noch nicht überwunden. Als ich wach wurde, war es spät in der Nacht, und ich lag neben Fritherik auf einem kleinen Heuboden.
Durch die Löcher im Dach sah ich den Himmel voller funkelnder Sterne. Ab und zu zog der Schatten einer Wolke vorbei und entzog die Sterne meinem Blick. Ich dachte an Frijonde, die ich nie mehr wiedersehen würde, und musste ein bisschen weinen. Ich schämte mich, dass mein Kummer sich schon von der Vorfreude auf all

das Neue, das die kommende Zeit bringen würde, verdrängen ließ. Die Welt war größer, als ich gedacht hatte. Und wieder flüsterten, murmelten und lachten die Stimmen genau wie an jedem Abend, und ich wusste nicht, ob ich sie hassen sollte oder nicht. Schließlich hatten sie dies alles in Gang gesetzt.

Wir ritten über schmale Pfade durch ein ausgedehntes Sumpfgebiet, wo nur niedrige Sträucher und trügerische Grasbüschel wuchsen, die nur scheinbar in festem Grund wurzelten. Für die Jahreszeit war es recht warm, und gegen Mittag erreichten wir einen dunklen Wald, der jenem glich, in dem wir gewohnt hatten. Fritherik lenkte das Pferd vorsichtig auf überwucherten Wegen, und ich spähte schaudernd zwischen den Bäumen hindurch, wo ich sich bewegende Schatten und weiße Weiber zu sehen meinte. Früher war ich im Wald nie ängstlich gewesen.

Nach einiger Zeit erreichten wir einen steilen Hügel, der von einem Graben umgeben war. Am Graben entlang waren die Bäume gefällt worden. Wir schauten auf die Rückseite einer Burg, die sich auf dem Hügel erhob. Fritherik zügelte sein Pferd. »Sieh nur, sie ist aus Stein gebaut!«, sagte er erstaunt. »Es ist dem Grafen besser ergangen, als ich gedacht habe.«

Wir ritten um den Hügel herum und kamen zur Vorderseite, wo keine Bäume standen, sondern sich eine sanft gewellte Landschaft erstreckte, mit Äckern und hier und da einem kleinen Bauernhof an einem Weg, der neben einem sich windenden Bach verlief.

Die Zugbrücke zum Burgtor war heruntergelassen, und Fritherik lenkte sein Pferd über die Balken. Zwei Wächter kreuzten ihre Speere und fragten mit lauter Stimme, wer wir seien und was wir hier zu suchen hätten. Fritherik stieg ab und stellte mich auf die Erde.

»Ich will zu Graf Wichman«, sagte er. »Ich heiße Fritherik und habe gehört, dass der Graf einen Schmied braucht.«

Der Wächter schaute auf die Axt an Fritheriks Gürtel und sagte: »Gebt mir Eure Waffe, dann werde ich Euch melden.«

»Du bleibst hier«, sagte Fritherik zu mir und folgte dem Wächter über den Innenhof durch eine eisenbeschlagene Tür in eines der Gebäude. Der andere Wächter lehnte sich an das Tor und beachtete mich nicht.

Ich ging an der Mauer entlang und stieß auf eine Treppe, die nach oben führte. Ich dachte mir, dass es dort wohl eine schöne Aussicht geben müsse, und kletterte hoch. Von den Zinnen aus konnte ich die Ebene sehen, die kahlen Äcker, die grünen Weiden und ganz weit entfernt einen glänzenden Strom. Die Nähe eines Flusses beruhigte mich.

Auf einmal hörte ich Stimmen hinter dem Wehrgang. Vorsichtig ging ich in die Richtung, aus der die Laute kamen. Zwei Mädchen, eines in meinem Alter und eines von ungefähr siebzehn Jahren, saßen auf einer kleinen Steinbank vor der Zinne. Offenbar waren sie nicht erstaunt, mich zu sehen. Die jüngere war zart, rothaarig und schön wie ein Engel, das ältere Mädchen dagegen sah plump und unfreundlich aus.

»Sieh mal an«, sagte sie, »ein Bauerntölpel. Wo mag der herkommen?«

»Wo kommst du her, Bauerntölpel?«, fragte mich das schöne Mädchen.

»Ich bin kein Bauerntölpel!«, sagte ich selbstbewusst. Nie zuvor hatte ich solche Mädchen gesehen. Dass sie reich waren, konnte man an ihren bestickten Kleidern erkennen, die nicht für die Arbeit gemacht waren. Die Stickereien auf dem Kleid des jüngeren Mädchens waren schöner als die auf dem der anderen.

»Wo kommst du her, hast du nicht gehört, was sie dich gefragt hat?«, fragte die Ältere bissig.

Ich wollte sagen, dass ich aus dem Wald von Wikala kam, dass ich am Fluss gewohnt hatte, aber ich schluckte meine Worte hinunter und sagte: »Ich weiß nicht, wo ich herkomme, aber was ich hier mache, kann ich euch schon sagen. Ich bin Hroswith und warte auf meinen Vater.«

»Wer ist dein Vater?«, fragte das jüngere Mädchen. Sie stand auf und kam auf mich zu.

»Sein Name ist Fritherik der Schmied.«
»Und deine Mutter?«
»Meine Mutter ist tot«, sagte ich steif, denn ich wollte nicht an jene Nacht erinnert werden.
»Unsere Mutter auch, nicht wahr, Liutgardis?«, sagte das Mädchen, und sie sah mich forschend an, als ob sie noch nach anderen Übereinstimmungen zwischen uns suche. Sie hatte ein makelloses Gesicht mit wachen, hellblauen Augen, und ihr Haar war zu einem Kranz geflochten. Liutgardis seufzte und sagte: »Was geht es einen Bauerntölpel an, dass meine Mutter tot ist? Jag ihn doch weg! Er hat hier überhaupt nichts zu suchen.«
Ihre Schwester drehte sich um und sagte scharf: »Wer bestimmt hier überhaupt, ob jemand hier etwas zu suchen hat? Du hast auf der Burg nichts zu sagen!«
Liutgardis wandte sich ab und sagte nichts mehr. Das jüngere Mädchen wandte sich zu mir: »Liutgardis ist Äbtissin des Sankt-Veit-Stifts in Eltnon, das unser Vater gestiftet hat. Wenn du über die Mauer zur anderen Seite der Burg läufst, kannst du es sehen. Sie wird das Kastell bald verlassen, und darüber bin ich gar nicht traurig. Ich heiße Adela.«
Ich verbeugte mich vor ihr und schaute dann nach unten, ob Fritherik schon da war, denn ich war den Umgang mit anderen Kindern nicht gewohnt und fühlte mich in der Gegenwart von Mädchen erst recht nicht wohl.
»Willst du auch Schmied werden?«, fragte Adela. Liutgardis antwortete für mich. »Er wird wohl müssen«, sagte sie. »Wenn sein Vater Schmied ist, dann wird er auch einer.«
»Er kann doch auch Soldat werden? Stark genug ist er dafür. Willst du denn kein Soldat sein, in Diensten von einem Grafen oder einem Bischof?«
»Nein«, sagte ich, »ich mag das Kämpfen nicht.« Unten sah ich den Wächter, der Fritherik vorausgegangen war, aus dem Haus kommen, aber Fritherik war nicht bei ihm. Was machte er denn nur?

»Seid ihr gekommen, um hier zu wohnen, Hroswith?«, fragte Adela.
»Ich glaube nicht«, sagte ich, denn ich wollte hier auf keinen Fall wohnen.
Aber sie fuhr fort. »Ich könnte mir vorstellen, dass ihr hier bleibt. Das würde mir gefallen, ich habe nämlich niemanden, der mit mir spielt. Meine Schwester zieht bald weg, und im Übrigen habe ich von ihr sowieso nichts, sie ist zu alt für mich.«
»Vater erlaubt bestimmt nicht, dass du mit einem Bauerntölpel spielst«, sagte Liutgardis verächtlich.
»Ich will überhaupt nicht mit euch spielen«, sagte ich, drehte mich um und stieg die Treppe hinunter, um Fritherik zu suchen. Ich lief über den fest gestampften Sand zu der offen stehenden Tür, durch die Fritherik verschwunden war. Ich ging hinein und kam in eine dunkle Halle, an deren kahlen Wänden große Holztruhen standen. Ich sah eine schwere Tür, die ich aufstieß, und schaute in ein getäfeltes Zimmer, das nach Tannenholz roch. Ein Tisch mit acht Stühlen und ein paar Bänke standen am Kamin, in dem ein knisterndes Feuer brannte. Fritherik saß dort mit einem großen Becher in der Hand, ihm gegenüber der Graf, ein älterer, in ein ungepflegtes wollenes Gewand gekleideter Mann mit einem reich verzierten Gürtel um die Taille. Auf dem Kopf trug er eine schmutzige Filzkappe. Sein Schnurrbart war lang und strähnig, und sein blondes Haar stach wie ein Strohbüschel unter der Kappe hervor, was ihm das Aussehen einer Vogelscheuche verlieh. Er sah Liutgardis ähnlich.
»Komm herein, mein Junge!«, rief er fröhlich. »Du bist sicher der Schmiedesohn? Willkommen in Uplade! Es wird dir hier bestimmt gefallen.«
Ich setzte mich neben Fritherik auf die Bank. In die Wände waren hohe, schmale Fenster eingelassen, durch die schräge Lichtbahnen einfielen.
»Gehst du gern angeln?«, fragte der Graf und schenkte mir aus einer Kanne Bier ein. Aus der Nähe konnte ich die Narben in seinem Gesicht sehen und drückte mich noch dichter an Fritherik.

»Wenn du gern angelst, dann musst du mal mit einem von den Männern zum Fluss gehen, ganz in der Nähe. Man kann hier übrigens auch gut jagen. Hast du denn schon meine Töchter getroffen?«
Ich nickte verschämt und blickte Fritherik an. Mein Vater sagte nichts, er sah nur in die Flammen des Kaminfeuers. Ich verstand: Wir blieben hier, ob ich wollte oder nicht.

5. Kapitel

Wie eine Grafentochter Hroswith hinterherläuft und ihn erpresst

Einmal fertigte ich gerade in der Werkstatt Angelhaken an. Der letzte Schmied, ein Junggeselle, war vor ein paar Monaten gestorben, und der Graf hatte uns seine Werkstatt und Wohnung zugewiesen.

Fritherik stellte Waffen, Helme und Rüstungen für die Soldaten des Grafen her, und manchmal half ich ihm dabei. Er war nicht mehr derselbe wie früher, sein Geschichtenvorrat war zur Neige gegangen. Über die Ereignisse in Wikala sprachen wir nicht, aber er zeigte mir, wie er die Schwerter schmiedete, weil ich dieses Handwerk erlernen sollte. Ich wollte aber gar kein Schmied werden.

Es gab mehr Arbeit, als Fritherik bewältigen konnte; er arbeitete von Sonnenaufgang bis spät in die Nacht, und dann fiel er erschöpft ins Bett. So konnte er vergessen. An diesem Tag war er zur Pfalz geritten, um Material für die Werkstatt einzukaufen. Der Graf und ein kleines Gefolge hatten sich angeschlossen.

Ich hatte eigentlich im Rhein fischen wollen, aber es war niemand da, der mir den Weg zeigen und mich beschützen konnte. Wir lebten, so viel wusste ich, in finsteren Zeiten. Die Bewohner des Kastells, die mir hätten helfen können, waren mit zur Pfalz geritten oder dienten als Wache, und darum beschloss ich zu dem Bach zu gehen, den ich am ersten Tag auf dem Weg zur Burg hatte sich winden sehen. Ich war nicht zufrieden mit den vorhandenen Angelhaken und hatte den Morgen damit verbracht, ein paar kleine, messerscharfe Häkchen anzufertigen, die mir vor dem Ende der Mittagsstunde zu einer Fischmahlzeit verhelfen sollten.

Gerade war meine Ausrüstung fertig, als ein Schatten über mich fiel. In der Türöffnung stand Adela, deren kleine Gestalt sich gegen das Tageslicht abzeichnete. Ihr rotes Haar erstrahlte im Sonnenlicht wie Feuer.

Bis jetzt war ich ihr aus dem Weg gegangen. Ein Diener des Grafen hatte mir erzählt, dass Adela im Gegensatz zu ihrer gleichgültigen Schwester ihre Nase in alles stecke und neugierig sei wie keine Zweite. Ich hatte keine Lust, sie dabeizuhaben.

»Ich gehe mit dir mit«, sagte Adela.

»Oh nein, du darfst die Burg nicht verlassen, das ist viel zu gefährlich.« Ich durfte gar nicht daran denken, ein Mädchen in Schlepptau zu nehmen. Angeln ist Männersache, das ist bekannt.

»Für dich ist es genauso gefährlich!«, sagte sie.

»Ja, aber ich bin nicht die Tochter des Gaugrafen von Hamaland und Burgherren von Eltnon. Es würde den Feinden deines Vaters gut in den Kram passen, wenn sie seine Tochter entführen und Lösegeld fordern könnten.«

»Niemand wird mich erkennen. Gib mir Kleider, dann verkleide ich mich als Junge.«

Ich schnauzte sie an: »Warum sollte ich? Ich will dich überhaupt nicht dabeihaben!«

Sie ging mit den Händen auf dem Rücken auf mich zu und sagte: »Hast du denn überhaupt genug Haken dabei?«

Ich schwieg und packte weiter ein.

»Gehst du an den Rhein? Ich kann dir zeigen, wo es langgeht.«

»Nein, ich gehe an den Bach. Allein.«

Sie griff nach meiner Kappe, die an einem Stuhl hing, und setzte sich auf einen Amboss, während sie sich die Kappe über ihr Haar zog. »Hast du diese Kappe getragen, als du in der Kirche von Wikala wie ein Esel geschrien und wie eine Ziege gemeckert hast?«

Mein Herz schlug mir bis zum Hals, und ich blickte sie an, zu erschrocken, um Unverständnis vorzutäuschen. Sie fuhr fort: »Dein Vater hat diesen Pfarrer ja ganz schön zugerichtet! Aber er hatte Recht. Mein Vater hätte dasselbe gemacht, wenn man meine Mutter ermordet hätte …«

»Wer hat dir das erzählt?«, fragte ich und ignorierte ihr spöttisches Lächeln.

»Niemand, ich hab's erraten. Ich hörte, was die Bauern erzählten, die die Küche mit Vorräten versorgen, ich hörte den Küchenmädchen zu, den Bäckern und den Wanderkrämern. Ich kann mir einiges zusammenreimen, und ich habe auch das Recht dazu, denn eines Tages werde ich die Macht haben, und Macht beruht auf Information, merk dir das! Aber mach dir keine Sorgen, außer mir ist hier niemand klug genug, um einen solchen Schluss zu ziehen. Bei mir ist dein Geheimnis gut aufgehoben. Schließlich bist du mein Spielkamerad und nimmst mich mit raus zum Angeln. Es wäre gemein, dich zu verraten, nicht wahr?«

»Verrätst du es auch nicht deiner Schwester?« Der Pfarrer von Wikala hatte oft von weiblicher Geschwätzigkeit gesprochen, und Adela war nicht gerade maulfaul. Aber sie war nicht, wie Albertus über sie schrieb, *clamosa in voce*, ihre Stimme war wohllautend und sanft. Manchmal höre ich sie noch in meinen Träumen.

»Du glaubst doch nicht etwa, dass ich Liutgardis einen Vorteil verschaffen werde? Sie soll sich ihre eigenen Quellen suchen.«

Mit meiner Kappe auf dem Kopf sah sie aus wie ein Junge. Ich raffte ein paar Kleider zusammen und warf sie ihr zu. »Wenn du dich wie ein Junge benehmen willst, darfst du dich nicht wundern, wenn ich dir dann auch eine Tracht Prügel verpasse, wie ich das bei einem Jungen machen würde«, sagte ich böse. Sie hatte mich in eine Zwickmühle gebracht.

»Vergiss nicht, wer mein Vater ist, wenn du solche Gelüste verspürst!«, sagte sie ernst. »Wenn ich keine vernünftige Erklärung für eine blutige Nase oder ein blaues Auge habe, könnte er schnell den Schluss ziehen, dass der Schmiedesohn die Hand gegen seine Erbin erhoben hat.«

Ich sah sie forschend an, aber sie lächelte und sagte: »Ich möchte nicht, dass du in einem der Kerker unter den Mauern verschwindest.«

Sie sah nach, ob die Luft rein war, und hielt mich zurück, als sie die riesige Gestalt von Quintillianus sah, der, die Kapuze über den Kopf gezogen, im Innenhof hin und her lief. Halblaut murmelnd, las er sich selbst aus einem kleinen Buch vor.

»Pass auf, dass der uns nicht sieht, der erkennt mich auch trotz meiner Verkleidung«, sagte sie.

Quintillianus war ein Mönch, der schon ein paar Jahre auf der Burg Uplade wohnte und den Töchtern des Grafen Unterricht gab.

»Warum müsst ihr eigentlich lesen lernen?«, fragte ich.

»Mein Vater findet das wichtig, denn wir werden, wenn wir erwachsen sind, hohe Positionen bekleiden. Selbst ist er Analphabet geblieben, und das hat er immer bereut. Man kann so leicht von Verwaltern und Kaufleuten betrogen werden. Er lässt zwar Urkunden ausstellen, kann sie aber nicht selbst kontrollieren.«

»Kaum einer kann schreiben«, sagte ich, während ich Quintillianus beobachtete. Das Buch in seiner Hand war sicher eine Bibel. Ich fügte hinzu: »Nicht einmal Kaiser Karl konnte schreiben, und er war der mächtigste Kaiser der ganzen Geschichte.«

»Nicht so mächtig wie die römischen Kaiser.«

»Ich meine natürlich die christlichen Kaiser«, sagte ich verächtlich.

»Unter den römischen Kaisern gab es auch Christen«, sagte sie unbeirrt, »zum Beispiel Konstantin und seine Nachfolger, außer natürlich dem Apostaten.«

Alles, was ich über die Römer wusste, kannte ich aus den Evangelien, und so war ich erstaunt über ihre Kenntnisse. »Hat Quintillianus dir das erzählt? Steht das etwa in seinen Büchern?«

»Ja, in seinen Büchern oder in seinem Kopf.«

»Hat er viele Bücher?« Ich wollte nicht zu neugierig klingen, aber sie drehte sich um und sah mich scharf an.

»Was geht dich das an? Du wirst sie ja doch niemals lesen können.«

Ich wollte nicht länger für dumm gelten. »Natürlich kann ich das.«

Sie lachte auf und sagte: »Du musst wissen, wo dein Platz ist, Bauerntölpel. Ich bin kein Dorfmädchen, dem du alles weismachen kannst.«

Ich blieb hartnäckig. »Ich habe die Bibel gelesen, zweimal. Ich kann sie auswendig.«

»Niemand kann ein Buch auswendig, wenn er es zweimal gelesen hat.«

»Frag mich doch was«, sagte ich prahlerisch und hoffte, dass sie nicht einen der Paulusbriefe wählen würde.

»Aus dem Lukasevangelium: Die Heilung des Besessenen«, sagte sie herausfordernd.

Das Blut strömte aus meinem Gesicht. Sie wusste mehr, als ich vermutete. Aber von den Stimmen konnte sie nichts wissen, das wusste niemand. Ich ließ mich nicht lange bitten und fing sofort an: »Und Jesus fragte ihn: ›Wie heißest du?‹ Er sprach: ›Legion.‹ Denn es waren viele böse Geister in ihn gefahren. Und sie baten ihn, dass er sie nicht hieße in die Hölle zu fahren …«

Adela unterbrach mich. »Gut, ich glaube dir. Aber wie kommt es, dass der Sohn eines Schmieds die Bibel liest? Das ist noch seltsamer, als wenn eine Grafentochter das kann.«

»Mein Vater wollte, dass ich lesen lerne. Er dachte, ich sei zu großen Taten bestimmt. Der Pfarrer von Wikala hat es mir beigebracht.«

»Derselbe Pfarrer?« Ihre Wangen verfärbten sich vor Aufregung.

Ich nickte und zeigte auf den leeren Innenhof. Wir schlichen an den Mauern entlang zum Tor, wo der eingenickte Wächter uns problemlos passieren ließ.

»Jetzt musst du mir die ganze Geschichte erzählen«, sagte Adela, als wir unsere Angelhaken in das klare Wasser versenkten.

Wir waren noch keine drei Monate in der Burg, als Liutgardis für immer in das Sankt-Veit-Stift ging, dessen Äbtissin sie ja schon seit Jahren war.

Ich hatte mit ihr so gut wie nichts zu tun, nur selten hatte ich sie in der Burg gesehen. Meistens saß sie drinnen, und wenn sie doch einmal herauskam, würdigte sie mich keines Blickes. Wenn Liutgardis in der Nähe war, verstummten die Gespräche. Adela sagte, ihre Schwester interessiere sich für gar nichts, sitze nur gelangweilt

in ihren Gemächern herum und stopfe sich voll. Liutgardis hatte schon vor Jahren mit dem Unterricht aufgehört; sie fand, dass sie genug wusste, um ihre Funktion auszufüllen.
Das Stift war für adlige Damen bestimmt, und Kaiser Otto hatte der Äbtissin weit reichende Privilegien eingeräumt. Der Grundbesitz des Stifts war dank der Landschenkungen Graf Wichmans erheblich gewachsen. Adela berichtete mir dies wutschnaubend bei einem unserer Ausflüge.
Sie trug noch immer meine Kleider, wenn wir zusammen auf Abenteuer auszogen, aber inzwischen hatte sie sie gewaschen und geflickt. Ich hatte mich schnell an eine Frau in Männerkleidern gewöhnt. Sie trug einen kleinen Bogen, den ich angefertigt hatte, und Pfeile, die sie sich selbst machte, nachdem sie mir diese Kunst abgeschaut hatte. Wir streiften bestimmt schon eine Stunde durch den Wald, ohne dass wir eine Spur von Wild fanden. Vielleicht war der Tag zu weit fortgeschritten.
»Warum bist du böse, dass Liutgardis Schenkungen bekommt?«, fragte ich.
Sie schlug mit ihrem Bogen einem Pilz den Kopf ab und sagte: »Was glaubst du, bleibt vom Familienbesitz übrig, wenn mein Vater stirbt? Wer wird mich noch respektieren, wenn er in seiner Frömmigkeit alles weggibt, um kurz vor seinem Ende seine Seligkeit sicherzustellen?«
Ich wusste nicht, wie groß die gräflichen Besitzungen waren, aber sie schienen mir unermesslich. »Du behältst doch genug übrig?«
»Hroswith, vom Leben des Adels verstehst du aber auch gar nichts. Man ist immer von Feinden umgeben, die alle Mittel einsetzen, um dir dein Land abzunehmen. Sie beobachten dich ganz genau und nutzen jede Schwäche erbarmungslos aus. Ich werde gezwungen sein, Bundesgenossen zu suchen, und muss dafür sorgen, dass ich klüger bin ich als meine Feinde.« Sie blieb stehen und nahm meine Hand. »Ich hoffe, dass ich auf dich rechnen kann, wenn ich einmal an der Macht bin«, sagte sie und sah mich in einer Art und Weise an, die mein Herz höher schlagen ließ. Aber obwohl sich zwischen

uns eine gewisse Freundschaft entwickelte, hatte ich nicht vergessen, dass sie mich erpresst hatte. Ich zog meine Hand zurück und sagte: »Ich habe deine Drohungen von vor ein paar Monaten noch nicht vergessen. Glücklicherweise erzählst du mir jetzt, welche Methoden Feinde gebrauchen, denn ich erkenne darin deine Gewohnheiten.«

Sie lachte. »Ich hab' das gemacht, weil ich dich nicht kannte. Vergib mir bitte! Ich hätte es niemandem gesagt, vor allem nicht, nachdem du mir erklärt hast, dass du an jenem Tag deine Stimme verloren hattest.«

Sie schlang ihre Arme um mich und klammerte sich in einem Anflug von Verletzlichkeit fest, der mich lähmte.

»Ich werde Freunde brauchen«, flüsterte sie mir ins Ohr. »Sei mein Freund, Hroswith!«

Ich spürte ein Ziehen im Unterbauch, dort, wo ich in letzter Zeit schon öfter seltsame Empfindungen hatte. Obwohl ich eigentlich schüchtern war und mich ihrer Umarmung entziehen wollte, drückte ich meinen Körper wild gegen ihren, und wir fielen ins Moos, wo wir regungslos liegen blieben. Dann sprang ich auf und zog sie hoch. Ihre Sommersprossen lösten sich in ihrem Erröten auf. Schweigend gingen wir nach Hause. An der Burg angekommen, sagte sie: »Du hast mir noch keine Antwort gegeben.«

Ich wollte ihr zur Seite stehen, welchen Kampf sie auch immer kämpfte, aber ich mochte mich nicht so schnell geschlagen geben.

»Ich will noch mehr lernen. Wenn du dafür sorgst, dass ich von Quintillianus Unterricht bekomme, werde ich auch dein Freund sein«, sagte ich.

Sie verzog das Gesicht. »Das ist nicht so einfach, aber ich werde es versuchen.«

Zwei Tage darauf kam sie in die Werkstatt und gab mir ein in Lappen gewickeltes Buch: *Commentarii de bello Gallico* von Julius Caesar.

Adela sagte: »Ich habe vorsichtig vorgefühlt und weiß nicht sicher, ob es klappt. Vorläufig hast du erst einmal etwas zu lesen. Ich habe

Quintillianus gesagt, dass ich es ein paar Tage behalten möchte. Er hat nur zehn Bücher, deshalb fällt es auf, wenn ich eines wegnehme, ohne zu fragen.«
Zehn Bücher! Und ich hatte in meinem Leben erst ein einziges gesehen. Ich las und wartete auf Neuigkeiten von Adela. Aber aus den Tagen wurden Wochen und ich hörte nichts von ihr.

Fritherik bat mich, je weiter der Sommer voranschritt, immer öfter um Hilfe. So kümmerte ich mich um das Feuer und trat den Blasebalg. Er fertigte eine ganze Reihe von Schwertern nach dem Modell seines eigenen an, nur die Griffe waren einfacher, ohne solch komplizierte Verzierungen.
Als ich mich einmal ausruhte, nahm ich Fritheriks Schwert, eine besonders schöne Waffe, die er erst kürzlich mitgebracht hatte, in die Hand und machte ein paar Schlag- und Stoßbewegungen in der Luft. Mit meinen dünnen Armen konnte ich sie kaum hochheben.
»Vorsichtig«, sagte Fritherik, »schlag nicht damit gegen die Wände oder auf die Erde, es ist ein kostbares Stück.« Ich sah mir das edle Schmiedekunstwerk an und studierte die eingravierten Linien auf der Klinge. In einfachen, geraden Buchstaben stand da *Ulfberth me fecit* in den Stahl geritzt. Ich hatte schon von diesem legendären Waffenschmied aus dem Rheinland gehört, aber noch niemals etwas von seiner Hand gesehen. Solche Schwerter waren von unschätzbarem Wert.
»Wie kommst du denn an ein echtes Ulfberth?«, fragte ich Fritherik erstaunt, der mit schweren Schlägen einen Stab platt hämmerte.
»Ich habe es vor Jahren einem Freund in der Königspfalz zur Aufbewahrung gegeben. Als ich ihn kürzlich besuchen wollte, stellte sich heraus, dass er inzwischen gestorben war. Seine Witwe hatte es für mich aufgehoben.« Er hämmerte weiter, sodass ich nichts mehr sagen konnte. Als er einen Augenblick innehielt, fragte ich: »Und wie ist es in deinen Besitz gelangt?«
»Ich habe es selbst geschmiedet«, sagte er und lachte.
»Du hast es selbst gemacht? Ist es eine Fälschung?« Das hätte

Fritherik nun gar nicht ähnlich gesehen. Aber er schüttelte nur den Kopf. »Ulfberth hat mich das Handwerk gelehrt, ich habe jahrelang in seiner Werkstatt gearbeitet. Dieses war mein Meisterstück, und er hat sein Zeichen darauf gesetzt wie auf alle Stücke aus seiner Werkstatt.«

Ich hatte mich schon darüber gewundert, mit welchem Können Fritherik seine Schwerter schmiedete. Ich dachte darüber nach, dass ich eigentlich gar nichts von meinem Vater wusste. Er ein Schüler von Ulfberth! Ich hätte ihn kaum mehr bewundern können, wenn er das Handwerk von Wieland selbst gelernt hätte. Kein Wunder, dass der Graf ihn sofort angestellt hatte.

Fritherik sah mich an und sagte dann: »Ich kann dir beibringen, wie man solch ein Schwert schmiedet, bessere gibt es nicht.«

»Ich möchte es gern lernen, aber du hast dafür gesorgt, dass ich lesen und schreiben gelernt habe, und damit will ich auch weitermachen.«

Sein Gesicht verdüsterte sich.

»Ja, ich habe dich lesen und schreiben lernen lassen, vielleicht war das ein Fehler …«

»Aber es ist nun einmal passiert, und jetzt will ich weitermachen«, sagte ich verständnislos, denn das Buch, das ich von Adela bekommen hatte, gefiel mir sehr. Ich wollte mehr, und Fritherik kam gut mit dem Grafen zurecht.

»Ich werde mal sehen, was ich machen kann«, sagte Fritherik.

»Können wir mit dem Unterricht im Schwerterschmieden sofort anfangen?«, fragte ich. Mir war auf einmal eingefallen, dass ich doch für mich selbst so eine unbesiegbare Waffe anfertigen könnte. Wie würde Adela staunen, wenn ich so ein Schwert am Gürtel trug!

6. Kapitel

Über die Erfrischung, die eine Schwimmpartie bieten kann. Quintillianus bekommt einen neuen Schüler

Adela überraschte mich beim Baden im Bach. Das Wasser war nicht tief; wenn ich mit meinen Füßen auf den Kieselsteinen stand, reichte es bis an die Achseln.

»Es war nicht nett von dir, ohne mich wegzugehen«, sagte eine Stimme, und da war sie, rittlings auf einem umgestürzten Baumstamm sitzend. Zwischen den Bäumen und Farnen hindurch waren noch die grauen Steine der Burg zu sehen. Adela trug ein selbst besticktes Kleid, sie konnte hervorragend sticken, eine Tugend, die sogar Albertus erwähnt. Ich kannte sie außerhalb der Burg nur in Jungenkleidung und war völlig überrascht, sie hier als Mädchen zu sehen. Mit ihrem offenen Haar, das im Sonnenlicht funkelte, schien sie mir nicht in diesen Wald zu passen, und gleichzeitig passte sie doch gut hierher, wie eine Wassernymphe, die aus dem Ufergrün auftaucht.

»Wie lange sitzt du schon da?«, fragte ich misstrauisch. Ich war splitternackt ins Wasser gesprungen, und es gefiel mir nicht, dass sie mich beobachtet hatte.

»Warum hast du nicht gefragt, ob ich mitkommen will? Wir sind doch Freunde?« Traurig sah sie mich an.

»Schwimmen gehe ich allein«, sagte ich unwirsch. »Ich hab' nichts an!«

»Wenn ich schwimme, habe ich doch auch nichts an!«, sagte sie aufrichtig erstaunt, und sie stand auf, zog sich das Kleid über den Kopf und stand ohne irgendwelche Anzeichen von Scham vor mir. Sie hatte einen schlanken weißen Körper, ihre Brüste waren größer, als es in der Jungenkleidung den Anschein hatte, und das goldene

Pelzchen an der Stelle, wo ihre Beine zusammentrafen, war ein bisschen heller als ihr Kopfhaar. Adela nahm ihre Brüste in die Hände und sagte: »Bald werden die mich sogar in Jungensachen verraten.«

Mich fröstelte, obwohl das Wasser nicht kalt war, und ich sah mich um, ob auch niemand in der Nähe war. Wenn wir erwischt wurden, würde etwas Schreckliches passieren.

Adela stieg ins Wasser und ging stolpernd und mit ausgestreckten Armen auf mich zu. Kurz vor mir rutschte sie aus, kam aber sofort prustend wieder hoch.

»Hilf mir, ich kann nicht gut stehen auf diesen Steinen!«, brachte sie hervor, und ich ergriff ihre Schultern und sah, dass ihre Brustwarzen vom kalten Wasser ganz hart geworden waren. Sie stieß sich ab und hängte sich an meinen Hals. »Ich kann hier nicht stehen«, sagte sie in gespielter Panik, und mir blieb nichts anderes übrig, als meine Arme um sie zu schlingen und sie an meinen Körper zu drücken. Sie schlug ihre Beine um meine Hüften und fing an, meinen Nacken zu küssen, und ohne dass ich es wollte, glitten meine Hände hinunter und bildeten eine Schale, in der sie ruhte wie in einer Schaukel. Vorsichtig watete ich an das hohe Ufer der anderen Seite, wo wir unter den herabhängenden Pflanzen mehr oder weniger verborgen bleiben konnten. Ich streichelte ihren Hintern, küsste ihre Brüste und drang in sie ein, was ihr einen kleinen Schrei entlockte. Niemand hatte mir jemals etwas davon erzählt, aber die Selbstverständlichkeit, mit der unsere Körper ihren Weg zueinander suchten, machte jedes Nachdenken überflüssig, und wir begingen eine Tat, für die wir nicht einmal das Wort kannten.

Wir lagen im Moos und flüsterten aufgeregt über dieses neue Spiel, das viel spannender war als zu jagen und zu fischen, und erst abends brachte ich es in Verbindung mit all den nicht verstandenen Bibelstellen: Hatte der Pfarrer von Wikala nicht Anspielungen auf »die Sünden des Fleisches« und den verderblichen Einfluss der Frau gemacht?

Wieder erkannte ich, dass ich mit dem Bösen im Bunde war; was am Tage noch so unschuldig schien und sich wie von selbst aus unserem Zusammensein entwickelt hatte, war ganz offenbar ein neuer Beweis für meinen schlimmen Charakter. An einem der darauf folgenden Tagen sah ich auf der eingezäunten Weide eines Hörigen einen Bock eine Ziege bespringen, und ich erkannte die Handlung als dieselbe wieder, die ich mit Adela vollzogen hatte. Aber statt mich voll Abscheu und Scham abzuwenden, blinzelte ich dem Bock verständnisvoll zu und eilte in den Wald, wo ich mit Adela verabredet war.

Ich fühlte mich nicht schuldig, dass ich sie dorthin mitnahm. In ihr, die als Frau von Natur aus zum Bösen neigte, konnte ich nur einen Bundesgenossen sehen. Wir wiederholten unser lüsternes Spiel fast täglich, und Adela muss dasselbe gedacht haben wie ich: Wenn wir nun schon in Sünde lebten, dann wollten wir auch keine halben Sachen machen.

Weil es im Wald rund um Uplade zu unsicher war, gingen wir auf die Suche nach einem sicheren Ort in der Nähe. Adela kannte sich in der Gegend aus und wählte unsere Zuflucht in dem Weiler Bruocgangdringe, eine Stunde zu Fuß entfernt. Es waren ein paar zusammengewürfelte Hütten aus Weidenruten und Soden auf einem kleinen Hügel, der wie eine Insel aus dem Sumpfgebiet an dem Fluss Isala herausragte. Hierher, wo es morastig und gefährlich war, gelangten die Leute aus der Burg nicht. Die Bewohner des kleinen Dorfes würden nicht darüber reden. Sie stammten nicht von hier; das Land gehörte niemandem, aber wie alle anderen Menschen waren sie für das Geld empfänglich, das Adela ihnen für ihr Schweigen zahlte. Ich glaube, sie sprachen nicht einmal unsere Sprache.

Ich stand Todesängste aus, wenn ich eng an Adela gedrückt auf dem Pferd saß, und gleichzeitig wuchs unsere Erregung während des Rittes so, dass wir manchmal, lange bevor wir unser Ziel erreicht hatten, abstiegen und uns ins Moos fallen ließen, um uns wie die Tiere zu paaren.

Einmal beging ich einen Fehler: In meiner Eile trat ich daneben und sackte sofort hüfttief weg in den Treibsand. Adela lachte auf, aber ich merkte, wie schnell ich wegsank, und ruderte, um wieder aus dem Schlamm herauszukommen. Als sie erkannte, dass es ernst war, nahm sie die Zügel des Pferdes und warf sie mir zu. Es kostete sie viel Mühe, mich herauszubekommen, aber schließlich stand ich wieder auf dem Weg. Sie befahl mir, mich in der Isala zu waschen, bevor wir die Hütte betraten, die wir benutzten.

Eines Morgens kam Quintillianus in die Schmiedewerkstatt. Er bedeutete Fritherik, das Hämmern einzustellen, und musterte mich mit gelblich glimmenden Augen, die im Schmiedefeuer aufleuchteten.
»Du willst also Priester werden?« Das hatte Fritherik dem Grafen gesagt, um seinen Wunsch nach Unterricht für mich zu erklären.
»Ja, das will ich«, antwortete ich und ließ in meiner Stimme keinen Platz für irgendeinen Zweifel. Es war zwar das Letzte, was ich wollte, aber vor meinem Ziel musste alles zurückstehen.
»Du kannst schon lesen und schreiben, sagt Adela. Du kannst die Bibel auswendig?«
Wieder antwortete ich zustimmend. Er blickte mich weiter durchdringend an, und ich begann, mich unbehaglich zu fühlen. Dann wandte er sich Fritherik zu und sagte: »Der Graf berichtete mir von Eurem Wunsch, dem Jungen Unterricht geben zu lassen. Wer hat ihn denn bisher unterrichtet?« Ich erstarrte vor Schreck.
»Bruder Vincentius aus Köln«, sagte Fritherik und ich bewunderte ihn, weil er sich so gut vorbereitet hatte.
»Warum gehst du nicht gleich in ein Kloster?«, fragte mich Quintillianus.
Ich antwortete: »Ich will meinen Vater nicht allein lassen, nach dem Tode meiner Mutter. Er braucht doch Hilfe in der Schmiede.«
Der düstere Mann schob seine Kapuze nach hinten, denn es war heiß in der Schmiede. »Es ist niemals verkehrt, einen weltlichen Beruf zu erlernen. Ich muss sagen, dass ich wenig Sinn sehe in diesem Unterricht, aber es ist der Wunsch des Grafen und mehr noch der seiner Tochter. Sie sagt, ihr fehle ein Mitschüler, seitdem

ihre Schwester nicht mehr da ist.« Er zog die Lippen zusammen und sagte zu Fritherik: »Der Graf kann seinen Töchtern nichts abschlagen. Es wäre besser, wenn seine Söhne noch am Leben wären, damit nach seinem Tode hier keine launenhafte, labile Frau an die Macht kommt.« Er wandte sich mir zu und sagte: »Ich will hören … aus den Paulusbriefen …« Er sah mich durchdringend an und spielte mit dem dicken Strick, der um seine Taille hing.
»Keine Paulusbriefe!«, sagte ich, im Stillen sogleich meine Nachlässigkeit verfluchend.
»Dann Korinther, über das Verheiraten von Töchtern!«, befahl er.
Ich antwortete sofort in meinem besten Latein: »Welcher seine Jungfrau verheiratet, tut wohl, welcher sie aber nicht verheiratet, der tut besser.« Ich war froh, dass ich diesen Brief doch behalten hatte. Der Mann schenkte mir ein säuerliches Lachen: »Und der Herr Wichman macht beides. Ein wirklicher Politiker, aber das überrascht ja kaum bei jemandem in seiner Stellung. Ich erwarte dich morgen früh beim ersten Morgenlicht in meiner Kammer.« Er bedeckte den Kopf und ging hinaus.

Ich lauschte Quintillianus' Stimme, ohne zu hören, was er sagte – es interessierte mich nicht. Ab und zu schaute ich begierig auf die kleine Reihe von Buchrücken auf dem Lesepult bei dem vergitterten Fenster, durch das ein schmaler Streifen Sonnenlicht hereinfiel. Was für ein Reichtum! Aber Quintillianus bestimmte, was ich lernte, nicht ich. Was meine Kenntnisse anlangte, war ich Adela bald ein Stück voraus, obwohl sie länger Unterricht gehabt hatte. Sie hatte aber auch nicht mein Gedächtnis. Zudem war mein Latein besser.
Quintillianus kam es darauf an, dass wir auch verstanden, was wir lasen. »Ihr könnt den Text zwar auswendig lernen, aber von den Anfängen unserer Religion an gab es Gelehrte, die ihn den Gläubigen erklärten. Wichtiger als die Geschichten in der Bibel sind die Leitlinien für unser Leben. Die Kirchenväter haben dicke Bücher geschrieben, um die eine oder andere Passage auszulegen, und der

gesamte Umfang der exegetischen Werke übersteigt den der Bibel bei weitem.«

Also kauten wir immer wieder Stücke, die ich schon kannte, Wort für Wort durch und hörten uns Quintillianus' Kommentar an, sodass wir während einer Unterrichtsstunde nicht mehr als ein paar Zeilen lasen, denen stundenlange Erklärungen gegenüberstanden. Meine Stellung war nicht stark genug, um schon jetzt zu rebellieren, das machte Adela. Nach einer langen Passage aus der Apostelgeschichte rief sie aus: »Warum muss ich das eigentlich wissen? Ich werde Burgherrin und Gaugräfin von Hamaland. Ich habe nicht vor, in ein Kloster zu gehen, um zu meditieren wie Liutgardis!«

»Eure Schwester ist eine Heilige«, sagte Quintillianus eisig. »Ihr solltet Euch mal klar machen, was sie dort in Eltnon leistet.«

»Ich habe nicht vor, in ihre Fußstapfen zu treten. Ich finde, dass ich lernen muss, wie man führt und regiert.«

»Die Bibel kann Euch darüber alles verraten. Jede Frage, die Ihr jemals haben könntet, ist darin enthalten. Und ich kann Euch helfen, die Antworten zu finden.«

Adela wusste darauf keine Antwort, aber für den Rest der Stunde war sie mit ihren Gedanken weit weg. Meine Aufmerksamkeit war weniger weit entfernt, sie war auf die Grafentochter gerichtet. Ich schaute ihr ins Gesicht, und auf einmal sah ich, wie sich ihr Blick aufhellte. Sie richtete sich auf und unterbrach Quintillianus' Erörterung über die göttliche Natur Christi (die von schamlosen Ketzern geleugnet werde). Sie sagte: »Und wenn wir sie mal besuchen würden?«

»Wen meint Ihr?«, fragte Quintillianus.

»Liutgardis. Warum fahren wir nicht morgen nach Eltnon? Das ist lehrreich für uns, Ihr sagt selbst immer, dass ich mir an Liutgardis ein Beispiel nehmen soll.«

»Das sollt Ihr auch«, sagte Quintillianus ungeduldig, den Finger noch auf der Zeile, wo er stehen geblieben war.

»Wie kann ich mir ein Beispiel an ihr nehmen, wenn sie nicht hier ist? Ich werde meinem Vater sagen, dass er alles für einen Besuch vorbereitet.«

»Vielleicht ist es ja doch eine gute Idee«, sagte Quintillianus zweifelnd. Er sah auf den Abschnitt in seinem Buch. »Können wir jetzt fortfahren?«
»Ich brenne darauf, aus Liutgardis' guten Werken Lehren zu ziehen«, sagte Adela brav. Und zu mir in einem Ton, der keine Gegenrede duldete: »Und du fährst mit, Hroswith!«

In der Abenddämmerung traf ich sie am Waldrand. Ich wollte meine gierigen Hände unter ihr Kleid gleiten lassen, aber sie stieß mich zurück. »Jetzt nicht, Hroswith, erst müssen wir reden.«
Ich legte mich auf den Rücken ins Gras und sah den kleinen Fledermäusen zu, stillen Schatten, die zwischen den Bäumen hin und her schwirrend ihre Gleitflüge machten. »Worüber willst du reden?«
»Über Liutgardis. Sie ist dabei, so habe ich gehört, ihre Macht zu vergrößern, und ich muss wissen, was sie macht und wie sie es macht. Darum fährst du mit, zwei sehen mehr als einer. Ich will, dass du Augen und Ohren offen hältst.«
Ich steckte einen Grashalm unter ihr hochgerutschtes Kleid und kitzelte sie zwischen den Schenkeln.
»Hast du mich verstanden?«, fragte sie und schlug den Halm weg.
»Warum hast du so viel Angst vor ihr? Wie ich sie kennen gelernt habe, brauchst du nicht viel zu fürchten. Sie ist faul und träge, und sie interessiert sich für gar nichts. Sie ist ungefährlich.«
Adela schüttelte den Kopf. »Das glaube ich nicht. Ich habe gehört, dass sie emsig beschäftigt ist. Vergiss nicht, dass die Zeit für sie arbeitet! Sie kann, Jahre bevor ich an die Macht komme, ihre Position verstärken, Bundesgenossen suchen, Verträge schließen.«
»Ich werde herumschnüffeln wie ein Jagdhund.«
Sie ließ sich ins Moos zurücksinken. »Zuerst darfst du an mir schnüffeln, mein Hündchen.«

7. Kapitel

Wie Hroswith sich im Nachrichtendienst ausbildet, und welche Sitten in der Waffenkammer herrschen

Eine Herde von Schäfchenwolken hing über dem morastigen Land. Wir kamen an Bäumen vorbei, in denen so viele Vögel saßen, dass die Blätter nicht mehr zu sehen waren. Die Kronen wimmelten vor dunklen zwitschernden Körpern, und wir mussten aufpassen, dass die Ausscheidungen unsere Kleider nicht beschmutzten. Ich hatte vorher noch nie allein auf einem Pferd gesessen und fühlte mich unbehaglich, aber mein Reittier folgte den anderen, und ich brauchte nur dafür zu sorgen, dass ich nicht herunterfiel. Das war schwierig genug. Adela ritt gerade neben mir.

»Sitz gerade!«, kommandierte sie. »Klammer dich fest mit den Knien! Ich muss dir bald mal eine Reitstunde geben.« Sie zwinkerte mir zu und schoss wieder nach vorne.

Ich fühlte mich von meiner Geliebten, die wie eine Göttin aussah, im Stich gelassen. Da saß sie rittlings auf dem Rücken eines Apfelschimmels, gekleidet in eine Kombination aus grünen Stoffen, das stramme Leibchen in Schwarz, Gold und Silber abgesetzt. Auf ihrem Kopf trug sie einen kegelförmigen Hut mit Schleier, sodass sie sich ab und zu ducken musste, um ihren Putz nicht an einem Ast zu verlieren. Neben ihr ritt auf einem kleinen Pony, das Mühe hatte, das Tempo zu halten, Quintillianus, unmittelbar hinter ihm Wichmans junger Neffe Godizo, der die Aufsicht über die Verteidigung der Burg führte.

Godizo wollte nicht neben mir reiten, er fühlte sich erhaben über den Sohn eines Schmieds. Als ich mich der Gesellschaft anschloss, wollte er dazu etwas bemerken, aber Adela schnitt ihm das Wort ab.

»Es steht dir nicht zu, meine Beweggründe zu kritisieren«, fuhr sie

ihn an. Er schwieg, ich sah seine Kiefermuskeln erstarren, und von diesem Moment an tat er, als sei ich Luft.
Ich verhielt mich ruhig am Ende des Zuges. Ich trug eine kurze Kutte, denn Quintillianus fand, wenn ich mein Leben Gott weihen wolle, müsse dies durch Benehmen und Erscheinung deutlich werden. Er zweifelte offenkundig an meiner Berufung, und ich pries mich glücklich, dass Adela so viel Einfluss auf ihren Vater hatte. Letztendlich bestimmte der Graf.
Ich fragte mich, was Quintillianus machen würde, wenn er von den Stimmen in meinem Inneren oder meiner Besessenheit in Wikala wüsste. Ich fürchtete, dass das Geschehene sich wiederholen könnte, und nicht immer würde ein Retter in der Nähe sein.
Wir sahen den Elterberg vor uns aufragen, mir erschien er majestätisch und eindrucksvoll. Ich kannte noch keine anderen Berge als den viel niedrigeren Ijzerberg und den Hügel von Uplade. Aber Quintillianus, der in Rom und Santiago gewesen war, meinte, diese Erhebung sei nicht mit den Gebirgen in anderen Ländern zu vergleichen, für deren Überquerung man Wochen benötige, oft in Höhen, auf denen sogar im Sommer noch Schnee liege. Ich konnte mir davon damals nur schwer eine Vorstellung machen, aber später musste ich ihm Recht geben: Die Berge hierzulande sind nicht mehr als Runzeln in der Landschaft.

Liutgardis erwartete uns schon, umgeben von ihren Chordamen, die zwitscherten und kicherten und beim Anblick der Männer das Gesicht hinter ihrem Schleier verbargen.
Die Schwestern begrüßten einander aufs Allerherzlichste, und Quintillianus und Godizo verbeugten sich vor der Äbtissin, die sie in aller Form willkommen hieß. Sie war noch dicker geworden, aber sie sah gesünder aus als zu der Zeit, da sie noch auf der Burg wohnte. Liutgardis wandte sich halb zu mir und sagte dann zu Adela: »Lass euren Knecht die Pferde auf die andere Seite des Gebäudes bringen, dort kann er sie versorgen.«
Es war absurd, jemanden in einer Kutte einen Knecht zu nennen.

Ich erwartete, dass Adela sie zurechtweisen würde, aber sie sagte nur: »Hroswith, du hast gehört, was die Äbtissin gesagt hat.« Sie nickte mir freundlich zu und folgte ihrer Schwester, als die Nonnen durch die Seitentüren verschwanden.

Ich nahm seufzend die Pferde an den Zügeln und ging um die Palisade herum, die das Gebäude umgab. Auf der anderen Seite fand ich eine unvollendete hölzerne Saalkirche. Direkt daneben stand eine runde Steinkapelle mit einem Anbau aus Holz. Ein Dutzend Leute war bei der Arbeit, wahrscheinlich Einwohner von Eltnon, dem Dorf, durch das wir vorhin gekommen waren. Bei genauerem Hinsehen merkte ich, dass ich mich geirrt hatte. Die Saalkirche wurde nicht errichtet, sondern abgerissen.

Ich übergab die Pferde einem Stalljungen am Hintereingang der Palisade. Durch die offen stehende, kaputte Tür sah ich in eine unordentliche Scheune mit einem Heuboden und einen Innenhof, auf dem sich kleine Ferkel im Dreck wälzten. An der Rückseite war die Palisade an manchen Stellen defekt, das Holz vom Alter ganz schwarz.

Ich beschloss, bei den Arbeitern in der Kirche herumzuhören. Soweit ich sehen konnte, waren keine Handwerksleute beschäftigt, sondern nur einfaches Volk, das zum Grundbesitz des Stiftes gehörte. Nur der Aufseher war kein Arbeiter. Obwohl er den muskulösen Oberkörper entblößt hatte und nur eine Hose trug, sah ich an seiner Haltung, den Stiefeln und seinem Schwert, einem altertümlichen Scamrasax an einem verzierten Gürtel, dass er ein Edelmann war. Er gab den Männern Anweisungen und schleppte selbst einen Balken aus der schon zum Teil abgebrochenen Kirche heraus. Der Mann schwitzte unter der Last, die für drei Männer noch schwer genug gewesen wäre.

»Soll ich Euch beim Tragen helfen?«, fragte ich.

Er sah auf und lachte mich an. »Nein, Mönchlein, ich kann mir schon alleine helfen. Ich mache dies, um meinen Körper zu stählen. Es ist eine bessere und nützlichere Übung für die Muskeln, als tagelang mit einem Schwert in einen Baumstamm zu hauen.«

Er schleppte den Balken zu einem Holzstapel und ließ ihn dort vorsichtig auf die Erde gleiten. Dann kam er zu mir und sagte: »Und was hat ein Mönch in einem Damenstift zu suchen?« Er hatte ein freundliches Gesicht und war jünger, als ich im ersten Augenblick gedacht hatte, vielleicht etwa zwei Jahre älter als ich. Um den Mund herum spross ihm der erste Bart.

»Mein Name ist Hroswith. Ich gehöre zum Gefolge von Fräulein Adela, Tochter des Gaugrafen von Hamaland und Schwester der Äbtissin«, sagte ich, obwohl Letzteres in dieser Gegend sicher bekannt gewesen sein dürfte.

»Ich habe von Fräulein Adela gehört, sie wird doch wohl nicht ins Kloster gehen, hoffe ich? Sie soll sehr schön sein«, sagte er und fügte lachend hinzu: »Aber darauf achtest du natürlich nicht, als Mönch. Na ja, überlass das lieber mir! Mein Name ist Balderik. Meine Güter liegen am linken Ufer.« Als ich ihn fragend ansah, wurde er deutlicher: »Des Rheins. Komm, lass uns was trinken gehen! Das habe ich mir redlich verdient.«

Wir gingen zum Hintereingang. Ich fragte, warum die Kirche abgebrochen wurde.

»Die alte Kirche? Die soll Platz machen für eine Stiftskirche aus Stein. Graf Wichman hat vor Jahren die Elterbergburg in ein Kloster verwandelt, und die Kapelle, die du gesehen hast, gehört noch zu der alten Burg. Jetzt will die Äbtissin alles neu gestalten. An die Seiten kommen Unterbringungsmöglichkeiten für Gäste und ein Gemeinschaftsraum für die Damen. Auch soll ein neues Refektorium entstehen.«

Wir überquerten den Innenhof und gingen durch eine kleine Tür in ein Nebengebäude. Auf einem niedrigen Tisch standen ein Krug und ein paar Weinbecher. Balderik setzte sich auf einen Schemel und schenkte ein. Er reichte mir einen Becher und lachte: »Die Damen sind an Luxus gewöhnt und klagen ständig über die alte Burg. Stein ist natürlich schöner und weniger vergänglich als Holz. Ich muss der Äbtissin Recht geben. Schließlich sollen wir Gott mit dem Besten ehren, was wir haben.«

»Und was passiert mit der alten Burg?«

»Die wird abgerissen. Du bist aber ziemlich neugierig, was? Das sind alle Geistlichen, sie wollen immer alles wissen, weil sie sonst nichts zu tun haben.« Er kippte den Inhalt des Bechers in sich hinein und sah mich an.

»Ich bin kein Mönch oder Priester«, sagte ich, »auch wenn ich eine geistliche Berufung habe, aber darüber darf ich nicht reden.«

»Was bist du denn dann?« Er grinste mich an und schenkte sich noch mal ein. Er reichte mir den Krug, aber mein Becher war noch voll. Ich stürzte den Rest des Weines hinunter, denn wenn mein Tempo ihn anstiften konnte, mehr zu trinken, würde seine Zunge sich vielleicht noch weiter lösen.

»Mein Vater ist der Schmied von Uplade. Er macht Schwerter.«

»Ein einfacher Schmied?« Balderik blickte enttäuscht von mir auf den Wein, vielleicht fand er es Zeitverschwendung, mit dem Sohn eines Handwerkers zu trinken. Schnell sagte ich: »Er ist kein einfacher Schmied, er war ein Schüler von Ulfberth.«

Balderik, den Becher schon am Mund, vollendete die Bewegung nicht und sah mich über den Rand hinweg an. »Von Ulfberth? Dann ist er wirklich kein einfacher Schmied. Und er macht genauso gute Schwerter?«

»Bestimmt.«

»Bist du auch Schmied? Kannst du auch welche machen?«

»Ja, er hat es mir beigebracht«, log ich.

Balderik zog sein Scamrasax und hielt es mir hin. »Schau mal, das ist mein Schwert! Einer meiner Ahnen, der unter Widukind gekämpft hat, hat es einem Ritter von Kaiser Karl abgenommen. Aber das waren andere Zeiten. Damals waren wir noch Heiden.« Ärgerlich lachte er auf, als bedauere er die Christianisierung, und steckte das Schwert zurück. »Vielleicht komme ich mal bei euch vorbei, um ein Schwert zu erstehen«, sagte er. »Dieses ist zu klein für mich. Ich habe es noch nicht im Kampf erproben können, aber es fühlt sich in meiner Hand an wie ein Weidenzweig. Das ist nicht gut. Bei den

Übungen, die ein künftiger Kämpfer machen muss, arbeitet man mit bleischweren Übungsschwertern.«
Ich sagte, dass wir viel zu tun hätten, aber dass er gern einmal vorbeikommen könne, wenn der Graf es erlaube, denn die Burg sei kein Freimarkt.
»Es ist sehr vernünftig von Wichman, dass er seinen eigenen Waffenschmied hat«, sagte Balderik. »Schwertmacher sind schwer zu finden. Na los, trink noch was!«
»Wenn ich fragen darf, warum arbeitet Ihr auf dem Klosterbesitz?«, fragte ich.
Er antwortete sofort: »Ich habe mich mit Frau Liutgardis verbündet und helfe ihr bei der Organisation und den Veränderungen, die sie durchführen will. Sie ist sehr mächtig. Alle Damen im Stift sind von hoher Geburt, und sie kann Einfluss bis zum kaiserlichen Hof ausüben.« Er schenkte noch einmal ein und fuhr fort: »Sie fährt bald zur Audienz zu Kaiser Otto, und ich leite ihre Eskorte. Die Äbtissin erwartet besondere Privilegien zur Rechtsprechung in diesem Gebiet. Mein Gott, sie erwartet in Kürze sogar eine Delegation vom Papst aus Rom!« Er lachte dröhnend und stellte seinen Becher ab. Ich lehnte den Krug ab, den er mir reichte. Ich wollte wenigstens ein bisschen bei klarem Verstand bleiben, zumal der Esel jetzt kein Ende fand.
Und so fuhr er fort: »Deshalb will sie auch ihren Besitz vergrößern. Sie will aus Eltnon ein wichtiges Zentrum der Frömmigkeit machen, und dafür ist ihr keine Anstrengung zu groß. In einem Monat kommen Maurer und ein Baumeister aus Sachsen.«
Liutgardis' Pläne überraschten mich. Dies klang nicht nach dem faulen, gleichgültigen Mädchen, das vor einem halben Jahr aus der Burg ausgezogen war. Die Selbstständigkeit hatte sie aufleben lassen, das Spiel um die Macht hatte von ihr Besitz ergriffen. Ich ließ jede Vorsicht fahren und sagte: »Aber so eine Machterweiterung, ist die nicht schrecklich teuer? Das Stift ist noch so jung, wo nimmt sie denn das ganze Geld her?«
Er wischte meine Bemerkung vom Tisch. »Sie weiß, wo sie es holen

muss. Und sie kann Darlehen bekommen, weil sie Aussicht auf das Erbe ihres Vaters hat. Der Graf besitzt unermesslich reiche Ländereien, die sie der Kirche schenken will. Nein, das Geld, darum geht's nicht. Na los, trink noch was, oder willst du mich beleidigen?«
Ich versicherte ihm, dass dies nicht in meiner Absicht liege, und nahm den Becher an.

Stunden später kam der Pferdeknecht, um mir anzukündigen, dass die Abreise meiner Gesellschaft unmittelbar bevorstehe. Mit Mühe kam ich hoch, ich musste mich am Tisch festhalten. »Warte«, sagte Balderik, »lass mich dich stützen!« Er stand noch schiefer als ich, und zusammen gingen wir, die Arme über den Schultern des anderen, zur Tür. »Warte«, sagte Balderik nochmals. Er drehte sich halb um und riss den Krug mit sich. Es wurde schon dunkel, in der Ferne trieben zwischen den Bäumen Nebelschwaden heran. Wir umrundeten die Palisade und standen vor den Chordamen, von denen einige qualmende Fackeln trugen. Adela und ihre Begleiter saßen schon zu Pferde. Adela sah mich wütend an, und Liutgardis rief erschrocken: »Herr Balderik!«
Balderik sah Adela an und versuchte, sich aufzurichten. Er stapfte mit steifen Beinen auf sie zu und lallte: »Mein Name ist Balderik. Will die schöne Adela mir ihre Hand reichen, damit ich sie küssen kann?«
Er griff nach ihrer Hand, stolperte aber im gleichen Augenblick, sodass er fast hinfiel und sich nur noch an Adelas Steigbügel hochziehen konnte. Auf einmal trieb sie ihr Pferd an, während sie mit ihrem mit dem feinsten Leder beschuhten Fuß (oh, dieses rosige Füßchen) in sein Gesicht trat. Er fiel auf den Rücken ins Moos und rieb ungläubig über eine blutige Schürfwunde auf der Wange.
»Ihr braucht offensichtlich eine Anstandslektion, Herr Balderik«, sagte Adela von oben herab. »Ich hoffe, bei unserem nächsten Zusammentreffen Fortschritte konstatieren zu dürfen.« Zu Godizo sagte sie: »Hilf diesem Bauerntölpel in den Sattel.« Sie wendete ihr Pferd und begann in Richtung Dorf hinabzureiten.

Balderik klopfte mir auf die Schulter und sagte: »Mein Gott, was für eine Frau! Ist sie schon versprochen?«
Godizo packte mich fest am Arm und brachte mich zu meinem Pferd. Zitternd vor Wut hielt er den Steigbügel, damit ich meinen Fuß hineinstecken konnte, und gab mir, während ich aufstieg, einen gewaltigen Tritt in den Hintern. Ich sah auf Balderik herab, der jetzt vor Godizo stand.
»Balderik«, sagte Godizo, und sie umarmten einander wie alte Bekannte. Danach stieg Godizo auf, gab meinem Pferd einen Schlag und folgte mir. Adela sah ich erst am nächsten Abend in der Waffenkammer wieder, wo wir verabredet waren. Sie saß rittlings mit hochgeschürzten Röcken auf einem Pferdesattel, der über einem Querbalken hing, sodass ich ihre marmorweißen Beine sah, die mit einem feinen Maßwerk von kleinen blauen Äderchen (diese herrliche Farbe des adligen Blutes!) durchzogen waren. Aber das konnte mich im Augenblick gar nicht fesseln. Mein Kopf klopfte noch von Balderiks Wein, ich hatte den ganzen Tag im Bett gelegen. Der penetrante Geruch von Leder und Fett machte die Sache nicht besser.
»Und was hast du gestern rausgekriegt?«, fragte sie sofort; nichts zu meinem Wohlergehen, keine wütende Predigt über mein Verhalten, sie kam direkt zur Sache.
Ich ließ mich auf einen Strohballen niederplumpsen und erzählte von der Machterweiterung, die Liutgardis plante, von der Botschaft an den Kaiser und dem Besuch des päpstlichen Gesandten. Adela ballte die Fäuste und schlug auf den Sattel. »Ich habe es gewusst! Darauf hat sie die ganze Zeit gewartet! Alles der Kirche geben … Ich bin neugierig, was Vater dazu meint.«
»Wenn du nichts dagegen hast, gehe ich nach Hause, ich fühle mich nicht wohl«, sagte ich und stand auf.
»Komm her!«, sagte sie wie die Herrscherin, die sie bald sein würde. Ich ging zu ihr, und sie nahm meinen Kopf zwischen die Hände und zog ihn zu sich heran.
»Ich bin nicht in Stimmung«, protestierte ich, aber sie schob ihre

Röcke weiter hoch und drückte meinen Kopf in ihren Schoß, während sie sich im Sattel etwas zurücklehnte. Ich ließ meine Zunge zwischen die kleinen Falten gleiten, und ihr keuchender Atem und ihre Kehlgeräusche sagten mir, wie ich sie zum Höhepunkt bringen konnte. Kurz bevor sie diesen erreichte, klemmte sie ihre Beine um meinen Kopf, und auf einmal knallte eine Peitsche, und sie schlug mir eine Strieme über den Rücken. Ich war zu verdutzt, um aufzuhören, meine Erregung wuchs, auch weil jeden Augenblick jemand hereinkommen konnte. Ich schwitzte, und als Adela bebend meinen Kopf von sich stieß, weil es ihr zu viel wurde, war mein Kater verschwunden. Sie wühlte mit den Händen in meinen Haaren und zog meinen Kopf auf ihren Bauch, dass mein Genick knirschte. »Wir reden morgen weiter«, keuchte sie.

8. Kapitel

Wie Hroswith etwas über die Sünden des Fleisches lernt

Manchmal denke ich an den Mönch, der Jahre dafür gebraucht hat, diese Bibel abzuschreiben und mit Ornamenten zu verzieren. Die Buchmalereien lasse ich stehen, ansonsten schabe ich weiter, kalligrafisch ziselierte Worte verschwinden Zeile für Zeile unter meinem Messer wie Fußsoldaten, die der Sensenmann niedermäht. Ich hoffe, dass es mir noch glückt, vor meinem Dahinscheiden das ganze Buch wegzuschaben und mit meiner eigenen Geschichte zu füllen. Ich gebe zu, dass ich schummele, meine Buchstaben sind größer als die Minuskeln des Eifrigen, der diese Blätter vor mir entjungfert hat. Ich war zwar immer ein großer Leser, aber in der *scriptoria* habe ich selten gearbeitet. Wie alt und steif meine Hände auch sein mögen, ich lerne jedoch schnell. Wahrscheinlich werde ich am Ende einige Seiten herausreißen müssen. Vielleicht hätte ich mich auf die Seiten eines einzigen Evangeliums beschränken sollen, um mein Leben zu beschreiben, glaubte ich doch, ein Zerrbild Christi zu sein, aber ich fürchte, dass ich zu weitschweifig bin, um mit solch einem beschränkten Raum auszukommen.

Das Buch *Genesis* ist unter meiner Feder verschwunden, *Exodus* geht dem Ende zu. Aber noch immer wohne ich auf der Burg Uplade des Grafen Wichman und teile meine Zeit auf zwischen Adela, Fritherik und Quintillianus.

Quintillianus schien etwas aus dem Konzept gebracht. »Was wir mit den Sünden des Fleisches meinen? Das ist eine gute Frage, Fräulein Adela.« Er sah auf das schmale Fenster, durch das nichts zu sehen war. Durchsichtiges Glas war in unseren Landen noch nicht so weit verbreitet wie anderswo auf der Welt, wie ich später feststellte.

»Wenn damit das Essen von Fleisch gemeint ist, leben wir ja ständig in sündigem Zustand«, sagte sie unschuldig und sah mich mit ihren großen Augen an.

»Das ist nicht gemeint. Das Fleischessen ist erlaubt, außer in den Fastenzeiten, das wisst Ihr, Fräulein.«

»Was bedeutet es denn sonst?«, beharrte sie. Ich blickte Quintillianus interessiert an, der nun bei mir Hilfe zu suchen schien.

»Auch ich frage mich dies schon seit einiger Zeit, Magister«, sagte ich. »Es ist so, wie Ihr sagt; dass ich die Schrift auswendig kenne, heißt noch nicht, dass ich alles verstehe.«

»Die Sünden des Fleisches gehören zu den schwersten Todsünden«, sagte unser Meister. »Hurerei und Wollust machen den Menschen zu einem lebenden Toten. Der heilige Augustinus sagt, dass es vier Beweggründe gibt, diese Sünde zu begehen ...«

»In welchem Buch sagt er das?«, fragte ich mit gespitzten Ohren. Er sah mich verstört an.

»*Vom Gottesstaat* heißt es.«

»Habt Ihr es hier?« Gott, gib mir etwas zu lesen!

»Nein, leider nicht ... Schweig jetzt! Vier Beweggründe, sagt Augustinus also, von denen drei zu Hauptsünden führen und nur einer zu einer alltäglichen Sünde, die durch Beten und gute Werke getilgt werden kann.«

»Welches sind diese Beweggründe?«, fragte Adela. Das Begehren in ihrer Stimme verriet mir, dass sie unseren Ausschweifungen gern neue Details hinzufügen wollte.

»Ich habe sie zum Teil vergessen«, musste Quintillianus zugeben. »Eine alltägliche Sünde ist es, wenn man sie betreibt, um Nachkommen zu erzeugen, eine Todsünde, wenn man sie nur betreibt, um der ehelichen Pflicht nachzukommen, auch wenn Paulus sagt, es sei besser zu heiraten, als vor Begierde oder durch Einflüsterung des Bösen umzukommen. Den dritten Beweggrund, der nicht vergeben werden kann, habe ich vergessen ...«

»Kann es nicht sein, dass man einfach wegen des Genusses an sich die Sünde begeht?«, fragte Adela.

Quintillianus sah sie scharf an und bekreuzigte sich. »Mein Gott, wie kommt diese Närrin auf die Idee, dass Sündenbegehen genussvoll sein könnte?«, murmelte er.
»Steht das nicht überall in der Bibel?«, fragte Adela. »Wenn die Schrift Sündhaftigkeit erwähnt, die aus Genusssucht entstanden ist, dann muss das Sündigen doch ein Genuss sein.« Sie stemmte die Arme in die Seiten und sah den Mönch herausfordernd an.
Quintillianus seufzte. »Ihr habt Recht, Fräulein. Haltet Euch darum fern von Wollust und eitlem Genuss und vergesst nicht Eure Verantwortung in Eurer hohen Position!«
»Meine Verantwortung heißt heiraten und Nachkommen auf die Welt bringen, denn sonst hat der Gau keinen Erben«, sagte Adela, die vergessen hatte, dass sie eben noch nicht einmal wusste, was die Sünden des Fleisches bedeuteten. Sie fügte hinzu: »Blutsbande stärken und vermehren den Besitz, sodass die Ordnung auf den Gütern nicht in Gefahr gerät.«
Quintillianus nickte bedächtig und sagte: »Das stimmt. Dabei ist es besser, wenn ein männlicher Herrscher Ordnung hält. Und da nun irgendwann Eure Hochzeit vor der Tür steht, müsst Ihr bedenken, dass für Herrscher andere Maßstäbe gelten als für das gemeine Volk.«
»Vergesst das nicht«, sagte Adela, die meinem erschrockenen Blick auswich.

»Was hat das mit deiner Hochzeit auf sich?«, fragte ich sie, als wir uns auf dem Heuboden beim Pferdestall trafen. Sie hatte ihr Leibchen ausgezogen und hielt ihre schneeweißen Brüste mit den rosigen Brustwarzen eine nach der anderen hoch, während sie sie aufmerksam in Augenschein nahm. »Die eine wächst schneller als die andere, meinst du nicht auch?«, fragte sie besorgt. »Wenn das so weitergeht, hänge ich noch völlig aus dem Lot.«
»Ich habe dich was gefragt.«
Adela legte sich zurück und seufzte. »Muss ich dir das wirklich erklären? Adel verpflichtet, wusstet du das nicht? Ich muss hei-

raten, um die Geschlechterfolge fortzusetzen und die Grafschaft besser regieren zu können.«
Bitter sagte ich: »Wenn du einen Mann hast, wird er dich regieren. Dich und dein Haus.«
Adela sah zur Seite, ohne den Kopf zu bewegen. Ihre Hand schoss ins Heu und erwischte eine Ratte, die vor Angst laut piepte. »Kleiner Spion«, sagte sie lachend, »ich werde dich lehren, uns zu belauschen!« Mit ihren wohlgeformten Fingern drückte sie dem Tier mit beiden Händen die Kehle zu, bis das Piepen aufhörte und der kleine dunkle Körper zu zappeln begann. Der Schwanz wischte auf ihren bloßen Brüsten hin und her, während sie, die Zungenspitze zwischen den Zähnen, weiterpresste. Sie drückte so heftig, dass sich ihre Finger rot färbten, und als das Tier still wurde, warf sie es durch die Luke nach unten und kicherte wie ein kleines Mädchen.
»Wo waren wir stehen geblieben? ... Ach ja, meine Hochzeit«, sagte sie, während sie sich mir zuwandte, meinen Hosengürtel aufzog und ihre Finger hineingleiten ließ, um mein pochendes Geschlecht zu bearbeiten.
»Ich werde heiraten, aber erst in einem Jahr oder später. Er heißt Imed, hat furchtbar viel Land und gehört zum Sachsengeschlecht der Imedingen. Genau wie ich stammt er also von Widukind ab. Ich glaube, er ist ein folgsamer Trottel. Aber meine Hochzeit bedeutet nicht, dass wir uns nicht mehr sehen können.«
Als ich keine Anstalten machte, auf ihre Avancen einzugehen, zog sie ihre Hände zurück. »Es sind größere Interessen im Spiel als deine verletzte Ehre«, sagte sie ernsthaft.
Ich holte tief Atem und blickte auf ihre gepflegten Hände. »Du hast Recht, und ein Jahr dauert noch lange«, sagte ich, nicht zuletzt, weil ich ihre Hände wieder spüren wollte.

Es fiel mir auf, dass Fritherik alt aussah. Wie lange war es her, dass wir zusammen angeln gegangen waren und er mir Geschichten erzählt hatte? Binnen kurzer Zeit waren seine Haare und sein Bart vollkommen grau geworden. Er magerte stark ab, obwohl er nicht an Kraft zu verlieren schien. Tagein, tagaus stand er in der Schmiede und arbeitete wie besessen, gleichzeitig brachte er mir das Handwerk bei. Stunden, Tage, Wochen half ich ihm und hörte zu, um mir alles einzuprägen. Ich fertigte Kettenhemden an, beulte Helme aus, schmiedete Gitterfenster und Dolche. Ich machte Hufeisen und beschlug sogar die Pferde. Und zwischendurch lernte ich alles über das Schwerterschmieden.

Fritherik brachte mir die Beschwörungsformeln und Lieder bei, die das Schmieden eines legendären Schwertes begleiten mussten, und Zaubersprüche, die schon von Kaiser Karl verboten worden waren und mich auf den Scheiterhaufen bringen konnten, wenn ein Feind sie belauschte. Er redete schnell, als ob die Zeit dränge, und eines Tages hielt er inne, gab mir seinen Hammer und zeigte mir das Material, das ich brauchte. Er hängte das Ulfberth als Vorbild an die Decke und setzte sich an den Tisch, um mir zuzusehen.

Ich schlug zwei Stahlstäbe von verschiedener Zusammensetzung platt, bis es zwei flache breite Streifen waren, die ich aufeinander legte und dann durch abwechselndes Erhitzen und Hämmern doppelt falzte, sodass das Ganze wieder ein flacher Streifen wurde. Wieder und wieder erhitzte ich das Ganze, hämmerte und falzte.

Ich verlor jegliches Zeitgefühl und ließ den Hammer im Rhythmus meines Herzschlags donnern. Funken sprühten umher, und mein Schweiß troff zischend auf das rot glühende Metall. Ich sang Beschwörungsformeln und rief die alten Götter an, die in früheren Zeiten beim Schmieden geholfen hatten. Durch das Eintauchen des glühend heißen Stahls in den Wasserbehälter war der Raum voller Dampf. Ich schürte das Feuer mit dem Fußblasebalg, bis es dröhnte, und hielt mein Meisterstück in die Flammen.

Dann gab ich der Klinge eine Form. Als sie fertig war, sah ich, dass sie perfekt war. Danach stellte ich das Heft her, mit einem Kreuz, das ich durch Einhämmern von Silberdraht in vorher gezogene Rillen verzierte. Ich schob den Griff der Schneide in die ausgesparte Öffnung des Heftes und erhitzte und hämmerte das Ganze, bis die einzelnen Teile miteinander verbunden waren, während ich Web-

und Bindesprüche flüsterte. Ich hielt das Schwert vor mich, fühlte, wie schwer es war, und prüfte das Gleichgewicht. Ich trat den Schleifstein, schliff die Klinge, befühlte die Schärfe und schliff erneut.

Nun verstand ich, warum Fritherik wollte, dass ich Schmied werden sollte. Es war ein phantastisches Gefühl, ein großes Schwert zu erschaffen. Hier lag es in meiner Hand, eine Waffe mit einer Seele, mit einer Persönlichkeit, eine Waffe, fürwahr, um einen Drachen zu töten! Ich dachte an die Feinde, die mich angegriffen hatten, und ohne mein Zutun machte das Schwert in meiner Hand einen Sprung wie ein unruhiger Jagdhund oder wie ein Schiff, das an seinen Ankern zerrt.

Ich lief mit dem fertigen Schwert zum Tisch und legte es ehrfurchtsvoll vor Fritherik nieder, damit er es beurteilen konnte, auch wenn ich wusste, dass es makellos war. Fritherik reagierte nicht und sah weiter still vor sich hin. Es dauerte eine Weile, bis ich begriff, dass er tot war.

Ich nahm das Schwert, ging zurück zum Feuer und verewigte den Namen meines Vaters auf der Klinge.

Adela stand mit ihrer Zofe auf der Burgtreppe. Als sie mich sah, schickte sie die Zofe weg. Sie sagte erstaunt: »Wo bist du gewesen? Ich hab dich drei Tage nicht gesehen, und die Schmiede war verschlossen ...«

»Mein Vater ist tot«, sagte ich, und die Tränen liefen mir über die Wangen. Adela umarmte mich und drückte mich an sich, und ich weinte mich an ihrer Schulter aus.

Eine barsche Stimme hinter uns sagte: »Was ist denn hier los?« Ich befreite mich aus den Armen meiner Geliebten und sah, wie der Ruß der Schmiede und meine Tränen ihr Kleid beschmutzt hatten. Hinter ihr stand der Graf, der mich wutentbrannt ansah. Adela drehte sich zu ihm und sagte vorwurfsvoll: »Sein Vater ist tot!«

Der Gesichtsausdruck des Grafen wechselte, es durchlief alle Stadien von Zorn, Erstaunen, Schrecken und tiefer Trauer. Dann brach er in Tränen aus und musste sich gegen einen Baum lehnen, weil seine Beine ihm ihren Dienst versagten. »Mein Freund ist tot«, rief er verzweifelt, »mein Waffenbruder hat mich verlassen!« Adela lief zu ihm, stützte und tröstete ihn, wie sie mich getröstet hatte. Unter Tränen sah ich den beiden zu und wunderte mich über des Grafen Gefühle für Fritherik.

Die Trauerfeierlichkeiten waren kurz. Ein Herbststurm heulte um die Wehrgänge der Burg. Quintillianus sprach rasend schnell die üblichen Gebete am Grab, das ich selbst innerhalb der Burgmauern ausgehoben hatte. Die Bewohner von Uplade hatten sich, dick eingepackt gegen die Kälte, um die Grube versammelt, als der Sarg hinuntergelassen wurde. Der Graf stand kopfschüttelnd und hustend dabei. Er legte mir die Hand auf die Schulter.

»Dein Vater war ein großer Mann, mein Junge«, sagte er, »niemand konnte so schmieden, wie er es konnte, und niemand konnte so kämpfen wie er. Er war der Einzige, der es vor zwanzig Jahren wagte, allein mit seinem Schwert in das Land der wilden, ungläubigen Dänen zu reisen, um dort als Schmied zu arbeiten. Und mehr noch, nach Jahren kehrte er mit einer dänischen Frau zurück. Sogar diese Heiden hatten Respekt vor ihm.«

Er bekam einen schweren Hustenanfall, und Adela nahm seinen Arm und brachte ihn hinein. Ich sah ihnen nach. Nun verstand ich, warum Frijonde so anders gesprochen und warum sie die Priester verabscheut hatte.

Ich hatte Wichman vieles fragen wollen, aber er lag mit hohem Fieber im Bett. Als der Winter begann, standen wir wieder an einem Grab, und jetzt musste ich Adela trösten, sei es auch nur in der Abgeschiedenheit der Schmiede.

Während der paar Wochen, die es noch dauerte, bis Imed auf der Burg einziehen würde, um seine Braut zu ehelichen, hatten wir es einfacher als zuvor. Jedenfalls glaubte ich das. Was wusste ich auch von dem Leben auf einer Burg, von den Zofen, die bei ihrer Herrin im Zimmer schliefen, von den Ankleidefrauen, die ihr morgens in ihre Kleider halfen, und all den unsichtbaren Schatten, die durch die Flure schlichen und für die das Leben ihrer Herren eine unversiegbare Quelle der Verwunderung ist. Was wusste ich davon, wie Legenden über die Bewohner einer Burg entstehen, jene Legenden, die an den Kaminfeuern in den Gemächern der Bediensteten ebenso die Runde machen wie über den Kochtöpfen der Küchen und in den Zimmern der Kinder, von wo aus sie sich dann in den Gärten und Kapellen verbreiten. Ich hatte keine Ahnung von den Geschichten, die ihren Weg suchen und sich schließlich wie müde Tauben auf den Fensterbrettern der Studierstuben hoch in den Türmen der Klöster und Burgen niederlassen, wo Gelehrte und Geistliche verstört ihre Feder niederlegen, um ihrem Gurren zu lauschen.

9. Kapitel

Worin Hroswith viel dazulernt, aber schließlich des Wartens müde wird

Nach dem Tode ihres Vaters hatte sich Adela nicht mehr in Quintillianus' Unterrichtsstunden sehen lassen. Sie wünschte den Mönch jetzt nur noch als Ratgeber bei sich. Für mich ging der Unterricht weiter, was mich freute, denn ich hatte befürchtet, das Wichmans Tod das Ende meiner Ausbildung bedeuten würde. Aber Quintillianus, der mich anfangs als ein notwendiges Übel angesehen hatte, war immer zugänglicher geworden, als er merkte, dass ich wirklich Interesse an seinem Unterricht hatte. Wahrscheinlich vermisste er, der in Reims und Hildesheim studiert hatte, auf dieser zugigen Burg in diesem entlegenen Winkel die Anregung, die von einer gebildeten Gesellschaft ausgeht. Adela war zwar auch eine gute Schülerin, aber ihr Interesse galt ausschließlich Fragen, die ihr beim Verwalten und Vergrößern ihrer Besitzungen zupass kommen konnten. Quintillianus und ich dagegen fanden alles Wissenswerte interessant.

Trotz seiner Engstirnigkeit war Quintillianus ein ehrlicher und ideenreicher Mann. Die Bücher in seinem Zimmer hatte er alle selbst abgeschrieben und er hütete sie wie ein Huhn seine Eier. Schließlich durfte ich sie alle lesen, solange ich es nur laut tat, denn sein Sehvermögen ließ rasch nach. Nach jedem Abschnitt besprachen wir den Inhalt. Abgesehen von den *Commentarii de bello Gallico* las ich Augustinus, den Areopagiten, Gregor den Großen und natürlich Boëthius.

Quintillianus wusste viel über die Vergangenheit zu berichten, und er war glücklich, jemanden zu haben, der so gut zuhörte wie ich. Er erzählte von den heidnischen Römern und ihren brutalen Verfolgungen der frühen Christen, bis der große Konstantin, durch eine Vision bekehrt, das Kreuz auf seinem Feldzeichen anbrachte. Über Julian Apostata sprach er, den Abgefallenen, der den Verlauf der Geschichte, die auflaufende Flut des Christentums, hatte wenden und das antike Heidentum restaurieren wollen. Ich warf ein, dass die Gezeiten sich doch immer von selbst zurückziehen, das hatte er mir schließlich selbst beigebracht. Warum sollte das dann die Geschichte nicht tun? Er antwortete, dass das Christentum oft mit Gegenschlägen zu kämpfen gehabt habe, aber es sei jedes Mal wiedergeboren worden und erneuert aus dem Kampf hervorgegangen. So war der große Teufel Julian im dritten Jahr seines Kaisertums im Kampf gegen die Perser getötet worden, und durch dieses göttliche Eingreifen konnte ein wahrer Christ den Purpur übernehmen.

Er erzählte von den Konzilen und über die Lehren von Ketzern wie Arius, die jahrhundertelang fortgewuchert hatten. Ketzer seien schlimmer als Heiden. Diese wüssten es ja nicht besser und würden schließlich von Missionaren bekehrt werden. Ketzer verharrten demgegenüber in ihren Irrtümern, und obwohl sie die Wahrheit kannten, verschlossen sie Augen und Ohren vor ihr, ja, sie lebten, dazu vom Bösen angestiftet, in Sünde, Gott zum Spott.

Von den Normannen sprach er, den wilden Kriegern, die die Küsten der christlichen Länder heimsuchten und Klöster und Kirchen plünderten und in Brand steckten, wenn auch wir in dieser Gegend nicht mehr viel von ihnen hörten. In Frankreich aber hatten sie festen Grund unter die Füße bekommen und, damit sie Lehnsmannen des Königs werden konnten, das Christentum angenommen.

Im Süden machten Sarazenen, Anhänger Mahomets, sich derselben Verbrechen schuldig wie die Normannen, mit dem Unterschied, dass sie den Ländern, die sie eroberten, mit Gewalt ihre eigene Irrlehre aufzwangen. Aber, so versicherte mir Quintillianus, niemals würden sie auch nur in die Nähe unserer Lande kommen, und auch die Normannen erwartete er nicht mehr hier.

Ich stellte tausenderlei Fragen, und schließlich kam ich zu der Frage, die ich schon dem Pfarrer von Wikala hatte stellen wollen, nämlich wie lange Christi Geburt denn her sei.

Wir saßen auf einer kleinen Bank vor der Burgkapelle. Zum ersten Mal in diesem Jahr war sonniges Frühlingswetter. Quintillianus hatte seine Kapuze zurückgeschlagen und blinzelte mit halb geschlossenen Augen in die hellen Sonnenstrahlen. »Es ist ungefähr neunhundertfünfzig bis tausendfünfundzwanzig Jahre her, habe ich gehört. Warum willst du das wissen?«

»Weil doch in der Offenbarung steht, dass der Antichrist nach tausend Jahren befreit werden wird aus dem Abgrund, in dem er angekettet ist.«

»Ja, das beschäftigt viele Menschen heutzutage«, sagte er nachdenklich. »Aber die Frage ist dann: Tausend Jahre nach welchem Ereignis? Nach Christi Tod oder nach seiner Geburt? Und wann ist das Tier von dem Engel gefesselt worden? In dem Moment, da Johannes auf Patmos seine Offenbarung erfuhr? Und wann war das dann wieder? Zu viele Fragen und genauso viele Unsicherheiten. Ich habe keine davon gründlich erforscht. Der Bischof von Utrecht wird es wohl wissen, er ist ein gelehrter Mann. Vielleicht warten merkwürdige Zeiten auf uns.«

Ich schwieg und dachte an die Stimmen, die mich jeden Abend zu rufen schienen, obwohl ich noch immer nicht verstand, was sie sagten.

»Welche Sprache spricht denn der Böse?«, fragte ich.

»Der Teufel spricht jede Sprache, mein Junge. Niemand ist frei von seinen wollüstigen Einflüsterungen, nicht einmal die Tauben sind es.«

Wenn dem so war, verstand ich nicht, warum der Teufel dann nicht einfach meine Sprache sprach. Quintillianus konnte natürlich auch Unrecht haben. Mir schauderte bei dem Gedanken an meine Zukunft, falls ich der Antichrist sein sollte. Das würde ja bedeuten, dass ich vielleicht tausend Jahre oder eintausenddreiunddreißig Jahre nach Christi Geburt vom Bösen versucht werden würde, der mir die Herrschaft über die Welt verleihen wollte.

Quintillianus hatte mir noch etwas zu sagen: »Dein Vater war ein guter Mann. Vergiss ihn nie! Man trifft im Leben nur ein einziges Mal echte Güte, während das Böse ewig und allgegenwärtig ist.«
Aber wenn die Güte so flüchtig war und die Menschen, die gut zu mir waren, alle starben, warum sollte ich mich dann nicht dem Bösen zuwenden? Ich hatte genug vom Tod, der mir jeden entriss.

Seit Fritherik nicht mehr da war, hatte ich keine Schwerter mehr gemacht. Obwohl ich noch immer in der Schmiede wohnte, entfachte ich das Feuer nur noch, wenn etwas repariert werden musste. Ich fühlte mich nicht wie ein Schmied und war davon überzeugt, dass ich niemals mehr ein Schwert schmieden könne wie an Fritheriks Todestag. Es war sein Feuer gewesen, das mich beseelt hatte. Ohne ihn würde es mir höchstens gelingen, ein Hufeisen in die richtige Form zu bekommen. Außerdem glaubte ich, eine höhere Bestimmung zu haben als ein Handwerk.
Jeden Tag verbrachte ich die Mittagsstunden bei Quintillianus, den Rest des Tages lag ich im Bett und gab mich finsteren Gedanken hin. Trotz Adelas Versicherung, dass ihre Eheschließung für uns keine Bedeutung haben würde, sah ich sie selten, seitdem Imed in die Burg gezogen war und sie zur Frau genommen hatte.
Er war ein großer, verschlossener Mann, und obwohl ich ihn hassen wollte, musste ich zugeben, dass er kein schlechter Mensch war. Er war zwanzig Jahre älter als Adela, kräftig gebaut und breitschultrig, so wie ein Kriegsmann sein muss. Trotz seiner Narben vom Schlachtfeld im Gesicht, war er nicht grob, und Adela erzählte mir einen Monat nach der Hochzeitsfeier kichernd, dass er sie noch nicht angerührt habe. Sie hatte ihn angefleht, ihre Jugend zu respektieren und bis zu ihrem sechzehnten Geburtstag zu warten. Sie sei, behauptete sie, noch zu jung, um Kinder zu bekommen. Und er schwor, sie in Ruhe zu lassen, bis sie sechzehn sei.
Ab und zu musste er ein paar Tage fort, um weit entlegene Besitztümer zu inspizieren oder um die Erträge des Landes einzutreiben.

Wenn dann die Nacht am schwärzesten war, glitt seine junge Frau unter meine Decke. Besuchte Imed aber seine Bundesgenossen oder ging er zur Audienz bei Bischöfen, dann begleitete sie ihn, neugierig auf das Leben ihrer Standesgenossen.
»Imed verwaltet unsere Besitzungen gut«, berichtete sie mir. »Er weiß genau, was sich in unseren Landen tut, aber im Spiel um die Macht ist er noch zu unerfahren. Er will nicht einmal versuchen, die Schenkungen meines Vaters an Liutgardis rückgängig zu machen. Ich habe mich bemüht, ihm deutlich zu machen, dass die halbe Grafschaft bald an die Kirche fällt, aber er meint, sie müsse selbst wissen, was sie mit ihrem Erbteil macht.«
Seit unserem letzten Besuch auf dem Elterberg hatte Adela ihre Schwester nicht mehr besucht. Und Liutgardis war nicht mehr hier gewesen, außer zum Begräbnis ihres Vaters. Von den hohen Mauern des Kastells konnte ich die im Bau befindliche Kirche des Stifts sehen. Adela blickte mich traurig an. Der Mann, den sie zu lenken gedacht hatte, mochte vielleicht nicht allzu klug sein, aber er ließ sich von einer Frau nichts sagen, schon gar nicht von einer, die fast noch ein Kind war.
»Dabei ist es so einfach, den Elterberg zu besetzen«, vertraute sie mir an. »Sie haben nicht einmal einen Brunnen, jeden Tropfen müssen sie vom Rhein auf Mauleseln heranschleppen.«

Adela war im letzten Jahr gewachsen, ihr Körper war runder und voller geworden. Täglich fand ich sie begehrenswerter, ich musste immer an sie denken, wenn ich mich auf meinem einsamen Bett wälzte. Ich bewunderte Imeds Selbstbeherrschung, selbst musste ich mich zügeln, um nicht in die Burg zu schleichen und Adela in ihren Gemächern zu besuchen.
Ich spann finstere Gedanken und fragte mich, warum ich eigentlich nicht aus einer adligen Familie stammte. Was stimmte bloß nicht mit mir, dass ich mich so von jemandem angezogen fühlte, der einem anderen Stand angehörte? Nicht dass ich die Bauernmädchen verabscheute, die auf den Feldern arbeiteten; manches Mal ver-

gnügte ich mich mit ihnen im hohen Korn oder im Schutz eines Heuschobers. Aber noch bevor sie sich angekleidet hatten, hatte ich sie wieder vergessen, während Adelas Nähe mir Fieberträume verursachte. Ich fürchtete den Tag, an dem sie sechzehn wurde. Ich kannte Adela, sie würde ihre Hochzeitsnacht ausführlich mit mir besprechen und mir keine Einzelheit ersparen. Ich war ruhelos und fühlte mich schwach. Bevor ich einschlafen konnte, musste ich mich mit Wein und Bier voll laufen lassen.

Eines Morgens kam Balderik unangekündigt zu Besuch. Mit viel Lärm und Gerufe stapfte er durch die offene Tür herein. Ich fuhr hoch und fragte mich einen Augenblick lang, wer das eigentlich war. »Bist du gerade erst ins Bett gekommen?«, rief er. »Lass nur, ich seh's schon«, fuhr er beim Anblick des leeren Kruges auf dem Tisch fort. »Mein Gott, was für eine Unordnung!«
Er lief hin und her und nahm Dinge hoch, um sie zu betrachten. Er kniff mit den Zangen, prüfte das Gewicht eines Hammers und probierte, ob der Blasebalg auch funktionierte, sodass die Asche, die ich nicht weggeschaufelt hatte, durch den Raum wirbelte.
Ich warf mir ein paar Kleider über und wankte zur Bank am Tisch. »Setzt Euch«, sagte ich und fragte mich, was ich ihm anbieten sollte. Ich hatte nichts anderes als Wein im Hause.
Er ließ sich auf einen Stuhl niederfallen und sagte: »Du bist gewachsen seit dem letzten Mal! Du hast die Statur eines Kriegers bekommen.«
»Was macht die Kirche?«, fragte ich. Er winkte ab.
»Um die kümmere ich mich überhaupt nicht mehr. Nur am Anfang, das Abreißen der alten Kirche, das passte zu mir.« Er lachte laut.
»Und die Schmiedekunst?«
»Mein Vater ist tot. Und ich bin kein Schmied, auch wenn er mich das Handwerk gelehrt hat«, sagte ich. Vom Innenhof erklang das Getrappel von Pferdehufen. Ich ging zu dem schmalen Fenster und öffnete den Laden, damit Licht und frische Luft hereinkommen konnten.

Am Tor sah ich Imed, Godizo und vier Soldaten, alle zu Pferde. Imed sprach mit einem Diener, der unterwürfig seine Anweisungen entgegennahm. Dann gab der Burgherr seinem Pferd die Sporen. Die Soldaten folgten, und die letzten zogen ein paar Packpferde mit. Man brach offensichtlich zu einer längeren Unternehmung auf. Adela, dachte ich, heute Abend sehe ich dich wieder … und an den nächsten Abenden.

»Schade, dass du kein Schmied sein willst, Hroswith«, sagte Balderik. »Ich komme nämlich nicht zum Spaß. Ich will ein Schwert kaufen.«

Ich ging vom Fenster weg. Es war noch früh, und Adela würde nicht vor dem Abend auftauchen. »Ich habe nur ein einziges, das ich dir geben könnte«, sagte ich. Ich ging zu dem abgeschlossenen Schrank, in dem mein selbst geschmiedetes Schwert und das Fritheriks lagen. Alle anderen Schwerter waren an den Grafen gegangen. Offenbar war es Fritherik gelungen, die verabredete Anzahl für den Grafen fertig zu stellen, der einen Feldzug hatte führen wollen, bevor der Tod seine Pläne durchkreuzte. Immerhin hatte er mir noch Fritheriks Lohn geben lassen.

Ich legte beide Schwerter vor Balderik und sagte: »Dies sind kostbare Schwerter. Das Ulfberth behalte ich selbst, aber wenn Ihr wollt, könnt Ihr das Fritherik kaufen. Das war mein Meisterstück.«

Balderik sprang auf und atmete tief durch, während er die Schwerter eines nach dem anderen nahm, in der Hand wog und sie hin und her schwenkte.

»Das sind mächtige Waffen«, sagte er ehrfurchtsvoll.

Ich setzte mich hin und zerbrach das Siegel eines Krugs.

Balderik nahm den Becher, den ich ihm anbot, und trank, ohne das Schwert aus den Augen zu lassen. »Dieses ist bestimmt genauso gut wie das Ulfberth«, sagte er und sah mich durchdringend an. »Warum willst du in Himmels Namen kein Schmied werden? Du würdest zu den besten von Lothringen und Sachsen gehören. Und du würdest reich und berühmt werden.«

»Ich wäre dann ein Handwerker, der im Schweiße seines Ange-

sichts sein Brot verdienen muss. Ich kann aber lesen und schreiben und weiß, dass ich zu Höherem berufen bin.«
Balderik lachte, zuckte mit den Achseln und schenkte nochmals ein. »Wie viel willst du für das Schwert?«
Ich nannte einen Betrag, und er sah mich lange an, ohne etwas zu sagen. »Findet Ihr es zu viel?«, fragte ich.
»Es ist viel zu wenig.«
»Betrachtet es als Freundschaftspreis.«
Balderik legte das Scamrasax ab und gürtete sich das neue Schwert um. Stolz stapfte er durch das Zimmer. »Es ist doppelt so schwer wie mein altes«, sagte er. »Ein Prachtstück. Fast zu schade, um es im Kampf zu gebrauchen. Aber wenn du solche Preise verlangst, wirst du schwerlich dein Brot verdienen.«
»Ich habe noch Geld von meinem Vater«, sagte ich, »aber ich werde nach etwas anderem Ausschau halten müssen. Ich wohne auf der Burg, brauche aber nichts abzuliefern. Auf die Dauer wird mich Imed sicher schief ansehen, das kann gar nicht anders sein. Mit der wenigen Schmiedearbeit, die ich leiste, kann ich mein Bleiben in der gräflichen Schmiede nicht rechtfertigen.«
Ich trank meinen Becher aus und dachte an Adela. Bald würde sie Imed ganz gehören. Ich sollte hier besser verschwinden, hatte aber keine Vorstellung, wohin.
Balderik führte das Wort, aber ich hörte ihm nicht zu, bis er Adelas Namen erwähnte.
»Was sagtest du?«, fragte ich.
»Dass sie sicher traurig sein wird, weil ihr Mann abgereist ist. Du weißt doch, dass der Kaiser ihn zu einem Feldzug gerufen hat?«
»Nein, das habe ich nicht gewusst. Welchen Feldzug meinst du?«
Mein Herz machte einen Sprung. Vielleicht ging er in ein fernes Land und blieb Jahre fort, vielleicht fiel er sogar.
»Es wird nur ein kurzer Kampf, und ich habe keine Ahnung, gegen wen. Ist auch egal, ich weiß nur, dass der Feind auf die Auseinandersetzung brennen soll. Ich selbst bin auch aufgerufen. Endlich kann ich meine Kräfte im Kampf erproben!«

Balderik bezahlte mir, was ich verlangte. Er umarmte mich und sagte, er werde es mir nicht vergessen. Wenn ich ihn jemals brauchen sollte, müsse ich es ihn wissen lassen.

Ich wartete eine Nacht, ich wartete zwei Nächte, aber keine Spur von Adela. Nach vier Tagen ließ ich jede Vorsicht fahren und bat darum, sie sprechen zu dürfen, aber ihre Diener sagten mir, dass sie mich nicht empfangen könne. Nun wusste ich, welche Stunde geschlagen hatte. Sie hatte nachgegeben, oder Imed hatte gefordert, was ihm als Ehemann zustand, weil er längere Zeit weggehen würde. Nun wollte sie von mir, dem Schmiedejungen, nichts mehr wissen. Wie lange konnte ich noch hier bleiben?

Ich ging zur Schmiede und ließ mich mit Wein voll laufen. Gegen Morgen packte ich meine Sachen zusammen. Ich wickelte mein Schwert in Stofflappen und band es mir auf den Rücken. Danach schloss ich die Werkstatt ab und ging zu den Torwächtern, die auf ihrem Posten vor sich hin dösten.

»Wo gehst du hin, Hroswith?«, fragte einer von ihnen.

Ich antwortete: »Zum Elterberg. Vorläufig komme ich nicht mehr zurück.«

Sie grüßten und ließen mich durch.

Ich blickte mich noch einmal um, nach ihrem Fenster. »Ich werde dich kriegen, Gräfin«, zischte ich zwischen den Zähnen.

10. Kapitel

In dem Hroswith sich Richtung Hölle bohrt, Liutgardis' Stift einen Brunnen bekommt und Adela für Überraschungen sorgt

Hat Adela dich geschickt?«, fragte Liutgardis. Sie sah mich streng an, mit einem Blick, der ihre Autorität unterstreichen sollte und den sie geübt haben musste. Sie war nun wirklich dick, ihr Gesicht hatte dadurch einen sanfteren Ausdruck bekommen, aber schön war sie noch immer nicht. Ich ging zum Fenster und sagte: »Sie hat mich nicht geschickt, edle Frau, aber sie sagte einmal zu mir, dass sie sich Sorgen über Eure angreifbare Lage mache. Ihr seid mit Eurer Wasserversorgung vollkommen abhängig von den Männern, die jeden Tag mit den Mauleseln hin und her ziehen. Wenn der Elterberg jemals belagert werden sollte, haltet Ihr keine Woche lang stand.«

»Und wer sollte es wagen, uns zu belagern?«, fragte sie scharf. »Wir genießen den Schutz des Kaisers und die vollständige Unterstützung des Papstes in Rom. Unsere Verbündeten leben weniger als eine Tagesreise von hier entfernt und würden uns sofort zu Hilfe eilen.«

Draußen kam gerade einer der Mauleseltreiber vorbei, das Lasttier mit Krügen beladen. Ich drehte mich um. »Ihr habt Recht, edle Frau«, sagte ich. »Wer sollte wagen, Euch anzugreifen? Aber Ihr müsst auch daran denken, dass sich die Zeiten ändern können und sich viel böses Volk auf den Straßen herumtreibt. Es gibt Gerüchte, dass die Normannen an der Küste einfallen, wo die heidnischen Friesen wohnen. Wer weiß, vielleicht fahren sie eines Tages den Rhein herauf. Und Eure Bundesgenossen, edle Frau, wie oft schlägt nicht, dem Wetter gleich, die Treue eines Menschen plötzlich um? Könnt Ihr von jedem Bundesgenossen sagen, dass er vorbehaltlos

Euer Vertrauen verdient? Könnt Ihr im Voraus sagen, dass er hier sein wird, wenn Ihr ihn braucht, dass er nicht gerade dann in ein fernes Land zu Felde zieht?«

Das hatte gesessen. Balderik, den sie meinte, als sie über ihre Verbündeten in der Nähe sprach, hatte ihr sicher seinen Abzug gemeldet. Außerdem hatte ich, ohne es zu wissen, zwei Vorhersagen gemacht, die sich als prophetisch erweisen sollten.

»Gut, ich gebe zu, dass wir uns in einer angreifbaren Lage befinden, aber was soll ich machen? Der Fluss bietet den nächstgelegenen Wasservorrat. Es gibt zwar Brunnen am Fuße des Berges, aber die wären bei einer Belagerung ebenso wenig erreichbar.«

»Ganz einfach, lasst einen Brunnen auf dem Grund des Stifts graben!«

Sie sah mich misstrauisch an und fragte sich zweifellos, ob ich mich nicht bei ihr im Auftrag ihrer kleinen Schwester einschleichen wollte. Aber es hatte zwischen den beiden noch keine Feindseligkeiten gegeben, also hatte sie bislang wenig Grund, mir nicht zu trauen.

»Ein Brunnen auf einem Berg? Was liegt dir eigentlich daran?«

»Edle Frau, ich habe zwar von meinem Vater das Schmiedehandwerk gelernt, aber ich will es nicht ausüben. Auch habe ich lesen und schreiben gelernt, aber für das Leben eines Geistlichen oder eines Mönchs eigne ich mich nicht. Ich bin ein Brunnengräber, und es gibt keinen Fleck auf der Welt, wo ich nicht Wasser finden könnte. Ich werde den Brunnen für Euch graben und fordere nur den Lohn, den ein Brunnengräber verdient. Und Kost und Logis natürlich.« Denn ich musste in der Tat einen Weg finden, meinen Lebensunterhalt zu bestreiten.

Liutgardis rief mit lauter Stimme eine Schwester herein.

»Bereite eine Kammer für den Brunnengräber vor, außerhalb der Mauern des Stifts. Er isst hier, bis das Werk fertig ist.« Und zu mir: »Wie viele Leute brauchst du?«

»Zwei«, sagte ich, »und die Hilfe Eures Zimmermanns.«

»Ich werde zwei kräftige Leibeigene schicken. Behandele sie ordentlich, wir haben kein Geld zu verschenken!«

In dieser Nacht träumte ich, dass sich eine gewaltige Eismasse über das Land schob, die alles unter ihrem Gewicht erdrückte. Menschen und Tiere flüchteten vor der gewaltigen Kälte, und ganze Wälder wurden entwurzelt. Das Eis kam schließlich zum Stillstand und zog sich zurück, aber es hatte auf voller Breite einen riesigen Erdwall vor sich hergeschoben, der hier und da von unterschiedlich großen Hügeln unterbrochen wurde. Auf einem der Hügel sah ich einen Turm, auf den Zinnen stand Adela, die nach einem anderen Turm Ausschau hielt, von welchem Liutgardis wiederum Adela beobachtete.

Die Hörigen kamen am nächsten Morgen. Sie standen am Eingang meiner Kammer und drehten ihre Kappen in den Händen. Sie hatten nicht anzuklopfen gewagt, weil ich schlief. Ich sagte zu demjenigen, der am klügsten aussah: »Morgen weckst du mich oder du bekommst einen Tritt, verstanden?« Er hatte verstanden.

»Folgt mir dann!«

Ich ging den Weg hinunter und fing an, zwischen den Bäumen hin und her zu laufen. Hier und da steckte ich einen Stock in den Sand. Meine Helfer liefen hinter mir her, und ab und zu schnatterten sie sich etwas in ihrer einfachen Sprache zu. Ich schnitt eine Wünschelrute aus Birkenholz, wie meine Mutter mir das einmal gezeigt hatte, und streckte sie vor mir aus. So ging ich einmal rund um den Hügel, der Elterberg genannt wird, und dann noch einmal. Als ich mich umblickte, ob die Hörigen mir noch folgten, sah ich, dass sie immer mehr Abstand hielten. Ich ging auf sie zu, und sie wichen zurück.

»Alles in Ordnung«, sagte ich, »das Zweiglein sucht nur Wasser, es hat Durst.«

»Zweiglein Durst«, sagte der Klügere der beiden.

Versuch mal, Leibeigenen irgendetwas zu erklären! Ich ging weiter, und beim dritten Rundgang war mir alles klar. Ich wusste, wo Wasser war, und hatte eine Vorstellung, wie die unterirdischen Adern verliefen.

Ich legte mich ins Moos, um etwas zu schlafen, und meine Helfer folgten erleichtert meinem Beispiel. Als ich erwachte, war der Tag schon wieder vorbei. Liutgardis wartete bei meiner Kammer auf mich. »Du kommst ja gut voran, Brunnenbauer«, sagte sie spöttisch.

»Das Finden einer guten Stelle ist schwierig, edle Frau, und erfordert eine gute Vorbereitung.«

»Hast du eine gute Stelle gefunden?«

»Das habe ich.«

»Wo denn?«, wollte sie wissen.

»Wo Ihr jetzt steht.«

Sie sprang zurück, als könnte die Erde sie jeden Moment verschlingen, und wünschte mir eine gute Nacht.

Ich ließ die Leibeigenen graben, den einen mit einer Schaufel, den anderen mit einer Spitzhacke, und steckte mit einem Seil und kleinen Pfählen einen Kreis, den sie nicht überschreiten sollten. Die beiden gingen an die Arbeit, froh, dass sie endlich etwas zu tun hatten.

Inzwischen stellte ich in der Werkstatt des Stiftzimmermanns einen Ring aus Holz her, der einer breiten Holztonne ohne Deckel oder Boden glich. Der Zimmermann sah mir auf die Finger, und als ich das Ding fertig hatte, bat ich ihn, noch so einen Ring zu machen, genau nach dieser Vorlage, und dann noch mehrere, bis ich ihm sagen würde, dass es genug sei.

»Wozu soll das gut sein?«, fragte er.

»Für einen Brunnen.«

»Wie viele brauchst du da?«, fragte er beklommen.

»Ich schätze, ungefähr zweihundert«, sagte ich und schleppte den Ring zu den in der Mittagssonne schwitzenden Brunnengräbern, die schon ein Stück ausgeschachtet hatten. »He, Jungs«, sagte ich, »kommt mal kurz raus!« Der Ring passte beinahe hinein. Ich nahm die Spitzhacke und hackte da und dort Erde weg, bis ich einen möglichst glatten Kreis hatte, in den der Ring passte.

»Und ihr werdet jetzt innerhalb dieses Ringes weitergraben, verstanden?«, sagte ich.

Die beiden wiederholten, was ich gesagt hatte, und gingen wieder an die Arbeit. Ich machte es mir im Schatten eines Baumes gemütlich. Aus Frijondes und Fritheriks Geschichten wusste ich, dass Schmieden etwas mit der Unterwelt zu tun hatte. Hatte der Herr der Unterwelt nicht eine Schmiede und war er nicht selbst sogar der Oberschmied? Bei vielen Völkern trug er einen Buckel, humpelte und hatte nur ein Auge, aber das kam daher, so hatte Fritherik mir erzählt, weil man sich früher, als Menschen, die Eisen bearbeiten konnten, noch seltener waren als heute, nicht erlauben konnte, auch nur einen von ihnen an einen anderen Stamm zu verlieren. Darum ließen die Stammesführer ihre Schmiede verstümmeln, damit sie nicht weglaufen konnten. Und die Sache mit dem einen Auge hing damit zusammen, dass sie mit nur einem Auge schauten, während sie das andere mit einem Lappen gegen die sprühenden Funken schützten.

Die Hölle, die war tief unter der Erde, und wenn ich jemals in Kontakt mit dem Fürsten der Dunkelheit treten wollte, dann musste ich mich so tief wie möglich in die Erde begeben. Da würde ich dann von selbst auf ihn treffen. Oder auf sie; ich musste ernsthaft damit rechnen, dass der Böse eine Frau war. War Frau Holles Unterwelt denn nicht auch durch einen Brunnen zu erreichen?

In der Tiefe des Bergs hatte ich größere Chancen, denn unten im flachen Land würde ich sofort auf Wasser stoßen. Und wo Wasser ist, gibt es kein Feuer. Ich hatte sorgfältig vermessen, wo die Wasseradern verliefen, und dann die einzige Stelle gewählt, an der kein Wasser sein konnte.

Ich schlief ein, und als ich wach wurde, lagen meine Helfer schnarchend neben dem ausgehobenen Kreis. »Auf, auf, macht euch an die Arbeit!«, rief ich und stieg auf den Boden der noch flachen Kuhle, um mit einer Schaufel die Erde unter dem Holzring wegzukratzen, sodass dieser tiefer hineinsackte. Ich kletterte heraus und holte vom Zimmermann einen neuen Holzring. Diesen stellte ich auf den ersten, und wir gruben weiter. Am Ende des Tages stan-

den drei Ringe aufeinander, ein Zylinder aus Holz von neun Ellen Länge. Um herauszusteigen, brauchten wir schon eine Leiter.
Liutgardis kam, um sich die Fortschritte anzusehen, mit den Stiftsdamen im Schlepptau wie Küken hinter der Glucke. Sie gackerten durcheinander und nickten beifällig.
»Ich brauche eine Strickleiter, bald wird das Loch zu tief sein für die normale Leiter«, sagte ich.

Nach einer Woche hatten wir achtzehn Ringe aufeinander geschichtet, und obwohl die Erde sich noch recht einfach wegbuddeln ließ, fanden wir mehr und immer größere Steine. Abwechselnd stiegen wir hinunter, um zu graben, die Erde loszuhacken und in Körbe zu füllen, während derjenige, der oben blieb, die Last hinaufzog und ausschüttete. Je tiefer wir kamen, desto öfter war ich selbst auf dem Boden des Brunnens zu finden, wo ich auf Spuren der Unterwelt zu stoßen hoffte. Noch fand sich aber nichts.
Am fünfundzwanzigsten Tag wartete Liutgardis auf mich, als ich nach oben kam. Es hatte geregnet, und Sand, Staub und Wasser hatten sich zu einer schlammigen Masse vermischt, die bis auf meine Unterkleider durchgedrungen war und meine Haut aufschürfte.
»Noch kein Wasser gefunden? Ihr seht aus wie der leibhaftige Teufel«, sagte sie und lachte hinter vorgehaltener Hand. Die Schwestern kicherten im Chor. Ich schwieg und ging schlafen.
Mein guter Mut schwand dahin. Tagein, tagaus stieg ich hinunter, wenn es noch dunkel war, und kam erst wieder zum Vorschein, nachdem die Sonne untergegangen war. Ich arbeitete wie ein Besessener, aber an jedem Abend ging ich schlafen und hatte nur Steine und Sand gefunden. Am achtundzwanzigsten Tag fand ich einen riesigen Tierknochen und einen Stoßzahn, der so groß war, dass das Schwein, dessen Maul er entstammte, die Größe der Burg Uplade gehabt haben musste. Ich geriet in fieberhafte Erregung und grub noch einmal so schnell. War das der Kadaver eines Höllenhundes?
Am fünfunddreißigsten Tag brach die Strickleiter, und einer der Leibeigenen, der klügere, fiel herab und stürzte sich neben mir zu

Tode. Ich ließ ihn hochziehen, danach mich selbst, und schimpfte dann die Nonnen aus; sie waren für die Strickleiter verantwortlich. Liutgardis sorgte für zwei frische Helfer, und ich schickte den noch Lebenden mit einer Hand voll Münzen nach Hause. Überglücklich machte er sich davon.

Eine neue Strickleiter wurde herangeschafft, und ich stieg wieder hinab. Von diesem Augenblick an blieb ich unten, und nur die zwei Leibeigenen wechselten sich ab. Ich gab ihnen ein Sicherheitsseil, das sie immer an ihrem Gürtel tragen mussten, aber nach zwei Tagen rutschte einer aus und erhängte sich selbst, denn er hatte es einfacher gefunden, das Seil um seinen Hals zu knüpfen.

Ich machte weiter mit dem Übriggebliebenen, der jetzt die Körbe leerte. Ich wollte niemanden mehr unten haben. Nun schlief ich nachts sogar auf dem Boden des Brunnenschachts. Alles tat mir weh, meine Haut war völlig zerschunden, und ich merkte, wie meine Verzweiflung wuchs. Am neununddreißigsten Tag schlug ich meine Spitzhacke in die Erde, stellte die Arbeit ein und fiel in einen tiefen Schlaf. Ich träumte von meiner Mutter Frijonde, die in meinem Traum Frau Holle war, die Herrin der Hölle. Sie trug ein fahles Gewand, und ihr Gesicht war vor lauter Falten kaum zu sehen. Sie winkte mir. Ich lief zu ihr, und sie schloss mich in die Arme. »Es reicht jetzt«, sagte sie. »Du musst aufhören zu arbeiten, dies ist nicht deine Berufung.«

Ich erwachte, die Kehle voller Staub, und zog die Spitzhacke aus dem Boden. Aus dem Loch, das entstanden war, stieg helles Wasser auf, und ich trank gierig davon. Schnell stieg es bis zu meinen Knöcheln. Ich ergriff die Strickleiter und kletterte nach oben.

Als ich erschöpft den Kopf über den Brunnenrand steckte, stand Liutgardis wieder da. Jetzt lachte sie mich nicht mehr aus, ich sah Respekt in ihren Augen. »Du bist auf Wasser gestoßen, sehe ich? Also ist der Brunnen fertig?«

»Wenn Ihr jetzt einen Maurer für die Wände kommen lasst, werdet Ihr einen Brunnen haben, der tausend Jahre hält«, sagte ich.

Als ich später einmal das Stift besucht habe, etwa fünfzig Jahre nach meiner Plackerei, hörte ich, wie eine Schwester behauptete, dass dieser Brunnen, der tatsächlich ordentlich fertig gemauert worden war, aus römischer Zeit stamme und von den Soldaten des Drusus erbaut worden sei. Dabei hatte ich, verdammt noch mal, die Narben noch an meinen Händen!
Ich wusch mich und fiel in tiefen Schlaf. Am nächsten Tag weckte mich eine Nonne, weil mich ein paar Reiter sprechen wollten.
Ich ging hinaus. Godizo und seine Soldaten warteten auf mich.
»Hroswith, der Graf will dich sofort sprechen!«, sagte Godizo in barschem Ton.
»Was ist los?«
»Das wirst du schon sehen.«
Liutgardis kam heraus und stellte ihm dieselbe Frage.
»Er soll sofort zum Grafen kommen, edle Frau«, sagte Godizo.
»Der Graf hat hier keine Rechtsgewalt, und Ihr habt hier schon überhaupt nichts zu sagen«, erwiderte die Äbtissin entrüstet. Aber ich beruhigte sie und sagte, dass ich freiwillig mitginge. Sie ging ins Haus und kam mit meinem Lohn zurück.

Imed stand mit verschränkten Armen vor dem Fenster; Adela saß am Kamin und schaute nicht auf, als ich eintrat. Sie schien mir aufgedunsen zu sein. Imed kam auf mich zu.
»Meine Frau ist schwanger«, sagte er mit dunkler Stimme.
Ich stammelte: »Aber das ist ja phantastisch! Möge es ein Sohn werden! Was werdet Ihr stolz sein!«
Adela begann zu schluchzen. Imed packte mich am Wams und zog mich zu sich hoch, während er den Stoff so verdrehte, dass mir die Kehle abgeschnürt wurde.
»Was dir offenbar nicht klar ist, Bauerntölpel: Ich habe sie nie angefasst und glaubte die ganze Zeit, sie sei noch Jungfrau. Ich brauchte nur ein paar Bedienstete zu befragen, um in Erfahrung zu bringen, was offensichtlich ich als Einziger nicht wusste: dass der Sohn des Schmieds schon seit Jahren der Geliebte meiner Frau ist!«

11. Kapitel

Wie Imed sich die Rute spart

Viel später kam ich dahinter, dass Adela, schon bevor Imed ins Feld zog, gewusst hatte, dass sie schwanger war, und ihn in den letzten Tagen auf der Burg gebeten, ja angefleht hatte, das Lager mit ihr zu teilen. Wenn er nachgegeben hätte, dann hätte sie noch behaupten können, das Kind sei von ihm. Aber Imed, dieser Frömmling, blieb bei seinem Schwur, bis zu ihrem sechzehnten Lebensjahr zu warten. Außerdem, so sagte er, sei es ein guter Brauch, vor dem Kampf zu fasten, zu beten und Enthaltsamkeit zu üben. Das war's dann. Adelas Schwangerschaft musste bereits ziemlich fortgeschritten sein, als er abzog, denn bei seiner Rückkehr war ihr Zustand schon mehr als deutlich zu sehen. Oh Adela, hättest du mir nur etwas gesagt!

Ich verbrachte drei Tage im Kerker unter der Burgmauer und versuchte den Ratten beizubringen, Adela Botschaften zu überbringen, aber sie mussten wohl auf Imeds Seite stehen, denn sie halfen mir nicht. Ich lauschte den Stimmen in meinem Kopf, und immer wieder dachte ich, dass ich kurz davor war, sie zu verstehen.

Imed fühlte sich in seiner Ehre gekränkt, aber wenn er mich verurteilte, würde die Affäre ruchbar werden. Wenn er aber Adelas Kind als seines annahm, würde man die Gerüchte schnell vergessen, meinte er. Er beschloss, mich zu verbannen und für vogelfrei zu erklären. Godizo brachte mir die Nachricht, seine Stimme zitterte vor Schadenfreude. Ich sagte ihm, dass ich Adela sprechen wolle, aber er und seine Soldaten lachten mich aus.

Sie holten mich aus dem Kerker und brachten mich auf den Innenhof, wo ich einen Augenblick gegen die gleißende Sonne blinzeln musste. Ein Stalljunge brachte mir ein Pferd, und von Soldaten flankiert ritt ich über die Zugbrücke. Ich ging davon aus, Uplade und seine Burgherrin niemals mehr wiederzusehen.

Wir ritten einen Tag und eine Nacht durch Wälder und Sümpfe. Manchmal kamen wir an einem kleinen Gehöft oder einem Haufen armseliger Hütten vorbei, in denen sich zerlumpte Leute vor uns wegduckten. Ab und zu machten die Soldaten kurz Halt zum Essen. Ich schlang meine Portion hinunter, und sie lachten über meinen Hunger und gaben mir einen Nachschlag. Danach ritten wir weiter bis an die Grenze des Gaus Hamaland. Da kam uns eine Gruppe von Reitern entgegen. Sie fragten, wer wir seien und was wir wollten. Unser Anführer zeigte das gräfliche Siegel, sie sprachen kurz miteinander, und dann durften wir durch. Von diesem Moment an ritten wir im Schritt.

Der Anführer ritt jetzt neben mir. Er hieß Wulf, ich kannte ihn, denn ich hatte an manchen Winterabenden mit ihm und seinen Soldaten in den Mannschaftsräumen getrunken. Zwei von den vier übrigen Soldaten stammten aus dem Gefolge, das Imed bei sich hatte, als er nach Uplade gekommen war.

»Hroswith, alter Halunke, ich beneide dich«, sagte Wulf und schlug mir auf die Schulter.

»Wieso?«, fragte ich.

»Weil Fräulein Adela dir all die Jahre das Bett warm gehalten hat …«

»All die Jahre ist etwas übertrieben. Wir haben gelegentlich miteinander geschlafen oder trafen uns im Wald.«

»Daran hast du recht getan, Bursche, niemand hätte ihr widerstehen können.« Er lachte laut und machte eine obszöne Geste, der ich seitdem, erstaunlicherweise, in jedem Land, das ich besuchte, wiederbegegnet bin – und überall bedeutete sie dasselbe.

»Du brauchst mich nicht zu beneiden«, sagte ich. »Auch wenn ich ihre Gunst genießen durfte, das ist vorbei, und ich werde mittellos und nur mit meinen Erinnerungen durch fremde Lande irren müssen, weil in meiner Heimat jeder das Recht hat, mich zu töten.«

Wulf lachte aus vollem Halse und nickte. »Das ist wahr«, sagte er, »und dabei weißt du noch nicht einmal, dass wir den Auftrag haben, dich zur Küste zu bringen und zu töten.«

»Du mich töten, Wulf? Wir sind doch immer gute Kameraden gewesen?«

»Ist das so?«, sagte er. Er bückte sich unter einem tief hängenden Ast und sah mich mit hochgezogenen Augenbrauen an. »Nun gut, ich bin nicht der allerschlechteste Kerl, und darum hab ich mir Folgendes ausgedacht.« Er machte einen Packen von seinem Sattel los und öffnete ihn. Er enthielt mein Ulfberth, den Beutel mit dem Geld, das Fritherik mir hinterlassen hatte, und meinen Lohn als Brunnengräber. Ich stieß einen unterdrückten Schrei aus und wollte meinen Besitz an mich nehmen, aber er hielt ihn von mir weg. »Komm, komm, alter Freund, ein Toter kann damit nichts anfangen! Aber wie ich schon sagte, ich bin nicht der allerschlechteste Kerl. Frau Adela hat mir dies für dich gegeben. Sie hat keine Ahnung von Imeds Auftrag. Aber auch wenn ich geneigt bin, dich laufen zu lassen, genauso wie die Männer, soweit sie zu meiner alten Truppe gehören, so sind auch Leute dabei, die Imed die Treue halten.« Er sah mich an, als müsste nun alles ganz klar sein.

»Ja und?«, sagte ich ungeduldig.

»Diese Kerle muss ich bestechen, das ist doch wohl selbstverständlich.«

Ich seufzte. »Wenn es sein muss, dann muss es sein. Ich hatte noch nie was dagegen, wenn Soldaten ihren kärglichen Sold ein bisschen aufbessern wollen.«

Er nickte zufrieden. »Ich wusste, dass wir uns einigen würden. Ich habe fünfundvierzig Goldstücke gezählt. Ich denke, dass die beiden mit je fünf Goldstücken zufrieden sein werden.«

»Gut, gib mir das Schwert und die übrigen fünfunddreißig, dann kannst du zurück nach Hause.« Ich sah die Freiheit schon winken, aber Wulf hob die Hand.

»Warte, du glaubst doch wohl nicht, dass die anderen es akzeptieren werden, wenn ihre Kameraden Schmiergeld bekommen und sie nicht? Nein, sie bekommen dasselbe wie ihre Kollegen. Dann bleiben fünfundzwanzig. Selbst will ich zehn, denn meine Soldatenehre und mein Rang verlangen von mir, das Doppelte zu fordern. Schließlich bin ich ihr Vorgesetzter. Außerdem ist da noch das Pferd: Für fünf Goldstücke extra sagen wir Imed, dass es gestürzt ist und getötet werden musste.«

Ich fluchte und nannte ihn einen Betrüger, aber Wulf schüttelte nur mitleidig den Kopf. »Gut, wenn du willst, können wir das auch gemeinsam mit den Jungs aushandeln, aber wir haben es schon besprochen, und ich muss um der Wahrheit willen sagen, wir waren eigentlich der Meinung, dass wir auch das Recht hätten, dir dein Eigentum zurückzugeben, dich anschließend zu töten und alles zu nehmen. Das wäre im Übrigen für uns viel vorteilhafter.«

Ich konnte die Vernünftigkeit seiner Argumente nachvollziehen. Der Wald wurde immer dichter, und ich sah mich selbst schon zwischen den Bäumen verscharrt. Wulf fügte noch hinzu, dass ich sein Pferd bekommen könne, das sei ein besseres Reittier. Auch würde es weniger verdächtig sein, wenn nicht ausgerechnet das Pferd, auf dem ich gesessen hatte, getötet werden musste. Er zählte für mich zehn Goldstücke ab und gab mir mein Schwert, das noch in die Lappen eingewickelt war. Darüber war ich froh, denn ein Ulfberth stellt eine große Verlockung dar.

Ich fragte mich, ob der Halunke seinen Soldaten mehr als zwei Goldstücke pro Mann geben würde, aber das war nicht mehr meine Sache. Auf Wulfs Befehl hielten die Soldaten ihre Pferde an und drehten nach rechts ab, während ich weiter dem dunklen Waldweg folgte, in ein Land, das ich nicht kannte.

Warum sollte ich über den schnöden Mammon jammern, ich, der ich die ganze Welt erringen wollte! Obwohl ich in dieser Dämmerstunde nur den düsteren Tunnel aus Baumstämmen und Blätterkronen vor mir sah, fühlte ich mich trotz des großen Verlustes, den ich erlitten hatte, von der Erkenntnis durchdrungen, dass mir die Welt offen stand. Endlich konnte ich mich ganz meiner Ruhelosigkeit hingeben; ich blickte mich nicht mehr um und gab meinem Pferd die Sporen.

II.
Jelling

12. Kapitel

Wie Hroswith von Etheldail an ferne Küsten gebracht wird. Er macht Bekanntschaft mit Brudervölkern und kommt in ein Dorf mit regionalen Eigenarten

⚜

L*eviticus, Numeri* – ich schabe sie Seite für Seite weg und werde, anders als Albertus, keine großen Zeitsprünge machen, weil ich den Leser nicht mit einem Erzähler konfrontieren will, der plötzlich so stark gealtert ist, als litte er an der Krankheit, die Achtjährige wie Greise erscheinen lässt und die ich einmal auf meinen Reisen gesehen habe.

Die Niederschrift meines gesamten Lebenslaufs bereitet mir Freude; wäre ich früher auf diese Idee gekommen, hätte ich nicht bis an mein Lebensende gewartet, sondern mich schon eher dem Erzählen gewidmet, meinen Geständnissen und notfalls auch Lügen. Die Glut, welche die Erinnerungen in meinen Knochen entfacht, hält mich warm, und das ist auch nötig. Bodo, der für mein Feuer sorgen soll, versteht nichts davon, es verlöscht immer wieder. Glücklicherweise lassen die Mönche mich in Ruhe, und niemand fragt sich, was ich hier mache. Vater Abt wäre wütend, wenn er wüsste, dass ich eine kostbare Bibel überschreibe.

Ich habe an diesem Morgen einen Spaziergang über die Zinnen gemacht. Mager wie ich bin, wurde ich fast vom Wind umgeworfen, der schon seit Tagen um die Türme pfeift. Es war gemütlich im Zimmer nach dieser beißenden Kälte, dem eisigen Wind, der meine Kutte aufblähte wie ein Schiffssegel. Es war fast so kalt wie in jener mondlosen Nacht, in der ich nach Albion fuhr, im Spätherbst des Jahres meiner Verbannung, das kälter war als jedes andere.

Die Segel schlugen, und ich fürchtete, dass der Mast zerbrechen würde unter der Wucht der Windstöße, die die Holzaufbauten und die Takelage des kleinen Schiffes krachen ließen. Ich führte meine Angst auf meine mangelnde Seeerfahrung zurück, denn Etheldail, der Schiffer, der am Ruder stand, lächelte mir von dort unerschütterlich zu. Ich sah noch einmal auf die grauen Strände, die bald im Nebel zerfließen würden, und versuchte, nicht an das zu denken, was ich zurückgelassen hatte.

Ich war nach meiner Verbannung an der flämischen Küste entlanggeirrt und hatte in Herbergen mit Reisenden und Handelsleuten gesprochen, weil ich Kenntnisse über die fernen Länder erwerben wollte. Im Süden und Osten gab es christliche Gegenden, im Norden und Westen herrschten, so berichtete man, Heiden und andere Kinder der Finsternis. Ich konnte nicht nach Osten, da kam ich her, und im Süden schienen sich nur Pilgerorte zu befinden. Sollte ich nicht besser zu den Heiden gehen? Auf Marktplätzen und in Spelunken hörte ich Gerüchte über das Reich der Angelsachsen, das alte Britannien, aber niemand konnte mir mehr sagen, als dass sich dort die Christen mit heidnischen Eindringlingen herumschlugen, während die alteingesessenen Heiden ihre Götter in den Wäldern anbeteten und die Wechselfälle des Schicksals für diejenigen vorhersagen konnten, die darum baten. Ich hatte nichts zu verlieren und beschloss, dort nach Fingerzeigen zu suchen, die mich zu meiner Bestimmung führen sollten.

Ich stieg in der Herberge einer kleinen Fischerstadt an der Flussmündung ab, wo ich Leute in der dunklen Trinkstube beim schlecht brennenden Torffeuer ausfragte. Hatte vielleicht irgendein Schiffer vor, bald nach Britannien zu fahren? Die Leute lachten mich aus, und ein alter Fischer sagte, dass bei den jetzigen Wetterverhältnissen nur ein Verrückter in See stechen würde.

»Macht mich mit diesem Verrückten bekannt!«, sagte ich.

Der Fischer hustete durch den dichten Rauch, der fast regungslos im Raum hing, und antwortete dann: »Vielleicht kann Etheldail dir helfen, der ist wahnsinnig genug dafür.«

»Bring mich zu ihm!«, sagte ich, während ich mich erhob. Wenn ich noch länger wartete, war es Winter.
Etheldail erwies sich als ein großer Mann mit einem wirren schwarzen Bart. Er wohnte in einer Strandhütte aus Wrackholz. Schon in der Türöffnung fragte er, ob ich genug Geld für die Überfahrt hätte. Ich gab ihm den Erlös für mein Pferd, das ich verkauft hatte.
»Lass uns aufbrechen«, sagte er und riss eine Jacke aus Tierfellen vom Haken. Der alte Mann, der mich zu ihm gebracht hatte, sagte noch: »Warte wenigstens bis zum Morgen, jetzt ist es doch völliger Irrsinn!« Aber Etheldail lachte laut auf, während ihm seine langen Haare ins Gesicht wehten. »Dies ist ein herrliches Wetter für die Überfahrt, und es ist der allerbeste Zeitpunkt! Nicht einmal der Tod wird es wagen, mir übers Meer zu folgen!« In dem Moment, als er dies sagte, glaubte ich, den düsteren Kerl mit der Sense hinter ihm stehen zu sehen, aber ich muss es mir nur eingebildet haben. Der alte Mann sah sich flüchtig um und ging dann, vor sich hin murmelnd und kopfschüttelnd, seines Weges.

Die Küste war im Nebel verschwunden, die Wogen wurden höher. Ich fühlte mich krank und erbrach all das Bier und Fleisch und Brot, das ich in der Herberge zu mir genommen hatte.
Auf ein paar Decken schlief ich ein, und als ich erwachte, war es schon Tag. Ich versuchte, auf Deck stehen zu bleiben, und spähte in die Ferne, ob man schon etwas vom Land der Angelsachsen sehen könne, aber ich sah nur dunkle Wolken am Horizont. Ich wandte mich nach Etheldail um, der offenbar ganz in seinem Element war. Seine leuchtenden Augen schienen mir wie besessen zu funkeln, aber er stand immer noch aufrecht mit wehendem Haar und Bart. Das Schiff schlingerte auf den Wellen hin und her und verschwand in einem grünen Abgrund, um kurz darauf wieder auf einer weißen Schaumkrone zu balancieren.
Plötzlich brach der Mann in schallendes Gelächter aus, seine Stimme vermischte sich mit dem Brüllen von Wind und Wellen. Ich hielt mich mit aller Kraft an der Reling fest, starr vor Kälte, vom salzigen

Wasser durchnässt. Der Wahnsinnige lachte weiter, manchmal sah ich ihn unter, dann wieder stand er über mir, wie eine Fliege klebte er an den Holzplanken. Mein Magen zog sich wieder zusammen, und ich schloss die Augen. Ich konnte nur noch die Kälte wahrnehmen und wollte loslassen, um im Tode alles zu vergessen, aber meine Hände waren zu steif geworden. Ich klapperte mit den Zähnen, zuckte und bebte so sehr, dass mein Kopf gegen das Dollbord schlug.
Auf einmal öffnete ich die Augen und sah Etheldail unmittelbar neben mir, mit einem Messer in der Hand. Die Augen weit aufgerissen, weiß und schrecklich im schwarzen Chaos seines behaarten Gesichts. Ich schrie auf und trat nach ihm. Er richtete sich zu voller Höhe auf, lachte wieder, und der Sturm tobte noch heftiger um uns herum. Dann stieg er auf die Reling, und nach einem letzten Schrei und einer wahnsinnigen Grimasse stürzte er sich in die schäumende Hölle, als wolle er mit nichts anderem als seinem Messer einem großen grün geschuppten Drachen ans Leben.

Ich war allein und sah entsetzt auf den leeren Platz am Ruder. Der Abstand war unüberbrückbar, ich würde sicher aus dem führerlos dahintreibenden Schiff geschleudert werden. Und doch versuchte ich hinüberzukriechen, aber ich kam zu langsam vorwärts, und die Zeit drängte. Ich sah, dass das Ruder mit einem Tau festgezurrt war, aber im selben Augenblick zersplitterte mit einem lauten Krachen der Ruderbaum.
Ich schloss die Augen und konnte mich nur noch festklammern. Als ich einen Augenblick später wieder aufschaute, sah ich eine weiße Mauer aus Schaum auf mich zukommen. Ich spürte, wie ich mit dem Boot und allem, was darin war, hochgehoben und wieder hinuntergeworfen wurde. An den darauf folgenden Schlag erinnere ich mich nicht mehr, nur noch, dass ich mich an einem Steinstrand wiederfand, wo ich, wie ein Idiot auf Händen und Füßen kriechend, kleine Kreise drehte, bis ich mich schließlich fragte, was ich da eigentlich machte.
Ich setzte mich hin und musterte meine Umgebung. Ein Stück-

chen entfernt war noch die weiße Brandung zu sehen, aber sie hatte sich schon weit zurückgezogen. Im Osten dämmerte der Morgen, was nicht mit meinem Zeitgefühl übereinstimmte. Wrackteile von Etheldails Schiff lagen am Strand. Mein Schwert lag ein wenig entfernt zwischen den Steinen und war unversehrt. Meine Geldtasche hing noch sicher am Gürtel, enthielt aber nicht mehr als fünf Silberstücke, und der Teufel mochte wissen, wo ich war. Es schien mir am wahrscheinlichsten, dass ich nicht zuletzt dank dieses Irrsinnigen wieder an der flämischen Küste gestrandet war. Landeinwärts standen hohe Bäume im wogenden Gras. Ich band mir mein Schwert um und suchte mir einen windgeschützten Platz, um etwas zu schlafen.

Der Sturm legte sich, aber ich war immer noch bis auf die Knochen durchgefroren. Und doch schlief ich in einem ausgetrockneten Graben ein, in den das Laub hineingeweht worden war. Die Sonne auf meinem Gesicht weckte mich, aber wärmer wurde es nicht. Jede Bewegung forderte nach dem stundenlangem Liegen erhebliche Anstrengungen. Ich beschloss, ein bisschen zwischen den Bäumen hin und her zu laufen, um die Körpersäfte in Bewegung zu bringen. Ich rannte und schwenkte mein Schwert, wobei ich stets die Hand wechselte. Als ich zu schwitzen begann, begnügte ich mich mit dem Schritttempo. In der Ferne sah ich, was ich schon vorher gerochen hatte: eine Rauchsäule. Vielleicht verbrannte gerade ein Bauer Abfall, auf jeden Fall jemand, der mir zu Nahrung verhelfen konnte. Das Letzte, was ich gegessen hatte, trieb irgendwo auf dem Meer, zur Freude der Fische.
Ich hielt auf den Rauch zu, aber er war weiter entfernt, als ich vermutet hatte. Die Rauchsäule wurde immer dicker, und schließlich kam ich bei den Resten eines niedergebrannten Dorfes an. Überall zwischen den verrußten Schutthaufen lagen tote Männer und Frauen, sie waren klein und hatten dunkles Haar. Hinter den zerstörten Hütten ertönte Gewimmer. Ich lief an einem Kind ohne Kopf vorbei, das im Gras lag und dessen Blut noch nicht getrocknet war. Mit

gezogenem Schwert lief ich zwischen den Trümmern hindurch. An ein Scheunentor war eine seltsame Fahne genagelt. Mein Herz blieb fast stehen, als ich das Ding als Menschenhaut identifizierte, abgezogen wie ein Kaninchenfell und an der Tür aufgespannt, während die Kopfhaut durch das Gewicht des Haarschopfes, der sich mit schwarz geronnenem Blut voll gesogen hatte, schlaff herabhing.
Ein paar Schritte weiter saß ein Mann auf einem Pfosten. Das Jammern kam von ihm, denn er war gepfählt worden: Der Baumstamm, auf dem er zu sitzen schien, war zwei Fuß oder noch tiefer in seinen Arsch getrieben worden. Der Mann konnte nur noch winseln und sah mich flehend mit hervorquellenden Augen an. Ich merkte, dass mir die Haare zu Berge standen, und machte, dass ich in den Wald zurückkam, bereit, mich beim geringsten Anlass zu verstecken. Ich hätte den Mann töten, ihn von seinen Leiden erlösen müssen, aber ich wagte mich nicht zurück an diesen Ort des Grauens. Weit weg von dort verbarg ich mich zwischen den Bäumen und beschloss, vorläufig nur noch im Dunkeln weiterzuziehen.

Ich trat so leise wie möglich auf, um keine Aufmerksamkeit zu erregen, und hielt mein Schwert griffbereit. Stunden später sah ich zwischen den Bäumen den Schein eines Feuers. Ich schlich durch die flachen Sträucher näher heran. Zehn Männer saßen oder lagen um das Feuer herum und aßen und tranken. Große Männer waren es, Krieger, die meisten blond. Ein kleinerer Mann sang ein eintöniges Lied und begleitete sich dazu auf einer Harfe. In regelmäßigen Abständen fielen die anderen ein. Ab und zu entbrannten heftige Auseinandersetzungen in einer Sprache, die stark derjenigen glich, welche ich von Frijonde gehört hatte. Einige der Männer unterhielten sich in einer Sprache, die ich überhaupt nicht kannte.
Etwas vom Feuer entfernt lagen eine Reihe gefesselter Gefangener. Sie sahen den Menschen des Dorfes ähnlich, durch das ich an diesem Morgen gekommen war. Vielleicht hatte ich, wenn die Bewacher einschliefen, eine Möglichkeit, die Gefangenen zu befreien. Das wäre eine gute Gelegenheit gewesen, Verbündete zu

machen. Aber während ich noch über diesen Plan nachdachte, fühlte ich einen harten Stoß in meinem Rücken. Ich drehte mich um und sah auf drei Schwertspitzen und dahinter drei grinsende Gesichter. Etwas später lag ich bei den Gefangenen, die Handgelenke an die eines hübschen etwa dreizehnjährigen Mädchens gefesselt. Ich fragte sie, was die Männer mit uns vorhätten, aber sie antwortete in einer unbekannten Sprache. Ich stellte meine Frage auf Latein, aber auch das verstand sie nicht.

Mein Schwert wurde inzwischen rund um das Feuer von Hand zu Hand weitergereicht und entlockte den Männern Ausrufe des Erstaunens und Entzückens. Ich hielt weiter meine Ohren auf, und gegen Morgen war mir klar, dass wir Gefangene einer dänischen Kriegerschar waren, die mit einer Gruppe Angelsachsen zusammenarbeitete, um andere Angelsachsen zu berauben und zu Sklaven zu machen. Die Gefesselten stammten aus dem geplünderten Dorf. Der ständigen Überfälle überdrüssig, hatten die Dorfbewohner einen Dänen, der allein durch den Wald lief, ergriffen und bei lebendigem Leibe gehäutet. Seine Kameraden entdeckten den Mord und zogen in das Dorf, um die Stärksten zu versklaven und den Rest abzuschlachten. Unsere Bewacher würden sich morgen der Hauptmacht anschließen, um sich dann nach ihrer Heimat einzuschiffen, wo sie uns auf dem Sklavenmarkt verkaufen wollten.

Irgendwann mitten in der Nacht trat mich ein dänischer Betrunkener, der von den anderen Leif genannt wurde, wach und fragte mich barsch, wo ich das Schwert herhätte. Ich antwortete, dass ich ihn nicht verstünde, da trat er mich noch einmal und ging dann zurück zum Feuer. Ich fiel in einen unruhigen Schlaf.

Später wurde ich wach, weil das Mädchen dichter an mich herankroch und ängstliche Laute von sich gab. Als ich meine Augen öffnete, sah ich, dass sich der Mann, der an ihrer anderen Seite lag, mit seinen gebundenen Händen unter ihrer Jacke zu schaffen machte. Die Hände fummelten an ihrer nackten Brust herum, direkt vor meinem Gesicht. Ich haute meine Zähne in einen Finger und biss lange und fest zu, sodass der Angelsachse aufheulte. Der dicke

Däne, der Leif hieß, kam nachsehen, was los war, und gab jedem einen Tritt. Der Mann jaulte noch eine Zeit lang und beruhigte sich dann. Es dauerte nicht lange, und es wurde Morgen, und wir liefen, angetrieben von den Dänen, der Reihe nach zur Küste.

Später saß ich auf dem Deck eines Drachenschiffes, nicht mehr gefesselt, sondern in Fußeisen geschlossen, und ich erbrach das harte Brot, das wir zu essen bekommen hatten. Das Mädchen, das sich in dieser Nacht an mich gedrückt hatte, klopfte mir auf den Rücken und schlang ihren Arm um mich.

Ich hatte an diesem Morgen Dutzende von Schiffen aus dem Nebel auftauchen sehen, und der Strand wimmelte von Männern, die mit Äxten und Schwertern bewaffnet waren. Auf einmal wurde mir klar: Ich war ein Sklave, ich, Hroswith, ein Freigeborener! Dann aber fiel mir ein, dass ich ja in meiner Heimat ein Vogelfreier war. Wohin würden sie mich bringen? Ich wusste, dass es bis zu ihrem Land nicht allzu weit sein konnte, war Fritherik doch dort gewesen. Und früher hatten die Dänen sehr oft unser Land überfallen.

Den ganzen Tag regnete es unaufhörlich, wir bekamen Ledereimer zum Schöpfen. Die Wikinger hatten für sich auf Deck ein Zelt aufgeschlagen, in das sie sich abwechselnd zurückzogen.

Nach dem Einbruch der Dunkelheit holte der dicke Leif das Mädchen neben mir weg. Ich hörte es schreien, als er es im Zelt vergewaltigte.

Die Nacht brachte mehr Regen, und immer, wenn wir gerade einschliefen, stand das Wasser schon wieder so hoch, dass wir schöpfen mussten, um nicht zu ertrinken. In den Tagen und Nächten, in denen wir unterwegs waren, starben viele Gefangene. Auch das Mädchen, das ich nur so kurz gekannt hatte und dessen Namen ich nicht einmal wusste, lag eines Morgens tot auf den Planken. Seit jener Nacht im Zelt hatte sie kein Wort mehr gesagt.

Schließlich liefen wir in einen kleinen Hafen ein. Die Dänen trieben uns mit Schlägen vom Schiff und über einen sumpfigen Knüppelweg zu einer Höhle, wo schon andere Gefangene saßen, die auf den Sklavenmarkt warteten.

13. Kapitel

Worin Hroswith erneut die Nächstenliebe der Geistlichen erfährt und sein Bühnentalent demonstriert

Missmutig blickte ich auf die Menge, die sich zwischen den Läden und den flachen Podesten drängte, auf denen die Sklaven zur Schau gestellt wurden. Die Masse schien aus lauter großen Kerlen mit dichten Schnurrbärten und schmutzig blonden Haaren zu bestehen. Einer von ihnen würde mich kaufen, und ich würde mich innerhalb weniger Jahre kaputtschuften müssen. Ich, der ich zu großen Dingen bestimmt war, sollte einem Herrn gehorchen müssen!

Bislang beachteten mich nur wenige. Der Stand neben mir, wo frisch gewaschene angelsächsische und irische Mädchen halb nackt im Kreis herumliefen, hatte mehr Zulauf. Die Männer pfiffen und johlten, und manche zählten ihre Gold- und Silberstücke.

Es fiel mir auf, dass sie nicht alle Wikinger waren; ich sah Leute mit dunklerer Hautfarbe, die reich verzierte Gewänder trugen und auf dem Kopf zusammengerollte Tücher; ich hörte Deutsch und Sprachen, die ich nicht einordnen konnte. Manche klangen ähnlich wie Dänisch und nicht allzu fremd in meinen Ohren.

Und dann bahnte sich ein riesiger, graubärtiger Mann in einem weißen Mantel seinen Weg durch die Menge. Auf der Brust trug er ein Kruzifix. Ein Missionar, ein Priester in dieser entlegenen Ecke der Welt! Ich rief ihm auf Latein etwas zu, und er richtete seine Schritte in meine Richtung.

»Bist du ein Christ, mein Sohn?«, fragte er auf Niederdeutsch.

»Das bin ich, ehrwürdiger Vater, ein Christ, und offensichtlich ein Landsmann«, sagte ich und log dabei. »Wie bin ich froh, dass ich einen Christenmenschen sehe, der mich retten kommt! Kauft mich,

ich bitte Euch, und ich werde es Euch hundertfach lohnen!« Unwillkürlich verfiel ich in die biblische Rhetorik.
»Das tut mir Leid, mein Sohn, aber ich brauche keinen Sklaven«, sagte der Mann stirnrunzelnd.
»Aber ich bin kein Sklave!«, rief ich. »Ich bin ein freier Mann, ein Reisender, entführt von heidnischen Sklaventreibern! Ich kann lesen und schreiben. Ich kann Bücher kopieren.«
Der Priester schüttelte mahnend den Kopf, schenkte mir ein mildes Lächeln und sagte: »›Ihr Sklaven ... seid gehorsam in allen Dingen euren irdischen Herren, nicht mit Dienst vor Augen, um den Menschen zu gefallen, sondern in der Einfalt des Herzens und in der Furcht des Herrn!‹«
Er hob die Hand und machte ein Kreuzzeichen in der Luft. »Gott segne dich, mein Sohn!« Dann verschwand er in der Menge. Ich rief ihm auf Latein einen Fluch nach, was bei den Wikingern, obwohl sie ihn natürlich nicht verstanden, ein donnerndes Gelächter hervorrief. Also legte ich nach, nun auf Dänisch. Ich nannte ihn einen Sohn von tausend Vätern und seine Mutter eine hurende Eselin, wonach ich einen Exkurs über die sexuellen Beziehungen zu Klein- und Federvieh von christlichen Priestern im Allgemeinen hielt und diesem im Besonderen. Neugierig kam das Volk zu meinem Podest, aber als ich so umringt war, fühlte ich mich am Ende meiner Kräfte. Ich sank auf die Bohlen nieder und ließ meine Tränen strömen.
Auf einmal hörte ich, wie ein Mann sagte: »Sag mal, Skalla, als Liebhaber deines eigenen Geschlechts müsstest du doch etwas spüren, wenn du so einen hübschen Jungen weinen siehst. Schau nur, was für ein glattes Schnäuzchen er hat, wie ein Mädchen.«
Ich sprang auf, wischte mir die Tränen ab, machte mich groß und breit und sog meine Lunge voll Luft. Mit rauer Stimme brüllte ich: »Dieses Mädchen hat schon einer Menge von deiner Sorte die Eier abgeschnitten!«
»Wenn du es genau wissen willst, Björn«, sagte der Mann, der mit Skalla angeredet worden war, »bis eben fand ich an ihm gar nichts Besonderes, aber so wie er sich jetzt benimmt, habe ich sie am liebs-

ten. Ein bisschen männlich. Sie müssen sich sträuben, sonst hat man nichts davon.«

Ich sah mir Skalla an, einen außergewöhnlich großen, breit gebauten Mann mit einem ziemlich ramponierten Gesicht voller Narben von Schwerthieben und Messerstichen. Seine kräftigen muskelbepackten Arme ragten nackt aus einem kurzen Wams aus Ziegenfell hervor. Er warf mir einen Kuss zu, und die Menge johlte.

»Jammerschade, mein Schatz, kein Geld heute«, rief er.

Ich zeigte ihm den erhobenen Mittelfinger und nahm mir vor, mich aufrecht zu halten, trotz meiner Müdigkeit und den Erniedrigungen, die ich erleiden würde. Vielleicht musste ich dem Händler deutlich machen, dass ich etwas konnte, damit er meinen Preis nach oben trieb. Der Käufer würde mich dann mit mehr Sorgfalt behandeln als einen einfachen Haus-, Garten- oder Küchensklaven. Ich hoffte auf jemanden, der reich genug sein würde, um sich einen Spezialsklaven erlauben zu können, und der kultiviert genug war, um seine Sklaven gut zu behandeln.

Ich suchte nach Leif Blutbart, den Sklavenhändler, der mich in England nach der Herkunft meines Schwertes gefragt hatte. Er stand hinter dem Podest, mein Schwert am Gürtel. Ich hätte vor Wut heulen können, weil ich das Schwert meines Vaters verloren hatte. Da kam mir eine Idee.

»Ulfberth!«, rief ich laut. Neugierig drängte sich das Volk um mich.

»Kennt ihr die fränkischen Schwerter von Ulfberth?«, fuhr ich auf Dänisch fort.

»Natürlich kennen wir die«, sagte ein Mann im Publikum. »Sie sind fast nicht mehr zu bekommen.«

»Und nicht zu bezahlen«, meinte ein anderer.

»Ich bin Schmied, ich kann sie machen«, rief ich. Ich schlug mir auf die Brust und lief wie ein Kampfhahn, der vor seinem Gegner paradiert, auf dem Podium auf und ab, so weit das meine Fußfesseln zuließen.

»Davon glaube ich kein Wort!«, sagte jemand.

»Ich habe in Ulfberths Schmiede gearbeitet«, log ich, »und ich

war sein bester Schüler!« Ich zeigte auf den Sklavenhändler. »Das Schwert, das dieses Schwein da trägt, habe ich gemacht!« Das Schwein kam aufs Podium und gab mir einen Tritt.
»Stimmt das?«, erklang eine Stimme aus der Menge.
»Ich habe es ihm tatsächlich abgenommen«, bestätigte Leif und zupfte an seinem Schnurrbart. Dann wandte er sich an die Menge. »Wer bietet für den begabtesten Schüler von Ulfberth, welcher der beste Schwertmacher des Frankenlandes war?«
»Ich biete ein Drachenboot, gebaut von Ragnar Rauhose im dritten Jahr der Regierung von Erik Blutbeil!«, donnerte ein rothaariger Riese mit Pickelgesicht.
»Ich biete drei angelsächsische Jungfrauen und eine gute Milchkuh«, übertrumpfte ihn ein krummbeiniger Alter. Ein altes Weib kreischte: »Deine Jungfrauen, Helgi, die sind schon Großmutter, wenn du mich fragst.« Die Menge johlte und amüsierte sich.
»Warum sollte jemand eine angelsächsische Jungfrau wollen? Wenn sie unbedingt Angelsächsin sein muss, dann doch lieber ein erfahrenes Luder!«, meinte ein Mann.
Zustimmendes Gebrüll. Leif Blutbart, der Sklavenhändler, hob die Hände und rief: »Ich akzeptiere nur Gold oder Silber, eure Angebote nehme ich daher nicht an, Per Pickelkopf und Helgi Hinkefuß!« Per ballte die Faust, und Helgi drehte sich um und schlug sich zum Vergnügen der Masse auf den Hintern.
Ich stand da, die Arme vor der Brust verschränkt, und schaute drein, als ginge mich das alles nichts an, aber mir war ganz schlecht vor Erniedrigung. Es war bitterkalt, und ich trug nichts anderes als mein wollenes Wams und meine zerrissene Hose. Auf einmal legte der Händler mir einen Mantel über die Schultern, wahrscheinlich um mich wertvoller erscheinen zu lassen und weil man von einem toten Schüler Ulfberths nichts mehr hat. Einer der dunkelhäutigen, reich gekleideten Fremdlinge kam auf mich zu, musterte mich aufmerksam und sagte dann zu seinem Gefährten, der noch wohlhabender aussah: »Wenn du noch einen Schwertmacher brauchst, hier haben wir einen. Soweit ich es verstanden habe, ist er ein Franke.«

Ich verstand, was er sagte, und wie mit einem Donnerschlag wurde mir bewusst, dass dies eine der Sprachen war, die die Stimmen in meinem Kopf sprachen.
»Was soll ich mit einem fränkischen Schwertmacher?«, sagte der Angesprochene. Er wandte sich um und ging weiter, gefolgt von seinen Gefährten. Ich sah ihnen nach und fragte mich, woher sie wohl kamen. Ich würde sie sicher niemals mehr wiedersehen.
Leif stellte sich vor mich und rief: »Ich muss für diesen Sklaven mindestens vier Silbermark haben. Sonst kann ich ihn besser in Haithabu verkaufen, da wissen sie, was ein guter Sklave wert ist.«
Ein finsterer Krieger, flankiert von zwei wüsten Gesellen mit Streitäxten, offensichtlich einem Zwillingspaar, kam auf mich zu. Er sah mich scharf an und gab gleichzeitig dem Händler einen Wink. In einem Ton, der keinen Widerspruch duldete, sagte er: »Der König kauft diesen Sklaven, zum Wohle des Landes.« Er warf dem Händler einen kleinen Beutel zu. Leif knotete ihn schnell auf und stieß einen Schrei der Enttäuschung aus. »So wenig für einen Schüler von Ulfberth? Ihr ruiniert mich!«
»Das ist es, was König Harald bezahlen will. Das Schwert ist im Preis inbegriffen.«
Der Händler ließ sich auf die Knie sinken. »Dieses sagenhafte Schwert, ein echtes Ulfberth?«, stammelte er ungläubig. Aber als der Krieger ihn weiter durchdringend anblickte und das Zwillingspaar einen Schritt nach vorn machte, stand er schnell auf, übergab ihnen das Schwert und hängte sich den Geldbeutel an den Gürtel. »Dieser Laden schließt für heute!«, rief er der Menge zu und machte sich davon, zweifellos in eine Taverne. Ich sah ihm nach und merkte, wie trocken meine Kehle war, aber die Zwillinge sprangen auf das Podest und schlossen ein eisernes Band um meinen Hals, an das eine Kette geschmiedet war. Ich folgte ihnen durch die schmalen Gassen zwischen den hölzernen Häusern. Einem Trottel gleich hüpfte ich mit meiner kurzen Knöchelkette hinter ihnen her.

Die drei Krieger brachten mich in eine grasbewachsene Umwallung mit hölzernen Wachttürmen und einer Palisade aus Baumstämmen. Die Zwillinge entfernten sich in eine aus Balken gebaute Halle, der unfreundliche Krieger, der Grim genannt wurde, brachte mich in einen Stall. Ein Sklave eilte mit Werkzeugen herbei, um mich von meinen Fesseln zu befreien.

Grim deutete auf einen Verschlag mit einem dreckigen Strohsack und sagte: »Du kannst gleich mit den anderen Sklaven in der Küche essen. Heute bleibst du hier, morgen gehst du an die Arbeit. Du hast nichts in der großen Halle zu suchen. Außerdem ist es dir nicht erlaubt, einen Freien anzusprechen, es sei denn, du wirst gefragt.«

Ich rieb mir die schmerzenden Knöchel und wippte auf den Füßen, um meinen Blutkreislauf anzuregen.

Grim fuhr fort: »Und wenn du vorhaben solltest zu fliehen, dann denke daran, hier ist noch nie ein Sklave lebend rausgekommen. Ein Schmied braucht keine Ohren, die kann ich also abhacken. Außerdem kann ich deine Füße abhacken, genau wie deine Nase. Die brauchst du auch nicht beim Schmieden.« Er dachte kurz nach, ob ihm noch mehr Körperteile einfallen würden. »Deine Eier, die kann ich auch abhacken, wenn du weglaufen willst.«

»Vergiss meine Augen nicht, du kannst auf jeden Fall eines ausstechen, dann kann ich immer noch mit dem anderen auf meine Arbeit schauen«, sagte ich, hilfsbereit wie immer.

»Das stimmt«, sagte er, offenbar erfreut darüber, dass der Körper eines Schmieds so viele nutzlose Bestandteile umfasst.

»Grim hat überhaupt keine Ahnung von der Arbeit eines Meisterschmieds, wenn er meint, dass er mich so einfach meiner Körperteile berauben kann«, sagte ich zu dem Sklaven, der mit meinem Halsband beschäftigt war. Der Mann war sprachlos über meine Frechheit und warf Grim einen scheuen Blick zu.

»Ein verstümmelter Schmied ist kein Mann und kann keine unbesiegbaren Waffen schmieden«, fuhr ich fort und war mir klar, dass ich sterben würde, wenn ich mich direkt an den Riesen wandte. »Also wenn Grim will, kann er jetzt gleich mit dem Abhacken

anfangen, und er wird den Zorn seines Königs über sich heraufbeschwören. Denkt er wirklich, dass das Schwert, das er trägt, von einem eierlosen Mann hätte geschmiedet werden können?«
Der zitternde alte Sklave machte, dass er wegkam. Grim schnaubte vor Wut und betastete die Schneide Ulfberths, aber er überlegte es sich anders: »Ich werde dich später angemessen bestrafen. Aber erst werde ich den König von deinem Ankauf in Kenntnis setzen.« Er stiefelte weg.
Als er außer Sichtweite war, kam der Sklave zu mir und fragte in gebrochenem Dänisch: »Hast du Hunger?«
»Ja, ich habe Hunger«, sagte ich, »aber ich esse nirgendwo anders als in der großen Halle.«
Er stöhnte und schaute zu dem Bau aus Balken hinüber. »Zieh dann wenigstens diesen Sklavenrock an, denn wenn sie dich in diesen Lumpen sehen, werden sie dich bestrafen.«
»Dann sollen sie mich bestrafen. Ich werde keinen Sklavenrock tragen!« Ich schrie, so laut ich konnte: »Ich esse kein Sklavenfutter! Und ich trage kein Sklavengewand! Tötet mich, wenn ihr wollt, aber ich werde nicht als Sklave für den König arbeiten!«
Mein Geschrei musste bis zur Königshalle gedrungen sein, denn die Türen öffneten sich und ein großer Mann stapfte auf mich zu, gefolgt von einer Reihe Wikinger. Er trug ein buntes Wams und eine schmutzige Hose, über die Essen gekleckert war, in der Hand hielt er ein Schwert. Er musste etwa vierzig Jahre alt sein, Bart und Haare waren schwarz und von silbernen Fäden durchzogen. Seine grimmigen Augen flackerten wie Fackeln in der Nacht.
»Und jetzt ist Schluss mit diesem Theater!«, rief er so laut, dass ein Vogelschwarm von der Palisade aufflog.
Aber ich war zu aufgeregt, um aufhören zu können. »Nein, es ist nicht Schluss!«, rief ich. »Ich will den König sprechen! Ich bin ein freier Mann und ich lasse mich nicht wie ein Sklave behandeln.«
Der große Mann stellte sich vor mich. »Du bist nicht in der Lage, Forderungen zu stellen, Mann«, knurrte er. »Ich bin König Harald Blauzahn, und der einzige Grund, dass du noch nicht zuckend im

Staub vor meinen Füßen liegst, besteht darin, dass ich für dich bezahlt habe. Ich kann mir deinen Mut nur mit Verrücktheit erklären. Du musst sicher wahnsinnig sein.«

»Ich bin kein Verrückter, ich bin ein freier Mann.«

Er lachte auf und blickte sich zu den Männern um, die hinter ihm herkamen. »Und doch bist du fraglos ein Sklave«, sagte er, »schließlich habe ich für dich bezahlt.« Ich verschränkte die Arme über der Brust und richtete mich zu voller Größe auf. »Ich bin ein Meisterschmied und mache die besten Schwerter der Welt. Aber ich vermag das nur, wenn ich in Freiheit arbeiten kann und mir die Achtung erwiesen wird, die meiner Meisterschaft zukommt.«

Der König blickte wieder auf sein Gefolge. »Grim! Du hast doch für diesen Mann bezahlt?«

»Ganz sicher, König Harald«, sagte der Angesprochene. »Soll ich ihn töten?«

»Siehst du's jetzt ein?«, fragte der König, Grims Frage ignorierend. Er sah mich an, als erwartete er, dass ich jetzt nachgeben und unmittelbar anfangen würde, unbesiegbare Schwerter zu schmieden.

»Wenn ich Sklave bin, kann ich keine Schwerter machen«, sagte ich. »Aber ich kann recht gut kochen. Und Geschirr polieren. Schickt mich besser in die Küche!«

Der König verlor die Geduld. »Ich kaufe mir keinen teuren Meisterschmied, um ihn dann den Abwasch machen zu lassen!«, donnerte er. Die Vögel, die sich gerade niedergelassen hatten, flogen wieder auf. »Was kann ich daran ändern, dass du ein Sklave bist?«

»Ihr könnt Leif Blutbart erklären lassen, dass ich sein verehrter Gast und Freund war, und mich dann einladen, für Euch zu arbeiten.«

Der König dachte nach. In seinem Gefolge erhob sich Gemurmel. »Und das Geld, das ich bezahlt habe?«

»Das bekommt Ihr zurück von Leif, der es sozusagen nur geliehen hat. Danach könnt Ihr es mir geben als Vorschuss für den Lohn, den Ihr mir entrichten werdet für die Anfertigung von unbesiegbaren

und mit kraftvoller Magie ausgestatteten Schwertern, die Euch und Euer Geschlecht weltberühmt machen werden.«
Ein bartloser junger Mann in meinem Alter drängte sich vor. »Wirkt diese Magie auch weiter in den nächsten Generationen?«, fragte er begierig. »Dann würde ich sagen: Schlag ein, Vater!«
»Svein, misch dich nicht ein! Ich bin noch nicht tot, und du bist noch nicht König!«, rief Harald Blauzahn. Dann nickte er Grim zu. »Hol Leif Blutbart, denn ich will das Geld zurück, das ich ihm geliehen habe, und ich will seinen Gast in meine Halle einladen!«

Der dicke Sklavenhändler Leif kam keuchend und schwankend in die Halle. Grim musste ihn unterwegs vorgewarnt haben, denn, während er sich vor dem König verbeugte, rief er schnell: »Heil dir, großer Harald! Ich hörte, dass Ihr meinen guten Freund und verehrten Gast, den Schmied, der in der Lehre bei Ulfberth gewesen ist, eingeladen habt. Das freut mich mehr, als ich Euch sagen kann. Ich bin gekommen, um das Darlehen zurückzubezahlen, das Ihr mir so großmütig gegeben habt.« Er überreichte Grim den Geldbeutel. Der Krieger zählte das Geld nach und sagte: »Es fehlen zehn Goldstücke!«
Leif nickte. »Das stimmt, ich bin schlecht bei Kasse. Vielleicht kann ich den Fehlbetrag in angelsächsischen Jungfrauen begleichen?«
König Harald schüttelte den Kopf: »Wenn ich angelsächsische Jungfrauen brauche, dann fange ich mir schon selbst welche. Und außerdem ist der Wechselkurs nicht günstig. Du zahlst mir den Betrag zurück, plus zehn Goldstücke extra, denn ich verleihe nur Geld gegen Zinsen.«
Leif wurde blass und verbeugte sich bis in den Staub.
König Harald zeigte auf einen Sessel. »Setz dich zu den freien Männern und sei mein Freund und Gast!«
»Einen Augenblick, König«, sagte ich und ging zu Leif, der Mühe mit dem Aufstehen hatte. Ich gab ihm einen solchen Tritt in den Hintern, dass er umfiel. Dann sagte ich: »Ich könnte es mir nie vergeben, meinem verehrten Gastgeber nicht mit gleicher Münze

heimgezahlt zu haben.« Die Halle erbebte vor Gelächter, aber sofort rief jemand: »Leif, du Ehrloser, wenn du das auf dir sitzen lässt, werden wir alle hier in der großen Halle dich anspucken, und, was noch schlimmer ist, die Walküren werden dich dereinst im Grab liegen lassen.« Alle Männer nickten zustimmend.

König Harald sagte seufzend: »Ein freier Mann hat das Recht, eine Beleidigung mit Blut zu tilgen. Ich hoffe, du kannst kämpfen, Schmied, sonst habe ich überhaupt nichts von dir.«

Leif stand auf, schneeweiß im Gesicht, und sagte leise, fast unhörbar: »Gebt mir ein Schwert.«

Ich sah Grim an und sagte mit allem Nachdruck, den ich meiner Stimme verleihen konnte: »Freund Grim, ich danke dir für die Aufbewahrung meines Schwertes, aber ich glaube, ich werde es jetzt brauchen.« Grim blickte bedauernd auf Ulfberth und übergab es mir.

Die Männer machten Platz und stellten sich in einem weiten Kreis um uns auf. Leif hatte sich wieder gefasst, ging etwas in die Knie und begann, sich hin und her zu wiegen.

Auch ich nahm Kampfhaltung ein, fürchtete jedoch, jeder könne sehen, dass ich keine Erfahrung hatte. Außerdem war ich müde und hungrig. Und Leif war wahrscheinlich ein furchtbarer Gegner, auch wenn er dick war und nicht mehr allzu jung und sein Reaktionsvermögen durch den Alkoholgenuss zweifellos gelitten hatte.

Ich rief laut: »Ich habe keine Angst vor diesem feigen Schwein. Ich hab ihn nur einmal kämpfen sehen und das war mit einer dreizehnjährigen Jungfrau. Wenn dich die Walküren nach deinen Waffentaten fragen, dann kannst du ihnen berichten, dass sie tot ist, Leif, dies ist nämlich deine Todesstunde. Sag den Raben, die bald deine Augen auspicken werden, dass Hroswith von Wikala dich getötet hat.«

Brüllend stürzte er sich auf mich, aber ich machte einen Schritt beiseite, sodass er stolperte und hinfiel. Ich hielt mein Schwert vor mich und rief: »Du brauchst dich nicht schon auf die Erde zu legen, Leif, ich weiß, es ist dein Wunsch, im Kampf zu fallen, aber du machst es dir wirklich zu leicht. Die Walküren werden nicht darauf reinfallen.«

Mit einem Schrei sprang er auf, aber wieder trat ich zur Seite. »Wann fangen wir denn nun an zu fechten, Leif?«, fragte ich. Keuchend stand er da, mit dunkelrotem Gesicht. Ich wartete auf den nächsten Angriff, aber der dicke Mann ließ das Schwert fallen und griff sich, nach Luft schnappend, an die Brust. Dann stürzte er zu Boden.

Die Wikinger bejubelten mich, und der König sagte: »Das ist toll, ein Mann, der durch Beleidigungen zu töten vermag! Können wir jetzt zu Tisch gehen? Ich habe Hunger.«

Svein, sein Sohn, fragte: »Vater, ist er jetzt im Kampf gestorben oder nicht? Wird er seinen Platz in Walhalla einnehmen?«

»Mit theologischen Problemen beschäftige ich mich nicht, mein Sohn. Kommt, lasst uns essen.«

14. Kapitel

In dem wir die Schönheit der dänischen Poesie kennen lernen, dazu Skalden und Sagas, Scheinheilige und Sippen

Svein saß neben mir. An die andere Seite setzte sich zu meinem Erstaunen der Priester, den ich auf dem Markt gesehen hatte und der jetzt eine braune Kutte trug.

»Was für eine Überraschung!«, sagte ich. »Darf ich mich noch für Eure Hilfe von vorhin bedanken?«

»Hatte ich dir nicht gesagt, du sollst auf Gott vertrauen?«, sagte der Mann lächelnd.

»Ich meine mich zu erinnern, dass Ihr sagtet: ›Ihr Sklaven, seid gehorsam euren Herren.‹ Kolosser, nicht wahr?«

»In der Tat«, antwortete er und sah sich dabei verstohlen um, ob nicht anderswo ein Platz frei war.

»Ich hab' das Gegenteil gemacht, und seht, ich bin frei«, sagte ich triumphierend.

Er lehnte sich ergeben zurück. »Es geht nicht darum, in diesem Leben frei zu sein, mein Sohn. Es geht um das Jenseits.«

»Und weil ich nicht gehorsam war, ist nun meine Chance, in den Himmel zu kommen, verspielt?«

»Das weiß Gott allein.« Er wandte sich seinem Nachbarn an der anderen Seite zu und begann ein Gespräch.

Der König, der mir gegenübersaß, rief mir zu: »Vor vielen Jahren hatten wir hier schon mal einen Schmied, der bei Ulfberth das Handwerk gelernt hatte. Der hieß Fritherik, wenn ich mich nicht irre. Wie alt mag dieser Ulfberth wohl sein?«

»Das weiß niemand«, sagte ich, in der Hoffnung, dass er meine Verwirrung nicht bemerkte, »aber manche behaupten, dass er schon für Kaiser Karl gearbeitet hat.«

König Harald brach in Gelächter aus. Ich wollte schon sagen, dass Fritherik mein Vater war, aber der König fuhr fort: »Dieser Schmied ist mit meiner Tochter Hildegund durchgebrannt. Ich habe ihn von Miklagaard bis in die Normandie gesucht, aber er war wie vom Erdboden verschwunden. Bei Odin, was war ich wütend auf diesen Hund. Aber bevor er das Gör entführte, war er ein guter Freund und tapferer Kampfgefährte. Er begleitete mich auf die schottischen Inseln und nach Irland. In Walhalla werden wir miteinander anstoßen. Ein gewaltiger Krieger! Hast du jemals von ihm gehört?«

»Nein,« sagte ich, »er muss lange vor meiner Zeit gearbeitet haben.« Ich hörte einen Hahn krähen.

Der König grinste. »Wenn ich seiner Sippe habhaft geworden wäre, hätte ich sie ausgerottet. Aber ich musste meine Suche aufgeben, weil ich mit Kaiser Otto Ärger bekam.« Er zuckte mit den Achseln und machte sich über eine Schale mit einem dampfenden Hirschrücken her, die vor ihm stand.

»Warum nennt man deinen Vater Blauzahn?«, fragte ich Svein, der gerade einen Schweinefuß zerlegte.

»Wegen seines blauen Zahns«, sagte der Königssohn.

»Ich sehe keinen blauen Zahn.«

Svein lachte: »Den ist er schon vor meiner Geburt losgeworden. Halvdan Snorrison und mein Vater, der damals noch kein König war, bekamen bei einem Siegesmahl Streit über die Verteilung der Beute. Halvdan warf einen Hirschknochen nach meinem Vater. Der Knochen schlug seinen blauen Zahn raus. Daraus ist dann eine Fehde entstanden zwischen unserer Sippe und der von Halvdan.«

Ein Mann, der an der anderen Seite von Svein saß, mischte sich ein: »Und Ragnar der Rothaarige, der Halvdans Nichte Kudrun entführte, schloss sich mit Haralds Bruder Borg zusammen, und beide überfielen sie das Haus von Haralds Vetter Per, der auch ein angeheirateter Vetter von Halvdan war. Per geriet in Wut und machte gemeinsame Sache mit Olav dem Bussard, der nach seinem unehrenhaften Tod Olav die Schwuchtel heißen sollte, und mit Pelle Eriksson, Haralds Großneffen. Der war voller Missgunst auf die

Truppe unseres Königs, der damals im Übrigen noch kein König war. Ein anderer Pelle, Ragnars Halbbruder, tötete in einem Zweikampf den Vater von Olav der Schwuchtel. Danach führten das eben erwähnte Dreigespann einen Raubzug zum Hof von Hrolf Hrolfsson in Haithabu durch, um Erik Perssons Tod zu rächen. Hrolf gehörte zur Sippe unseres Königs, der sofort reagierte und Per den Schädel spaltete. Pers Sippe nahm daraufhin Rache, indem sie Helgi Sveinssons Sohn enthauptete, woraufhin dessen Schwager den Großneffen des Anführer von Hrolfs Sippe reinlegte. Im Augenblick fällt mir sein Name nicht ein …«
»Snorre«, sagte Svein.
»Snorre, der durch das Eingreifen Odins und seiner wilden Schar überlebte und vor Wut in einer einzigen Nacht Sveinssons ganze Sippe ausrottete, sodass Harald, der keinen anderen Rat mehr wusste, sich schließlich genötigt sah, die Königswürde anzunehmen, nicht zuletzt auch weil sein Vater Gorm starb.«
»Und so ist es geschehen«, sagte Svein zufrieden, weil sein Nachbar alles so gut erklärt hatte.
»Ich höre schon«, sagte ich, »ihr langweilt euch hier nicht. Aber ich wusste nicht, dass ihr Christen seid.«
»Das sind wir auch nicht«, sagte Sveins Nachbar, »aber es ist immer gut, einen Priester in der Nähe zu haben. Meistens erstechen wir diese Verrückten in ihren seltsamen Gewändern, aber manchmal ist es ganz nützlich, ein christliches Gesicht aufzusetzen.«
»Ja«, bestätigte der Königssohn, »wir tanzen gern auf zwei Hochzeiten, um dann umso härter dreinschlagen zu können.« Sie schlugen einander auf die Schultern, dass es knallte, und Svein schenkte Wein in die irdenen Becher, wobei die Hälfte des blutroten Getränks auf den Tisch schwappte.
»Und ich dachte, dass ihr aus Menschenschädeln trinkt«, bemerkte ich.
»Das machen nur die Armen«, sagte Svein. »Wir haben genug Geld für Becher, aber wenn du willst, kann ich einen Schädel für dich holen lassen.«

»Mach dir keine Mühe!« Ich sah mich um. Ein Kerl in einem schwarzen Mantel betrat den Saal, eine Harfe in den Händen. Ein Sklave eilte herbei und gab ihm einen Becher Wein. Der Mann trank einen Schluck, nahm dann seine Harfe und begann an ihr zu zupfen. Die Stimme des Königs zog meine Aufmerksamkeit auf sich.

»Vater Litorius, wie war das doch gleich wieder mit deinem Jesus Josefssohn, war er nun König oder nicht?«, rief er über die Tafel hinweg.

»Ja, aber sein Königreich war nicht von dieser Welt«, sagte der Geistliche.

»War er ein Held?«, fragte König Harald, und er grinste mir zu.

»Er war der größte Held, den die Menschheit je gesehen hat.«

»Warum singt man dann keine Saga über ihn? Die Jesussaga?«

Die ganze Tafel lachte, denn der Priester, so erklärte mir Svein flüsternd, war nicht beliebt. Man fand, er sei ein nervtötender Langweiler, der alles, was das Leben lebenswert machte, verbieten wollte.

»So eine Saga gibt es, Sire, man nennt sie die Bibel«, erklärte der Priester.

»Sing sie für mich.«

»Die Bibel kann man nicht singen und sie ist auch nicht auf Dänisch geschrieben. Außerdem kann ich sie nicht auswendig.«

»Aha, es gibt eine Saga über den größten Helden aller Zeiten, aber man kann sie nicht singen, auf Dänisch ist sie auch nicht und schließlich kennt der einzige Anhänger des Helden Jesus sie nicht auswendig«, sagte der König spöttisch. Er wartete, bis sich das Gelächter beruhigt hatte.

»Ich bin nicht der einzige Christ. Hroswith der Schmied ist auch einer«, sagte der Mann in der Kutte. Er zeigte auf mich.

»Von wegen«, antwortete ich entrüstet. »Ich bin kein Christ, ich spucke auf Eure Sorte!«

»Und gerade noch auf dem Markt hat er mir gesagt …«

»Gerade eben auf dem Markt war ich ein Sklave, und Euer Glaube ist ein Sklavenglaube«, höhnte ich.

»Das stimmt!«, rief König Harald, der vergaß, dass ich vorhin noch geleugnet hatte, ein Sklave zu sein. »Aber Vater Litorius, Ihr versucht mich zu überreden, das Christentum anzunehmen, wo doch kein Mensch begreift, was in Eurem Buch steht. Warum lasst Ihr keine Saga auf Dänisch daraus machen, dann können wir sie hören, wenn wir uns aufmachen, um die englischen Klöster zu plündern.«

»Wenn es so eine Saga gäbe, dann würde sie zum Frieden aufrufen«, antwortete Vater Litorius kühl.

»Zum Frieden? Sind diese Christen verrückt?« Der König wollte fortfahren, aber Vater Litorius sagte laut: »Wer das Schwert nimmt, wird durch das Schwert umkommen. Das sagt Jesus.«

Dies weckte große Überraschung. Die Männer riefen aus vollem Halse: »Genau!« Sie johlten alle durcheinander und klatschten Beifall. Der Priester blickte bestürzt um sich.

Der König sagte: »Das ist Männersprache! Es gibt nur eine Art umzukommen, und zwar durch das Schwert. Ich dachte tatsächlich einen Augenblick lang, dass die Christen Frieden wollen, aber dieser Ausspruch beruhigt mich. ›Das Schwert nehmen und dadurch umkommen‹, das ist ein schöner Refrain für Eure Saga.« Er gab dem Harfenspieler ein Zeichen. »Sigurd, spiel mal kurz eine Melodie auf diesen Refrain«, und er deklamierte:

»Wer das Schwert nimmt,
kommt um durch das Schwert.«

Er dachte einen Augenblick nach und fuhr fort:

»Wer nach Schwertergeklirr und dem Spalten von Schädeln
sein rohes Fleisch nicht den Raben schenkt,
sitzt in der Halle Haralds des Helden,
wo er den Met der Mutigen trinkt
und mit Eidbrüdern sein Essen verzehrt
und den Toten Ehre erweist,
bis das Bier alle ist.

Aber bibbert nicht, Brüder,
Litorius' Jesus Josefssohn erlöst uns
und wandelt Wasser zu Wein für uns Wikinger.«

»Es lebe unser König, der große Dichter!«, riefen die Männer und schwenkten ihre Schwerter und abgenagten Knochen.
»Und das, obwohl ich noch beide Augen habe«, sagte der König, indem er auf das Opfer anspielte, das Odin brachte, um den Dichtermet trinken zu dürfen.
Der Sänger starrte durch den Rauchabzug im Dach, und man merkte, dass ihn die Inspiration überkam. Dann schlug er einen Akkord an und sang, was der König ihm vorgesprochen hatte, und fürwahr, es war des Beginns einer Saga würdig.
Nach dem dritten Mal konnte es jeder, und die Halle erzitterte von der Jesussaga.
Der Priester beugte sich zu mir herüber und sagte: »Es ist zwar nicht kanonisch, aber Christi Name setzt sich damit in ihren Köpfen fest.«
»Diese Leute lassen sich nicht bekehren«, sagte ich.
»Denkt Ihr das wirklich? Glaubt mir, in zehn, fünfzehn Jahren sind das alles brave Christen«, sagte der Priester lachend. »Bei uns war das vor hundert Jahren genauso. Das habe ich in einer Chronik gelesen.«
»Was für eine Chronik war das?«, fragte ich, immer interessiert, wenn es um ein Buch ging.
»Der Name wird Euch nichts sagen. Das Buch berichtet von den heidnischen Gebräuchen der Sachsen. Es war nicht schön, von den Sünden der Heiden zu lesen, das kann ich Euch sagen. Ich habe es, mit Zustimmung meiner Mitbrüder, im Klostergarten verbrannt. Es kann die Leute leicht auf falsche Gedanken bringen. Glücklicherweise sind diese wahnsinnigen Teufelspraktiken jetzt vergessen. Denkt doch daran, wie gut es in den christlichen Ländern ist!«
Ich dachte an zu Hause, an meine Mutter und Adela und sagte nichts.
Der König rief seine Kämpfer zur Ruhe und sagte: »Sigurd und der

Priester werden in der nächsten Zeit, zusammen mit mir, eine Saga dichten, die spannend ist, die euch erfreuen und uns dann zu noch größerer Tapferkeit und Tatkraft anspornen wird, als wir sie jetzt schon haben.«

Sigurd verbeugte sich vor seinem König, und der Priester sagte, mit einem kurzen triumphierenden Blick zu mir: »Es wird mir eine Ehre sein, König.«

Svein schenkte mir noch einmal nach. »Du bist nicht kampferfahren, das konnte ich sehen«, sagte er. »Wenn du willst, können wir zusammen den Schwertkampf üben. Ein Meisterschmied muss mit seinem Erzeugnis umgehen können, meinst du nicht? Wieland konnte das doch auch.«

»Sehr gern«, sagte ich, »das kommt mir sehr gelegen.« Ich dachte an Wielands Königstochter und lächelte bei dem Gedanken daran, dass mein Vater, der mir von diesem Schmied erzählt hatte, eine Königstochter aus diesem Land der wilden Krieger entführt hatte. Hildegund alias Frijonde musste freiwillig mitgegangen sein; alles hatte sie für ein Leben in Armut, weit entfernt vom Hofe ihres Vaters aufgegeben. Um mein schwarzes Haar hatte ich von meinem Großvater Harald.

»Wie heißt dieser Ort hier eigentlich?«, fragte ich Svein. Der Königssohn lachte und sagte: »Du bist hier in Jelling, der Königsstadt auf Jütland. Gorm der Alte, mein Großvater, hat diesen Flecken zum Sitz der dänischen Krone gemacht.«

Die Männer stimmten wieder die Jesussaga an, und diesmal brüllten Svein und ich mit, während wir unseren Kameraden links und rechts zuprosteten.

15. Kapitel

Worin die Götter der Dänen sich als stärker erweisen als der Christengott

Nun, mitten im Frühjahr, war es warm genug, um nach der Arbeit vor der Schmiede zu sitzen und einen Krug Wein zu trinken. Durch die Türen, die ich weit aufgerissen hatte, um den Gestank des Winters zu vertreiben, konnte ich die wachsende Anzahl blitzender Schwerterklingen sehen.

Die Einrichtung der Werkstatt war nicht ganz nach meinem Geschmack, und viele Werkzeuge fehlten, aber König Harald forderte mich auf, ihm zu sagen, was ich brauchte, dann würde er dafür sorgen, es heranzuschaffen. Es könnte allerdings ein paar Wochen dauern. Ich nehme an, dass er dann erst eine Expedition zu einer britischen Küstenstadt oder zu einer Niederlassung an einem flämischen oder französischen Fluss ausrüsten musste.

An meinem ersten Tag in der Schmiede brachte der König mir ein Schwert, das Ulfberths Zeichen trug, wenn auch Griff und Verzierungen von dänischer Machart waren.

»Dies ist ein Mischling«, sagte König Harald, während er liebevoll die Klinge streichelte. »Zu Kaiser Karls Zeiten war es verboten, fränkische Schwerter nach Norden auszuführen. Um die Verbote zu umgehen, nahmen die Händler nur die Einzelteile mit. Eine Klinge ist noch kein Schwert, und die Griffe machen wir sogar schöner als die Franken.«

Ich wog einen Hammer in der Hand und probierte den Blasebalg aus. Überall lagen verkohltes Holz und Brocken Roheisen herum.

»Soll ich die Griffe nach Eurer Art machen oder wie die Franken?«, fragte ich. Schwertergriffe machen viel Arbeit, obwohl sie meiner Meinung nach am unwichtigsten sind.

»Du sollst keine Griffe anfertigen«, sagte der König. »Dafür haben wir unsere eigenen Leute. Du machst Klingen, für den Rest sorgen wir schon. Allerdings will ich, dass du überall Ulfberths Namen eingravierst.«

»Warum?«, fragte ich erstaunt, während ich einen Stab in den Schornstein steckte. Große Rußbrocken lösten sich und fielen, Staubwolken aufwirbelnd, zwischen Vogelmist und Federn in die Feuerstelle.

»Einen Teil von ihnen verschicken wir auf Handelsschiffen, um unsere Einnahmen zu erhöhen. Die Leute sind nun mal bereit, mehr zu bezahlen, wenn ein guter Name darauf steht.«

Ich war beleidigt. »Wenn ich meinen Namen eingraviere, bringen sie auf Dauer mehr ein. Meine Schwerter werden später einmal genauso berühmt sein wie die des fränkischen Meisters.«

»Das wird so sein, aber darüber werden Jahre vergehen, Jahrzehnte.«

Es konnte mir egal sein, wie lange es dauerte, aber ich gab nach, weil ich nicht vorhatte, lange für König Harald zu arbeiten.

Eine große braune Ratte krabbelte an der Mauer entlang. Der König zog gedankenlos seinen Dolch aus der Scheide und nagelte das Tier aus einem Abstand von acht Schritten an den Holzboden. Er ging hin und wischte sein Messer an der Hose ab. Langsam floss das Rattenblut in die Ritzen zwischen den Bohlen.

Der König rief ein paar Sklaven herbei, die auf dem Innenhof herumlungerten. »Ihr da, macht die Schmiede sauber! Es ist ein Schweinestall. Und vergesst nicht, den Schornstein zu fegen!«

Zwei Männer in Sklavenkleidern kamen im Laufschritt heran und begannen zu arbeiten.

»Na gut«, sagte ich, »ich stelle Ulfberth-Kopien her, so viel Ihr wollt. Aber es wundert mich zu hören, dass Ihr auch Handel treibt. Ich dachte, dass die Versorgungszüge nach England und an die Meeresküsten Eure wichtigste Einkommensquelle sind.«

König Harald grinste. »Ich bin im Laufe der Jahre dahinter gekommen, dass die Dinge nicht so sind, wie sie scheinen. Handel bringt

viel mehr ein als Raub, und manchmal ist es besser, einen Freund für sich arbeiten zu lassen als einen Sklaven. Was das betrifft, hat mir Poppo die Augen geöffnet. Darum habe ich dich auch frei gelassen. Mein Vater Gorm hätte dich getötet, so wie ich eben die Ratte.«
»Wer ist Poppo?«
»Poppo war ein Priester, der hier vor Jahren gelebt hat«, sagte König Harald. Er bestieg sein Pferd. »Ich komme bald nachschauen, wie es hier aussieht. Wenn du etwas brauchst, gib einfach Svein Bescheid!«

Aber erst einmal konnte ich loslegen. Ich begann mit der Herstellung von Klingen, und zu meinem Erstaunen klappte es jedes Mal wieder. Mir war das Schmiedehandwerk offensichtlich in die Wiege gelegt. Und doch merkte ich, wie stets meine Unruhe wuchs, wenn ich Reisende in den Herbergen von Jelling traf oder sah, wie schwer bepackte Reiter die Stadt verließen mit fernen Zielen, deren Namen ich noch nie gehört hatte.
Svein besuchte mich jeden Tag. Wir übten uns im Schwerterkampf, bevor wir durch Jelling zogen, wo wir nach Herzenslust aßen und tranken. Ich lernte Sveins Freunde kennen: Igufu, Hrolf und Helgi. Igufu, ein großer, behaarter Bauer, fast so breit wie lang, war stets auf der Suche nach Schnaps und nach Frauen. Schnaps fand er im Überfluss, Frauen aber gingen ihm aus dem Weg. Er hatte ihnen wenig Gesprächsstoff zu bieten, wahrscheinlich weil er stotterte, was bei solch einem vierschrötigen Kerl einen merkwürdigen Eindruck machte. Hrolf war anders. Er sah Svein ähnlich und gehörte zu dessen Sippe. Nicht einmal siebzehn und neugierig wie kein Zweiter, lungerte er in Bierschenken herum, kannte alle und suchte Bekanntschaft mit jedem Fremden, der am Sitz des Königs auftauchte. Weil er ständig redete, trank er weniger als seine Gefährten. Helgi war ein passionierter Würfelspieler, ein schlauer Fuchs, der in einer kleinen Bierhalle am Kai spielte, einer Spelunke, die noch Stunden offen blieb, wenn andere Tavernen schon längst geschlossen hatten. Frauen fühlten sich von seiner blendenden

Erscheinung angezogen, aber auch von seinem Geld und den Lügen, die er ihnen auftischte.

»Lasst uns auf Haithabu trinken!«, sagte Svein, und seine Freunde stimmten mit ein. Ein Weib stellte vier Bierkrüge auf den klotzigen Tisch, und wir tranken sie in einem Zuge leer. Trinken war für die Dänen genauso heilig wie für mein Volk das Beten. Es war eine ernsthafte Angelegenheit, und ich wollte mich den örtlichen Gepflogenheiten anpassen.

»Bist du schon mal dort gewesen, Hroswith?«, fragte Hrolf, während er sich den Schaum vom Mund wischte.

»Wo gewesen?«, fragte ich. Das dänische Bier, das besser schmeckte als das Bier in meiner Heimat, prickelte in jeder Faser meines Körpers.

»In Haithabu natürlich, auf das wir eben getrunken haben«, sagte Svein ungeduldig. »Fragst du dich nicht einmal, worauf wir trinken?«

»Nein, ich bin bereit, auf alles zu trinken«, sagte ich.

Svein gab dem Wirt ein Zeichen, mehr Bier zu bringen. »Haithabu in Jütland ist das wichtigste Handelszentrum in weitem Umkreis«, sagte er. Bedauernd fügte er hinzu: »Es gehörte zu Dänemark, bis mein Vater sich von Kaiser Otto vertreiben ließ, der ihn außerdem gezwungen hat, sich taufen zu lassen.«

»Er ist also getauft?«

»Ja, von Vater Poppo. Ich übrigens auch, als Kind wurde ich wenig danach gefragt. Aber was macht schon das bisschen Wasser? Für uns hat es keine Bedeutung. Es war ein politischer Schachzug.«

»Er musste seine Grenzen zum Reich der Sachsenkaiser sichern, um seine Feldzüge gegen die Schweden und Wenden durchführen zu können«, erklärte Hrolf.

Svein fuhr fort: »Eines Tages, wenn es politisch passt, werfen wir diese quengelnden Missionare wieder raus. Und in der Zwischenzeit machen wir das, wozu wir Lust haben.«

»Dein Vater und Litorius scheinen ja dicke Freunde zu sein«, sagte ich. Ich setzte den Bierkrug an meine Lippen.
»Das macht mir auch Sorgen«, sagte Svein grimmig. »Jahrelang hat er seinen Spott mit ihm getrieben, aber inzwischen reden sie viel miteinander, und er bittet Litorius um Rat in den Staatssachen, was eigentlich die Aufgabe des Things ist.«
»Es gibt schon zu viele Christen in Jütland«, meinte Hrolf. »Vergesst nicht, dass die aus dem Danelaw in England alle Christen sind und dass durch die Kontakte und die Rückkehrer sich auch das Volk hier angesteckt hat!«
»Das geht vorüber, meine Zeit kommt noch«, sagte Svein geheimnisvoll.
Helgi warf unaufhörlich seine Würfel über den Tisch und betrachtete das Ergebnis. Sogar beim Trinken schaute er über den Rand seines Bechers auf die Zahlen. Ich fing an, darauf zu achten, und sah, dass er immer dieselbe Reihe warf, eine Eins, eine Zwei, eine Drei, eine Vier, eine Fünf und schließlich eine Sechs. Als diese Serie sich zum dritten Male wiederholt hatte, sagte ich: »Ich weiß, dass Würfel, die man auf einer Seite schwerer gemacht hat, immer eine Sechs zeigen, aber dies hier kenne ich nicht. Wie machst du das?«
»Das ist kein Trick, sondern jahrelange Übung«, behauptete Helgi und zwinkerte mir zwischen zwei Würfen zu. Nun warf er dreimal hintereinander eine Sechs, dreimal eine Fünf und so weiter. Ich verstand, dass er von seinem Spiel leben konnte.
»Dieser Poppo«, sagte Helgi, ohne die Augen von den Würfeln zu lassen, »der kannte vielleicht tolle Tricks. Er hat den König davon überzeugt, dass seine Götter stärker sind als die unseren.«
»War das die Sache mit der Feuerprobe?«, fragte Hrolf.
»Ja, aber wir waren noch viel zu jung, um Augenzeugen zu sein, und ihr wisst genauso gut wie ich, dass eine Geschichte im Laufe der Jahre immer mehr ausgesponnen wird.«
Hrolf sagte: »Außer wenn sie in einer Saga verewigt worden ist.«
»Wie war das mit der Feuerprobe?«, fragte ich.
Hrolf fing an zu lachen und fragte Svein: »Darf ich es erzählen?«

»Von mir aus.«

»Es scheint, dass Poppo, der zu jener Zeit Bischof von Schleswig war, ein Streitgespräch mit König Harald hatte. Harald war durchaus nicht abgeneigt, die Macht von Jesus Christus anzuerkennen, aber er meinte auch, dass unsere Götter genauso mächtig seien. Poppo aber beschimpfte ihn und nannte unsere Götter einen Haufen von Dämonen. Es gebe nur einen einzigen ewigen Gott, diesen Jesusgott von Poppo. Der König lachte ihn aus, aber Poppo erklärte sich bereit, eine Probe abzulegen, um zu beweisen, dass sein Gott mächtiger sei. Am nächsten Tag ließ Harald ihm im Beisein aller einen weiß glühenden eisernen Handschuh anziehen. Poppo behielt ihn kurze Zeit an und zog dann seine Hand unverletzt heraus.«

Igufu schnaubte und stellte seinen Bierkrug mit einem lauten Knall ab. Wir schauten ihn alle an, aber er sagte nichts und folgte mit seinem Blick einem Mädchen, das mit einer Schüssel Backfisch vorüberging. »Ich wette, dass Igufu das auch kann«, sagte Svein. »Igufu kann einen glühenden Handschuh anziehen und anbehalten, bis er abgekühlt ist. Unsere Götter werden ihn beschützen.«

»Komm, Svein, das meinst du doch nicht ernst!«, sagte Hrolf, aber Helgi, dessen Augen blitzten, sagte zu Igufu: »Kannst du das wirklich?«

»J-ja«, sagte Igufu und zwinkerte Svein zu, als teilten sie miteinander ein Geheimnis. Helgi lachte und rief nach mehr Bier. »Erst trinken wir noch eins, um die Götter günstig zu stimmen!«

Es war totenstill rund um die Schmiede. Kleine Wolken trieben wie ein schleichendes Wolfsrudel am Nachthimmel vorbei, das seine grauen Felle an dem hell glänzenden Silbermond scheuerte. Auf der steinernen Mauer der Schmiede tanzten die bizarr flackernden Schatten der Wächter, die mit Fackeln auf den niedrigen Türmen der Palisade patrouillierten. Auf der anderen Seite lag dunkel und regungslos der Wald. Während der Wintermonate hatte der verwehte Schnee hier so hoch gelegen, dass ich mein Haus fast nicht verlassen konnte und nachts die Wölfe heulen hörte. Aber sogar

damals war Svein zu Besuch gekommen um der Gesellschaft willen und wegen unserer Leibesübungen. Ich hatte ihm die Anfänge der Schmiedekunst beigebracht und bedauerte, dass er ein Königssohn war, sonst hätte er meine Arbeit übernehmen können.
Svein war drinnen mit dem Feuer beschäftigt. Ich saß draußen auf der Bank mit Hrolf, und wir hörten das Feuer bullern. Svein hatte irgendwoher einen Eisenhandschuh geholt, vielleicht war es sogar der von Poppos Feuerprobe. Helgi bereitete einen Trank für Igufu vor, denn man könne solch eine Probe nicht einfach so ablegen, erklärte mir Hrolf. »Die drei sind eingeweiht«, flüsterte er. »Sie sind Odin geweiht, und in Wirklichkeit gehören sie zum Totenheer des Einäugigen.« Ein kühler Wind erhob sich von See. Hrolf schauderte.
»Warum bist du nicht eingeweiht?«, fragte ich. Die Götter der Dänen schienen mir ein gutes Stück zugänglicher als die in meiner Heimat.
»Ich war zu jung. Aber vor dem nächsten Feldzug muss ich die Prüfung ablegen.«
Igufu kam heraus mit einem Pokal in der Hand. Er hob ihn hoch und leerte ihn in einem Zug. Danach lief er in den Wald und verschwand zwischen den Bäumen.
»Was macht er?«, fragte ich.
»Er bereitet sich vor. Mehr weiß ich nicht.«
Helgi setzte sich zu uns. Er zog sich eine Lederkappe über den Kopf und schlang sich seinen Mantel fest um den Körper. Wir fröstelten im Wind, der erst jetzt die Wärme des Tages vertrieb.
»Was war in dem Trunk?«, fragte ich Helgi. Er lachte und schüttelte den Kopf. »Ich darf dir das eigentlich nicht sagen, aber es ist Honigmet mit einem Sud von Fliegenschwamm und auch etwas Stechapfel. Außerdem ein paar Sachen für den Geschmack. Du wirst ihn sicher noch trinken.«
»Warum nicht gleich?«, fragte ich, denn man soll nichts auf morgen verschieben.
»Erst musst du eingeweiht werden. Es ist verrückt, dass ein Waffenschmied nicht geweiht ist.«

Ich war froh, dass sie mich an ihren Riten teilnehmen lassen wollten, und sagte schnell: »Ich habe große Lust dazu. Bin ich nicht schon zu alt?«
»Eigentlich schon, aber du bist nicht von hier, deshalb wird Odin nichts dagegen haben.«
Wir schwiegen eine Weile und hörten dem Wind zu, der durch die Zweige pfiff. Auf einmal ertönte ein fürchterlicher Schrei aus dem Wald. Ich merkte, wie meine Haare sich aufrichteten. Hrolf sah Helgi entsetzt an, der uns unter seiner Kappe angrinste. »Ganz ruhig, es ist Igufu. Er fängt an, die Kraft zu spüren. Er ist jetzt tief im Wald, umgeben von den verstorbenen Angehörigen seiner Sippe, die ihn auf die Probe vorbereiten.«
Wieder stieß unser Freund einen grässlichen Schrei aus. Dann wurde es totenstill. Sogar der Wind hielt den Atem an. Ein Zweig knackte in der Nähe, Igufu wankte durch das Unterholz auf uns zu. Schaum stand ihm auf den Lippen, und seine blutunterlaufenen Augen schienen durch uns hindurchzusehen. Über seine Schultern hing wie ein Mantel ein Bärenfell. Helgi rief laut: »Svein!«
Svein kam heraus, den Handschuh in eine Zange geklemmt. Das Ding glühte fast weiß, und ich sah, wie die Farbe in ein helles Orange überging.
»Igufu, wenn dir der Handschuh passt, zieh ihn an«, rief Helgi, und sofort steckte Igufu seine Hand in den Handschuh und reckte ihn gen Himmel. Aus dem Handschuh stieg Rauch, und ich roch den Gestank von verbrannter Menschenhaut, einen Gestank, den ich aus Wikala und aus dem Land der Angelsachsen kannte. Igufu schüttelte die Faust hin und her, und wir verfolgten den Farbwechsel zu Dunkelrot und schließlich zur Eisenfarbe. Dann schlüpfte er aus dem Handschuh und warf ihn hinter sich auf die Erde. Er blieb stehen, wo er war, und sah teilnahmslos grinsend vor sich hin. Svein nahm seine Hand. Sie war schwarz und rot und hatte keine Haut mehr. Der Gestank ließ mich würgen.
»Der Beweis ist erbracht, unsere Götter sind stärker als die der Christen«, sagte Helgi zufrieden.

»Die Probe ist doch misslungen?«, rief ich erstaunt. »Die Hand ist völlig verbrannt.«
Svein lachte über so viel Unverstand. »Überhaupt nicht! Worin besteht das Wunder, wenn jemand kurz einen glühenden Handschuh trägt und ihm dann nichts zu fehlen scheint? Viel mächtiger und wunderbarer ist doch der Mann, der höllische Schmerzen mit einem Lächeln erträgt. Unsere Götter mögen keine Schwächlinge wie Poppos Jesus.« Die anderen stimmten ihm begeistert zu.
Auf diese Weise hatte ich das noch nicht betrachtet. Ich musste ihm Recht geben.
Igufu aber stieß wieder einen unmenschlichen Schrei aus und rannte in den Wald.

16. Kapitel

Worin Hroswith zum Dieb wird und es ihm nicht gelingt, die Spuren im Sand zu entziffern

Ich hatte die neuntägige Zeit der Weihe, ohne etwas zu essen, im Baum verbracht. Als der Tod schon nahe schien und ich oben von unten nicht mehr unterscheiden konnte, kam einer der Stammesältesten mit einer Leiter, um mich zu erlösen. Er schnitt den Strick um meinen Hals durch und löste die Lederriemen, die verhindern sollten, dass ich herunterfiel; dann überreichte er mir drei Runenstäbe aus Buchenholz. Ich kletterte alleine vom Baum herunter, wie sich das gehörte, und las unten dem vollständig versammelten Thing die Runen vor. Als ich damit fertig war, reichten sie mir den Met und die Figur aus Teig, die Gott abbildet, wie er an Yggdrasils Zweigen hängt, während der Drache sich dreimal um den Stamm windet.

Ich aß und trank und fühlte die Müdigkeit wie eine Schlangenhaut von mir abfallen, als das Feuer von innen entzündet wurde und die Gottheit mich erfüllte. Nun war ich eins mit dem Heer der Toten, mit allen Vorvätern und Kriegern des Stammes. Ich empfand weder Stolz noch Freude, nur die Ekstase eines Menschen, der nicht mehr am Leben hängt, weil er, losgeschnitten vom Lebensbaum, mitten im Leben den Tod erreicht hat. Hunger und Schmerz, Leiden und Müdigkeit konnten mir nichts mehr anhaben, hatten mit jedem Biss vor der Teigfigur ihren Rückzug angetreten.

Dann begann das Fest. Meine Brüder und ich schnitten ein Stück aus dem geopferten »Anderthalb-Pferd« und aßen von jedem der sechs Beine ein Stück, um ganz sicher zu sein, am Tage der letzten Schlacht über ein Streitross zu verfügen. Danach labten wir uns an der reichhaltigen Tafel.

Gesättigt streckte ich mich auf einem Lager aus Blättern aus, das für mich in einem Lederzelt vorbereitet worden war. Ich dämmmerte sofort weg und schlief, bis mich Stunden später ein höllischer Lärm aufweckte.

Ich taumelte ins Licht und sah nur Schatten um mich herum. Meine Augen hatten keine Zeit, sich an die Helligkeit zu gewöhnen, denn jemand stülpte von hinten einen Sack über meinen Kopf. In kürzester Zeit hatten sie mich gebunden, und ich merkte, wie sie mich hochhoben. Sie warfen mich über einen Pferderücken, und jemand hielt mich aufrecht, während das Pferd in rasendem Galopp losstürmte.

Ich stand Todesängste aus. In wenigen Augenblicken waren meine Kleider vom Schweiß durchnässt. Ich weiß nicht, wie lange der Ritt dauerte, aber schließlich machte der Reiter Halt, und wieder fühlte ich viele Hände um mich herum, die mich mitzogen und vorwärts stießen. Ganze Passagen legte ich im Laufschritt zurück. Ab und zu stolperte ich und fiel mitten aufs Gesicht. Dann zogen die Hände mich hoch, und wieder lief, stolperte und rannte ich blindlings weiter. Manchmal hielten die Hände mich an und drehten mich ein paarmal herum, sodass ich jegliche Orientierung verlor. Niemand sprach ein Wort. Nur mit Mühe bekam ich Luft.

Endlich hielten wir an. Ich dachte, dass man mich jetzt befreien würde, aber jemand zischte mir ins Ohr: »Komm nicht zurück, bevor du nicht etwas Wertvolles gestohlen hast! Bis dahin lebst du nur vom Diebstahl.« Danach hörte ich die Schritte von vier oder fünf Männern, die sich schnell entfernten. Ich begann an dem Sack zu zerren und versuchte, meine Finger in die Nähe der Stricke zu bekommen. Die Knoten waren nicht allzu fest; schnell konnte ich mich befreien und merkte, dass es rings um mich herum stockfinster war und es keine anderen Orientierungszeichen als den Geruch von Moos und verrottendem Laub gab. Jelling aber war nach allen Himmelsrichtungen, außer an der Seeseite, von Wald umgeben.

Ich wollte nicht sofort losziehen, sondern gönnte meinen schmer-

zenden Gliedmaßen lieber etwas Ruhe. Ich legte mich auf den Rücken ins weiche Moos und lauschte lange dem Rauschen der Blätter. Ich versuchte das Meer zu hören, kam aber zu dem Schluss, dass die Küste nicht in der Nähe war.
Die Wolkendecke wurde dünner, und ich sah die Stelle, wo der Mond sich verbarg. Nach einiger Zeit schoben sich die Wolken auseinander, aber die Sterne konnten mir nicht verraten, wo ich steckte. Die Nacht war in jedem Falle noch lange nicht vorbei.
Ich stand auf und ging vorsichtig zwischen den Bäumen hindurch, in einem Schritttempo, das ich stundenlang durchhalten konnte. Dabei achtete ich gespannt darauf, ob irgendwo ein kleines Licht die Nähe einer Niederlassung oder eines Gehöfts verriet. Ich hatte nur wenig Hoffnung, wirklich auf etwas zu stoßen, aber ich wollte zurück nach Jelling, also blieb mir nichts anderes übrig, als weiterzugehen.
Das Knacken der Zweige auf meinem Weg war mir ebenso bewusst wie der Geruch, den ich ausströmte, ein Geruch nach Angst und Blut. Wie weit zogen sich die Wölfe in den wärmeren Jahreszeiten zurück? Einmal kreuzte tatsächlich ein großes Tier meinen Weg, es erschrak genauso sehr wie ich und verschwand mit großen Sprüngen im Unterholz.
Der Wald wurde immer dichter, ich musste Zweige umbiegen und mich mit Gewalt durch die Sträucher zwängen, um vorwärts zu kommen. Dreimal rief eine Eule. Ich blieb stehen und hörte zu, denn allmählich schienen die Laute um mich herum sich zu ändern. Leise murmelte ein fließendes Gewässer, ein Bach oder ein Fluss. Ich folgte dem Geräusch und merkte erst, dass ich am Wasser war, als ich mit einem Fuß in dem sumpfigen Ufer einsackte. Ich begann dem Wasserlauf zu folgen, und als der Mond einen Augenblick lang sein Antlitz zeigte, überblickte ich einen breiten, langsam strömenden Fluss, der in tausend kleinen Wellen aufleuchtete. Wie viel schöner als das Meer sind die Flüsse!
Ich erhöhte mein Tempo und blieb auf demselben Weg, bis ich so ins Schwitzen geriet, dass mich das Wasser zu locken begann. Ich

zog meine Kleider aus, ließ mich ins kalte Wasser gleiten und schwamm gegen den Strom an. Nach kurzer Zeit kletterte ich heraus und hockte mich ans Ufer, wo ich den Wind über meinen nackten Körper streichen ließ. Der Mond verschwand; die Nacht war tief und schwarz, und kein Lichtschein fiel mehr auf das Wasser. Ich fühlte mich völlig erfrischt, hatte aber keine Lust, wieder in das kalte Wasser zu steigen. Ich beschloss, zu meinen Kleidern zurückzugehen.

Gerade hatte ich ein paar Schritte gemacht, als die Stimmen in meinem Kopf anfingen. Ich hatte sie schon tagelang nicht mehr gehört und war erstaunt, dass sie ausgerechnet mitten im Wald ihre Gespräche wieder aufnahmen. Das geschah sonst ausnahmslos kurz vor dem Schlafengehen. Es konnte nur an der Müdigkeit liegen. Ich ging weiter, und die Stimmen wurden lauter. Plötzlich blieb ich stocksteif stehen und spähte zwischen den dunklen Stämmen hindurch. Ich roch ein kleines Feuer, und gleich darauf sah ich es auch. Es musste schon vor einiger Zeit ausgebrannt sein, denn nur ein glühender Aschehaufen war noch übrig, aber im Schein der Glut konnte ich die Gestalten unterscheiden, die auf der Erde saßen. Ich verschwand hinter einem großen Farn und lauschte den Stimmen. Kaum hatte ich mich versteckt, da loderte das Feuer wieder auf. Einer der Männer hatte Zweige aufgelegt und fachte die Flammen mit seinem Hut an. Sein kahler Kopf schien glutrot, wie ein blank geriebener Apfel, und an seinem Ohr baumelte ein großer goldener Ring. Ich kniff die Augen zu Schlitzen zusammen, damit ihr Leuchten mich nicht verriet. Mein Herz schlug mir bis zum Hals; die Stimmen dieser Männer waren mir nur zu bekannt, ich hörte sie schon seit meiner Kinderzeit.

Dies musste Beelzebub mit seinen Helfershelfern sein. Ich geriet in große Verwirrung. Freund oder Feind? Sollte ich zum Vorschein kommen und mich bekannt machen oder sollte ich mich im Gegenteil schnell aus dem Staub machen? Lange lag ich dort und hörte mit gespitzten Ohren zu. Allmählich begann ich zu verstehen, was sie sagten.

Einer der Männer, ein magerer, reich gekleideter Fremdling mit scharfen Gesichtszügen, sagte: »Ich muss zugeben, dass es Hosseyn sogar in diesem armseligen Land gelingt, Huhn nach *qataa* aus der Wüste schmecken zu lassen.«

Qataa kannte ich nicht, aber Wüsten kannte ich aus der Bibel: die Stimme, die in der Wüste ruft, und den Teufel, der Jesus in der Wüste in Versuchung führen will.

»Dank Euch, Meister«, sagte der kahle Mann am Feuer. Nun erst sah ich den Spieß, auf dem einige dieser Vögel aufgereiht waren. Auf einmal verspürte ich großen Hunger und erinnerte mich daran, dass ich auf Diebeszug war. Wenn ich doch so ein Hühnchen klauen könnte! Aber zur Erfüllung meines Auftrags würde das nicht ausreichen. Ich sah mich schon mit einer Hand voll abgenagter Knochen in Jelling ankommen. Zwischen den Bäumen erblickte ich die Umrisse eines Zeltes. Vielleicht war da etwas Wertvolles zu finden.

Der dritte Mann saß mit verschränkten Beinen da; er trug ein langes Gewand, sein Gesicht war in einer Kapuze versteckt. Er hatte etwas auf den Knien. Ein Buch! Er bewegte den Finger über die Seiten und bewegte beim Lesen die Lippen. Das Merkwürdige daran war, dass es viel zu dunkel zum Lesen war. Er musste das Buch auswendig können.

Ich wusste sofort, dass ich genau dieses Buch stehlen musste. Nur weniges ist wertvoller als ein Buch, sogar die Dänen wussten das. Während ich den Mann beobachtete, schlug er das Buch zu, und ich sah Gold und Silber auf dem Einband glänzen. Umso besser, niemand würde mehr am Wert meiner Trophäe zweifeln. Und danach würde ich etwas zu lesen haben – wenn es nur keine Bibel war …

Ich machte es mir bequem, soweit man davon reden konnte, wenn man nachts im Wald hinter einem Farn sitzt, in gar nichts gehüllt außer den Nachtwind. Mir war zwar nicht warm, aber meine Aufregung verhinderte, dass ich bis auf die Knochen auskühlte.

Der Mann mit dem Buch sagte auf einmal: »Sollen wir den Plan nicht noch ein letztes Mal durchgehen?«

Der reich Gekleidete, sein Herr, antwortete: »Wir haben morgen

noch Zeit, vielleicht sogar übermorgen. Ich weiß nicht, wie weit es bis in die Stadt ist. Ibn Fadlan sagt nichts über die Dauer von Reisen oder Entfernungen. Und der Schiffer weiß erst recht nicht Bescheid. Für ihn ist das hier unbekanntes Gelände.«
»Umso besser«, meinte der kahle Mann, der sich ans Feuer gesetzt hatte. Er nahm wieder einen Zweig, um ihn hineinzuwerfen, aber sein Herr sagte: »Lass das, Hosseyn, wir sollten besser schlafen gehen. Wir müssen in den nächsten Tagen ausgeruht sein, wenn unser Vorhaben gelingen soll.«
Er stand auf und verschwand in dem Zelt. Der kahle Mann streute Sand auf das Feuer. Nun erst merkte man, dass Mond und Sterne, befreit von der Wolkendecke, strahlend am Himmel standen. Sie tauchten die Szenerie in ein silbernes Licht.
Der kahle Mann nahm die Hühner vom Spieß, wickelte sie in ein Tuch und steckte sie in eine Ledertasche, die an einem Baum hing. Dann rollte er vor dem Zelt seines Herrn einen kleinen Teppich aus und streckte sich darauf aus. Weniger als zehn Atemzüge später hörte ich ihn schon schnarchen.
Der dritte Mann blieb im Schneidersitz mit dem Buch auf den Knien sitzen und saß lange Zeit unbeweglich da. Ich glaubte schon, dass er im Sitzen schlief, aber gerade als ich mich rühren wollte, stand er mit einer geschmeidigen Bewegung auf, legte sein Buch auf den Boden und verschwand zwischen den Bäumen. Er hatte wohl sein Geschäft verrichtet, denn nach wenigen Augenblicken war er zurück, faltete eine Decke auseinander und streckte sich ebenfalls auf ihr aus. Er zog die Kapuze tiefer ins Gesicht und legte einen Arm um das neben ihm liegende Buch, als sei es seine Geliebte.
Ich wartete noch eine Weile, jetzt vor Kälte zitternd, und überlegte mir, dass es besser wäre, meine Kleider zu holen und mich etwas zu bewegen, um warm zu werden. Es gab keinen Grund, hier zu warten; in der Zeit, bis ich zurückkam, würden die Fremdlinge in tiefen Schlaf gesunken sein. Vielleicht hatte der Mann mit dem Buch dann eine andere Haltung eingenommen.
Aber ich irrte mich. Als ich zurückkam, sah ich, dass er in genau

derselben Stellung dalag. Der Mond stand nun tiefer, ich hatte mir viel Zeit genommen, mein Blut wieder in Wallung zu bringen. Ich schwitzte und hatte Hunger wie ein Wolf. Ich fürchtete sogar, dass das Knurren meines Magens die Fremdlinge wecken könnte. Nun war keine Zeit mehr zu verlieren. Ich konnte es nicht länger ohne Essen aushalten, denn sonst würden meine Hände anfangen zu zittern und ich wäre nicht mehr in der Lage, weit zu fliehen, wenn sich dies als notwendig erweisen sollte. Ich schlich um die Lagerstätte herum, bis ich bei dem Baum war, an dem die Tasche mit den Hühnern hing. Ich steckte meine Hand in die Tasche, ohne den Blick von den Männern abzuwenden, und holte zwei Hühner heraus. Mit meiner Beute schlich ich zurück an die Stelle, wo ich mich zuvor versteckt hatte.

Das Huhn schmeckte besser als alles, was ich je gegessen hatte. Sogar jetzt, während ich dies schreibe, so viele Jahre später, sabbere ich bei dem Gedanken an dieses Huhn wie ein alter Jagdhund. Das Fleisch, viele Male beträufelt, war zart, weich und von einem herrlichen Geschmack durchdrungen. Der Vogel war mit gehackten Nüssen und süßen getrockneten Früchten gefüllt. Ich ließ Fleisch und Füllung auf meiner Zunge zergehen, nagte jeden Knochen einzeln ab und leckte mir die Finger. Eigentlich wollte ich sofort das zweite Huhn essen, aber ich sollte wohl besser nicht zu viel zu mir nehmen. Ich wusste ja noch nicht, wie lange ich unterwegs sein würde.

Ich nahm das Huhn und steckte es mir unter das Wams. Dann stand ich auf und vergewisserte mich, dass keines meiner Gliedmaßen eingeschlafen war. Schließlich schlich ich zu dem schlafenden Mann hin und ging neben ihm in die Hocke.

Ich hatte mir überlegt, dass ich vorsichtig etwas anderes an die Stelle des Buches schieben könnte, während ich es wegzog. Darum hatte ich ein Stück Holz gesucht, das für diesen Austausch geeignet war. Ich zögerte: Der Mann hatte seine Hand fest um das Buch geklammert.

In meinem Mund spürte ich noch den Geschmack des *qataa.* Ein Koch, der so etwas zubereiten konnte, war auch ein wertvoller

Besitz. Leider war es nicht möglich, ihn zu stehlen. Ärgerlich sah ich auf die schnarchende Gestalt des Mannes vor dem Zelt und dann wieder auf den Schlafenden direkt vor mir. In diesem Moment zog er seine Hand von dem Buch weg und kratzte sich die stoppelige Wange, die kurz im Schatten der weiten Kapuze sichtbar wurde. Ich überlegte keinen Augenblick und nahm das Buch weg, aber ich hatte keine Zeit mehr, das Holzstück an seine Stelle zu legen. Die Hand suchte im Leeren, und sofort setzte sich der Mann auf. Er sah direkt in mein Gesicht und sagte in scharfem Ton: »Hosseyn!«

Ein Messer schoss aus seinem Ärmel, und ich fühlte, als ich wegstürzen wollte, einen heftigen Schmerz an meiner Wange. Ich flüchtete in die Dunkelheit des Waldes. Ich kannte den Pfad, den ich vorhin zweimal beschritten hatte, und gestärkt durch die *qataa* hatte ich das Gefühl, dass mir niemand etwas anhaben konnte. Nach einer kurzen, rasend schnellen Flucht verlangsamte ich mein Tempo und fand zu einem entspannten, lockeren Laufrhythmus. Es war ein Glück, dass ich schon zuvor hier gewesen war, diesmal fand ich den Weg leichter als vor ein paar Stunden.

Der Wald war totenstill, und das einzige Geräusch außer dem Murmeln des Flusses verursachten meine Füße, die mit weichen und regelmäßigen Schritten über das Moos liefen, nur gelegentlich unterbrochen vom Brechen eines Zweiges, der auf meinem Weg lag. Ich fühlte mich phantastisch, das schwere Buch behinderte mich überhaupt nicht beim Laufen. Mein Auftrag war erledigt, und bald würde ich meinen Freunden den Beweis der erfolgreichen Prüfung überreichen. Aber während ich noch rannte, begann sich in mir die Neugierde zu regen. Was für ein Buch hatte ich da gestohlen? Auf einmal konnte ich nicht mehr warten, ich musste wissen, ob ich nicht doch eine Bibel in den Händen hielt. Der Mond ging bald unter, und dann würde ich nicht mehr nachschauen können. Ich rannte weiter, bis ich zu einer weniger bewachsenen Stelle kam, und nahm dort das Buch in beide Hände. Zitternd vor Aufregung schlug ich es auf.

Oh Graus! Zuerst dachte ich, dass ich im schlechten Licht die Buchstaben nicht lesen konnte, aber diese Vorstellung musste ich gleich

aufgeben. Das Buch war von der ersten bis zur letzten Seite voller unverständlicher Krakeleien, die am ehesten noch an die Spuren eines Huhns erinnerten, das auf der Suche nach Würmern im Sand herumscharrt. War dieses unleserliche Geschreibsel der Brei, den der Böse erbrach, wenn er aus der Bibel eine Spottschrift machte?
Nun erst merkte ich, wie müde ich war. Ich legte das Buch vorsichtig auf den Boden und schöpfte mir etwas Wasser aus dem Fluss ins Gesicht. Während ich trank, hörte ich aus der Richtung, aus der ich gekommen war, das Geräusch eines brechenden Zweiges. Ich spitzte die Ohren, vernahm aber nur das Rauschen des Windes und das Strömen des Wassers. Dann meinte ich ein leises, regelmäßiges Laufgeräusch zu hören. Während ich noch lauschte, kam es schnell immer näher. Ohne einen Laut zu machen, hielt ich das Buch über den Kopf und ging angezogen, wie ich war, ins Wasser, wo ich mich zwischen den hohen Schilfrohren versteckte.
Schon bald erschien an der Stelle, wo ich soeben noch gestanden hatte, der kahle Mann, der von seinen Begleitern Hosseyn genannt worden war. Ein paar Schritte von mir entfernt hielt er inne und musterte eindringlich den Ufersand. Er sah über den Fluss hinüber und spähte durch das Dunkel, als wolle er prüfen, ob sich seine Beute am anderen Ufer befand. Er ging zum Wasser und zögerte kurz, watete dann aber fest entschlossen hinein. Fast unmittelbar darauf entschwand er meinen Blicken.
Ich wartete fünfzig Herzschläge und verließ dann mein Versteck, um mein Heil in der Flucht zu suchen. Ich fühlte mich nicht mehr im Vollbesitz meiner Kräfte und verlor jedes Zeitgefühl. Mein Körper war gefühllos. Wurde es denn niemals Tag? Ich stolperte über eine Baumwurzel; Zweige streiften über mein Gesicht, und wenn ich mit der Hand über meine schmerzende Wange strich, fühlte ich den Schorf von geronnenem Blut. Bei jedem Schritt schien die Wunde mehr zu schmerzen. Schließlich musste ich meine Geschwindigkeit verringern. Ich ging langsam weiter und fing schon an, mich umzusehen, ob ich nicht eine Stelle fand, wo ich mein müdes Haupt niederlegen konnte, da hörte ich auf einmal Stimmen, dänische

Stimmen, die ein Lied sangen. Zwischen den Bäumen sah ich Menschen um ein Feuer herumtanzen und ich erkannte Igufu und Svein. Als ich in den Lichtschein hineinwankte, hielten die Sänger sofort inne und griffen zu ihren Waffen. Dann erkannten sie mich und entspannten sich. Svein rief: »Hroswith! Hast du es geschafft?«
Ich fiel auf die Knie und ließ das Buch aus meinen Händen gleiten. Alle stürmten auf mich ein, und ich bekam einen Krug Wein und ein Stück Fleisch in die Hand gedrückt.
Später saß ich zwischen Svein und Helgi und trank Wein. Viele Männer hatten sich in ihre Mäntel gewickelt und schnarchten laut vor sich hin. Eine Reihe von ihnen war noch nicht zurück, sie würden wohl erst im Laufe der folgenden Tage einer nach dem anderen den Weg nach Jelling zurückfinden. Manche kehrten auch niemals mehr zurück, das kam jedes Jahr vor. Schließlich schätzen es die Bauern nicht sonderlich, bestohlen zu werden, auch wenn die meisten von ihnen dieselben Weihen durchlaufen hatten und auch einmal hatten stehlen müssen.
Svein hatte über die Beschreibung meiner Opfer nachgedacht. Plötzlich sagte er: »Sie kommen aus Arabien. Das ist weiter weg als Konstantinopel. Vor langer Zeit hatten wir mal Reisende von dort bei uns zu Besuch. Es ist ein reiches Silberland.«
»Dann müssen wir mal dorthin fahren«, meinte Helgi.
»Es ist nicht einfach zu erreichen«, sagte Svein. »Man kommt über die großen Flüsse bis nach Kiew und Miklagaard, aber dann muss man bei den Stromschnellen sein Schiff über Land ziehen oder in ein anderes umsteigen.«
Ich hatte ein eigenartiges Gefühl und sah mich um, ob es dafür irgendeinen Grund gab. Ich starrte zum Waldrand, auf die schwarzen Schatten zwischen den Bäumen und Sträuchern und auf einmal sah ich den matten Schein eines kahlen Schädels. Ich zögerte keinen Augenblick und sagte: »In der Richtung, in die meine Nase zeigt, sitzt ein Sklave im Gebüsch. Den habe ich auch gestohlen, aber er muss noch überwältigt werden. Er ist ein hervorragender Koch.«
Svein erhob sich zuerst, zehn Atemzüge später Helgi. Keiner von

beiden schaute auf die Stelle, wo der Mann saß, sie gingen ein Stückchen weiter und unterhielten sich. Etwa drei Männer verschwanden im Wald, aber nicht dort, wo Hosseyn war. Helgi kam zurück und stocherte ein wenig im Feuer herum. Nach einiger Zeit schrie eine Eule aus der Richtung, wo der Mann saß, und vier, fünf Männer, unter ihnen Svein, stürmten in das Gebüsch. Hosseyn erhob sich zögernd und wollte sich davonmachen, sah aber, dass sein Fluchtweg versperrt war. Sechs, sieben Schwerter zeigten auf seine Kehle, grummelnd musste er sich ergeben. Man band ihn fest wie eine Wurst und lehnte ihn an einen Baumstumpf.

Ich holte das inzwischen zerquetschte Huhn unter meinem Wams hervor und gab Helgi und Svein ein Stück davon. »Das hat er gekocht. Probiert es und ihr wisst, was er wert ist.«

»So einen Koch können wir wohl gebrauchen«, sagte Svein, nachdem er und Helgi das *qataa* ausgiebig gelobt hatten.

17. Kapitel

In dem der Koch nichts zu bieten hat als seinen Zupp. Ferner von Strandräubern und Berserkern

So erhielt ich meine ersten Weihen, und seit den Tagen, die ich im Baum verbracht hatte, und durch meinen erfolgreichen Diebstahl fühlte ich mich mit meinen Freunden und ihrem Volk eng verbunden. Nach ihrer Tradition war ich in diesem Leben gestorben und gehörte nun Meister Odin, um ihm in seinem Totenheer zu dienen. Ich war bereit, mich mit Gebrüll in den Kampf zu stürzen. Wie meine Brüder würde ich keine Angst mehr kennen, außer der, auf einem Strohlager zu sterben. Denn das war das Schändlichste, was einem in diesem Leben passieren konnte: als alter Mann im Bett zu sterben. Aber noch war meine Lehrzeit nicht beendet.

Früh am Abend zogen wir nach Jelling, ich hatte kaum mehr als eine Stunde Schlaf bekommen.

Als wir in die Königshalle eintraten, jubelten die Krieger und schlugen auf ihre Schilde. Ich ging voran und trug das reich verzierte Buch unter dem Arm. An einem Strick führte ich meinen neu erworbenen Sklaven. Er lief ungerührt hinter mir her, die Hände auf dem Rücken gefesselt. Es war warm in der Halle, und es roch nach frisch gebratenem Fleisch und nach Bier.

Hrolf kaum laut rufend auf mich zu, und wir wechselten den Händedruck der Eingeweihten. Er berichtete von seinen Abenteuern. In den ersten Nachtstunden hatte er bereits ein paar Schinken gestohlen und ein schönes Pferd mit einem silberbeschlagenen Sattel, um sich den Rückweg zu erleichtern.

»Der Sattel machte die meisten Schwierigkeiten, weil das so ein

Prunksattel war mit kleinen Glöckchen, die man meilenweit hören konnte«, erzählte er stolz. Er hatte die Silberglöckchen eines nach dem anderen in Butterstücken eingepackt. Die Butter stammte aus einem Fass, das er in der Vorratskammer eines Bauern gefunden hatte. Es war eine lang andauernde, heikle Arbeit gewesen: Sogar das Schnarchen der Bauersfrau konnte man im Stall, der nur durch eine dünne Wand von den Schlafkojen getrennt war, hören.

Hrolf hatte schon eine ordentliche Mütze Schlaf bekommen, gut gegessen und eine schöne Frau im Schlepptau, die ihm bei den Festlichkeiten Gesellschaft leistete, während wir müde und hungrig waren und nur Augen hatten für die dampfenden Schüsseln.

König Harald saß in seinem Sessel. Als er mich erblickte, legte er seinen großen Knochen auf den Teller und wischte sich seine fettigen Finger am Kleid der Angelsächsin ab, die auf seinem Schoß saß. Er setzte sie auf die Erde und stand auf, um mich umarmen zu können. Der König war seit der Zeit, als ich ihn das erste Mal sah, dicker geworden. Der geteerte Strick, der seine Hose hielt, war im Hinblick auf das Festmahl lockerer geknüpft als sonst.

»Schmied!«, rief er vergnügt. »Nimm Platz! Komm, setz dich hierher!« Er gab dem neben ihm Sitzenden ein Zeichen, das Feld zu räumen.

An der anderen Seite des Königs saß der Priester, der mich nur mit einem förmlichen Nicken bedachte und dann wieder in seinen Becher blickte, als ob sich sein Heiliger Geist darin befand.

Die Männer, die mit mir hereingekommen waren, polterten um den Tisch herum. Bevor jeder einen Platz gefunden hatte, fielen Stühle um, und es kam zu kleineren Rangeleien, wie üblich in dieser Halle. An den Wänden standen Diener und Sklavinnen. Zwei Krieger führten meinen neu erworbenen Sklaven gefesselt herein und stellten ihn an die Mauer, wo er bewegungslos stehen blieb.

»Hrosvith«, sagte der König, »ich sprach gerade mit Litorius über das Ritual, dem ihr euch unterzogen habt. Unser Priester ist ein Gegner dieser Praktiken, er meint, dass wir uns der Gotteslästerung schuldig machen. Was ist deine Meinung?«

Ich spießte mit meinem Dolch ein Stück Fleisch auf und hob die Schultern.

»Wenn ich damit ein Problem hätte, hätte ich nicht mitgemacht. Ich sehe darin nichts Böses. Soweit ich weiß, sind wir auch noch nicht fertig, und ich kann nicht über etwas urteilen, was ich nicht von Anfang bis Ende erlebt habe.«

»Wenn ihr es nicht besser wüsstet«, sagte Litorius, »wäre es nicht so schlimm. Aber ihr kennt die Gnade Jesu. Keiner ist unwissend. Das macht diese Sünde so verwerflich.« In gedrückter Stimmung trank er seinen Wein und ließ sich von einer dunkelharigen Sklavin, die hinter ihm stand, nachschenken.

»Wir sind weit weg von der Christenheit«, sagte ich zum König. »Vielleicht brauchen die Leute den Gott von Litorius nicht. Diese Religion kommt aus einem fernen Land und hat mit dem Leben hier nichts gemein.«

»Da irrst du dich«, beeilte sich Litorius zu bemerken. »Was hältst du von diesem Wein, kommt er nicht auch von weit her? Wenn ich mich nicht irre, aus einem Land, genauso weit weg wie das Land, in dem mein Heiland am Kreuz starb, um die Menschheit von der ewigen Finsternis zu erlösen.«

»Er meint die Schatten Hels, die in heiße Feuer geworfen werden, oder die Schattenwelt von Niflheim«, erläuterte mir der König. Er wusste nicht, dass ich Litoruis' Religion besser kannte als der Priester selbst.

»Die alten Götter sind Verkörperungen des Bösen«, sagte Litorius. »Ihr verherrlicht alles, was mein Gott verboten hat. Wollust und Ehebruch, Mördergruben, Sonnenwendfeiern, Götzendienst und Diebstahl.«

Ich verschlang einen Bissen Hirschbraten und erstickte fast daran. Der König klopfte mir auf den Rücken. Als ich wieder Atem holen konnte, bemerkte ich: »Mir fällt auf, wie sehr das Aufhängen im Lebensbaum und das Wiedererstehen Odins an die christliche Überlieferung von Kreuzigung und Auferstehung erinnern. Meiner Meinung nach unterscheiden sich diese Götter nur im Namen.«

»Genau das ist es. Das ist der Beweis, dass das Böse dahinter steckt. Der Teufel verspottet mit seinen Ritualen immer unsere Messe.« Der Priester ließ einen halb abgenagten Knochen fallen, und die Sklavin bückte sich, um ihn aufzuheben.

Der König protestierte. »Das kann nicht sein, wir hatten diese Rituale schon, bevor es hier Christen gab.«

Litorius hatte seine Antwort bereits parat: »Daran erkennt man die Tücke des Satans. Er ist in der Lage, tausend Jahre bevor ein Volk mit Christus bekannt wird, seine wahnsinnigen Irrlehren in die Herzen zu pflanzen, sodass das Volk, wenn es Gelegenheit bekommt, sich zu bessern, eher geneigt ist, sich gegen die Wahrheit zu verhärten. Die Menschen betrachten dann ihre Verfehlung als den rechten Weg.«

»So kannst du alles, was dir nicht gefällt, dem Bösen zuschreiben«, sagte ich und zuckte mit den Achseln. Der Priester öffnete den Mund, aber bevor er einen Laut herausbringen konnte, stockte er und atmete mit glasigem Blick einige Male tief ein und aus. Ich wollte fragen, ob es ihm nicht gut gehe, aber da kam die Sklavin unter dem Tisch hervor. Sie wischte sich den Mund ab und stellte sich wieder hinter den Seelenhirten.

»Das mit deinen Trophäen«, sagte der König, »hast du gut gemacht. Ich bin stolz auf dich, Hroswith. Einen Sklaven stehlen, und dann noch einen solchen, ist nicht schlecht. Und dazu auch noch so ein kostbares Buch!« Er nahm das Buch vom Tisch und reichte es Litorius, der es aufschlug.

Der Priester keuchte und stieß dann einen Schrei aus. »Was ist das?«, rief er laut. Er warf das Buch von sich weg, als würde es in seinen Händen brennen. Wütend stand er auf und ging weg. Er riss die Türen weit auf, sodass ein eisiger Windstoß durch den Saal zog, blieb in der Türöffnung stehen und öffnete seinen Mund, um etwas zu sagen. Dann überlegte er es sich und verschwand.

Der König lachte. Ich erzählte, wie ich den Sklaven erbeutet hatte. Als ich fertig war, rief König Harald Hosseyns Bewacher und sagte: »Er soll das Gericht zubereiten, das Hroswith beschrieben hat.«

Der Mann rasselte leise mit seinen Ketten und blickte zur Decke. Bevor ich mich versah, übersetzte ich die Worte des Königs recht und schlecht in Hosseyns Sprache. Mit einem Ruck drehte er seinen Kopf in meine Richtung. Viel später erst begriff ich, dass er sich durch meine Unbeholfenheit im Formulieren und durch meine schreckliche Aussprache gekränkt fühlte. Aber er hatte mich verstanden.

»Also?«, fragte der König ungeduldig.

Ich wiederholte den Wunsch des Königs lauter.

Da sprach Hosseyn: »Du kannst mich am Zupp lecken!«, sagte er.

»Was sagt er?«, fragte der König.

»Er sagt: Ihr könnt seinen Zupp lecken«, sagte ich. Mir fiel das dänische Wort für Zupp nicht so schnell ein.

»Wenn Zupp bedeutet, was ich denke, das es bedeutet«, sagte der König, »dann muss Grim erst mal mit der Ausbildung dieses Sklaven beginnen. Er hat eine Lektion nötig. Und es wäre nicht schlecht, wenn wir ihm die dänische Sprache beibringen. Grim!«

Am anderen Ende des Tisches stand Grim auf. »Ja, Herr?«

»Dieser Sklave braucht eine Ausbildung. Nimm ihn mit und mach aus ihm einen guten Küchensklaven!«

»Gern«, sagte Grim und lief um den Tisch herum.

»Er ist *mein* Sklave«, warnte ich Grim. »Sorg dafür, dass ihm kein Haar gekrümmt wird!« Das löste bei den Wikingern eine Lachsalve aus, denn Hosseyn hatte kein Haar auf dem Kopf. Grim bedeutete mir mit einem kurzen Nicken, dass er mich verstanden habe, und zog den gleichgültig wirkenden Sklaven an der Kette hinter sich her.

»Was für eine Sprache war das eigentlich?«, fragte König Harald neugierig. »Fränkisch?«

»Unverständlicher als Fränkisch«, sagte ich, »ich glaube, es ist Arabisch.«

Als ob das Abschaben dieser Bibel nicht schon genug Mühe bereitete, ist auch noch der Novize ständig um mich herum.

»Das Feuer brennt schon«, sagte ich und blickte kurz von meiner Arbeit auf. Bodo stand an der Außentür, die er ein Stück geöffnet hatte, sodass die ganze Wärme meines Zimmers in wenigen Sekunden entwich.

»Möchtest du nicht ein wenig spazieren gehen, Bruder?«, fragte er. »Es ist schönes Wetter, und es wird dir gut tun.«

Von draußen drang das Geschrei der Klosterkinder herein, die im Innenhof spielten. »Ich habe viel Arbeit, Junge«, sagte ich. »Warum gehst du nicht, spielst mit deinen Freunden und lässt mich in Ruhe?«

Er schaute gekränkt, weil ich ihn, einen Novizen, zu den Klosterkindern rechnete, schloss dann aber doch die Außentür und ging.

Der Mond hatte sich hinter grauen Wolken versteckt. Weiße Schaumkronen leuchteten kurz auf, bevor sie ihr kurzes Leben im hungrigen Maul der Nacht beendeten. Mein Kater war noch nicht verflogen, genauso wenig der Kater meiner Kameraden, wenn man das Stöhnen und Würgen, das aus dem Gewirr von übereinander liegenden Leibern von den Ruderbänken aufstieg, richtig deutete.

Das Drachenboot durchschnitt die Wellen; blutrote Segel blähten sich im kalten Wind, der Schaumflocken mit sich trug und unseren Nachdurst verschlimmerte. Viele hingen mit dem Oberkörper über Bord und kotzten nicht mehr als solches zu erkennendes Bier und Fleisch, das sie vor einer Stunde noch mit so viel Begeisterung hinuntergeschlungen hatten. Möwen umringten uns und tauchten mit freudigem Gekreische nach den verbliebenen Nahrungsresten, die im Kielwasser schwammen wie die Brotkrümel, die ängstliche Kinder im Märchen ausstreuen, um den Weg nach Hause wiederzufinden.

Was mich anging, hatte ich meinen Magen schon Stunden früher entleert, nicht zuletzt auch deshalb, weil mein Pensum das meiner Kameraden bei weitem übertroffen hatte. Ich litt doppelt, denn auch mein leerer Magen krampfte sich zusammen, sodass ab und zu noch ein Tropfen Galle hervorkam.

Die Mannschaft bestand aus düsteren älteren Kerlen mit traurig herunterhängenden Schnurrbärten und Vollbärten, aus denen das am Bug aufspritzende Wasser troff. Sie ignorierten uns und traten bei ihrer Arbeit wiederholt auf unsere Gliedmaßen, weshalb ständig Schreie das Gejammer der Wimmernden und das Geblöke der Schafe in der Scherkammer übertönten.
Wir sahen es tagen; eine matte Sonne löste sich mühsam vom roten Horizont. Etwa zur Mittagsstunde fingen die Männer der Besatzung an, Schöpfeimer Meerwasser über uns zu kippen, uns anzuschreien und zu treten, damit wir aufstanden.
Das Segel wurde heruntergelassen, und wir mussten jeweils zu zweit die Ruderblätter ins Wasser lassen und rudern. Hrolf und ich saßen direkt vor dem Mast, er an der Wasserseite, ich zum Mittelgang hin, was beim Rudern eine viel größere Anstrengung bedeutete. Während die älteren Männer ein dröhnendes Lied über die Heldentaten von Gorm dem Alten und dessen Tatkraft auf geschlechtlichem Gebiet anstimmten, droschen die Riemen mit immer größerer Kraft auf das graue Wasser ein. Bald wurde mir warm, und ich troff vor Schweiß und Seewasser. Ich fühlte mich allmählich besser und stimmte in den Gesang meiner Kameraden ein, die langsam wieder Farbe im Gesicht bekamen. Uns abwechselnd, aßen wir getrockneten Fisch und tranken Bier, um wieder zu Kräften zu kommen.
Ragnar, der alte Ausguckposten, stand auf dem Vorsteven, das Gesicht zum Schiff gekehrt, und gab mit den Händen den Takt vor. Ab und zu, wenn das Schiff unerwartet schlingerte, fiel er um und machte Bekanntschaft mit dem viel tiefer liegenden Rudergebälk, das die Dänen *krappar* nennen. Doch mit der Unverwundbarkeit des Säufers rappelte er sich wieder hoch.
»Was jetzt, Ragnar?«, riefen die Männer jedes Mal, wenn wieder ein Lied zu Ende war.
Dann fing Ragnar mit seiner heiseren Stimme an zu singen, die sogleich im Gesang der Mannschaft unterging. Die Lieder wurden aufpeitschender und bekamen mehr und mehr den eintönigen Cha-

rakter von Arbeitsliedern mit vielen Hos und Heis, und das Schiff kam wegen unserer Lachkrämpfe fast zum Stillstand. Da kletterte ein gewisser Hemming in den Bug, ein Schaf unter dem Arm. Er knöpfte seine Hose auf und traktierte das Tier im Rhythmus der Lieder und Ruderschläge, als sei es seine Frau oder Sklavin, während sich seine lauten Schreie mit dem verzweifelten Geblöke seiner tierischen Geliebten vermischten.

»Ich wollte immer eine Blonde haben!«, rief er vergnügt und liebkoste mit seinen großen Händen die fettige, schmutzig graue Wolle. Als er fertig war, schob er das Schaf weiter zu Ragnar. Der alte Mann versuchte es ihm nachzutun, aber bei der ersten Bewegung des Bootes stürzte er wieder in den *krappar*, denn er hatte keinen anderen Halt als zwei Hände voll Wolle und ein widerstrebendes Tier. Dieses Mal fiel er zusammen mit seiner unglücklichen Kameradin, die sich den Rücken brach und laut kreischte, bis jemand das Tier von seinen Leiden erlöste.

An diesem Abend noch verspeisten wir das Schaf, und es schmeckte ausgezeichnet. Wir fielen, über die Ruder gebeugt, in einen tiefen Schlaf. Kurze Zeit später wurde es schon wieder hell. Fluchend und schimpfend krallten wir uns erneut um die Ruder, während uns die mit Salzwasser getränkten Kleider die Haut aufschürften. Aber niemand beklagte sich, denn keiner wollte von den anderen verachtet werden. Darum ruderten wir weiter, als ob unser Leben davon abhänge.

Spät am Nachmittag rief ein Mann auf dem Achterdeck: »Hooo! Ragnar! Ist das die Stunde?«

»Das ist die Stunde!«, rief der Alte, und wir taten es ihm gleich.

»Ist das die Stelle?«, rief der Mann auf dem Achterdeck.

»Das ist die Stelle, die Zeit ist gekommen!«, rief Ragnar, und sofort brach ein Gejohle los. Ich hörte meine Stimme aus dem Chor der Schiffsleute heraus, und wir warfen uns mit neuer Kraft auf die schweren Ruder, während die Männer, die nicht rudern mussten, zwischen den Bänken durchliefen und tiefe Schalen austeilten, die jeweils aus dem Schädeldach eines Menschen mit kalfaterten Schädelnähten bestanden. Zwei Schiffsleute trugen zwischen sich einen Kessel, und ein dritter schöpfte daraus Flüssigkeit in die Schalen.

»Was ist das?«, fragte ich Hrolf.

»Met«, flüsterte er ehrfürchtig.

Ich tat, was die anderen taten, trank die Schale in einem Zug leer und warf das Schädeldach in den Mittelgang, wo es sogleich von einem Jungen aufgesammelt wurde, der schon einen ganzen Stapel trug.

Der Met schmeckte beißend und brannte lange in meiner Kehle, aber nicht in der angenehmen Weise von Alkohol, auch wenn der eine der Zutaten dieses Göttertrankes war.

Langsam waren die erfahrenen Kämpfer, die nicht zu rudern brauchten, von der Schiffsbrüstung entlang der sie saßen, nach vorn gekommen. Sie lösten ihre roten und schwarzen Schilde, die abwechselnd nebeneinander an den Bordplanken befestigt waren, und kletterten in den Bug. Dort, ganz vorn, kauerten sie sich an die Brüstung und hielten Ausschau über das Meer. Es musste Land in der Nähe sein, denn die rauen Gesichter mit den triefenden Bärten lauerten wie Raubtiere, die ihre Beute ausspähten. Sie stießen die stumpfe Seite ihrer Speere auf die Planken und schlugen mit Keulen auf die Schilde. Ab und zu erhob sich ein Gesang, aber er ging immer wieder in bloßes Brummen und Schnauben und in heisere Schreie über. Ich sah Hemming wie einen tollwütigen Hund mit Schaum vor dem Mund in das glatt gescheuerte Eichenholz einer Planke beißen. Ein kurzes Zittern durchfuhr mich, und ich sah, wie alles um mich sich verformte und aufgewühlt wurde. Ich wollte Hrolf etwas sagen, ich wollte ihn um Hilfe bitten, aber neben mir saß ein Unbekannter, ein Wahnsinniger, der mir zugrinste und erschauernde Schreie ausstieß. Was meine eigenen Worte betraf: Meine Zähne klapperten so, dass ich ins Ruder beißen musste, um sie zu beruhigen.

Einer schrie immer wieder: »Rudern! Rudern!«, und wir dachten an nichts anderes mehr und warfen uns gegen die Ruder, als ob sie unsere Todfeinde wären.

Das Drachenboot durchschnitt die hohen Wellen wie ein Wurfmesser im schnellen Flug, Wasser spritzte hoch und regnete auf uns herab. Meine Angst schlug in Freude um. Unsere Schreie wurden eins mit dem Klatschen der Ruder, und in meiner Erinnerung klingt der Chor unserer Stimmen wie das keuchende Stöhnen eines Liebespaares, das einen nie vorher erlebten Höhepunkt erreicht.
Ein harter Schlag machte unserem Rudern ein Ende, und ich sah die Kämpfer auf dem Vorderdeck von Bord springen. Jemand drückte mir ein Schwert und einen Schild in die Hand. Ich folgte meinen Kameraden und watete durch knietiefes Wasser zum Strand, während andere schon damit beschäftigt waren, das leichter gewordene Schiff auf den schmalen von Felsen umgebenen Strand zu ziehen. Die Männer vor mir warteten, bis alle an Land waren. Danach kletterten wir über die Felsen und liefen los.
Offenbar waren die Älteren, die voranliefen, hier früher schon gewesen, denn sie bewegten sich, als ob sie den Weg kannten, und bedeuteten uns anderen, still zu sein, so schwer das auch war. Ab und zu stöhnte einer gedämpft, ein anderer biss auf seine Keule oder in seinen Speerschaft, um nicht in lautes Gebrüll auszubrechen. Der spärlich begrünte felsige Untergrund ging über in saftig grüne Hügel mit einzelnen Bäumen, und schließlich erreichten wir einen Weg mit einer Karrenspur. Die Sonne stand tief über dem Horizont, und unsere riesenhaften Schatten begleiteten uns als düstere Leibwächter.
Ein fast mit Händen greifbarer Nebel strich über die Felder, und bald sah ich nichts mehr als die tiefe Karrenspur und den Mann vor mir. Das langsame Schleichen ging über in einen Lauf in das Unsichtbare hinein, aus dem Laufrhythmus wurde ein donnernder Sturmschritt, und plötzlich erklangen Warnrufe aus dem Nebel. Dunkle Umrisse von Häusern und Bauernhöfen tauchten beiderseits des Weges auf.
Ein sehr junges Mädchen drückt sich gegen einen Holzzaun. Da es zu spät zur Flucht ist, versucht sie eins zu werden mit dem Holz, ihr verzerrtes Gesicht scheint eine Schutzfarbe, die der des Holzes

gleicht, anzunehmen, bevor ein, zwei Speere sie durchbohren. Sie sinkt ein wenig zusammen und bleibt zwischen den Schäften hängen, nur ihr Kopf kippt nach vorn.
Ich sehe mich selbst durch ein dunkles Langhaus laufen, in dem ein Schluchzen die Bauernkinder verrät, die sich in aller Eile versteckt haben, die Hände vor die Augen geschlagen, als würde sie das unsichtbar machen. Bevor sie aufblicken können, rollen die kleinen Köpfe und Hände schon über den festgestampften Boden und werden von den Männern, die nach mir kommen, zur Seite getreten. Ein neugieriges Schwein greift sich einen Kinderarm, ein magerer Hund schnappt danach und fällt selbst um, einen Speer in der Seite. Männer in zerschlissenen Kleidern kommen mir schreiend entgegen, und ich treibe sie, noch lauter brüllend, mit dem Schwert aus dem Weg. Ich schmecke ihr Blut auf meinen Lippen. Ich liege zwischen den Schenkeln einer Frau und kühle das Feuer, das mich verzehrt. Als ich mich von ihr löse, bemerke ich, dass sie schon tot ist, und suche mir gleich eine andere, denn das Feuer lodert wieder auf. Ich tobe im Kreis herum, und meine Kameraden sind bei mir; allesamt johlen und schreien wir, und ich erkenne keinen von ihnen, denn die Gesichter glühen, und aus den Bärten und Haaren trieft das Blut. Häuser, Strohdächer, Scheunen brennen, und das Heulen der Flammen vermischt sich mit dem Geschrei von allem, was noch lebt und nicht fliehen kann. Ein Pferd springt wild bockend um die Häuser und wirft jeden um. Wahnsinnig vor Angst rennt es schließlich in eine brennende Scheune, deren flaches Dach in diesem Moment in einem Funkenregen zusammenstürzt. Das Pferd bricht aus der feurigen Umarmung aus und verschwindet laut wiehernd mit einer Satteldecke aus brennendem Stroh in der Dunkelheit und im Nebel, der noch weiterwirbelt, als das Geklapper der Hufe bereits lange verstummt ist.

Ich habe später oft darüber nachgedacht. Ich weiß nicht, wo dieser Überfall stattfand und wer die Leute, die Kinder waren, die wir abschlachteten. Ich habe niemanden in irgendeiner bekannten oder unbekannten Sprache rufen oder sprechen hören; nur an Angst- und Todesschreie erinnere ich mich und die haben sich mit den Angst- und Todesschreien, die ich anderswo hörte, überlagert – sie klingen überall gleich. Vielleicht waren es die Orkney-Inseln, vielleicht war es die friesische Küste oder die meines eigenen Landes. Ich habe nicht danach gefragt. An diese Episode erinnere ich mich als einen Traum, was nicht schwierig ist, denn der Göttertrank und die Erschöpfung führten dazu, dass sich alles wie getrennt von meiner Person abspielte oder abzuspielen schien. Aber es ist ein Traum von außerordentlicher Bösartigkeit, und es ist seitdem keine Woche vergangen, in der ich nicht so, als sei es gerade passiert, die Schreie der Frau höre, die von meinem Traum-Ich vergewaltigt wurde, oder die Kinder sehe, die sich die Augen zuhielten, als wir hereinkamen. Und in meinen schlimmsten Albträumen fliehe ich immer wieder vor einem brennenden, wahnsinnigen Pferd, das unermüdlich meiner Spur folgt, um mich niederzutrampeln.

18. Kapitel

In dem der Koch doch mehr zu bieten hat als seinen Zupp. Hroswith übergeht die Frauen, denn der Vorrat an Pergament ist begrenzt

Mein Schwert hatte Blut geschmeckt. Ich hatte mich im Kampf bewiesen, obwohl ich mich fragte, wie ich mich wohl geschlagen hätte, wenn ich keinen Met getrunken hätte. Ich dachte beschämt daran zurück, denn der Rausch hatte mich zu Dingen genötigt, die ich für mich nie für möglich hielt. Das war nicht das Leben, zu dem ich mich berufen wähnte.

Ich fühlte mich bei den Dänen mehr zu Hause als in meinem eigenen Land, aber meine Rastlosigkeit blieb. Ich nahm an den Trinkgelagen teil, aber als meine Freunde versuchten, mich wieder zu überreden, beim Strandschlagen (so nannten sie die Angriffe von See) mitzuziehen, hatte ich zu viel zu tun beim Schwerterschmieden. Das stimmte auch. Der Vorrat an Klingen vergrößerte sich zwar, aber der König kam immer wieder zu mir, mahnte mich zur Eile und bewunderte die wachsende Zahl.

Meine Schwerter waren vorzüglich, und sie sind es noch immer, sofern sie nicht auf dem Meeresgrund liegen. Seit der Zeit, als ich mich abquälte, glühendes Metall zu formen, zu hämmern und erneut zu formen, sind viele Kämpfe ausgetragen worden, und wenn ich nur die Hälfte aller Geschichten, die ich gehört habe, aufgeschrieben hätte, wären bei Odin zehn Bibeln abzuschaben gewesen.

Während das Buch *Deuteronomium* meinem Schreibfieber zum Opfer fällt, das wohl, wenn ich meinen alten Knochen trauen darf, ein letztes Aufflackern vor dem Hereinbrechen der ewigen Dunkelheit ist, frage ich mich, ob ich mich über diese Periode weiter auslassen soll.

Muss ich von allen Frauen berichten, mit denen ich das Lager geteilt habe, und über jede Wonne, die ich mit ihnen erlebt habe? Ich hatte geglaubt, dass ich mich mit einer Frau nie mehr so fühlen würde wie mit Adela. Das war die Torheit der Jugend, die sich an die erste Liebe klammert, ohne zu begreifen, dass noch eine Welt voller prächtiger und großmütiger Frauen wartet, die jede für sich die ganze Aufmerksamkeit wert sind. Doch wenn ich tagsüber am Amboss stand oder in das Feuer sah, dachte ich an Adela, die nun so weit weg war. Jahre später las ich die Dichterworte: »Kurz ist die Liebe, lang das Vergessen.«

Wenn die Männer weit weg beim Strandschlagen waren, kamen die Frauen von Jelling zu mir. Ich denke, dass sie sich untereinander absprachen, denn es kamen nie zwei, und doch schlief ich keine Nacht allein. Es hat nicht lange gedauert, und ich hatte jedem Mann aus Jelling Hörner aufgesetzt. Dennoch bekam ich nie Probleme, die schönen charaktervollen Frauen aus Jelling schwiegen wie ein Grab.

Ich werde von dieser Zeit, die in mehr als einer Hinsicht anstrengend war, lieber schweigen und mich auf die Ereignisse beschränken, die dazu führten, dass ich diese Stadt verließ.

Ich hörte nicht auf, Reisende anzusprechen und sie über die Länder, die sie besucht hatten, auszufragen. Viele Leute kamen übrigens nicht nach Jelling. Es gab Städte und Handelsniederlassungen, die weit mehr Reisende anzogen. Immer wieder hörte ich den Namen Haithabu, den Namen des Zankapfels, des von Kaiser Otto beschützten Freihafens an der Grenze zum Gebiet König Haralds. Ich nahm mir vor, sobald sich die Gelegenheit bieten würde, der Stadt einen Besuch abzustatten.

Währenddessen besuchte ich regelmäßig Hosseyn, meinen Sklaven, den ich seinem Herrn auf so listige Weise entführt hatte. Er trieb sich in der Küche herum, weil er aber die Sprache nicht verstand oder sich weigerte, sie zu verstehen, hatte man es aufgegeben, aus ihm einen Küchensklaven zu machen. Unter normalen Umständen hätte man ihn schon lange getötet, aber weil ich die Dänen beschworen hatte, ihm kein Haar zu krümmen, lief er noch immer zwischen den Töpfen und Pfannen herum. Die Mahlzeiten, die er zubereitete, waren nur für ihn bestimmt, das Küchenpersonal sah gierig zu, wie er äußerst langsam die Happen zum Mund führte und seine eigene Kunst genoss. Da er jedoch dafür sorgte, dass nichts übrig blieb, hatte niemand etwas von ihm.

Anfänglich beklagte sich der Küchenmeister bei mir, aber ich hatte ihm gesagt, dass er sich die Kunst eben abgucken müsse. Ich hatte Hosseyn nicht entführt, damit er Unterricht gab. Ab und zu fragte ich mich, warum ich ihn dann eigentlich gestohlen habe, doch ich musste mich gleich selbst zur Ordnung rufen, denn von Diebstahl konnte natürlich strikt genommen nicht die Rede sein.

Auch ich wollte etwas lernen von diesem barschem, dicken Fremden. Wenn ich ihn in seiner Sprache ansprach, schien es, als höre er mir nicht zu. Schließlich gewöhnte ich mich an sein Schweigen und erzählte frei heraus von meinem Leben, von Adela, die ich nie mehr sehen würde, und von den Stimmen, die ich seit meiner frühesten Jugend hörte und die, seit ich Hosseyn, dessen Meister und dessen Kameraden begegnet war, langsam abebbten. Ich machte ihn zum Mitwisser meiner Vermutung, dass sich hier ein Schlüssel zu meinem Schicksal verbarg und ich deshalb alles darüber wissen wollte. Der Mann sah mich aber nachdenklich an und kaute weiter an seinem Essen, das einen solch herrlichen Duft verbreitete, dass mir Tränen in die Augen traten.

Ich hatte also nichts von Hosseyn. Eines Tages stürmte ich in die Küche und überbrachte ihm die Nachricht, dass ich ihn freilassen würde. Er stand vor einer Pfanne und kostete mit geschlossenen Augen eine Fasanenkeule. Ich legte eine Hand auf seine Schulter und sagte: »Hosseyn, ich bin selbst Sklave gewesen, ich weiß, was die Sklaverei für einen Menschen bedeutet. Ich habe beschlossen, dir die Freiheit zu geben, geh hin, wohin du willst!«

Ich hatte Mühe, meine Ergriffenheit zu verbergen, und wartete auf Hosseyns Reaktion, doch der öffnete nicht einmal die Augen und kostete einfach weiter und tat so, als gäbe es sonst nichts auf der Welt.

»Hosseyn!«, rief ich und schüttelte ihn, oder vielmehr ich versuchte es, denn der Mann war so massiv (er war dicker geworden in Jelling), dass ich ihn nicht zu bewegen vermochte.

Grim, der in die Küche kam, fragte: »Macht er Ärger, der Sklave? Soll ich ihm eine Lektion erteilen?«

»Dieser Mann ist frei, er ist kein Sklave mehr!«, sagte ich streng.

Grim hob die Schultern und zog ab.

Hosseyn öffnete die Augen, blickt bedauernd auf den abgenagten Fasanknochen und ging ganz gemächlich zur Tür. Er blieb kurz auf der Schwelle stehen, blickte sich um und entfernte sich dann. Ich sah ihm nach, bis er zwischen den Häusern in Richtung Hafen verschwand.

Drei Tage später. Svein, Helgi und ich saßen am Kamin im Haus des Königs. Harald trug ein langes schmuddeliges Nachthemd und rieb sich die Augen. Dabei saß er auf einem dreibeinigen hölzernen Sessel, dessen Sitzfläche mit Leder bespannt war.

»Du willst nach Haithabu?«, fragte Svein. »Das ist eine gute Idee. Ich bin schon länger nicht mehr dort gewesen und die anderen auch nicht. Aber was willst du da?«

»Ich will Werkzeug für die Schmiede besorgen. Im Übrigen habe ich viel gehört über die Stadt, ich will mich dort mal umsehen.«

»Das Werkzeug kann doch ich dir besorgen?«, sagte der König.

»Ich such es lieber selbst aus«, sagte ich. »Nicht, dass ich etwa kein Vertrauen hätte in Eure Kenntnisse oder die Eurer Leute, aber meine Gerätschaften sind mir so wichtig, dass ich sie lieber selbst aussuche. Ich fürchte, dass Eure Leute Qualitätsarbeit nicht von Flickwerk unterscheiden können, schon gar nicht im Chaos eines Strandschlagens.

Der König grummelte etwas, kratzte sich unter den Achseln und verließ dann das Zimmer.

»Haithabu wird dir gefallen«, sagte Svein.

»Kommen wir da rein? Ihr auch, als Dänen?«
»Ja, die Stadt ist ein Freihafen, und ich muss mit meiner Herkunft ja nicht hausieren gehen. Mein Vater ist dort kein gern gesehener Gast. Ich persönlich meine, dass er Haithabu wieder zurückerobern müsste, aber er sieht da keinen Sinn darin. Er hält es für wichtiger, seine Grenzen nach Südnorwegen auszuweiten, als ob es da was zu holen gäbe. Er fürchtet den Sachsenkaiser.«
Ich fragte mich, ob Svein begriff, wie mächtig der Sachsenkaiser war.
»Wollen wir dann in fünf Tagen abreisen? Ich freue mich jetzt schon darauf. Haithabu ist nie langweilig, das Essen ist gut und die Frauen sind schön und willig.«
»Ausgezeichnet«, sagte ich. Ich hatte Lust auf Abwechslung.
In diesem Moment hörte man lautes Klopfen an der Tür. Der Küchenmeister kam herein und verbeugte sich entschuldigend vor dem Sohn des Königs. Dann wandte er sich an mich: »Hosseyn ist zurückgekommen«, sagte er atemlos. »Er kocht. Ein großes Essen!«
Der König, der auch den Lärm gehört hatte, kam, seinen Gürtel festbindend, herein. Er sagte vergnügt: »Das wird auch Zeit. Ich habe Lust auf ein schönes Mahl.«
Ich ging mit dem Küchenmeister vor den anderen aus dem Zimmer, und lange bevor ich die Küche des Palastes betrat, roch ich den Duft gebratenen Geflügels, offenbar die Spezialität meines ehemaligen Sklaven. Ich war gerührt, dass er seine Dankbarkeit in Form eines Festmahles für uns zeigte. Nun sollte jeder begreifen, dass ich nicht übertrieben hatte.

Viele Neugierige vor der Tür versuchten, einen Blick auf den exotischen Koch zu erhaschen, der mit einer großen Gabel von Pfanne zu Pfanne ging und die Spieße wendete, was er mit einer für einen Mann von seiner Figur erstaunlichen Geschwindigkeit tat. Er schien zehn Hände zu haben und überall gleichzeitig zu sein. Ich ging in die Küche, der Küchenmeister folgte mir auf dem Fuß.
»Hosseyn, das freut mich«, sagte ich und streckte meine Hand nach

einer Pfanne aus, um ein Stück von dem Geflügel zu probieren. Zurückhaltung war unmöglich. Aber zu meinem Schreck schlug mir Hosseyn mit der großen Gabel, die er in seinen allgegenwärtigen Händen hielt, auf die Finger. Der Küchenmeister bedeutete mir, mich zurückzuhalten. Ich zuckte mit den Achseln. Währenddessen war Hosseyn weiterhin mit seinen Pfannen beschäftigt. Mit einem Anschnauzer zitierte er die Küchenjungen zu sich, gab ihnen einen Stapel Teller und zeigte auf den Gang, der zur Halle führte. Die Jungen eilten zu dem mürrischen kahlen Fremden, der ihnen mit seiner Körperfülle und seinen unwiderstehlichen Gerichten, die außer den wenigen, die von meinem *qataa* gegessen hatten, keiner kannte, Angst einflößte. Litorius kam in die Küche und verbeugte sich vor mir und meinem ehemaligen Sklaven.

»Wer solche Gerichte zubereitet, kann kein ganz und gar schlechter Mensch sein, bester Mann«, sagte er zu Hosseyn. »Auch du wirst den Heidenglauben eines Tages für den einzig wahren Glauben aufgeben.« Er strich mit der Hand segnend über die Pfannen und Schalen und schlug das Kreuz über die Bratenspieße. Mit zwei Gabeln füllte Hosseyn das Essen in Schalen, holte tropfende Stücke von den Spießen und garnierte das Geflügel mit Früchten und Nüssen. Der Priester legte seine Hände auf die Lockenköpfe der Küchenjungen und nickte aufmunternd, als sie die schweren Schalen mit gebratenen Hühnern von Hosseyn übernahmen, der sie mit einem Handzeichen zur Eile mahnte. Die Jungen verschwanden im Gang, und der Priester folgte ihnen. Ich wollte ihnen nach, denn in der Halle war es wohl einfacher, das Essen zu probieren, aber der Küchenmeister hielt mich zurück. »Es sieht so aus, als hätte er in meiner Küche die Macht übernommen!«, flüsterte er und blickte zornig auf den massigen Mann mit dem kahlen Schädel, der jetzt noch mehr glänzte als sonst. Wahrscheinlich putzte Hosseyn seine fettigen Hände daran ab. Der Küchenmeister fuhr fort: »Was wird aus mir, wenn er hier der Herr und Meister ist? Ich kann mich nicht mit ihm messen.«

»Das muss der König klären«, sagte ich, zuckte mit den Achseln und

ging hinaus. Im Gang zur Königshalle fiel mir die Frau eines der königlichen Berserker um den Hals. Odin mag wissen, wer sie hereingelassen hat, denn die Frauen von Kriegern durften dieses Gebäude nicht betreten. Sie ließ mich nicht gehen, bevor ich ihr meine Gunst erwiesen hatte, eine kurzes, stöhnendes Gebalge in einer Nische, zwischen Früchtekörben und Schinken, die an den Balken hingen. Der Einäugige sei mir gnädig, aber ich schrecke jetzt noch zusammen beim Gedanken an die Frauen der Berserker, die mit Fug und Recht auch Berserkerinnen heißen könnten.
Ich ging schließlich in die Halle und kam gerade rechtzeitig zum Vortrag der Jesussaga, die inzwischen aus vielen Strophen bestand. Der König saß schon auf seinem Thronsessel, sein Sohn und Litorius saßen rechts und links von ihm. Auch meine anderen Freunde waren da, die Getreuen des Königs, seine Leibwache und seine Berserkerelite. Der Tisch war üppig bestellt, und jeder schielte während des Singens nach den Speisen, aber es war Sitte, dass der König sich zuerst bediente. Harald sang und trank und schien als Einziger nicht vom Anblick der Speisen, sondern von seiner Dichtkunst bezaubert zu sein.
Nach dem Refrain rief der König Litorius zu: »Priester, warum singst du nicht? Sitzt du da und brütest über unser Benehmen? Passt dir was nicht? Du siehst so bleich aus!«
Der Priester sah ihn an, er wollte etwas sagen und erhob sich langsam. Sein Mund öffnete sich, Schaum stand ihm auf den Lippen und seine Augen quollen heraus.
»Er hat Met getrunken!«, hörte ich jemanden sagen.
Dann fiel der Priester längs auf den Tisch, sein Körper begann zu zittern, und Krämpfe schüttelten ihn.
Jeder rief durcheinander. Einige Männer drehten den Priester auf den Rücken, sein Gesicht war lila angelaufen. Er presste zischend einige Worte heraus.
»Das Essen …«
Er wandte seinen Kopf und streckte einen zitternden Finger nach einer der Schalen aus.

»Das Essen ist vergiftet!«, rief jemand, und der ganze Raum füllte sich mit dem Gebrüll wütender Männer.

»Wir werden gleich dahinter kommen«, rief der König. »Der Koch soll selbst probieren!«

Und er schickte einige Männer seiner Leibwache in die Küche. Die Männer kamen ohne Hosseyn zurück, hatten aber einen der Küchenjungen bei sich. Der Junge weinte und sagte: »Der Priester hat ein Stück Fleisch aus einer der Schalen genommen. Olav hat auch ein Stück gegessen …« Er duckte sich, als ob er eine Strafe erwartete, aber der König bedeutete ihm aufzustehen.

»Wir haben Olav, den anderen Jungen, gefunden, Herr. Er hat kurz vor dem Ende noch versucht, seinen Durst in der Pferdetränke zu löschen. Er ist tot. Der Fremde ist verschwunden.«

Der König nahm eine Schale mit Fleisch und warf sie an die Wand.

»Schickt jeden, der auf einem Pferd sitzen kann, hinter ihm her!«

Die Männer von Jelling suchten den ganzen Tag und die ganze Nacht und auch noch am nächsten Tag, fanden aber keine Spur von meinem ehemaligen Sklaven.

Der König rief mich zu sich. »Nur gut, dass abgesehen von einem Küchenjungen lediglich der Priester gestorben ist, Hroswith«, sagte er ernst. »Wenn du unbedingt einen Sklaven freilassen wolltest, warum hast du ihn dann erst gefangen?«

Darauf konnte ich so schnell nicht antworten.

»Richte deine Aufmerksamkeit zukünftig allein auf das Schmieden legendärer Schwerter und entführe keine Sklaven mehr!« Er gab mir ein Handzeichen, und ich machte, dass ich wegkam.

Zu Hause bemerkte ich, dass das Buch mit den unverständlichen Zeichen verschwunden war.

19. Kapitel

In dem Hroswith Haithabu bei Nacht kennen lernt. Über Wenden und Rus

Wir waren in aller Frühe nach Haithabu aufgebrochen. Während meiner Reise entlang der flämischen Küste hatte ich gelernt, lange im Sattel zu sein, darüber konnte ich nun froh sein. Der Weg führte über grüne Hügel und durch tückische Sümpfe. Den ganzen Tag schien die Sonne, und wir sahen unsere Schatten, die erst Schutz suchten unter den Pferden und dann, je später es wurde, immer länger wurden. Nach einem schnellen Ritt über einen breiten Weg, den meine Gefährten Haervejen nannten, erreichten wir gegen Abend einen sehr breiten Wall, das Danewerk. Svein erklärte mir, dass der Wall von Küste zu Küste die gesamte Halbinsel vom Festland trennte. Auf der anderen Seite des Walles lag das Reich des Sachsenkaisers. Wir ritten durch das Kalegatt, den Durchgang durch den Wall, wo dieser den Haervejen kreuzte, und folgten dem Danewerk in östlicher Richtung. Nach einem halbstündigen Ritt kam die äußere Umfriedung Haithabus in Sicht, das letzte Stück des Danewerks.

Svein hielt sein Pferd an und zeigte voraus. »Da hinten liegt die Stadt, aus der sich mein Vater wie ein feiger Hund hat vertreiben lassen. Einmal wird sie wieder uns gehören. Denk an meine Worte!«

Er sah mich an, sein Gesicht hob sich kaum vom Abendrot ab. In der Ferne sah ich in der einbrechenden Dunkelheit den Stadtwall. Doch schon loderten dort Fackeln auf, angezündet von den Männern auf dem Wall.

Svein fuhr fort: »Der alte Bock Harald, es wird Zeit, dass er sich zurückzieht und zu den Greisen ans Feuer setzt. Dann kann er dichten

und Geschichten über seine großen Taten erzählen, solange er will. Aber gegen den Sachsenkaiser muss man etwas unternehmen.« Plötzlich brach er in Lachen aus und rief: »Aber darum geht es jetzt nicht, wir sind hier, um uns zu vergnügen!«
Er trieb sein Pferd am äußeren Wall entlang und ritt in vollem Galopp zum Tor des inneren Befestigungsringes. Wir folgten ihm. Svein machte am Tor Halt und rief zu einem der Wächter hinauf. Der Wall hatte hier die Höhe von drei oder vier Männern, die einander auf den Schultern standen. Der Wächter erwiderte: »Ich kenne dich, Svein Haraldsson! Kommst du in Frieden oder willst du die Stadt auf den Kopf stellen?«
»Ich bin hier mit Freunden. Wir kommen, um Geschäfte zu machen und um uns zu vergnügen«, antwortete Svein und blinzelte mir dabei zu. »Wir werden den Marktfrieden respektieren, so wie immer.«
Die Wächter murmelten etwas Unverständliches, und die Tore öffneten sich quietschend.
»Was soll das bedeuten?«, fragte ich. »Sie scheinen nicht gerade erfreut, dich zu sehen. War das wegen deines Vaters?«
Svein lachte und setzte sein Pferd in Bewegung. »Nein. Der Alte kriecht dem Sachsenkaiser ja nur noch in den Arsch. Es ist, weil ich das letzte Mal mit ein paar Norwegern Ärger hatte. Es gab da eine ziemliche Schlägerei, wir versöhnten uns aber schließlich wieder bei einem Trinkgelage.«
Helgi, der hinter uns ritt, sagte: »Und da sind eben ein paar Sachen kaputtgegangen. Aber das ist kein Grund, um einige Monate später noch Ärger zu machen.«
»Wie auch immer«, ergriff Svein wieder das Wort, »wenn die Wächter uns nicht hereingelassen hätten, wären wir von der Seeseite reingekommen oder am Fluss entlang, der durch die Stadt fließt.«
Die Toröffnung führte auf einen Karrenweg mit tief eingefahrenen Spurrinnen. »Weißt du, wie man eine Frau mit einem Buckel nehmen muss?«, fragte mich Svein augenzwinkernd. »Nein? Quer

über der Karrenspur!« Die Rinnen hatte man zum Teil mit Kies aufgefüllt.
Wir ritten mit lautem Hufgetrappel eine abschüssige Straße hinunter mit Häusern und Ställen zu beiden Seiten. Der Rauch von mehr als hundert Feuerstellen hing zwischen den Gebäuden. Viele Häuser waren aus Holz, es gab aber auch Fachwerkgebäude. Zwischen den Häusern hindurch konnte man das Meer sehen und die Schiffe, die vor Anker lagen. Am Hafen standen größere Bauwerke und Herbergen. Wir kamen an Werkstätten vorbei, in denen Leute töpferten und Glas bliesen. Und ich hörte Hammerschläge auf Metall: das Geräusch einer Schmiede. Auf einem freien Platz zwischen zwei Werkstätten sah ich einen Mann flüssiges Metall in eine gegrabene Form gießen.
Svein machte bei einer Herberge Halt, wo sogleich ein Pferdeknecht kam und die Pferde übernahm. Hier, an der Seeseite, war mehr los. Lodernde Fackeln steckten auf Ständern neben den Marktbuden, wo Händler unter klatschenden, oft vom Sturm zerrissenen Segeltuchplanen lauthals ihre Waren anpriesen. Der Wind trug den Duft von gebackenem Fisch heran, und ich spürte, dass ich schon lange nichts mehr gegessen hatte.
Der Herberge gegenüber stand eine hölzerne Kirche, und aus dem Haus daneben hörte man Musik. Ein gut gekleidetes Mädchen mit langen blonden Zöpfen und einem oben offenen Kleid lehnte am Türpfosten und sah mich einladend an. Als ich ihr einen fragenden Blick zuwarf, winkte sie mich heran, aber Svein sagte lachend: »Das kommt später, Hroswith, erst wollen wir uns die Bäuche voll schlagen!« Wir traten in einen großen Raum mit dicht besetzten Tischen, in der Mitte knisterte ein Feuer.
Ich hatte mich für diese Gelegenheit neu eingekleidet, trug hohe schwarze Stiefel und eine enge wollene Hose. Darüber ein Wams aus demselben Stoff und einen schwarzen Mantel mit Kapuze aus Leinen. Meine Vorliebe für dunkle Kleidung erstaunte die Dänen, aber ich wollte mich von meiner Umgebung, die grelle Farben liebte, unterscheiden.

Der Wirt brachte uns einen Topf voll Lammfleisch, mit Möhren und Zwiebeln geschmort, und eine Pfanne gekochter Hirse, die er in Steinzeugschalen austeilte. Ein Mädchen schenkte Bier aus einer irdenen Kanne ein und kreischte laut auf, als Helgi es auf seinen Schoß ziehen wollte. Die Kanne glitt ihr aus den Händen und zerbrach auf dem Boden. Zum Glück war sie fast leer gewesen.

»Macht nichts. Hol mal gleich eine neue!«, sagte Svein, der mit seinem gut gefüllten Geldbeutel klimperte. Ich vermengte die Hirse mit der Schmorsoße und knetete Ballen daraus, die ich abwechselnd mit dem Lammfleisch gierig hinunterschlang.

»Nicht so hastig!«, ermahnte mich Svein. »Wir haben keine Eile, und wenn du langsam isst und trinkst, kannst du mehr vertragen. Es kommen noch mehr Gänge.«

Ich blickte zum Tisch neben uns, wo es recht laut zuging. Ein paar Angelsachsen saßen dort und würfelten mit zwei wendischen Kaufleuten, wie Helgi mich aufklärte.

»Wendisch? Wo kommen die her?«, fragte ich und nahm einen Schluck Starkbier, das gut schmeckte, wenn man sich erst einmal daran gewöhnt hatte.

»Aus Wendland«, sagte Helgi und grabschte wieder nach der Bedienung, die sich mit einer eleganten Drehung außer Reichweite brachte.

Svein erklärte. »Wendland liegt im Nordosten. Die Leute dort sprechen eine eigenartige Sprache, die mit unserer oder der in England und Deutschland nichts gemeinsam hat.«

»Unsere Sprachen ähneln sich alle sehr«, sagte Helgi.

Igufu nickte zustimmend und sagte, den Mund noch voller Lammfleisch: »Wenn du in England jemanden beschimpfst, versteht er dich.«

»Das kommt auch daher, dass die Leute im Danelaw schon lange in England leben und Dänisch sprechen«, sagte Hrolf. »Irgendwann wird die angelsächsische Sprache vom Dänischen ganz verdrängt werden. Ganz England wird dänisch werden.« Er setzte seinen Becher voll Bier an den Mund und trank glucksend.

Svein schaute träumerisch vor sich hin und sagte: »Noch viel weiter weg als die Wenden, hinter den Rus, liegt Miklagaard, die Hauptstadt des Oströmischen Reiches. Da sprechen sie Griechisch. Die Einwohner sind Christen wie die Sachsen und Franken. Und noch weiter weg liegt Arabien. Die haben ihren eigenen Glauben, Christen scheinen dort nicht zu wohnen.«

Ich war sofort ganz Ohr. »Miklagaard? Arabien? Erzähl doch mal, wie man da hinkommt! Ist es weit?«

»Man reist mit dem Schiff die großen Flüsse hinauf«, sagte Helgi, »und gelangt nach Kiew zu den Rus. Von da kommt man über den Dnjepr bis zum Schwarzen Meer, an dessen Westküste man dann zum Goldenen Horn bei Konstantinopel segelt, das die Einheimischen Qustantinia nennen. Dann gelangt man in das große Mittelmeer, an dem viele Länder liegen, auch die der Araber. Ich habe mit Leuten gesprochen, die jenseits der Länder der Rus Reisende aus Arabien getroffen haben.«

Svein holte seinen Geldbeutel heraus und ließ mich eine goldene Münze sehen. »Sieh mal, diese Münze stammt aus Arabien. Ich weiß nicht, welchen Weg sie zurückgelegt hat, aber ich habe sie von einem slawischen Händler, dem ich ein Boot verkauft habe, bekommen.« Ich sah fremdartige Zeichen auf der Münze, und ich vermutete, dass es eine Schrift sein könnte. Sie ähnelte der in dem Buch, das ich gestohlen hatte.

Ich würde gern in die Ferne reisen, wollte ich sagen, aber ich schluckte die Worte hinunter, bevor ich sie aussprach. Schließlich musste ich vorläufig weiterhin als Schmied für diese Leute arbeiten, die inzwischen meine Freunde geworden waren. Ich beschloss, am folgenden Tag auf dem Markt die Augen offen zu halten. Ich blickte um mich und schnappte Gesprächsfetzen in fremden Sprachen auf, die ich halbwegs verstand. Ich hörte sogar meine Muttersprache, fühlte aber keine Veranlassung, mich mit den Sprechern bekannt zu machen.

Die Angelsachsen am Nebentisch bekamen Streit mit den Wenden, und es entstand ein Handgemenge. Mit der flachen Seite ihrer

Schwerter trieben die Wenden die Angelsachsen aus der Wirtsstube. Danach kehrten sie zurück und setzten sich, lauthals nach Bier rufend, wieder auf ihre Schemel.
Plötzlich spürte ich Blicke in meinem Rücken. Ich drehte mich um und sah zwei gelbhaarige Männer am Feuer, die offensichtlich über mich sprachen. Sie ließen sich nicht stören und fuhren fort, mich zu fixieren, auf mich zu zeigen und sich zu unterhalten. Ich blickte sie direkt an, bis einer zu mir kam. In gebrochenem Dänisch fragte er etwas. Ich verstand nicht, was er meinte, aber Igufu, der neben mir saß, sagte etwas in einer Sprache, die fast wie Dänisch klang, und übersetzte dann: »Der Mann will dein Schwert anschauen. Er ist ein Rus.«
Ich gab dem Mann mein Schwert in die Hand. Er stieß einen Laut der Bewunderung aus und betrachtete das lange Blatt, das geflammte Linienspiel der Klinge und die eingravierten, mit Silberdraht unterlegten Buchstaben. Er sagte nur ein Wort: »Ulfberth.«
»Du verkaufen?«, fragte mich der andere Rus.
»Nein, ich verkaufe es nicht«, sagte ich und nahm das Schwert zurück, um es wieder in die Scheide zu stecken. Beide Männer argumentierten laut in ihrer Sprache, und dann sagte der zweite in etwas besserem Dänisch. »Wo hast du es gekauft?«
»Nicht gekauft. Mein Vater hat es geschmiedet.«
Sie machten beide große Augen. »Dein Vater Ulfberth?«
»Nein, ein Schüler von ihm. Genau wie ich.«
Ungeduldig fragte Svein etwas in der Sprache der Fremden. Sie antworteten gleichzeitig, und dann sagte Svein Nein auf Dänisch. Die Männer gaben nicht auf und versuchten ihn von irgendetwas zu überzeugen, aber er schüttelte den Kopf, bis sie schließlich mit einem letzten Blick auf mein Schwert abzogen und sich an einen Tisch in der hintersten Ecke setzten. Sie beobachteten mich weiterhin, auch wenn sie jetzt jedes Mal die Köpfe wegdrehten, wenn ich zu ihnen hinübersah.
»Sie wollen dich als Schmied haben«, sagte Svein. »Ich habe ihnen erzählt, du arbeitest für König Harald Blauzahn in Jelling, und es

kann keine Rede davon sein, dass du ins Land der Rus gehst. Sie haben mir Geld geboten, aber ich habe gesagt, dass du ein freier Mann bist und unter meinem Schutz stehst.«

»Gut, das zu wissen«, sagte ich. Dank meiner handwerklichen Fertigkeiten war ich offenbar sehr gefragt. Fritherik hatte recht daran getan, mir das Schmieden beizubringen. Ich würde nie Hunger leiden müssen, solange man Kriege führte und Mächtige in der Lage waren, Waffen herstellen zu lassen. Hatte ich etwa die Begehrlichkeit anderer ein wenig zu sehr auf mich gelenkt? Ich war ein strategisches Objekt geworden. Aber gleichzeitig lockte die Ferne. Wendland, wie würde es dort sein? Das Land der Rus, Konstantinopel, Arabien – Namen voller Magie. Ich wollte nicht ewig in Jelling bleiben, das stand fest, aber ich konnte auch nicht sofort weggehen. Vielleicht war es möglich, hier in Haithabu Kontakte zu knüpfen. Die beiden Rus, diese ernst und düster dreinblickenden Männer, gefielen mir nicht. Wenn ich weiterziehen würde, dann zu meinen eigenen Bedingungen als freier Mann. Am besten war es wohl, inkognito zu bleiben. Ich musterte jede Gruppe von Fremden in der Herberge, aber die Leute kamen zumeist aus benachbarten Gegenden, Deutschland, Friesland und Dänemark. Als ich mich wieder den Russen zuwenden wollte, schienen sie verschwunden zu sein. Ich ließ meinen Blick noch einmal durch den schummerigen Raum streifen, aber niemand schien sich für mich zu interessieren. Meine Freunde waren ins Gespräch vertieft, und immer, wenn ich genauer hinhörte, ging es um dasselbe: die Zustände im Danelaw und das Verhältnis zum Sachsenkaiser.

»Wenn ich König bin, wird alles anders«, sagte Svein. »Ich werde mich nicht mit kleinen, lokalen Erfolgen zufrieden geben. Haithabu wird nur der Anfang sein. Ich lasse mich von niemandem zu taktischen Spielchen zwingen. Ich werde keinen fremden Glauben annehmen, um den Frieden zu bewahren. Es wird so lange Krieg sein, bis wir Dänen unsere Art zu leben selbst bestimmen können. Was meinst du, Hroswith?«

»Ich weiß nicht«, antwortete ich. »Ich bin im Wald aufgewachsen, ich glaube nicht, dass ich zu einem Volk gehöre. Was den Glauben betrifft, denke ich, dass die christliche Religion sich bei euch schon lange durchgesetzt hat. Ich glaube nicht, dass man das noch zurückdrehen kann.«

»Das sage ich auch«, stimmte Helgi mir zu. »Und wie kommt das? Durch den Danelaw! Die Leute dort stehen unter dem Einfluss britischer Priester und bringen das Christentum zu uns. Der Danelaw ist der faule Apfel.«

»Deshalb will ich auch ganz England unterwerfen«, sagte Svein erregt, »sodass wir alles, was christlich ist, mit Stumpf und Stiel ausrotten können.«

Ich lachte. England war doch ein riesiges Land! Selbst das Niederbrennen aller Häuser zerstört noch lange nicht den Glauben in den Köpfen der Menschen.

Die Herberge fing an, sich zu leeren. Mannschaften und Kaufleute waren zu ihren Schiffen gegangen oder hatten sich mit Huren zurückgezogen. Mein Kopf pochte vom Wein. Igufu schlug vor, dass wir in das Bordell gegenüber gehen sollten, und die anderen stimmten zu.

»Ich gehe lieber schlafen«, sagte ich.

»Du weißt nicht, was du verpasst«, sagte Svein, drang aber nicht weiter auf mich ein.

Während meine Freunde nach draußen gingen, bat ich den Wirt, einen gekrümmten alten Mann, mir meinen Schlafplatz zu zeigen. Er bat mich, kurz zu warten. Ich setze mich wieder, diesmal an den Tisch, an dem die Wenden gesessen hatten. Plötzlich setzte sich ein Mädchen neben mich. Sie hatte einen irdenen Krug mit Wein bei sich und schenkte, ohne ein Wort zu sagen, meinen Becher voll. Danach füllte es einen für sich. Die Würfel der Wenden lagen noch da. Ich nahm sie und ließ sie ein paarmal über den Tisch rollen. Dann sah ich die junge Frau an.

»Ich habe nicht vor, dich mitzunehmen«, sagte ich. »Ich bin müde, und der Wirt wird mir gleich meinen Schlafplatz zeigen.«

»Ich wollte dir nur etwas zu trinken anbieten«, sagte sie. Sie hatte dunkles Haar und herrliche, sehr helle Augen, die im Schummerlicht der Herberge zu leuchten schienen. Ich hob die Schultern und trank ihr zu. »Wie heißt du?«, fragte ich und warf die Würfel noch einmal über die raue Tischplatte. Über den Rand ihres Kruges hinweg blickte sie mich an, stellte das Gefäß ab, leckte sich die Lippen und stand auf. Ohne noch etwas zu sagen, verließ sie die Herberge.

Der Wirt winkte mich heran und zeigte zur Hintertür. Er ging mir mit einer Lampe voran und wies mir einen Platz in einem der Nebengebäude an, in dem die Gäste schliefen. An den dunklen Bündeln auf dem Boden sah ich, dass schon viele Leute auf den Strohsäcken lagen. Einige waren mit Huren beschäftigt, andere schnarchten und machten dabei nicht weniger Lärm.

Ich legte mich auf meinen Strohsack und schloss die Augen. Ich bereute es nun, dass ich nicht mit meinen Freunden gegangen war, aber es war ein langer Tag gewesen, und die Reise hatte mich mehr ermüdet, als ich gedacht hatte. Auch meine Freunde hatten müde ausgesehen, aber Dänen waren der Überzeugung, dass man einen Abend in einer fremden Stadt nicht ohne Bordellbesuch ausklingen lassen darf.

Allmählich verstummten die Liebeshändel um mich herum, und das vielstimmige Schnarchen ging über in ein ebenso gleichmäßiges Röcheln, so als ob jede Stunde der Nacht ein ganz eigenes Geräusch hätte.

Ich begann wegzudämmern, und der muffige Geruch von Menschenleibern und verrottendem Stroh verflog auf den Flügeln eines Traumwindes; Blumenduft breitete sich aus, und die Gerüche ferner Länder. Ich sah die junge Frau, die mir Wein angeboten hatte, in einem bunten Gewand auf mich zukommen, das sich sacht im Wind bewegte. Gleichzeitig begann ich in den Kulissen meines Bewusstseins murmelnde Stimmen wahrzunehmen, die mir so vertraut waren, dass sie mich noch tiefer in den Traum hineinlockten, sodass mein Bewusstsein ganz dahinschwand.

20. Kapitel

In dem Hroswith Bekanntschaft mit einer seltsamen Truppe macht. Er hat, so beschämend das ist, keine Ahnung von Na'alaans

Ich saß zitternd an einer düsteren Küste und blickte auf die anrollenden Wellen mit ihren aufleuchtenden Schaumkronen. Die Wolken, die seltsam rasch vorbeizogen, fingen, während ich sie betrachtete, an, sich um ein Zentrum zu verwirbeln. Das Zentrum, ein schwarzer Fleck, nahm seltsame Formen an, die sich ständig veränderten, aber ab und zu erkannte ich ein Gesicht ohne Augen, einen grinsenden Totenkopf mit einer zerknitterten grauen Kappe aus Donnerwolken. Dann begann es zu regnen, ein schwerer Wasservorhang senkte sich über mich. Ich versuchte, dem zu entkommen, und musste kämpfen, meine Augen offen zu halten.

Das gelang mir nicht, ich hatte ein Tuch vor den Augen, das fest um meinen Kopf geschlungen war. Gleichzeitig bemerkte ich, dass meine Hände und Füße gefesselt waren. Im Mund trug ich einen Knebel. Zu allem Unglück lag ich auch noch in schwieriger Lage auf einem unebenen, sich sacht bewegenden Untergrund, der nichts anderes sein konnte als das Deck eines Schiffes. Noch bevor ich erwachte, hatte die Seekrankheit zugeschlagen. Ich versuchte durch die Nase zu atmen, um nicht in Panik zu geraten, und zwang mich, nicht zu kotzen.

Wer hatte mich entführt? Waren es vielleicht die Rus? Oder hatten ein paar Wenden ein Auge auf mich geworfen? Ich zermarterte mir das Gehirn und spielte alle Möglichkeiten durch, während ich versuchte, mich aufzurichten und mit heftigen Bewegungen meines Körpers irgendjemandem zu bedeuten, dass ich aufgewacht war.

Eine vertraute Stimme sagte: »Er ist wach, macht das Tuch ab!« Es

war eine meiner Traumstimmen in der Arabersprache, Stimmen, die zu den Männern gehörten, die ich im Wald bestohlen hatte.
Flinke Hände lösten das Tuch und nahmen mir den Knebel aus dem Mund. Ich blinzelte, meine Augen füllten sich mit Tränen. Mir gegenüber auf einem Schemel saß der prächtig gekleidete Fremde mit den scharfen Gesichtszügen, der Mann, der vor mir der Herr Hosseyns gewesen war. Er trug eine Pumphose und Schuhe mit Bordüren und aufgebogenen Spitzen, die, wie ich später erfuhr, *babouches* genannt wurden. Zwischen uns lag mein Ulfberth. Neben mir stand Hosseyn. Es war das erste Mal, dass ich ihn lachen sah. Er steckte sich unablässig getrocknete Früchte in den Mund. Und tatsächlich, wir befanden uns an Bord eines Schiffes.
Der Fremde grinste mich spöttisch an, während seine Mundwinkel nach oben zeigten wie die Spitzen seiner *babouches.* »Sei gegrüßt!«, sagte er.
Ich sagte nichts und blickte vorwurfsvoll zu Hosseyn. »Ich habe dir die Freiheit gegeben, bedeutet dir das gar nichts?«, fragte ich. »Und du gehst sofort auf die Suche nach einem neuen Sklavenhalter.«
Hosseyn lachte laut auf. Einige Stare flogen von der Reling zur anderen Seite des Schiffes.
Ich sah schwarzbärtige Männer in langen derben Mänteln, die das Segel hochhievten. Auf dem Achterdeck gab jemand, den ich nicht sehen konnte, Befehle in einer fremden Sprache. Ein Mädchen sang. Ich schaute in die Richtung, aus der die Stimme kam, denn solch einem Lockruf konnte ich nicht widerstehen, auch wenn ich gefesselt und von Feinden umringt war. Es war das Mädchen, das mir am Vorabend den Wein gebracht hatte. Sie saß nicht weit von mir und kämmte ihr Haar vor einem Spiegel aus Kupfer.
»Du bist ein Meisterschmied, hat mir mein treuer Sklave Hosseyn berichtet«, sagte der Mann.
»Fremder, euer Sklave hat die Phantasie eines Kindes«, antwortete ich kurz und versuchte, den Mann mit meinem Blick zu durchbohren.
»Im Gegenteil, er ist gänzlich phantasielos, das macht ihn ja gerade

zu so einem guten Sklaven«, sagte der Fremde. »Aber lass mich dir zunächst einmal erklären, dass du nun das Eigentum von Abu al-Fath al-Iskandari bist. Das ist, wie du wahrscheinlich schon begriffen hast, mein Name. Sei deinem Herrn gehorsam, sprich immer die Wahrheit, dann wirst du sehen, dass du ein gutes Leben hast – an zivilisierteren Orten als denen, die du gewöhnt bist. Hosseyns Augen sind größer als sein Magen, und es bleibt von den Mahlzeiten in aller Regel so reichlich übrig, dass alle satt werden.«
»Und wenn ich nicht gehorche?«, fragte ich.
»Dann peitscht Hosseyn dich aus, um deine Wunden anschließend mit scharfen Spezereien aus Ländern einzureiben, deren Namen dir nicht einmal etwas sagen würden.«
Ich war wieder Sklave. Und natürlich musste ich Schwerter schmieden, wie auch anders. Aber ich erinnerte mich an die List, die mir in Jelling meine Freiheit verschafft hatte. Vielleicht würde es wieder glücken. Als geehrter Gast dieses Abu al-Fath al-Iskandari nach fernen Orten zu reisen, das würde mir schon gefallen.
»Gut, ich bin ein Meisterschmied und Schüler Ulfberths«, räumte ich ein. »Wenn es sein muss, will ich legendäre Schwerter für Euch machen, aber in Gefangenschaft ist das unmöglich. Könnt Ihr Euch ein legendäres Schwert vorstellen, das von einem Sklaven hergestellt wurde? Wenn ich Euer geehrter Gast sein könnte …«
Abu al-Fath al-Iskandari lächelte. »Ich kenne diesen Ulfberth nicht, aber ich nehme an, dass du dich auf den Hersteller des Schwertes beziehst, das vor mir liegt. Die Frage, die mir auf den Lippen brennt, ist aber: Kannst du auch ein *Na'alaan* für mich machen?«
»Was ist ein Na'alaan?«, fragte ich verdutzt.
Abu al-Fath al-Iskandari und Hosseyn sahen sich an und brachen gleichzeitig in Gelächter aus. »Was ist ein *Na'alaan!*«
Im nächsten Augenblick sauste von der Seite ein Schwert auf mich zu, das um Haaresbreite meinen Kopf verfehlte.
»Das ist ein *Na'alaan*«, sagte der dritte Mann, der damals in der Nacht im Wald mit dabei gewesen war.
»Ahmad, komm, setz dich zu uns!«, sagte Abu al-Fath al-Iskandari.

Und zu mir gewandt: »Ahmad ist mein Freund und mein Lehrer im Gebrauch von Waffen jeder Art.«
Ahmad setzte sich auf einen Schemel, den Hosseyn aus dem Nichts herbeizauberte und unter sein Hinterteil schob. Er ergriff mein Ulfberth mit seiner freien Hand, hielt beide Schwerter vor sich und streckte die Arme aus. »Dies ist ein gutes Schwert, augenscheinlich ein Ulfberth, aber kein echtes«, sagte er beifällig. »Es ist genauso gut wie, vielleicht sogar besser als ein echtes Ulfberth, aber ich wähle im Kampf doch lieber mein eigenes *Na'alaan.*« Abu al-Fath al-Iskandari und Hosseyn nickten zustimmend.
»Also gut, lasst es uns dann ausprobieren«, sagte ich übermütig. »Wenn ich gewinne, bekomme ich meine Freiheit zurück.«
Abu al-Fath al-Iskandari lachte. »Davon kann keine Rede sein. Sklaven kämpfen nicht, sie arbeiten. Das sollte dir klar sein. Du wirst für uns Schwerter machen, viele Schwerter. Ich will ganze Schiffsladungen voll falscher *Na'alaans* haben.«
Er hatte mich nicht verstanden. Ich beschloss, noch einmal zu wiederholen, wie es sich mit Meisterschmieden in Sklaverei und legendären Schwertern verhielt.
»Ich habe dich verstanden, Sklave«, sagte Abu al-Fath al-Iskandari. »Sei dir darüber im Klaren, dass keine Rede davon sein kann, dass ein Sklave seine Freiheit erlangt, geschweige denn geehrter Gast wird. Ich gebe zu, dass eine gewisse Paradoxie zwischen dem Status als Sklave und dem Status eines Meisterschmiedes besteht, aber wenn es gar nicht geht, werden sich andere Beschäftigungen finden lassen. Zum Beispiel die Bewachung meiner Frauen, heißblütiger, zeitloser Schönheiten, in meinem Palast in Bagdad. Ich bin oft auf Reisen, und meine Frauen können gar nicht gut genug bewacht werden.«
»Das klingt nach einer idealen Arbeit für mich«, sagte ich vergnügt. Ich sah mich schon in den Frauengärten herumstreifen.
»Vorher müssten allerdings kleinere körperliche Veränderungen vorgenommen werden«, sagte Abu al-Fath al-Iskandari nachdenklich, während er mich von oben bis unten musterte.

Ich blickt auf Hosseyns schweren Ohrring, ein verbreitetes Zeichen für Sklaven, und meinte, mit dergleichen gut leben zu können. »Wenn es nicht anders geht …«, sagte ich. »Wäre es übrigens keine gute Idee, meine Hände und Füße loszubinden? Ich kann ja nicht weglaufen, und wenn meine Hände schwarz werden und abfallen, kann ich nie mehr schmieden, auch nicht als geehrter Gast, gar nicht zu reden davon, dass ich Hand- und Spanndienste in Eurem Haus in Bagdad verrichten könnte, wo immer das auch sein mag.«
Abu al-Fath al-Iskandari grinste noch einmal sein *babouches*-Grinsen und zog sich dann auf das Achterdeck zurück. Ahmad blieb sitzen und wirbelte die beiden Schwerter beeindruckend durch die Luft, wahrscheinlich um dem Mädchen zu imponieren, das etwas weiter weg saß und vorläufig nur Augen für seinen Spiegel hatte.
Hosseyn kam zu mir und knüpfte mit Engelsgeduld die Stricke los, mit denen meine Hände gefesselt waren.
»Na, Hosseyn, nun sind wir gleich«, sagte ich besänftigend. »Aber sag mir, warum hast du die Freiheit so einfach wieder aufgegeben, nachdem ich sie dir geschenkt hatte?«
»Wozu ist das gut, Freiheit?«, sagte er hinter mir. »Ein freier Mensch ist wie ein Schiff in einem Sturm, das Mast und Segel verloren hat und dessen Mannschaft mit einer unheilbaren Krankheit im Sterben liegt.«
»Völlig richtig, Hosseyn«, sagte Ahmad. »Wie ich dich doch um deine so einfachen Lebensansichten beneide!«
Das Mädchen mit den hellen Augen war mit dem Kämmen fertig; sie stellte sich an die Reling, nicht weit von der Stelle, an der ich meine Hand- und Fußgelenke rieb, um das Blut wieder zirkulieren zu lassen.
»Du scheust vor Verrat auch nicht zurück, stimmt's?«, fragte ich, fühlte aber keinen Zorn dabei. Sie war jetzt noch schöner als in dem schummerigen Licht der Herberge. Dennoch musste ich fragen: »Was ist der Preis, den sie dafür bezahlt haben, mich in die Falle zu locken?«
Sie sah mich an und lächelte. »Meine Freiheit«, antwortete sie und

hielt mir ihre schlanken Handgelenke vor die Augen, um mir zu zeigen, dass sie nicht gefesselt waren. »Findest du den Preis hoch genug?«
Ich stand auf und sah über die Reling. Wir segelten nah an einer geraden, grünen Küstenlinie entlang, die allmählich in ein welliges Hügelland überging. Ich warf einen Blick auf die andere Seite: Die gleiche Aussicht. Wir fuhren auf einem Fluss, und ich musste lachen, weil ich das nicht gleich begriffen hatte.
»Du lachst? Findest du es nicht schlimm, Sklave zu sein?«, fragte das Mädchen ernst. Ich sagte: »Das weiß ich nicht. Gibt es dafür Gründe?«
Sie schüttelte den Kopf. »Ich bin erst seit einem Monat Eigentum von Meister Abu al-Fath al-Iskandari. Er hat mich auf dem Markt in Haithabu gekauft. Er hat mich nicht angerührt und auch niemandem sonst erlaubt, mich anzurühren. Er behandelt mich gut.«
Ich wendete mich Ahmad zu, um ihm über meinen neuen Status einige Fragen zu stellen, aber der Waffenmeister war lautlos verschwunden.
»Wie heißt du, woher kommst du?«, fragte ich das Mädchen.
»Mein Name ist Sigrid. Geboren bin ich in Trondheim in Norwegen, aber ich gehörte ein paar Jahre einem Weber in Haithabu. Als er starb, hat mich sein Sohn, der mich geerbt hat, zusammen mit der Weberei verkauft.«
Sie war ungefähr siebzehn und auf einem der Raubzüge von König Harald gefangen genommen und nach Dänemark verschleppt worden. Erstaunlicherweise war sie in der Sklaverei nicht vergewaltigt worden. Sie hatte Glück gehabt, dass sie ein alter Mann gekauft hatte, der sie mehr als Arbeitskraft denn als Bettgefährtin betrachtete. Auch Abu al-Fath al-Iskandari hatte sie verschont, vielleicht um sie teurer verkaufen zu können. Aber jetzt war sie frei. Ich war froh, dass sie mich nicht für Geld verraten hatte. Ihr Motiv war verständlich, an ihrer Stelle hätte ich vielleicht ebenso gehandelt.
»Warum gehst du nicht in deine Heimat, jetzt, wo du frei bist?«, fragte ich.

»Ich habe keine Heimat, und Herr Abu al-Fath al-Iskandari hat mich gebeten, seine Frau zu werden.«
Ihre Familie in Trondheim war tot, und wer weiß, was ihr unterwegs passiert wäre. Dieser Abu al-Fath al-Iskandari schien kein übler Kerl zu sein; er würde sie nicht schlecht behandeln. Allerdings fragte ich mich, ob sie gehört hatte, was er von seiner vielköpfigen Schar heißblütiger, zeitloser Schönheiten gesagt hatte. Doch sie verstand natürlich kein Arabisch.
Ich war nicht unzufrieden mit der Wendung, die mein Leben genommen hatte. Ich war wieder unterwegs zu einem unbekannten Ziel, und ich konnte mir durchaus vorstellen, dass ich auf einem guten Weg war, nun, da sich mein Geschick mit diesen Männern verbunden hatte.
Erst jetzt merkte ich, wie sehr mir die Wikinger mit ihrem Todestrieb allmählich auf die Nerven gegangen waren. Ich fühlte das Leben in meinen Adern, und der Tod war weit weg. Dennoch vermisste ich meine Freunde.
Inzwischen freute ich mich darauf, die Frauen von Abu al-Fath al-Iskandari bewachen zu dürfen, all diese Schönheiten, von denen sich ein Exemplar gleichsam als Kostprobe dessen, was mich erwartete, bereits in meinem Blickfeld befand.
»Wo liegt Bagdad eigentlich? Ist es sehr viel weiter weg als England?«, fragte ich.
»Ich weiß es nicht«, antwortete Sigrid und schaute über das Wasser in die Ferne. Vor meinem geistigen Auge sah ich goldene Dächer und spitze Türme, auf denen bunte Fahnen im Sturmwind wehten. Gleichzeitig roch ich den Duft gebratenen Geflügels, und als ich mich umsah, erblickte ich Hosseyn, der in einer Pfanne rührte, die auf einem Kohlenbecken stand. Er grinste mir zu. Offenbar schien er sich an den Gedanken zu gewöhnen, dass wir Brüder und Schicksalsgenossen waren. Hosseyn, beeil dich! Ich fühle mich, als ob ich seit Tagen nichts gegessen hätte! Meine Seekrankheit war übrigens verschwunden.
»Wo sind wir eigentlich?«, fragte ich.

Sigrid zuckte mit den Achseln. Sie trug ein Kleid aus sehr feinem Stoff, ein meisterhaftes Stück, das selbst Adela hätte verstummen lassen, dachte ich.

»Wir haben vor vier Tagen Haithabu verlassen, gestern sind wir in die Mündung dieses Flusses hineingefahren«, sagte sie. »Du solltest besser Abu al-Fath al-Iskandari fragen, der ist hier schon mal gewesen.«

Vier Tage! Das erklärte meinen Hunger.

Ich schielte noch einmal zu Hosseyn hinüber, der sechs Arme zu haben schien. Er war ebenso geschickt mit Tellern, Schalen und Soßen wie mit dem Vergiften und dem Herstellen betäubender Getränke. Dann wurde mir plötzlich schwarz vor Augen und ich sank auf meine Taurolle zurück.

Sigrid beugte sich über mich und legte mir ihre kühle Hand auf die Stirn. »Du musst unbedingt etwas essen. Abu al-Fath al-Iskandari wünscht, dass du heute Abend mit ihm speist. Du solltest dich jetzt besser waschen, damit du ihm nicht wie ein stinkendes Schwein gegenübersitzt. Dein Meister ist ein empfindlicher Mann und hält sehr auf Reinlichkeit.«

Ich zog mich mit ihrer Hilfe an der Reling hoch.

Breite Schilfgürtel zogen vorbei und verdeckten den Blick auf die Ufer. Einige runde Reetdächer von Lehmhütten spitzten aus den sich wiegenden Halmen heraus, und zwei Reiher erhoben sich von einem zusammengefallenen Steg, um sich mit trägen Flügelschlägen zu entfernen: schwarze Silhouetten vor dem dunkler werdenden Abendhimmel, die mich an die in wortlosem Erstaunen hochgezogenen Augenbrauen eines Hanswurstes auf dem Jahrmarkt erinnerten.

III.
Abu al-Fath al-Iskandari

21. Kapitel

In dem Hroswith mit Abu al-Fath al-Iskandari speist. Wie seine Sehkraft ihm Streiche spielt

Die beiden Fackeln in ihren Haltern ließen unsere Schatten auf dem Teppich, auf dem wir saßen, und auf den Planken des Achterdecks tanzen. Nur einmal leuchtete an den Ufern im Schein der Flammen ein Baum auf, veränderte sich langsam zu einem Schatten vor dem mit Sternen bedeckten Himmel und löste sich wieder in der Nacht auf. Von den Ufern drang das Gequake von Fröschen, ab und zu der Ruf eines Wasservogels herüber.

Abu al-Fath al-Iskandari saß, mit gekreuzten Beinen auf seinem Schemel und aß schweigend von seinem Geflügel. Ab und zu sah er zu mir und lächelte über meine Gefräßigkeit, die ich nicht verbergen konnte. Links von mir saß Sigrid, rechts Ahmad. Beide hatten nur Augen für ihr Essen.

Wie ein Barbar fühlte ich mich beim Probieren der Speisen, die in ihrer Vollendung an ein schwieriges Musikstück oder an ein komplexes, kunstvoll verziertes Bauwerk erinnerten, wie ich es später in … Aber ich will in meiner Erzählung nicht vorgreifen, Vergleiche dieser Art konnte ich noch nicht anstellen, zu dieser Zeit kannte ich nichts Vergleichbares. Ich aß, bis ich nicht mehr konnte; dann verspeiste ich doch noch einige getrocknete Früchte und begoss alles mit einem Glas Wein, um den Raum zwischen den festen Bestandteilen des Essens zu füllen. Ich lehnte mich schwer atmend zurück und ruhte mich von meinen Strapazen aus.

Lange blieb ich nicht sitzen. Nach kurzer Zeit fühlte ich, dass mir furchtbar schlecht wurde. Ich hatte gerade noch die Kraft, mich über die Reling zu hängen und in das schwarze Wasser zu erbrechen.

Als alles raus war, ließ ich mich in meine alte Stellung zurückfallen,

meine Beine konnten mich nicht länger tragen. Abu al-Fath al-Iskandari kaute noch immer an einer Keule und nickte mir liebevoll zu. »Das Glück ist heute mit dir«, sagte er, »jetzt kannst du wieder von vorn anfangen, mein Sklave. Ich danke dir, dass du meinem Tisch so viel Ehre erweist.« Er schob mir die größte Schale zu.
»Ich denke, dass er zum gegenwärtigen Zeitpunkt eher leichte Dinge essen sollte, und vor allem nicht zu viel!«, sagte Sigrid zornig zu ihrem zukünftigen Ehemann, obwohl sie nicht verstanden hatte, was er gesagt hatte, und er nicht, was sie sagte. Sie füllte einen Napf mit getrockneten Früchten und etwas Brot. »Langsam essen, gut kauen!«, sagte sie. »Sonst musst du es wieder dem Fluss überlassen.« Mein Hunger war verflogen, aber ich tat, was sie sagte. Abu al-Fath al-Iskandari ließ sich von Sigrid einschenken. »Die Frage brennt mir schon lange auf der Zunge«, sagte er und sah mich durchdringend an. »Wie kommt es eigentlich, dass du unsere Sprache sprichst? Selbst in den großen Städten im Norden und in Kiew sprechen nur einige wenige Leute Arabisch, und wenn, eher wie ein vierjähriges Kind. Es erstaunt uns über alle Maßen, in diesen Gegenden jemanden zu finden, der noch so jung ist und unsere Sprache so gut beherrscht.« Ich hörte Hosseyn hinter mir schnauben.
»Ich kann Euch das erklären, wenn ich meine Freiheit wiederbekomme. Vorläufig will ich nur andeuten, dass die Erklärung Euch kaum zufrieden stellen und, statt Klarheit zu schaffen, das Geheimnis nur vergrößern wird.«
Er lächelte mich an. »Ich liebe Geheimnisse, spann mich nicht auf die Folter! Meine Neugier hast du nun erst recht geweckt.«
»Gebt mir zuerst meine Freiheit!«, murmelte ich, den Mund voll Brot.
Abu al-Fath al-Iskandari blickte mich an und dann Sigrid. »Was ist los mit euch, was soll dieser ständige Drang nach Freiheit? Warum sollte ich einen Sklaven freilassen? Wenn du meinst, behalte es für dich! Irgendwann erfahre ich es doch, schließlich haben wir in Bagdad Leute, die darauf spezialisiert sind, die Wahrheit ans Tageslicht zu bringen.« Er schaute stirnrunzelnd in sein Glas.

Sigrid schenkte mir Wasser ein. Ahmad sagte: »Es ist nicht klug, wenn du deinen Meister so schnell gegen dich einnimmst. Abu al-Fath al-Iskandari ist ein guter Mensch, der seine Sklaven ordentlich behandelt.«
»So ist es«, sagte Abu al-Fath al-Iskandari. »Ich respektiere meine Sklaven sogar. Diejenigen, die ich als Sklaven erwähle, haben alle Qualitäten, die mir Respekt abfordern. Nimm Hosseyn. Er kommt aus einem Sklavengeschlecht und kennt kein anderes Leben, aber er kocht wie ein Gott. Und sieh dir diese prächtige Frau hier an, Sigrid! Ich werde sie in jedem Fall irgendwann freilassen, denn ich kann keine Sklavin kaufen, ohne sie nach einiger Zeit heiraten zu wollen, mein Geschmack ist nun einmal so gut. Und Abu al-Fath al-Iskandari heiratet keine Sklavinnen, jede Frau gibt ihm aus freien Stücken das Jawort.«
Der Wind trug den Geruch von Verbranntem herüber. Ein kleiner Haufen glühender Asche glitt in der Nacht vorbei; Überreste von Abfällen, die Bauern verbrannt hatten, oder vielleicht von einem Bauernhof, der von Räubern oder Soldaten in Schutt und Asche gelegt worden war.
»Seid Ihr Kaufmann, Abu al-Fath al-Iskandari?«, fragte ich.
»Muss ich etwa deine Fragen beantworten?« Er schwieg kurz und blickte mich düster an. »Gut, dann werde ich dir erzählen, was wir hier machen. Man kann schon sagen, dass ich ein Kaufmann bin. Hast du schon einmal von Kiew gehört?«
Ich verneinte, und er fuhr fort. »Kiew ist eine Handelsniederlassung an einem der großen Flüsse im Osten. Wir nennen die Leute dort Varank, andere nennen sie Rus. Aber sie machen nur einen kleinen Teil der Bevölkerung aus. Die Mehrzahl ist ihnen untergeordnet, Slawen sind das. Meine Gefährten und ich kamen vor ungefähr vier Monaten in Kiew an, wir folgten dabei einem Buch, das einer unserer Entdeckungsreisenden, Ibn Fadlan, geschrieben hat. Seine erste Frau war eine Nichte meiner Mutter, und als mein beklagenswerter Blutsverwandter im Sterben lag, bat er mich, sein Handelshaus zu führen, denn er hatte keine Söhne und nicht ein-

mal Neffen, denen er seine Besitztümer vererben konnte. Der Mann starb, ohne mir vorher genau erklären zu können, wie es um das Geschäft stand. Aber ich ließ Ahmad das Handelshaus durchleuchten. Die besten Rechnungsprüfer, die man auftreiben konnte, unterstützten ihn. Leider nur, um am Schluss zu erkennen, dass der Verwalter sich die Nebel des Alters seines Herrn zunutze gemacht und sich auf dessen Kosten und die seines einzigen Erben bereichert hatte. Unnötig zu erwähnen, dass der Halunke in dem Moment, in dem wir ihm auf die Schliche kamen, verschwunden war.«

»Und das Handelshaus tief verschuldet«, fügte Ahmad hinzu.

Sigrid stand auf und lehnte sich an die Reling mit dem Gesicht in die Richtung, aus der wir gekommen waren. Ein fast voller Mond stand tief hinter dem Schiff.

»In der Tat«, fuhr Abu al-Fath al-Iskandari fort. »Ich war so arm wie eine Ratte, denn obwohl ich, bevor ich das Handelshauses erbte, nicht gerade mittellos war, so zehrten doch die Schulden meinen Reichtum größtenteils auf. Schließlich hatte ich für alles die Verantwortung übernehmen müssen. Das Einzige, was ich noch besaß, war das Haus in Bagdad, in dem meine Frauen wohnen. Ich beschloss, den Verwalter zu verfolgen, denn ein Kapitän berichtete mir, dass der Mann in einem Hafen an dem Fluss, der ins Schwarze Meer mündet und es mit der großen Stadt weiter im Norden namens Kiew verbindet, gesehen worden war. Ich nahm den Reisebericht mit, den mein Blutsverwandter vierzig Jahre vorher niedergeschrieben hatte. Wir wollten dem alten Weg folgen und an die Kontakte meiner Verwandten anknüpfen. Wenn wir den Handelsweg wieder aktivieren konnten, würde ich meinen Reichtum wiedererlangen, selbst wenn ich den Verwalter nicht fand.«

Eine der Fackeln flackerte kurz auf und verlosch dann allmählich ganz, sodass die Schatten das Deck in Besitz nahmen.

Aus dem Dunkel heraus sagte Ahmad: »Aber wir haben ihn gefunden.«

Hinter mir hörte ich jemanden leise kichern. Ich sah mich um und erblickte Hosseyn mit verschränkten Armen an der Reling.

Abu al-Fath al-Iskandari lachte auch. »So ist es. Wir schifften uns ein, Richtung Schwarzes Meer, und wir segelten am Goldenen Horn vorbei, an der Westküste entlang bis zur Mündung des Dnjepr. Dort, in einer Weinschenke, fand Ahmad den Verwalter, der uns nicht erkannte und gierig den Wein trank, den wir ihm anboten.« Abu al-Fath al-Iskandari nickte Ahmad und Hosseyn zu und schwieg.
»Wie habt Ihr ihn bestraft?«, fragte ich.
»Abu al-Fath al-Iskandari ist ein weichherziger Mann«, sagte Ahmad. »Er machte Geschäfte mit dem örtlichen Khazan, der wie er selbst eine Schar heißblütiger, zeitlos schöner Frauen besaß, die er ängstlich bewachte. Diesem Khazan nun fehlten dringend Wächter ...«
Die andere Fackel begann ebenfalls zu flackern und ging dann ganz aus. Abu al-Fath al-Iskandari fügte hinzu: »Nun ist der Verwalter Wächter der heißblütigen Schönheiten des Khazan.«
»Das ist doch kaum eine Strafe zu nennen«, sagte ich, während ich das letzte Stück Brot in den Mund steckte. Ich fühlte mich schon etwas besser. Ich sah Sigrid an, eine schlanke Silhouette im silbernen Mondlicht. Sobald die Frage meiner Freiheit geklärt war, würde ich sie gern bewachen.
Hosseyn kicherte wieder. Er erhob sich schwarz und groß gegen den mit zahllosen Sternen bedeckten Himmel. »Nachdem ich einige körperliche Veränderungen bei ihm durchgeführt hatte, schon«, sagte er.
In dem Moment, da ich begriff, was gemeint war, wurde mir gleich wieder übel. Aber ich atmete tief durch, denn mein Meister fuhr fort: »Nachdem wir dem Verwalter seine neue Stelle besorgt hatten, suchten wir ein Schiff, das uns zur Halbinsel Krim bringen sollte, aber nach einer Woche hatte noch keines angelegt, das dorthin fuhr. Weil ich keine Lust hatte, länger zu warten, und mich das Abenteuer lockte, buchte ich eine Passage auf einem Schiff, das den Dnjepr hinauf nach Kiew fahren sollte, sodass wir über die Kontakte meines Verwandten den Handel wieder mit neuem Leben erfüllen konnten.«

Hosseyn setzte eine Fackel in Brand, die Leute an Deck wurden wieder sichtbar, mit Ausnahme von Abu al-Fath al-Iskandari, über dessen Gestalt der Schatten fiel, den mein Körper warf.
»Aber einige Dinge lassen sich nicht mehr mit neuem Leben erfüllen«, sagte Ahmad. Er zwinkerte Hosseyn zu, der noch immer als lebendiger Fackelhalter hinter mir stand.
»Etwas höher die Fackel, Hosseyn!«, sagte Abu al-Fath al-Iskandari. »Sonst sitze ich im Schatten meines Sklaven Hroswith.« Und zu mir: »Ich habe von einem römischen Kaiser gehört, der seine Sklaven mit Harz einschmieren ließ und in Brand steckte, sodass sie als lebende Fackeln in seinen Gärten herumliefen.«
»Das ist nicht wirklich praktisch«, merkte Ahmad an. »Sie laufen einige Augenblicke und fallen dann auf die Erde, wobei die Chance groß ist, dass sie ausgehen. Danach ist so ein Sklave unbrauchbar.«
»Ach, Kiew …«, sagte Abu al-Fath al-Iskandari, ein Lächeln leuchtete unter seinem Turban. »Ich wusste nicht, dass die Welt so groß war … Wir blieben dort nur kurz, die früheren Partner meines Blutsverwandten bemerkten, dass wir nur noch wenig Geld hatten, und hielten uns für Betrüger, für Bettler. Sie jagten uns aus der Stadt und warfen mit Steinen nach uns, als ob wir Hunde wären …«
»Wofür sie noch büßen werden!«, sagte Ahmad, und ich meinte, ein Zähneknirschen zu hören.

»Wir reisten über Land und kamen zu einem anderen Fluss, den mein Verwandter auch erwähnt hatte. Dort schifften wir uns auf einem Weinhandelsschiff ein, das von Byzantinern angeheuert worden war, die sich auf dem Weg nach Nowgorod befanden, um dort Sklaven für den Markt in Qustantinia zu kaufen. Sie hatten noch Platz und sie schätzten uns, weil in unseren Landen viel wertvolle Produkte zu holen waren. Ich sprach einigermaßen Griechisch, und es gelang mir, die Kaufleute zu überreden, nach Haithabu zu reisen, weil dort, so erzählte ich ihnen, die Pelze die Hälfte dessen kosteten, was im Norden verlangt wurde. Im Übrigen war es ihnen auch nicht gleichgültig, dass diese Route sicherer ist.

Aber um die lange Geschichte abzukürzen: In Haithabu hatte ich endlich wieder Glück.«
»Wie ist Euch das gelungen?«, fragte ich, während Abu al-Fath al-Iskandari einen Augenblick innehielt. Sigrid stand noch immer wie eine Statue an der Reling und blickte über unser Kielwasser hinweg. Ein leichter Wind bewegte ihr Kleid, und sofort war die Ähnlichkeit mit einer Statue verschwunden.
Ahmad sagte: »Bevor wir Haithabu erreichten, gelang es einem Halunken, uns das Buch, das uns als Wegweiser diente, zu stehlen.«
Ich war erstaunt. »Das war eine Reisebeschreibung? Warum waren dann keine normalen Buchstaben darin zu finden, sondern nur seltsame Krickel wie die Spuren eines Krebses, der seitwärts über den Strand läuft? Warum war es nicht in Latein wie alle anderen Bücher?«
»Man kann sofort sehen, dass du noch nicht viel in der Welt herumgekommen bist, bester Sklave!«, sagte Abu al-Fath al-Iskandari. »Das Buch ist in Arabisch geschrieben, und folglich hat sich der Schreiber dieser eleganten Schrift bedient, die Ähnlichkeit mit der Silhouette einer Stadt hat, mit ihren Minaretten und stolzen, an die Brüste junger Mädchen erinnernden Kuppeln, wie sich das alles in meinem Land gelegentlich gegen den Abendhimmel abzeichnet.«
»Und ein weniger poetischer Geist als der meines geschätzten Freundes hat vielleicht die Assoziation zu Messern, Dolchen und geraden und krummen, doppelt oder einseitig geschliffenen Schwertklingen«, fügte der Waffenmeister hinzu. Sigrid lief fort, und ich folgte ihr mit meinen Blicken. Abu al-Fath al-Iskandari schob mir noch einmal die Schale mit dem Geflügel zu.
»Frauen!«, sagte er. »Kaum sind sie dem beschämenden Sklavenstand entronnen, schon wollen sie dir ihren Willen aufzwingen. Aber wenn ich sehe, wie du ihr nachblickst, denke ich, dass ich nicht lange warten darf mit den körperlichen Veränderungen, die dich zum begeisterten Bewacher meiner heißblütigen Schönheiten machen werden.«
»Begeisterung ist eine der Eigenschaften, die in diesem Falle den-

selben Weg gehen wird wie meine übrigen Charaktermerkmale«, sagte ich schnell. Vorläufig war es wohl besser, die bezaubernde Frau nicht mehr mit meinen Blicken zu verfolgen.
»Und wie ist es Euch dann in Haithabu ergangen?«, fragte ich, um die Aufmerksamkeit von meinem Triebleben abzulenken.
Abu al-Fath al-Iskandari lachte leise. »Du hast es uns sehr schwer gemacht. Der Plan war, dass Hosseyn die griechischen Kaufleute und ihre Mannschaft mit Hilfe von Kräutern auf eine erfolgreiche Handelsreise vorbereiten sollte, aber durch dein Eingreifen haben wir Hosseyn verloren.«
»Ich verstehe nicht, was Kräuter mit einer Handelsreise zu tun haben?« Ich kaute an meiner Geflügelkeule, sie mundete göttlich, der Geschmack von Erbrochenem war ganz verschwunden.
Ahmad beantwortete meine Frage: »Was wir mit den Kräutern bewirken wollten, tat schließlich der Wein. Wir warteten in Ruhe ab, bis die Geschäfte der Kaufleute abgewickelt waren. Wir hatten für sie Kontakte geknüpft, und als sie ihre Ladung verkauft hatten, veranstalteten sie ein Trinkgelage. Abu al-Fath al-Iskandari trank an diesem Abend nicht mit.«
»Glaube mir, es hat mich einige Überwindung gekostet«, sagte Abu al-Fath al-Iskandari und nickte Ahmad zu.
»Die Mannschaft betrank sich, und als wir ihnen noch weitere Krüge anboten, schien ihnen die Nacht unübertrefflich. Überall an Deck lagen sie, lallten oder schliefen unter lautem Schnarchen ihren Rausch aus. Ich musste meine zwei schönsten Dolche beleihen, um den Wein bezahlen zu können.«
Abu al-Fath al-Iskandari lachte. »Aber du hast sie zurück, mein Freund! Und unser Plan ging auf, denn als die Mannschaft schlief, kamen die Leute des Kaufmanns, denen wir versprochen hatten, ihnen neue Sklaven zu besorgen. Allah ist groß: Diese Männer hatten am nächsten Tag einen gewaltigen Kater zu verkraften.«
»Was wieder beweist, dass diejenigen, die sich den teuflischen Verlockungen der Trunksucht ergeben, auf lange Sicht ihre Schwäche bereuen müssen«, sagte Ahmad mit einem scheuen Blick auf Abu

al-Fath al-Iskandari. Dieser schenkte sich nach und sagte: »Dennoch bin ich ein gottesfürchtiger Mann, mein Freund, und es hat sich ergeben, dass ich, um Gott zu ehren, von Zeit zu Zeit ein Glas trinken muss. Hätte ich nicht das Wesen und die Folgen des Alkohols des Öfteren am eigenen Leib erfahren, wäre meine List niemals erfolgreich gewesen, mehr noch, ich wäre nie auf diese Idee gekommen. Auf die heißblütigen Schönheiten, die Allah uns als Vorgeschmack des Paradieses geschenkt hat!« Er erhob seinen Becher und trank Sigrid zu, die sich gegen die Abendbrise einen Mantel geholt hatte.

Auch ich spürte, dass die Wärme des Tages geschwunden war. Währenddessen ging mein Blick ohne Halt hin und her, in der Mitte des groben Kreises, den sie beschrieben, stand Sigrid wie das ruhige, helle Auge eines Orkans. Meine herumirrenden Augen entgingen Abu al-Fath al-Iskandari nicht, denn er bemerkte: »Es macht mich ärgerlich zu sehen, wie viel Mühe es dir bereitet, meine zukünftige Frau aus deinem Blickfeld zu verbannen. Vielleicht sollten wir die kleine körperliche Veränderung bald vornehmen, um dich von diesem Ungemach zu befreien.«

»Herr, ohne dieses Ungemach wäre Keuschheit kein Verdienst. Was ist das Tugendhafte an der Enthaltsamkeit, wenn sie dem in Versuchung gebrachten Mann keine Mühe bereitet?«, fragte ich listig, denn ich wusste jetzt, dass er ein gottesfürchtiger Mann war.

»Ahmad«, sagte Abu al-Fath al-Iskandari verärgert, »höre ich den Sklaven davon reden, dass Keuschheit eine Tugend und Enthaltsamkeit ein Verdienst ist? Schafft mir den Hundsfott aus den Augen!«

Hosseyn begleitete mich mit sanftem Zwang in einen Raum unter Deck, wo ich die Nacht verbringen sollte. Ich sah mich nach Ahmad um, der mir nachschaute und nachdenklich mit seinem Finger über die Schneide eines Dolches strich, als spiele er bereits gedanklich eine anstehende körperliche Veränderung durch.

22. Kapitel

Wie Hroswith in dem Eifer, die Gefahr einer kleinen körperlichen Veränderung zu beschreiben, sich fast eine große Veränderung an den Hals holt. Über Würfel und Flussmündungen

Ganz versunken in meine Geständnisse, die nach so vielen Jahren meine Jugend wieder vor meinen Augen lebendig werden ließen, begegnete mir ein früher Herbst, der auf Zehenspitzen durch die kühlen Gänge unseres Klosters schlich und mich überraschte, als ich gerade das *Buch Hiob* wegschabte, voll Eifer, meine Lebensgeschichte fortzusetzen. Ich beachtete die Kälte nicht und zog mir eine Krankheit zu, die mich fast das Leben gekostet hätte. Bodo fand mich ohnmächtig, mein Gesicht in der halb abgeschabten Bibel. Der Tod kommt wie ein Dieb in der Nacht, und fast hätte er mich mitgenommen.

Der Abt ließ mich in den Krankensaal bringen und nannte es eine Schande, dass ein alter Mann eine abgelegene Turmkammer bewohnte, in einem Flügel, in dem niemand ein Auge auf ihn hatte. Er sorgte dafür, dass ich die Sterbesakramente erhielt, und ließ für mich unter den Weiden des Klostergartens ein Grab ausheben.

Zwei Wochen lang fieberte ich und kam schließlich an einem kalten Morgen im Oktober wieder zu Bewusstsein. An meinem Bett saß Bodo, der sich für mich verantwortlich fühlte, auch wenn er kaum mehr getan hatte, als für Feuer zu sorgen. Ich richtete mich auf und sackte sofort wieder in das Kissen zurück. Seit wann hatte ich ein Kissen? Ich wollte etwas fragen, brachte aber keinen Laut über die Lippen. Bodo nahm meine Hand und schüttelte den Kopf, er sah ernst drein und rief etwas. Kurze Zeit später war der kleine Raum voller Brüder. Sie blickten so ernst wie Bodo, und ich wusste, dass ich auf meinem Sterbebett lag.

Ich würde mein Buch nicht beenden, die Klosterbrüder würden meine Bibel finden und wütend werden, weil ich ein kostbares Buch zerstört hatte. Sie würden das Pergament wieder säubern und erneut beschreiben. Das Denken fiel mir schwer. Ich wusste, dass ich mich nicht länger am Leben festkrallen durfte, sondern begreifen musste, dass ich meinen Vorsatz nicht würde beenden können. Ich fiel in dunkle Träume. Ab und zu wachte ich kurz auf und dachte an mein Buch.

Eines Nachts gelang es mir aufzustehen. Ich sah niemanden, die Betten des Krankensaales waren leer. Ich ging zum Fenster, das direkt über der Klosterpforte lag und schaute nach draußen. Es war Nacht, das Himmelszelt war mit Sternen übersät, und das flache Land war bis zum Waldrand von einer dünnen Schneedecke überzogen. Vor dem Tor schwebte ein Mann in sitzender Haltung ein Stück über dem Grund. Einen Augenblick lang dachte ich, es sei Abu al-Fath al-Iskandari, und wollte ihn schon anrufen. Dann sah ich das Tier, auf dem er saß, ein fahles Pferd, das ich nicht gleich vom Hintergrund hatte unterscheiden können. Der Reiter in seiner Mönchskutte saß kerzengerade im Sattel, und ich war mir sicher, dass er mich erkannt hatte, auch wenn sein Gesicht im Schatten seiner Kapuze nicht zu sehen war. War er allein? Ich sah zum Waldrand, und zwischen den dunklen Bäumen wimmelte es auf einmal von Leben. Dunkle Wesen schlichen unter den schneebedeckten Baumkronen, und wenn ich meine Augen zusammenkniff, um besser zu sehen, schienen sich sogar die Bäume zu bewegen. Ich schrie, um das schlafende Kloster vor dem Feind, der vor den Toren stand, zu warnen. In diesem Moment berührte eine Hand meine Schulter. Ich blickte mich erschrocken um und sah Bodo.

»Komm, Hroswithus! Du bist krank. Komm zurück!«, sagte er und versuchte, mich mitzuziehen, aber ich schüttelte seine Hand ab.

»Sieh doch! Ein Reiter steht vor der Tür; seine Armee hat sich im Wald versteckt.«

Bodo sah hinaus, und ich zeigte ihm die Richtung. »Dort drüben!« Aber der Reiter stand nicht mehr dort. Ich sah noch einmal genauer

hin, um sicherzugehen, dass er sich nicht unter dem Torbogen versteckt hatte, aber es war niemand da, und auch dem regungslosen Waldrand war nicht anzumerken, dass es dort soeben noch von Gestalten gewimmelt hatte.
»Du bist krank, du hast Fieber«, sagte Bodo noch einmal. Er schüttelte den Kopf, warf aber dennoch einen ängstlichen Blick zum Waldrand, bevor er mich mit der ganzen Kraft seines jungen Körpers mitzog.
Am nächsten Morgen fühlte ich mich beim Erwachen ein Vierteljahrhundert jünger. Ich stand sofort neben meinem Bett, fest entschlossen, in mein Zimmer zu gehen. Ich warf meine Kutte über, die auf einem Stuhl neben dem Bett hing, und ging zur Tür, wo mir der Abt den Weg versperrte.
»Bruder Hroswithus, wo gehst du hin?«
»In meine Turmkammer«, sagte ich.
»Ich habe auf dem Gang, wo die Novizen schlafen, eine Zelle für dich herrichten lassen«, sagte der Abt. »Ich bringe dich dorthin.«
»Nein, ich will in meine eigene Kammer. Ich bin ein alter Mann und will nicht zwischen dem jungen Volk sein.«
Der Abt seufzte und ließ mich gehen. Er schritt neben mir her und sagte: »Ich habe Angst, dass du wieder krank wirst, ohne dass es jemand bemerkt. Wenn du bei den anderen bist, können die ein Auge auf dich haben. Du bist über deiner Bibel ohnmächtig geworden. Ich denke, dass du die Askese und das Studium übertreibst. Du bist in einem Alter, in dem du deine religiösen Pflichten nicht mehr so rigoros einzuhalten brauchst.«
»Ich bin älter, als ich je werden wollte«, zitierte ich mich selbst. »Viel älter als jeder andere in diesem Kloster. Ich habe alle meine Freunde und Feinde überlebt. Und nun soll ich nicht in meiner eigenen Kammer sein, weil ich einmal sterben könnte?« Ich lachte den gekrümmten Fünfundsiebzigjährigen aus und richtete mich auf. »Ich gehe in meine eigene Kammer! Mach Platz, junger Mann!«
Der Abt sagte ruhig: »Ich kann dich nicht davon abhalten, Bruder

Hroswithus. Aber was ist heute Nacht passiert? Bodo hat mir erzählt, dass du etwas gesehen hast?«

Ich berichtete ihm von dem Reiter im Schnee und von den Kriegern zwischen den Bäumen. Er sah mich kurz an und sagte dann langsam: »Und siehe, ein fahles Pferd, und der darauf saß, des Namen hieß Tod, und die Hölle folgte ihm nach! Offenbarung. Wenn du mich fragst, Bruder, dann ist deine Lebensaufgabe noch nicht zu Ende. Ich werde Bodo schicken, damit er dir Feuer macht.«

Ich murmelte etwas und ging so schnell, wie mich meine Knochen noch tragen konnten, zu meiner Kammer, in der alles noch genauso war wie zu dem Zeitpunkt, als ich das Buch Hiob wegschabte. Auf dem Pergament lagen noch die Staubreste dessen, was ursprünglich die Worte formte:

»Der Mensch, vom Weibe geboren,
lebt kurze Zeit und ist voll Unruhe,
geht auf wie eine Blume und fällt ab,
flieht wie ein Schatten und bleibt nicht.«

Ich blies den Staub weg und schabte weiter, ohne dass ich wirklich mitlas; Worte und Sätze verschwammen und verschwanden, aber die Verse klangen in mir nach. Ich war noch nicht zur Hälfte durch die Bibel, und vor meinem geistigen Auge (das jetzt schärfer sah als seine körperliche Entsprechung) entrollten sich die vergangenen Geschehnisse gleich einer endlosen Pergamentrolle voller Gemälde. Wie alt war ich, als ich als Sklave von Abu al-Fath al-Iskandari in jenem Schiff saß? Knapp über zwanzig, schätze ich, noch nicht einmal ein Viertel meines Lebensweges lag hinter mir. So wie ich es jetzt vor mir sehe, habe ich meine Geständnisse unterschätzt und muss kleiner schreiben, wenn ich den Rest meines Lebens noch im beschränkten Rahmen dieses Palimpsestes auflisten möchte.

Aber eine Frage drängte sich mir auf: Wozu ist das alles gut? Niemand wird meine Geschichte lesen, nicht zuletzt, weil meine Geständnisse in der Volkssprache geschrieben sind, als lächerliche

Grille eines senilen Greises. Es fiel mir jetzt schwer, mich zu erinnern, warum ich diese Mönchsarbeit überhaupt je begonnen hatte, die kein Mönch, der bei klarem Verstand ist, je angefangen hätte. Ich wollte die Chronik des Albertus verbessern und hinzufügen, was er aus Faulheit oder wegen der durch die Trunksucht hervorgerufenen Verblödung versäumt hatte. Aber meine Geschichte ist über die Ufer getreten. Wo andere alte Männer den Urin nicht mehr halten können, kann ich mit dem Erzählen meiner Lebensgeschichte nicht aufhören. Dennoch werde ich nach einer notwendigen Abschweifung zu den von Albertus beschriebenen Orten und Zeiten zurückkommen. Nicht weil damit ein bestimmter Zweck erreicht wird, sondern nur zu meinem Vergnügen und aus dem Bedürfnis eines sentimentalen Greises, seine längst vergangenen Glanzzeiten noch einmal zu erleben.

Sechs Tage und Nächte saß ich in dem Schiffsverschlag. Ich nutzte die Gelegenheit, um viel zu schlafen, denn der Strohsack war bequem. Das einzige Licht drang durch die Spalten der Decksplanken über mir. Ich machte mir Sorgen über die Maßnahmen, die mein Meister (wie schwer es mir fiel, in dieser Weise von ihm zu denken) angedroht hatte, um mich für das Bewachen seiner Frauen tauglich zu machen, und ich beschloss, anzukündigen, dass ich doch bereit war, als Schmied zu arbeiten. Ahmads Waffe hatte mein Interesse geweckt, und ich fragte mich, ob ich von den Schmieden in Bagdad nicht noch etwas lernen könnte – falls die Waffe dort hergestellt worden war.

Ich hörte Leute über meinem Kopf herumgehen und Stimmen in einer Sprache, die ich nicht verstand. Das Schiff, auf dem Abu al-Fath al-Iskandari eine Passage gebucht hatte, kam, wie ich später erfuhr, aus einer slawischen Niederlassung im Nordosten. Es gehörte zu einem Konvoi von zehn Schiffen unterschiedlicher Größe und Bauart, deren Besitzer deutsche, schwedische und slawische Kaufleute waren. Nach einigen Tagen änderten sich die Bewegungen des Schiffes. Es schlingerte heftiger, und ich spürte einen Wellengang, der mir deutlich machte, dass wir uns auf dem offenen Meer befanden. Ich hoffte nur, dass die Reise nicht lange dauern würde, denn ich hatte meinen Verschlag allmählich satt. Ab und zu ging eine Luke auf, und ich bekam eine erstaunlich köstliche Mahlzeit. Abu al-Fath al-Iskandari hätte seinen Sklaven nie schlechtes Essen vorgesetzt, er neigte zur Auffassung, dass ein Sklave, der gut isst, auch gut arbeitet und nicht daran denkt zu fliehen.

»Sieh dir die Hunde an!«, hörte ich ihn einmal sagen. »Wenn du einen Hund zu oft schlägst, wird er falsch und beißt dich. Versorgst du ihn gut, so will er für dich sterben. Mit Tauben ist es dasselbe. Füttere sie ein paar Wochen gut, bevor du sie fliegen lässt, sonst siehst du sie nie wieder.« Aber das war später, ich eile meiner Geschichte voraus.

Ich fand in meiner Tasche drei Würfel. Die musste ich mir an jenem Abend in der Herberge eingesteckt haben. Schöne schwarze Würfel waren es, aus einem seltenen Elfenbein geschnitten. Um die Zeit totzuschlagen, warf ich sie über die Bodenplanken, Wurf um Wurf, bis mir etwas Merkwürdiges auffiel. Sooft ich auch warf, es war mindestens immer eine Sechs dabei. Dann warf ich alle Würfel immer wieder einzeln, und es zeigte sich, dass einer fast immer eine Sechs zeigte. Von hundert Würfen kam dreiundneunzigmal die Sechs. Der Würfel war gefälscht, deshalb war damals in der Herberge in Haithabu die Schlägerei entstanden. Mir konnte das noch von Nutzen sein. Ich untersuchte die Würfel genau, um festzustellen, ob sich ein Unterschied erkennen ließ, aber der manipulierte Würfel schien eine vollkommene Kopie der anderen zu sein. Dann übte ich, weil ich sonst nichts anderes zu tun hatte, bis mein rechter Arm ganz taub war: Ich nahm zwei Würfel und tauschte einen der beiden blitzschnell (unsichtbar für einen potenziellen Gegner) gegen den gefälschten aus, ehe ich warf.

Eines Nachts begann das Schiff heftig zu schlingern und in allen Fugen zu knirschen. Schreie und laute Donnerschläge drangen bis in mein stickiges Gefängnis. Die ganze Nacht klatschte Regen auf das Schiff. Ich wurde seekrank und erbrach mich ständig. Gegen

Morgen kam das Schiff in ruhigeres Fahrwasser, und ich fühlte mich allmählich besser. Da ging die Luke auf. Hosseyn steckte seinen Kopf herein, zog ihn aber gleich wieder zurück, als er den Gestank wahrnahm.
»Komm heraus!«, rief er. Ich kletterte hoch, meine Beine wankten. Ich blinzelte gegen das Licht, das in breiten Streifen durch die Baumkronen fiel, konnte aber doch Sigrid und Abu al-Fath al-Iskandari, die über das Deck herankamen, erkennen.
Slawische Bootsleute hielten mit langen Stangen den Abstand zum Ufer, und jemand rief Befehle oder Anweisungen für die Schiffe hinter uns. Über uns ragten die Bäume in den Himmel, die am Ufer standen und deren Zweige gefährlich tief hingen. Obwohl unser Schiff sehr langsam fuhr, mussten Hosseyn und ich beiseite springen, um nicht von den Ästen einer Trauerweide von Deck gefegt zu werden. Sigrid lachte schadenfroh. Ich beschloss, sie trotz ihrer Rundungen nicht besonders schön zu finden.
Hosseyn fragte Abu al-Fath al-Iskandari: »Soll ich ihn fesseln?«
»Nein, das ist nicht nötig. Er wüsste nicht, wohin er fliehen sollte. Mach mal den Verschlag mit einigen Eimern Wasser sauber!«, sagte Abu al-Fath al-Iskandari. Und zu mir: »Wir kommen durch Gegenden, wo Schiffe nicht selten von wilden Volksstämmen überfallen werden. Ich kann jeden Mann gebrauchen, der eine Waffe zu führen weiß.«
Ahmad rief vom Oberdeck nach unten: »Abu al-Fath al-Iskandari ich glaube nicht, dass es klug ist, diesem Barbaren ein Schwert in die Hand zu geben!«
»Nun, Ahmad, so weit ist es noch nicht«, beruhigte ihn Abu al-Fath al-Iskandari. »Und wenn wir überfallen werden, macht es für meinen Sklaven keinen Sinn, sich auf die Seite der Feinde zu stellen, denn die machen keinen Unterschied zwischen ihm und uns.«
Ahmad sah mich mit zusammengekniffenen Augen an. »Ich weiß nicht. Er ist in jedem Fall mit den Volksstämmen, die hier leben, enger verwandt als mit uns. Und von uns hat er auch etwas zu befürchten.«

»Was sollte das denn sein?«, fragte Abu al-Fath al-Iskandari erstaunt.

»Ihr wollt ihn doch für die Bewachung eurer Frauen vorbereiten?«

Abu al-Fath al-Iskandari lachte und legte mir die Hand auf die Schulter. »Ach was, wie kommst du denn darauf? Dieser Junge hat schon lange entschieden, dass er für uns Schwerter machen möchte.«

»So ist es«, sagte ich. »Gibt's hier irgendwo einen Amboss?« Ich blickte mich eifrig um und ließ meinen Blick auf Sigrid ruhen und all dem, was sich unter den Falten ihres Kleides rundete.

»Die vordersten Schiffe fanden hinter einer Flussbiegung den Weg von einem umgestürzten Baum versperrt«, sagte Abu al-Fath al-Iskandari. »Sie haben Halt gemacht, und die Mannschaft zerhackt den Baum. Es kann eine Falle sein, das weiß man nie.« Er wandte sich an Ahmad. »Ich hatte nicht vor, ihm ein Schwert zu geben. Gib ihm einen Stock!«

»Wo sind wir eigentlich?«, fragte ich, aber Abu al-Fath al-Iskandari lief auf dem Deck hin und her und sprach mit Ahmad. Sigrid wich nicht von seiner Seite.

»Wenn er dir sagen würde, wo wir sind, würdest du dieses Wissen einsetzen, um zu entfliehen«, sagte Hosseyn, während er einen Eimer zu Wasser ließ. Ich nahm ihm das Tau ab. »Lass mich das machen! Es ist schließlich mein Dreck«, sagte ich, holte den Eimer hoch und ging zu dem Verschlag. Es konnte nichts schaden, sich einen Bundesgenossen zu machen. Ich zog den Strohsack raus und schüttete den Eimer über den Boden. Hosseyn kam mit einem zweiten Eimer.

»Bleibt das mein Gefängnis? Oder haben mich die Tage in dem Verschlag genug desorientiert?«, fragte ich.

Hosseyn sah mich an und schnitt eine Grimasse. »Du bist nicht dumm. Du hast bestimmt gemerkt, dass wir einige Tage auf dem Meer gefahren sind und uns seit heute Abend wieder auf einem Fluss befinden.«

»Auf welchem Fluss?«

Hosseyn warf mit einem Ruck seinen Kopf in den Nacken. Eine Gebärde, die, wie ich gelernt hatte, bedeutete: Ich weiß es nicht. »Wir sind einen anderen Weg gekommen«, antwortete er, während er den Eimer leerte. »Meister Abu al-Fath al-Iskandari sagt: ›Kehre nie auf dem gleichen Weg zurück!‹ Es münden hier, wie es scheint, verschiedene Flussarme in ein Delta.« Er hörte auf mit dem Schrubben und sah mich an. »Ich möchte zu gern wissen, wo du gelernt hast, so gut Arabisch zu sprechen. Ich spreche es schon seit dreißig Jahren, aber es hat lange gedauert, bis ich es konnte.«

Ich hatte Hosseyn vorher nie so viel sprechen gehört. Erst jetzt bemerkte ich seinen Akzent. »Du bist wohl kein Araber«, sagte ich erstaunt. »Was bist du denn?«

»Ich bin in Griechenland geboren.«

Ich wollte weitere Fragen stellen, aber unsere Aufmerksamkeit wurde auf ein Geschrei am Ufer gelenkt. Ahmad kam zu mir und gab mir einen Stock in die Hand. »Bleib du auf dem Schiff! Sorg dafür, dass niemand an Bord kommt, der hier nichts zu suchen hat! Hosseyn, Meister Abu al-Fath al-Iskandari will, dass du die Frau bewachst.«

Ich wusste nicht, woher Hosseyn auf einmal die Keule nahm, aber es war ein beeindruckendes Gerät, mit grob vernieteten Metallstreifen beschlagen, sodass die Stifte noch herausragten. Unfachmännische Arbeit, sagte mein Kennerblick, aber in diesem Fall konnte der Mangel an handwerklichem Können schreckliche Wunden zufügen.

Ahmad lief über eine Planke zum Ufer und bahnte sich, wild um sich schlagend, einen Weg durch das Grün, wobei Zweige und Stängel herumflogen. Bald entschwand er in den Sträuchern meinem Blick, aber ich sah noch, wo er ging, weil ab und zu ein Farn oder ein junges Bäumchen umfiel. Bei der Biegung des Flusses verlor ich ihn endgültig aus den Augen. Währenddessen wurden die Schreie vorn im Konvoi lauter, und nun hörte man auch den Lärm eines Kampfes.

Hosseyn war bei Sigrid auf dem Achterdeck. Er stand da wie eine steinerne Statue und hielt Ausschau, die Keule über der Schulter. Es schien, als ob der Lärm Sigrid nicht berührte.

Ich schaute zu der Flussbiegung und erwartete, dass der Kampf sich von dort in unsere Richtung ausbreitete. Aber der Angriff kam von einer ganz anderen Seite. Auf einen Warnruf von Hosseyn hin drehte ich mich um, sodass ich den tropfnassen Mann an Bord klettern sah, mit einem kurzen Schwert zwischen den Zähnen. Und schon folgte ein zweiter hinter ihm. Ich gab dem Ersten, als er hochkam, einen Stoß gegen die Brust, worauf er zwar wankte, aber es gelang ihm, meinen Stock zu fassen. Er hielt ihn mit einer Hand fest und konnte mit der freien Hand, seiner Schwerthand, ausholen. Als der Zweite auch auf mich zusprang, machte ich schnell zwei Schritte vorwärts, den Stock quer vor meiner Brust. Die beiden mussten nach hinten ausweichen, bis sie über die Reling taumelten.

Leider hatte ich zu viel Fahrt, um zu bremsen, und landete ebenfalls im Fluss. Ich tauchte unter und kam prustend wieder hoch. Mir gegenüber klammerten sich die Männer mit einer Hand an einem Ruder fest, das längsseits festgezurrt war, in der anderen hielt jeder einen Dolch.

In einer fremden Sprache bedachten sie mich mit Schimpfworten. Als einer der beiden einen Ausfall versuchte, krachte eine Keule auf die Hand, mit der er sich festhielt. Der Mann stieß einen dumpfen Schrei aus und ging unter. Ich richtete meine Aufmerksamkeit auf den anderen, und sah gerade noch, wie sein Schädel mit eingefrorenem Grinsen auseinander platzte. Die Hirnmasse des unglücklichen Räubers spritzte herum, und ich musste untertauchen, um mich von Blut und grauen Teilchen, die in meinen Wimpern hingen, zu säubern. Als ich wieder an die Oberfläche kam, sah ich Hosseyn, der sich über die Reling beugte, während er seine Keule mit einem Ende ins Wasser hielt. Hinter ihm stand Sigrid.

»Wenn du sie sauber machen willst, musst du sie im Wasser hin und her bewegen«, sagte ich. »Das geht besser, als einfach zu warten, bis die Strömung sie reinigt.«

»Ich versuche nicht, sie sauber zu machen, ich bin dabei, den Mann zu ertränken, der gerade wieder aufgetaucht ist. Zäh ist er schon«, sagte Hosseyn ganz ruhig.
Ich blickte zu der Stelle, an der seine Keule ins Wasser tauchte, und plötzlich kamen viele Luftblasen hoch. Erst jetzt rührte Hosseyn mit seiner Keule im Wasser herum, um sie zu reinigen.
»Pass auf, was hinter dir vorgeht!«, warnte ich ihn, aber es gab keine Angreifer mehr.
Es war still geworden. Inzwischen dämmerte es, und unter dem schweren Blattwerk schien es dunkler, als es tatsächlich war. Man hörte nun andere Geräusche als das Murmeln des Flusses und das Rauschen der Bäume. Ein Kuckuck rief von weitem, und sogleich antwortete ein anderer in der Nähe.
Ich war ständig in Sorge, dass derartige Geräusche von Räubern, Spitzeln oder sonstigem sich herumtreibenden Gesindel stammen könnten, so blieb ich auf der Hut und betrachtete jeden Abschnitt des Ufers ganz genau.
Ein Zweig knackte, und Ahmad kam angehumpelt, auf einen Stock gestützt, sein blutverschmiertes *Na'alaan* in der freien Hand. Von den *babouches* bis zum Turban war er voller Blut. Hosseyn lief ihm bis zur Mitte der Planke entgegen und hielt ihm die Hand hin. Gleichzeitig blickte er über seine Schulter zu der Frau, die er keinen Moment aus den Augen verlieren wollte.
Ahmad kam stöhnend an Bord und setzte sich auf eine Ruderbank.
»Ist das dein Blut oder das eines Feindes?«, wollte ich wissen.
»Beides. Ich habe einen Schwerthieb in meinem Oberschenkel und eine Pfeilwunde in der Schulter.« Nun erst sah ich den Pfeilschaft, der noch aus Ahmads Schulter ragte.
»Den Pfeil bekomme ich schon heraus. Aber wo ist mein Meister Abu al-Fath al-Iskandari?«, sagte Hosseyn.
»Er ist von den Räubern gefangen genommen worden«, berichtete Ahmad. »Nachdem er mehrere Gegner getötet hatte, sah ich, wie sein Schwert zerbrach und er überwältigt wurde und …«
Ich unterbrach ihn beunruhigt: »War das mein Schwert?«

»Nein, es war auch kein *Na'alaan*. Ich habe ihn noch gewarnt, aber Abu al-Fath al-Iskandari kämpfte lieber mit einer Waffe von minderer Qualität, mit der er schon seit Jahren vertraut war.«

Sigrid fragte mich, was Ahmad gesagt hatte, und ich erzählte es ihr. Sie fing an zu weinen und zog sich auf das Achterdeck zurück. Inzwischen kam die Mannschaft, das heißt, es kamen diejenigen, die überlebt hatten, der Reihe nach an Bord. Einige waren so blutverschmiert wie Ahmad. Aber jeder wusste, was er zu tun hatte, und schnell hatte man die Planke eingezogen und die Taue losgemacht, mit denen wir am Ufer festgemacht hatten. Winfried, der den Befehl über das Schiff hatte, kam zu uns.

»Wir dürfen nicht am Ufer liegen bleiben, dann kommen sie heute Nacht wieder«, sagte er auf Deutsch. »Ich fahre nicht gern in der Dunkelheit auf einem Fluss, aber das ist wahrscheinlich besser als hier zu bleiben. Ich werde gleich mit den Mannschaften und den Kaufleuten der anderen Schiffe besprechen, was zu tun ist.«

Ich übersetzte seine Worte für die Araber.

»Wir können hier nicht weg, bevor mein Meister befreit ist«, sagte Hosseyn. Ahmad stimmte ihm zu, obwohl er offensichtlich nicht mehr in der Lage war zu kämpfen. »Sag diesem Mann, dass wir zusammen versuchen müssen, Abu al-Fath al-Iskandari zu befreien«, sagte er im Befehlston zu mir. Ich zuckte mit den Achseln und übersetzte. Der Deutsche schüttelte den Kopf und sagte: »Davon kann keine Rede sein. Wir sind Händler, keine Soldaten. Es sind auch Leute von der Mannschaft gefangen genommen worden. Ich an eurer Stelle, würde mich bei der nächsten Ansiedlung, die wir erreichen, erkundigen, ob irgendwer ein Lösegeld verlangt. Das ist so üblich. Wenn wir Glück haben, finden wir die Gefangenen auf dem Sklavenmarkt. Wenn nicht, dann ist es eben Pech. Ihr habt eure Passage bezahlt und könnt gern mitfahren, aber niemand hat beim Aushandeln des Vertrages von der Befreiung von Gefangenen gesprochen.«

Hosseyn stampfte ein paarmal mit seiner Keule drohend auf die schweren Decksplanken, aber Ahmad gab ihm ein Zeichen. »Ich fürchte, dass er Recht hat. Wie müssen versuchen, Abu al-Fath al-

Iskandari freizukaufen, wie das in diesen Gegenden üblich zu sein scheint.«

»Wenn die Sache mit Geld zu regeln ist, dann darf man nichts unversucht lassen«, sagte ich.

Ahmad war schon blasser als sonst, aber jetzt wurde er kreideweiß. »Abu al-Fath al-Iskandari trägt alles Geld an seinem Körper. Wir haben nichts, um ihn freizukaufen.«

Hosseyn begann, nervös auf dem Deck hin und her zu laufen. Er war völlig außer Fassung.

Ich sah mir das kurz an und ging dann zu ihm und packte ihn an der Schulter. »Wir werden ihn gemeinsam befreien. Sie können nicht weit sein, wahrscheinlich wohnen die Leute in einem Dorf in der Nähe. Wir brauchen nicht zu kämpfen, oft ist es besser, eine List anzuwenden.«

Hosseyn sah mich erstaunt an. »Ich muss für meinen Meister auf die Frau aufpassen.Wie soll ich da das Schiff verlassen?«

»Dein Meister ist nun nicht mehr da. Wenn wir ihn nicht befreien, siehst du ihn nie wieder. Dann macht es auch keinen Sinn, für ihn die Frau zu bewachen.«

Hosseyn sah mich äußerst verwirrt an. »Ich kann doch meinen Posten nicht verlassen, wenn Abu al-Fath al-Iskandari mir befohlen hat, mich um seine Frau zu kümmern!«

Nun wusste ich auch nicht mehr weiter.

Ahmad sah mich nachdenklich an und sagte dann zu Hosseyn: »Wir können schon zu Geld kommen. Schließlich haben wir einen Meisterschmied bei uns, der auf dem Markt einiges einbringt. Und jeder sieht auf den ersten Blick, dass sich Abu al-Fath al-Iskandari nicht für die Sklaverei eignet. Der geforderte Preis wird somit niemals den Erlös für diesen Sklaven übersteigen. Hosseyn, du musst jetzt meine Wunden versorgen, damit kann nicht gewartet werden. Ruf die Frau, sie kann dir helfen! Und du, Hroswith, du bleibst hier auf dem Schiff und wartest auf weitere Anweisungen! Vergiss nicht, dass du ein Sklave bist! Es kann keine Rede davon sein, dass du allein umherziehst.«

Hosseyn, froh, dass er keine Entscheidungen zu treffen brauchte, die seiner Natur zuwiderliefen, machte sich an seine Aufgabe. Ich zuckte mit den Achseln und ging zum Vorderdeck, wo ich der Mannschaft beim Staken half. Es war geplant, dass die Schiffe – wenigstens heute Nacht – in der Mitte des Stromes vor Anker gehen sollten. Morgen früh, beim ersten Licht, würde es weitergehen.

Als ich wieder zu den anderen kam, saß Sigrid mit kalkweißem Gesicht auf einem Schemel. Hosseyn war damit beschäftigt, in einem Mörser Kräuter zu zerstampfen. Unter einem improvisierten Schutzdach lag Ahmad und stöhnte. Daneben lag das *Na'alaan,* das noch immer voller Krusten geronnenen Blutes war.

»Ich werde das Schwert schnell sauber machen«, sagte ich. Niemand nahm Notiz von mir. Ich nahm das *Na'alaan* und lief nach mittschiffs, wo das Deck des schwer beladenen Schiffes fast den Wasserspiegel erreichte. Hier ließ ich mich leise in das tintenschwarze Wasser gleiten und schwamm von der Dunkelheit geschützt, mit kräftigen Schwimmstößen zum Ufer.

23. Kapitel

In dem Hosseyn einen Kampfplatz betritt. Wie Abu al-Fath al-Iskandari eine bessere Verteilung der irdischen Güter erreicht

Jetzt muss ich kurz meinen Ärger über den Novizen Bodo loswerden, der ein übertriebenes Gefühl von Verantwortung entfaltet, wenn es um seine Aufgabe geht.

Wenn ich am Morgen erwache, hockt er schon vor meinem Kamin und starrt in die Flammen; abends, wenn ich über meinem Buch eingeschlafen bin, schleicht er auf leisen Sohlen um mich herum und erschreckt mich zu Tode, wenn er etwas aus den Händen fallen lässt.

Gerade eben kam er mit einem dampfenden Becher herein. »Hier ist etwas für deinen Magen, Bruder Hroswithus«, sagte er und sah mich mit seinen treuen Hundeaugen an. »Ich habe alles im Kräutergarten selbst gepflückt. Bruder Maelric hat mir versichert, dass dieses Rezept des Galenus in jedem Fall wirkt.«

»Warum denkst du, dass etwas mit meinem Magen nicht in Ordnung ist?«, fragte ich irritiert und überrascht.

Er sah mich verwirrt an. »Du hast dich ständig erbrochen«, sagte er dann.

»Wann soll ich mich erbrochen haben? Du bist verrückt!«, erwiderte ich und beachtete das Mondkalb nicht weiter. Konnten sie mir denn keinen Novizen mit einem helleren Kopf schicken? Wieder so einer, der sich durch übertriebenes Fasten und Wachen den Wahnsinn geholt hat.

»Hör mal zu!«, sagte ich. »Ich habe Jungs gesehen, die ein paar Jahre älter waren als du, die sind an der Askese zugrunde gegangen. Ich bin kein Verfechter der neuen Klosterregeln von Cluny, aber sie verlangen wenigstens nicht, dass man sich zu Tode hungert.«

Erst als Bodo wieder weg war, machte ich mir klar, dass die großen Äbte von Cluny bereits vor einem Jahrhundert mit ihren Reformen begonnen hatten. Diese waren schon weit verbreitet, als ich vor sechzig Jahren zum ersten Mal davon hörte.

Aber ich schweife wieder ab! Ich war also Mitte zwanzig und begab mich auf die Suche nach Abu al-Fath al-Iskandari. Ich folgte dem von Ahmad ins Grün geschlagenen Weg. Über mir schrie eine Eule. Kurze Zeit später stieß etwas mit lautem Flügelschlagen von dem Baum ab.

Ich erreichte schon bald eine offene Stelle am Ufer, wo der Deich von vielen Menschen zertrampelt war. Die tiefen Spuren standen voll Wasser. Ein toter Mann, Freund oder Feind, lag mit dem Gesicht im Matsch. Ich sah an seiner Kleidung, dass es nicht Abu al-Fath al-Iskandari war.

Von hier aus konnte ich gerade noch die ersten beiden Schiffe unseres Konvois erkennen, die nun nebeneinander in der Mitte des Flusses lagen. Die Männer, kleine Gestalten an Deck, stakten noch, um die Schiffe in Position zu bringen.

Mir blieb wenig Zeit, um Abu al-Fath al-Iskandari zu befreien. Ich drehte mich um und folgte den Spuren. Nun kam mir meine Jugend in den Wäldern zugute. Ich lief in südliche Richtung und beobachtete ab und zu die Sternbilder. Wie merkwürdig, dass sich alle Wälder ähnelten, vor allem im Dunkeln! Ich fragte mich, ob die Angreifer wirklich in der Nähe waren. Es konnte natürlich auch eine tausend Meilen von zu Hause herumstreunende Bande sein.

Wenn ich jetzt fliehen würde, wartete nur ein neuer Sklavenmarkt auf mich. Der Gedanke, hier herumzuirren, hatte wenig Anziehendes. Vorläufig war ich bei Abu al-Fath al-Iskandari besser aufgehoben; er schien gut für seine Sklaven zu sorgen. Die fernen Orte zogen mich an, und seine Sprache hatte sich, wahrlich nicht ohne Grund, in meinem Kopf festgesetzt. Wenn ich ihn befreite, müsste er mich doch freilassen. Mein Schicksal war mit diesem Menschen verbunden, daran zweifelte ich nicht.

Diese Gedanken spukten in meinem Kopf herum, während ich mich

rasch zwischen den Bäumen bewegte. Der Boden war mit federndem Moos bedeckt, und kein Zweig knackte unter meinen Füßen. Ich vergaß nicht, Markierungen zu hinterlassen, denn es ist gefährlich, sich allein nach den Sternen zu richten; später in der Nacht könnte der Himmel bedeckt sein.
Der Wald war plötzlich zu Ende, und ich befand mich in einer Heidelandschaft mit sanft ansteigenden Hügeln. Zwischen den Bäumen hatte man das Mondlicht kaum ausmachen können, doch hier im offenen Feld sah ich genauso gut wie am helllichten Tag. Ich stieg auf den nächstgelegenen Hügel. Von der Kuppe hatte ich eine gute Übersicht. Ich jauchzte vor Freude: In Richtung Südwesten lag eine dunkle Masse, aus der ein kleines Licht aufflammte. Ich zögerte keinen Augenblick und machte mich auf den Weg. Das Licht verwandelte sich in eine Fackel, die dunkle Masse in eine Palisade. Während ich weiterlief, trieb ein unsichtbarer Hirte seine grauen Schäfchen am Mond vorbei, sodass dieser sich immer wieder kurz verdunkelte. Düstere Schatten glitten wie riesige Fledermäuse über das Land, und ich schlich mit den Schatten mit, indem ich mich so klein zu machen suchte wie ein Hase.
Schließlich stand ich vor der Palisade. Ich hatte lederne Helme und Speere über die Pfähle hinausragen sehen, und nun hörte ich Stimmen und das Gelächter von Wächtern. Ich kroch so dicht wie möglich an der Umfriedung entlang und befühlte mit den Fingern jede Fuge, um zwischen den Pfählen ein Schlupfloch zu ertasten. Es war eine solide Konstruktion, und ich kam nur langsam voran. Es blieb zu wenig Zeit, um die gesamte Palisade abzusuchen. Als ich an die Seite kam, auf die der Mond nicht schien, erhob ich mich und ging an den Pfählen entlang. Es musste doch irgendeinen Zugang geben! Wo gingen die Einwohner selbst hinein?
Bevor ich den Bach sah, hörte ich ihn bereits. Ich lief weiter und erreichte einen ziemlich breiten Wasserlauf, der unter den Pfählen der Umfriedung hindurch ins Dorf führte. Über dem Wasser verhinderten spitze Stäbe, dass Feinde mit Booten hindurchgelangten. Ich ließ mich ins Wasser sacken und watete bis zu der Stelle,

an der der Bach verschwand. Die Strömung war heftig, und ich musste mich an den Stäben festhalten, um nicht fortgerissen zu werden. Zuerst musste ich aber feststellen, ob sich unter Wasser keine Spitzen befanden. Ich tastete im Dunkeln und fand nichts. Das *Na'alaan* in den Händen und mit den Füßen voran ließ ich mich durch das Loch gleiten und unter der Wasseroberfläche von der Strömung mitziehen.

Als ich keine Hindernisse bemerkte, drehte ich mich im Wasser und schwamm zwölf, dreizehn lange Züge, ohne aufzutauchen. Dann ließ ich mich langsam an die Oberfläche treiben und öffnete die Augen. Schlurfende Schritte über meinem Kopf machten mir klar, dass ich mich unter einer Brücke befand. Jetzt hörte ich Stimmen, und dazwischen erklang Musik von Flöten und einem Brummtopf. Ein Mann stimmte ein Lied an, verstummte aber gleich wieder.

Auf der Seite, von der ich kam, war alles dunkel, auf der anderen Seite, am rechten Ufer, standen lang gestreckte Hütten und Ställe. Eine Frau auf einem Schemel melkte eine Stute, zu dieser Stunde ein seltsames Unterfangen. Am linken Ufer stand parallel zum Damm ein einzelnes Langhaus. Etwas weiter stromabwärts verschwand der Bach wieder unter der Palisade.

In einigem Abstand zum Langhaus saß eine Gruppe Männer um ein Feuer. Die Schritte, die ich gehört hatte, stammten von Frauen, die mit Essen und Getränken hin- und herliefen.

Ich beobachtete die Szenerie eine Weile und forschte nach Spuren von Abu al-Fath al-Iskandari und den entführten Leuten von den Schiffen.

Ein Mann nahm einige Brotstücke aus einer Schale und ging mit ihnen zu dem Langhaus am linken Ufer. Er blieb unter der Tür stehen, warf die Stücke eines nach dem anderen hinein und stieß dabei unverständliche Beleidigungen aus, die am Feuer für große Heiterkeit sorgten.

Ich wartete, bis der Mann sich wieder zu seinen Kameraden gesellt hatte, und schwamm dann abermals unter Wasser, bis ich mich nach meiner Schätzung auf der Höhe des Langhauses befand. Nach-

dem ich aufgetaucht war und mich überzeugt hatte, dass mich niemand sehen konnte, kroch ich an Land.
Es machte wenig Mühe, mit dem *Na'alaan* eines der mit Lehm ausgeschmierten Gefache des Langhauses zu öffnen. Durch die Öffnung schlüpfte ich hinein und gelangte in einen stinkenden, dunklen Raum. Ich landete zwischen warmen, sich bewegenden Körpern, die ich an Fell und Geruch als Schafe erkannte. Die Tiere nahmen keine Notiz von mir, und ich kroch langsam zwischen ihnen hindurch zur anderen Seite des Pferches, von wo aus ich das Langhaus überblicken konnte. Sechs Gefangene lagen dort gefesselt auf dem Boden. Zwei von ihnen hatten sich auf den Bauch gedreht und schnappten, so gut das ging, nach einem Stück Brot.
Abu al-Fath al-Iskandari lag ein Stück von den anderen entfernt und betrachtete unbewegt seine nach Brot schnappenden Schicksalsgenossen. Ich konnte mir gut vorstellen, dass er eingedenk der Mahlzeiten, die er gewohnt war, keine Lust hatte, Brot zu essen. Ich stieg über die Balken des Verschlages für die Schafe und ging zu den Gefangenen, wobei ich darauf achtete, dass ich nicht zu dicht an die Tür kam, durch die die Dorfbewohner mich vielleicht hätten sehen können.
Abu al-Fath al-Iskandari erkannte mich sogleich. Er sah mich gerührt an. Blitzte da eine Träne in seinem dunklen Auge?
»Gut so, mein Sklave«, sagte er leise. »Gepriesen sei die Stunde, als ich dich in mein Gefolge aufnahm! Ich werde nie vergessen, dass du mich aus dieser misslichen Lage befreit hast. Schneide mich gleich los!«
Ich kniete mich neben ihm nieder. »Nicht so schnell, Meister Abu al-Fath al-Iskandari!«, sagte ich im gleichen Flüsterton. »Ich will erst mit Euch eine Vereinbarung über meine Zukunft treffen. Ich habe nicht vor, Euer Sklave zu bleiben, und dies scheint mir eine passende Gelegenheit, mir meine Freiheit zu schenken, nachdem ich Euch doch auch die Eure schenke.«
»Ich bin gern bereit, mit dir in einen Gedankenaustausch über dieses Thema einzutreten, wenn wir uns wieder auf dem Schiff

befinden, lieber Sklave«, sagte Abu al-Fath al-Iskandari freundlich, aber zwischen seinen schweren Augenbrauen war ein leichtes Stirnrunzeln zu sehen.
Ich seufzte und schüttelte den Kopf. »Das reicht mir nicht. Ich will Euer Wort als Ehrenmann, dass ich von heute an ein freier Mann bin. Und beeilt Euch lieber, es kann jeden Moment jemand hereinkommen!«
Unterdessen fingen die anderen Männer an, in meine Richtung zu zischen. Mit einer Geste bedeutete ich ihnen zu warten. Ich würde auch sie befreien müssen, sonst würden sie mich verraten, daran zweifelte ich nicht.
Abu al-Fath al-Iskandari sagte, jetzt etwas lauter: »Ich kann das nicht tun, lieber Sklave, denn das bedeutete die Umkehrung aller Werte. Sei mir jetzt gehorsam und schneide mich los!«
Ich sah zur Tür und gebot den anderen Männern ein zweites Mal, still zu sein.
»Befreie mich!«
»Erst will ich Euer Wort.«
Abu al-Fath al-Iskandari verdrehte seine Augen, sodass ich nur noch das Weiße erkennen konnte. Er wand sich gefesselt am Boden, als hätte er unerträgliche Schmerzen. »Ach! Was habe ich verbrochen, dass du mich so behandelst, entarteter Sklave«, jammerte er und fügte, immer lauter werdend, hinzu: »Oh, Tag der Trübsal, warum muss ich diese unselige Stunde erleben, in der mein Sklave sich von mir abkehrt und statt gehorsam zu sein, mir das schier Unmögliche abverlangt!«
Ich zischte und drang auf ihn ein, um ihm den Mund zuzuhalten, aber er riss sich los und rief laut: »Ich habe dich wie einen Sohn behandelt, und du verrätst mich! Bei der ersten Gelegenheit werde ich dich bestrafen, Unglückssklave!«
Ein Schatten fiel in die Türöffnung, und einer der Dorfbewohner, ein besonderer Grobian, aber das waren sie eigentlich alle, kam herein. Ich hatte meine Hände blitzschnell hinter dem Rücken verschränkt und lag neben Abu al-Fath al-Iskandari, als wäre ich eben-

falls ein Gefangener. Das Schwert unter mir stach mir schmerzhaft in den Rücken. Der Mann brüllte etwas, gab dem nächstliegenden Gefangenen einen Tritt und ging weg. Zum Glück konnte er nicht zählen.
Es war schon viel Zeit vergangen. Als alles ruhig war, stand ich auf, nahm das *Na'alaan* und schnitt Abu al-Fath al-Iskandari los. Danach befreite ich die anderen Männer und bedeutete ihnen, mir zur Öffnung in der Mauer zu folgen. Einer nach dem anderen schlüpften wir nach draußen, ließen uns ins Wasser gleiten und verschwanden durch das Loch unter der Palisade.

Als wir den Waldrand erreichten, kletterte ich auf den Hügel, von dem aus ich vorher das Dorf erspäht hatte, und ließ meinen Blick über das Land streifen. Erst sah ich nichts, noch immer trieben kleine Wolken vorbei, und ihre Schatten glitten über die wellige Landschaft. Aber als ich gerade der Gruppe in den Wald hinein folgen wollte, sah ich, wie sich eine Reihe schwarzer Punkte von den dunklen Umrissen des Dorfes löste. Ich rannte hinunter und lief auf den dunklen Pfad. Sehr bald sah ich die Gestalt von Abu al-Fath al-Iskandari, der hinter der Gruppe herhinkte und Mühe zu haben schien, mit dem Tempo mitzuhalten.
Als er mich sah, blieb er stehen.
»Beeilt Euch, sie sind schon hinter uns her!«, rief ich und packte ihn bei der Schulter. Abu al-Fath al-Iskandari riss sich los, sah mich kopfschüttelnd an und sagte in mildem, aber bestimmtem Tonfall:
»Ich kann mich nicht erinnern, dass ich dir die Führung dieser Operation übertragen habe. Komm lieber her und hilf deinem Herrn!«
Mir verschlug es kurz die Sprache, aber es war keine Zeit zu verlieren, und ich bot dem Araber die Hand und stützte ihn, während ich versuchte, mit den anderen Schritt zu halten.
»Warum sind Ahmad und Hosseyn nicht hier?«, fragte Abu al-Fath al-Iskandari.
»Ahmad ist verwundet, Hosseyn passt auf Sigrid auf«, antwortete ich.

»Haben sie dich geschickt?«
»Nein. Sie wollten sich, genau wie die Kaufleute des Konvois, in der nächsten Stadt erkundigen, ob man nicht ein Lösegeld zahlen könne.«
Abu al-Fath al-Iskandari sagte nichts mehr und stolperte mit mir weiter. Der Weg schien sich, seit ich ihn das letzte Mal gegangen war, um das Dreifache verlängert zu haben. Dennoch war es noch immer stockdunkel, als wir am Fluss ankamen.
Die Männer vor mir stießen Freudenschreie aus, und ich, nachdem ich mich stets umgeblickt hatte, ob die Verfolger noch nicht in Sicht kamen, fühlte mich schon gerettet. Aber die Schreie verstummten und gingen in Gejammer über. Die Schiffe waren nicht da, wir waren an der falschen Stelle aus dem Wald gekommen.
Ich verfluchte meine Dummheit. Warum war ich nicht vorausgegangen? »Ich hatte sogar Markierungen hinterlassen, um den Weg wiederzufinden«, sagte ich und warf Abu al-Fath al-Iskandari einen verärgerten Blick zu, weil er mich durch seine Verbohrtheit gezwungen hatte, hinten zu gehen.
»Es ist also dein Fehler? Dann sorg auch dafür, dass wir den richtigen Weg finden, Sklave!«, sagte Abu al-Fath al-Iskandari gelassen. Ich suchte nach den Sternen, die ich als Orientierungspunkte genommen hatte, und führte die Gruppe am Fluss entlang. Abu al-Fath al-Iskandari stützte sich noch immer auf meinen Arm. Er schien immer gebückter zu gehen.
»Bist du verletzt?«, fragte ich ihn, verzichtete bewusst auf die arabische Höflichkeitsform und wählte die von Gleich zu Gleich übliche Anrede.
»Überhaupt nicht«, sagte Abu al-Fath al-Iskandari stöhnend, stützte sich noch stärker auf mich und ging noch gebückter als zuvor.
Wir waren vielleicht tausend Herzschläge gelaufen, als ich Stimmen hörte. Nicht die heimlich flüsternden Stimmen von Leuten, die sich anschleichen oder jemandem auflauern, sondern das Gelalle einer Truppe von Trunkenbolden, die Mühe haben, leise zu sein.

»Das sind unsere Verfolger«, sagte Abu al-Fath al-Iskandari. »Ich erkenne die Stimmen wieder.«
Ich bedeutete den Männern, die mir folgten, still zu sein und sich versteckt zu halten. Ich watete ins Wasser, das nicht tief war, und folgte dem Ufersteifen, wobei ich unter herabhängenden Ästen und herausragenden Wurzeln hindurchkroch. Die Kieselsteine im Flussbett drückten schmerzhaft in meine Knie und Handflächen. Die Stimmen wurden lauter, waren dicht über uns und verstummten dann allmählich. Unsere Feinde legten uns einen Hinterhalt, sie hatten den richtigen Weg genommen.
Das Ufer fiel ab, und vor mir sah ich eine Stelle, die so flach war, dass wir sie nicht ungesehen passieren konnten. Es war die Stelle, wo der Kampf stattgefunden hatte. Ich machte Halt und beriet mit den anderen über die einzuschlagende Taktik.
Plötzlich stieß Abu al-Fath al-Iskandari einen seltsamen Laut aus. Er erhob sich ein wenig und schürzte seine Kleider wie eine Frau, die sich zum Pinkeln hinhockt. Danach ging er tatsächlich in die Hocke und entleerte sich stöhnend in den schnell fließenden Wasserlauf. Ich wollte fragen, was los sei, aber er wusch sich schon und wühlte dann zu unserem großen Erstaunen mit beiden Händen in seinen Fäkalien. Ich fluchte leise, und einer der Kaufleute, der wie ich stromabwärts saß, tat es mir gleich. Die anderen, stromaufwärts, lachten. Denn inzwischen schöpfte Abu al-Fath al-Iskandari ein Goldstück nach dem anderen aus dem Wasser.
»Zum Glück fließt der Fluss hier schnell«, sagte er zufrieden, »und zum Glück kocht Hosseyn ziemlich fett. Ich habe mein Gold zurück.« Er blinzelte mir zu und steckte die *solidi* in seine nassen Kleider.
»Wer von euch kann schwimmen?«, fragte ich auf Deutsch. Keiner antwortete.
»Wir sollten besser bis zum Konvoi laufen und durch Rufen auf uns aufmerksam machen«, schlug ein Kaufmann vor, der Deutsch sprach.
»Ich kann hinschwimmen«, sagte ich, »dann holen wir euch mit den

Schiffen ab. Es dauert zwar eine Weile, aber einen Versuch ist es wert.«

Abu al-Fath al-Iskandari blickte erst mich und dann den Kaufmann an, als würde er uns verstehen, aber dann fragte er mich, ob ich übersetzten könne, was wir besprochen hatten. Das tat ich.

Abu al-Fath al-Iskandari hörte genau zu und schüttelte dann den Kopf. Er sagte mit glänzenden Augen und einem verschmitzten Lächeln, das seinen durchweichten und abgetretenen *babouches* zu spotten schien: »Ich habe eine viel bessere Idee. Ehe wir von den Schiffen abgeholt werden, können wir noch einen ganz anderen Coup landen.«

Er erläuterte uns, was er sich überlegt hatte, und ich übersetzte Satz für Satz. Es dauerte noch eine ganze Weile, denn der Kaufmann übersetzte mein Deutsch ins Slawische, aber schließlich hatten wir es alle verstanden. Zum Schluss grinsten alle Männer, und der Kaufmann klopfte Abu al-Fath al-Iskandari anerkennend auf den Rücken.

»Ein gerissener Mann, dein Herr«, sagte der Kaufmann anerkennend zu mir. Ich holte tief Luft und tauchte ins Wasser, um erst in der Mitte des Flusses wieder an die Oberfläche zu kommen. Von hier aus erspähte ich unsere Verfolger, eine kleine Gruppe, die sich an dem flachen Ufer versteckte, an einer Stelle, an der vom Land aus niemand zu sehen war.

Ich ließ mich vom Wasser treiben, und in der Zeit, die ein Bauer braucht, um eine Kuh zu melken, erreichte ich die ersten Schiffe des Konvois. Weil mich die Leute an Bord nicht kannten und ich nicht von einem Speer durchbohrt werden wollte, schwamm ich ruhig an allen Schiffen vorbei, bis ich beim letzten angelangt war. Ich kletterte ans Deck und sah in das erstaunte Gesicht von Hosseyn, der mit der Keule über seiner Schulter Wache hielt.

»Wir dachten schon, du hättest dich davongemacht.«

Ich zögerte keinen Augenblick und erläuterte ihm den Plan. Hosseyn nickte und sagte: »Das klingt nach Abu al-Fath al-Iskandari. Sprich mit den anderen! Ich muss auf unsere Begleiterin aufpassen.«

Ich rief die Schiffsleute zusammen, und als die Kaufleute und Kapitäne auf dem in der Mitte ankernden Schiff versammelt waren, berichtete ich mit Hilfe eines Dolmetschers: »Ich bin gestern Abend, als ich das Ufer erkundete, von dem Stamm, mit dem ihr gekämpft habt, gefangen genommen worden. Die Leute nahmen mich mit zu ihrem Dorf und zeigten mir die Gefangenen: meinen Herrn Abu al-Fath al-Iskandari und fünf Leute von eurem Konvoi; zwei von ihnen sind Kaufleute, zwei Wächter und dann ist da noch ein Mannschaftsmitglied. Der Anführer hat den Preis genannt. Wenn ich das Geld innerhalb einer Stunde abliefere, lässt er alle Gefangenen frei.«
Die Kaufleute berieten in ihrer Muttersprache, und dann diskutierten die, die beide Sprachen konnten, mit den Deutschen. Dem konnte ich gut folgen. Sie fanden den Betrag zwar hoch, aber nicht zu hoch. Wenn sie ihn bezahlten und der Rest der Reise verlief wie vorgesehen, blieb ihnen noch Gewinn.
»Wir werden wohl zahlen müssen«, sagte der Sprecher des Konvois ernst. »So sind die Regeln unserer Gilde, jedem von uns kann morgen dasselbe passieren.«
Ich bekam einen Beutel mit Goldstücken, den ich zwischen die Zähne nahm, als ich mich wieder ins Wasser gleiten ließ. Ich schwamm zum Ufer und lief schnell die Flussbiegung entlang zu der flachen Stelle. Zuvor machte ich einen Umweg, um zu sehen, ob unsere Verfolger noch auf der Lauer lagen. Sie waren noch da, die meisten blickten stumpfsinnig vor sich hin, der Rest schlief. Lärm machten sie nicht mehr, wenn man vom Schnarchen absah.
Ich beeilte mich, zu den sechs Männern zurückzukommen. Bei ihnen angelangt, hockte ich mich am Ufer hin. Abu al-Fath al-Iskandari nahm den Beutel mit Gold und verteilte den Inhalt unter den Männern. Auch ich bekam den siebten Teil.
»So erhalten wir zumindest eine kleine Entschädigung für die erlittene Schmach«, sagte mein Herr. Wir warteten noch eine Weile in den Sträuchern, wo wir die Zeit totschlugen, indem wir uns in vier Sprachen Witze erzählten, die von den rauen Späßen des See-

mannes bis zu den eleganten Scherzen Abu al-Fath al-Iskandaris reichten. Weil jeder Witz ein paarmal übersetzt werden musste, erfolgte das Gelächter in Etappen.

Als die Dunkelheit endlich dem Tageslicht wich, liefen wir zum Ufer und fingen an, freudig zu winken und zu springen und die Aufmerksamkeit der Schiffsmannschaften auf uns zu lenken.

24. Kapitel

In dem Hroswith seinen Herrn das Teufelsspiel lehrt. Wie Hosseyn zwei griechische Jungfrauen schwängert

Wir reisten zwei Tage nach Osten, und die Landschaft veränderte sich kaum. Nichts wies darauf hin, dass dieses Land von Menschen bewohnt war. Tagsüber versuchten wir, so viele Meilen wie möglich auf dem sich allmählich verjüngenden Fluss hinter uns zu bringen, am frühen Abend ankerten wir an geschützten Stellen, und die Soldaten gingen an Land, um die Gegend zu erkunden.

Am dritten Tag hatten wir den grünen Waldtunnel hinter uns. An den Uferseiten erstreckten sich nun endlose Sümpfe, nur hier und da war eine Falte im grünen Grasteppich zu erkennen. Ein einzelner verlorener Baum markierte ein winziges Stückchen festen Grund. Gegen Mittag hingen noch immer Nebel über den hungrigen Tiefen, die unserem Kapitän zufolge einen Ochsenkarren innerhalb von drei Herzschlägen verschlingen konnten. Hier brauchten wir endlich keinen Hinterhalt mehr zu fürchten, und die Spannung der letzten Tage löste sich.

»Ich glaube«, sagte Abu al-Fath al-Iskandari, »dass du mir nach all den Abenteuern, die wir erlebt haben, nun doch erzählen kannst, weshalb du meine Sprache so gut sprichst.« Er ging an der Reling hin und her, immer fünf Schritte nach rechts und fünf nach links. Es war Mittag, die Mannschaft aß auf dem schmalen Vorderdeck. Ab und zu stimmten die Männer spontan ein Lied an.

Ich setzte mich auf mein Kissen. »Lasst uns erst die Frage meiner Freilassung besprechen«, sagte ich ärgerlich. »Ich hoffte, sie als Belohnung für meine Befreiungsaktion zu erlangen.«

Er lachte von Herzen über meine Worte. »Von wegen! Wie du dich erinnern solltest, bester Sklave, bin ich auf deinen Vorschlag nicht eingegangen, nicht zuletzt, weil es einem Sklaven nicht zukommt, Bedingungen zu stellen, jedenfalls nicht, wenn sie seine Freilassung betreffen. Du hast dennoch beschlossen, mich zu befreien, und die Folgen musst du nun ganz allein tragen.«

Sigrid kam über die Leiter, die zum Achterdeck führte, und ging leichtfüßig wie eine Elfe zur Reling. Ihr folgte Hosseyn, ihr ewiger Begleiter.

»Etwas verstehe ich nicht«, sagte ich und dachte dabei an meine Erfahrungen mit Adela. »Du lässt Sigrid von Hosseyn bewachen. Ist das nicht ein ungewöhnliches Verhalten angesichts deiner Wertschätzung von Jungfräulichkeit? Ich würde meine zukünftige Frau nie mit einem männlichen Bewacher allein lassen, schon gar nicht mit einem, der so männlich wirkt wie Hosseyn. Das erinnert doch an den Fuchs, der den Hühnerstall bewacht.«

»Hosseyn, zeig meinem Bruder deinen Zupp!«, sagte Abu al-Fath al-Iskandari zu Hosseyn, der nicht darüber erstaunt schien, dass sich das Gespräch um ihn drehte. Grinsend hob er den Saum seines Burnus hoch und klemmte ihn zwischen die Zähne, sodass sein Zupp zu sehen war. Abu al-Fath al-Iskandari hielt den halb aufgerichteten Zupp hoch und zog an dem lederartigen Beutel, der darunter hing und genauso platt war wie mein Geldbeutel.

»Sieh, dort, wo wir mit zwei Hoden gesegnet sind – Allah ist groß! –, da hat Hosseyn nichts. Danke Hosseyn, du kannst dich wieder bedecken.«

»Jetzt verstehe ich«, sagte ich nach einem tiefen Atemzug. »Du brauchst dir über Sigrids Wohlergehen in der Tat keine Sorgen zu machen. Aber für Hosseyn erscheint mir das weniger angenehm.«

»Ach«, bemerkte Hosseyn, »ich kann dir sagen, es sorgt für Ruhe.«

Ich konnte meine Verwirrung nur mühsam verbergen. Noch vor kurzem hing dieses Schicksal über meinem Haupt. Vielleicht sollte ich mich vorläufig weniger herausfordernd aufführen. Ich holte noch einmal tief Luft und fragte dann: »Wann soll ich denn nun für euch Waffen schmieden?«

»Das höre ich gern!«, sagte Abu al-Fath al-Iskandari. »Leider musst du warten, bis wir in zivilisiertere Gegenden kommen.«
Aus dem improvisierten Zelt, unter dem Ahmad lag, drang ein Stöhnen, und Hosseyn eilte zu dem Verletzten, um dessen Wunde zu versorgen.
»Der ist bald wieder obenauf«, sagte Abu al-Fath al-Iskandari. »Vielleicht erreichen wir schon morgen den Ort, wo die Ladung auf Pferde umgeladen wird. Wir reiten anschließend sechzig Meilen über Land und schiffen uns dann wieder ein, um unsere Reise auf einem anderen Fluss fortzusetzen. Aber auf dem Dnjepr sind wir dann immer noch nicht.«
Ich schwieg, denn ich war mit meinen Gedanken nicht bei der Sache.
»Was machst du da eigentlich?«, fragte Abu al-Fath al-Iskandari und zeigte auf meine Würfel, die ich über die rau behauenen Planken rollen ließ.
»Das sind Würfel, die zum Spielen gemacht sind. Es gibt zahlreiche Würfelspiele und ich kenne einige. Allen ist ihnen gemein, dass der, der das Glück auf seiner Seite hat, sich auf Kosten seiner weniger glücklichen Mitspieler beträchtlich bereichern kann. Gibt es bei euch in Bagdad keine Würfel?«
Abu al-Fath al-Iskandari schüttelte das mit dem Turban bekrönte Haupt. »Nicht, dass ich wüsste. Ich habe sie wohl schon mal gesehen, vor kurzem noch in Haithabu, aber bis jetzt hatte ich noch nie das Vergnügen, dies faszinierende Spiel zu spielen. Ich möchte, dass du es mir beibringst.«
Ich zuckte mit den Achseln und ließ die Würfel noch einmal über die Planken rollen. Dann sammelte ich sie ein und gab sie Abu al-Fath al-Iskandari, der sie gierig in Empfang nahm. Seine Augen glänzten.
»Es ist wirklich kinderleicht«, sagte ich. »Alles, was du tun musst, ist, die Würfel in der Hand schütteln und dann werfen.«
Er schüttelte die Würfel lange und ließ sie dann über das Deck rollen. »Fünf, sechs, sechs. Nicht schlecht für einen Anfänger!«, rief ich erstaunt. »Das Glück muss mit dir sein, Abu al-Fath al-Iskandari!«

»Wie ich vermute, ist es jetzt an dir, einen Wurf zu machen, lieber Sklave«, sagte mein Herr zufrieden, während er mir die Würfel herüberreichte. Ich warf und kam nur auf eine beschämende Eins und zwei Dreier.
»Wahrlich, ein Spiel nach meinem Sinn«, rief Abu al-Fath al-Iskandari vergnügt. »Lehre mich alle Würfelspiele, die du kennst, und ich werde es dir reichlich lohnen.«
Also brachte ich ihm alle Würfelspiele, die ich kannte, bei. Hosseyn lief mit Waschschüsseln und mit Essen für seinen Patienten hin und her; Sigrid lehnte an der Reling und starrte in den Nebel. Der Rudergänger sah aus wie ein Standbild, den Blick fest auf die Schiffe vor uns gerichtet. Ich lehrte Abu al-Fath al-Iskandari auch das Teufelsspiel, auch *Sechshundertsechsundsechzig* genannt, ein Spiel, das die Dänen spielen und *Nornveller* nennen. Ich brachte ihm das einfache *Achtzehn in den Pott* und *Eins – zwei – drei* bei, das die Männer der Bauhütte in Wikala spielten, als ich mich dort als Kind herumtrieb.
Vor allem das Teufelsspiel schätzte Abu al-Fath al-Iskandari. Ein ums andere Mal gewann er den Einsatz, und dann grinste er mich unter seinem Turban an, und seine *babouches* schienen sich hämisch nach oben zu krümmen.
»Ihr seid wahrhaftig ein Naturtalent, verehrter Meister«, schmeichelte ich ihm, während ich ihm wieder und wieder die Würfel zuschob.
»Es ist doch nicht verwunderlich, dass das Glück auf meiner Seite ist, schließlich habe ich es meinem Glück zu verdanken, dass ich der Herr bin und du der Sklave. Dein Leben wird von einem unfreundlichen Schicksal bestimmt, du hättest es allerdings auch schlimmer treffen können.«
»Ihr gebt also zu, dass die Lage eines Sklaven wenig glücklich ist«, sagte ich triumphierend.
Er lächelte mir beruhigend zu: »Von meinem Standpunkt aus betrachtet, stimmt das sogar. Aber dir, der du die Dinge vom Standpunkt des Sklaven zu betrachten hast, bleibt keine andere Wahl,

als in deiner Lage zu verharren, ja mehr noch, du solltest dir gar nichts anderes vorstellen. Im Übrigen spiele ich, um auf ein anderes Thema zu kommen, lieber um Geld als um die Ehre. Gegenüber einem Sklaven kann man ja wenig Ehre erlangen.«

Ich lachte grimmig. »Und ich habe natürlich kein Geld.« Ich vergaß in diesem Augenblick, dass ich ja einen siebten Teil des Lösegeldes bekommen hatte.

Ein verschmitzter Ausdruck huschte über sein Gesicht, aber er vermochte ihn sogleich wieder zu unterdrücken. »Du hast etwas anderes, was ich eventuell als Einsatz akzeptieren könnte.«

»Was denn?« Ich warf die drei Würfel in die Luft und fing sie wieder in der Hand auf.

»Ich möchte eine Antwort auf die Frage, wie und wo du meine Sprache so gut gelernt hast. Meine Neugier ist noch gewachsen, weil du mir erzählt hast, dass die Antwort darauf das Mysterium nur noch vergrößern würde.«

Ich schüttelte die Würfel, warf aber nicht.

»Also, spielen wir?«, fragte mein Herr Abu al-Fath al-Iskandari.

»Was kann ich dabei gewinnen?«

»Was du willst, du sollst es bekommen.«

»Sind nicht die Besitztümer eines Sklaven zugleich auch die Besitztümer seines Herrn?«

Er lachte. »Das ist wahr. Aber der Sklave, jedenfalls mein Sklave, kann über all meine Besitztümer vollständig verfügen, sich kleiden, wie er will, und sich dabei aus meinem Vorrat an Stoffen bedienen; er isst, was ich esse, er trinkt, was ich trinke. Sein Bett soll nicht weniger weich sein als das meine.«

Ich konnte meine Zunge nicht im Zaum halten und gab sarkastisch zurück: »Und inwieweit kann er am Besteigen Eurer heißblütigen, zeitlosen Schönheiten teilnehmen, ohne eine kleine körperliche Veränderung erdulden zu müssen?«

Abu al-Fath al-Iskandari bekam keinen Wutausbruch, wie ich befürchtet hatte. Eine besonders undurchdringliche Nebelschwade umhüllte uns einen Augenblick lang wie im Traum.

»Meine Frauen sind nicht mein Eigentum, und was die kleine körperliche Veränderung betrifft, das habe ich nur gesagt, um dich zu erschrecken. Ich pflege meine Sklaven nicht zu verstümmeln«, sagte Abu al-Fath al-Iskandari fast unhörbar.
»Ja, da kann Hosseyn ein Lied von singen«, spottete ich.
Abu al-Fath al-Iskandari sah mich streng an. »Hosseyns Zustand habe ich nicht zu verantworten. Er war schon entmannt, als ich ihm begegnete. Wie kannst du so etwas von mir denken?«
»Das ist leicht zu erklären, du hast selbst darüber gesprochen.«
Wir schwiegen kurz, und Hosseyn kam mit einem Knäuel blutiger Verbände aus dem improvisierten Zelt und kletterte die Leiter zu dem tiefer gelegenen Deck hinunter.
»Hosseyn ist vor ungefähr dreißig Jahren als Sklave geboren worden, wahrscheinlich an den Gestaden des Schwarzen Meeres, soweit ich weiß«, sagte Abu al-Fath al-Iskandari. »Sein eigentlicher Name ist Nikos. Er ist mit drei Jahren von einem reichen Kaufmann aus Qustantinia gekauft worden, der für seine Töchter einen Spielkameraden suchte. Der junge Nikos lernte lesen und schreiben, weil der Kaufmann einen Hauslehrer aus ihm machen wollte. Er lernte gut und ließ die Mädchen weit hinter sich. Doch mit der Älteren verband ihn viel, und beide waren bald unzertrennlich. Ihr Name war Eleni; als sie dreizehn wurde, war sie so schön wie ein schwarzes Stutenfohlen aus Cordoba. Ich habe sie ein einziges Mal sehen dürfen, und das hat mein Leben verändert. Ihr Haar glänzte wie Seide, und wenn sie ging, bewegten sich ihre Hüften und Schenkel wie der Wind in einem Kornfeld. Ihre Brüste ... Die habe ich nur in meinen Träumen gesehen, aber die Vorstellung, die sie verborgen unter dem Kleid erweckten, belebten die Träume so fleischlich, dass mancher Albtraum davon überquoll. Aber ach, das Schicksal schlug zu. Als Nikos ungefähr zwölf war, beschloss der Kaufmann, aus dem Jungen einen Eunuchen zu machen, denn die Pontier sind in Qustantinia bekannt dafür, dass sie alle einen gesteigerten Geschlechtstrieb haben. Und so geschah es. Aber der Kaufmann kam zu spät ...«

»Was war geschehen?«, fragte ich, ganz gebannt von der Geschichte.
Hosseyn, der leise hinter mich getreten war, antwortete für seinen Herrn. »Als der Kaufmann mich entmannen ließ, war Eleni schon schwanger, genau wie ihre Schwester Maria.«
Ich drehte mich um und sah Hosseyn zum ersten Mal wirklich zufrieden lächeln. »Ich betrauerte, was ich verlor, aber das Gesicht des Kaufmanns, als er entdeckte, was passiert war, machte vieles wieder gut.«
Abu al-Fath al-Iskandari fuhr fort: »Der Kaufmann wollte Nikos töten, aber an dem Tag, an dem er alles entdeckte, war ich in seinem Haus in Konstantinopel zu Gast. Ich, noch im Glanz meiner Jugend, erblickte in Nikos eine verwandte Seele und bot dem Kaufmann einen Betrag, der groß genug war, um den Schmerz aus seinem Ehrgefühl zu verdrängen und seine Rachsucht abzukühlen. So wurde Nikos mein Sklave. Er wollte von dem Namen, den ihm sein früherer Herr gegeben hatte, nichts mehr wissen, darum gab ich ihm einen neuen Namen: Hosseyn.«
Ich blickte auf meine Hand, in der ich nun wieder die Würfel schüttelte.
»Um meine Freiheit!«, sagte ich. »Um sie spiele ich, und das ist mein letztes Angebot.«
»Wenn du gewinnst, bist du frei«, sagte Abu al-Fath al-Iskandari nachdenklich. »Wenn ich gewinne, erhalte ich Antwort auf meine Frage. Das scheint mir aber kein gleichwertiger Einsatz zu sein.«
»Nimm es an, oder lebe den Rest deines Lebens in Unwissenheit, Abu al-Fath al-Iskandari!«, antwortete ich.
Er seufzte: »Gut, ich nehme dein Angebot an.«
In diesem Moment meldete sich Ahmad zum ersten Mal seit Tagen zu Gehör: »Abu al-Fath al-Iskandari, hör mir kurz zu!«, war aus dem Zelt zu vernehmen. »Ich habe gesehen, wie die Ungläubigen dieses Spiel spielen. Dieser Sklave hat zweifellos einen falschen Würfel in seinem Ärmel versteckt, sodass er das Glück in seinem Sinne beeinflussen und dir einen Sklaven stehlen kann. Täusche

dich nicht in diesem Sklaven! Er ist gerissen und mutig, wenn ich an deiner Stelle wäre, würde ich seine Kleider gut durchsuchen.«
Abu al-Fath al-Iskandari sah mich fragend an. Ich schüttelte heftig den Kopf, um diese Unterstellungen zu entkräften. »Ich weise die Anschuldigung zurück, ich halte keinen Würfel versteckt«, sagte ich. »Ich besitze zwar einen gefälschten Würfel, hatte aber nicht die Absicht, diesen einzusetzen. Ich habe diesen Würfel in meinem Sklavenverschlag gelassen, wo ihr ihn unter meinem Strohsack finden könnt. Ich habe daran gedacht, falsch zu spielen, aber diesen Gedanken verworfen, weil ich meine Freiheit nicht einem Betrug verdanken möchte.«
»Gut, ich glaube dir«, sagte Abu al-Fath al-Iskandari und nahm die Würfel. Er warf und gab sie mir zurück. Ich tat meinen Wurf, und Abu al-Fath al-Iskandari atmete hörbar vor Aufregung. Er hatte einen kleinen Vorsprung, aber es konnte noch viel passieren. Wir spielten drei mal drei Partien, und langsam verdüsterte sich das Gesicht meines Herrn, und seine Kiefermuskeln spannten sich. Ich spürte Schweißtropfen auf meiner Stirn und zitterte, während wir durch eine Nebelbank fuhren. Schließlich hatten wir Gleichstand erreicht, jeweils ein Wurf stand noch aus. Abu al-Fath al-Iskandari atmete tief durch und warf. Er warf sechs-sechs-fünf und lächelte mich triumphierend an; ich warf … sechs-sechs-sechs, die Zahl des Teufels.
»Der Teufel muss mit mir sein, ich habe gewonnen!«, rief ich.
Abu al-Fath al-Iskandari stand auf und zog mich an den Händen hoch. Er umarmte mich und rief vergnügt: »Gott ist groß, er hat mir ein Zeichen gegeben; mein Sklave ist für das Dasein als Sklave nicht bestimmt. Du bist ein freier Mann, sei mein Bruder und mein Freund! Hosseyn! Bring uns Wein!«
Hosseyn tauchte auf, er grinste und strahlte und beeilte sich, zum Weinvorrat zu gelangen, den mein ehemaliger Meister mitgenommen hatte, um sich für die Dauer der Reise innerlich befeuchten zu können.
Abu al-Fath al-Iskandari schenkte selbst ein und wir stießen an.

»*Hanie'an*«, sagte er. »Da du nun mein Freund bist, hätte ich zwei Bitten. Erzähl mir zuerst, wie es kommt, dass du meine Sprache so gut sprichst, obwohl du doch nie in meinem Land gewesen bist?«
Ich erzählte es ihm. Ich erzählte alles über meine Kindheit in Wikala, über meine Eltern und Adela und über meine Flucht nach England. Der Krug wurde leer, und die Dämmerung brach herein. Die Schiffe lagen vor Anker, und Sigrid und Hosseyn schliefen schon. Ich fühlte mich müde und erschöpft und hatte Lust, ihrem Beispiel zu folgen, aber Abu al-Fath al-Iskandari, der noch ganz wach zu sein schien, hielt mich zurück. »Was für eine Geschichte!«, sagte er. »Es ist tatsächlich ein unerklärliches Mysterium. Ich denke, dass du mit dem zweiten Gesicht begnadet bist. Das kann ein Fluch oder auch ein Segen sein, aber in deinem Fall hat es sich zum Guten gewendet, denn wenn du nicht so gut Arabisch sprechen würdest, könntest du meine zweite Bitte nicht erfüllen.«
»Und die wäre?«, fragte ich.
»Lehre mich unverzüglich, mit gefälschten Würfeln zu spielen!«

Ahmad kam am nächsten Tag aus seinem Zelt, noch immer bleich wie ein Toter. Hosseyn sah ein paarmal am Tag nach der Wunde an der Schulter und erneuerte den Verband. Ahmad, der mir zu Anfang sehr reserviert begegnet war, änderte seine Haltung. Am zweiten Tag, nachdem er aufgestanden war, kam er zu mir und gab mir mein Ulfberth. »Du bist jetzt ein freier Mann und ein Freund meines Freundes Abu al-Fath al-Iskandari. Ich meine, du solltest dein eigenes Schwert tragen«, sagte er.
Ich nahm es, glücklich, das vertraute Gewicht der legendären Schöpfung meines Vaters wieder in der Hand zu fühlen. Ich schwenkte es herum, und Ahmad, der sein *Na'alaan* trug, bat mich, mit ihm zu üben. »Wenn ich etwas aus diesem Abenteuer gelernt habe, dann, dass ich lernen muss, mit beiden Händen zu fechten.«
Hosseyn protestierte, aber Ahmad war von seinem Vorhaben nicht abzubringen. Er bekam wieder Farbe und fraß wie ein Wolf. So

übten wir uns vom frühen Morgen bis zum späten Abend im Schwertkampf.
Ich kämpfte mit beiden Händen, und nach drei Tagen konnte auch Ahmad seinen rechten Arm wieder gebrauchen. Wir wirbelten um die eigene Achse und wehrten uns gegenseitig ab, während Abu al-Fath al-Iskandari und Sigrid uns beobachteten und Kommentare abgaben. Unterdessen glitten wir durch eine endlos grüne Sumpflandschaft, in der keine Menschen, ja nicht einmal Tiere lebten, von ein paar Wasservögeln abgesehen.
Ahmad meinte, dass ich auch lernen müsste, Arabisch zu lesen. Natürlich war ich einverstanden. Wir fingen gleich an.
Wenn es Nacht wurde und wir gegessen hatten, fiel ich erschöpft auf meinen Strohsack und schlief, bis die Schiffe die Anker lichteten. Weil die Gefahren, die uns im Wald gedroht hatten, nun verschwunden waren, wurden die Ankerzeiten kürzer, und der Kapitän versicherte uns, dass wir sehr bald unseren Bestimmungsort erreichen würden.
»Die Route, die wir auf dem Hinweg genommen hatten, war bequemer, aber die Strecke war länger«, sagte Abu al-Fath al-Iskandari. »Wie du weißt, nehme ich nie denselben Weg, den ich gekommen bin. Deshalb wählen wir jetzt eine etwas schwierigere Strecke. Sobald wir uns erst einmal auf einem der Seitenarme des Dnjepr befinden, haben wir Kiew in ein paar Tagen erreicht.«
»Sind wir dann schon in der Nähe von Bagdad?«, fragte ich, denn ich wollte diese Stadt unbedingt einmal sehen.
Abu al-Fath al-Iskandari lachte. »Noch lange nicht, und vielleicht reisen wir gar nicht nach Bagdad, ich glaube, ich habe dort im Augenblick nichts verloren.«
Ich wollte ihn fragen, wie es sich dann mit seinen heißblütigen, zeitlosen Schönheiten verhalte, aber er drehte sich um und ging zu Sigrid, die in die Ferne starrte und sicher schon eine Woche nichts gesagt hatte.

25. Kapitel

Über die Gastfreundschaft slawischer Dorfbewohner und die Gefahren durch das Tragen eines Turbans

In den vordersten Schiffen stießen die Männer Freudenschreie aus, und die Schiffsleute hinter ihnen fielen sofort ein. Kurze Zeit später sahen auch wir das Dorf. Von einem Besatzungsmitglied hörte ich, dass der Fluss stromaufwärts nicht mehr befahrbar war. Hier müssten die Kaufleute ihre Waren auf Ochsenkarren umladen. Wahrscheinlich diente das Dorf ausschließlich als Umschlagplatz.

Die Niederlassung, die, soweit ich mich erinnere, keinen Namen hatte, war von den üblichen Palisaden und Erdwällen umgeben. An der Wasserseite wurden die Schiffe auf den flachen Strand geschleppt, wie überall in den Häfen in diesem Teil der Welt. An einen Vergleich des Dorfes mit Haithabu war nicht zu denken, und die Straßen, halb verrottete Knüppeldämme, waren schmutziger. Aus den Hütten, die Abzugslöcher in den Dächern hatten, kamen Rauch und der Geruch gebratenen Fleisches. Wir hatten tagelang kaum gegessen, weil die Vorräte zur Neige gingen und es in den Sumpfgebieten nichts zu jagen gab.

»Ich dachte schon, dass ich vor Hunger sterben müsste«, murmelte Abu al-Fath al-Iskandari, der keinen getrockneten Fisch mochte.

Wir saßen in einer großen verräucherten Hütte und verschlangen eine Hirschkeule, deren Saft in unsere Bärte troff. Bier gab es im Überfluss, und ich stürzte gemeinsam mit Abu al-Fath al-Iskandari einige Kannen hinunter. Ahmad sah mich missbilligend an und lehnte ab, wenn ihm jemand einschenken wollte.

Hosseyn bat um einen Becher Milch, zum Erstaunen und Abscheu unseres Gastgebers, der glaubte, dass er die Bitte, von mir ins Deutsche und vom Kapitän in wer weiß welche Sprache übersetzt, falsch verstanden habe. Hosseyn machte eine Gebärde wie beim Melken, und das stellte Klarheit her. Schnell brachte jemand eine kräftige Stute in die Hütte, die an Ort und Stelle von den geschickten Händen einer ungewaschenen, aber nicht gerade hässlichen Frau gemolken wurde. Hosseyn zuzwinkernd, zapfte sie der Mähre eine halbe Kanne Milch ab und reichte sie ihm. Sie sah wohlwollend zu, wie Hosseyn die Kanne in einem Zug leerte, und bot dann mit einer ebenfalls dem Melken ähnlichen Gebärde sich selbst an. Aber Hosseyn lehnte ab.

Ein Mann in einem schmutzigen Mantel hielt eine längere Ansprache, die vornehmlich aus Beleidigungen zu bestehen schien, stets vom Beifall der Dörfler unterbrochen, die sehr seltsam aussahen. Als er geendet hatte, blickte er abwartend auf die Anführer unserer kleinen Flotte. Winfried, der Kapitän unseres Schiffes, redete nun seinerseits einige Zeit in der Sprache der Dörfler, und auch seine Worte fanden Beifall. Die Männer beschlossen die Ansprache mit einem kräftigen Trunk, und dann umarmten sie sich wie Geliebte, woraufhin ein anderer Mann nach vorn trat und eine Ansprache hielt, gefolgt von einer Gegenrede und einem erneuten Umtrunk.

Abu al-Fath al-Iskandari und ich prosteten uns immer wieder zu und gaben Erzählungen über unsere früheren Eroberungen zum Besten, wobei ich die Frauen von Jelling, die ich kennen gelernt hatte, eine nach der anderen in einer Art und Weise beschrieb, die jeden arabischen Dichter oder nordischen Skalden neidisch gemacht hätte. Abu al-Fath al-Iskandari schnitt gewaltig auf über die verführerischen Frauen von Bagdad, und wo es ihm an dichterischer Qualität, über die ich in so reichlichem Maß verfügte, fehlte, übertraf er mich durch die Anzahl der Frauen, mit denen er das Lager geteilt hatte. Aber, so machte ich mir klar, Abu al-Fath al-Iskandari war bestimmt schon vierzig, obwohl er keinen Tag älter aussah als ich.

Das Bier aus der Gegend und der Wein, den die Kaufleute aus ihren

Schiffen holten, stiegen mir zu Kopf, und ich begann, Arm in Arm mit meinem früheren Herrn, ein albernes arabisches Lied anzustimmen, das ich bereits Jahre vor unserer Begegnung kennen gelernt hatte.

Später verlor ich jeden Sinn für die Zeit und fiel in ein herrliches Vergessen. Aber der Kater kam früher als sonst. Ich schreckte hoch, als jemand auf meine Hand trat. Ich schrie auf und sah mich um, konnte mich aber nicht aufrichten. Ich lag auf dem Rücken, das schnarchende Haupt Abu al-Fath al-Iskandaris auf meiner Brust. Wir waren beide in seinen Turbanschal eingewickelt, der sich im Eifer des Festes entrollt haben musste. Um mich herum hörte man Geschrei und das Klirren von Schwertern.

Ich griff intuitiv nach meinem Ulfberth, aber mein legendäres Schwert war verschwunden. Während ich noch ins Leere tastete, bemühte ich mich, so gut es ging, die Lage zu erfassen. Ich versuchte, zwischen den stampfenden Füßen auszumachen, wer mit wem kämpfte und ob ich um mein Leben bangen musste. In der Nähe sah ich die großen, breiten Füße von Hosseyn wie fest gewurzelt auf der Erde, und ich erkannte, dass die krachenden Geräusche, dich ich vernahm, von seiner Schädel und Knochen zerschmetternden Keule herrührten.

So fest wie Hosseyn dastand, so leichtfüßig tanzten Ahmads Füße durch die Hütte, während er mit zwei Schwertern gleichzeitig um sich schlug, mit großer Zielsicherheit und ruhigen Bewegungen, die den Großmeister verrieten. Einige Mitglieder unserer Reisegesellschaft drückten sich gegen die Wände der Hütte, nicht alle kämpften. Die Dorfbewohner waren eigentlich zahlenmäßig unterlegen.

Der Boden um uns herum war mit leblosen Körpern bedeckt, und neben meinem Kopf lag wie ein Essnapf voll grauem Brei eine glatt abgeschlagenen Schädeldecke. Ich versuchte, mich von dem Turbanschal zu befreien, aber er saß fest und war klebrig von dem Blut, das über uns hinwegspritzte.

Ich hatte genug gesehen und wollte nun unbedingt aufstehen. Abu al-Fath al-Iskandari schlief noch immer. Es gelang mir, eine Hand frei zu bekommen, mit der ich mich bemühte, meinen Freund wegzustoßen. Ich begann an dem festen Schal zu ziehen, in der Hoffnung, eine schwache Stelle zu finden, bekam aber einen Blutstrahl in die Augen, sodass ich nichts mehr sah.

Plötzlich fühlte ich, wie starke Hände mich und Abu al-Fath al-Iskandari hochhoben, als ob wir ein Körper wären. Ich sah noch immer nichts; im nächsten Moment lag ich im Wasser.

Durch das Gewicht Abu al-Fath al-Iskandaris und weil ich mich kaum bewegen konnte, ging ich unter, aber noch ehe mich Panik erfasste, spürte ich, wie meine Hände freikamen. Es gelang mir unter Mühen, an die Oberfläche des kalten Wassers zu gelangen. Ich sah Ahmad, der sein *Na'alaan* ausgestreckt vor sich hielt. Er hatte die festen Bänder des Turbans durchtrennt, nachdem er uns mit Hosseyns Hilfe ins Wasser gestoßen hatte. Neben mir tauchte das erstaunte, prustende Gesicht Abu al-Fath al-Iskandaris auf, brutal geweckt aus dem Traum, in den er zehn Herzschläge zuvor noch so tief versunken war.

Abu al-Fath al-Iskandari schöpfte mit beiden Händen Wasser über sich und wusch das Blut aus Gesicht und Haaren. »Gepriesen sei Allah für die Geistesgegenwart meiner Gefährten!«, sagte er und blinzelte mir zu. »Wir haben heute nicht nur die Oberhand über unsere Feinde und die Mächte der Finsternis behalten, nein, wir können auch die Reise zum nächsten Umschlagplatz antreten, ohne etwas zu bezahlen, denn die männliche Bevölkerung dieses Ortes ist nicht in der Lage, uns zu begleiten, während ihre Lasttiere schon ungeduldig mit den Hufen scharren und darauf warten, eingespannt zu werden. Nach der Ankunft können wir sie verkaufen oder aufessen und so die Reise zu einem wohlfeilen, folglich gewinnträchtigen Abschluss bringen.«

Ich säuberte mich und wusch die Kleider, die ich für Haithabu gekauft hatte und die mir nun in Fetzen am Leib hingen. Abu al-Fath al-Iskandari folgte meinem Beispiel.

Ahmad stand noch immer am Ufer und stützte sich auf mein

Schwert. »Hroswith, eins musst du noch lernen«, sagte er. »Selbst der beste Fechter taugt nichts, wenn er betrunken ist. Und du, Abu al-Fath al-Iskandari, du solltest dich schämen für ein Betragen, das dem wahren Gläubigen ein Gräuel ist. Du hättest mit all deiner Klugheit voraussehen können, was die Barbaren vorhatten.«

»Bruder Ahmad, red keinen Unsinn!«, sagte Abu al-Fath al-Iskandari streng. »Hast du wirklich geglaubt, ich hätte das nicht vorausgesehen?« Er fischte viele Ellen seines Turbanschales aus dem Wasser und blickte missmutig auf die durchtrennten Bahnen.

»Hast du das etwa doch?« Ahmad war nun völlig durcheinander.

Abu al-Fath al-Iskandari schüttelte mitleidig den Kopf. »Aber ja, ich gab mich mit meinem Freund Hroswith dem Trunk hin, gerade weil ich den Verrat geahnt habe. Ich verließ mich vollkommen auf die Fähigkeiten meines Schwertmeisters und meines treuen Sklaven. Es lief dann auch genauso, wie ich es vorausgeplant hatte. Denk mal darüber nach, dass es für uns nicht minder anstrengend war, uns wie Narren aufzuführen und Unaufmerksamkeit vorzuspielen, wie für dich, die Barbaren zu besiegen!«

»Ich weiß nicht …«, sagte Ahmad. »Ich habe wirklich gedacht, dass du deinen Verstand verloren hast, als du mit *Sidi* Hroswith durch die Hütte getanzt und anschließend in deinen Turbanschal verwickelt auf den Boden gefallen bist.«

Abu al-Fath al-Iskandari blickte gekränkt. »Ich hatte gedacht«, sagte er leise, »dass du, Ahmad, Großmeister mit dem Schwert und ein Stratege von Weltrang, meine Taktik besser einschätzen würdest.«

Ahmad senkte beschämt den Kopf. »Selbst ein großer Stratege kann von einem Meisterzug in die Irre geleitet werden, vor allem wenn der einem so komplexen und ursprünglichen Geist wie dem deinen, Abu al-Fath al-Iskandari, entspringt … Vergib mir meine vorschnelle und unpassende Kritik!«

»Ist schon gut, Ahmad«, sagte Abu al-Fath al-Iskandari, während er ans Ufer watete. »Aber was höre ich da?«

Blutbefleckte Soldaten saßen erschöpft vor der großen Hütte, in der der Kampf stattgefunden hatte, um sich auszuruhen. Aus anderen Hütten hörte man die Schreie der Frauen, die ihre verstorbenen Männer beklagten oder die von den siegreichen Schiffsleuten vergewaltigt wurden.

Abu al-Fath al-Iskandari schüttelte den Kopf. »Es ist beklagenswert, dass ein Mann eine Frau zwingen muss. Aber andererseits ist es mir noch nie passiert, dass sich eine Frau weigerte, mir das zu schenken, was ich von ihr wollte, also habe ich leicht reden. Aber es gefällt mir nicht. Wir sollten so schnell wie möglich von diesem Ort verschwinden.« Er blickte sich um und fragte plötzlich ganz unruhig: »Wo ist eigentlich Sigrid?«

Sie trat aus dem Schatten heraus. »Hier bin ich«, sagte sie. »Ich weiß, wie ich mich unsichtbar machen kann.« Sie schien nicht begeistert von den Geschehnissen.

Winfried gab das Zeichen, sich zu sammeln. Kurze Zeit später kamen die Männer, einer nach dem anderen, grinsend aus den Hütten.

Einige Soldaten traten mit zwei alten Männern und einem jungen Mann vor. Die Greise blieben vor uns stehen und blickten zu Boden. Der junge Mann, überzeugt, dass seine letzte Stunde geschlagen hatte, jammerte und wand sich wie ein Aal im festen Griff der Soldaten.

Winfried sagte etwas, und der Mann beruhigte sich. Er richtete sich auf, holte tief Luft und gab dann schnell und stotternd Antwort.

Winfried sagte: »Ich habe ihn soeben zum Hauptmann dieses Dorfes ernannt. Ich habe ihm erzählt, dass es dumm war, uns in einen Hinterhalt zu locken, schließlich sind sie hier von Karawanen und den Händlern auf dem Fluss abhängig. Es wäre nicht klug, sie zur Strafe in Stücke zu hacken oder zu Sklaven zu machen. Ich lasse ihn und die alten Männer am Leben, damit alles wieder in Gang kommt. Wir sind ja selbst darauf angewiesen, dass diese Route intakt bleibt.«

Die Kaufleute beschlossen, mit der Verladung nicht mehr zu

warten. Da es an Männern, die beim Transport helfen konnten, mangelte, sollten einige Frauen mitgehen, die später die Lasttiere zurückbringen konnten.
Abu al-Fath al-Iskandari sagte: »Hroswith, sag ihnen in einer für sie verständlichen Sprache, dass wir ihnen helfen, den Tross fertig zu machen, und dass wir sie begleiten. Im Übrigen können wir uns auch um die Bewachung kümmern.«
Die Kaufleute waren froh, das zu hören, denn während sie nach Kiew mussten, sollten alle Schiffer und die Hälfte der Soldaten in Erwartung einer neuen Ladung für Haithabu auf den Schiffen bleiben. Auch Winfried blieb zurück. Er beruhigte uns: »Es sind nur noch ein paar Tage. Je näher ihr an den nächsten Fluss kommt, desto sicherer wird es. Die großen Flüsse im Norden stehen unter der Kontrolle der Waräger, schwedischer Wikinger, die das Land der Rus in der Umgebung Kiews beherrschen und alles tun, die wichtigsten Routen offen zu halten.«
»Und sich für ihren Schutz gut bezahlen lassen«, sagte ein Kaufmann sarkastisch.
Es kostete viel Schweiß, die Wagen zu beladen; das Wetter war drückend. Aber am Morgen des dritten Tages unseres Aufenthaltes in dem Dorf war die Karawane fertig. Achtzehn Ochsen waren paarweise vor neun schwer beladene Karren gespannt. Auf den Böcken der Wagen, von denen einige überdacht waren, saßen kleine Jungen und Frauen.
Ahmad, genau wie Abu al-Fath al-Iskandari hoch zu Pferd, ritt an den Wagen entlang. Er ließ die Soldaten und die Kaufleute wissen, dass jeder, der eine Frau ohne deren ausdrückliche Zustimmung anrühren würde, noch am selben Tag seine eigenen Eier serviert bekäme, zubereitet nach einem alten Rezept, das Abu al-Fath al-Iskandaris Sklave Hosseyn vor einigen Jahren in Samarkand kennen gelernt hatte und das eine wirkliche Delikatesse versprach. Wer also Lust hätte, diese erlesene Leckerei zu probieren, solle nicht zögern, dies Ahmad wissen zu lassen.
Wir zählten die Köpfe: sieben Männer, zwölf Frauen und sechs

Jungen zwischen zehn und zwölf Jahren. Einer der Greise ging als Anführer mit. Die meisten Männer verfügten über ein Pferd; Hosseyn fuhr auf dem Wagen mit Nahrungsvorräten und den Kochgerätschaften. Wir nahmen Abschied von den Zurückbleibenden, und knirschend und knarrend setzte sich der Tross in Bewegung.
Gegen Mittag bedeckte eine graue Wolkenfront den Himmel. Über unseren Köpfen krachten Donnerschläge, während hinter den Wolken das Sonnenlicht noch in Fächern auf das Land fiel. Eine Reihe greller Blitze kündigte die ersten Tropfen an, und fast gleichzeitig begann es zu regnen. Das Nass rauschte in Schleiern herunter, und meine Kleider waren augenblicklich durchweicht.
Ich ritt ein Stück voraus, um den Zustand der Wege zu überprüfen, über die die Wagen fahren sollten. Die tiefen Karrenspuren machten es fast unmöglich, vom Weg abzukommen. Wenn der ganze Weg so blieb, bräuchten wir keinen Führer. Die Landschaft war nicht anders als die, welche wir vom Schiff aus gesehen hatten, aber da es jetzt regnete, sah ich nichts weiter als den Weg, die Karrenspuren, die sich mit Wasser füllten, und die Regenwände, die uns umschlossen.
Abu al-Fath al-Iskandari holte mich im Galopp ein. Die Hufe seines Pferdes klatschten in den Pfützen, und das Wasser spritzte mir um die Ohren. Abu al-Fath al-Iskandari hatte seinen Mantel über den Kopf gezogen, nur sein tropfender Bart ragte noch heraus. Er sah mich mit einem Auge an, und aus einer Falte seines Mantels kam, gedämpft von dem schweren Stoff, seine Stimme: »Ich habe gerade darüber nachgedacht, dass deine Kleidung nicht zu diesem Wetter passt, mein Freund. Vielleicht solltest du besser bei Hosseyn unter dem Wagendach mitfahren.«
Ich unterdrückte ein Zittern und antwortete, dass ich auf dem Pferd bleiben wolle. Wie könnte ich sonst der Karawane von Nutzen sein?
»Dann nimm meinen Mantel! Ich setze mich auf den Wagen«, bot er mir an.

»Nein, Abu al-Fath al-Iskandari, setz dich nur auf den Wagen, aber deinen Mantel wirst du selbst brauchen. Ich bin das gewöhnt.«
Er hob die Schultern und ritt weiter neben mir.
»Was meinst du, wird der Weg unpassierbar, wenn sich die Spur im Morast auflöst?«, fragte er.
»Ich weiß es nicht. Unser Anführer hat einen Wagen mit Planken beladen lassen. Ich dachte, dass er mit ihnen handeln wolle, aber er beschwor mich, dass wir sie unbedingt nötig hätten. Jetzt fange ich an zu begreifen, warum. Im schlimmsten Fall müssen wir die Karawane über die Bohlen führen, was bedeutet, dass wir die Planken immer hinter den Wagen wegnehmen und wieder vorn hinlegen müssen: schwere, dreckige Arbeit. Jetzt verstehe ich auch, warum der Anführer dagegen war, Frauen mitzunehmen.« Mein Pferd warf den Kopf zur Seite und schnaubte, als ob es seine Nüstern vom Wasser befreien wollte.
»Eine wenig verlockende Aussicht, Freund Hroswith«, fand Abu al-Fath al-Iskandari. »Ich werde über eine mögliche List nachdenken, aber ich fürchte, dass uns in diesem Fall nichts anderes übrig bleibt als – Allah sei uns gnädig – zu arbeiten ...«
Aber der Untergrund blieb vorläufig fest genug, um die Räder zu tragen. Gegen Abend brach ein Rad an Hosseyns Wagen wegen eines Steins in der Karrenspur, und Ahmad ersetzte es. Dabei half ihm der alte Anführer, der auch Werkzeug und Ersatzteile in seinem Wagen hatte. Hosseyn bereitete in einem schnell errichteten Kochzelt das Essen zu, unterstützt von den Frauen, die das Feuer unter dem Topf in Gang hielten. Ich versorgte mein Pferd, dann kletterte ich in einen Wagen, um endlich im Trockenen zu sein.
Abu al-Fath al-Iskandari und Ahmad, nur schemenhaft im Regen zu erkennen, waren weiter vorn damit beschäftigt, ihr Zelt aufzustellen, das ich schon in jener Nacht in Jelling gesehen hatte.
Ich hatte noch nicht darüber nachgedacht, wo ich schlafen sollte, eigentlich war ich überhaupt nicht in der Lage zu denken, mein Kopf dröhnte. Abu al-Fath al-Iskandari würde in seinem Zelt schlafen, daran war nicht zu zweifeln. Mit den Zähnen klappernd, kroch

ich in dem dunklen, nach Öl und Leder riechenden Wagen herum. Auf der Suche nach einem warmen Plätzchen stieß ich auf einen Stapel mit Fellen. Ich versuchte, sie zu mir heranzuziehen und sie zu einem Bett auszubreiten, aber ich zitterte so heftig, dass ich es aufgab und mich einfach fallen ließ. Das Atmen machte mir Mühe, durch die Kälte krampften sich meine Brustmuskeln so zusammen, dass ich fast erstickte.

Um mich herum tastend, versuchte ich weiter, in die Felle zu kriechen, und stieß auf etwas Warmes, von dem ich ahnte, dass es ein menschlicher Körper war. Jemand jammerte vor Angst.

Was danach geschah, kann ich nicht mehr sagen, aber ich erinnere mich, dass ich erwachte, völlig durchnässt, aber nicht mehr vom Regen; ich roch meinen eigenen Schweiß, und mir wurde übel davon. Mir war heiß, und ich konnte meine Arme und Beine nicht bewegen. Ich muss wieder eingeschlafen sein, denn das Nächste, an das ich mich erinnerte, war, dass mich jemand mit Brei fütterte. Währenddessen übertönte das Rauschen des Regens auf der Plane alles. Der Boden, auf dem ich lag, wankte hin und her, und ich hörte das Rollen der Räder auf dem Weg. Nachdem ich den Brei gegessen hatte, zog mir jemand die Kleider aus und wickelte mich in etwas Raues, worin mir noch heißer wurde.

Etwas später flößte man mir einen heißen Trank ein, immer wieder, obwohl ich protestierte, ohne noch recht die Worte zu finden. Manchmal, wenn ich kurz erwachte, lag ich neben einem warmen Körper. Ich fühlte zwei starke Arme um mich und eine weibliche Stimme flüsterte mir unverständliche Worte ins Ohr. Manchmal sang die Frau, wer immer sie auch sein mochte, ein Lied, das den Liedern ähnelte, die Frijonde für mich gesungen hatte. Beruhigt fiel ich in Schlaf.

Ich hatte Albträume, in denen seltsame Gestalten und Wesen um mich herum wirbelten und ihre Form ständig änderten. Ich fühlte, wie ein Succubus sich auf mich niedersenkte, mich zwischen ihre Schenkel zwang und mich ritt, als sei ich ein wildes Pferd, während sie laut schrie.

Ich erwachte, mein Körper brannte vor Schmerz, und sah Abu al-Fath al-Iskandari und Hosseyn, die mich anblickten. Ich nannte ihre Namen und fragte, warum sie mich nicht in ihr Zelt mitnahmen, aber sie schwiegen. Hosseyn nahm meinen Kopf und goss mir das heiße Getränk in den Mund.

Es muss in derselben Nacht gewesen sein, dass ich träumte, Adela komme zu mir und massiere jede Faser meines Körpers, bis der Schmerz ganz verschwunden war. Danach schlug sie ein Bein um meine Hüfte und führte mein Glied in sich ein. Sie begann langsame rhythmische Bewegungen zu machen, die ich mühelos beantwortete. Ich merkte, wie der Traum mir entschwand und die Frau Wirklichkeit wurde, fühlbarer und wärmer als das Traumgebilde. Ich spürte jedes Härchen auf ihrem Körper und nahm tausend subtile Gerüche wahr, die sie an sich hatte, und dazu all die Gerüche von Pferdedecken, Geschirr und Fett, die unter der Plane hingen. Die Frau ähnelte Adela überhaupt nicht, aber sie war das, was ich in diesem Moment brauchte.

Danach schlief ich, bis mich einfallendes Licht weckte. Ich war allein in dem Wagen und fühlte mich besser, als ich mich lange gefühlt hatte. Von draußen drangen die Geräusche gegeneinander klirrender Schwerter herein. Ich richtete mich auf und sah durch die Öffnung der Plane. Dicht neben dem Wagen, in dem ich mich befand, standen Abu al-Fath al-Iskandari und Ahmad und übten sich im Schwertkampf. Ahmad mit seinem eigenen Schwert, Abu al-Fath al-Iskandari mit meinem. Ich rief: »Hey! Ho! Abu al-Fath al-Iskandari! Ahmad …«

Sie beendeten ihren Scheinkampf und kamen zu mir. Abu al-Fath al-Iskandari strahlte vor Freude. »Hroswith, Bruder! Welche Angst habe ich deinetwegen in den letzten Wochen durchgestanden!«

»Wochen?«, fragte ich erschrocken, und Ahmad erzählte mir, dass ich fast zwei Wochen krank in dem Wagen gelegen hatte. Ich wollte herausklettern, aber ich war nackt. Unter der Plane war es warm, denn die Sonne stand hoch am Himmel.

»Wer ist die Frau, die in dem Wagen geschlafen hat?«, fragte ich.

»Das ist Tasaja. Da kommt sie schon!« Abu al-Fath al-Iskandari zeigte in die Ferne, und ich sah eine junge Frau mit einem Joch über der Schulter, an dem zwei Eimer hingen. Als sie mich sah, stieß sie einen Schrei aus und lief schnell herbei. Ich wollte meinen Freunden noch mehr Fragen stellen, aber die Frau stieß mich in den Wagen zurück und holte die Eimer herein. Ich hörte meine Freunde lachen, und kurz darauf vernahm man wieder die Geräusche der Schwerter.

Ich ließ mich von Tasaja waschen und sah sie währenddessen genauer an. Sie war nicht wirklich schön, hatte aber ein freundliches Gesicht und einen schlanken Leib. Mit einem Tuch, das sie immer wieder ins Wasser tauchte, schrubbte sie mich ab und drückte mich in die Felle. Mit einer Geste, die überall, wo ich war, schlafen bedeutet, forderte sie mich auf, mich hinzulegen, und als ich protestieren wollte, wurde ich mit einem Wortschwall in einer mir fremden Sprache überschüttet. Danach schlief ich ein. Spät in der Nacht erwachte ich und spürte ihren Körper neben mir. Diesmal ergriff ich die Initiative und fühlte mich wie neugeboren. Als wir fertig waren, weinte die Frau und schlief mit dem Kopf auf meiner Brust ein.

26. Kapitel

In dem Hroswith Einsichten über die Wünsche der örtlichen Schönheiten gewinnt

Ich war nicht der Einzige, den in den vergangenen Wochen eine Krankheit niedergestreckt hatte. Zwei Männer und eine Frau waren unterwegs gestorben, zwei Frauen hatten die Krankheit überlebt.

Der Wetterumschlag fiel mit meiner Genesung zusammen. »Wir hatten dich schon aufgegeben«, sagte Abu al-Fath al-Iskandari, der in schmutzigen Kleidern auf seinem Schemel saß und mit einem runden Stein Walnüsse knackte. Er bot mir zwei Hälften an. »Iss das! Es ist gut für dich. Wir haben uns fast zu Tode geschuftet, während du im Wagen sanft geschlummert hast. Mehr als zehn Tage haben wir die Planken in die Karrenspur gelegt, damit die Räder nicht stecken blieben, anschließend konnten wir sie dann wieder aus dem Schlamm ausgraben.«

Ich musste kurz lachen und sah zu Tasaja, die den Ochsen Wasser gab. Abu al-Fath al-Iskandari schob sich eine Nuss in den Mund, kaute kurz und schluckte dann. Er blickte ebenfalls zu Tasaja und blinzelte mir zu. »Bleibst du noch im Wagen oder kannst du zu Pferd weiterreisen?«

Ich dachte beschämt an den vergangenen Tag, als die Ochsen ohne Mann oder Frau auf dem Bock unseren Wagen ziehen mussten, was allerdings kein Problem war, denn sie liefen einfach hinter dem Wagen vor ihnen her. Die Frau hatte mich den ganzen Tag in Trab gehalten.

»Ich fühle mich so weit genesen, dass ich wieder reiten kann«, sagte ich. Es war schon am frühen Morgen noch wärmer als am Vortag. Obwohl die Sonne gerade aufging, stand mir schon der Schweiß auf der Stirn. So war gar nicht daran zu denken, noch einen Tag im Wagen zu verbringen.

Abu al-Fath al-Iskandari fragte: »Hat dir deine Pflegerin erlaubt aufzustehen?«

»Ich mache, was ich will«, sagte ich von oben herab.

»Es ist auch nicht verwunderlich, dass sie so verrückt nach dir ist«, sagte Abu al-Fath al-Iskandari, während er eine neue Nuss knackte. »Hast du dir mal ihre Kinder genau angeguckt?«

Ich blickte zu einem der Jungen, die in einiger Entfernung unter den Bäumen mit kleinen Zweigen und Steinen spielten, ein schmutziges Kind mit Rotznase, dessen Gesicht ganz schwarz war von Dreck und Schleim. Abu al-Fath al-Iskandari warf dem Jungen einige Walnusshälften zu. Er klaubte sie aus dem Sand und begann, die Kerne aus der Schale zu puhlen. Dabei sah er uns an und kicherte wie ein Idiot. Er hatte kleine runde Augen, und seine Zunge hing ihm aus dem Mund wie bei den Schafsköpfen, die in den Körben der Metzger auf dem Markt angeboten werden.

»Was denkst du?«, fragte Abu al-Fath al-Iskandari.

»Ich denke, dass der Junge etwas zurückgeblieben ist …«

»Genau«, sagte er triumphierend, »und so sind die Kinder hier alle.«

»Wie kommt das?« Ich hatte noch nie von einem Dorf gehört, in dem es nur zurückgebliebene Kinder gab. »Haben sie uns vielleicht alle Zurückgebliebenen mitgegeben, um unsere Reise scheitern zu lassen?«

Abu al-Fath al-Iskandari machte eine wegwerfende Gebärde. »Natürlich nicht. Ich glaube sogar, dass sie uns die Schlauesten mitgegeben haben. Auch einige der jungen Frauen sehen nicht gesund aus. Verstehst du nicht? Die Leute leben abgeschnitten von der Außenwelt. Jeder ist mit jedem verwandt, und dann kommt es schließlich zur Inzucht. Da geht es den Menschen wie den Kamelen. Wenn sie sich in einer zu kleinen Gruppe fortpflanzen, bekommst du eine immer schwächer werdende Herde.«

»Und warum sind dann die Eltern der Kinder normal?«, fragte ich.

»Du hast nicht richtig hingeschaut, Hroswith«, sagte Abu al-Fath al-Iskandari kopfschüttelnd.
Ich dachte nach und gab zu, dass er Recht hatte. »Aber was hat das mit Tasaja zu tun?«
Abu al-Fath al-Iskandari lachte. »Ich vergesse immer, dass du ein Barbar bist und nicht sonderlich intelligent. Sie will natürlich ein gesundes Kind. Frauen fühlen das, wenn etwas nicht stimmt, und suchen frisches Blut. Wenn sie Glück hat, kann sie in neun Monaten ein gesundes und kräftiges Kind auf die Welt bringen. Das wird ihr im Dorf einiges Ansehen verleihen. Vergiss nicht, dass kaum noch Männer da sind. Wie ich hörte, hat deine Freundin ihren Mann ebenfalls in dem Kampf verloren.«
Ich sah zu Tasaja, die die Felle, in denen wir geschlafen hatten, an der Wagenseite ausklopfte. Sie bemerkte, dass ich sie beobachtete, drehte mir den Rücken zu und ging auf die andere Seite des Wagens, nicht ohne mir einen wollüstigen Blick zuzuwerfen.
»Ich mache jetzt mein Pferd fertig für den Ritt«, murmelte ich und ging zu der Wiese, wo unsere Reittiere grasten. Die Grasnarbe dampfte. In der Ferne standen dicht zusammengedrängt einige Birken. Abu al-Fath al-Iskandari, der mich begleitet hatte, saß zuerst auf seinem schweren schwarzen Hengst. Er ließ das Tier sich aufbäumen und einige Runden drehen, kam zurück und hielt dann knapp vor mir. Ich stieg ebenfalls in den Sattel, gab meinem Pferd, einer dunkelbraunen Stute, die Sporen und ritt an Abu al-Fath al-Iskandaris Seite. Wir ritten zur Spitze des Zuges, der sich mühsam in Bewegung setzte. Ahmad kam uns entgegen. Sein Hengst hätte ein Bruder meines Pferdes sein können, das allerdings dominanter war. Während Ahmads Pferd sich damit begnügte, den anderen zu folgen, kämpfte meine Stute stets wie eine Teufelin darum, die Spitze zu übernehmen. Ich beruhigte das Tier, indem ich dafür sorgte, dass es begriff, wer hier der Herr war.
»Hast du genug von deiner Freundin?«, fragte Ahmad brummig, nachdem er um uns herumgeritten war und sein Pferd zwischen unsere Tiere getrieben hatte.

»Sie hat mich gut versorgt«, sagte ich.
»Es wird Zeit, dass wir unsere Schwertübungen wieder aufnehmen«, sagte er. »Du bist geschwächt, und die Übungen im Wagen tragen nicht sehr zu deiner Kräftigung bei.«
»Ahmad ist eifersüchtig«, bemerkte Abu al-Fath al-Iskandari. »Er hat in den ersten Tagen deiner Krankheit versucht, Tasaja zu verführen, aber sie war zu sehr damit beschäftigt, dich zu pflegen.« Er klopfte Ahmad, der etwas Unverständliches grummelte, auf die Schulter und ritt dann in einer Wolke von aufgewirbeltem Staub und hochgeschleuderten Grassoden davon. Ich spornte mein Pferd an, ihm zu folgen, und Ahmad schloss sich mir an. Wir ließen die Pferde zu einer Baumgruppe traben, und ich verringerte die Geschwindigkeit, als ich sah, dass Abu al-Fath al-Iskandari in einiger Entfernung vor mir Halt machte.
In der Karrenspur kam uns eine Karawane entgegen, die genauso aussah wie die unsere: eine Reihe Ochsenkarren, angeführt von zwei Männern zu Pferde. Ein dritter Reiter kam hinter der Wagenreihe hervor und gesellte sich zu den anderen beiden. Die Karawane hielt an.
»Wenn die Männer nicht so hässlich wären, würde ich meinen, wir begegneten unserem Spiegelbild«, sagte Abu al-Fath al-Iskandari, während er die Hand auf das Heft seines Schwertes legte. Einer der drei Reiter an der Spitze ritt uns entgegen und rief den Namen des alten Mannes auf dem Bock unseres ersten Wagens. Der Reiter galoppierte an uns vorbei und sprang vom Pferd. Er wechselte rasch einige Worte mit dem alten Mann und sah uns an.
»Mach dich für einen Kampf bereit, Hroswith!«, presste Ahmad zwischen den Zähnen hervor. Ich streichelte den Knauf meines Ulfberth und spürte meinen Herzschlag. Wir wussten nicht, wie weit wir unseren Gefährten trauen konnten, wenn es zu einer Auseinandersetzung kam.
Ich blickte zu den fremden Reitern, die noch immer völlig ruhig auf ein Zeichen ihres Kameraden warteten, der nun offenbar mit dem alten Mann in Streit geriet. Tasaja mischte sich ein, man hörte ihre

Stimme deutlich heraus. Der Reiter sagte nichts, ging auf sie zu und umarmte sie. Danach ritt er zu seinen Leuten zurück und sprach kurz mit ihnen. Die Reiter stiegen ab und banden ihre Pferde fest. Die Leute beider Karawanen verließen nun die Wagen, die Männer und Frauen klopften sich auf die Schulter und umarmten sich. Obwohl sie zunächst froh zu sein schienen, schlug die Stimmung schnell um. Männer und Frauen warfen sich zu Boden und rauften sich die Haare. Großes Wehklagen erhob sich zwischen den wartenden Karawanen. Währenddessen ging die Beratung an der Spitze der Karawane unvermindert weiter.

»Bei allen Feigen und Oliven, ich habe nie eigenartigere Leute getroffen!«, hörte ich Abu al-Fath al-Iskandari murmeln. »Abu Scheitan soll mich holen, wenn ich verstehe, was hier los ist!«

Der Mann, der zuerst zu uns geritten war, kam wieder näher, nachdem er einem der Jungen die Zügel seines Pferdes anvertraut hatte.

»Wir wollen keinen Streit!«, sagte er in einem recht ordentlichen Dänisch.

»Wer seid Ihr?«, fragte ich.

»Wir kommen aus dem Dorf, zu dem Ihr unterwegs seid«, sagte der Mann. »Einige unserer Frauen leben in dem Dorf, aus dem Ihr kommt, einige der Frauen von dort leben bei uns. Es musste so kommen. Bor war ein Wahnsinniger, der bekommen hat, was er verdiente, und seine Männer ebenfalls.«

»Wer ist Bor?«, fragte ich, obwohl ich es schon wusste. Bor war der Dorfvorsteher, der uns ausrauben wollte.

»Ein Idiot war er«, sagt der Mann zufrieden. Er stellte sich mit dem Namen Kanut vor und wischte eine Träne weg.

»Aber Ihr seid doch verwandt?«, fragte ich misstrauisch.

»Wir sind Verwandte, ja. Aber niemand betrauert den Tod von Bor und seiner Bande. Nur den Frauen tun sie Leid, also habt Ihr nichts zu befürchten. Wir werden uns um die Hinterbliebenen kümmern und erbarmen uns der Besitzungen unserer Verwandten. Das ist nicht das erste Mal, dass so etwas passiert. Wir mussten lediglich einen neuen Dorfvorsteher bestimmen. Der wird bald die Dorf-

ältesten zusammenrufen, um zu einer Neuverteilung der Aufgaben und der Besitzungen zu kommen.«
»Ihr habt also schon einen neuen Dorfvorsteher gewählt?«, fragte ich erstaunt.
»Ja, ich bin es. Im Land der Rus halten wir uns mit so was nicht lange auf.« Er rief seinen Männern etwas zu und wandte sich dann wieder an mich. »Wir ziehen sofort weiter, damit das Dorf nicht zu lange schutzlos ist. Ihr fahrt weiter über den Dnjepr, soweit ich das richtig verstanden habe?«
»Ja, so ist es«, bestätigte ich.
»Dann habt Ihr sicher nichts dagegen, wenn sich Eurer Karawane zwei oder drei meiner Männer anschließen, damit sich die Frauen dann nicht ganz allein auf den Rückweg machen müssen.«
»Ich glaube nicht, dass wir damit Schwierigkeiten haben.«
Kanut erteilte erneut Befehle, und der Junge, der sein Pferd hielt, eilte herbei, um ihm die Zügel zu übergeben.
Ich übersetzte alles für Abu al-Fath al-Iskandari und für Ahmad. Abu al-Fath al-Iskandari blickte mit zusammengekniffenen Augen auf Kanut, der ihm freundlich zunickte.
»Ich traue der Sache nicht, woher kann er wissen, dass wir ihr Dorf nicht dem Erdboden gleichmachen, wenn dort jetzt so viele Männer fehlen?«, fragte er. »Fürwahr mein Freund, ich fürchte einen Hinterhalt.«
Die Männer der anderen Karawane waren schon wieder bei ihren Wagen, und der Zug setzte sich ächzend in Bewegung. Ich sagte Kanut, welchen Verdacht wir hätten.
Er lachte fröhlich und rief mir im Wegreiten über die Schulter zu: »Ich sagte doch schon, dass Bor ein Idiot war! Bor hat sich immer widersetzt, aber wir stehen unter dem Schutz der Rus. Besten Dank, Freunde, und gute Fahrt!«
Wir sahen zu, wie die Karawane vorbeizog, dann blickten wir uns an und zuckten mit den Achseln. Abu al-Fath al-Iskandari wendete sein Pferd.
»Vorwärts!«

Ach, wie mich die Erinnerungen an meine Jugend quälen, wie klar mir doch jeder Stein in der Karrenspur, jede Biegung des Flusses, jedes seidenweiche Frauenhaar vor Augen steht. Wie sehr muss ich mich bezwingen, um mich nicht an jedes Detail zu erinnern oder den Schattenriss eines makellosen Schlüsselbeines zu beschreiben, das ich fast fühlen kann, wenn ich die Augen schließe. Ich muss nun zugeben, dass ich ein wenig neidisch auf Albertus bin, der sich schamlos große Zeitsprünge genehmigt. Wichtige Ereignisse kann er mit einem Satz abtun, er überschlägt Jahrzehnte, als sei nichts passiert. Und das alles, weil er schlicht geschlafen hat, während ich es nicht vermochte, die Sturzflut meiner Erzählung einzudämmen.
Jetzt, da der Winter zu Ende geht, kann ich erleichterter sein; die Chance, mein Werk zu vollenden, wird größer. Ich hatte befürchtet, dass ich den Sommer nicht erleben würde, aber ich spüre wieder, wie ich das all die Jahre gespürt habe, dass der Frühling mein Blut in Wallung bringt wie einen Bergbach, und mein Körper fiebert danach, in Knospen und vielfarbige Blüten auszubrechen. Mögen die Knospen meiner Erinnerung noch einmal süße und bittere Früchte hervorbringen, bevor sie endgültig verdorren! Weiter, weiter, ich darf nicht zögern, denn ich fühle, dass ich keine hundert Jahre alt werde. Dreimal dreiunddreißig Jahre sind mir geschenkt worden, und das ist länger, als irgendein anderer in den nachbiblischen Zeiten lebte, den alten Nilus von Rossano ausgenommen.

Wir hatten die Frauen zurückgelassen, und Abu al-Fath al-Iskandari bezahlte für unsere Gruppe die Passage auf den kleinen Flussboten, mit denen die Rus den breiten Strom befuhren. Ich wollte meine Passage mit dem Geld, das ich aus der Aufteilung des Lösegeldes bekommen hatte, selbst bezahlen, aber Abu al-Fath al-Iskandari hielt mich zurück und sagte: »Ich habe dich hierher gebracht, und auch wenn du nun nicht mehr mein Sklave bist, es ist noch immer dieselbe Reise, und ich bin für deine Beförderung verantwortlich.«
Die Frauen blieben im Dorf zurück, und einige von ihnen weinten,

als die Rus, mächtige Kerle mit flachsblondem Haar, die kleinen Boote abstießen; ich war nicht der Einzige, der den Stamm mit frischem Blut versorgt hatte.
Der Dnjepr war viel breiter als der Fluss, den wir zuerst befahren hatten und dessen Namen ich bis heute nicht weiß. Aber der Dnjepr ist einzigartig, und obwohl Kiew noch weit entfernt war, versicherten uns die Rus, die eine dem Dänischen verwandte Sprache sprachen, dass uns die Reise zu dieser Stadt weniger Zeit kosten würde als die bis jetzt von Haithabu aus zurückgelegte Strecke. Die Rus waren die Herren der großen Flüsse. Die dort ansässigen Völkerstämme waren schon vor Jahrhunderten unterworfen worden und bezahlten Tribut an die ursprünglich aus Schweden stammenden Krieger.
Oleg, der Führer unserer Mannschaft, erzählte uns alles, was wir über Kiew wissen wollten. Wir kamen mit ihm gut zurecht und kamen auf sein Angebot, uns den Weg zu beschreiben, gern zurück. Die Rus hatten Recht, wir fuhren jetzt auf einem breiten, tiefen Strom. Unsere Ruderer waren starke, erfahrene Männer, die die Boote mit langen, breitblätterigen Rudern rasch fortbewegten. Sie wussten genau, wo wir an Land gehen mussten, um Proviant zu holen, und die slawischen Dorfbewohner beeilten sich, unsere Vorräte aufzufüllen.
So sahen wir am Abend des zehnten Tages am Horizont die hohen Mauern von Kiew auftauchen. Die befestigte Stadt der Rus spiegelte sich wie eine eitle Frau im Wasser des Stromes.

27. Kapitel

In dem der Leser neben der unsterblichen Prosa, an die er sich schon gewöhnt hat, auch den Reichtum der arabischen Poesie kennen lernt

Ich dachte, du kehrst nie auf demselben Weg zurück, den du gekommen bist«, sagte ich zu Abu al-Fath al-Iskandari.

»Das stimmt«, räumte er ein, »aber in diesem Fall ist es etwas anderes. Wir haben die Stadt bei unserem letzten Besuch nicht ganz freiwillig verlassen, sondern wurden von übel wollenden Menschen, die sich auf unsere Kosten einen Spaß machen wollten, hinausgeworfen. Niemand wird sich an uns erinnern, denn man gab uns weder Zeit noch Gelegenheit, einen bleibenden Eindruck zu hinterlassen.«

In der Tat nahm niemand Notiz von uns. Es erstaunte mich wieder einmal, welch große Unterschiede es doch zwischen den Menschen gab. So sah ich zwei Männer mit einer Haut schwärzer als die geteerten Kiele eines Drachenbootes. Der Vergleich drängte sich mir wegen des roten Mantels auf, den einer von beiden, offenbar der Herr, trug. Unter dem Mantel hatte er ein Wams aus feinem Leder an, und das Relief, das seine Brust- und Bauchmuskeln formte, glänzte im Schein der Fackeln. Der andere musste sein Sklave oder sein Knecht gewesen sein, er trug die einfache Kleidung, die Sklaven überall tragen. Abu al-Fath al-Iskandari erklärte mir, dass sie aus einem Land südlich von Ägypten stammten. Er zeigte auf eine Gruppe byzantinischer Händler, angeberische Kerle, die goldbestickte Mäntel und bunte Tücher trugen, die an Turbane erinnerten. Beim Laufen schürzten sie ihre Mäntel, damit diese nicht schmutzig wurden. Überall waren Schweden und Rus; die Schweden kleideten sich anders, denn die Rus lebten hier schon seit Gene-

rationen und hatten sich zum Teil der einheimischen Bevölkerung angepasst.
Die ursprünglich hier Ansässigen waren in der Mehrzahl. Sie gehörten zu dem Volk, das auch die Dörfer und Gehöfte entlang des großen Flusses bewohnte, über den wir gekommen waren. Diese Menschen waren kleiner und dunkler als ihre Zwingherren und sprachen eine ganz andere Sprache.
In den engen Straßen wimmelte es von Menschen. Kinder rannten hinter Schweinen her, Männer folgten bunt ausstaffierten Dirnen, die sich in den Hüften wiegten. Hunde machten Jagd auf Ratten. Und über allem lag der Klang aufreizender Rhythmen einer eigenartigen Musik. Streichinstrumente heulten, Drehleiern quietschten, und die heftig angeschlagenen Saiten von Instrumenten, die ich nie vorher gesehen oder gehört hatte, begleiteten tiefe Männerstimmen, die im Chor grimmige, immer schneller werdende Kampflieder sangen. Frauenstimmen hörte man immer allein, ihre hohen Klagelieder schwebten durch die Straßen über unsere Köpfe hinweg zur nächsten Tür, wo eine andere Sängerin den sich windenden Faden aufnahm und ihre eigene Klage hineinspann. Es schien, als ob jede dritte Tür zu einer Herberge oder Weinschenke führte.
Hosseyn ging vor uns auf den verfaulten Balken, die die morastigen Wege bedeckten. Die Leute, die ihm begegneten, traten angesichts seiner mächtigen Gestalt ehrfürchtig zur Seite, obwohl man an seinem Ohrring deutlich erkannte, dass er ein Sklave war. Ahmad und ich folgten ihm. Ab und zu mussten wir Hosseyn zum Halten auffordern, da Abu al-Fath al-Iskandari überall stehen blieb und neugierig hineinsah, was ständig zu Verzögerungen führte. Es war nicht die Art von Stadt, in der man als Fremder problemlos herumlaufen konnte, aber das konnte man in Haithabu oder Jelling auch nicht.
»Ich suche eine angenehme Entspannung für die Nacht«, erklärte Abu al-Fath al-Iskandari. »Schließlich haben wir eine lange Reise hinter uns.« Ich übersetzte.

»Welche Art Entspannung schwebt Euch vor?«, fragte Oleg, ein großer Rus, der als Einziger mitgekommen war und die Stadt wie seine Westentasche kannte.
»Sag ihm«, erläuterte Abu al-Fath al-Iskandari, »dass es ein Ort sein soll, wo man außerordentlich guten Wein ausschenkt, am besten aus Qustantinia oder Rumia, es muss dort sanfte Musik geben, die einen nicht ablenkt, und die Gäste müssen das Spiel mit den Würfeln schätzen.«
»Glaubst du wirklich, dass diese Art von Entspannung unserer Nachtruhe dienlich sein wird?«, fragte ich, als wir kurz vor der Gott weiß wievielten beleuchteten Tür stehen blieben.
»Ohne jeden Zweifel«, sagte Abu al-Fath al-Iskandari. »Wie du, der mich das Spiel gelehrt hat, genau weißt, bedarf das Würfelspiel besonderer Konzentration. Diese schafft in Kombination mit den schweren Weinen, von denen ich gesprochen habe, eine Atmosphäre, in der ein müder Reisender sich erholen und die Erschöpfung von sich abschütteln kann.«
Ich musste ihm Recht geben und übersetzte seine Worte für Oleg.
»Es trifft sich gut, dass ich exakt eine derartige Herberge für die kommende Nacht ins Auge gefasst hatte«, sagte der große Rus, während er eine Haarlocke, die ihm vor den Augen hing, zur Seite strich. Wie viele Rus, die ich hier gesehen hatte, war er bis auf diese eine Locke kahl geschoren. »Wie es der Zufall will, gehört die Herberge meinem Bruder, und wenn ich mit ihm rede, wird er Euch einen günstigen Preis machen.«
Es begann zu regnen, kein gewöhnlicher Sommerschauer, sondern ein schwerer, sich in heftigen Strömen ergießender Sturzbach. Oleg ging vor uns durch die Straßen an fensterlosen Mauern, dunklen Nischen und verschlossenen Türen entlang. Die Wege verwandelten sich in reißende Bäche. Eine Ratte sprang an meiner Hose hoch und kletterte auf der Suche nach einen trockenen Platz rasend schnell nach oben. Kurz bevor sie meine Schulter erreichte, bekam ich sie zu fassen und schleuderte sie weg.
Oleg hielt an und klopfte an eine Tür. Abu al-Fath al-Iskandari legte

mir die Hand auf die Schulter. »Das sieht hier weniger gemütlich aus als die Häuser in den Straßen, in denen wir gerade waren«, sagte er enttäuscht.
Die Tür öffnete sich einen Spaltbreit, und ein Mann steckte seinen Kopf durch die Öffnung. Klagende Töne einer Leier suchten an ihm vorbei nach draußen zu gelangen, wurden aber vom Regenschleier verschluckt. Der Mann hatte einen Schnurrbart und sah uns prüfend an, dann erkannte er Oleg und stieß einen Freudenschrei aus. Er umarmte unseren neuen Freund: »Oleg! Komm rein, bring deine Freunde mit!«
Der Mann stieg vor uns eine wackelige Treppe hinunter, und wir erblickten eine volle Schankstube mit einer Feuerstelle in der Mitte. Die Schankstube hätte sich ebenso gut in Haithabu oder Jelling befinden können, nur dass hier die Musik trauriger und leiser war als in den Herbergen im Westen, und drei spärlich bekleidete Mädchen mit Schleiern und Bändern tanzten. Ich fühlte mich gleich wie zu Hause, und Abu al-Fath al-Iskandari seufzte: »Ich glaube, das ist hier ein Zelt ganz nach meinem Geschmack.« Ich fand es immer befremdlich, wenn er von einem aus Holz oder Stein errichteten Gebäude als Zelt sprach, aber so hat eben jede Sprache ihre Eigenarten. Später tat ich es ihm gleich.
Unser Wirt stellte sich als Waldimar vor und klopfte uns auf die Schulter, weil, wie er sagte, die Freunde seines Bruders auch seine Freunde seien.
Nach dieser Begrüßung musterte er uns genauer und sah dann zu Oleg. »Wen bringst du uns da mit? Byzantiner oder Bulgaren sind es nicht, aber Bog soll mich holen, wenn die drei nicht aus Bagdad stammen. Oder sind es vielleicht Petschenegen? Und die Frau, kann man die kaufen?«
Abu al-Fath al-Iskandari, der genau zugehört hatte, sagte »Bagdad« und ergriff Waldimar bei den Schultern. Dann sagte er etwas in der Sprache der Einheimischen, obwohl er mich immer in dem Glauben gelassen hatte, dass er diese nicht beherrsche. Waldimar lachte und sagte etwas zu einem seiner Bediensteten.

»Was hast du dem Mann gesagt?«, fragte ich Abu al-Fath al-Iskandari neugierig, während Waldimar uns durch das Gedränge zu einem Tisch lotste.
»Ich habe den einzigen slawischen Satz gesagt, den ich kenne: ›Bring mir unverzüglich deinen besten Wein, Freund!‹, und es scheint, dass er das genau verstanden hat. Sprachenkenntnis ist eine schöne Sache, aber man sollte sie nicht mit unnützem Zeug überfrachten.«
Ich setzte mich auf eine Bank vor den Tisch, dessen Platte an einigen Stellen durch den Gebrauch von Messern auf die Hälfte ihrer ursprünglichen Stärke geschrumpft war.
»Dazu gehört aber mehr als das Bestellen von Wein, Abu al-Fath al-Iskandari«, sagte ich und fügte, um ihn wirklich zu überzeugen, hinzu: »Wie steht es etwa mit der Verführung von Frauen, die nicht deine Sprache sprechen?«
Abu al-Fath al-Iskandari lachte eine heranwatschelnde dralle Magd an, die zwei versiegelte Krüge auf den Tisch stellte, und gab ihr einen Klaps, der einer anderen Knochen gebrochen hätte.
»Mir scheint, dass du wenig von Frauen verstehst, Bruder Hroswith«, sagte er. »Ich habe nie, auch nicht bei Frauen, die meine Sprache konnten, Worte nötig gehabt. Blicke, die Stellung der Mundwinkel, kaum wahrnehmbare Körperbewegungen und die Mimik der Augenbrauen reichen völlig aus, um eine Frau auf ewig an dich zu binden.« Und er schloss: »Natürlich nur, wenn du das willst.« Dann zerbrach er das Siegel eines Kruges und schenkte uns ein.
»Lass uns auf die Gesundheit der Byzantiner trinken, die meinem Volk zwar oft als Feinde gegenüberstanden! Aber ohne Gesundheit könnten sie diesen rubinroten Wein nicht machen und wir ihn nicht trinken.«
Ich übersetzte, und wir tranken auf die Byzantiner.
»Und woher kommst du und die Frau?«, fragte Waldimar, der sich zu uns gesetzt hatte.
»Wir kommen aus Haithabu«, sagte ich, nachdem Oleg übersetzt

hatte. Ich vermutete, dass ihnen mein tatsächlicher Geburtsort genauso wenig sagen würde wie mir Qustantinia oder Miklagaard.
»Ihr seid schon eine merkwürdige Truppe«, sagte er und schenkte jedem noch einmal ein. »Diese Runde geht auf mich, und da kommen auch schon zwei neue Krüge, also keine falsche Scheu … Wohin wollt ihr?«
»Ich denke, unser Ziel ist Bagdad«, antwortete ich, »aber zunächst reisen wir weiter über den Dnjepr, nach Qustantinia und nach Miklagaard, so weit ich das verstanden habe.«
Oleg lachte dröhnend. »Miklagaard ist dasselbe wie Qustantinia, das die Byzantiner auch Konstantinopel nennen. Miklagaard ist schwedisch und bedeutet ›die große Stadt‹.«
»Größer als Kiew?«
Oleg nickte, plötzlich ganz ernsthaft. »Viel größer«, sagte er. »Ich habe sogar gehört, dass Miklagaard größer als Rom ist. Nicht umsonst nennt man es das zweite Rom.«
Miklagaard! Ich zweifelte nicht, dass ich bald in dieser faszinierenden Stadt umherwandeln würde. Ich schloss die Augen und versuchte es mir vorzustellen.
Waldimar wollte, dass Oleg etwas für Abu al-Fath al-Iskandari übersetzte. »Sag ihm, dass es mich sehr erstaunt hat, Gäste aus Bagdad zu empfangen, umso mehr, als ihr nicht die Ersten seid; vor einer Woche mietete einer eurer Landsleute ein Zimmer. Zwanzig Jahre übernachtete hier kein Araber und nun auf einmal vier in einer Woche!«
»Wie hieß er denn?«, fragte Abu al-Fath al-Iskandari. Aber Waldimar antwortete, dass das Aussprechen arabischer Namen eine missliche Sache sei, vor allem wenn man so viel getrunken habe wie er, und im Übrigen müsse er sich jetzt um unser Essen kümmern.
»Ihr werdet ihn sicher noch treffen. Er ist ein Dichter, so einer, der den ganzen Tag den Wolken nachjagt.«
»Tz, ein Dichter«, sagte Abu al-Fath al-Iskandari geringschätzig und fügte hinzu: »Ich habe noch nie einen Dichter erlebt, der

nicht Kerle Frauen vorgezogen hätte; auch eine Art dichterischer Freiheit, wenn du weißt, was ich meine.«

Er nahm seine Würfel heraus, warf sie in die Luft und fing sie wieder auf. Dann sah er sich um, ob niemand mit ihm dem trefflichen Würfelspiel frönen wolle. Aber alle aßen, und auch mir lief beim Duft von gebratenem Wild und gebackenem Fisch das Wasser im Mund zusammen.

»Warte lieber bis nach dem Essen, Abu al-Fath al-Iskandari!«, sagte Ahmad. »Ich bin hungrig und müde und wäre nicht in der Lage, dich zu verteidigen, falls du Streit provozieren solltest.«

»Also gut dann«, sagte Abu al-Fath al-Iskandari, aber er blickte sich weiterhin suchend um.

Die Tür zur Straße ging auf und ein tropfnasser, schwarz gekleideter Mann kam die Stufen herunter, ein eleganter Jüngling mit einem schwarzen Spitzbart und einem karierten Tuch auf dem Kopf. Mitten im Raum beim Feuer blieb er stehen und ließ sich auf den gestampften Fußboden abtropfen. Das Wasser bildete Pfützen um ihn, unterdessen sah er sich nach einem freien Platz um.

Plötzlich stand Abu al-Fath al-Iskandari auf und rief: »Bei allen Feigen und Oliven, wenn das nicht mein geliebter Neffe Badi Azzaman al-Hammadani ist!«

Der gerade Hereingekommene sah hoch und stieß einen Schrei aus: »*Arree!* Betrügen mich meine Augen, oder sehe ich da meinen guten Onkel Abu al-Fath al-Iskandari?«

Sie liefen aufeinander zu und fielen sich in die Arme.

»Komm an meine Brust, oh, mein Neffe Badi Azzaman al-Hammadani!«, rief Abu al-Fath al-Iskandari voller Freude.

Onkel und Neffe setzten sich, und Abu al-Fath al-Iskandari stellte uns vor. Dann tranken sich die beiden zu. »Wie lange habe ich dich nicht gesehen?«, fragte Abu al-Fath al-Iskandari erstaunt. »Du warst sechzehn Jahre alt, und wie alt bist du jetzt?«

»Dreiundzwanzig«, sagte Badi Azzaman al-Hammadani.

»Was führt dich hierher? Ich dachte, du wärst der Nachfolger deines Vaters am Hof des Kalifen.«

»Ach, Onkel, die Dinge entziehen sich häufig unseren Wünschen. Ich folge nur meiner Berufung«, sagte der junge Mann und schlug die Hände vor das Gesicht.
»Was ist das für eine Berufung?«, fragte Abu al-Fath al-Iskandari erschrocken. »Ich hätte nicht gedacht, dass dich die Religion ganz in ihren Bann schlägt.«
»Das, lieber Onkel, ist auch wahrhaftig nicht der Fall. Nein, Ihr werdet Euch meinetwegen schämen, ich bin Dichter und will nichts anderes sein.«
»Dichter?«, sagte Abu al-Fath al-Iskandari langsam. Es war deutlich, ihm wurde erst jetzt klar, dass dies der Mann war, von dem Waldimar gesprochen hatte. »Oh, mein Bruder, der unglückselige Esel! Ich hatte ihm noch ans Herz gelegt, die Erziehung seines Sohnes in meine Hände zu legen, nun sieht man, was dabei herausgekommen ist! Wehe meiner Schwägerin, die ihren eigenen Sohn, den Trost ihres Alters, zu einem Nichtsnutz heranwachsen sieht, der aufgrund seiner Vorlieben nicht einmal für Nachwuchs sorgen kann!«
Während er so redete, füllte unser Gastgeber mit zwei Knechten geschwind den Tisch mit Schalen voll Fleisch und Schüsseln mit gekochtem Weizengrieß. Die Musik schwieg, und die Spieler und die Tänzerinnen standen in einer Ecke und tranken der Reihe nach aus einem Krug.
Badi Azzaman al-Hammadani wirkte nach den Worten seines Onkels erschrocken. »Oh nein, Onkel, versteh mich nicht falsch!«, rief er. »Nichts ist weniger zutreffend. Es war gerade die Schönheit einer Frau, die diese Gabe in mir erweckt hat.«
»Gut, in dem Fall wird dieser Wahnsinn nur temporär sein«, sagte Abu al-Fath al-Iskandari erleichtert. Er kippte einen Becher Wein hinunter und wischte sich den Schweiß von der Stirn. »Nun, wenn du ein Dichter bist, dann lass hören, was du kannst, bester Neffe!«
Badi Azzaman al-Hammandani zögerte, erhob sich dann aber. »Auf eine schöne Abwesende«, sagte er, warf den Kopf in den Nacken, schluckte kurz, sodass sein Adamsapfel einen Sprung machte, und begann in getragenem Ton zu deklamieren:

»Die süßen Blumen duften
unsichtbar in dieser warmen Nacht
Ich rieche die Mosaiken
ihrer gedämpften Farbenpracht.
Oh, Mutter, warum gabst du mir das Leben?
Ich siech' dahin in einsamem, dunklem Land,
hab' Frauen nicht noch Sklaven und Kamele
und geh auf Gras statt auf Sand.

Möge der Mond ihr Gesicht bescheinen,
wie er bescheint das meine heute Nacht,
und ein filigranes Spinnennetz um uns weben,
aus seiner reichen, silbernen Strahlenpracht,
sodass, wo immer auf der Welt wir leiden,
geborgen in des Mondes Licht,
uns vereinigt wähnen wir beiden,
und sind doch beieinander nicht.«

Darauf sagte Abu al-Fath al-Iskandari: »Das war ein sehr verdienstvolles Gedicht, mein lieber Neffe. Die Verstechnik lässt zwar zu wünschen übrig – vor allem das Reimpaar ›Nacht – Pracht‹ ärgert mich, zumal du es überflüssigerweise zweimal verwendest. Aber du bist noch jung. Nun hat es sich ergeben, dass auch ich, obwohl ich es als unnützen Zeitvertreib betrachte, vor kurzem ein treffliches Gedicht geschrieben habe.« Offenbar hatte er schon wieder vergessen, dass er gerade noch seine Abscheu vor Dichtern bekundet hatte.

»Du darfst uns die süße Frucht deiner Feder nicht vorenthalten, edler Onkel«, sagte Badi Azzaman al-Hammadani erfreut und schloss die Augen, um die Poesie besser genießen zu können.

»Also gut«, antwortete Abu al-Fath al-Iskandari großmütig, »weil du meine Neffe bist und noch etwas lernen kannst. ›Auf die Verbindung zwischen einem Mann und seinem Reittier‹.« Er hob noch einmal seiner Becher in die Höhe, trank einen Schluck und fing an:

»Wenn die Zeit zum Träumen gekommen ist,
und sogar die Rede der Frommen beendet ist
dann schlafe ich auf meinem Dromedar,
glaube mir, es gibt kein schöneres Paar!«

»Sehr lobenswert, Onkel«, sagte Badi Azzaman al-Hammadani begeistert, nur dürften sich der dritte und vierte Vers nicht reimen, wenn euer Gedicht ein guter Vierzeiler sein soll.«

»Oh, du Esel«, sagte Abu al-Fath al-Iskandari enttäuscht. »Im persischen Vierzeiler gilt, dass sich der dritte und vierte Vers nicht reimen müssen. Sie dürfen es aber, und es ist sogar üblich, dass sie sich reimen. Aber, mein Neffe, du hast mir noch nicht erzählt, was dich hierher geführt hat«, fuhr er fort und kaute dabei an einer Hirschkeule. »Du klagst in deinem Gedicht, dass du nicht bei der Geliebten bist, was hält dich in diesem fremden Land?«

»Wenn ich mich zu meiner Geliebten begeben würde, was sollte ich dann noch dichten?«, fragte Badi Azzaman al-Hammadani spitz. Er knetete etwas gekochten Weizengrieß zu einem Bällchen und steckte es in den Mund.

Abu al-Fath al-Iskandari nickte. »Du hast Recht, die Anwesenheit einer Frau ist schön, aber ihre Abwesenheit führt dazu, dass wir die Leere mit Schönheit füllen wollen.«

»Im Übrigen kam ich hierher, um Euch zu suchen, geliebter Onkel. Obwohl mein Vater, Euer Bruder, und meine Mutter, Eure Schwägerin, mich vor Euch gewarnt haben, erzählte mir doch der alte, überaus lobenswerte Abu Hisham – möge Allah ihn vor einem frühen Tod bewahren – über Jahre hinweg, dass er mit Euch durch Zedernwälder und Wüsten gezogen sei, von Astrachan nach Aleppo und von Balkh zum schönen Samarkand. Ich besuchte also alle die Städte. Bei Astrachan schiffte ich mich auf der Wolga bis nach Bolgar ein, von dort reiste ich dann über Land bis nach Kiew. Und hier habe ich Euch gefunden, im Land der Ungläubigen.«

»Weh mir, ich wusste nicht, dass sich mein Ruhm so weit verbreitet hat und sogar noch Augenzeugen meiner jugendlichen Eskapaden

leben«, sagte Abu al-Fath al-Iskandari nachdenklich. »Ich hoffe nicht, dass Abu Hisham am Jüngsten Tag meine Sache vor dem Allerhöchsten vertreten wird, denn die Lügen, die er auftischt, sind ebenso ungeheuerlich wie sein Talent, sie besonders glaubwürdig erscheinen zu lassen.«
»Er hat mir die schönsten Geschichten über Euch erzählt, und so beschloss ich, Euch zu suchen, um eine Inspiration für meine Gedichte zu finden.«
»Und diese Frau?« Abu al-Fath al-Iskandari leerte zum wiederholten Male den Krug in einem Zug, um das Fleisch hinunterzuspülen.
Badi Azzaman al-Hammadani seufzte. »Sie hat einen fetten Kaufmann aus Medina geheiratet, inzwischen hat sie zwei Kinder. Ich habe anderthalb Jahre lang keinen Vers mehr schreiben können.«
»Neffe, du hast den Richtigen gesucht«, sagte Abu al-Fath al-Iskandari zufrieden. »Komm mit uns, und du wirst einen Stoff kennen lernen, der deinen Ruhm bis zum Hof des Kalifen verbreiten wird.« Er legte den Arm auf die Schultern seines Neffen und führte ihn zu einem Tisch in einiger Entfernung von uns. Wir konnten erkennen, dass er dort mit ausladenden Armbewegungen und rollenden Augen erzählte, manchmal sehr laut, dann wieder flüsternd. Mir war klar, dass er seinen Neffen zur Seite genommen hatte, falls unsere Sicht der Begebenheiten von der seinigen abweichen sollte. Der Raum war erfüllt von einem melancholischen Trauergesang, eine dunkelhaarige Sängerin schüttete ihr Herz in verwickelten Klanglabyrinthen aus. Hosseyn aß ungerührt weiter, Ahmad blickte wie eine Statue auf die Musikanten und die Schlangenbewegungen der Sängerin. Ich sah zu den schweigenden Rus hinüber, über Olegs und Waldimars Wangen rollten Tränen.

28. Kapitel

Über den Sinn der Askese für den, der keine Versuchung kennt. Abu al-Fath al-Iskandari begegnet erneut einer heißblütigen zeitlosen Schönheit

Ich war über meinem Palimpsest wieder in Schlaf gefallen. Bodo, der sich vergewissern wollte, ob ich noch lebte oder schon tot war – im letzteren Falle hätte er sich geistlicherer Arbeit zuwenden können, als sich um einen fast hundertjährigen Narren in einer Turmkammer zu kümmern –, rüttelte mich an den Schultern. Ich richtete mich auf und spürte meinen verspannten Rücken.

»Zerr nicht an mir herum, Dummkopf!«, sagte ich und entwand mich seinem Griff, jedenfalls versuchte ich das.

»Du hast die ganze Nacht nicht geschlafen«, sagte Bodo. »Du musst total erschöpft sein, Bruder. Soll ich dich ins Bett bringen?«

»Das ist überhaupt nicht nötig. Ich war an der Arbeit und wollte nur kurz ein wenig ausruhen.« Ich sah, dass er auf meine halb voll geschriebene Seite blickte. Schnell hielt ich meine Hand über das Buch, er brauchte nicht zu wissen, dass ich eine kostbare Bibel zerstörte.

Bodo sah mich aus seinen ehrlichen Augen an. Er ist ein einfacher Junge, meine Arbeit überstieg seinen Horizont.

»Mir stellt sich da eine Frage, Bruder Hroswithus«, sagte er leise.

»Was für eine Frage stellt sich dir, junger Narr? Musst du nicht zur Messe?«

»Ich habe schon vor Stunden die Messe besucht.«

»Stelle deine Frage und lass mich dann allein, damit ich arbeiten kann!«

Er zögerte und sah mich neugierig an. Dann fragte er: »Was ist eigentlich mit Sigrid passiert?«

»Sigrid? Welche Sigrid?«

»Die zukünftige Frau von diesem Heiden Abu al-Fath al-Iskandari?« Er sah mich noch immer mit seinen großen Hundeaugen an. Ich fühlte mein Herz schlagen, in meinem Alter ein gefährlicher Zustand, wie ich mir habe sagen lassen.

»Was weißt du davon? Hast du in meinem Buch herumgeschnüffelt? Kannst du lesen?«

Er überging meine Frage und fuhr fort: »Das letzte Mal, als ich von ihr gehört habe, trat sie aus dem Schatten der Häuptlingshütte in dem namenlosen Dorf, in dem du und dein Freund Abu al-Fath al-Iskandari nach einem Trinkgelage in einen Turban verwickelt wurdet. Danach habe ich nichts mehr von ihr vernommen.«

»Und du Esel hast gedacht, ein Greis wie ich habe sie einfach vergessen? Wenn du gelesen hättest, was ich gestern geschrieben habe, wüsstest du, dass sie noch immer dabei ist. Waldimar, der Wirt der Herberge, in der wir abgestiegen waren, hat ja schließlich gefragt, ob ›die Frau zu kaufen‹ sei.«

Bodo zuckte mit den Achseln. »Du hast auf dem Buch geschlafen. Wie hätte ich es lesen sollen? Und trotzdem verstehe ich nicht, warum du kein Wort von ihr in dem Teil schreibst, der den Monat zwischen eurem Verschwinden aus dem Dorf und der Ankunft vor den Mauern von Kiew behandelt, das sich wie eine eitle Frau im Wasser spiegelt.«

Ich seufzte. »Du hast also alles gelesen?« Das war das Ende, er würde es dem Abt melden müssen.

»Bis auf das, was du gestern geschrieben hast. Ich würde gern weiterlesen.«

»Musst du das nicht den Mitbrüdern berichten?«, fragte ich.

»Dann werde ich nie erfahren, wie es dir und Abu al-Fath al-Iskandari ergangen ist. Ich fürchte, dass mir die Neugier leider nicht gänzlich fremd ist. Im Übrigen bin ich gespannt auf die zeitlosen heißblütigen Schönheiten von Bagdad.«

Durch das kleine Fenster, das in der Wand meiner Turmzelle ausge-

spart war, fiel ein schmaler Sonnenstrahl auf den Tisch. »Und wenn du die ganze Geschichte gehört hast?«
»Dann«, sagte Bodo, »kann ich mich immer noch entschließen, das ganze Buch wieder abzuschaben.«
Wieder musste ich an die Märchen aus *Tausendundeiner Nacht* denken. Solange ich die Neugier des Novizen zu wecken verstand, würde er mich nicht stören. Also gut, ich verfügte über Geschichten, um ihn jahrelang in Spannung zu versetzen, und kein Wort war gelogen.
»Sigrid, ich habe es ja schon gesagt, hatte gelernt, sich unsichtbar zu machen. Wenn sie gesehen werden wollte, dann neigten sich selbst die Gipfel der Bäume, um ihr näher zu sein, und die Fische legten sich auf die Seite, um einen Blick auf ihre Schönheit zu erhaschen. Aber wenn sie unsichtbar sein wollte, war sie wie ein flüchtiger Geist, der geräuschlos neben uns herschwebte. Und so verhielt sie sich die meiste Zeit auf unserer Reise. In Kiew fühlte sie sich sicher und wollte von Abu al-Fath al-Iskandari gesehen werden. Schließlich war die Stadt voller schöner Frauen.«
»Du hast viele Frauen gehabt, oder?«, fragte Bodo, ohne mich anzusehen. Seine Augen waren auf das kleine, helle Fenster gerichtet.
»Mehr als Sterne in einer hellen Sommernacht!«, sagte ich, und der Teufel soll mich holen, wenn das nicht die verdammte Wahrheit war.
Er zögerte und sagte dann. »Ich habe, jedenfalls soweit meine Erinnerung zurückreicht, noch nie eine Frau aus der Nähe gesehen.«
Ich fühlte Mitleid und wusste nicht, was ich sagen sollte.
Er fuhr fort: »Ich bin hier als Klosterkind hergekommen, als ich sechs Jahre alt war. Ich habe das Kloster seitdem nur ein paarmal verlassen. Kommen noch mehr Frauen in der Geschichte vor?«
»Darauf kannst du dich verlassen! Die Schönsten kommen erst noch. Aber kommt es dich nicht schwer an, meine Beschreibungen zu lesen?«
Er schwieg und blickte weiter zum Fenster. Dann zuckte er mit den Achseln. »Meinst du, dass es Sinn macht, sich von den Sünden des

Fleisches abzukehren, bevor man sie kennen gelernt hat, also nicht weiß, was man aufgibt?«

Ich lachte mein Altmännerlachen, das wie das Gekrächze eines brütenden Huhnes klang. »Ich habe seit meinen Kindertagen nicht mehr über die Sünden des Fleisches nachgedacht, aber ich weiß, dass alle großen Heiligen in ihrer Jugend Liebhaber dessen waren, was man Sünde zu nennen pflegt.«

Bodo schluckte und sah mich durchdringend an. »Ich möchte nichts lieber, als ein großer Heiliger werden!«, sagte er mit einem Eifer, der mich erstaunte.

Ich erinnerte mich an eine Geschichte, die ich vor langer Zeit gehört hatte, und fuhr fort. »Ich habe mal gehört, dass sich vor Hunderten von Jahren ein Priester im Orient selbst entmannt hat, um den Versuchungen dieser Welt nicht ausgesetzt zu sein. Er hieß Origenes. Die Kirche hat diese Handlung verurteilt, weil die Askese ohne Versuchung keinen Sinn macht.«

Bodo war ganz blass geworden und schüttelte den Kopf. »Wie ist es Origenes weiter ergangen?«

Ich musste bekennen, dass ich es nicht wusste. »Aber wenn du mich fragst, es ist schon gut, wenn der Mensch erst die Versuchungen dieser Welt bis zur Neige auskostet, bevor er sich völlig den geistlichen Aufgaben weiht.«

Der Novize versuchte, eine Flaumfeder zu fangen, die im Lichtstrahl schwebte, aber da die Luftverdrängung seiner Hand die Feder immer wieder wegwirbelte, griff er ständig daneben. Er gab seine Bemühungen auf und sagte: »Ich bin noch jung. In diesem Augenblick brenne ich vor Neugier, mehr von deiner Geschichte zu erfahren. Ich würde gern weiterlesen.«

»Lass mich schreiben und komm heute Abend wieder!«, sagte ich. »Denn der Zufall will es, dass ich noch heute zur Beschreibung der schönsten Frau gelange, die ich in neunundneunzig Jahren gesehen habe.«

Bodo stand auf und verließ meine Kammer. Ich zitterte und mir wurde klar, dass ich nicht wusste, welche Jahreszeit draußen in der

Welt angebrochen war. Ich legte meinen Mantel um und tauchte meine Feder in die Tinte. Ich würde besser aufpassen müssen bei der Niederschrift meiner Erinnerungen, denn Bodo hatte ganz richtig erkannt, dass ich Sigrid schlichtweg vergessen hatte, auch wenn ich mit meiner Argumentation natürlich Recht hatte.
Aber schon lange hat jede meiner Verteidigungsreden einen Abu-al-Fath-al-Iskandari-haften Glanz angenommen, und weil es mehr als eine Wahrheit gibt, geht es nur darum, welche Verteidigung die beste ist. Ich hatte mich mit der Neugier des Novizen bereits versöhnt und war mir auch sofort bewusst, welche Vorteile ich aus seinem Interesse ziehen konnte.

Ich hielt an diesem ersten Abend in Kiew den Atem an, als ich sah, dass sich Abu al-Fath al-Iskandari zum Würfeln an einen Spieltisch setzte. Badi Azzaman al-Hammadani sah voller Bewunderung zu, und ich konnte erkennen, dass er vor sich hin murmelte, als ob er neue Verse erprobte. Übrigens verfügte der junge Dichter über das gleiche Lächeln wie sein Onkel.
Das Feuer spiegelte sich auf Hosseyns Kahlkopf und dem Schwert Ahmads, das schon halb aus der Scheide gezogen war, aber an diesem Abend nicht zum Einsatz kam. Und Sigrid, Sigrid stand gar nicht mehr flüchtig, sondern höchst sichtbar, doch unantastbar hinter dem Stuhl, auf dem Abu al-Fath al-Iskandari saß. Aber obwohl es Zeiten gegeben hatte, in denen mein Auge voller Wohlgefallen auf ihren Formen ruhte, war mein Interesse an dieser wunderschönen, aber doch auch sehr gelangweilten Frau längst geschwunden.
Die Nacht war fast vorüber, als sich die Gesellschaft am Spieltisch auflöste und die Rus grummelnd abzogen, nicht ohne uns wütende Blicke zuzuwerfen. Abu al-Fath al-Iskandari hatte einen großen Stapel Gold- und Silberstücke vor sich aufgetürmt und reichte den ledernen Beutel, den Waldimar ihm gab, an Hosseyn weiter, damit der das Geld einsammelte.
»Ein guter Abend, fürwahr«, sagte Abu al-Fath al-Iskandari zufrieden. »Nun wünsche ich, dass du meinen Freunden deine besten

Zimmer anweist, Waldimar, und deine weichsten Betten.« Zu mir sagte er. »Hroswith, mein Bruder, danke, dass du mir diese edle Kunst beigebracht hast! Betrachte zu allen Zeiten mein Geld als das deine!«

Die Nacht in Kiew war kurz. Ich erwachte und sah noch kein Tageslicht durch die auf Rahmen gespannten Schweinsblasen, die als Fenster dienten, hereindringen. Über mir rauschte noch immer der Regen, genau wie am vorigen Abend, und das Geräusch vermischte sich mit dem Schnarchen der Menschen, mit denen ich den großen Schlafraum unter dem Dach teilte.

Ich war vom Lärm schwer beladener Karren und rauer Männerstimmen geweckt worden. Kurz hörte man das Klappern von Hufen, dann war es wieder still.

Ich stand auf, ging zum Fenster und schob die Schweinsblase weg. Offenbar waren die Straßen an der Vorderseite der Herberge etwas breiter als die Gassen, durch die wir gestern gekommen waren. Jetzt konnte ich erkennen, dass die Dunkelheit vor allem von dem schlechten Wetter herrührte. Ich blickte auf hölzerne und reetgedeckte Dächer hinab, die alle tiefer lagen und auf denen der Regen Gischtschleier verbreitete. Unter mir rollte die dunkle Silhouette eines Ochsenkarrens vorbei, gefolgt von einer Menge Leute. Hinter dieser Kolonne sah man große, mit Knüppeln bewaffnete Kerle, die ab und zu Halt machten und laut Befehle gaben. Ich begriff nun, dass die zerlumpte Menschenmasse aus aneinander geketteten Sklaven bestand, die zum Markt gebracht wurden. Kiew, so viel hatte ich schon von unseren Gastgebern gehört, verfügte und verfügt noch immer über den größten Sklavenmarkt entlang des gesamten Dnjepr. Auch der Reisebericht Ibn Fadlans, in dem ich am vorigen Abend noch bei Kerzenlicht gelesen hatte, erwähnte den schwunghaften Handel mit menschlicher Ware in dieser Stadt, die einen Knotenpunkt zwischen Ost und West darstellt. Ich versuchte, mir vorzustellen, wie wohl die Strecke aus großer Höhe aussah, die ich seit der Zeit, als ich meine geliebte Adela verlassen musste, zurückgelegt hatte.

Dieser Gedanke brachte mich auf eine Idee: Wie wäre es, wenn jemand auf einem großen Stück Pergament den Weg mit allen Hindernissen, Flüssen und Städten schematisch genau festhalten würde. Dazu müsste in einem Kommentar beschrieben werden, was einem Reisenden alles begegnen kann und auf welche feindseligen Stämme er trifft. Das wäre für Leute wie uns ein überaus hilfreiches Dokument, vielleicht nützlicher als der Reisebericht des Ibn Fadlan. Leider kam mir der Gedanke erst in Kiew, nachdem nach Aussage von Abu al-Fath al-Iskandari bereits etwa die Hälfte der Reise hinter uns hatten. Hätte ich diesen faszinierenden Einfall früher gehabt, hätte ich ohne zu zögern begonnen, eine solche Karte zu verfertigen. Orientiert hätte ich mich an den Sternen und den Punkten, an denen die Sonne jeweils auf- beziehungsweise unterging. Die Abstände hätte ich anhand der täglich zurückgelegten Strecke in Meilen angeben können.

Aber ich erinnerte mich, dass ich häufiger nicht wusste, in welche Richtung wir zogen, weil ich zu betrunken war, um überhaupt noch etwas zu merken, oder weil ich gefesselt in einem Drachenboot lag oder unter Deck eingeschlossen war. Dennoch nahm ich mir vor, eines Tages meinen Plan auszuführen. Wir bereisten zwar die Fremde, aber irgendwann würde ich doch wieder in die Heimat zurückkehren.

Während ich in Gedanken versunken am Fenster stand, hatte sich einer der Männer, mit dem ich den Schlafraum teilte, lautlos neben mich gestellt. Ich bemerkte ihn erst, als er mich ansprach.

»Ohne dies würden diese Stadt und viele andere nicht existieren können.« Ich begriff nicht gleich, was er sagte, bis ich merkte, dass er Latein sprach, allerdings mit einer seltsamen Aussprache. Mir war auch die Bedeutung seiner Worte zunächst nicht klar, bis er auf die Sklavenkolonne zeigte, die sich noch immer durch den Regen schob.

»Ich nehme an, dass Ihr die Sklavenhändler beobachtet habt?«

Ich stimmte zu und sah mir den Mann genauer an. Er war alt, sicher fünfzig (obwohl ich das jetzt nicht mehr alt finde), hatte kurzes graues Haar und einen langen Bart. Ein Auge war milchig weiß, offenbar war es blind. Das andere Auge, so blau wie die Seen um Miklagaard – aber ich greife schon wieder vor –, sah mich scharf und forschend an. Er trug eine lange, karierte Tunika und darunter eine Hose und Sandalen, die mit *fasciolis,* mehrfach um das Bein gewickelten Riemchen, über dem Knie zusammengeknotet waren. Die Decken, unter denen er geschlafen hatte, hatte er sich gegen die Morgenkühle um die Schultern gelegt.

»Ich habe gesehen, dass Ihr gestern Abend noch gelesen habt. Darf ich fragen, um welch ein Buch es sich handelt?«

»Es war der Reisebericht von Ibn Fadlan, einem arabischen Händler, der diese Gegenden vor einem halben Jahrhundert besucht hat.«

»Bleibt Ihr länger in dieser Stadt? Ich würde das Buch auch gern einmal lesen.«

»Könnt Ihr Arabisch?«, fragte ich.

Er verneinte mit Bedauern. »Wirklich schade, man begegnet zu wenig Büchern in dieser Welt, vor allem in diesem gottverlassenen Teil der Erde«, sagte er.

Ich betrachtete den Mann jetzt mit anderen Augen. »Woher kommt Ihr?«

»Ich bin geboren im Lande Pontus, bin also Grieche, wenn ich auch zumeist in anderen Ländern lebe. Zurzeit habe ich mich in Konstantinopel niedergelassen und bin hier, um Handel zu treiben. Mein Name ist Kyriakos.«

»Ich heiße Hroswithus. Seid Ihr Sklavenhändler?«

Er beeilte sich, dies zu verneinen. »Nein, nein, ich bin hier mit Seide angereist, die über den Karawanenweg aus Kathay angeliefert wurde, und suche nun alles, wonach die Leute auf den Märkten von Konstantinopel gieren. Pelze, graue Ambra, Bernstein, ich habe mich nicht auf eine Ware spezialisiert, das wäre nicht klug.«

»Wie kommt es, dass Ihr als Kaufmann lesen und schreiben könnt?«

Er drehte sein gesundes Auge zum Himmel, das kranke blieb starr, als ob es schon vor langer Zeit gelernt hätte, sich nicht vergebens mitzubewegen. »Ist es nicht ganz normal, dass Kaufleute lesen und schreiben können? Wie sollten sie sonst Briefe verfassen und ihre Buchhaltung führen?«

»In meinem Land ist das nicht üblich«, sagte ich kurz.

»Ah, aber Ihr stammt ja auch aus einer von Barbaren bewohnten Gegend«, rief er vergnügt, was ihm den Anraunzer eines der Schlafenden einbrachte, der sich gestört fühlte. »Ihr kommt bestimmt aus dem Deutschen Reich«, sagte er, jetzt deutlich leiser.

»In der Tat«, musste ich zugeben. »Ich komme aus dem Gau Hamaland.«

Von dem hatte er noch nie etwas gehört. »Ich bin neugierig auf Eure Geschichte, man trifft in diesen Gegenden nur selten einen gelehrten Mann«, sagte er. »Erweist mir doch die Ehre, mit mir das Frühstück zu teilen!«

Ich war einverstanden, und nachdem wir beide unsere Sachen zusammengepackt hatten, gingen wir in die Wirtsstube hinunter. Es war noch niemand da außer der Frau von Waldimar, die uns mürrisch einen Platz am Feuer zuwies. Ihr Mann war, wie ich später hörte, mit einem aus unserer Gruppe ziemlich abgestürzt.

Wir schauten schweigend in die Flammen und nippten von einem warmen Getränk aus Milch und mir bis heute unbekannten Kräutern, das uns die Frau brachte.

»Wohin führt Eure Reise?«, fragte der Grieche schließlich, und ich erklärte ihm, dass wir über Konstantinopel nach Bagdad reisen wollten.

»Nach Bagdad? Und Ihr wollt behaupten, dass Ihr nichts mit Sklaven im Sinn habt?«

Er zwinkerte mir zu, aber ich schüttelte den Kopf.

»Mein Freund Abu al-Fath al-Iskandari ist hier eigentlich hergekommen, um Geschäftsverbindungen zu knüpfen. Aber seine Kontakte zu Kaufleuten in Kiew erwiesen sich als eher unergiebig. Wir warten hier auf ein Schiff, das uns nach Konstantinopel bringt.«

»Er hat Geld verdient und kauft hier nicht ein? Das ist höchst unvernünftig!«, sagte Kyriakos. »Ihr müsst unbedingt mit mir zum Markt kommen. Es kommt einem Verbrechen gleich, diese Gelegenheit nicht wahrzunehmen; ihr könntet große Reichtümer erlangen. Wenn wir gemeinsam einkaufen, können wir niedrigere Preise herausschlagen. Außerdem ist es immer klug, in einer Gruppe zu reisen, denn die Gegenden, die wir durchqueren müssen, sind gefährlich, es gibt dort fremdartige Volksstämme. Die Lage am Dnjepr ändert sich praktisch jeden Tag. Ich würde gern einmal mit Euren Freunden sprechen.«

Er sah mich erwartungsvoll an, und ich musste ihm versprechen, dass ich ihn Abu al-Fath al-Iskandari vorstellen würde. Ich versicherte ihm, dass dieser sich stets für profitable Unternehmungen interessiere.

Ich sollte Recht behalten, und an diesem Tag nahm unser aller Leben eine schicksalhafte Wendung, wenn es auch noch Monate dauerte, bis uns das bewusst wurde. Noch heute bedauere ich unseren Besuch auf dem Markt in Kiew. Was ich aber nicht bedauere, ist die Begegnung mit Kyriakos, dem Pontier, obwohl er es war, der uns zum Markt lotste.

Selbstverständlich war Abu al-Fath al-Iskandari ganz Ohr, als der Grieche seine Pläne erläuterte. Er sprach zu meinem Erstaunen ein ganz ordentliches Griechisch, auch wenn Hosseyn ihm gelegentlich helfen musste.

Ich beschloss, mir so schnell wie möglich diese Sprache anzueignen, und während eines Spaziergangs durch das Marktviertel bat ich sowohl Hosseyn als auch Kyriakos, mir Unterricht zu geben. Beide willigten ein.

Unterdessen schoben wir uns von Kyriakos geführt durch die engen Gassen, die immer voller wurden. Von allen Seiten hörte man die lauten Stimmen von Händlern, die ihre Ware anpriesen. An den Ständen hätten sie feine Stoffe drapiert; weiter hinten lagen große Stapel Felle von Bären, Füchsen, Nerzen und anderen Tieren, für die unsere Sprache keine Namen hat. Ich sah Glasperlen in allen

Farben und Ikonen, für mich das erste Zeichen dafür, dass das Christentum auch bis hierher vorgedrungen war. Ich wog eiserne Waffen in der Hand, prüfte die Gerüche von Duftstoffen aus Astrachan, Persien und den Wüstenstädten Arabiens und probierte Süßigkeiten aus dem fernen Samarkand. Schmuck und Goldschmiedearbeiten waren aufgestapelt wie die Schätze im Märchen *Ali Baba und die vierzig Räuber* (das ich zu der Zeit freilich noch nicht kannte), und schöne Frauen wie auch hässliche alte Weiber ergriffen unsere Hände, um uns aus ihnen die Zukunft zu lesen, die sie auch aus Vogellebern prophezeien wollten.

Wir lachten den schönen Frauen zu, verschmähten die Zaubertränke von so genannten Thaumaturgen und die Talismane von Schamanen – weiß der Teufel, von welchen Steppenstämmen sie stammten –, die uns mit rasselnden Hülsenfrüchten und getrockneten Tierkadavern bedrängten und sich kaum abschütteln ließen. Als wir sie schließlich losgeworden waren, mussten wir uns den Weg durch Menschenmengen bahnen, die sich bei Harlekinen und Jungen, die einen mit einem Maulkorb versehenen Bären tanzen ließen, vergnügten.

Ein Mann mit einem Turban hielt uns an. Er wollte Abu al-Fath al-Iskandari die Zügel eines seltsamen Tieres in die Hand drücken, das größer war als ein Pferd und dessen Kopf an eine Ziege ohne Hörner erinnerte. Im Übrigen hatte das Tier ein zotteliges Fell, und anstelle eines vernünftigen Rückens hatte es einen hohen runden Buckel, als ob der Teufel selbst es entworfen hätte, um Reiter zu quälen, weil sie immer wieder herunterrutschten. Plötzlich begriff ich, dass ich von dem Tier schon einmal gehört hatte.

»Mein Gott, es ist ein Kamel, genau wie in der Bibel«, sagte ich erstaunt.

»Nein, ein Dromedar«, verbesserte mich Abu al-Fath al-Iskandari. »Ein edleres Tier gibt es überhaupt nicht.« Er klopfte es auf den Hals und begrüßte den Treiber, einen zerlumpten Perser, in seiner eigenen Sprache. Wir warteten auf Badi Azzaman al-Hammadani, der uns folgte und dabei ständig Selbstgespräche führte, und auch

auf Hosseyn und Ahmad, die die hochnäsige Sigrid flankierten. Danach gingen wir gemeinsam weiter.
Wir durchquerten einen wahren Wirrwarr von Gässchen und kleinen Plätzen, die zumeist mit bunten Tüchern und Decken überspannt waren. Die Sonne warf ständig wechselnde Lichtmuster auf die Stände unter den Abdeckungen. Hier wurden auch Sklaven gehandelt.
Als wir an einer Erhöhung vorbeikamen, wo verschiedene Händler ihre Sklaven anpriesen, die einer nach dem anderen vortreten mussten, erzählte Abu al-Fath al-Iskandari, er habe in dem Buch seines Verwandten gelesen, dass sich die Rus vor den Augen des Publikums mit ihren Sklavinnen paaren, um die Qualität ihrer Ware zu demonstrieren. Ich hatte die Passage noch nicht gelesen. »Findest du das schockierend, Abu al-Fath al-Iskandari?«, fragte ich übermütig. »Du, der Verführer so vieler wunderschöner Frauen?«
Er sah mich streng an. »Schockierend ja. Nicht etwa weil ich moralische Bedenken gegen die Ausführung des Geschlechtsaktes hätte. Im Gegenteil! Nur wäre es nicht nach meinem Geschmack, dies öffentlich zu tun. Das Schauspiel an sich schockiert mich weder, noch interessiert es mich, ebenso wenig wie die Paarung von Hunden, Kamelen oder was für Tieren auch immer. Ich habe allerdings etwas dagegen, wenn es gegen den Willen der betroffenen Frau geschieht, selbst wenn es sich um eine Sklavin handelt. Im Übrigen verstehe ich nicht, warum jemand zu seinem Vergnügen eine Frau kaufen sollte, die von einem elenden Sklavenhändler besudelt worden ist.«
Badi Azzaman al-Hammadani pflichtete seinem Onkel bei. Kopfschüttelnd sagte er: »In unserem Land wäre der Wert einer Sklavin nach einer derartigen Werbemaßnahme praktisch null.«
»Null? Was ist das?«, fragte ich.
Er sah mich überrascht an. »Nichts«, sagte er. »Es ist eine Zahl, die einen Wert unter eins ausdrückt. Eins weniger eins. Also nichts.«
»Dafür habt ihr eine Zahl?« Ich lachte laut über diese neue Einsicht. »Was macht es für einen Sinn, solch eine Zahl zu gebrauchen?«

Abu al-Fath al-Iskandari und Badi Azzaman al-Hammadani lachten auch. »Du musst noch viel lernen, Bruder Hroswith«, sagte Abu al-Fath al-Iskandari und klopfte mir auf die Schulter.

Und heute, wo ich dies aufschreibe, zeigt sich Schamröte auf meinen gegerbten Altmännerwangen. Wenn wir auch nur eines von den Heiden aus dem Osten und Süden übernehmen sollten, dann ist es die Null, schreib dir das hinter die Ohren, Bodo! Ich habe meinem Freund Gerbert darüber seinerzeit ausführlich in meiner Schrift *De Moribus Maurorum* berichtet, aber leider hat er nicht lange genug gelebt, um seine Pläne zu verwirklichen. Aber ich will den Dingen nicht vorgreifen. Gerbert lernte ich erst viele Jahre später kennen.

Ibn Fadlan hatte nicht übertrieben. Wir folgten Kyriakos durch eine lange, dunkle Halle, in der ausschließlich Frauen und Mädchen verkauft wurden. Schnell richtete sich unsere Aufmerksamkeit auf zwei Händler, die laut schreiend unter übertriebenem Lustgestöhne mit ihren Sklavinnen Geschlechtsverkehr hatten, und zwar in der Weise, wie Hunde es zu tun pflegen. Die eine der derart traktierten Frauen, ein dunkelhaariges Mädchen, offenbar aus der Gegend um den großen Fluss, schrie und weinte; die andere, eine kräftige Nomadenfrau aus der Steppe, schien unbewegt und fast gelangweilt, als ob sie ihr ganzes Leben nichts anderes gewöhnt sei.
Ich hatte Mitleid mit ihnen und hätte sie am liebsten freigekauft, aber mein Geld reichte bestenfalls für ein altes zahnloses Weib. Die Mädchen in diesem Teil waren schön und jung und nicht für die schwere Feldarbeit bestimmt wie die Frauen, die wir sonst auf dem Markt gesehen hatten. Die Preise wären hier sicher sehr hoch.
Abu al-Fath al-Iskandari gab Kyriakos ein Zeichen. »Grieche, wir sind nicht interessiert. Wenn Ihr Euch am Sklavenhandel beteiligen wollt, gehen wir zurück in die Herberge.«
Aber Kyriakos versicherte ihm, dass er sich keine Sorgen zu machen brauche, ihn interessierten andere Waren wie etwa Pelze oder

graue Ambra. Wenn wir uns, ohne zu zögern, durch die Menschenmassen zwängten, könnten wir eine Halle weiter sofort Geschäfte machen. Wir folgten ihm und setzten unsere Ellenbogen ein, um voranzukommen, denn außer den Händlern gaffte hier allerlei Volk, das sich an weiblicher Schönheit erfreuen wollte, welche es sich nie leisten konnte. Ich versuchte, nicht auf die erhöhten Stände zu sehen, wo die menschliche Ware feilgeboten wurde, denn es erinnerte mich daran, dass ich einmal in der gleichen Lage war. Ich hatte mich damals wegen meiner Hilflosigkeit geschämt.

Am Ende der Halle, direkt beim Ausgang, wurde die Menschenmenge noch dichter, und wir kamen nur mühsam voran. Hier musste es etwas ganz Besonderes zu sehen geben. Vor mir sah ich, wie Kyriakos, der zum Podium blickte, innehielt und mit offenem Mund wie angewurzelt dastand.

Ich warf einen Blick auf das Podium und sah eine junge Frau, in ein langes Seidentuch gekleidet, das die Formen ihres Körpers betonte und in einem Wasserfall von glitzernden Falten ihre Beine überströmte.

Ganz allein stand sie da, den Kopf geneigt, das herunterwallende schwarz gelockte Haar über der linken Schulter. Sie hatte den Blick gesenkt und nahm von der Menschenmasse keinerlei Notiz. Bei diesem Anblick gab es kein Gejohle, hier hörte man keine obszönen Bemerkungen. Die Frau strahlte etwas Königliches aus. Durch eine Öffnung im Hallendach fiel ein Lichtstrahl auf sie, als hätte die Sonne ein Loch durch Wolken und Dach gebrannt, um ihre Tränen zu trocknen.

Erst als ich gegen Kyriakos stieß, bemerkte ich, dass ich noch immer weiterging.

29. Kapitel

Über Verhandlungen auf dem Sklavenmarkt. Hroswith überrascht sich selbst und alle anderen

Bei allen Feigen und Oliven!«, sagte Abu al-Fath al-Iskandari bewegt. »Gelobt sei der Tag, an dem sich unser Weg mit dem eines so göttlichen Wesens kreuzte!«

Ahmad fluchte; Hosseyn stampfte mit seiner Keule auf den Boden.

Sigrid sagte zum ersten Mal etwas an diesem Tag: »Ich denke, wir wollten diesen Markt schnell hinter uns bringen? Lasst uns weitergehen!«

Kyriakos rief etwas auf Griechisch, und sofort schaute die Frau in unsere Richtung, ihre Miene hellte sich auf, und sie kam nach vorn, sodass der Sonnenstrahl hinter ihr auf den Boden fiel und dort langsam verblasste.

Die Frau fragte etwas, und ihre Stimme klang wie eine sprühende Kaskade, die sich aus großer Höhe in einen kristallklaren Bergsee ergießt. Kyriakos antwortete, und es entspann sich schnell ein Gespräch, das vom Besitzer des Standes unterbrochen wurde. Dieser kletterte auf das Podium, fasste die Frau grob an den Schultern, schob sie zurück und rief Kyriakos etwas zu.

»Was sagt er?«, fragte ich den Griechen.

»Wenn du sie kaufen willst, musst du mit mir reden«, übersetzte Abu al-Fath al-Iskandari für mich.

Und er fügte hinzu: »Bruder Hroswith, Kyriakos, wir müssen zusammenlegen, um diese edle Frau zu befreien.«

Kyriakos gab uns genauere Informationen: »Diese Frau stammt aus Konstantinopel und wurde von diesem Barbaren entführt. Ihr tätet wirklich gut daran, sie freizukaufen, ihr Vater wird Euch reichlich belohnen, sie ist eine *porphyrogènneta,* eine Purpurgeborene.«

»Können wir auf Eure Hilfe rechnen, Kyriakos?«, fragte Abu al-Fath al-Iskandari.
»Ach, edler Abu al-Fath al-Iskandari, es tut mir wirklich Leid, Euch enttäuschen zu müssen. Das Schicksal will es, dass meine Mittel gerade ausreichen, eine Ladung Polarfuchsfelle bei diesem Pelzhändler dort zu kaufen.« Er deutete mit seinem Kopf auf die Tür. »Ich bin nicht allein bei diesem Geschäft und muss mich an getroffene Absprachen halten. Viele Menschen sind von meinen Einkäufen abhängig. Im Übrigen habe ich eine große, hungrige Familie zu unterhalten, alles von den kärglichen Resten, die mir nach Abzug meiner Unkosten verbleiben.«
Dies alles wurde in Griechisch besprochen, und genau wie früher, als ich Latein lernte, hatte ich das Gefühl, dass ich kurz davor war, alles zu verstehen. Hosseyn übersetzte leise für mich.
Abu al-Fath al-Iskandari sah mich an. Ich gab ihm meinen Geldbeutel. Unterdessen begann ein dicker Mann aus dem Publikum, dem Händler auf dem Podium etwas zuzurufen. Dieser antwortete mit kurzen Sätzen. Sie redeten in der Sprache von Kiew, aber wir brauchten sie nicht zu verstehen, um zu begreifen, dass sie verhandelten. Der Sklavenhändler schob die Frau nach vorn und begann, ihr das seidene Kleid auszuziehen. Sie versuchte, sich zu wehren, konnte aber gegen die Kraft des Händlers nichts ausrichten.
»Rettet mich!«, rief sie. »Rettet mich, oder ich muss den Rest meines Lebens in den Bordellen der Barbaren fristen!«
Abu al-Fath al-Iskandari, Ahmad und Hosseyn drängten sich gleichzeitig nach vorn, und Ersterer rief auf Griechisch: »Nimm deine Hände weg, Schurke!«
Der Händler schaute angenehm überrascht auf. »Es freut mich, hier einen arabischen Händler zu sehen. Lasst mich Euch versichern, dass diese byzantinische Prinzessin, dank meiner nie nachlassenden Wachsamkeit noch unberührt ist. Ich habe ihre Ehre auf dem ganzen langen Weg von Kleinasien nach Kiew beschützt. Obwohl ich aus Andalusien stamme, habe ich hier in der Stadt viele Familienangehörige und Freunde, die mich vor dem Schwert, das Euer

Freund führt, ebenso verteidigen werden wie vor der Keule Eures Sklaven. Beide machen mir weniger Angst als die Speere und Bögen der Petschenegen und Chazaren oder die Schleudern und Buschmesser der wilden Nomadenvölker sowie die Schwerter byzantinischer Soldaten, deren ich mich erwehren musste, um diese herrliche Frau, ein Muster von einem Weib und Zierde für den Harem des wählerischsten Kalifen, hierher zu bringen. Dieses gefahrvolle Unternehmen schlägt sich natürlich auch im Preis nieder. Und dennoch ist es ein Preis, der für einen solch edlen Sohn der Wüste, der eine ehrenhafte Frau zu schätzen weiß, nicht zu hoch ist.«

Abu al-Fath al-Iskandari reichte ihm schweigend einen Geldbeutel von der Größe einer Taube, aber der Mann schüttelte den Kopf. Grummelnd machte Abu al-Fath al-Iskandari einen weiteren Geldbeutel von seinem Gürtel los und gab ihm auch diesen. Der Mann wog beide Beutel in der Hand und zögerte.

Daraufhin rief der Fettsack, der schon vorher geboten hatte: »Zähl die Goldstücke ruhig, ich biete das Doppelte!« Er leckte sich die dicken Lippen.

Kyriakos übersetzte die Worte des fetten Mannes, und ich schlängelte mich durch die Leute, bis ich knapp hinter ihm stand. Ich zog einen kleinen Dolch und wartetet, bis der Händler auf dem Podium mit dem Zählen fertig war und dem Bieter den Betrag zurief. In diesem Moment packte ich den Mann von hinten an seinen Eiern und stieß die Spitze des Dolches durch seine dünne Kleidung. Ich drückte die Klinge drohend gegen den Beutel, den kein Mann je platt sehen möchte. Der Fettsack machte hier keine Ausnahme, denn er begann, wild den Kopf zu schütteln und rief: »Ich gebe auf!«

Ich ließ ihn los, und er drehte sich mit vor Angst weit aufgerissenen Pupillen zu mir um. Ich blickte noch einmal auf seine durchstoßene Kleidung und schüttelte als Ausdruck des Bedauerns meinen Kopf. Dann drängte ich mich nach vorn, wo der Andalusier das wieder in die Beutel gefüllte Geld zögernd in seiner Hand wog. Schließlich gab er Abu al-Fath al-Iskandari das Geld zurück.

Die Frau begann zu schluchzen. Ahmad ergriff sein Schwert und

Hosseyn legte das schwere Ende seiner Keule mit einem lauten Krachen auf das Podium. Auch ich zog mein Schwert. Wir konnten nur hoffen, dass keine Stadtwachen in der Nähe waren.
Aber plötzlich zeigte der Händler auf mich. Er rief etwas auf Griechisch, und Abu al-Fath al-Iskandari antwortete ihm. Der Händler sagte noch etwas, und Abu al-Fath al-Iskandari sah mich musternd an. In mir stieg die schreckliche Vermutung auf, dass mein Freund und Bruder dabei war, mich als Sklave zu verkaufen als Einsatz für die heißblütige und zeitlose Schönheit auf dem Podium.
»Dein Schwert, Hroswith!«, sagte er. »Er will das Ulfberth!«
Ich blickte auf das Schwert, das mein Vater geschmiedet hatte, und streichelte den gedrehten, geflämmten Stahl. Dann lief ich zum Podium und sah unter Tränen, dass Abu al-Fath al-Iskandari auch seinen größten Geldbeutel vom Gürtel nehmen musste; das Schwert allein genügte nicht.
»Ich habe noch Geld, heute Abend werde ich zum Würfeln gehen und genug gewinnen, um das Schwert zurückzukaufen«, sagte Abu al-Fath al-Iskandari besänftigend.
Ich sprang auf das Podium und wollte das Schwert übergeben. Aber ohne dass ich es irgendwie beeinflussen konnte, sprang es in meine Hand, und obwohl ich keinerlei Kraft anwandte, lag der Sklavenhändler plötzlich vor mir auf den rauen Brettern, vom Scheitel bis zur Sohle in zwei Stücke gehauen. Sofort spritzte das Blut über die Gesichter der ganz vorn Stehenden.
Ein Ulfberth, auch wenn es kein echtes ist, lässt sich nicht einfach weggeben.

Ich weiß nicht genau, was unmittelbar danach geschah, denn ich muss wie ein Idiot auf die beiden Hälften des Andalusiers geblickt haben, ohne etwas von dem, was um mich herum passierte, zu bemerken. Ich hatte das schlimmste Verbrechen begangen, dessen man in einer Handelsstadt schuldig werden kann: Ich hatte den Handelsfrieden durch einen Mord gebrochen.
Eine Hand griff nach mir und zog mich von der Leiche weg. Ich

blickte mich verwirrt um und hörte jetzt das Geschrei der Menge, das seltsamerweise enthusiastisch und beifällig klang. Hosseyn und Ahmad standen vor mir mit den Waffen im Anschlag, aber das Publikum verlangte nach einer Zugabe, als handele es sich um eine Jahrmarktsattraktion.

Von dieser Seite drohte keine Gefahr. Aber ein finsterer Kerl stürmte mit gesenkter Lanze durch die Segeltuchbespannung hinter dem Podium, gefolgt von anderen Gefährten des toten Sklavenhändlers. Ich stieß einen Schrei aus und Ahmads Schwert bohrte sich in den Hals des Vordersten, während Hosseyns Keule den Nachfolgenden fällte. Abu al-Fath al-Iskandari, von Sigrid und der Griechin flankiert, zog mich mit, und es gelang uns, an den Gaffenden vorbeizukommen, die nur Augen für unsere mit Schaum vor dem Mund kämpfenden Freunde hatten.

Abu al-Fath al-Iskandari lief voraus und zeigte auf die lange Reihe von Verschlägen, die aus groben Pfählen zusammengezimmert waren und in denen viele Sklaven stumm verharrten und uns ansahen. So eilig wir es auch hatten, ich folgte Abu al-Fath al-Iskandari erst, nachdem ich mit meinem Ulfberth die Schlösser zerschlagen und die Verschläge geöffnet hatte, sodass die Sklaven herauskonnten. Schon kamen Ahmad und Hosseyn angerannt. Ich ließ sie vorbei und riss die Tore weiterer Verschläge auf. Die Befreiung von etwa hundert Sklaven würde für ein hinreichendes Durcheinander sorgen, um unsere Flucht zu decken.

Während ich durch die Gasse rannte, überlegte ich, wo wohl Kyriakos abgeblieben war. Ob er bei dem Kampf getötet worden war? Aber ich konnte mich nicht erinnern, dass er in den Kampf verwickelt gewesen wäre. Wahrscheinlich hatte er einfach das Geschehen beobachtet, als ob ihn das Ganze gar nichts anginge. Und so war es auch gewesen.

Die Gasse, durch die wir liefen, war eigentlich einer der Abflusskanäle, durch die das Abwasser der Häuser an beiden Straßenseiten abfließen konnte. Bald verringerten wir unser Tempo und liefen, ohne Geräusche zu machen, weiter. Ahmad folgte als Letzter, Hosseyn eilte voran. Die Frauen nahmen wir in die Mitte; Sigrid glitt dahin wie ein Geist, die griechische Prinzessin bewegte sich wie ein schön geformtes Schiff in heftiger See.

»Nun können wir alle unsere Pläne vergessen«, sagte Abu al-Fath al-Iskandari unwirsch und sah mich dabei tadelnd an.

»Ich konnte gar nichts machen, manchmal scheint dieses Schwert ein Eigenleben zu führen«, sagte ich.

»Das ist mir bekannt, Bruder Hroswith, legendäre Schwerter sind launisch wie Frauen und genauso gefährlich.« Abu al-Fath al-Iskandari schaute mit Wohlgefallen auf die geschmeidigen Bewegungen der Prinzessin, was ihm einen wütenden Blick Sigrids einbrachte.

»Die Soldaten des Königs werden uns bestimmt suchen«, sagte Ahmad, »wir können die Stadt nun nicht mehr so einfach verlassen.« Er schaute besorgt drein, was ihn aber nicht davon abhielt, mit seinem *Na'alaan* die Ratten entzweizuhacken, die ihm vor die Füße kamen.

Der Kanal hatte viele Abzweigungen und Seitenkanäle, es schien, als ob wir durch ein Netzwerk mussten, das nur als Schatten der lichten Straßen existierte, durch die wir gerade noch gegangen waren. Wir kannten uns hier alle nicht aus, dennoch verstand es Hosseyn, uns nach langen Umwegen zur Hintertür der Herberge zu führen.

Waldimar ließ uns ein. Er wusste schon Bescheid und führte uns in einen abgelegenen Raum, in dem er die Geschäfte zu erledigen pflegte, die das Licht des Tages nicht vertragen konnten. Hier wartete Kyriakos. Er schlug mir grinsend auf die Schulter. »Eine gute Tat, Freund Hroswith«, sagte er. »Ich konnte nach Eurem Abzug noch eine prächtige Partie Felle einsacken. Ich habe Augen und Ohren offen gehalten: Die Rus sind außer sich, und die Familie des Händlers fordert Euer Leben. Man sucht Euch offiziell wegen der Störung des Marktfriedens. Es wird nicht lange dauern, bis sie Euch auch hier suchen.«

»Was sollen wir tun? Wie kommen wir aus der Stadt?,« fragte Abu al-Fath al-Iskandari, der seinen Blick nicht von der Prinzessin ab-

wenden konnte. Sie hatte noch kein Wort gesagt und schaute ängstlich von Abu al-Fath al-Iskandari zu Kyriakos und dann zu mir. Kyriakos blickte nachdenklich auf den Geldbeutel an Abu al-Fath al-Iskandaris Gürtel und zupfte mit der Hand an seinem Bart. »Ich war so frei, einiges an Waren für Euch zu bestellen, Abu al-Fath al-Iskandari, weil Ihr nicht in der Lage wart, mich zu begleiten. Diese Ladung wird in zwei Stunden am Anleger bereitstehen, wo ich mich gleich hinbegeben werde. Ich warte auf Euch außerhalb der Stadt, bei einem niedergebrannten Fort einige Stunden flussabwärts. Wir können uns dort um Mitternacht treffen.«
»Und wie kommen wir dorthin?«, wollte Ahmad wissen.
Waldimar mischte sich ein: »Oleg wird Euch gleich holen und bei Einbruch der Dunkelheit mit seinem Boot aus der Stadt hinausbringen.«
Abu al-Fath al-Iskandari zögerte bei der Bezahlung seiner Ware. »Ich zahle nicht gern im Voraus für Ware, die ich noch gar nicht gesehen habe. Wie kann ich wissen, dass Ihr dann auch da seid?«
»Das könnt Ihr nicht wissen«, sagte Kyriakos. »Aber ich gebe Euch mein Wort, dass ich mich an unsere Verabredung halte. Statt jemanden zu bestehlen, der einen dann Jahre verfolgt, baue ich mit ihm lieber eine gute Partnerschaft auf, die dem Handel dienlich ist. Ehrlichkeit zahlt sich immer aus.«
Dem konnte Abu al-Fath al-Iskandari nur beipflichten. Er übergab Kyriakos den größten Geldbeutel, woraufhin der sofort den Raum verließ.
»Selbst wenn er auf uns wartet, macht er noch einen guten Schnitt, so viel ist sicher«, murmelte Abu al-Fath al-Iskandari ärgerlich.
»Selbstverständlich, so ist eben das Geschäft«, sagte ich. Ich näherte mich der Prinzessin und zeigte auf mich. »Hroswith«, sagte ich. Nun erst sah ich sie aus der Nähe, und obwohl sie über und über vom Straßenschmutz bedeckt war, klopfte mir das Herz bis zum Hals, und mein Magen begann zu rumoren. Obschon sie ein abgerissenes Kleid trug, würde sie allein wegen ihrer Schönheit an keinem Hof unangenehm auffallen.

Sie zögerte und antwortete dann mit einem unsicheren Lächeln: »Mein Name ist Sophia.« Es klang, als würden Wassertropfen in eine Silberschale fallen. Ich verstand, was sie sagte, und wusste jetzt, dass es mir nur wenig Mühe bereiten würde, ihre Sprache in kurzer Zeit perfekt zu erlernen.

Aber schon fegte mich ein Turban tragender Wirbelwind zur Seite. Abu al-Fath al-Iskandari trat auf die Frau zu und ergriff sie am Arm, während er in fließendem und zweifellos blumenreichem Griechisch auf sie einredete. Sie ließ sich bereitwillig wegführen.

Badi Azzaman al-Hammadani sagte leise zu mir. »Weh mir, hier findet sich eine Schönheit ganz nach meinem Geschmack als Dichter ...« Und so leise er es auch sagte, Abu al-Fath al-Iskandari rief ihm über die Schulter zu: »Die Schönheit dieser Frau, mein lieber Neffe, ist für dich ebenso unerreichbar wie das Dach der Welt oder die unergründlichen Tiefen des Totenreiches. Nicht dass es etwa zu Missverständnissen kommt!«

»Ihr nehmt mir eine große Last von den Schultern, ehrwürdiger Onkel«, sagte Badi Azzaman al-Hammadani zufrieden, und sogleich überkam ihn die Inspiration. Ich hörte ihn murmeln:

»Der Südwind streift das goldene Korn mit seinem Flügel.
Geschickt die Meisterhand, die sie bezwingt,
die eigensinnige Mehari.
Also durchwühlt er ihr Haar, und fest greift er den Zügel
dieser schönsten aller Frauen, mein Herr Abu al-Fath al-Iskandari.

Ach, ich besinge das immer von Schändung der Frauenehre
gefährdete Tor,
das Halunken draußen hält durch ein mystisches Schloss.
Für jedes, wie fest verschlossen auch immer, reicht ein Sesamwort
geflüstert ins Ohr,
und alle Schlüssel kennt die fleißige Zunge
dieses schlauen Polyglotts.

Oh, mein Onkel, welcher das süße Chaos beherrscht
wie ein Hirt seine Ziege,
entlocke der Auster ihre Perle, saug den salzigen Nektar
aus diesem Kelch.
Der begabteste Eurer Neffen legt Euren Namen
in der Ewigkeiten Wiege
und labt sich an Euer Hinterlist wie das Fohlen
an der Kamelstute Milch.«

»Wenn du jetzt nicht deine Schnauze hältst, schlage ich sie dir zu Brei«, sagte ich wütend. Sein Mund klappte zu.

Wer das spätere Werk von Badi Azzaman al-Hammadani kennt, wird verwundert sein über die Unbeholfenheit dieser frühen Verse. Aber ich will ausdrücklich betonen, dass die Übersetzung der Melodik und der Feinheiten der arabischen Sprache nicht wirklich gerecht wird und dass Badi Azzaman al-Hammadani noch sehr jung war.

»Nicht für jeden ist es leicht, diese Praxis zu akzeptieren«, sagte Badi Azzaman al-Hammadani nach einer kurzen Pause, »aber in unserer Familie wissen wir, wie wir Frauen zu behandeln haben.« Kopfschüttelnd und grinsend ging er hinaus.

Sigrid stellte sich neben mich, ich hörte, wie sie mit den Zähnen knirschte. Als ich ihr ins Gesicht sah, erschrak ich. Es war bleich wie immer, aber aus ihren Augen schien höllisches Feuer zu lodern. »Hroswith«, sagte sie, »wir müssen uns einmal unterhalten, nur du und ich.«

Aber in diesem Moment stürmte Oleg herein. »Nach dreißig Herzschlägen sollen sich alle hier versammeln«, sagte er gehetzt. »Die Soldaten kommen!« Hosseyn suchte Abu al-Fath al-Iskandari und Badi Azzaman al-Hammadani, um sie zu warnen, und nach etwa sechzig Herzschlägen lagen wir alle unter der Plane eines schweren Ochsenkarrens, der im Übrigen mit Heu beladen war. So schaukelten wir über die Knüppeldämme Kiews zum Hafen. Wir hatten uns nicht einmal von Waldimar und seiner Frau verabschieden können. In der Dunkelheit unseres Verstecks, in dem wir beständig durch-

einander gerüttelt wurden, fühlte ich plötzlich, wie sich ein Frauenkörper zärtlich an mich schmiegte. Sigrid oder Sophia? Ich fuhr mit meiner Hand an einer vollendet geformten Hüfte entlang und streichelte die leichte Wölbung eines Bauches.
Plötzlich erklang ganz in der Nähe die flüsternde Stimme von Abu al-Fath al-Iskandari. Heute weiß ich, dass es sich bei seinen Worten um ein Zitat aus einem der großen Werke der arabischen Literatur handelte. »Oh, Geliebte, deine Brüste sind wie Eidotter.« Gleich danach die Stimme von Badi Azzaman al-Hammadani: »Nehmt Eure Hand von mir, werter Onkel, ich bin kein Knabe mehr und würde lieber ein gutes Verhältnis zu Euren wunderschönen, aber unerreichbaren Frauen haben, als alte Erinnerung mit Euch auffrischen!«
Abu al-Fath al-Iskandari stieß einen Fluch aus und fragte dann: »Sophia, wo bist du?«
Ich hörte ihre Stimme direkt neben mir, und ihre Brust geriet unter meiner Hand in Schwingungen.

30. Kapitel

In dem die Reise in Richtung Schwarzes Meer und Miklagaard am Goldenen Horn fortgesetzt wird. Wie sieben Stromschnellen alles durcheinander bringen können

Das Glück war uns hold; die Nacht war schwarz und voller Geschrei und Musik von einem Fest am Ufer. Es befanden sich viele Boote auf dem Wasser, beladen mit Musikanten und betrunkenen Rus. So konnten wir die Stadt unbemerkt verlassen.
Kyriakos wartete an dem vereinbarten Ort und brachte lautstark seine Erleichterung zum Ausdruck, dass wir es geschafft hatten. »Ich mochte gar nicht daran denken, zur Stadt zurückzugehen, um die Bewachung für die Reise zu organisieren«, sagte er. »Man weiß nie, wem man hier vertrauen kann. Nun gelangen wir ohne große Schwierigkeiten zum Schwarzen Meer.«
Oleg half einem nach dem anderen vom Flussboot auf das größere Schiff von Kyriakos umzusteigen.
»Von Händlern aus Bolgar habe ich gehört, dass sich die Petschenegen und Usen in letzter Zeit ruhig verhalten«, sagte Oleg. Er verlor keine Zeit mit Abschiedsfloskeln, sondern gab seinen Ruderern schnell ein Zeichen. Während ich noch dem im Nebel verschwindenden Boot nachsah, stieß auch unser Rudergänger ab.
Das Schiff, das Kyriakos gemietet hatte, war das größte der drei Schiffe, aus denen unsere Flotte bestand. Die zwei anderen gehörten einem Händler aus Kiew beziehungsweise einem byzantinischen Schiffer, der einen wichtigen Passagier in die Stadt gebracht hatte und nun dessen Begleiter, zwei mit Doppeläxten bewaffnete Warägerkrieger aus der Garde des Kaisers von Byzanz, mit nach Miklagaard zurücknahm. Den übrigen Schiffsraum hatte Kyriakos für unsere Ladung angeheuert.

Unser Schiff und das der Waräger verfügte über ein kleines Zelt, eher ein kleines Vordach, das zwei Leuten Platz bot. Sigrid hatte nach dem Einschiffen sofort Sophia an der Hand genommen und sich mit ihr unter das Zeltdach begeben, wo sie sich unter dem Schutz des Segeltuches waschen und wo sie schlafen konnten.

Wir Männer streckten uns auf der Ladung von Pelzen aus, blickten auf die rasch vorüberziehenden Ufer und lauschten, bis wir einschliefen, dem vom regelmäßigen Klatschen der Ruder begleiteten Lied, das die vier Ruderer in ihrer Sklavensprache angestimmt hatten.

Die Ruderer wurden auch am nächsten Tag nicht müde, und uns blieb nur zu essen und von dem Wein zu trinken, den Kyriakos besorgt hatte. Erst am Nachmittag, einige Stunden vor dem Einbruch der Dunkelheit, machten wir Halt, um uns am Ufer die Beine zu vertreten. Von dort erstreckte sich die Steppe bis zum Horizont. Das andere Ufer des Flusses war fast gar nicht zu sehen. Es kam mir so vor, als wären wir am Rand eines riesigen Sees oder an der Meeresküste angekommen, aber Kyriakos versicherte uns, dass es noch immer der Dnjepr sei, der bald wieder schmaler werde. In zwei Tagen würden wir Stromschnellen erreichen, die man nicht durchfahren könne. Dort gebe es gut bewachte Verladestationen, und die Boote könne man notfalls über Land transportieren.

»Die erste Stromschnelle ist für einen guten Schiffer noch zu überwinden: Die Rus nennen sie *Esuppi*, was bedeutet: Steh auf und halte Ausschau! Um durchzukommen, genügt ein guter Rudergänger im Heck und ein erfahrener Ausguck auf dem Vorderdeck.«

Ich hörte nur mit halbem Ohr zu und unterbrach ihn mitten in der Beschreibung der zweiten Stromschnelle: »Kyriakos, bringt mir Griechisch bei! Es dauert noch Wochen, bis wir in Miklagaard sind. Aber bevor wir ankommen, möchte ich Eure Sprache sprechen.«

Er schüttelte nachdenklich den Kopf. »Es ist keine einfache Sprache, Freund Hroswith, jedenfalls für Euch. Aber wenn Ihr Euch anstrengt, könnt Ihr sie in etwa zwei Jahren lernen. Vorausgesetzt

Ihr habt einen guten Lehrer.« Kyriakos betrachtete jeden Nichtgriechen als Halbidioten, dennoch war er nicht unfreundlich.
»Ich will sie in ein paar Tagen lernen«, sagte ich. Ich muss unwillkürlich zu Sophia geblickt haben, die mit Sigrid über Deck ging. Abu al-Fath al-Iskandari war ins Gespräch mit Ahmad und Azzaman al-Hammadani vertieft, Hosseyn folgte den Frauen im Abstand von zwanzig Schritten, die Keule in der Hand für den Fall, dass Petschenegen aus dem Steppengras auftauchten.
Kyriakos lachte. »Ich glaube, ich verstehe«, sagte er. »Ein Fall von *agapi.*«
»Von was?«, fragte ich.
»Von Liebe. Also lasst uns gleich beginnen, obwohl ich feststellen muss, dass es für Verliebte keine Sprachbarrieren gibt. Der Verliebte verfügt über einen zeitlich begrenzten Anfall von Glossolalie.«
»Ich glaube, die Glossolalie habe ich ständig. Ich brauche nur einen kleinen Anstoß.«
So begann mein Unterricht. Während die Ruderer im Gras lagen und schnarchten, wurden unsere Schatten länger, und Hosseyn bereitete auf einem kleinen Feuer eine seiner legendären Spezialitäten zu. Die Warägerkrieger zielten mit ihren Äxten um die Wette auf einen einsamen Baum. Badi Azzaman al-Hammadani badete im Strom.
Nackt stand er bis zum Nabel im Wasser und sah auf den rasch dahinfließenden Fluss, als könne ihn jeder vorbeitreibende Zweig zu einem neuen Vers inspirieren. Die Frauen standen ganz in der Nähe am Ufer und unterhielten sich in Gott weiß welcher Sprache über Frauensachen. Abu al-Fath al-Iskandari ging lustlos auf und ab und wusste nicht, wohin mit sich, was ich von ihm gar nicht kannte. Auch Kyriakos und ich spazierten am Ufer entlang, denn nach Meinung des Griechen war dies die beste Art, um etwas zu erlernen. Nach all den Jahren muss ich ihm Recht geben. Wir gingen auf und ab, und immer, wenn wir uns umdrehten, lag über dem Weg der lange Schatten Sophias, die noch am Ufer stand. Ich vermied es, auf ihren Schatten zu treten.

Kyriakos rezitierte auswendig Gedichte, stundenlang, ja über Tage hinweg. Ich bin nicht oft jemandem mit einem solchen Gedächtnis begegnet. Er wollte mir nicht glauben, dass ich noch nie Griechisch gesprochen hatte, denn ich lernte die Sprache so schnell, dass es schien, als müsse ich nur alte Erinnerungen zu neuem Leben erwecken. Meine Aussprache war natürlich schrecklich. Meine Zunge musste sich erst an die fremden Laute gewöhnen, aber in den folgenden Jahren lernte ich, wie ein Grieche zu sprechen, und vermochte, die Sprache mit demselben Vergnügen zu lesen und zu schreiben wie Latein. Noch immer fällt es mir leichter, in diesen Sprachen statt in meiner Muttersprache zu schreiben.

Essupi überwanden wir spielend. Ich versuchte, hinten im Boot das Gleichgewicht zu behalten. Auch Sophia blieb stehen, aber als das Boot heftig zu schlingern anfing, musste ich sie auffangen. Indem ich mich schnell hinsetzte und sie auf den Schoß nahm, konnte ich verhindern, dass wir beide ins Wasser fielen. Sophia lachte und drehte sich in meinen Armen zu mir um. Sie trug noch immer das seidene Wickelkleid, das sie schon auf dem Sklavenmarkt getragen hatte. Ich lehnte meine Wange kurz an ihre Brust, ihr Geruch war wild und erregend. Ich sah schnell zu Abu al-Fath al-Iskandari und den anderen, aber sie hatten nur Augen für das wilde Wasser vor uns. Sophia setzte sich auf eine Bank, ich streckte mich auf den Fellen aus und schloss die Augen.

Stunden später machten wir an einem Umladeplatz fest. Von hier mussten wir einige Meilen auf dem Landweg weiter, weil der Fluss ein Stück weiter hinter einigen Inseln aus einer Höhe, die etwa der Länge dreier Männer entsprach, in die Tiefe stürzte. Die lieblichen Inseln vor den Wasserfällen hatten in der Vergangenheit manche Reisende, die sich von ihrem Anblick allzu sehr ablenken ließen, ins Verderben gestürzt, berichtete Kyriakos. Ich bildete mit ihm und Sophia die Nachhut unserer kleinen Karawane. Die sonst so stille Sigrid hatte sich bei Abu al-Fath al-Iskandari untergehakt und redete ununterbrochen auf ihn ein.

»Wie viele Stromschnellen gibt es noch?«, fragte ich Kyriakos.

Er zählte sie an den Fingern ab. »Fünf. Die nächste erreichen wir morgen Mittag; die Rus nennen sie *Gelandri*, Die Lärmende.«
»Ist sie gefährlich?«, fragte Sophia.
»Überhaupt nicht«, sagte Kyriakos. »Und die Folgende auch nicht, auch wenn sie *Aifor*, Die Gewalttätige, heißt. Aber danach kommt *Burafors*, Die in die Tiefe Reißende, und die gleicht noch am ehesten dem Ungeheuer Charybdis: ein heftiger Strudel, der alles verschlingt.«
»Wer«, fragte ich, »ist Charybdis?«
Sophia lachte über so viel Unwissenheit und erzählte die Geschichte von Odysseus. Große Teile von Homers Epos kannte sie auswendig, und obwohl ich einer Unterhaltung schon gut folgen konnte, bereitete es mir einige Mühe, die von ihr rezitierten Verse zu verstehen. Aber was ich verstand, war wundervoll, und ich nahm mir vor, in Miklagaard nach einem Buch von diesem Homer Ausschau zu halten.
»Hat dein Vater diese Bücher in seinem Palast?«, fragte ich, aber Sophia war plötzlich nicht mehr fröhlich.
Sie starrte, ganz in Gedanken versunken, vor sich hin, als ob sie meine Frage nicht gehört hätte. Wir stiegen gemeinsam auf einen Hügel, die anderen waren schon ein Stück voraus. Da ich mich unbeobachtet wusste, legte ich meine Hand auf ihre Hüfte, denn wer kann schon der Versuchung einer sich sanft unter glitzernder Seide abzeichnenden Frauentaille widerstehen? Sophia blieb stehen und schmiegte sich an mich, während sie Hüfte und Hintern gegen meine Hand drückte wie eine sich ankuschelnde Katze. Ich wagte es nicht, die Sache weiterzutreiben.
»Komm, oben sehen uns die anderen wieder«, sagte ich, aber sie schloss mir den Mund, indem sie ihre sanften Lippen auf die meinen drückte.
»Was machen wir nur, Sophia?«, fragte ich. Als ich meine Freunde wieder sah, fühlte ich mich ertappt. Aber sie hatten nichts gemerkt. Nur Sigrid blickte sich triumphierend um.
Bei *Gelandri* saß Sophia neben mir und erzählte Geschichten aus ihrem Land, und je mehr Lärm der Wasserfall machte, umso lauter

schrie sie mir ins Ohr. Wir waren inzwischen in kleinere Boote umgestiegen. Ich saß bei Sophia und Kyriakos, denn sie brachten mir Griechisch bei. Die anderen Boote fuhren vor uns auf dem Fluss, der in der Abendsonne glitzerte.

Bei *Aifor* errichteten wir unser Zeltlager und gingen schlafen, während die Schiffer ihre Boote auf Rollen zu einer ruhigeren Stelle des Flusses transportierten. Spät in der Nacht verließ ich mein Zelt, weil ich nicht schlafen konnte. Sigrid kam heraus. Sie ging zu mir und sagte leise: »Das griechische Mädchen weint die ganze Nacht, wollen wir es nicht hier lassen?«

»Das würde Abu al-Fath al-Iskandari gar nicht gern hören«, sagte ich.

Sigrid schnaubte: »Abu al-Fath al-Iskandari sollte Besseres zu tun haben, als sich wegen so einer purpurgeborenen Heulsuse aufzuregen!«

Ich hob die Schultern. »Warum fragst du mich dann?«

»Ich habe genau beobachtet, wie du sie ansiehst«, flüsterte Sigrid. »Ich denke, Abu al-Fath al-Iskandari hat es auch bemerkt. Du spielst ein gefährliches Spiel, Hroswith. Pass bloß auf, dass er dir nicht Hosseyn auf den Hals schickt!«

»Red keinen Unsinn, geh schlafen!«, sagte ich mürrisch. Aber sie hatte Recht. Ich konnte die Frau nicht mehr aus meinen Gedanken verbannen, und früher oder später würde man das merken. Ich beschloss, mich von ihr fern zu halten und nicht mehr mit ihr im selben Boot zu fahren, aber am folgenden Morgen führten mich meine Schritte wie von selbst zu dem Boot, in dem Sophia saß. Ich setzte mich hinter sie, und den ganzen Tag über war sie das unvermeidliche Zentrum meines Blickfeldes. Spät am Mittag kamen wir an den großen saugenden Strudel *Barufors*. Die Steuermänner standen wieder auf ihrem Posten, einer am Bug und einer am Ruder. Sie ließen die Boote am Rand des Strudels treiben, um im entscheidenden Moment – nach einem Viertel des Kreises – mit der Kraft der Strömung – herauszukommen. Mir war klar, dass hier eine Handbreite über Leben und Tod entschied.

Währenddessen spürte ich eine alles verschlingende Sehnsucht in meinem Innersten. Ich hoffte fast, dass wir in den Strudel gezogen würden, denn dann konnte ich meine Arme um die Frau schlingen und sie drei oder vier Atemzüge lang an mich drücken.
In der Nacht bemerkte ich, wie der Rus, mit dem ich das Zelt teilte, aufstand und nach draußen kroch. Ich hörte die Stimme einer Frau und steckte meinen Kopf hinaus. Da sah ich, wie der Rus mit Sigrid zwischen den Bäumen verschwand. In einiger Entfernung unterhielten sich leise unsere Wachen, ebenfalls Rus. Ich hörte es rascheln, und plötzlich war Sophia da.
»Ich habe ein Geräusch gehört, und auf einmal war Sigrid verschwunden«, sagte sie fröstelnd im aufkommenden Wind. Sie trug ein hauchdünnes Nachthemd, in dem ich Sigrid früher schon einmal gesehen hatte.
»Du solltest besser in dein Zelt zurückgehen«, sagte ich und bot ihr meinen Arm zum Geleit. Aber obwohl es nur zehn Schritte bis zum Frauenzelt waren und ich sie wirklich nur bis zum Eingang begleiten wollte, wussten wir beide schon auf halbem Wege, dass unser Schicksal unausweichlich war und wir die Nacht gemeinsam verbringen würden, was immer auch danach passieren würde.
Ganz trunken von ihrem Duft und im Dunkeln nach ihrem Körper tastend, ahnte ich doch, dass wir in einer Sackgasse waren. Mir wurde klar, dass ich gehen musste, aber immer wenn ich mich ermahnt hatte, endlich aufzustehen, hielt Sophia mich zurück und schlug ihre Arme um mich, bis wir schließlich einschliefen.
So fand uns Sigrid. Sie rüttelte mich wach und rief gehetzt, aber flüsternd: »Hroswith, was hast du getan? Du hast dein eigenes Todesurteil unterzeichnet. Flieh, solange du noch kannst!«
Ich war sofort hellwach und zog meine Sachen an. Sophia war schon angekleidet. Sigrid schob mich nach draußen. Es war noch dunkel.
»Die Wächter schlafen ihren Rausch aus«, sagte sie. »Ihr könnt eines der Boote nehmen, ich werde dafür sorgen, dass sie euch nicht gleich verfolgen.«
Ich wollte mich bei ihr bedanken, aber sie drängte mich rasch zum

Boot und blickte ängstlich auf die Zelte der anderen. »Beeilt euch!«, sagte sie. »Sorg dafür, dass ihr heute noch so weit kommt wie möglich!« Sie ließ einen Geldbeutel in meine Hand gleiten und half mir, das Boot ins Wasser zu ziehen.
»Schnell!«, sagte sie, und während ich abstieß und das Boot in die Mitte des Flusses lenkte, sah ich, wie sie mit einem kleinen Beil Löcher in die Böden der anderen Boote schlug.
Plötzlich begriff ich, dass ich hereingelegt worden war. Sigrid hatte alles von langer Hand geplant. Sie hatte Sophia ihr schönstes Kleid gegeben, sie mit den schwersten Parfüms beträufelt, dann hatte sie unser Zusammensein arrangiert, um im richtigen Moment aufzutauchen und uns zur Flucht zu verhelfen. Ich konnte es ihr nicht übel nehmen, und obwohl ich mich schämte, dass ich meine Freunde verraten hatte, öffnete sich nun auf einmal die Aussicht auf ein Leben mit Sophia, die meine Frau werden würde – sofern wir überlebten.

Strukun, eine der gefährlichsten Stromschnellen, lag noch vor uns. Ich wusste aber nicht, wie weit es noch war. Ich ruderte mit aller Kraft, und wir kamen schnell voran. Sophia wollte auch rudern, aber mir war es lieber, dass sie hinten blieb, um Ausschau zu halten und wo nötig gegenzusteuern. Sie verhielt sich nicht, wie ich es von einer Prinzessin erwartet hätte. Sie klagte nicht und hielt den ganzen langen Tag das Steuerruder. Kurz vor Einbruch der Dunkelheit gingen wir an Land. Hier gab es keine flachen Stellen mehr, zu beiden Seiten wölbten sich mächtige Bäume über den Strom. Nur mit Mühe gelang es mir, das Boot in eine Bucht zu ziehen und unter weit herunterhängenden Zweigen zu verstecken.
Die Vögel, die in den höchsten Tönen gesungen hatten, verstummten, und schnell wurde es Nacht. Oft nur tastend vorankommend, suchten wir Schutz im Wald und machten es uns auf dem Moos bequem. Sophia schlief sofort ein, den Kopf auf meiner Brust. Ich wagte es nicht, mich zu bewegen.
Ich überlegte, ob wir nicht den Landweg nehmen sollten, um die

letzte Stromschnelle zu umgehen. Ich machte mir auch Sorgen wegen Sophias Familie. Wie würden sie mich aufnehmen, einen Fremden, den Sohn eines Handwerkers? Würde sie in ihrer vertrauten Umgebung überhaupt noch etwas von mir wissen wollen? Mit diesen Gedanken fiel ich in Schlaf.

Als ich erwachte, sah ich zuerst einige bucklige Monster, die nah bei uns standen und uns kauend anblickten. In einiger Entfernung spielten schmutzige Kinder im Matsch. Ich stand sofort auf und rüttelte Sophia wach.

»Kamele«, sagte ich. Sie stand ebenfalls auf und streckte sich. Wir hatten mitten in einem Lager geschlafen. Zwei Frauen brieten etwas über einem Feuer, und als sie sahen, dass wir aufgewacht waren, lachten sie und riefen ihre Männer.

Kurz danach aßen wir mit den Nomaden, etwa zwanzig in Tierfelle gekleidete Leuten mit schmutzigen Gesichtern. Sie redeten in einer Sprache, die keinerlei Verwandtschaft mit uns bekannten Sprachen aufwies. Es waren Petschenegen auf dem Weg in den Süden. Nach dem Essen brachen sie auf, um weiterzuziehen, aber ich konnte ihnen deutlich machen, dass wir mitreisen wollten. Ich wollte dem *hetman* einige Münzen geben, aber er lachte nur, stieß meine Hand weg und bedeutete uns, dass wir mitkommen sollten. Ich erbat auch Kleider in der Art, wie sie sie trugen. Als wir einige Stunden später den Wald verließen, sahen Sophia und ich aus wie Petschenegen. Unsere Gesichter hatten wir mit Fett und Holzkohle geschwärzt, und Sophias prächtiges Haar war unter einer Filzmütze verborgen.

Wir ritten gemeinsam auf einem Kamel und folgten dem Lauf des Flusses. Sehr bald schon erreichten wir die Stromschnelle *Strukun*, und ich pries mich glücklich, dass wir das Boot zurückgelassen hatten, denn hier wären wir nie mit heiler Haut durchgekommen.

Am Mittag machten wir Halt, um zu essen. Danach breiteten die Nomaden große Decken aus und legten sich schlafen. Wir folgten ihrem Beispiel und dösten in der Mittagshitze.

Der Schrei eines Kindes schreckte uns hoch und ließ uns den Fluss mit den Augen absuchen. In der Ferne sahen wir, wie sich Schiffe näherten, und ich wusste, dass es Abu al-Fath al-Iskandari und seine Gefährten waren. Ich lief zum *hetman* und versuchte, ihm klar zu machen, dass wir nicht in die Hände dieser Verfolger fallen wollten. Dann bückte ich mich zum Flussufer und schmierte mir Klumpen grauen Schlicks über Haare und Bart. Sophia fuhr mit ihren Fingern über meine Haare, sodass sich alles gleichmäßig verteilte. Dann setzen wir uns auf eine Decke und warteten.

Auf der Höhe unseres Lagers sprangen die Rus ins Wasser, um die Schiffe anzuhalten. Hosseyn und Kyriakos stiegen aus und wateten zum Nomadenlager. Dort sprachen sie mit dem Anführer, der laut redend in alle Richtungen wies, sogar direkt nach oben. Hosseyn ließ seinen Blick über das Lager schweifen, und obwohl er mir einmal genau ins Gesicht sah, erkannte er mich nicht. Unterdessen machte der *hetman* lange Ausführungen mit Hilfe seines Kamels, das er ein paarmal hin und her zog und abwechselnd auf den Widerrist und den Hintern schlug. Später sollte ich erfahren, dass auch die Nomaden in den arabischen Wüsten zwei Richtungen unterschieden, in Richtung Hintern und in Richtung Brust, je nach Position ihres Kamels.

Nach einiger Zeit wurde Kyriakos der Sache überdrüssig, und er ging mit Hosseyn zurück zu den Schiffen, die bald weiterfuhren. Ich blickte ihnen nach und erkannte Abu al-Fath al-Iskandari aufrecht stehend im ersten Boot. Mit der Hand über den Augen spähte er in die Ferne.

Nun konnten wir unsere Reise beruhigt fortsetzen, denn Abu al-Fath al-Iskandari reiste auf dem Dnjepr stromabwärts, und der Abstand zwischen uns wurde zunehmend größer.

Wir blieben zwei Tage bei den Nomaden und verbrachten zwei herrliche Nächte in einem nach Fett stinkenden Filzzelt. Dann erreichten wir die Flussmündung, und vor uns lag das Schwarze Meer. Wir nahmen Abschied von unseren Freunden und liefen in Richtung Hintern, bis wir zu einem kleinen Hafen kamen, von wo uns ein

Händler bis zu einer bulgarischen Hafenstadt mitnahm, eine Tagesreise weiter südlich. Dort fanden wir ein Schiff nach Miklagaard. Sophia war ganz still geworden, seit wir auf dem Schwarzen Meer fuhren. Ich fragte sie, ob sie Heimweh habe, aber sie schüttelte den Kopf. »Vielleicht sollten wir besser woanders hingehen, Hroswith, und Konstantinopel meiden«, sagte sie. »Schließlich wird uns Abu al-Fath al-Iskandari in dieser Stadt suchen. Wir sollten lieber auf eine Insel gehen oder nach Antiochia.«
Ich hatte denselben Gedanken gehabt, war aber überrascht, dass sie ihn vorbrachte. Am Abend, als wir vor Anker lagen und zum Sternenhimmel blickten, erzählte sie zögernd, was ihr Herz beschwerte. »Du darfst mich im nächstbesten Hafen zurücklassen, Hroswith, aber es muss heraus: Ich bin keine Prinzessin, ich habe gelogen, weil ich freigekauft werden wollte.«
Ihr Stiefvater, ein Markthändler, war hoch verschuldet und hatte sie an den jüdischen Händler aus Andalusien verkauft. »Diese Händler reisen nach Kiew und Nowgorod und kaufen dort ganze Schiffsladungen von Sklaven für die Märkte in Andalusien und Afrika. Der Händler hatte noch Platz auf seinem Schiff, das mit Luxusartikeln für reiche Rus beladen war.«
»Ich bin froh, dass du keine Prinzessin bist«, sagte ich. Schließlich war ich kein Prinz. »Ich weiß, dass sie in Damaskus sehr gute Schwertschmiede haben. Vielleicht sollten wir dorthin?«

Und so geschah es, dass ich eine Woche später die Stadt am Goldenen Horn durchquerte, ohne einen Fuß an Land zu setzen. Wir waren an Bord einer Galeere mit dem vorläufigen Ziel Lesbos, und es wurde Abend. Die Sonne stand tief über Konstantinopel. Rechts, im europäischen Teil, sahen wir die Stadtmauer, die der Küstenlinie folgte, und die Paläste aus weißem Marmor, die Tore und Kuppeln, die über die Mauer ragten. Ein feiner Nebel lag über dem Wasser und entzog den viel kleineren asiatischen Teil weitgehend unserem Blick. Die Wellen aber waren immer noch wie mit Gold überzogen, und auf dem Bosporus herrschte reger Verkehr. Niemals vorher

hatte ich so viele vom Wind aufgeblähte Schiffssegel gesehen, wie sie hier die Meerenge durchquerten, und schnelle Fähren pendelten zwischen Asien und Europa hin und her.
Sophia zeigte mir die Hagia Sophia und nannte mir den Namen jedes Turms, den sie sah, denn sie hatte siebzehn Jahre in der Stadt verbracht. Wir lehnten uns über die Reling und sahen uns die Augen aus dem Kopf, während der letzte Turm vorbeizog. Vor uns lag die offene See, und der schwarze Trommler auf dem Achterdeck erhöhte langsam das Tempo für die Ruderer.
Ich war enttäuscht, dass wir die Stadt, die ich so gern gesehen hätte, nicht betreten konnten, und nahm mir vor, sie irgendwann einmal zu besuchen.
»Bist du dir sicher, dass du nicht nach Hause zurückwillst?«, fragte ich Sophia.
»Ganz sicher«, sagte sie. »Ich habe dort kein Zuhause mehr.«

IV.
Der Weg, der Richtung Hintern führt

31. Kapitel

Der Leser begegnet zwei seltsamen Damaszenern und besucht ein Badehaus

Djounaadif zeichnete mit seinem großen Zeh ein Männchen in den Staub des Innenhofes, wischte es aber gleich wieder aus. Am Jüngsten Tag hätte er sonst dieser Figur Leben einhauchen müssen, was seine Kräfte überstiegen hätte. Es hätte ja sein können, dass ein Geistlicher vorbeikommt. Vielleicht dachte Djounaadif jedoch überhaupt nicht nach, und es war nur sein Zeh, der unabhängig von seinem stets gelangweilten Besitzer ein Eigenleben führte. Ich saß auf meinem dreibeinigen Schemel, von alters her der Platz des Schmiedes, und ließ den Schweiß auf meinem Rücken und meinen Schultern im Abendwind trocknen, der durch die baufälligen Fensteröffnungen der Schmiede drang. Der Geruch von gebratenem Lamm stieg mir in die Nase, und mein Magen erinnerte mich daran, dass ich einen langen Arbeitstag hinter mir hatte.

Na'alaan, der Besitzer der Schmiede, hatte am Mittag Fladenbrot, Käse und Zwiebeln mitgebracht, und wir hatten schweigend gegessen, unter den aufmerksamen Blicken Djounaadifs, der von seinem mit goldbestickten Kissen gepolsterten Platz seinen geliebten Meister bewachte.

Nach dem Mittagessen war Na'alaan in sein Haus am anderen Ende des Innenhofes schlafen gegangen, und Djounaadif war regungslos liegen geblieben, wo er lag, und hatte mir bei der Arbeit zugesehen. Ein Gassenjunge hatte ihm Süßigkeiten gebracht und war, nachdem er ihm den Tagestratsch berichtet hatte, mit einer Münze in der Hand wieder verschwunden.

Der Lehrjunge Khaled al-Khalouf zog langsam und regelmäßig am Seil des Blasebalgs. Es war ihm gar nicht aufgefallen, dass ich nicht mehr arbeitete, denn er hatte die beneidenswerte Fähigkeit, während der Arbeit zu schlafen, was nur gerecht war angesichts des kargen Lohns, den Na'alaan ihm zahlte: freie Kost und Logis und ab und zu eine Tracht Prügel mit einer dünnen Latte. Seinen Spitznamen das Schwein verdankte Khaled der Tatsache, dass seine Stimmlage aufgrund einer gewissen Abnormität seiner Sprachwerkzeuge kaum vom Grunzen von Schweinen zu unterscheiden war.

»*Rosbiet Ifrandi!*«

Mir war Khaleds Gegrunze lieber als die klagende Frauenstimme des jungen Mannes auf den goldbestickten Kissen. Djounaadif konnte wie alle seine Mitbürger in der Stadt meinen Namen nicht aussprechen. Nur Leute wie Abu al-Fath al-Iskandari hatten genug Erfahrung im Umgang mit Fremdsprachen, um mit einem Zungenbrecher wie Hroswith zurechtzukommen. Kein Tag verging, ohne dass ich nicht darüber trauerte, dass ich meinen Freund verraten hatte. In jedem Mund sah ich sein Grinsen, das mich verfolgte, wohin ich auch ging.

Ich nickte Djounaadif zu. Ich schätzte es nicht, als *Ifrandi,* was Franke bedeutete, angesprochen zu werden. Vor allem deshalb nicht, weil ich ein Untertan des sächsischen Kaisers war und bin. Aber man kann nicht ständig gegen die Unwissenheit ankämpfen.

»*Rosbiet Ifrandi,* ich habe gute Neuigkeiten für dich.«

»Sag schon!«, antwortete ich und fragte mich dabei, was ihm sein Informant berichtet haben könnte, das mich interessierte.

»Es ist eine Karawane angekommen. Dein Freund Sleiman war dabei. Du brauchst nicht zu warten, bis Meister Na'alaan aufgewacht ist, ich werde ihm sagen, dass die Arbeit fertig ist und dass du nach Hause gegangen bist.«

»Ich brauche Na'alaans Erlaubnis nicht.« Ich konnte es mir nicht verkneifen, dies noch hinzuzufügen.

Djounaadif sah mich nachdenklich an und kaute auf seinem Mastix. Ich lachte und lief zum Wassertrog, um mich zu waschen. Das war wirklich eine gute Nachricht. Sleiman würde sich sicher sofort zu

meinem Haus begeben, wo er immer logierte, wenn er in Damaskus war.
Djounaadif fürchtete wie immer, dass ich auf Na'alaans Erwachen wartete, um diesen in eine Weinschenke mitzunehmen. Er konnte es auch nach drei Jahren noch nicht ertragen, wenn sein Meister mit mir allein in einem Raum war. Dass in meinem Haus die schönste Frau von Damaskus, ja Kleinasien und dem ganzen Orient auf mich wartete, beruhigte ihn nicht, er begriff auch nicht, dass mich das eigene Geschlecht, wie bekannt, ganz und gar gleichgültig ließ.
Dieser Eunuch lebte in ständiger Angst, dass er über die Jahre die Gunst seines Meisters verlieren könne und damit auch des Zugangs zu dessen wohlgefüllter Geldbörse verlustig ginge. Seltsamerweise war er gleichzeitig fasziniert von mir und somit hin- und hergerissen zwischen dieser unerfüllbaren Sehnsucht und seiner unsicheren Strichjungenexistenz. Ohne Na'alaan stünde er auf der Straße: ein dicker verwöhnter Junge, der seine besten Jahre bereits hinter sich hatte. Bald wäre er auf Almosen angewiesen.
Wenn sie durch die Medina spazierten, boten die beiden einen komischen Anblick: Djounaadif, der seine fleischigen Schultern beim Gehen abwechselnd nach vorn warf, und der kleine, viel ältere Na'alaan, auf dessen rundem Kopf ein dünner Straußenflaum wuchs. Na'alaan wippte bei jedem Schritt auf den Zehenspitzen, als ziehe ein unsichtbarer Puppenspieler ihn an einem Faden ruckartig nach oben. Das Paar bot den Anblick eines abgetakelten Schiffes, das richtungslos und ohne Mannschaft gleichzeitig von einem Orkan und einem Strudel auseinander gerissen wurde.
Ich trocknete mich ab und grüßte Djounaadif, der mich keines weiteren Blickes würdigte.

Vor drei Jahren war ich hierher gekommen. Nachdem wir von meinen letzten Silberstücken ein Haus in der Medina gemietet hatten, war ich – hocherfreut bei dem Gedanken, dass der Schwertschmied, dessen Arbeit ich so sehr bewunderte, offenbar noch am Leben war – zu Na'alaans Werkstatt gegangen.

Der Meister zeigte wenig Interesse an einer fremden Arbeitskraft. Ich stellte fest, dass er in den letzten Jahren kaum noch Schwerter hergestellt hatte und seine Zeit zwischen Djounaadif und einer Vielzahl von Weinschenken aufteilte. Obwohl er früher viel verdient hatte, begann zu dem Zeitpunkt, als ich ihn traf, sein Geld zur Neige zu gehen.

Als ich dann aber deutlich machte, dass ich gern lernen und mich mit einer niederen Entlohnung begnügen würde, nahm er mich auf Probe an. Er stellte fest, dass auch ich ein Meister war, und nach kurzer Zeit bekam ich freie Hand in seiner Werkstatt, solange ich nur eifrig *Na'alaans* und keine rheinländischen Modelle fertigte.

Nach zwei Monaten ließ ich durchblicken, dass ich genug gelernt hätte und mich selbstständig machen wolle. Wie ich gehofft hatte, bot er mir schnell an, sein Teilhaber zu werden, wobei wir die Einnahmen teilen wollten. Der Verteilungsschlüssel wurde lange verhandelt, nachdem Na'alaan sich anfangs selbst neunzig Prozent zugedacht hatte. Stillschweigend kamen wir überein, dass ich die ganze Arbeit tun würde, denn der große kleine Mann war durch seinen Lebensstil so geschwächt, dass er keinen Hammer mehr schwingen konnte.

So verfügte ich jetzt, auch wenn ich die Hälfte abgeben musste und nur drei Tage in der Woche zu arbeiten brauchte, über ein gutes Einkommen, und Sophia brauchte sich nicht über einen zu geringen Lebensstandard zu beklagen. Über Konstantinopel sprachen wir nicht mehr, und wer möchte schon woanders wohnen, wenn er im reichen Damaskus eine Heimstatt gefunden hat? Wir verfügten über ein geräumiges Haus mit Innenhof, einen sprudelnden Springbrunnen und ein paar alte Platanen, die für Schatten sorgten. Sophia züchtete Blumen in Tontöpfen, und ich vermochte nicht mehr zwischen den Gerüchen, die von ihr und von den violetten Dolden kamen, zu unterscheiden. Sie lief durch die Flure des Hauses und sang den ganzen Tag. Im zweiten Jahr schenkte sie mir ein Zwillingspärchen, zwei Mädchen, die wir Konstantina und Frijonde nannten.

Wenn ich nach der Arbeit heimkam, hörte ich das Rufen der Kinder

schon von weitem. Sie saßen mit Sophia oder mit dem Kindermädchen Hippia, einem griechisch sprechenden Engel aus Antiochien, bei dem gefliesten Springbrunnen.
Der alte Boden des Hofes war mit einem Mosaik aus der Herrscherzeit des byzantinischen Kaisers ausgelegt. An freien Tagen, wenn die Sonne hoch am Himmel stand und ich mich mit einem Becher Wein unter die Platanen setzte, um zu lesen, sprühten die Fontäne und die glasierten Fliesen Funken von flüssigem Feuer über meine Frau und die Kinder.

Sophia rezitierte noch oft ihre griechischen Dichter und machte mich mit den Schriftstellern und den Büchern, die ihr Land hervorgebracht hatte, bekannt.
Ich las den Koran, wurde aber nicht wie so viele andere vom göttlichen Feuer ergriffen. Diese Art Inspiration ist mir immer fremd geblieben. Und an Kommentaren zum heiligen Buch war ich nicht interessiert.
Im ersten Jahr meines Aufenthalts in Damaskus entdeckte ich die Geschichtenerzähler, die an den Straßenecken merkwürdige Erzählungen zum Besten gaben. Bei ihnen verbrachte ich viel Zeit, fiebernd vor Aufregung, bis zu dem Tag, als ich die meisten Erzählungen kannte und jede neue Geschichte nur die Variante einer anderen zu sein schien. Ich dürstete nach Einsamkeit, die so kostbar ist, wenn man sie lesend verbringen kann. Aber ich wusste: Es gibt kein knapperes Gut als Bücher. Ich irrte mich aber, was Damaskus betraf. Das erkannte ich an dem Tag, als mich Na'alaan ins Badehaus mitnahm und mich Sleiman vorstellte.

Es ist eine seltsame Eigenart arabischer Städte, dass die Gebäude nach außen geschlossen sind. Massive, undurchdringliche Blöcke bilden sie, deren Form keinerlei Hinweis gibt auf das Innere, im Grunde vergleichbar mit reichen Frauen, die, gänzlich verschleiert, nichts ahnen lassen von ihrem Alter und ihrer Schönheit. Wenn man in einer solchen Stadt ein Gebäude betritt, scheint alle Schönheit für das Innere bewahrt. Dort fällt das Tageslicht auf kleine Plätze und Höfe, und es hängen bunte Tücher vor den Fenstern, um das Sonnenlicht zu mildern. Die Zimmer sind kühl und die Mauern und Böden mit glasierten Fliesen bedeckt, bei deren Gestaltung die besten Künstler ihrer Phantasie freien Lauf gelassen haben.

Nach dem kaleidoskopischen Interieur der Gebäude, an das ich mich inzwischen gewöhnt hatte, erwartete ich beim Betreten eines Badehauses nichts Geringeres. Aber hier fühlte ich mich wie eine tote Seele, die damit beschäftigt ist, in das Schattenreich hinabzusteigen. Eine Tür führte uns in niedrige, nebelige Räume, in denen die Luft schwer war vom Holzfeuer, von wohlriechenden Ölen und von Feuchtigkeit.

Na'alaan nahm zwei Tücher von einem dicken, kahl geschorenen Eunuchen und gab mir eines. Der Sklave warf mir wollüstige Blicke zu und machte Gebärden, die ich nicht verstehen wollte. Na'alaan hatte nichts gesehen, aber ich wusste bereits, dass sich die Bewohner dieser Stadt nachsichtig gegenüber den Unverschämtheiten der Eunuchen zeigten.

Ich folgte Na'alaan rasch durch die enge Türöffnung, die uns zum tiefsten Punkt des Badehauses führte. Hier wurde klar, dass die Nebelschwaden, die in den Fluren gehangen hatten, nur fortgewehter Dampf waren, denn in diesem Raum war der Nebel so dicht, dass ich, wenn ich meine Arme ausstreckte, meine Hände nicht mehr sehen konnte. Sofort hatte ich Na'alaan verloren und schlich tastend weiter. Ich fiel über ein Bein und hörte einen Schmerzensschrei. Die krächzende Stimme eines alten Mannes sagte aus dem Nichts: »Wer ist dieser Idiot, der das hier für eine Promenade hält?«

Na'alaan, irgendwo hinter mir, antwortete für mich: »Sei doch still, Sleiman! Diesem Mann ist nichts vorzuwerfen, er ist ein Ausländer, ein Kafir, der zum ersten Mal in seinem Leben ein Badehaus besucht.«

»Was sucht ein Ungläubiger in einem Badehaus?«, ertönte eine erstaunte Stimme aus einer anderen Richtung. Sie bekam Beifall von allen Seiten. Hier saßen bestimmt zwanzig Männer.

»Ein Ungläubiger! Man würde hier eher noch eine Frau erwarten …«, sagte jemand lachend.
»Oder ein Dromedar …«, fügte ein Spaßvogel hinzu. Überall aus dem Nebel erklang Gekicher. Ich fand, dass ich auch etwas sagen sollte: »Die Wahrheit, oh edle Damaszener, ist, dass dieser unwürdige Fremde mit seinem Körpergeruch keinen Ärger bei seinen kultivierten Gastgebern erregen will.« Ich schlang das Handtuch etwas fester um mich, tat noch einen Schritt und stieß mit meinem Knie gegen eine Bank aus Stein, auf die ich mich stöhnend niederfallen ließ.
Der schon erwähnte Spaßvogel sagte: »Einen Ungläubigen können auch nicht tausend Waschungen von seinem üblen Geruch befreien, angesichts der Unreinheit in ihm und in seiner schwarzen Seele.«
»Ganz zu schweigen von seinem Magen, der, wenn es sich bei diesem Fremdling um einen *Rumi* handelt, gänzlich mit Schweinefleisch gefüllt ist, das durch seine Schweißdrüsen unaufhörlich nach draußen dringt, vor allem im Badehaus«, rief ein anderer.
Ich begann zornig zu werden: »Die Unwissenheit des letzten Redners ist so unermesslich wie die Gnade Allahs. Ich habe in all den Monaten, seit ich in dieser Stadt bin, kein Schwein mehr gesehen. Das letzte Schwein, das ich im Schlamm wühlen sah, hat inzwischen zweifellos einen Christenmagen gefüllt. Ich sah es in einem Dorf am Goldenen Horn, eine vielmonatige Reise von hier entfernt.«
Na'alaan sagte: »Sie nehmen dich auf den Arm, Hroswith, nimm es nicht ernst!«, und zu den unsichtbaren Männern: »Lasst meinen Freund in Ruhe, ihr ranzigen Weinschläuche!«
Die Badenden lachten wieder. Der Nebel war dünner geworden, und ich vermochte Gesichter zu unterscheiden.
Plötzlich fragte die krächzende Stimme, die mich anfangs als Idiot bezeichnet hatte: »Kommt Ihr aus Qustantinia, Fremder?« Es war ein alter Mann mit einem kleinen, faltigen Gesicht, das aussah wie

ein Apfel, der zu lange im Keller gelegen hatte. Er trug einen dünnen weißen Bart, aus dem das Wasser troff. Irgendwo öffnete sich eine Tür, und das zischende Geräusch von Wasser, das auf heiße Steine geschüttet wird, füllte den Raum. Ich wartete, bis es wieder still war. »Nein, ich bin dort noch nie gewesen«, sagte ich dann. »Ich habe die Mauern von weitem gesehen, aber das Schiff, auf dem ich fuhr, hatte ein anderes Ziel.«

Während ich sprach, strömten Wolken heißen Wasserdampfes über uns, und ich sah nichts als Nebelwirbel in der Luft.

»Schade, ich begegne immer gerne Menschen aus Qustantinia«, sagte der Mann.

»Er ist ein *Ifrandi*«, sagte Na'alaan.

»Ich bin ein Untertan des sächsischen Kaisers«, verbesserte ich ihn.

Es war einen Augenblick still, dann fragte Sleiman: »Herrscht dieser Kaiser über ein christliches Land?«

»Ja, so ist es.«

»Dann habt Ihr auch Bücher«, sagte der alte Mann. »Lest Ihr die griechischen *falaasifa?*«

Ich musste ihn wieder enttäuschen. »Fast niemand kann lesen in unseren Ländern. Die wenigen Bücher, die es gibt, sind in Latein. Von den griechischen Philosophen habe ich nur gehört. Meine Frau kommt aus Qustantinia.«

Eine unbekannte Stimme sagte: »Sleiman, nicht jeder kommt hier mit einer Wagenladung von Büchern an, du solltest den Fremden nicht mit deinem Steckenpferd belästigen! Schließlich verfügen wir doch über das Buch der Bücher, was suchst du immer etwas Neues?«

»Weil wir viel von den *falaasifa* lernen können. Ihre Ideen stehen übrigens nicht im Widerstreit mit dem *Qu'ran.*«

»Der Koran umfasst alles. Alles Übrige, selbst wenn es die reine Wahrheit ist, ist überflüssig.«

Sleiman reagierte nicht auf den letzten Redner. Er erklärte mir: »Ich fahre oft nach Bagdad, um Bücher, die Reisende aus Qustantinia und Persien mitbringen, abzuschreiben und zu übersetzen. Habt

Ihr von Aristoteles gehört? Der weise Al Farabi hat ihn übersetzt und kommentiert.«
»Ich habe von ihm gehört und würde seine Werke gern kennen lernen, aber ich kann nirgends Bücher finden«, sagte ich bedauernd.
Sleimans Gesicht tauchte aus dem Dampf auf, und er legte eine Hand auf meine Schulter. »Ihr müsst mich unbedingt einmal zu Hause besuchen. Ich interessiere mich für fremde Länder und möchte gern mit Euch in einen Gedankenaustausch treten. Ich kann Euch beim Auffinden von Büchern behilflich sein, ich stehe in Kontakt mit der größten Bibliothek in der Welt der Muslime.«
Ich dankte ihm für seine freundliche Einladung, versprach, bald einmal vorbeizukommen, und stand auf, denn Na'alaan wollte, dass ich mit ihm kam, um mich abzuwaschen.
»Wir reden gleich weiter«, sagte ich, aber als ich kurze Zeit später in den Dampfraum zurückkam, war der Alte verschwunden.

Sleiman schien erstaunt, als ich mich schon am nächsten Morgen an seiner Tür meldete. Er öffnete mir persönlich, gekleidet in einen teuren, aber schmutzigen Mantel. In einem Arm trug er eine Katze, die bei seinen Liebkosungen schnurrte.
»Kommt herein, Freund!«, sagte er. »Leider kann ich Euch nicht empfangen, wie es sich gehört. Mein Sklave ist letzte Woche gestorben, und ich verfüge nicht über die Mittel, mir einen neuen zu kaufen.«
»Ich kümmere mich nicht um einen korrekten Empfang«, sagte ich. »Ich komme, weil ich weiß, dass Ihr viele Bücher habt. Mein Kompagnon Na'alaan erzählte mir, dass Eure Sammlung die größte der Stadt ist.«
Er setzte sich auf einen verschlissenen Schemel und ließ die Katze in seinem Ärmel verschwinden. »Na'alaan ist geschwätzig wie eine Frau, aber er hat Recht, meine Büchersammlung sucht in dieser Gegend ihresgleichen. Man muss nach Kairo oder Bagdad gehen, um eine besser bestückte Bibliothek zu finden.«
Er ging mir voraus in einen Raum, in dem Tausende Buchrollen

auf Brettern aufgestapelt lagen. Ich wollte etwas sagen, aber vor Aufregung bekam ich nur ein heiseres Krächzen heraus.
Sleiman lief zwischen den Regalen hindurch und nahm im Vorbeigehen einige Rollen heraus, während er mir erzählte, was in der jeweiligen Rolle stand und wie er an sie gekommen war. Ich hörte nur halb zu, aber ich vernahm die Namen, manche gänzlich neu, von anderen hatte ich schon gehört.
Es waren Werke aus Indien, Persien, Griechenland und selbst aus dem fernen Land, das die Araber As-Sien nennen, darunter. Arabische Schriftsteller waren bei dieser großen Zahl sogar in der Minderheit. Irgendwann blieb Sleiman stehen, als ob er eine Reaktion erwartete, und ich beeilte mich, eine Entschuldigung zu formulieren: »Vergebt mir, Herr, aber hier ist ein solcher Überfluss. Ich habe in meinem ganzen Leben weniger als zehn Bücher gelesen.«
Er lächelte und fragte mich, welche es waren, und ich zählte sie auf. Er pries höflich meinen guten Geschmack, aber ich antwortete: »Von Geschmack oder Auswahl konnte keine Rede sein, es waren die einzigen Bücher, die ich je zu Gesicht bekam, und mindestens vier davon kann ich auswendig.«
»Ich kann kein einziges Buch auswendig, aber ich habe mehr als hundertundfünfzig selbst abgeschrieben und mehr als zweihundert übersetzt«, sagte er, ohne seinen Stolz zu verbergen. »Lasst uns etwas trinken!«
Sleiman stieß eine Tür auf, die zu einem kleinen Wohnzimmer mit Kissen und teuren, aber verschlissenen Teppichen aus Armenien führte. Feingliedriges, an vielen Stellen zerbrochenes Schnitzwerk umrahmte die Fenster, und eine Mauer war mit einem azurblauen Mosaik gefliest, so verrußt, dass es mich traurig stimmte.
Sleiman schenkte Wein aus einem irdenen Krug ein und suchte beflissen nach Weihrauch, um ihn zu Ehren des Gastes abzubrennen, aber er konnte ihn nicht finden. Alles in diesem Haus der Weisheit atmete Verfall und Armut.
Der alte Mann bemerkte meinen Blick und zuckte mit den Achseln. »Früher war ich ein wohlhabender Kaufmann, ich hatte viele Diener,

Sklaven und Häuser in Bagdad, in Kairo, Damaskus und Samarkand. Ich finanzierte Karawanen nach dem Fernen Osten und nach den Städten an der Wolga. Nun ist mir nur noch dieses Haus geblieben und eine kleine Bleibe in Bagdad, wo ich mich die Hälfte des Jahres aufhalte. Bald werde ich auch dieses Haus verkaufen müssen, denn all mein Geld habe ich für teure Bücher ausgegeben und für die Reisen, die ich unternommen habe, um sie aufzutreiben.«

»Wohin bringt Ihr dann all die Bücher?«, fragte ich.

»Ich weiß es nicht. Ich versuche es so lange wie möglich hinauszuschieben, schließlich bin ich ein Greis und habe nicht mehr lange zu leben.«

Ich trank schweigend von dem Wein. Sleiman erhob sich von seinem Kissen und nahm eine Buchrolle von einem niedrigen Tischchen. »Hier habe ich ein interessantes Buch für Euch. Ihr könnt es mitnehmen und lesen. Ich habe es aus dem Persischen übersetzt, aus einer Handschrift, die ich in Tarsus am Tigris gefunden habe.« Er reichte mir das Buch, und das Kätzchen, das noch in seinem Ärmel saß, streckte seine kleinen Krallen nach dem Papyrus aus, als ob es nicht wollte, dass sein Herr ihn aus den Händen gab.

Ich entrollte das Buch und las: *Alf Layla, Tausendundeine Nacht.*

»Es ist eine Sammlung von Erzählungen, die die Königin Scheherezade ihrem König Chuzrau erzählte, um ihr Leben zu retten. Er wollte sie am Morgen nach der Hochzeitsnacht töten, um ewig ihrer Treue sicher zu sein. Aber weil er immer wissen wollte, wie die jeweilige Geschichte ausging, verschonte er sie Nacht für Nacht, bis er schließlich beschloss, sie am Leben zu lassen«, erzählte der Alte. »Einige der Geschichten gibt es schon seit Jahrhunderten. Es ist ein wunderschönes Buch, und ich bin mir ganz sicher, dass Ihr es mögen werdet. Nehmt es einfach mit nach Hause und lest es in aller Ruhe!«

Ich verneigte mich vor dem Mann. »Ich weiß nicht, wie ich Euch danken soll, weiser Mann. Ich weiß, dass die Höflichkeit es verbietet, aber meine Beine wollen nur noch eins, so schnell wie möglich nach Hause rennen.«

Er schob meine Entschuldigung beiseite und sagte: »Dann beeilt Euch! Ein gutes Buch ist ein strenger Herr, und es kommt dem Leser nicht zu, ungehorsam zu sein.«
Ich bemühte mich, schnell nach Hause zu kommen, und versank dort in der wundervollen Welt von *Tausendundeiner Nacht*. Das Lesen verschaffte mir einen Rausch, gegen den der von Alkohol gänzlich verblasst. Keine Glaubenslehren dieses Mal, keine langweiligen Abhandlungen über längst vergangene Kriege, sondern die prächtigsten Geschichten über Kalifen und Prinzessinnen, über Monster und Geister und Abenteuer suchende Seefahrer. Glücklich das Volk, das solche Bücher hervorbringt!
Lange habe ich in unseren Gegenden gesucht, aber nichts gefunden, das dem nahe kam. Ich fürchte, dass diese barbarischen Länder niemals Schriften von einigem Wert hervorbringen werden.

»Hast du die Bücher denn nicht mitgebracht, als du zurückgekommen bist?«, fragte Bodo, der schon geraume Zeit hinter mir gestanden und mitgelesen haben musste.
»Kann ein alter Mann nicht seine Gedanken dem Pergament anvertrauen, ohne dass junge Flegel ihm über die Schulter spähen?«, murrte ich, fühlte mich aber von Bodos Interesse geschmeichelt.
»Ich war damals noch weit entfernt von dem Gedanken an eine Rückkehr«, sagte ich. »Und als ich dann zurückkam … Aber warum soll ich dir das erzählen, wenn du ohnehin mitliest? Bleib in der Nähe, dann wirst du die Antwort hören! Schüre jetzt mal das Feuer!«
Bodo lief zum Kamin und sagte: »Ich würde gern einmal selbst diese Geschichten aus *Tausendundeiner Nacht* lesen, aber sie sind bestimmt nicht ins Lateinische übersetzt …«
»Soweit ich weiß, nicht. Aber ich kenne das gesamte Buch auswendig«, sagte ich frohgemut, denn ich liebe Menschen, die ein gutes Buch zu schätzen wissen. »Wenn du willst, werde ich dir die Geschichten in unserer Volkssprache erzählen, aber erst, wenn ich mit meinem Lebensgeständnis fertig bin, sonst schaffe ich es nie, dies zu vollenden.«

»Ich lege noch zwei Scheite Holz auf, obwohl es nicht kalt ist, und dann lasse ich dich in Ruhe«, sagte Bodo. Aber nachdem er damit fertig war, stellte er sich wieder neben mich. »Hast du Abu al-Fath al-Iskandari jemals wiedergesehen?«, fragte er neugierig.
»Scher dich weg, Junge! Geh zu deinen Vespermessen! Für alles gibt es eine Zeit, und ich werde die Frage nicht beantworten, bevor das Buch abgeschlossen ist«, sagte ich. Er verschwand wie ein Geist. Ich starrte noch kurz auf die verschlossene Tür und begriff jetzt, dass ich nicht mehr allein für mich schrieb, sondern dass ich nun einen Leser hatte. Das änderte vieles.
Ich versuchte, mich an die ersten Sätze von *Alf Layla* zu erinnern, und als mir das nicht gelang, versuchte ich, mir klar zu machen, wovon die erste Geschichte eigentlich handelte. Aber es wollte mir nicht mehr einfallen. Ich überlegte, bis mein Kopf zu schmerzen anfing, und musste erkennen, dass ich es vergessen hatte.
Selbst mein Gedächtnis konnte mich also im Stich lassen! Es hatte schon Augenblicke gegeben, die darauf hinwiesen, aber noch nie so drastisch wie jetzt. Ich nahm meine Gänsefeder und begann, wie ein Wahnsinniger zu schreiben, um wenigstens meine Erinnerungen noch in Buchstaben fassen zu können.
Was hat das Alter für einen Sinn, wenn die Erinnerungen verwehen wie die Spreu im Wind.

Es blieb nicht bei *Tausendundeiner Nacht*, der Sammlung, die ich in ein paar durchwachten Nächten durchlas, während Sophia sich neben mir über mein geringes Interesse an ihr beklagte. Ich nahm mir vor, zumindest alle Werke der alten Griechen zu lesen und mir das Denken der letzten fünfzehnhundert Jahre anzueignen.
Noch an dem Abend, als Sleiman mir das erste Buch auslieh, schickte ich einen Sklaven von der Schmiede zu seinem Haus, um es reinigen zu lassen. Ich schickte ihm auch eine Einladung zum Essen für den nächsten Tag.
Sleiman erschien und brachte weitere Bücher mit. Wir wurden die besten Freunde, und auch Sophia und die Mädchen waren angetan

von dem freundlichen alten Mann. Ich schlug ihm vor, dass er die Hälfte unseres viel zu großen Hauses nutzen könne, um seinen Bücherbestand unterzubringen und dort zu wohnen, wenn er in Damaskus weilte. Sleiman war einverstanden, bestand aber darauf, für seine Hälfte Miete zu zahlen.

Nachdem wir alles hergeschafft hatten und er in unser Haus gezogen war, bezahlte er mich von den Einkünften aus dem Verkauf seines alten Hauses einige Jahre im Voraus und gab mir gute Ratschläge hinsichtlich der Abfolge bei der Lektüre seiner Bücher. Danach reiste er, aufgeregt wie ein Kind, nach Bagdad, und von dort zog er, wie wir erfuhren, nach Samarkand, immer auf der Suche nach neuen Erkenntnissen.

Sleiman hatte mir geraten, mit Aristoteles zu beginnen, der bei den Arabern großen Ruhm genoss. Er war vor einem halben Jahrhundert von einem Philosophen aus Bagdad übersetzt worden. Sleiman nahm das Buch voller Ehrfurcht und Liebe in die Hand und reichte es mir.

»Dies ist also Al Farabis Übersetzung des Aristoteles?«, fragte ich respektvoll. Der Name war selbst bei uns im rückständigen Rheinland bekannt.

Sleiman nickte, fügte aber mit erhobenem Zeigefinger hinzu: »Der überaus lobenswerte Al Farabi hat ihn nicht nur übersetzt, sondern auch kommentiert!«

Er runzelte seine Stirn, die bereits vorher wie eine Walnuss ausgesehen hatte, und nickte so heftig, dass ich fürchtete, er bekomme eine Gehirnerschütterung. Mir wurde klar, dass für Sleiman der eigentliche Wert des Buches im Kommentar lag und nicht im Text des alten griechischen Meisters selbst. Im Nachhinein muss ich freilich feststellen, dass die Kommentare, die sich bemühten, die Ideen von Plato und Aristoteles mit der mohammedanischen Glaubenslehre in Einklang zu bringen, kaum zu bewältigen waren. Meine Abneigung gegen Religionen, die sich in meiner Jugend entwickelt hatte, habe ich nie überwinden können – leider, denn für Gläubige ist das Leben so viel einfacher.

Bodo, lass dich nicht vom Zynismus eines alten Gottesleugners beeinflussen!

Ich musste mich durch die Menschenmassen, die die engen Straßen füllten, hindurchdrängen. Ein Geschichtenerzähler in einem schmutzigen Mantel saß an einer Straßenecke, von einer großen Menge umgeben. Aus einem Innenhof hörte man laut Frauen rufen; dort musste eine Hochzeit oder eine Beschneidung stattfinden. Aber als ich genauer hinhörte, erkannte ich, dass es Klagegeschrei war, dass die Frauen ein verstorbenes Kind beweinten.
Unter der ausladenden Krone eines Maulbeerbaumes saßen drei Männer in prachtvollen Gewändern, die sich unterhielten und Schach spielten. Ab und zu warfen sie einen bangen Blick in die Richtung, aus der die Klagerufe kamen. Eine reiche Frau, vollkommen verschleiert, zog auf einem Kamel vorbei. Der Treiber, der das Tier an einem Strick führte, warf einen Schatten auf die Mauer, der einem knorrigen Olivenbaum glich. Ich beeilte mich, nach Hause zu kommen, um den Staub, die Hitze und die Trauer der Stadt hinter mir zu lassen.
Das erste Mal war Sleiman acht Monate weggeblieben; einmal nach Hause gekommen, blieb er ein halbes Jahr. Tagsüber spielte er mit meinen Töchtern. Er las ihnen Fabeln vor, aber sie waren noch zu klein, um etwas zu verstehen. Doch nach Sleiman ging es allein um den Rhythmus und den Klang der Worte, die einen heilsamen Einfluss auf das Kind hätten. Ich glaubte ihm. In der Nacht arbeitete er wie ein Besessener an seinen Übersetzungen.
In der Mitte des sechsten Monats reiste er wieder ab, diesmal nach Susa. Von da an hatten wir nichts mehr von ihm gehört. Dabei war ich neugierig auf die neuen Bücher, die er mitbringen würde, auch wenn ich so viele im Hause hatte, dass ich mich Jahre mit ihnen beschäftigen konnte. Aber noch neugieriger war ich auf die Auskünfte, die er versprochen hatte, unterwegs für mich einzuholen.

32. Kapitel

In dem die Stadt von Spuk und Dämonen heimgesucht wird und Djounaadif einen seltsamen Traum hat. Wie Liebe erneut zu Verrat führt

⚜

Meine Frau und die Kinder kamen mir nicht entgegen, als ich die Tür öffnete. Über dem Haus lag eine bedrückende Stille. Die Platanen im Innenhof bewegten sich nicht, und selbst der Springbrunnen schien weniger Wasser zu speien als sonst.

Ich sah mich um, ob sich Sophia irgendwo aufhielt, und als ich sie nicht fand, ging ich zu dem Zimmer, in dem mein Freund Sleiman wohnte. Dort fand ich meine Frau, die mit einem nassen Tuch die Stirn des Greises kühlte. Sein Gesicht war voller feurig roter Flecken, und im Zimmer hing ein Fäulnisgeruch.

»Er hat angeklopft und ist auf der Schwelle zusammengebrochen«, flüsterte Sophia. Hippia stand am Fußende des Bettes, hielt sich die Hände vor das Gesicht und sah hilflos zu.

»Wo sind die Kinder?«, fragte ich.

»Sie schlafen, wie immer um diese Zeit. Ihr seid heute früher gekommen als sonst«, antwortete Hippia, ohne ihren Blick von Sleiman abzuwenden.

Ich hockte mich am Bett nieder und nannte Sleimans Namen. Der Alte öffnete die Augen und sah mich an. »Hroswith«, sagte er, und dann schlossen sich seine Augen wieder. Er flüsterte etwas, das ich nicht verstand. Ich kam mit meinem Kopf näher heran. »Ich habe auf dich gewartet. Es geht nicht mehr lange, also erzähle ich es dir jetzt. Der Mann, über den du Auskünfte wolltest, wohnt nicht in Bagdad, wie du geglaubt hast. Er ist dort gut bekannt, war aber zuletzt vor zehn Jahren dort. Man erzählt sich, dass er nie zweimal denselben Ort besucht und nie auf dem Weg zurückreist, den er gekommen ist. Vor zehn Jahren war er der meistgesuchte Mann in Arabien und im Zweistromland. Er soll dank einer List den Bruder des Kalifen um ein paar Tausend Goldstücke erleichtert haben. Wie es scheint, hat er sich danach als Frau verkleidet einen Monat lang im Harem des Kalifen versteckt. Man kennt ihn von Susa bis nach Samarkand auf allen Karawanenrouten zwischen Nowgorod und dem fernen As-Sien, und sein Name wird gepriesen beziehungsweise verflucht. Im vorigen Jahr war er in Kairo, vor einigen Monaten in Jerusalem. Nur in Damaskus war er anscheinend noch nie. Das ist alles. Sorg gut für meine Bücher! Und wenn du in dein Land zurückkehrst, nimm sie mit! Das Wissen muss so weit wie möglich verbreitet werden.« Er schwieg und schloss die Augen, erschöpft vom vielen Reden.

»Ich werde den Arzt holen«, sagte ich, »du hast noch viele Jahre zu leben.«

Er lachte leise, blinzelte mit den Augen, und drei Atemzüge später war er tot. Ich sah, wie seine Augen brachen und wie sich das faltige Gesicht entspannte. Hippia stieß einen Schrei aus und rannte aus dem Zimmer.

Ich sah Sophia an. Sie schüttelte den Kopf und sagte: »Er hat gerade berichtet, dass unterwegs einige Teilnehmer der Karawane erkrankt sind. Er selbst fühlte sich erst gestern Abend zum ersten Mal unwohl. So schnell geht es also.«

Ich spürte ihre Angst und wusste, dass sie genau wie ich an unsere Töchter dachte. Ich nahm sie bei der Hand und führte sie aus dem Zimmer.

»Ich habe dies früher schon einmal gesehen«, sagte sie ruhig. »Meine Mutter starb an dieser Krankheit, als ich noch ein Kind war. Überall in Konstantinopel lagen sterbende Menschen auf den Straßen, und die Stadt war voller Jammern und Wehklagen.«

Ich führte sie an ihr Bett und setzte mich vor den Springbrunnen. Es wurde schnell dunkel, und das sprudelnde Wasser glänzte silberfarben im Licht des Mondes. Hippia war verschwunden, auch sie hatte die Krankheit erkannt. Ich blieb sitzen und überlegte, was geschehen würde. Vielleicht, dachte ich, verschont die Krankheit unser Haus, nachdem sie schon ein Opfer gefunden hat. Ich würde Sleiman vermissen, diesen alten Mann, und der plötzlich über mich gekommene Besitz einer wertvollen Bibliothek war ein schaler Trost. Von der Straße erklang Gelächter, und eine raue Stimme schrie etwas. Das Geschrei entfernte sich. Eine Heuschrecke sprang an meinem Gewand hoch und blieb dort sitzen. Ich ließ sie gewähren und bewegte mich nicht, bis der Muezzin zum Frühgebet rief und die Sterne im Morgenlicht verblassten.

Am Morgen wies nichts darauf hin, dass sich Sophia oder meine Töchter angesteckt hatten. Konstantina fragte nach Sleiman, sie hatte ihn ja gestern noch gesehen. Sophia erzählte ihr, dass der alte Mann auf Reisen sei, und die Kleine fragte nicht weiter. Ich wollte nicht zur Arbeit gehen, hatte aber auch keine Lust, zu Hause zu bleiben. Sophia würde jemanden kommen lassen, der die Leiche herrichtete. Obwohl es für mich kein Arbeitstag war, beschloss ich dennoch, zur Schmiede zu gehen. Ich hatte festgestellt, dass es gut war, den Hammer zu schwingen und dem Eisen Form zu geben, wenn ich Ärger hatte oder traurig war.

Djounaadif sah erstaunt drein, als ich kam, aber er schwieg. Na'alaan war nicht zu Hause. Ich band mir meine lederne Schürze um und schürte das Feuer. Ich schickte einen Gassenjungen zum Haus von Khaled, und einige Zeit später saß der Lehrjunge am Blasebalg und zog das Seil. Ich war mit meinen Gedanken nicht bei der Sache und ruinierte ein gutes Schwert, weil ich es zu oft drehte und dann zu lange ins Feuer hielt. Ich warf es in die Ecke und begann ein neues.

Djounaadif sah mir zu. Als ich eine Stunde lang gearbeitet hatte, rief er: »Rosbiet *Ifrandi!*«

»Was ist, Eunuch?«, fragte ich mürrisch. Ich hatte keine Lust, seine Schmeicheleien zu hören.

»Ich habe gehört, dass der alte Mann tot ist.«

Es erstaunte mich jedes Mal wieder, wie schnell er alles erfuhr. Ich nickte und arbeitete weiter, denn er war der Letzte, mit dem ich über den Tod meines Freundes reden wollte. Aber der Eunuch ließ mich nicht in Ruhe. »Man sagt«, fing er an, »dass jemand aus der Karawane, mit der er gekommen ist, bei einem Kampf eine Verletzung davongetragen habe. Der edle Al Bawasir habe den Mann mit Kräutern und Zaubersprüchen behandelt, aber innerhalb von vierundzwanzig Stunden sei der Beklagenswerte gestorben. Zwei Tage später seien Dutzende von Menschen krank geworden und der alte Mann auch.«

Ich warf meinen Hammer an die Mauer und lief mit geballten Fäusten auf den Fettsack zu. »Was willst du damit unterstellen? Dass er die Krankheit eingeschleppt hat?«

Er hielt die Hände abwehrend vor sein aufgeschwemmtes Gesicht. »Vergib mir, aber ich sage nur, was ich gehört habe.«

»Ich werde Na'alaan raten, dich rauszuschmeißen. Du bist schlecht für die Schmiede. Bald kommt keiner mehr, um Schwerter zu kaufen, weil er fürchtet, von dir verleumdet zu werden.«

Der junge Mann fing an zu jammern, in hohem Ton und wenig überzeugend, wie ein Klageweib, das in Gedanken an seinen kargen Lohn einen wenig vermögenden Toten beweint.

»Wo ist Na'alaan eigentlich?«, fragte ich. Khaled kam schläfrig herbei und kratzte sich am Kopf. »Er wird seinen Rausch ausschlafen wie immer«, knurrte er.

Ich gab ihm einen allerdings nicht zu festen Tritt. »Zeig Respekt vor deinem Meister!«, sagte ich. »Es ist viel zu spät für Na'alaan. Soviel er auch trinkt, er bleibt nie so lange im Bett.«

Djounaadif hörte auf zu jammern und sah durch seine gespreizten Finger hindurch. »Sieh nach deinem Meister, Khaled!«

Der Junge lief zu Na'alaans Zimmer und kam sofort wieder. »Der Meister ist tot!«, rief er, und all seine Schläfrigkeit war verschwunden. Ich sah nach und fand Na'alaan auf dem Boden seines Schlafzimmers. Seine Augen waren weit aufgerissen, der Straußenflaum auf seinem Kopf hing schlaff herunter. Ich konnte sehen und riechen, dass sein Tod dieselbe Ursache hatte wie der von Sleiman.

Ich ging zu Djounaadif, der wieder jammerte, und gab ihm eine Ohrfeige, um ihn zur Ruhe zu bringen. Er sah mich mit großen, erstaunten Augen an, und ich sagte: »So ist es. Er ist an der Krankheit gestorben. Steh auf und wasche den Mann, der so lange für dich gesorgt hat, und zieh ihm saubere Kleider an! Ich gehe nach Hause und komme am Nachmittag zurück, um das Begräbnis zu regeln.«
»Was geschieht nun mit mir?«, fragte der Eunuch und sah mich mit angstvollen Augen an.
»Ich weiß es nicht«, sagte ich. »Ich nehme an, dass du einen Teil der Schmiede bekommst. Die Hälfte gehört mir, wie du weißt.«
»Arbeitest du hier nicht weiter?« Djounaadif sah sein bequemes Leben in tausend Stücke zerbrechen.
»Ich weiß es nicht«, sagte ich. Ich wusch mich am Brunnen und machte mich auf den Nachhauseweg. Der Tod von Na'alaan hatte mich stärker berührt, als ich gedacht hätte. Er war kein wirklicher Freund gewesen, aber wir hatten doch viele Nächte in Weinschenken und Badehäusern verbracht. Ich hatte meinen merkwürdigen Kompagnon schätzen gelernt, auch wenn mir dessen Zuneigung zu seinem fetten Eunuchen unverständlich blieb.
Aber bald waren meine Gedanken wieder bei Abu al-Fath al-Iskandari. Vor Monaten hatte ich Sleiman gebeten, diskret Erkundigungen über meinen früheren Freund einzuholen. Und nachts, wenn ich am Springbrunnen saß, sorgte der Sichelmond dafür, dass ich an niemand anderen denken konnte. Ich verlangte innerlich danach, ihn zu sehen, und gleichzeitig wusste ich, dass er mich dann töten würde.
Wir waren in Damaskus nicht mehr sicher, denn wenn dies wirklich die einzige Stadt war, die er noch nie aufgesucht hatte, würde er eines Tages bestimmt hier auftauchen. Vielleicht war es an der Zeit, nach Hause zurückzukehren, in meine Heimat, wo man mich nach sechsjähriger Abwesenheit sicher vergessen hatte.
Eine kreischende Frauenstimme riss mich aus meinen Gedanken. »Mein Kind, mein Kind!«, rief sie. Andere Frauen stimmten in die Klage ein. Ich sah niemanden, die sonst so vollen Straßen waren

leer. Unter der Platane, unter der immer Männer saßen und sich unterhielten, waren die Bänke verlassen. Jemand hatte sein Schachbrett vergessen, die Figuren waren umgefallen, einige lagen auf der Erde. Ein dreibeiniger Hund hinkte vorbei und sah scheu zu mir herüber. Ich hörte immer mehr Menschen jammern und klagen, und je näher ich meinem Haus kam, umso lauter und vielstimmiger wurde der Chor der Totengebete. Ich begann zu laufen, denn es schien, als sei mein Haus das Zentrum all der Trauer. Aber als ich eintrat, kam mir meine Frau entgegen. Die Kinder spielten im Innenhof in der Sonne.

»Noch ist alles in Ordnung«, sagte Sophia besorgt, »aber Hippia ist nicht mehr aufgetaucht. Ich konnte niemanden finden, der Sleiman aufbahrt, also habe ich es selbst gemacht.«

Ich nickte und erzählte ihr von dem Gerücht, das Djounaadif gehört hatte. Sie lachte kurz und laut auf. »Die Kinder von Rani auf der anderen Seite der Straße waren schon vorgestern krank, einen Tag bevor die Karawane hier eintraf. Sie sind beide gestern früh gestorben. Ich habe bei der Vorbereitung des Begräbnisses geholfen.«

»Ich weiß. Viele Leute sind schon betroffen. Na'alaan ist auch gestorben. Ich werde erst Sleiman begraben und danach Na'alaan.«

Ich packte sie bei den Schultern und zog sie mit in den Wohnraum. Als sie sich gesetzt hatte, sagte ich: »Abu al-Fath al-Iskandari droht, hierher zu kommen, wie du gehört hast. Ich denke, wir müssen die Stadt verlassen. Es wäre gut, wenn du inzwischen die nötigsten Dinge für die Reise einpackst.«

Sie zeigte auf einige Taschen und Bündel, die in einem angrenzenden Raum standen. »Ich habe schon gepackt. Ranis Bruder bringt heute Abend Kamele, er wird uns durch die Wüste führen.«

Ich nahm einen Spaten, ging in das Zimmer, in dem Sleiman in weiße Leinentücher gewickelt lag, und nahm die Leiche auf meine Schultern. Der Alte wog fast nichts, und es kostete mich keine Mühe, ihn zum südlichen Stadttor zu tragen. Ich wollte keine Zeit vergeuden und nach Totengräbern oder Geistlichen für eine

Begräbniszeremonie suchen. Ich wusste nicht einmal, wo die Toten begraben wurden, und hatte auch nicht vor, eine Grabstätte zu suchen. Dafür blieb nun keine Zeit.

Ich ging ein Stück in die Wüste, in der es Saulus einst wie Schuppen von den Augen gefallen war. Ich wollte eine schöne Stelle suchen, aber alle Stellen waren gleich, also stieß ich den Spaten in den Sand. Es war eine schwere Arbeit, und es dauerte lange, bis ich Sleiman begraben hatte. Als ich fertig war, ruhte ich mich auf seinem Grab aus und dachte an die Stunden, die wir beide gemeinsam verlebt hatten. Er würde nichts dagegen haben, dass ich ihn hier begrub. Einmal hatte er mir erzählt, dass er alle Bestattungsrituale für unsinnig halte, weil für ihn ein toter Körper nicht mehr sei als ein Pferdeapfel in einer Wagenspur. Da konnte ich ihm nur zustimmen.

Die Dunkelheit kam schnell, und ich schrak aus meinen Gedanken hoch. Ich hatte gar nicht bemerkt, dass es schon so spät war. Ich lief zum südlichen Tor zurück. Aus der Stadt kam eine Karawane. Reiche, in bestickte Gewänder gekleidete Bürger zogen auf der Flucht vor der Krankheit auf ihren Reitdromedaren vorbei. Gerüche aus den fernen Parfümstädten Arabiens stiegen mit dem Abendwind auf. Vor jedem Mehari lief ein Fackelträger, sodass der Weg zum Tor einem langen Band von schaukelnden Lichtern glich.

Von weitem sah ich schon, dass bei der Schmiede eine Gruppe von Menschen versammelt war. Sie trugen Harzfackeln und Öllampen. Als ich näher kam, hörte ich die Stimme vom Djounaadif, der eine Rede hielt. Ich verlangsamte meine Schritte und versuchte, mich unauffällig unter die Menge zu mischen, denn ich wollte die Zusammenkunft, die der Eunuch für seinen Herrn veranstaltet hatte, nicht stören. Ich sah, wie ihm Tränen über die Wangen liefen, und bekam fast Mitleid.

» … und nun ist er tot«, hörte ich Djounaadif sagen, man hörte einen Schluchzer in seiner Stimme. Ich senkte den Kopf, zog die Kapuze meines Gewandes über das Haar und faltete die Hände, um dem Gedächtnis meines Kompagnons Respekt zu erweisen.

Djounaadif fuhr fort: »Mein Herr und Wohltäter Na'alaan ist bei seinem Schöpfer, und einem großen und rechtschaffenen Mann, wie er es gewesen ist, werden Gottes reichste Gunstbeweise im Paradies zuteil werden. Siebzig, nein, sieben mal siebzig schwarzäugige Huris werden sich beeilen, seine Wünsche zu erfüllen, und er wird in jeder Minute der Ewigkeit die Wonnen schmecken, die ihm in diesem Leben nur mäßig vergönnt waren.«

Er fuhr noch eine Zeit lang fort, Na'alaan zu preisen, sprach von dessen Gerechtigkeitsgefühl und seiner Liebe zur Tugend, seiner Bescheidenheit und seiner Kunstfertigkeit, die er bei der Arbeit zeigte, dank der ihn die ganze Welt kannte und schätzte. Die Anwesenden murmelten nach jedem Lob ein *Hamdoulillah* und nickten sehr heftig, um ihre Zustimmung zu bezeugen. Ich hatte gerade das Interesse an der Rede verloren, als ein Wechsel in der Stimmlage Djounaadifs meine erneute Aufmerksamkeit auf sich zog.

»Darum ist es umso schmerzlicher, dass ein Ungläubiger, ein herzloser Giftmischer, der von fern gekommen ist, um unsere *Umma* zu verderben, seine schnöden Pläne hat ausführen können. Oft habe ich den Meister gewarnt, aber rechtschaffen wie er war, vermochte er nicht, die Bosheit in anderen zu erkennen.«

Ich hatte Mühe, meine Verwunderung zu verbergen. Es schien mir ratsam, in das aufgeregte Murmeln der Männer um mich herum einzustimmen.

»Dieser Bettler aus dem Frankenland hat sich durch Arglist und Lügen in die Schmiede eingeschlichen, die meinem Herrn und mir gemeinsam gehörte, und die jetzt – leider! – ganz an mich fällt. Dieser Mann aus dem Norden hat es verstanden, einen Gelehrten aus unserer Mitte mit gottlosen Ideen zu vergiften und gegen die Gläubigen dieser Stadt aufzuhetzen.«

Ich murmelte nun so laut, dass die neben mir Stehenden argwöhnische Blicke auf mich warfen. Hätte ich ein Schwert dabeigehabt, hätte ich der Versuchung nicht widerstehen können, das fette Genick zu spalten, diesen entmannten Kapaun zu schlachten …

»Er hat den gelehrten Sleiman beauftragt, nach Persien zu reisen und dort Zauberkünste zu erlernen, mit denen er die todbringende Krankheit über uns bringen konnte. Der Alte, selbst das erste Opfer seines grausamen Auftraggebers, ist inzwischen tot. Tot sind auch unzählige Kinder dieser Stadt. Tot sind ihre Mütter, Väter sowie wertvolle Sklaven und Eunuchen, die zu ihrem Besitz gehörten, die Euer Besitz sind. Dies schreit zum Himmel und schreit nach Rache. Er kommt bald hierher, der Ungläubige, wir werden ihn töten, um das Blut unserer Mitbürger zu rächen.«

»Rache!«, rief die Menschenmasse, und ich schrie am lautesten mit, während ich verzweifelt nach einem Fluchtweg Ausschau hielt.

Bald darauf wurden die Leute des Racherufens müde, und da niemand mehr eine Ansprache hielt, unterhielten sich die Männer in kleinen Gruppen. Indem ich mich von einer Unterhaltung zur anderen schlich und immer am äußersten Rand der Grüppchen blieb, verstand ich es, mich aus den Gesprächen herauszuhalten. Ich hatte die Kapuze über den Kopf gezogen, und nur die Tatsache, dass ich keinen Bart trug, unterschied mich von den Übrigen. Ich hörte bei jeder Unterhaltung bestimmt zwei oder drei neue Verbrechen, die ich an den Gläubigen und der Stadt verübt haben sollte. Offenbar hatte ich nun auch schon Kinder gegessen und für Teufelsanbeter schwarze Messen abgehalten. Hatte ich so etwas nicht schon einmal vor langer Zeit erlebt? Ich versuchte, einen Schatten zu finden, der meinen Rückzug deckte.

In der Ferne rief der Muezzin zum Abendgebet. Als ich in die Nähe Djounaadifs kam, hörte ich ihn sagen, dass es schon zu spät sei, dass der *Ifrandi* nicht mehr kommen würde.

»Am besten suchen wir ihn in seinem Haus«, sagte er, und die Männer schrien durcheinander. Zwei Augenblicke später waren alle auf dem Weg, die vordersten mit lodernden Fackeln und Schwertern aus der Schmiede bewaffnet. Ich verstand es, mich an die Spitze zu setzen, und laut mitbrüllend versuchte ich, die Gruppe in die verkehrte Richtung zu lenken. Wir kamen zu einer Abzweigung. Hier kam der Zug zum Stehen, und ein Mann fragte Djounaadif: »Wo wohnt dieser Hund Roesbiet eigentlich?«

»Er geht immer in diese Richtung nach Hause«, sagte Djounaadif unschlüssig.
Ich zeigte auf den Weg, der zum Judenviertel führte, und rief mit verstellter Stimme: »Ich weiß, wo er wohnt, der Hund, folgt mir!«
Ich tat mich besonders hervor, und die Männer folgten mir, heftig diskutierend über den Schurken, den wir nun töten würden.
»Ich dachte, er ist ein *Ifrandi?*«, sagte jemand. »Was macht er dann im Judenviertel?«
»Er ist ein jüdischer *Ifrandi*«, wusste ein anderer zu berichten. Der Mann neben mir fand das unsinnig: »Es gibt keine *Ifrandi*-Juden«, rief er über die Schulter. »Ein Jude ist ein Jude, und ein *Ifrandi* ist ein *Ifrandi.*«
»Du redest Unsinn, Ahmed, du hast sicher wieder in einer Weinschänke gesessen«, sagte jemand hinter mir. »Viele *Ifrandis* sind Juden, genauso wie viele Andalusier Juden sind und viele Damaszener, Mesopotamier, Aserbaidschaner ...«
Ahmed drehte sich um, und die gesamte Menge hielt inne. »Wie ein Hund ein Hund ist und also keine Katze, und ein Mehari ein Mehari und also kein Esel, ist ein *Ifrandi* ein *Ifrandi* und also kein Jude.«
Djounaadif, der seine Mission fehlschlagen sah, versuchte, die Gemüter zu beruhigen, aber er war mit den *falaasifa* zu wenig beschlagen, um dies zu bewerkstelligen. Die Volkswut richtete sich nun nach innen und entartete zu einem philosophischen Streit. Man fing an, einander an den Bärten zu zerren, und bald war die Menge in einer Rauchwolke verschwunden von all den herumfliegenden Haaren, die in die Fackeln gerieten. Ich setzte mich langsam ab, bis ich gänzlich außer Sicht war. Dann fing ich an zu laufen, weiter in Richtung des Judenviertels, denn der direkte Weg zu meinem Haus war von den streitenden Männern versperrt.
Ich lief durch die Straßen, die plötzlich anstiegen und sich in Treppen verwandelten, dann wieder abfielen und zu verlassenen, schattigen Plätzen wurden. Ab und zu stolperte ich über einen Bettler, und einmal versperrte mir ein Mann, der einen Stock dabeihatte, den Weg. Ich stieß ihn zur Seite, und er fiel zu Boden, wo er

fluchend liegen blieb, zu betrunken, um wieder hochzukommen. Ich nahm den Stock an mich, um eine Waffe zu haben, denn mein Ulfberth lag noch zu Hause.

Als ich merkte, dass ich zum zweiten Mal durch dieselbe Straße lief und denselben Platz überquerte, hielt ich inne. Ich sah zum Sternenhimmel, der über mir funkelte, und suchte einen Orientierungspunkt zu finden. Als ich endlich wusste, in welche Richtung ich musste, fing ich wieder an zu rennen, behielt aber nun meine Umgebung besser im Auge.

Wenn ich an die mordgierige Horde dachte, geriet ich in Panik, die mir die Kehle zuschnürte. In meiner Eile übersah ich den Hundeschwanz, der aus einer Nische herauslugte. Ich trat darauf, und das Tier flog mir jaulend vor die Füße. Ich stolperte und fiel lang auf die Erde. Der Hund verschwand in der Dunkelheit. Ich versuchte, mich aufzurichten, und vermochte nur mit Hilfe des Stockes, auf die Füße zu kommen. Nun kam ich nur noch humpelnd voran. Jeder Schritt bereitete mir höllische Schmerzen. Vielleicht würde es mir doch noch gelingen, rechtzeitig nach Hause zu kommen, schließlich wussten die Männer nicht, wo ich wohnte. Nach einiger Zeit gelang es mir, meine Geschwindigkeit zu erhöhen, indem ich hinkend den Stock mit zwei Händen festhielt, um mich bei jedem Schritt abzustützen.

Der Weg, den ich jetzt genommen hatte, erwies sich als richtig, aber er war lang. Die ersten grauen Vorboten des beginnenden Tages waren schon im Osten zu sehen. Als kurze Zeit später die lang gezogenen Rufe des Muezzins über die Dächer klangen, roch ich schon den Brandgeruch, und es erstaunte mich nicht, dass mein Haus nicht mehr stand, dass nur ein Haufen Schutt von ihm geblieben war.

Ich spürte meinen Knöchel nicht mehr, ein viel größerer Schmerz überdeckte alles. Ich durchsuchte die Trümmer und fand die sterblichen Überreste von Sophia und dicht bei ihr die Leichen meiner Töchter. Sie waren nicht verbrannt, aber ihre Schädel waren zertrümmert, als hätte ein starker Mann sie an den Füßen gepackt und gegen die Mauer geschleudert.

Der Springbrunnen im Innenhof war zertrümmert, und unter den verkohlten Stümpfen der Platanen lag ein Haufen Asche, in dem ich halb verkohlte Pergamentblätter und Papyrusschnipsel liegen sah: die Überreste von Sleimans Bibliothek. Hier hatte man einen Scheiterhaufen entfacht, der das ganze Haus in Brand gesetzt hatte.

Ich ließ mich auf den Boden fallen, denn meine Beine versagten den Dienst. Ich wollte nicht mehr leben.

Lange habe ich dort nicht gelegen, jemand tippte mir auf die Schulter. Meine Trauer schlug plötzlich in Wut um, und ich blickte hoch, bereit, mit dem Stein, auf dem meine Hand lag, zuzuschlagen. Ein Junge in einem weißen Burnus stand neben mir und sah mich ernst an. »Ihr müsst hier schnell weg, *Ifrandi,* sie suchen Euch«, sagte er und erklärte mir dann: »Ich bin Ranis Bruder.«

Ich blickte mich um und sah zwei gesattelte Meharis.

»Als ich mit den Tieren kam, waren sie schon da. Alles stand in Flammen«, berichtete der Junge. »Ich habe in der Gasse gewartet, bis sie weg waren, und anschließend nachgesehen, ob noch jemand am Leben war. Dann habe ich auf Euch gewartet.«

Ich sah zu der Stelle, an der die sterblichen Überreste meiner Familie lagen, und wendete den Blick sofort wieder ab. »Wir müssen sie begraben«, sagte ich, aber ich wusste, dass ich dazu nicht mehr in der Lage war.

»Rani und ihr Mann werden sie begraben, das habe ich mit ihnen schon besprochen«, sagte der Junge. »Wir müssen schnell weg, es wird Tag.«

Er zog mich hoch. Ich stand unwillig auf und ließ mich auf ein Mehari hieven. Der Junge, Jamal, bestieg sein Dromedar und trabte voraus. Ab und zu blieb er stehen und lauschte gespannt in die Stille der Stadt. Ich ließ mich führen, betäubt wie ich war. Wir kamen schnell voran, und bald erreichten wir die Gegend des Stadttores. Ich machte mir klar, dass wir in der Nähe der Schmiede waren, und plötzlich fühlte ich mich wacher. »Warte!«, rief ich mit gedämpfter Stimme Jamal zu. »Ich habe hier noch etwas zu erledigen.«

Er machte eine verzweifelte Gebärde, widersprach mir aber nicht. Vorsichtig näherten wir uns der Werkstatt, aber alles schien ruhig. Ich stieg ab und hinkte zur großen Tür, die die Werkstatt von den Wohnräumen abschloss. Ich trug noch immer den Schlüssel bei mir und öffnete leise das Schloss, das ich vor kurzem noch geölt hatte. Gleich darauf stand ich vor Djounaadifs Bett, ein Strahl des ersten Tageslichts fiel durch das Fenster auf sein Gesicht. Er lag dort mit weit aufgerissenen Augen, schien mich jedoch nicht zu sehen. Seine Stirn war voller Schweiß, und sein Gesicht mit roten Flecken bedeckt. Am Kopfende des Bettes stand mein Ulfberth. Ich nahm das Schwert und überlegte einen Moment, ob ich den Eunuchen töten sollte. Dann hinkte ich aus dem Raum und kletterte auf das Mehari.

»Wohin reiten wir?«, fragte ich Jamal.

»Nach Aleppo«, sagte er.

Kurz darauf passierten wir die schlaftrunkenen Wächter am östlichen Tor. Vor uns warfen die Sanddünen der Wüste lange Schatten in der Morgensonne, die gerade über den Horizont kam. Mein Kopf war leer wie die Wüste. Ich sah mich nicht um.

Bodo kam herein mit einer Öllampe in der Hand. Er blickte fragend auf das Manuskript unter meinen bebenden Händen. »Junge, bring mir einen Krug Wein!«, sagte ich.

»Es ist früh am Morgen«, sagte er verwundert. »Ist dies die rechte Zeit, um zu trinken?«

»Trinken ist an keine Zeit gebunden«, sagte ich. Er nickte und verließ die Kammer.

Ich sah in die Flamme der fast heruntergebrannten Kerze und dachte an Sophia und meine Töchter, die schon so lange tot waren. Unzählige Frauen haben seitdem mein Bett geteilt, aber Kinder wollte ich nie wieder haben.

Leider lässt sich so etwas nicht erzwingen. Und der Anblick dieser kleinen Körper auf dem Schutthaufen ist mir unvergesslich geblieben.

»Hast du heute was zu tun, Junge?«, fragte ich Bodo, als er mit dem Krug zurückkam.
»Das Übliche«, sagte er.
»Sag allen, dass ich krank bin und gepflegt werden muss! Komm dann mit noch so einem Krug wieder, dann werden wir uns betrinken – und ich erzähle dir Geschichten aus *Tausendundeiner Nacht*, denn es ist, als sei in meinem Geist ein Stein weggerollt worden.«

33. Kapitel

In dem Trunksucht und Vergessen Hroswiths ständige Begleiter werden. Über Darmbewegungen nach langer Kerkerhaft. Man hält ihn trotz seiner guten Tischsitten für einen Affen

Beirut, Tripolis und Antiochia sind Orte, in denen ich auf der Reise nach Aleppo mit Sicherheit gewesen bin, aber ich erinnere mich an nichts Konkretes mehr. Mein Weg führte von Weinschenke zu Weinschenke. In einer dieser zumeist von Juden oder Christen frequentierten Schenken erklärte mir Jamal, dass er allein weiterreite, denn man erwarte ihn schon seit Monaten in Aleppo.
»Möge Allah dir beistehen, Rosbiet *Ifrandi*«, sagte er und schüttelte den Kopf. »Ich kann nicht bei dir bleiben, denn es geziemt sich nicht für einen Gläubigen, sich in stinkenden Trinkhöhlen herumzutreiben, in denen Zügellosigkeit und Unzucht den Menschen auf den Rang eines Schweines herabsinken lassen. Im Übrigen würde, wenn ich bei dir bliebe, die Reise nach Aleppo den Großteil meiner Jugend aufzehren, es scheint ja jede Meile eine Weinschenke zu geben.«
»Der Weg ist lang und staubig«, gab ich zu bedenken, »und was für die eine Religion eine Sünde ist, ist für die andere eine Tugend. Zum Glück wohnen viele Christen und Juden entlang dieses Wegs.«
Jamal umarmte mich, denn wir waren trotz allem gute Freunde geworden.
»*Inschallah,* treffen wir uns wieder, Rosbiet.«
Ich band mein Reittier fest und sah Ranis Bruder nach, der hoch auf seinem Mehari in der Ferne wegschaukelte. Als er verschwunden war, ging ich wieder in die Schenke.

Von diesem Moment an zeigt mein Gedächtnis, das immer mein Stolz war, Lücken. Ich habe keine Ahnung mehr, ob ich tatsächlich weitergereist bin oder ob das alles nur in meiner Einbildung stattfand. Ich hatte genug Gold- und Silberstücke in meinem Beutel, um mich für Monate zu betrinken. Meine seltenen nüchternen Phasen dauerten meist nur einen Atemzug. Ich verkehrte in der Gesellschaft fröhlicher Mittrinker, die ich mit meinem Durst angesteckt hatte, sodass ich mich verpflichtet fühlte, alle mit Alkohol zu versorgen. Überall, wohin ich kam, gab es willige Frauen, und der Alkohol machte mich keineswegs schwach: Ich war unersättlich. Keine Nacht verging, in der ich nicht mit zitternden Händen Frauenbrüste streichelte. Meine Finger strichen über die Hüften von Huren, Hausfrauen, Witwen und Sklavinnen; vielleicht suchte ich auch nur die eine Frau, die es nicht mehr gab. Es schien so, als ob ich alle Tränen, über die ich verfügte, im Schoß von Frauen vergoss, die meinen Weg kreuzten.

In Aleppo bin ich gewesen, aber man frage mich nicht, wie es dort aussieht. Ich habe nur vage Erinnerungen an eine stürmische rauschhafte Nacht, die nicht enden wollte.

In Tarsos ging schließlich mein Geld zur Neige. Ich erwachte in einer Weinschenke, in der ich auf einer Holzbank geschlafen hatte. Es war lange nach Mitternacht, und der Besitzer zog mich an den Schultern, denn er wollte mich zur Tür schleppen, um mich rauszuschmeißen.

»Das ist doch gar nicht nötig, guter Mann«, sagte ich. »Schenk mir von deinem besten Wein ein, und zwar schnell! Ich fühle mich klarer, als ich mich seit Wochen gefühlt habe.«

»Hast du noch Geld, um den Wein zu bezahlen?«, fragte der Rüpel, ein bärtiger Armenier. Ich tastete nach meinem Geldbeutel. Mein Schreck war so groß wie das Entsetzen eines Sklaven, der aus einer Betäubung erwachend feststellt, dass man ihn zum Eunuchen gemacht hat.

Ich riss mich zusammen und fragte: »Wie viel gibst du mir für mein Mehari? Ich habe mich entschlossen, es zu verkaufen.«

»Das hast du gestern schon gemacht«, sagte der Mann. »Es ist nun mein Mehari. Wenn du kein Geld hast, sieh zu, dass du verschwindest, oder ich lasse meine Hunde auf dich los!«

Ich stand auf und fühlte ein schweres Gewicht in meinem Kopf. Dort begann es zu hämmern, als hätte mein Herz in der Nacht den Schädel erklommen.

»Ich will das Schwert haben«, sagte der Armenier, als ich gerade hinausgehen wollte. »Ich gebe dir zwei Krüge Wein dafür.«

Oft macht einen die Wut blitzschnell gesund. Ich sprang auf und setzte dem Wirt die Spitze meines Ulfberth an die Kehle. »Los, komm, bring mir die Krüge, dann kriegst du mein Schwert. Du kannst wählen, wohin. In die Kehle, ins Herz oder in den Arsch, du brauchst es nur zu sagen.«

»Bei näherer Betrachtung, Herr, möchte ich die zwei Krüge, die ich sofort holen werde, als weitere Teilzahlung für dein Mehari ansehen.«

Meine Wut legte sich so schnell, wie sie in mir aufgestiegen war.

»Hauptsache, es ist dein bester Wein.«

Vor sich hin murmelnd, lief der Mann zum Raum, in dem er den Wein verwahrte.

Als ich allein in der Schankstube war, wurde plötzlich an die Tür geklopft. Vielleicht waren das noch ein paar späte oder besser frühe Saufbrüder. Ich hatte gern Gesellschaft, wenn ich trank. Ich schob den schweren Riegel zurück, und einige große dunkle Gestalten stürmten in den Schankraum.

»Ihr habt es aber eilig, wohl lange in der Wüste umhergezogen?«, fragte ich.

Vier Soldaten klopften den Sand von den Kleidern und schauten sich um. Ihr Anführer wandte sich an mich: »Bist du der Besitzer, Christ? Wir haben Durst.«

»Und ob ich der Besitzer bin!«, sagte ich. »Ihr könnt umsonst Wein trinken, so viel ihr wollt, wenn ihr meinem Sklaven eine ordentliche Tracht Prügel verabreicht. Es handelt sich um diesen fetten Armenier, der gerade hereinkommt. Es ist schon spät, und ich bin zu müde, es selbst zu tun.«

Ich nahm dem Armenier noch die Kanne ab und sah zu, wie die Soldaten ihm zusetzten. Als das Blut aus seinem Bart troff, gebot ich ihnen Einhalt. »Ihr solltet ihn nicht tot- oder zum Krüppel schlagen, denn dann habe ich nichts mehr von ihm. Und du, unverschämter Nichtsnutz, hol Wein für diese tapferen Krieger!« Ich gab dem Armenier einen Tritt in sein Hinterteil, und diesmal waren seine Bewegungen in Richtung Vorratskammer schon deutlich schneller.

Von den Soldaten goss jeder eine Kanne hinter die Binde, dann lachten sie laut. »Das wird noch ein teurer Spaß!«, sagte einer. »Wir könnten zu viert den Tigris leer trinken, wenn Wein statt Wasser zwischen seinen Ufern flösse.«

»Und wenn im Euphrat Wein flösse, würde ich ihn in einem Zug leer trinken«, bekräftigte ich. »Trinkt, was ihr wollt! Es spielt keine Rolle. Ich trinke mit euch.«

Sie lachten über meine Angeberei, und wir beschlossen, einen Wettstreit zu veranstalten. Ich trank meine Kanne in einem Zug leer und ließ fünf neue Kannen kommen. Der Armenier stolperte hin und her. Als die Frau des Hauses kam, um zu sehen, was los war, und begriff, dass ihr Mann überhaupt kein Geld bekam, fuhr sie ihn an. Er aber schlug auf sie ein, und sie flüchtete nach hinten.

Die Soldaten machten derbe Späße und gaben mir eine neue Kanne in die Hand. Und dann kam der Moment, in dem alles verschwamm.

Ich wurde wach, und es war ganz dunkel. Ich hatte schwere Kopfschmerzen. Meine Hände waren gefesselt. Mein Kopf steckte in einem schmutzigen Jutesack, der mir das Atmen erschwerte. Ich begriff, dass der Sack nach meinem eigenen Erbrochenen stank, und ich versuchte verzweifelt, mich zu befreien, aber das gelang mir nicht. Ich hörte überhaupt kein Geräusch. Nach einiger Zeit ergab ich mich in mein Schicksal und wartete ab, was passieren würde. Ich schlief sogar wieder ein.

Ein Tritt in die Seite weckte mich. Ein Soldat, wie ich gleich sehen sollte, keiner der Besucher der Weinschenke, band meine Hände los und befreite danach meinen Kopf. Er reichte mir eine Schüssel mit irgendeinem Brei. Ich hatte keinen Hunger und schob die Schüssel weg.

»Iss dies lieber, denn hier gibt's wenig zu beißen«, sagte er auf Arabisch. Er war alt und lahmte. Ein langer Schnurrbart hing schlaff von seinen Mundwinkeln herab.

»Wie heißt du?«, fragte er.

»Hroswith, ich bin ein Untertan des sächsischen Kaisers.«

Er schrieb etwas auf ein Stück Papyrus und verbarg es in seinen Kleidern. Ich sah mich um und suchte mein Schwert. Es war natürlich nicht da.

»Wo bin ich, wem habe ich das zu verdanken?«, fragte ich.

Er lachte gleichgültig. »Das ist kein Geheimnis. Wir sind hier etwa fünfzig Meilen nördlich von Tarsos. Du bist angeworben worden.«

Tarsos, der Geburtsort von Paulus.

»Angeworben worden? Von wem? Wofür?«

»Du wirst im Kampf gegen die Byzantiner zum Einsatz kommen«, antwortete er. »Großer Ruhm wird dir zuteil werden, und wenn du kein ungläubiger Hund wärst, würden sich die Tore des Paradieses für dich öffnen. Aber es ist nie zu spät, um sich zu bekehren.« Er warf mir ein falsches Grinsen zu und verließ den Verschlag.

Erst zwei Tage später kam er wieder mit einer Schüssel Brei zurück. Diesmal fiel ich förmlich darüber her, denn die erste Schüssel hatten die Ratten leer gefressen. Das fensterlose Loch, in dem ich saß, verfügte über einen Trog an der Außenseite, in den man ab und zu einen Eimer Wasser kippte. Durch ein Rohr in der Mauer lief es in meine Zelle, sodass ich Trinkwasser hatte. Wasser war es allerdings nicht, wonach ich dürstete.

»Wann muss ich denn in den Krieg ziehen?«, fragte ich den Soldaten.

Er zuckte mit den Achseln. »Die anderen Angeworbenen hat man bereits in den Kampf geschickt. Aber unser Befehlshaber scheint mit dir besondere Pläne zu haben. Ich würde mir durchaus Sorgen machen.« Er blinzelte mir zu und verschwand wieder.

In den vierzig Tagen danach kam er von Zeit zu Zeit vorbei. Ich aß alle paar Tage eine Schüssel wässrigen Breis, und bald schlackerte die Haut wie ein zu weites Gewand um meinen Körper. Ich merkte, dass ich allerdings geistig immer klarer wurde. Mir war, als sei ich aus einem langen Albtraum erwacht, und endlich gab ich mich der Trauer hin, die ich so lange weggetrunken hatte. Als am vierzigsten Tag zwei große Soldaten erschienen, um mich zu holen, hatte ich Frieden gefunden und mich in dem feuchten Keller schon fast zu Hause gefühlt.

Ich erinnerte mich, dass ich früher ein Teufelskind genannt worden war und dass ich mich selbst sogar für den Antichrist gehalten hatte, und immer wieder fragte ich mich, warum ich das in den vergangenen Jahren alles vergessen hatte. Ich musste wohl doch ein Abgesandter des Fürsten der Finsternis sein. Ich verlangte nicht mehr nach Menschen, nach Freiheit oder nach frischer Luft.

Derselbe schmutzige Sack wurde wieder über meinen Kopf gestülpt, und die Soldaten schleppten mich nach draußen. Die Sonne blendete mich sogar durch die Maschen des Jutegewebes, und ich hörte Männerstimmen um mich.

Eine Stimme, kräftiger und mit mehr Autorität als die anderen, erweckte meine Aufmerksamkeit. Ich wurde nach vorn durchgereicht, und die Stimme wurde deutlicher. Jemand zog den Sack von meinem Kopf, und ich blinzelte ins grelle Licht. Ich stand mitten in einem Heerlager.

Und bei der Stimme hatte ich mich nicht geirrt: Abu al-Fath al-Iskandari saß auf einem einfachen Schemel unter einem Baldachin und grinste mich an, wobei sich seine Mundwinkel nach oben bogen wie die Spitzen seiner bestickten *babouches.* Er winkte mich ungeduldig heran. Zögernd trat ich nach vorn, obwohl ich eigentlich keine Wahl hatte, denn zwei bärtige Schwertträger aus seinem Gefolge hielten mich in einem eisernen Griff zwischen sich geklemmt. Ich murmelte schwach eine Begrüßung, und er rieb sich vergnügt die Hände.

»Gesegnet sei der Tag, an dem ich meinen Bruder wiedersehen darf, abgemagerter denn je, aber noch voller Leben in seinem vorwitzigen Augenaufschlag«, sagte Abu al-Fath al-Iskandari, und er bedeutete den Bärtigen, meine Fesseln zu lösen.

Ich sah mich um, und während ich meine brennenden Handgelenke rieb, staunte ich darüber, dass man mir so wenig Aufmerksamkeit zuteil werden ließ. Ich hatte geglaubt, eine Menschenmenge würde mich umringen, die sich summend unterhielt, aber bei näherem Hinsehen merkte ich, dass das Geräusch von einem breiten, schnell fließenden Bach direkt hinter dem Baldachin kam. Eine hölzerne Brücke überspannte das klare Wasser.

»Du siehst auch nicht schlecht aus, mein Bruder und ehemaliger Herr. Es freut mich, dich in so guter Stimmung anzutreffen«, sagte ich. »Du hast Karriere gemacht, wie ich sehe.«

Er lachte. »In Kriegszeiten weiß man ein wahres Talent immer zu schätzen, und dann werden alte Missverständnisse ausgeräumt.«

Ich wollte nicht lange um den heißen Brei herumreden. »Was die Prinzessin betrifft …«

»Die Prinzessin«, sagte er scharf. »Tz … Ich denke nicht mehr an sie, sie hat ihre Wahl getroffen. Hättest du es mir erzählt, ich hätte euch meinen Segen gegeben, aber weil du sie entführt hast, hast du meine Ehre verletzt.« Er schüttelte traurig den Kopf.

»Ach, Bruder«, sagte ich und konnte der Richtigkeit seiner Worte nur zustimmen, »obwohl mir dein Großmut bekannt war, wählte ich doch die Sicherheit, denn ich fürchtete, dass du die Frau für deinen Harem bestimmt hattest. Ihre Schönheit hat mich betäubt, und ich konnte nicht anders, als sie entführen.« Ein kalter Wind strich durch die Löcher in meinen einst so schönen Kleidern, die nun in grauen, stinkenden Fetzen an meinem Körper hingen.

Abu al-Fath al-Iskandari zog an seinem Spitzbart und schüttelte dann den Kopf. »Immer wieder sind es die Frauen, die, obwohl sie schwache Wesen zu sein scheinen, uns Männer ins Chaos stürzen, allein durch ihre Anwesenheit und ihren süßen Duft. Dies alles ist mir nur allzu sehr bekannt, beklagenswerter Bruder. Und bleibt mir denn jetzt eine andere Wahl, als meine Ehre, die mir über alles geht, wiederherzustellen? Ich habe schon vor langer Zeit deinen Steckbrief verbreiten lassen, und jedermann weiß, dass ich dich bestrafen muss.«

Ich stimmte dem wortreich zu und antwortete, dass er in der Tat nicht anders handeln könne, wolle er die ihm von Gott verliehene Autorität über seine Männer nicht verlieren.
»Mir ist noch nicht klar, wie ich dich töten werde, diese Entscheidung darf nicht leichtfertig getroffen werden«, sagte er und kaute dabei auf seinem Bart.
»Du sprichst da ein wahres Wort«, brachte ich zwischen meinen klappernden Zähnen hervor. »Bei der Strafbemessung muss man mit aller Gründlichkeit die spitzfindigsten Überlegungen anstellen, damit die Geschichte sich herumspricht und zielgerichtet Bösewichte abschreckt, die etwas Übles vorhaben.«
»Sehr richtig!«, sagte Abu al-Fath al-Iskandari erfreut. »Ich freue mich, dass du diese Meinung mit mir teilst.«
Ich blickte zu den stirnrunzelnden Wächtern, die mich einrahmten, und wandte mich wieder Abu al-Fath al-Iskandari zu: »Ich würde hierüber gern mit dir in einen Gedankenaustausch treten, aber das Denken fällt mir schwer in diesen schmutzigen Lumpen und mit einem Magen, der schon monatelang feste Nahrung hat entbehren müssen.«
Mein Frösteln war ihm nicht entgangen. Abu al-Fath al-Iskandari unterhielt sich kurze Zeit mit einem Berater. Dann gab er einige Aufträge, während ich einem meiner Bewacher ein zu langes Barthaar ausriss, um zu sehen, ob ich ihn aus seiner statuenhaften Haltung bringen könnte. Er grinste mich nur an, als freue er sich schon auf das Schauspiel, das ihm mein Martertod bieten würde.
Auf Abu al-Fath al-Iskandaris Befehl führten mich die Wächter zu einem Zelt, in dem zwei bildschöne Sklavinnen und ein warmes Bad bereitstanden. Die beiden kratzten und schrubbten mir den Dreck von Monaten von meinem Körper ab. Es müssen byzantinische Mädchen gewesen sein, denn als ich auf Griechisch fragte, ob sie zu mir ins Bad kämen, lachten sie und blickten ängstlich zur Zeltöffnung. Sie gingen nicht auf meinen Vorschlag ein, aber mit ihren Schwämmchen wussten sie meinem geschundenen Körper unerwartete Resultate zu entlocken.

Danach trockneten sie mich mit einem weichen Tuch ab und hängten mir ein langes, locker herabhängendes Gewand über die Schultern, das mir bis zu den Füßen reichte.
Ich begann, mich ein wenig besser zu fühlen. Würde ich mir auch noch den Bauch voll schlagen können? Die eine Sklavin goss etwas von einer angenehm riechenden Flüssigkeit über mich, und die andere drückte mich in einen Sessel, um mich von meinem überschüssigen Haar zu befreien.
Abu al-Fath al-Iskandari trat in das Zelt. Er betrachtete mich und nickte beifällig. »Du siehst schon etwas besser aus, Bruder«, sagte er. »Komm mit mir, dann lasse ich dir deine Henkersmahlzeit servieren.«
»Da sage ich nicht nein!«, erwiderte ich erfreut, sann dabei aber auf eine Möglichkeit zur Flucht. Wir verließen das Zelt, und schon tauchten die beiden Wächter hinter uns auf. Ich prägte mir die Umgebung ein, und mein Blick fiel auf die kleine Brücke. Sie war der einzige Ort, wo sich niemand aufhielt. Wenn ich ins Wasser gelangen könnte … Ich wandte mich Abu al-Fath al-Iskandari zu und fragte ihn, ob es nicht möglich sei, das Mahl auf der Brücke zu genießen.
»Sicher geht das«, sagte er. »Darf ich den Grund für diesen Wunsch erfahren?«
»In meiner Heimat ist es üblich, die Henkersmahlzeit auf einer Brücke einzunehmen«, sagte ich und fügte, weil ich seinen Respekt vor den Sitten anderer Länder kannte, noch einigen Unsinn über das Leben hinzu, das dahinströmt wie das Wasser unter der Brücke. Tränen der Rührung traten ihm in die Augen, und er dankte Allah, dass es ihm vergönnt sei, die Henkersmahlzeit seines Bruders zu teilen.

Abu al-Fath al-Iskandari ließ sich vorsichtig auf ein Brokatkissen nieder und deutete auf eine ebensolche Sitzgelegenheit für mich, die ihm gegenüber lag. Inzwischen schlang mir einer der Wächter eine Kette um meinen Knöchel und machte diese am Brückenge-

länder fest. Und schon musste ich einsehen, dass mein Fluchtweg verschlossen war. Ich nahm mein Kissen weg und reichte es nach hinten. »Ich bin nicht würdig genug, dieselbe Position einzunehmen wie du; lass mich gleichsam als Vorschuss auf meine Buße auf dem blanken Holz Platz nehmen«, erklärte ich.
»Wie du willst, einstiger Bruder.« Er wies auf die ungleichen Planken, die nicht direkt aneinander anschlossen, sondern breite Spalten offen ließen, durch die ich das Wasser fließen sah. Ich schürzte mein Gewand und ließ mich mit dem bloßen Hintern über einer der Spalten nieder, die wegen eines Astlochs noch größer war als die anderen. Ich spürte, wie der Wind um mein Arschloch strich. Splitter drückten sich tief in meine Hinterbacken, aber das kümmerte mich nicht. Ich konnte meine Augen nicht von den Gerichten auf der Decke vor mir abwenden: dampfende Schalen mit hoch aufgehäuften Graupen, Geflügel, Kalbshirn, Lamm- und Ziegenkeulen, in Honig eingelegten Früchten, frischen Datteln und dazu Pokale mit verschiedenen Sorten Bier und Wein. Und *qataa!*
Abu al-Fath al-Iskandari schenkte uns ein, und wortlos tranken wir einander zu. Ich musste husten und merkte, wie mir der Wein sofort zu Kopf stieg. Die beiden Wächter waren ein Stück abseits geblieben, nur wir zwei saßen auf der Mitte der Brücke.
»Du weißt, was gut schmeckt, einstiger Bruder, selbst wenn dein Glaube es verbietet«, sagte ich.
»Ein weiser Gesandter sagte einmal als Antwort auf eine Zurechtweisung durch seinen Kalifen: ›Wenn du bei den Byzantinern bist, benimm dich wie ein Byzantiner‹«, erklärte Abu al-Fath al-Iskandari ruhig und biss in ein Schwalbenleberpastetchen.
»Wie passend in diese Umgebung«, sagte ich. »Aber wo sind die Byzantiner eigentlich geblieben?« Ich steckte mir eine Dattel in den Mund, die so süß schmeckte, dass mir fast die Zunge wehtat, die sich nur noch an den Geschmack von Grütze erinnern konnte.
»Sie sind geflüchtet, sofern wir sie nicht über die Klinge haben springen lassen.«

»Und wo sind unsere früheren Kumpane Ahmad, Hosseyn und der hoch geschätzte Azzaman al-Hammadani?«

»Ahmad ist gegen denselben Feind zu Felde gezogen wie ich, aber er kämpft woanders. Ich habe ihn schon zwei Jahre nicht mehr gesehen. Hosseyn ist hier bei mir, wie du sicher schmecken wirst. Er bestand darauf, deine Henkersmahlzeit zuzubereiten. Aber er will nicht mit dir reden. Mein Neffe schließlich ist am Hof in Bagdad. Er ist derjenige, der die Beschuldigungen entkräftete, die man gegen mich erhoben hat. Ich sollte dreißig Tage im Harem des Kalifen als Frau verkleidet verweilt haben!« Er schwieg kurz und sah in die Ferne. Dann fuhr er fort: »Niemals würde ich Frauenkleider tragen. Die Frauen hielten mich versteckt, und in all den dreißig Tagen war ich nackt wie ein Neugeborenes. In der Zwischenzeit machte Badi Azzaman al-Hammadani Furore mit einem Gedichtzyklus, der meine Person zum Thema hatte. Vor sechs Monaten war er noch hier, um mich zu besuchen.«

Einen Augenblick lang sah Abu al-Fath al-Iskandari sehr finster drein, und es sollte viele Jahre dauern, bis ich den Grund dafür erfuhr.

Ich versuchte, die Umgebung zu erkunden. Am linken Flussufer verlief ein Pfad, der zu einer kleinen Ansiedlung aus niedrigen weißen, in der Sonne glänzenden Häusern führte, vielleicht eine halbe Stunde zu Fuß von hier entfernt. Das andere Ufer wies nur Felsen auf und flachen Bewuchs, aus dem sich hier und da eine regungslose Zypresse erhob.

Abu al-Fath al-Iskandari nahm einen Spieß, an dem drei gebratene Wachteln steckten, und ließ mich eine herunternehmen. Selbst gönnte er sich auch eine, und während er an dem Vogel nagte, ließ er seinen Gedanken freien Lauf. »Ich schaue diesen Spieß an und erwäge die Möglichkeit, dich auf einem Pfahl aufzuspießen. Wie findest du das?«

»Pfählen, ich weiß nicht. Ein bisschen abgedroschen vielleicht, aber effektiv ist es schon!«, sagte ich. Ich legte meinen Vogel in eine kleine Schale mit scharfer Pfeffersoße und ließ ihn einen Augenblick darin liegen. Eile hatte ich nicht, obwohl der Hunger in mir wütete. Ich sah meine Wachtel an und sagte dann: »Du könntest mich auch bei lebendigem Leibe häuten und anschließend mit scharfem Pfeffer einreiben, wäre das nicht eine gute Idee?«

»Ganz bestimmt. Lass mich mal darüber nachdenken!«

Inzwischen nahm ich einen Bissen von meiner kleinen Wachtel. Bis dahin hatte ich nur die Dattel gegessen, während Abu al-Fath al-Iskandari längst zulangte. Ich füllte etwas Graupen in eine kleine Schüssel und aß eine Hand voll, wobei ich dafür Sorge trug, dass ich wenigstens hundertfünfzigmal kaute. Danach nahm ich eine kleine Schale Pflaumen und verzehrte fünf von ihnen in derselben Art und Weise, ganz langsam, obwohl sich alles in mir danach sehnte, die Nahrung schnell in mich hineinzuschlingen. Ich nahm eine Gänsekeule, die vor Fett troff, und begann, sie langsam abzunagen.

Abu al-Fath al-Iskandari schenkte noch etwas von dem funkelnden Wein nach, und wir tranken auf den goldenen Einfall, der noch kommen sollte. Ich sah mich nach den Wächtern um, die vor dem Aufgang zur Brücke saßen. Der eine schliff gerade sein Schwert, der andere prüfte die Schärfe seines Dolches an den Haaren auf seinem Unterarm.

»Was macht man eigentlich in solch einem Fall in deinem Land, einstiger Bruder?«, fragte Abu al-Fath al-Iskandari. Er war immer bereit, etwas von anderen Völkern zu lernen.

»Es sind Bauern, es mangelt ihnen an Phantasie. Sie hängen dich auf oder enthaupten dich. Auch Verbrennen ist nicht unüblich.«

Er schüttelte den Kopf über so viel Mangel an Einfallsreichtum und schnitt sich ein großes Stück von einer Lammkeule herunter. »Wie findest du einen Käfig voller Ratten, die eine Woche nichts gefressen haben? Ich würde dich dort nackt hineinwerfen, und sie würden innerhalb eines Wimpernschlags über dich herfallen.«

Ich schüttelte den Kopf. »Du sagst es ja selbst: ›innerhalb eines Wimpernschlags‹. Das geht alles viel zu schnell. Nein, dann kannst du mich besser mit Honig einschmieren und in der Nähe eines Ameisenhügels eingraben. Das dauert Tage.« Ich nahm noch eine

Dattel und kaute langsam auf ihr herum. Er sah mich an und fragte mich, ob ich mich auch gut fühle. Ich äße so langsam, ob ich denn gesund sei? »Ich möchte nicht, dass du stirbst, ohne gesättigt zu sein an Speis und Trank«, sagte er und runzelte die Stirn.

»Beunruhige dich nicht! Ich esse nur so langsam, weil ich es genießen will. Wenn ich satt bin, werde ich es sagen, dann kannst du die Strafe vollziehen«, sagte ich. Mein Magen, so wenig Nahrung er auch gewohnt war, war noch lange nicht gefüllt. Es grummelte in meinen Gedärmen, und ich fragte mich, ob sie nach der langen Zeit unter der Erde wohl noch ihre Arbeit verrichten konnten.

Abu al-Fath al-Iskandari wirkte vom Trinken erhitzt, und er schenkte sich weiter ein. Auch beim Wein ließ ich es langsam angehen. Und doch geriet ich allmählich in den Bann dieser Mahlzeit, die außergewöhnlich wohlschmeckend war. Lange Zeit schwiegen wir und waren mit Probieren und Kauen beschäftigt.

»Eine Löwengrube?«, fragte Abu al-Fath al-Iskandari plötzlich und reichte mir eine Hühnerkeule herüber.

Ich schüttelte den Kopf. »Als Strafe nicht sonderlich beeindruckend. Und es ist sofort vorbei, vor allem, wenn die Löwen ein bisschen Hunger haben. Nein, ich komme gerade aus einem einsamen, dunklen Keller, in dem ich vierzig Tage gesessen habe. Du musst dir schon etwas ganz besonders Schreckliches ausdenken, wenn du mir Angst machen willst.« Ich nahm einen kleinen Bissen von einem fetten Huhn, das mit Pistazien, Honig und Mandeln gefüllt und mit einer Prise Moschus gewürzt war.

Abu al-Fath al-Iskandari blickte mich kurz an, ohne etwas zu sagen, und fragte dann: »Wie schmecken die *qataa?*«

»Gut, ein bisschen fade vielleicht ... Du musst Hosseyn doch mal fragen, ob er mir das Rezept gibt.«

Abu al-Fath al-Iskandari lachte. »Was flößt dir die meiste Angst ein?«, fragte er auf einmal.

»Nichts mehr, nach meinem Aufenthalt im Kerker«, sagte ich. »Das Schlimmste habe ich hinter mir, unter der Erde eingeschlossen zu sein in einem tiefen dunklen Loch. Danach erscheint mir alles leicht und erträglich.«

Er sah mich traurig an. »Ach, Bruder, warum musste alles so weit kommen? Ich will dich wirklich nicht bestrafen, aber ich kann nicht anders.« Auf einmal brach er in Tränen aus. Diese Wirkung hatte der Alkohol durchaus öfter auf ihn. Aber nach einer Weile riss er sich zusammen. »Ich bin zu einem Entschluss gekommen, Bruder. Ich werde dich wieder in ein Loch werfen, in einen Brunnen, der tiefer und dunkler ist als jeder andere wo auch immer auf der Welt. Glaub nicht, dass mir das Spaß macht!«

Ich schluckte meinen Bissen *qataa* hinunter, verzog vor Abscheu das Gesicht und begann, wie wild meine Haare zu raufen. »Wieder unter die Erde! Oh, welch ein Gräuel! Verflucht sei die Unheilsnacht, in der mein Vater meine Mutter beschlief!« Ich presste mir Tränen über die Wangen, und sie tropften auf mein *qataa* und gaben dieser, so merkte ich beim zweiten Bissen, genau die fehlende Nuance Salz. Ich biss noch einmal in das unwiderstehliche Gericht und hatte nun den Mund so voll, dass ich meine Jeremiade unterbrechen musste. In meinen Gedärmen begann es nun wirklich zu rumoren. Ich ließ etwas Luft entweichen, was wegen meiner Position nicht zu hören war, aber den nichts ahnenden Fischen unter der Brücke wie ein Trompetenstoß erschienen sein muss.

Abu al-Fath al-Iskandari liefen ebenfalls die Tränen in den Schnurrbart, und er sagte: »Bis auf weiteres gewähre ich dir Aufschub, aber nur bis du satt bist oder von der Tafel aufstehst, einstiger Bruder. Sei beruhigt, ein Gast an meinem Tisch ist mir heilig, solange die Mahlzeit währt.«

»Ich weiß«, konnte ich hervorbringen, und im selben Augenblick biss ich schon wieder in mein *qataa* und stopfte mit der Hand, die ich noch frei hatte, ein paar Pflaumen hinterher. Wieder schwiegen wir lange, und ich sah, wie die Sonne sich zum Horizont neigte. Kleine Fledermäuse schwirrten geräuschlos um uns herum. Ich begann, vom Sitzen steif zu werden, aber ich wollte nicht aufstehen, denn das hätte mein Schicksal besiegelt.

Plötzlich hörte ich hinter mir Fußstapfen. Ich blickte mich um.
»Mein Ratgeber, der gelehrte Jihad«, sagte Abu al-Fath al-Iskandari.
Der Mann trat näher. Er trug einen schwarzen Mantel mit Kapuze, aus dem sein grauer Bart einem Büschel Unkraut aus einer Felsspalte gleich heraushing.
»Wolltest du etwas fragen, Jihad?«, sagte Abu al-Fath al-Iskandari ungeduldig.
»Wisst Ihr sicher, dass Euer verehrter Gast der menschlichen Rasse angehört, edler Herr?«, fragte der alte Mann mit einer Verbeugung.
»Soweit ich weiß, ist dies tatsächlich der Fall, Ratgeber. Warum stellst du mir so merkwürdige Fragen?«
»Als ich gerade zu Euch beiden herübersah, fiel mir auf, dass Euer verehrter Gast einen Affenschwanz hat, der zwischen den Brettern unter der Brücke herabhängt.«
»Einen Affenschwanz?«, fragte Abu al-Fath al-Iskandari verwundert. Er stand auf und beugte sich tief über das Brückengeländer, um zu sehen, was davon stimmte. »Tatsächlich, ein Affenschwanz, aber ohne Haare!«, sagte er. »Und er ist so lang, dass er fast das Wasser berührt.« Er blickte mich stirnrunzelnd an, besah sich dann wieder den Schwanz und stieß einen Ruf des Staunens aus, in den die Männer am Ufer sofort einstimmten. »Er bricht, der Schwanz bricht ab! Da treibt er!« Die Rufe gingen in Gelächter über.
»Das Öl ist daran schuld«, sagte Abu al-Fath al-Iskandari und nahm wieder Platz auf seinem Kissen. »Na los, iss! Iss!« Diese Aufforderung war an mich gerichtet, aber ich konnte nicht mehr und sackte vor Übelkeit auf den rauen Brettern zusammen. In meinem Kopf drehte sich alles, und ich fühlte mich sterbenselend. Starke Arme hoben mich hoch und legten mich in ein Netz, in dem sie mich in einen tiefen Brunnen hinunterließen. Eine ganze Weile spürte ich, wie das Seil ruckweise gelockert wurde.
Ich muss eingeschlafen sein, denn ich spürte erst wieder etwas, als ich durch einen letzten Ruck an dem Seil aus dem Netz fiel und auf

dem feuchten Boden des Brunnens landete. Ich sah überhaupt nichts, und auch über mir blieb vom Tageslicht nichts mehr übrig als ein kleiner Funke, der schon bald erlosch. Mir war nicht klar, ob man einen Stein auf die Öffnung gelegt hatte oder ob die Nacht von der Welt dort oben Besitz ergriffen hatte, aber ich fiel in einen tiefen Schlaf und böse Träume spukten in meinem Kopf herum.

34. Kapitel

In dem Hroswith im Dunkeln tappt, obwohl ihm die Umgebung vertraut sein müsste

Zu viele Kapitel meines Lebens beginnen oder enden in einem Kerkerloch. Auch wenn es meiner List gelungen war, dass ich in diesen Brunnen geworfen wurde, der einzige Gewinn war doch, dass ich noch lebte. Denn mein einstiger Freund und Bruder konnte seine Meinung ändern und immer noch meinen ausgemergelten Körper hochziehen lassen, weil seine Männer auch ein Recht auf ein bisschen Spaß hatten.

Zum ersten Mal begann ich, mir ernsthaft Sorgen zu machen. Ich fühlte, wie die Einsamkeit an mir nagte wie eine Ratte … Nein, hätte etwas wie eine Ratte an mir genagt, dann hätte ich mich weniger einsam gefühlt.

Ich schlief, erwachte und fing an, mir den Kopf zu zermartern. Ich tastete die Wände, Nischen und Unebenheiten des Mauerwerks ab, auf der Suche nach Geheimgängen und etwaigen Werkzeugen zum Graben. Die Röhre war unten breiter als oben. Der unebene Boden senkte sich seitwärts und stand nur zu einem Fünftel unter Wasser. Aus einer Wand sickerte ununterbrochen ein Rinnsal, aber der Pegel stieg nicht, denn das Wasser entwich durch die Spalten im Felsboden. Sklaven mussten jahrelang an diesem Brunnen gearbeitet haben, und nun war er, vielleicht schon seit Jahrhunderten, unbrauchbar.

Ich dachte an den Brunnen, den ich im Sankt-Veit-Stift in Eltnon gegraben hatte, und an Adela.

Erneut schlief ich ein und erwachte wieder; ich verlor das Gefühl für Tag und Nacht, denn im ständigen Dunkel sind Schlaf- und Wachphasen kein Maßstab mehr für die Zeit. Ab und zu kam ein Laib Brot nach unten.

Ich fragte mich, wie es mit dem Krieg stand und ob die Byzantiner jemals das Gebiet zurückerobern und die Araber verjagen würden. Wenn das der Fall sein sollte, konnte ich dann auf ihre Freundschaft rechnen oder würde das nur wieder neue Versklavung bedeuten?
Um nicht verrückt zu werden, sagte ich die Bibel auswendig auf. Anschließend rief ich mir, soweit möglich, die Bücher, die ich seitdem gelesen hatte, ins Gedächtnis. Ich schuf mir meinen eigenen Tag und meine eigene Nacht; vielleicht wechselten diese Perioden sich zehnmal am Tag ab, vielleicht nur einmal alle zwei Tage, ich wusste es nicht. Aber ich hatte vielleicht zwanzigmal gewacht und geschlafen, als etwas diesen Trott unterbrach: Ich hörte ein schiebendes Geräusch über meinem Kopf, und unmittelbar darauf blendete mich ein Lichtstrahl. Ich versuchte hinzusehen, aber das Licht erlosch und der Brunnen schloss sich wieder.
In dem Moment traf mich etwas voll ins Gesicht. Meine Nase blutete, und ich verlor fast das Bewusstsein, aber der Geruch eines gebratenen Hühnchens hielt mich wach, und ich tastete um mich herum, um das Fleisch zu finden. Dabei entdeckte ich auch einen Laib Brot. Ich biss in das Fleisch, *qataa!* Auf einmal war alles anders; ich hatte einen Freund, und er war in der Nähe.
Dieses *qataa* genoss ich mehr als jedes andere Gericht jemals in meinem Leben. Wieder geschah lange Zeit nichts, aber als die Abdeckung zum zweiten Mal weggeschoben wurde, rollte ich mich, aus Erfahrung klug, in eine Nische und wartete, bis ich den Aufprall einer neuen Gabe hörte. Es knallte zweimal laut hintereinander, und ich pries mich glücklich, dass ich Unterschlupf gesucht hatte. Dieses Mal fand ich einen Beutel Honigkuchen und einen dicken Teppich in der Größe eines Bettes. Ich legte den Teppich in eine Ecke, wo ich bequem schlafen konnte. Liegend verspeiste ich die Honigkuchen, einen nach dem anderen. Vielleicht hätte ich mir etwas aufsparen sollen, aber ich konnte nicht anders und schlang alles hinunter.
Unmittelbar darauf wurde mir ganz sonderbar zumute. Ich sah zu meinem Erstaunen, wie die Finsternis um mich herum sich in ein

dunkles Rot verfärbte und dann in einen Fächer von Regenbogenfarben ausfaserte. Ich merkte, wie ich ganz schwer wurde, und fiel in einen tiefen Schlaf, der mit wunderlichen Träumen erfüllt war. Fritherik stand wieder in der Schmiede und hämmerte, und ich lief nach draußen über die schneebedeckte Lichtung, auf der die Schmiede stand. Der zugefrorene Fluss spiegelte die Wolkenschiffe, die am blauen Himmel vorbeizogen. Ich hörte ein leises Knurren aus den Sträuchern, die sich unter ihrer weißen Last bogen, und blickte mich um. Von allen Seiten schlichen weiße Wölfe heran. Zuerst waren sie nur durch ihre Schatten zu erkennen, dann schlossen sie mich langsam ein, weiße Schemen mit gelben Augen; wie blutfarbene Blüten öffneten sich ihre Mäuler und entblößten Zunge und Zahnfleisch. Ich hatte keine Zeit, Angst zu haben, denn Fritherik war schon da mit seiner Axt und Frijonde mit einem glühenden Schürhaken, um die Wölfe zu verscheuchen oder totzuschlagen.
Und schon war ich mit Abu al-Fath al-Iskandari bei den Rus, und ich sah die Mauern und Türme von Konstantinopel an mir vorüberziehen, ich lief durch die engen Gassen von Damaskus, wo alle entweder abwechselnd eine Schulter im Rhythmus eines Kamels im Passgang hochzogen oder auf den Zehen nach oben wippten, als würden sie an den Haaren hochgezogen.
Schließlich erwachte ich, und mir wurde klar, dass mein Wohltäter Haschisch in die Kuchen eingebacken hatte, um mir in meiner Dunkelheit Vergessenheit zu schenken.
Ich zermarterte mir den Kopf, wer mir diese Gaben geschickt haben könnte, aber ich kam nicht dahinter. Wahrscheinlich war es ein Feind von Abu al-Fath al-Iskandari, der sich alsbald offenbaren, mich befreien und zum Verbündeten im Kampf um die Macht machen würde. Ich musste mich verweigern; ich konnte nicht noch einmal Verrat üben, auch wenn unsere Freundschaft zu Ende war. Oder war der Unbekannte Hosseyn, der sich in Gewissensnot befand? Er hatte mich nicht sehen wollen, vielleicht weil er doch noch freundschaftliche Gefühle für mich empfand und es nicht ertragen

konnte, dass ich eingesperrt wurde. Ich verwarf diese Möglichkeit; Hosseyn und Gewissensnot, das waren zwei Paar Schuhe.

Inzwischen verging die Zeit, und ich hatte nur meinen Bartwuchs, um sie zu messen. Immer mal wieder regnete es Nahrung herab. Ich lernte mich zu beherrschen, weil der Nachschub nicht regelmäßig kam. Meine Tage bestanden zunehmend aus einem festen Ablauf. Ich wurde wach und wusch mich im flachen Wasser. Dann aß ich, wobei ich darauf achtete, dass etwas Hunger übrig blieb. Ich erledigte mein Geschäft in einer Ecke, die ich mit einigen herumliegenden Steinen abgeschirmt hatte; danach machte ich Leibesübungen. Wenn ich dann müde war, setzte ich mich hin und deklamierte ein Buch. Ich gab mir selbst so wenig Zeit wie möglich zum Nachdenken, denn das hätte nur zu leicht zum Wahnsinn führen können.

Es verstrich viel Zeit, und als mein Bart eine Länge von anderthalb Handbreiten erreicht hatte, geschah wieder etwas Berichtenswertes. Abermals fielen Honigkuchen herab, aber die Abdeckung wurde nicht gleich über den Brunnen geschoben, weshalb ich in meiner Nische blieb. Lange hörte ich nichts, und erst als die Abdeckung zugeschoben wurde, kam ich heraus. Ich tastete nach den Kuchen, und meine Hand stieß auf einen Krug. Am Griff war ein Seil, an dem das Gefäß heruntergelassen worden war, und in dem Moment, da ich den Krug nahm, fielen die letzten Ellen des Seils herunter. Für einen Fluchtversuch war es freilich zu dünn.

Ich brach das Siegel des Kruges auf, setzte ihn an meinen Mund und schmeckte den besten griechischen Wein, den man sich vorstellen konnte, auch wenn meine Aussage, den Umständen entsprechend, kaum objektiv sein dürfte. Mein Wohltäter gönnte mir ein kleines Fest. Ich aß einen Honigkuchen und beschloss, heute nicht zu geizen. Einer nach dem anderen verschwand in meinem Bauch, vom Wein hinuntergespült. Vielleicht saß ich an diesem Tage schon ein oder zwei Jahre unter der Erde, vielleicht hatte jemand Geburtstag oder man feierte das Fest eines Gottes. Ich trank zum Wohl aller Götter, deren Namen ich kannte. Die Kuchen waren wieder voll Haschisch und machten mich genauso glücklich wie beim ersten

Mal. Hätte ich jeden Tag solche Gaben erhalten, war es dort unten gut auszuhalten gewesen. Wieder fiel ich nach einiger Zeit in Schlaf, und die eigenartigsten Träume spukten mir durch den Kopf.

Beim Erwachen bemerkte ich etwas, das seltsamer war als irgendein Traum. Ich reckte mich und wollte aufstehen, um mich zu waschen, als ich auf einmal ein Geräusch vernahm. Ich spitzte die Ohren und hörte ein leises, rasches Atmen. Hier war ein Mensch oder ein Tier! Ich bekam eine Gänsehaut auf dem ganzen Körper, und während eines Herzschlags stellte ich mir tausendundeine Frage.

Dann rief ich laut, um meine Angst zu übertönen: »Wer ist da?«

Sofort erklang ein Angstschrei, der in Jammern überging. Es klang wie ein Kind oder ein junges Mädchen. Ich tastete mich in Richtung der Laute voran und berührte den warmen Körper eines Menschen. Das Jammern hörte auf, und ich fühlte Schultern und lange Haare. Ich hörte ein Keuchen wie von jemandem, der vor Angst fast erstickt, und gab beruhigende Laute von mir. Ich betastete das Gesicht (zum Glück kein Bart) und versuchte, mir die Gesichtszüge des weiblichen Wesens vorzustellen. Meine Hand glitt hinunter, und ich fühlte kräftige runde Brüste unter einem Gewand, das hauchdünn war wie Spinnweben. Und obwohl ich inzwischen wusste, dass es sich um eine junge Frau handelte, tastete ich weiter, bis ich ihren ganzen Körper untersucht hatte. Man konnte nie wissen, ob der Unterleib nicht der einer Schlange war oder ein Fischkörper. Schließlich war ich noch immer in Kleinasien.

Das angstvolle Keuchen hörte nicht auf, und ich versuchte, ein Gespräch zu beginnen. Ich sprach Arabisch und dann Latein. Auch mit Griechisch kam ich nicht weiter. Ich versuchte es sogar in meiner eigenen Sprache, erhielt aber keine andere Reaktion als Jammern, Weinen und Keuchen.

Schließlich schlang ich meine Arme um die junge Frau und sang ihr ein Schlaflied in meiner Muttersprache, um sie zu beruhigen. Das half, denn nach einer kleinen Weile wurde sie ruhig, und auf einmal fragte sie etwas in einem eigenartig singenden, die Höhe schnell wechselnden Tonfall und in einer Sprache, die ich noch nie gehört hatte.

Ich fragte mich, ob sie überhaupt ein Mensch war oder ob ich vielleicht doch von einer Abgesandten der Mächte der Finsternis heimgesucht wurde. Gleichzeitig stellte ich mir die Frage, ob ich darüber froh sein sollte. Vielleicht bedeutete das ja, dass ich bald erlöst werden würde?

Ich muss auch zugeben, dass ich gleich bei meinen ersten Annäherungsversuchen an die Möglichkeiten dachte, die eine solche Anwesenheit mir für die Ausübung meiner Lieblingssünde bot. Ich begriff, dass mein Wohltäter mir außer Alkohol und Haschisch ein neues Geschenk übersandt hatte, eines, das ich dankbar annahm. Das Einzige, was mich einen Augenblick lang ärgerte, war, dass ich geschlafen hatte, als die Frau heruntergelassen wurde, denn dieses Seil wäre wahrscheinlich für die Flucht zu gebrauchen gewesen.

Aber wenn mich derjenige, dem ich dies alles zu verdanken hatte, wirklich frei haben wollte, würde er mir schon die Hilfsmittel besorgen, die dazu nötig waren. Wahrscheinlich handelte es sich um jemanden, der mich noch einmal zu gebrauchen gedachte und mich daher bis auf weiteres in Reserve behielt.

Das Mädchen, wie konnte es anders sein, wurde meine Geliebte. Als sie erst einmal ihre Angst verloren hatte, zitterte sie vor Lust. Sie musste noch jung sein, aber in der Liebe kannte sie sich aus wie eine gelernte Kurtisane. Ich erfuhr durch sie Freuden, die ich bis zu diesem Zeitpunkt für unmöglich gehalten hatte.

Aber genug davon, Bodo! Ich will es dir nicht schwerer machen, als du es ohnedies schon hast.

Das Essen kam jetzt öfter. Mein Leben bestand nur noch aus lauter Liebe, Haschisch, Essen und Schlafen. Oft versuchten wir, miteinander zu reden, aber wir fanden keinen Anknüpfungspunkt, und ich lernte nie mehr als zehn Wörter ihrer Sprache. Wahrscheinlich konnte sie selbst nicht mehr, und ich hörte nur die Kehllaute einer Stummen. Bald redete ich nur noch, um die tödliche Stille zu durchbrechen, natürlich nur zu Zeiten, da der Brunnen nicht von unserem Stöhnen und Ächzen, von unseren ekstatischen Schreien widerhallte.

Nun spreche ich schon wieder davon, Bodo! Ach, vergib einem alten Mann seine Erinnerungen, vor allem, wenn sie seine längst gestorbenen Lüste betreffen!
Ob ich sie liebte, fragst du? Ich weiß es nicht. Für mich war sie nur ein Körper. Ein Körper, der sanft und weich war, aber ich kannte nicht einmal ihren Namen. Ich nannte sie Tzwongtzo, nach den ersten Lauten, die ich von ihr hörte. Es kann genauso gut »tu mir nichts« bedeutet haben oder auch gar nichts. Ich konnte, wie schon gesagt, nicht mit ihr reden. Wie sie aussah, habe ich nie erfahren. Ich vermisste sie, als sie nicht mehr da war, aber ich kam auch schnell darüber hinweg. Lass mich schnell fortfahren!

Eines Nachts – dass es Nacht war, sollte ich bald erfahren – fielen ein paar Steine in den Brunnen, und unmittelbar darauf begann das Wasser, das an den Mauern heruntergetröpfelt war, heftiger zu strömen. Ich hörte, wie sich das Murmeln in ein Prasseln verwandelte, und als ich in die Mitte des Brunnens ging, kam es schon eimerweise herunter. Ich rief nach dem Mädchen und nahm sie in meine Arme, um sie zu beschützen. In wenigen Augenblicken verwandelte sich der Gussregen in eine wahre Sturzflut. Ich stand schon bis zu den Knien im Wasser, als Tzwongtzo sich schreiend und in Panik von mir losriss. Die Geschwindigkeit, mit der das Wasser herabstürzte, nahm zu. Ich suchte, auf dem Boden herumkriechend, nach dem Mädchen, aber ihre Angstrufe hörten auf oder wurden von dem dröhnenden Wasser übertönt. Ich stand schon bis zum Hals im Wasser, und einen Augenblick später musste ich schwimmen. Ich fragte mich, ob sie auch schwimmen konnte, und tastete wild um mich herum. Ich tauchte ein paarmal auf den Grund, aber das Wasser stieg so schnell, dass ich meine Versuche aufgab. Ich ruderte mit den Armen, um an der Oberfläche zu bleiben, und stieß mir einige Male den Kopf an. Plötzlich sah ich die Sterne und den vollen Mond. Sofort darauf wurde ich nicht mehr senkrecht nach oben gedrückt, sondern vom reißenden Bach waagerecht mitgerissen. Ich versuchte zu schwimmen und hoffte, nicht an einem Felsen zerschmettert zu werden. Ich wollte ans Ufer, aber möglichst nicht im Heerlager landen, also ließ ich mich eine Zeit lang treiben.

Es war immer noch Nacht, als ich aus dem Bach kletterte und erschöpft liegen blieb. Ich drehte mich auf den Rücken und sah zum Mond, der für mich, der ich so lange an die Dunkelheit gewöhnt war, fast zu grell schien. Die Nacht war hell wie der Tag, und ich fürchtete mich vor der Morgendämmerung, die mich sicher blind machen würde.

Ich ruhte mich etwas aus und suchte mir ein Felsenloch, in dem ich mich verstecken konnte. Ich streckte mich aus und schlief, bis der Morgen anbrach. Den ganzen Tag ruhte ich mich aus und versuchte, meine Augen an das Licht zu gewöhnen. Früh am Abend, es war noch nicht dunkel, fing ich an, in westliche Richtung zu laufen. Wenn ich wirklich fünfzig Meilen nördlich von Tarsos war, dann musste ich innerhalb kurzer Zeit das Meer erreichen können. Ich ließ meine Augen herumschweifen, immer noch in der Hoffnung, das Mädchen Tzwongtzo zu finden, aber es war zu befürchten, dass sie schon ertrunken war, bevor ich aus dem Brunnen herausgeschwemmt wurde. Dabei hätte ich sie nicht einmal erkannt, wenn ich ihr begegnet wäre.

Die Freiheit verlieh mir Flügel. Ich hoffte, dass ich dieses verrückte Land schnell verlassen konnte. Die Gegend war eben und mit niedrigen, kargen Sträuchern bedeckt. Im Norden sah man ausgedehnte Bergzüge. Dunkle Regenwolken hingen regungslos an ihren entfernten Spitzen, aber hier war der Himmel wolkenlos, und die Wärme des Tages lag noch über der Ebene. Ich lief, bis es dunkel wurde und ich erschöpft war, und dann lief ich noch weiter, bis ich nicht mehr konnte. Ich ließ mich ins Gras sinken und schlief ein paar Stunden.

Noch vor dem Morgengrauen setzte ich meinen Weg fort, aber meine Kräfte schwanden. Ich hatte auch lange nichts mehr gegessen. Als der Tag anbrach, lief ich weiter, meine Augen gewöhnten sich schneller an die Sonne, als ich erwartet hatte.
Jetzt ging es bergauf. Ich musste klettern und landete auf einem grasbewachsenen Plateau, einer Hochfläche mit einem einsamen kegelförmigen Felsen. Dort musste es Schatten geben, in dem ich mich ausruhen konnte. Vielleicht gelang es mir, ein kleines Tier zu fangen, wenn ich auch kein großes Zutrauen in meine Schnelligkeit hatte. Ich sah weiße Vögel um den Felsen kreisen. Möwen! Ich machte längere Schritte. Näher gekommen, sah ich, dass ich nicht der Einzige war, der hier Zuflucht gesucht hatte. Ein Hirtenjunge hockte dort im Schatten. In seiner Nähe grasten Schafe, mehr als drei waren es nicht.
Es wäre mir lieber gewesen, nicht bemerkt zu werden, aber jetzt hatte ich keine Wahl. Der Junge erschrak fürchterlich, lachte dann aber auf, als ich ihm deutlich machte, dass ich Hunger hatte. Aus einem Ranzen nahm er einen Laib Brot und ein Stück Ziegenkäse.
»Es ist schon ein paar Tage alt, aber durchaus noch genießbar«, sagte er in einem halb verschluckten, aber doch verständlichen Griechisch. Ich aß, und er melkte ein Schaf für mich. Auf meine Frage, wo das Meer sei, zeigte er nach Westen. Ich war also richtig.
»Ist es noch weit?«, fragte ich.
Er lachte. »Geh um den Felsen herum, dann siehst du es! *Thalassa!*«
Ich ging zehn Schritte und sah einen Weg, der zu einem breiten Strand herunterführte. Auf dem Strand lagen Fischerboote, ein paar Fischer arbeiteten dort. Aber meine Aufmerksamkeit wurde von einem Heerlager angezogen, das eine Meile von den Booten entfernt war. Von oben hatte ich eine gute Übersicht. Ich erkannte die Fahnen, die Zelte, ich erkannte das Sonnenzelt wieder und konnte mir denken, wer dort das Kommando führte.
Ich ging zurück zu dem Jungen.
»Wann fahren die Fischer aus?«, fragte ich ihn.
»Etwa um Mitternacht.«

»Ich will mit ihnen mitfahren, wie schaffe ich das?«
Er ging mit mir zu dem Aussichtspunkt. »Wenn du wartest, bis der Abend anbricht, dann komme ich mit. Einer der Fischer ist mein Onkel.«
»Wohnt ihr in der Nähe?«
»Nein, wir sind Zyprioten. Wir waren schon Wochen auf dem Meer, als der Sturm losbrach. Das war vorgestern. Eines der Boote erlitt Schiffbruch. Die Schafe hatten wir als Vorrat mit. Das Boot ist fertig, heute Abend fahren wir zurück nach Hause.«
Er zeigte auf die Schafe. »Du kannst mir gleich beim Schlachten von dem großen da helfen. Das ist unser Essen für die nächsten Tage.«
»Gern«, sagte ich. »Ich will arbeiten, um meine Überfahrt zu bezahlen. Zypern ist genau der Ort, wo ich hin will.«

An diesem Abend half ich beim Braten und aß eine ganze Menge. Die Fischer waren gastfreundlich, und es war keine Rede davon, dass ich unterwegs arbeiten müsse.
»Ich bin in keiner guten Verfassung«, sagte ich. »Ich würde gern etwas für meine Muskeln tun.«
»Du siehst tatsächlich recht blass aus unter deinem Bart«, sagte der Fischer, der die kleine Flotte anführte.
»Ich bin krank gewesen.«
»Nikos«, sagte der Fischer zu seinem Neffen, »die anderen Schafe brauchen nicht eingeladen zu werden, wir haben sie heute Nachmittag an den Koch des Lagers dort verkauft. Da kommt er gerade.«
Ich blickte auf und sah einen Reiter, der am Strand herangaloppierte. Die Hufe ließen die Brandung hoch aufspritzen. Im letzten Licht sah ich einen kahlen Schädel glänzen. Hosseyn sprang vom Pferd und stand groß und bedrohlich am Lagerfeuer.
Ich drehte den Spieß ruhig weiter, aber mein Herz klopfte mir bis zum Hals. Hosseyn sprach mit einem Fischer und band dann die Schafe zusammen. Er bezahlte und grüßte kurz. Dann ritt er zurück zum Lager, die Tiere an einem Strick an seiner Seite. Er hatte mich nicht erkannt.

»Zeit zum Aufbruch«, sagte der Fischer. Wir schoben die Boote in tieferes Wasser und kletterten an Bord. Ich setzte mich an einen Riemen und begann zu rudern.

»Lass mich mal!«, sagte Nikos' Onkel lachend. »Du schickst uns in die falsche Richtung.«

Ich blickte zur Küste zurück, die ich niemals mehr wiedersehen wollte. In der Ferne sah ich die kleinen Feuer des Heerlagers. Noch ganz in unserer Nähe ritt Hosseyn mit den Schafen. Er schaute uns nach und hatte die Hand zum Abschiedsgruß gehoben. Und dann rief er auf einmal, ich konnte ihn gerade noch verstehen: »Lebe wohl, Bruder, und mögest du hundert Jahre leben!«

Ich weinte, denn ich wusste, dass ich ihn niemals mehr wiedersehen würde. Und ich weinte über alles, was ich in diesem Land zurückließ.

35. Kapitel

Aus dem deutlich wird, dass das Vergessen nicht immer ein willkommenes Geschenk ist. Hroswith stellt etwas über seine andalusische Zeit richtig

Heute fällt das Buch *Jona* meinem Schabmesser zum Opfer; nur noch wenige Propheten trennen mich noch von den Evangelien. Das bedeutet, dass mir nicht mehr viel Platz bleibt, um meine Lebensgeschichte aufzuzeichnen. Aber vielleicht reicht es gerade aus, wenn ich nicht zu sehr auf Details eingehe.

Der folgende Abschnitt meines Lebens ist eigenartigerweise fast aus meinem Gedächtnis entschwunden, diesmal nicht wegen des Alkohols – es war eine meiner nüchternsten Perioden –, sondern aus anderen Gründen.

Lasst mich kurz meine Abenteuer berichten, nachdem ich die Feuer an der kleinasiatischen Küste immer kleiner werden sah, bis sie ganz verschwunden waren.

Als ein günstiger Wind aufkam, wurden die Riemen eingeholt und die Segel gehisst, und wir nahmen Kurs auf Zypern. Ich blieb vier Monate auf dieser Insel, arbeitete dort in den Häfen und musterte dann auf einem sizilianischen Schiff an, das sich auf der Rückreise befand. Wir gerieten in einen über Tage andauernden Sturm, und als der Himmel aufklarte, waren wir nicht mehr weit von den Säulen des Herkules entfernt. Die Marine des Kalifats fing unser Schiff ab und brachte die Mannschaft nach Cordoba, wo die Bewohner der Stadt uns gastfreundlich aufnahmen. Die Sizilianer durften nach Hause, ich blieb.

Schmieden wollte ich nicht mehr. Auf Zypern war ich wieder zu Kräften gekommen, und meine Haut war wettergebräunt. Ich gab mich als Araber aus und phantasierte mir eine eindrucksvolle Kriegsvergangenheit zusammen. Es kostete mich wenig Mühe, eine Beschäftigung bei der Palastwache zu bekommen. Innerhalb weniger Jahre vermochte ich mich bis zum Hauptmann hochzudienen, jedenfalls übersetze ich so den Rang eines *waliyy*, den höchsten Rang der Garnison.

Und hier beginnt das Problem. Als ich etwa vierzig war, schrieb ich einen Bericht über meine Jahre in diesem Land. Er hieß *De Moribus Maurorum*, und ich schickte ihn an den damaligen Papst, Silvester II., als Kostprobe der Bücher, die er mich zu schreiben gebeten hatte. Er interessierte sich für die arabischen und andalusischen Wissenschaften und wollte die Kontakte zwischen der christlichen Welt und den Anhängern Mohammeds verbessern.

Jeder, der dieses Buch lesen will, um zu erfahren, was ich in Cordoba erlebt habe, möge nach Rom reisen, denn es befindet sich in der Bibliothek der Kurie, obwohl es auch sein kann, dass Kaiser Heinrich es nach Bamberg hat bringen lassen. Im Übrigen hat der Erzbischof von Köln auch eine Abschrift bekommen. Ich rate dir, Bodo, seinen Nachfolger zu fragen, ob du es lesen darfst, denn du scheinst ja Interesse an meiner Lebensgeschichte zu haben.

In den Jahren, die der Abfassung des Buches folgten, merkte ich, dass die beschriebene Episode fast völlig aus meinem Gedächtnis verschwunden war. Die Erinnerungen, die ich tatsächlich noch an meinen Aufenthalt in den Landen der Mauren habe, kommen mir wie Fälschungen vor, wie Erfahrungen eines anderen. Indem ich sie aufschrieb, habe ich sie mir entfremdet. Das ist einer der Gründe, weshalb ich dies alles aufschreibe. Ich will nicht, dass alles, was ich war, verloren geht, wenn ich bald meinen letzten Atemzug aushauche. Wenn ich sterbe, wird mein Kopf leer sein.

Aber um auf meinen Aufenthalt im Kalifat von Cordoba zurückzukommen, so detailliert ich auch in meinem Buch *De Moribus Maurorum* gewesen bin, ich habe nicht beschrieben, wie ich einem Dieb in der Nacht gleich flüchten musste. Das soll hier geschehen, es passierte im sechsten Jahr meines Aufenthalts.

Ich stand auf einem der Stadttore und blickte auf den Ort. Es regnete schon Tage hintereinander, und ich konnte kaum die weißen Häuser mit ihren Patios unterscheiden. In den wärmeren Monaten standen die kleinen Plätze voller Blumen, und jedermann hielt sich im Freien auf. Nun verbargen sich die Menschen drinnen, die Fensterläden waren geschlossen, und wenn es noch ein paar Tage so weiterging, würde der Fluss über die Ufer treten. Direkt unter mir, in dem Garten, der den Palast umgab, erhob sich Lärm. Ich nahm eine Fackel aus ihrem Halter und hielt sie hoch. Ich sah zwei Gestalten, die zwischen den Zypressen herumgingen, und rief: »Heda, wer seid ihr?«

»Gute Leute, Rosbiet!«, erklang die Stimme von Ali, dem Sohn des Kalifen. Er stapfte nach vorne, sodass das Licht der Fackel sein trauriges Gesicht beschien. Sein Buckel überwölbte seinen Kopf so stark, dass es wirkte, als trage er ein Vordach mit sich, das ihn gegen den Regen schützte. Seine Beine und Arme schienen sich an den falschen Stellen zu befinden. Er winkte mir mit seinen langen Armen zu und ging dann in Richtung Palast, ein Mädchen an der Hand. Es war eine der Huren, die ihm alle paar Tage gebracht wurden. Ihre Brustwarzen und ihr kleiner Busen zeichneten sich scharf in dem dünnen nassen Kleid ab. Sogar im unzureichenden Licht der Fackeln war ihre Schönheit überwältigend.

Ich stieg die Steintreppe zur Stadtmauer hinunter und ging zu dem Wächter an dieser Seite des Tores. Der Mann hatte den Auftrag, den Weg im Auge zu behalten, aber es war nichts zu sehen, nur die schwarze Nacht. Das konnte aber nicht heißen, dass er nicht Ausschau zu halten hatte. Ich ging leise zu der Nische, in der er stand, und stellte fest, dass er im Stehen schlief, wobei er sich an der Wand anlehnte. Er hatte einen großen Schnurrbart mit hochgezwirbelten Spitzen. Ich holte eine kleine Schere aus meiner Tasche, schnitt die rechte Spitze des Schnurrbarts ab und warf sie auf die Erde. Dann stapfte ich zurück in den Regen und ging leise weiter. Nach etwa zehn Schritten wendete ich mich um und stapfte laut zurück. Als ich dem Wächter wieder gegenüberstand, war er hellwach und stand in Habtachtachtstellung.

»Sehr gut, Soldat«, sagte ich zufrieden. »Hast du noch jemanden in der letzten Stunde gesehen? Ist irgendetwas passiert?«
»Nein, Hauptmann, alles ist ruhig«, sagte das Mondkalb.
Ich zeigte auf seinen Schnurrbart. »Und was ist mit dir los?«
»Was meint Ihr?« Er befühlte seinen Schnurrbart und stieß einen Schrei aus. »Mein Schnurrbart wurde gestohlen!«
»Ein unsichtbarer Feind hat sich dir nähern und deinen Schnurrbart stehlen können«, sagte ich. »Oder der Feind war zu sehen, und du hast einfach nicht aufgepasst.«
Der Mann stammelte etwas und nahm wieder seine Habtachthaltung an, die durch den Schrecken erschlafft war. In diesem Moment erhob sich unten Lärm. Jemand pochte an das Tor. Ich ging auf den Wehrgang und spähte vorsichtig hinunter. Man konnte nie wissen, ob nicht ein Bogenschütze auf der Lauer lag, um dir einen Pfeil ins Auge zu schießen.
Unten stand eine kleine Karawane: an der Spitze ein mageres Pferd von der Sorte, die normalerweise Bauernkarren zieht, mit einem Reiter. Armselig und durchgeregnet wie er war, sah der Mann aus, als habe er eine lange Reise hinter sich. Etwas entfernt stand ein schwerer Wagen mit einer Plane, die in Fetzen herunterhing. Als hätten sie noch nicht genug zu ziehen, trugen die beiden erschöpften Pferde vor dem Wagen auch noch schwere Lasten auf ihrem Rücken. Der Wagen war voller halb verhüllter Gegenstände, die an allen Seiten aus den Löchern durch die Plane herausragten. Ein Kutscher saß zusammengesunken auf dem Bock; derjenige, der an das Tor gepocht hatte, war ein Sklave, offenbar ein *gnaoui* aus Nordafrika. Er trug eine verdreckte Dschellaba.
»Was sucht Ihr hier, Fremdlinge?«, rief ich den Gestalten zu. Statt ihrer antwortete der Sklave: »Wir, das sind mein Freund Yussuf, ein ehrbarer Geschichtenerzähler, und Abderrahman, Jongleur und Illusionist, Herr. Sie wollen diese Stadt mit bislang ungehörten Geschichten und Vorstellungen bekannt machen, welche die Leute vor Staunen verstummen lassen und ihr Leben in einer Weise bereichern, die allen Vorstellungen von irdischem Reichtum über-

trifft. Außerdem ist da mein Onkel Abdelwahid, ein begnadeter Heilkundiger, der gekommen ist, um die Leidenden dieser Stadt von ihren Qualen zu erlösen.«
»Das ist sehr schön, aber warum spricht der Sklave und der Herr schweigt?«, rief ich hinunter.
Der Schwarze richtete sich zu voller Größe auf. »Seht Ihr etwa einen Sklavenring, Herr? Ich bin Mounain Ibn Gazali, Sprecher dieser Gesellschaft, und außerdem verwalte ich die Kasse und bin der Koch, denn meine Kompagnons legen Wert auf gutes Essen.«
»Wo kommt ihr her?«
»Wir sind vor Monaten aus Katalonien aufgebrochen. Unterwegs traten wir in den Dörfern auf. Anfangs hatten wir vier Wagen, aber drei hat die Überschwemmung verschlungen. Wir haben Freunde und Kameraden zu betrauern und bitten Euch, uns Obdach zu geben, bevor der Guadalquivir die ganze Ebene unter Wasser setzt.«
Er hatte Recht. Auf der einen Seite drohten die Schwarzen Berge, jetzt in der Nacht nicht zu sehen, auf der anderen Seite das flache Land auf der jenseitigen Flussseite, in das sich der Strom bald ergießen würde.
Ich wandte mich an den Soldaten, der neben mir stand. »Lass sie herein! Jemand soll den Wagen durchsuchen. Außerdem will ich wissen, wo die Leute wohnen, setz darauf auch einen Mann an! Erstatte mir sofort Bericht! Ich gehe jetzt auf mein Zimmer.«
Das Tor öffnete sich mit lautem Ächzen und Quietschen. Das vordere Pferd setzte sich in Bewegung. Der schwarze Mann sprang auf den Bock neben den Kutscher und griff nach der Peitsche, die in einem Halter steckte. »*Hayaa!*«, rief er und ließ die Peitsche knallen. Der Wagen ratterte über die Steine und verschwand unter dem Tor. Der Kutscher hatte sich die ganze Zeit nicht bewegt. Er sah merkwürdig aus. Plötzlich überfiel mich Angst, ich ging zur anderen Torseite und rief dem Soldaten, der die Fremden begleitete, zu: »Kontrolliere den Kutscher! Jetzt sofort.« Ich bemerkte, dass der Mann mit einem Seil festgebunden war, das unter den Armen

durchgezogen war. Ich dachte an Damaskus: Er konnte schließlich an einer ansteckenden Krankheit gestorben sein.
Der Soldat ging zu dem Wagen und gab dem Kutscher einen Stoß. Dieser kippte um, blieb in den Seilen hängen und begann, verwirrt etwas zu stammeln, was ich als Katalanisch zu erkennen meinte.
»Total besoffen!«, rief der Soldat mir zu.
Ich gab ein Zeichen, dass sie weiterfahren sollten, und begab mich in die Offiziersbehausung. Mein Kollege Nasr saß mit einem Krug Wein auf einem Schemel am Durchgang, sein Schatten zuckte auf dem Boden vor der ruhelosen Flamme einer Wandfackel. Ich setzte mich neben ihn, und er reichte mir den Krug. Wir saßen unter einem kleinen Vordach, von dem der Regen derart herunterprasselte, dass das Wasser auf unsere Stiefel spritzte. Mir war das egal, ich war sowieso durchnässt. Nasr merkte es nicht, er war zu betrunken, um nass und trocken zu unterscheiden, außer wenn es um Wein ging.
Ich hatte kein Interesse mehr daran, im Wein Vergessen zu finden. Wenn ich trank, dann nur um meinen Durst zu löschen – und dazu brauchte ich nicht viel. Ich hatte mich in den Jahren in Cordoba völlig meiner militärischen Existenz verschrieben, einer Existenz, die aus Disziplin und Hingabe bestand und die keinen Raum für Gedanken ließ. Ich erfüllte meine Pflicht gegenüber dem Kalifen. Wenn mein Dienst vorbei war, fiel ich in einen traumlosen Schlaf. Seit Damaskus hatte ich nichts mehr gelesen. Ich hatte mich so sehr in meine Rolle eingelebt, dass ich mich an kein früheres Leben mehr erinnerte. Meine Jugend war in unerreichbare Tiefen entschwunden; ich wollte es nicht anders.
Ich trank ein paar Schlucke und gab den Krug zurück, aber Nasr schien mich nicht zu sehen. Ich stellte das Gefäß auf den Boden und stand auf. Ein Soldat kam gelaufen, es war der Mann mit dem halben Schnurrbart.
»Hauptmann«, sagte er, »die Fremden halten sich in der Herberge von Jakub Levi auf.«

»Wie viele sind es?«, fragte ich, obwohl mich die Gesellschaft nicht mehr interessierte.
»Der Schwarze, der Katalane und der Reiter, das sind drei«, zählte der Soldat an seinen Fingern ab.
»Und was war in dem Wagen?«
»Käfige mit Vögeln, Jonglierbälle, Stelzen, Flaschen, getrocknete Kräuter, ausgestopfte Tiere ... zu viel, um es aufzuzählen. Waffen waren keine dabei.«
»Gut. Du kannst gehen.« Ich stapfte durch den Regenschleier und ließ das Wasser auf mein Gesicht herabklatschen. Der Schwarze hatte also über ihre Zahl gelogen. Aber Sorgen machte ich mir deshalb nicht, diese Gesellschaft konnte für die Sicherheit keine Bedrohung darstellen. Der Mann musste nach dieser elenden Fahrt völlig durcheinander sein. Vielleicht waren unterwegs Leute vom Wagen gefallen, ohne dass er es gemerkt hatte. Und doch nahm ich mir vor, die Fremden in den nächsten Tagen im Auge zu behalten. Ich durchschritt wieder den senkrecht herabfallenden Wasserspiegel vor dem Vordach, grüßte Nasr und ging schlafen. Ich hatte ein unbestimmtes unruhiges Gefühl, wusste aber nicht, warum. Aber ich nahm mein Krummschwert und stellte es neben meinem Bett an die Wand.

Am nächsten Tag regnete es nicht mehr, aber die Wolken hingen noch schwer an den Schwarzen Bergen. Die Gefahr einer Überschwemmung war noch nicht vorbei, denn der Guadalquivir wurde größtenteils von Bergflüssen gespeist.
Ich ging am Ufer entlang und blickte auf das sprudelnde Wasser, das ganze Bäume samt Wurzeln und Kronen voller Blätter mit sich führte. Ein Schiff, dessen Kapitän zu spät die Sicherheit des Hafens gesucht hatte, hatte sich von seinen Ankern losgerissen. Nun lag es mit Schlagseite und halb versunken am anderen Ufer, der Kiel war von einem der Felsen aufgerissen worden, die knapp unter dem Wasserspiegel lauerten. Die Mannschaft war an Bord und arbeitete verbissen, um noch etwas zu retten. Ihre Rufe hallten von der Stadtmauer wider.

Ich lehnte mich mit dem Rücken gegen die Kaimauer und ließ mir die Sonne aufs Gesicht scheinen. Ein Schmetterling flatterte einen Augenblick um mich herum und setzte sich auf den Knauf meines Schwertes. Es war viel los in der Stadt. Die Einwohnerzahl hatte sich in den letzten Tagen bestimmt verdoppelt, ganze Völkerschaften waren vor der drohenden Überschwemmung geflohen.

Zwei Soldaten kamen mir entgegen. Einer von ihnen war Mustafa, der mit dem halben Schnurrbart. Zu meinem Erstaunen fehlte auch seinem Kumpan die Hälfte seines Schnurrbarts.

»Du Narr, warum hast du dir den Schnurrbart denn nicht ganz abgeschnitten?«, fragte ich Mustafa. Und zu dem anderen sagte ich: »Und warum hast du deinen halb entfernt?«

Mustafa schaute hoch statt zu Boden, wie es das Protokoll vorschrieb, und erklärte: »Herr, ein Engel hat mich gestern rasiert, um mich zu warnen, dass ich aufmerksamer in der Ausübung meiner Pflicht sein muss. Wie kann ich ein solches Zeichen entfernen, ohne den Zorn der himmlischen Mächte über mich herbeizurufen?«

Ich nickte. »Und du, der du genauso ein Narr bist oder ein noch schlimmerer, denn wer dem Narr folgt, ist ein doppelter Narr, was hat dich bewogen, Mustafas Beispiel zu folgen?«

»Ich weihe, oh Herr, genau wie mein Bruder mein Leben der Bewachung der Stadt. Wachsamkeit ist auch mein Motto, und um davon ein Zeugnis abzulegen, habe ich ebenfalls meinen Schnurrbart halbiert.«

»Oh, ihr dreifach gesegneten Leute!«, rief ich aus, denn niemals werde ich der Narrheit widersprechen. »Kann ein Befehlshaber sich bessere Untergebene wünschen? Führt euch eure Patrouille nicht zum Markt? Lasst uns zu dritt dorthin gehen!«

Wir stiegen über die verwinkelten Treppen und erreichten bald den höher gelegenen Markt, wo uns ein kühler Wind, der sich listig hinter den Hügeln verborgen hatte, entgegenwehte. Im Schatten der Häuser war es kalt, aber sobald wir im vollen Licht der Sonne gingen, war mir in meinem schweren Mantel angenehm warm.

Auf dem Marktplatz herrschte wie immer emsige Betriebsamkeit, aber anders, als ich es kannte, konzentrierte sich das Gedränge heute nicht vor und zwischen den Buden, das Volk war vielmehr in einer Ecke des Platzes zusammengeströmt, in der an anderen Tagen nur ein paar alte Männer unter den Bäumen ein Schwätzchen hielten und den Tauben zusahen. Zwischen den Marktbuden war es auffallend ruhig. Ich fürchtete einen kleinen Tumult, aber beim Näherkommen sah ich einige meiner Soldaten zwischen den Leuten, nicht als Ordnungshüter, sondern als Zuschauer.

Einer der Budenbesitzer hielt mich auf. »*Waliyy*, könnt Ihr nicht etwas gegen diesen Fremdling unternehmen, diesen Geschichtenerzähler, der uns die Kunden weglockt? Es ist schon schwer genug zu überleben in dieser Überschwemmungszeit, da die Bewohner der Ebene sich vor dem Wasser in Sicherheit gebracht haben und wir auf alte Vorräte und auf die knappen Waren angewiesen sind, die die tapfersten oder gierigsten unter ihnen uns zu Wucherpreisen liefern.«

Ich machte eine abwehrende Geste. »Solange ein Geschichtenerzähler Geschichten erzählt, tut er nichts Böses. Ich kann nur etwas machen, wenn er das Gesetz verletzt.«

Der Budenbesitzer brummte eine Verwünschung, die als eine Beleidigung meiner Vorfahren hätte gedeutet werden können, vor allem der Frauen unter ihnen, und für die ich ihn hätte bestrafen lassen sollen, aber heute war ich bester Laune und wollte mir die Vorstellung nicht entgehen lassen. Ich ging also weiter und mischte mich unter die Leute, die, weil sie vor Gaffen nicht sahen, wer ich war, nur unwillig zur Seite gingen. Gerade in dem Moment, als ich den innersten Kreis der Menge erreicht hatte, erklang von allen Seiten Applaus, und zustimmende Rufe wurden laut.

»Noch eine Geschichte!«, rief ein dicker Kaufmann.

»Wir haben noch genug Geld, erzähl uns von Sindbad, sonst bleibt es in unseren Taschen!«

»Gebt dem Mann, was ihm zusteht!«

Geld klingelte in den Fez, den der *gnaoui* aufhielt, denn seine Kumpane waren es, die hier ihre Künste zeigten. Er verbeugte sich für jeden Dirham, und als er bei mir angekommen war, schüttelte er frech seine Kopfbedeckung, um auch mich zu einer Gabe zu ermuntern.

»So ein gut gekleideter Herr, Ihr könnt sicher etwas entbehren für den König der Erzähler.«

»Nur habe ich noch nichts gehört, mein Freund!«, sagte ich. »Hast du nicht gesehen, dass ich gerade erst gekommen bin?«

Der Schwarze drehte sich nach dem hohläugigen Greis um, der auf einem Kissen auf einer kleinen Bühne gesessen hatte. Zwar stand das Publikum in der Sonne, aber die Bühne und der Erzähler befanden sich im Schatten eines großen Gebetshauses.

Der alte Erzähler hob die Hand und sagte mit einer Stimme, die bis in die letzte Ecke des Platzes zu hören sein musste: »Ich werde euch die Geschichte von den drei Schuldnern erzählen, eine Geschichte, von der ich selbst bezeugen kann, dass sie stimmt, weil sie sich in meiner Heimatstadt abgespielt hat, in den schon lange verflogenen Tagen meiner Jugend. Es ist eine lange Geschichte, und ich bitte euch, setzt euch alle hin und macht es euch bequem!«

Ich hockte mich auf eine kleine Mauer, und meine Soldaten setzten sich neben mich. Die Dreifaltigkeitsblumen, manche noch rosa, manche dunkelviolett, andere schon verdorrt, raschelten an der weiß getünchten Wand.

Es wurde so still, dass man die Krallen eines räudigen Hundes auf dem Pflaster hören konnte, der hinter der Bühne vorbeihinkte. Frauen, die nicht zu sehen waren, unterhielten sich gackernd auf einem kleinen Innenhof hinter einer der Mauern. Gelegentlich brachen sie in ein überschwängliches *Zahariet* aus. Der Erzähler legte los:

»*Ouaha*«, sagte er. »Dies ist, wie ich schon sagte, eine wahre Geschichte, aber sie ist deswegen nicht weniger schön. Eines Tages, es ist noch nicht so lange her, traf ein gewisser Wahid seinen Freund Suleiman am Brunnen, als dieser einen Eimer hochzog, um sein Kamel zu tränken.

Wahid rief seinem Freund zu, dass dies ein glücklicher Tag sei, weil er ihn habe treffen dürfen, um – Allah sei gepriesen! – die tausend Dirham in Empfang zu nehmen, die Suleiman ihm doch schon vor etwa drei Monaten zurückbezahlen sollte, was er aus ihm nicht bekannten, aber unzweifelhaft guten Gründen noch immer nicht getan habe. ›Du bist mir doch nicht aus dem Wege gegangen, mein alter Freund Suleiman? Das kann ich fast nicht glauben!‹
Der Angesprochene krümmte sich, er machte sich so klein, dass sein Kamel dachte, er wolle sich zum Schlafen zusammenrollen, sodass das Tier seinerseits in die Knie ging und auf der Stelle einschlief. Mit dem allertraurigsten Gesicht sagte Suleiman: ›Allerbester Freund, gesegnet sei dieser Tag, der dich zu mir führt, *hamdoulilla,* du bist wieder da! Wochenlang habe ich dich gesucht, mit dem Geld in der Tasche, um es dir wiederzugeben, während meine Kinder Hunger litten und meine Frau täglich den *marabout* aufsuchen musste, um sich wegen ihrer schrecklichen Schmerzen behandeln zu lassen. Schließlich konnte ich ihr Gejammer nicht mehr ertragen und ich habe Nahrung gekauft, um die allerschlimmste Not zu lindern, um den *marabout* zu bezahlen und den Imam, der auch noch Geld von mir zu kriegen hatte. Leider ist es nun alle! Ich rechnete damit, dass du, lieber Freund, mir noch einige Tage Aufschub geben würdest. Weil ich selbst vor einiger Zeit meinem Vetter Ali tausend Dirham geliehen habe, wirst du etwas Geduld haben müssen, bis er mir diesen Betrag zurückgezahlt hat!‹
Wahid brach in Tränen aus und beschwor Suleiman, dass er das Geld noch heute haben müsse, sonst werde er aus seinem Haus geworfen. Er kannte ja diesen Ali, dachte denn Suleiman wirklich, dass er von diesem armen Schlucker irgend etwas zu erwarten habe? Suleiman antwortete, dass Ali ein rechtschaffener Mann sei, komme dieser denn nicht allen seinen Glaubenspflichten nach? Er bat Wahid mitzukommen, was dieser zunächst ablehnte, aber Suleiman, der eine große Überredungskraft hatte, gelang es, ihn dazu zu bewegen. Nachdem sie das Kamel geweckt hatten, machten sie sich auf den Weg zu Ali.«

Der Alte schwieg einen Augenblick und trank einen Schluck aus einem Becher, den der *gnaoui* ihm gebracht hatte. Ich setzte mich woanders hin und blickte über die Köpfe der Leute hinweg. Alles im Umkreis war ruhig, die Buden am Markt waren fast verlassen, die Kaufleute standen herum und redeten miteinander. Sie machten nicht den Eindruck, dass sie einen Aufruhr vorbereiteten. Ich sah wieder zu dem Greis hinüber. Etwas in seiner Stimme hatte mich berührt, obwohl ich ihn nicht einordnen konnte. Es war eine Stimme, die von Staub und Sand vieler Wüsten ausgetrocknet und aufgescheuert war, aber auch befeuchtet und ausgewaschen von Weinen aus allen Windrichtungen. Nun fuhr er fort: »So zogen sie zu Ali, Suleimans Vetter, einem einfachen Teppichknüpfer, der eine eigene Werkstatt hatte. Hier arbeiteten ein paar Lehrlinge, denen Ali die Kniffe seines Handwerks beibrachte. Die drei Männer begrüßten einander lauthals, und die *Ahlans* hallten wider in der düsteren Werkstatt, sodass die Lehrlinge angstvoll abtauchten.
Er wisse, so sagte Ali, weswegen sein Vetter komme, und es sei nicht sehr passend, dass Wahid mitgekommen sei, denn schulde dieser ihm, Ali, nicht tausend Dirham? Wahid musste dies zähneknirschend zugeben, aber er sei, so erklärte er, zurzeit gerade knapp bei Kasse, was an Suleimans Nachlässigkeit liege, der ihm denselben Betrag hätte geben sollen, ein Versprechen, dem er nicht nachgekommen sei. Suleiman rief aufgeregt, wenn Ali die tausend Dirham nicht wie verabredet zurückgeben könne, treffe ihn kein Tadel, denn beim Barte des Propheten wisse jeder, dass er rechtschaffen sei und sich strikt und ausschließlich innerhalb der Regeln von Allahs klaren Gesetzen halte, sodass sich niemand einfallen lassen solle, ihn zu beschuldigen. Gleichzeitig könne er, Suleiman, nicht erlauben, dass ihm jemand tausend Dirham stehle, und auch wenn Ali sein leibhaftiger Vetter sei, so tue er gut daran, sich zu überlegen, wie er als Teppichknüpfer ohne Hand zurechtkommen wolle, wenn das vom Propheten verkündete Gesetz gegen Diebstahl – Allah ist groß! – auf ihn angewendet werden würde.

Die Männer begannen immer lauter zu schreien, sodass die Lehrlinge sich vor Angst unter den Teppichen versteckten. Bald rollten die Streitenden in einem Knäuel über die Straße. Sie machten einen solchen Lärm, dass der *waliyy* aus seinem Mittagsschlaf geweckt wurde. Er nahm seine Kapuze ab und befahl, die Krawallmacher in den Kerker zu werfen.

›Der Kadi wird morgen über euch urteilen!‹, sagte er streng und lehnte es ab, die Männer weiter anzuhören, denn es war noch Mittag und er wollte seinen Schlaf nachholen.

In dieser Nacht saßen die drei Männer in benachbarten Zellen und riefen sich stundenlang Verwünschungen und Schimpfworte zu, die sich auf den Angesprochenen bezogen, auf seine ganze Familie, seine Vor- und Nachfahren, wobei vor allem über die Tugendhaftigkeit der Frauen und ihre vermeintlichen unnatürlichen Beziehungen mit dem Vieh bis in die Details hinein spekuliert wurde.

Am nächsten Tag standen die drei erschöpft vor dem Kadi. Dieser, ein weiser Mann, hörte sich aufmerksam die Geschichte eines jeden an.

›Wenn ich es also richtig verstehe, habe ich es dann hier mit drei Dieben zu tun?‹, fragte der Kadi streng. Jeder der drei Angeklagten behauptete nun, es gehe hier nicht um drei Diebe, sondern nur um einen, höchstens zwei. Das Volk drängte sich um die Angeklagten und begann, immer lauter nach Bestrafung zu rufen. Schließlich waren all die Männer, Frauen, Kinder und Greise nicht umsonst gekommen.

›Ich kann nicht anders als euch nach den Gesetzen bestrafen, die uns vom Propheten – Allah ist groß! – gegeben worden sind … Leert eure Taschen!‹

Der Kadi aber, der selbst auch gern treffliche Bestrafungen sah, wollte sich davon vergewissern, dass die Männer genug Geld hatten, um den Scharfrichter zu bezahlen. Er wollte dies nicht aus eigener Tasche finanzieren. Aber einzig Wahid hatte Geld bei sich, wenn auch nur einen einzigen Dirham.

Der Kadi überlegte, ob er den Scharfrichter doch selbst bezahlen solle, aber diese Lösung verwarf er. Er stand auf und befahl den Männern, sich auf den Boden zu setzen.
›Wahid, gib Ali deinen Dirham!‹
Wahid tat, was der Kadi sagte, auch wenn sein Herz dabei blutete, denn wenn man nur einen Dirham besitzt und den dann weggibt, dann gibt man seinen ganzen Besitz weg. Ali strahlte, denn er war vom Nichtbesitzer zum Besitzer eines Dirhams geworden.
Der Kadi fragte: ›Ali, wie viel ist Wahid dir jetzt schuldig?‹
›Kadi, er schuldet mir noch neunhundertneunundneunzig Dirham, und ich vertraue darauf, das Ihr ihn zwingt, mir auch noch den Rest zu geben, denn dieser blutsaugende Hundsfott …‹
›Schweig, Ali! Gib Suleiman diesen Dirham!‹
Ali knirschte mit den Zähnen und gab die Münze dem aufgeregten Suleiman. Aber auch dieser erlebte nur eine kurzzeitige Freude, denn er musste das Ding wieder Wahid übergeben. So verging der ganze Nachmittag, bis alle drei ihre Schuld vollständig abgelöst hatten. Der Dirham verschwand schließlich in der Tasche des Kadi, denn auch dieser hatte seine Unkosten. Das Volk murrte leise und war eigentlich schon zum größten Teil verschwunden, denn an diesem Schauspiel konnte man nur wenig Freude haben. Es gab nicht mehr zu sehen als drei Männer, die sich stundenlang eine kleine Münze weitergaben. Die Angeklagten aber schieden als Freunde voneinander und lobten laut die Weisheit des Kadi.«

Die Anwesenden zeigten auf alle mögliche Weise ihre Begeisterung, und der *gnaoui* sammelte mit bewunderungswürdigem Eifer die mit Händen zu greifenden Beweise der Wertschätzung. Ich warf ein paar Münzen in den Fez und stand auf, weil ich den Erzähler sprechen wollte. Aber als ich mich der Bretterbühne zuwandte, auf der er gerade noch gesprochen hatte, war der Mann verschwunden, wahrscheinlich in einer der Gassen, die auf den Platz mündeten. Auf der Suche nach dem *gnaoui* schob ich mich zwischen den

Dschellabas durch, aber seine kleine Gestalt machte ihn unsichtbar, und als die Menschenmenge sich endlich aufgelöst hatte, war auch er verschwunden.

Ich nahm mir vor, der Herberge von Jakub Levi alsbald einen Besuch abzustatten.

36. Kapitel

In dem Hroswith eine Vorstellung aufs Höchste erstaunt und er etwas zurückerhält, das er vor langer Zeit verloren hatte. Wie Ali der Bucklige geheilt wurde

Ich weiß nicht, was mich an diesem Abend beseelte, aber es muss der Teufel selber gewesen sein, der mir von dem Moment an im Nacken saß, als mein Dienst vorbei war und ich mich mit dem Plan, Jakubs Herberge zu besuchen, in die abendliche Stadt stürzte.

Es begann damit, dass Nasr mir einen Krug Wein anbot. Er winkte mir aus dem Fenster einer katalanischen Weinschenke zu. Meine Kehle war nach einem Tag harter Arbeit wie ausgetrocknet. Ich trank schnell zwei Krüge leer und machte mich davon, sobald es möglich war, ohne Nasr vor den Kopf zu stoßen. Ich musste vorsichtig sein, denn Nasr, der unmittelbar mit dem Schutz des Kalifen und seiner Familie betraut war, fürchtete weiterhin meinen Ehrgeiz, obwohl ich schon oft versucht hatte, ihm klar zu machen, dass ich an seiner Stellung kein Interesse hatte.

Nasr hatte im Übrigen durchaus Grund zur Furcht. Er war nicht nur fünfzehn Jahre älter als ich, sondern auch als Schluckspecht bekannt, und es würde nicht lange dauern, bis unsere Vorgesetzten ihn wegen mangelnder Eignung entlassen würden. Und dann wäre ich der richtige Mann, sein Nachfolger zu werden. Aber Nasr konnte nicht wissen, dass ich diesen Tag ebenso fürchtete wie er. Ich durfte gar nicht daran denken, den ganzen Tag am Hofe zu arbeiten, viel lieber spazierte ich über die Stadtmauern und durch die sonnigen Straßen dieser unvergleichlichen Stadt Cordoba.

Nachdem ich mich losgerissen hatte, ging ich in die Richtung von Jakub Levis Herberge. Aber noch gelangte ich nicht dorthin, denn auf dem Wege erreichte mich die Stimme von Tariq, dem Pferdehändler, einem alten Freund von mir. Er stand in der Türöffnung seines Hauses und rief: »Rosbiet, komm herein und trauere mit mir! Lass uns auf das Gedächtnis meines geliebten Schwiegervaters trinken, der gestern gestorben ist!«

Ich konnte mich schwerlich weigern und ließ mich in das Zimmer mitziehen, wo der Alte aufgebahrt war. Danach folgte ich meinem Freund in ein Gemach, in dem weiche Kissen und kühle Weine auf uns warteten.

»Er hatte keine anderen Familienangehörigen als seine Tochter, meine Frau«, klagte Tariq, während er einschenkte. »Auf mich wartet nun die schwere Aufgabe, all seinen Besitz, sein Land, die Häuser und Kamele zu inventarisieren und den gesetzlichen Erben zu übergeben.«

»Wer sind die Erben?«

»Ich, meine Frau und meine Kinder«, seufzte Tariq.

»Wie ist der Alte gestorben?«, fragte ich und nahm einen Schluck.

»Wir hatten Streit; er stand im Stall und schrie mich an, und da trat ein Pferd aus und schlug ihn tot.«

Mitleidig schüttelte ich den Kopf. »Und worum ging der Streit?«

»Er nannte mich einen Säufer und drohte, er werde mich enterben. Er wollte noch am selben Tag sein Testament ändern und alles der Stadt für den Bau einer neuen Moschee vermachen.«

»Und hat er das noch getan?«, fragte ich.

»Nein, das hat das Pferd verhindert«, sagte Tariq augenzwinkernd. Er lachte und ließ mich noch mal einschenken.

Der Wein wärmte mich und machte mich fröhlich. Es war schon zu lange her, seit ich getrunken hatte. Wie es kam, weiß ich nicht, aber in diesem Jahr erwachte ein alter Teufel in mir, und als ich bei Jakubs Herberge ankam, war ich sturzbetrunken.

Ich wollte hinein, aber die Leute standen bis auf die Straße hinaus und waren nicht von der Stelle zu bewegen. Ich konnte meine Amtsgewalt nicht ausüben, weil ich in Zivil war, also musste ich mir mit anderen Mitteln behelfen. Ich ging durch die Gasse neben dem Gebäude, und als ich am Fuße des großen Schornsteins angelangt war, stieg ich über die Unebenheiten im Mauerwerk nach oben auf das flache Dach.

Ich spähte in den Schornstein. Es kam nur wenig Rauch heraus, also stieg ich über den Rand, ließ mich hinabsacken und glitt, vorsichtig nach Haltepunkten tastend, durch die breite Esse nach unten. Bald sah ich unter mir einen großen Kessel, glücklicherweise ohne Inhalt. Ich ließ mich schnell hinab, bis meine Füße den Grund des Kessels erreichten. In meiner Trunkenheit konnte ich mir nicht vorstellen, dass mich jemand in dieser unwürdigen Lage sehen könnte, aber wie so oft war auch jetzt das Glück mit dem Betrunkenen. Ich hockte mich in den Kessel und sah über den Rand in die Schankstube. Die Aufmerksamkeit aller war auf das gerichtet, was sich im Saal abspielte. Ich musste mich beeilen, aus diesem Kessel herauszukommen, damit ich mich unter die Leute mischen konnte.

Aber das Bild, das sich mir bot, ließ mich mein Vorhaben vergessen, denn vor meinen Augen, den Augen eines Dieners des Gesetzes, vollzog sich ein Mord; ein offener, brutaler Mord, von Hunderten von Menschen beobachtet. Und niemand griff ein.

Der *gnaoui* stand mitten in der Schankstube; hinter ihm sein eigenartiger, magerer Kumpan, derselbe, der Stunden zuvor auf dem Marktplatz Geschichten erzählt hatte. Jetzt sah er ganz anders aus: Er hatte seinen Bart kurz geschoren und trug einen roten Mantel über einer weißen Jacke und einer weiten weißen Hose. Mit einem Schwert in der rechten Hand sprang er auf den schwarzen Mann zu. Er stieß einen Schrei aus und hackte den *gnaoui* in Stücke. Ein Schaudern ging durch das Publikum, und ich unterdrückte mit Mühe einen Schrei. Die Gliedmaßen des *gnaoui* fielen auf die Erde, das Blut spritzte umher. Noch bevor der Rumpf den Boden berührte, rollte der Kopf mit dem krausen Haar über die Fliesen. Der alte Mann nahm den Mantel von den Schultern und warf ihn schwungvoll über die einzelnen Körperteile. Dann wandte er sich an das Publikum, das ihn im Halbkreis umringte. »Ihr seht es, der arme Mann ist mausetot«, sagte er, während er ein kleines Töpfchen aus dem Ärmel holte. »Nun werde ich ihn mit dieser Wundersalbe

behandeln. Wenn ihr nur einen Augenblick Geduld habt, werdet ihr ein Wunder sehen, das niemals zuvor gezeigt wurde.«
Er kniete nieder, nahm einen Klacks Salbe aus dem Töpfchen und machte sich mit beiden Händen unter dem Mantel an die Arbeit. Nach kurzer Zeit stand er auf und rief mit lauter Stimme: »Steh auf!«
Es geschah nichts. Die Leute im Saal begannen zu murren, und ich wollte schon aus dem Kessel herausklettern, um den Alten festzunehmen. Da geriet auf einmal der Mantel in Bewegung, er richtete sich auf, wurde abgeworfen, und da stand der *gnaoui*. Er grinste das Publikum an, während er sich noch die gerade zerhackten Gliedmaßen rieb.
»Diese Salbe ist käuflich zu erwerben«, rief der alte Mann, »aber beeilt euch, denn unser Vorrat ist beschränkt, und um euch neue zu holen, müsste ich eine jahrelange Reise machen!« Der *gnaoui* öffnete den Deckel einer großen Kiste, die vor ihm auf der Erde stand, und holte Töpfchen heraus. Ich setzte mich auf den Hintern, denn meine Waden begannen von dem langen Kauern in der Hocke zu schmerzen. Mir drehte sich alles vor Augen, und ich beschloss, mich einen Augenblick lang auszuruhen, bevor ich den Kessel verließ. Aber wie das manchmal so ist, fiel ich in Schlaf, so unbequem meine Lage auch war.
Ein schrecklicher Schlag auf den Kopf, gefolgt von einem höllischen Kreischen, weckte mich. Eine Frau stand mit einem großen Kochlöffel vor mir und schrie aus Leibeskräften.
»Levi! Levi! Es ist der Teufel! Beelzebub sitzt im Kessel!«, rief sie halb wahnsinnig vor Angst. Stöhnend stieg ich heraus und machte, dass ich wegkam. Jakub Levi eilte in einem langen Nachthemd und mit der Schlafmütze auf dem Kopf herbei. »Was ist hier los?«, rief er ganz durcheinander. Und als er mich sah: »Wer bist du, was machst du hier?«
Ich blickte an meinen Kleidern hinunter und sah, dass sie schwarz waren vor Ruß. »Ich bin Rosbiet, der *waliyy*«, sagte ich würdevoll. »Ich habe mich heute Nacht im Schornstein verborgen, weil ich mit

einer Untersuchung beschäftigt bin.« Ich warf ihm ein Goldstück zu. »Im Namen des Kalifen danke ich Euch für Eure Mitarbeit.« Der Mann stammelte einige Dankesworte und begleitete mich hinaus.
Gekrümmt vor Schmerzen, denn der stundenlange Aufenthalt in einem Kessel ist kein Vergnügen, humpelte ich zu meiner Bleibe. Mein Kopf dröhnte, und die Übelkeit spülte in Wellen durch meinen Körper. Meine Gedanken waren ganz verwirrt, und in einer dunklen Ecke meines Verstandes verlangte etwas meine Aufmerksamkeit. Was hatte ich in der Wirtsstube übersehen? Ich dachte noch einmal über die ganze Szene nach, aber erst im Bett kam die Antwort.
Es war das Schwert, mit dem der alte Mann den *gnaoui* in Stücke gehauen hatte. Der Alkohol hatte meinen Verstand derartig vernebelt, dass es in der Herberge nicht zu mir durchgedrungen war, aber das Schwert, die unbesiegbare, meisterlich geschmiedete Waffe, war ein echtes Ulfberth, mein Ulfberth!

Während ich dies noch einmal lese, Bodo, stelle ich mit Vergnügen fest, dass mein Gedächtnis mich, was Cordoba angeht, weniger im Stich gelassen hat, als ich gedacht habe. Alles wird lebendig, wenn ich es mir wieder vor Augen führe. Sobald ich dieses Buch abgeschlossen habe, ich verspreche es, mein junger Freund, werde ich gleichsam als Appendix eine neue Fassung meines *De Moribus Maurorum* schreiben, für dich bestimmt. Auch wenn ich dieses Werk nur für mich begonnen habe, kann ich nicht verhehlen, dass es mir gefällt, einen Leser zu haben, auch wenn es nur ein einziger ist.
Heute geht mir das Schreiben leichter von der Hand als sonst, vielleicht auch deshalb, weil ich nach all dem Elend in den letzten Kapiteln nun zu einer Episode komme, in der mir eine große Freude zuteil wurde, auch wenn diese nur von kurzer Dauer war. Lass mich ohne Zögern fortfahren!

Es war mir nicht vergönnt, meinen Kater auszuschlafen; lange vor der Mittagsstunde ertönte ein Klopfen an meiner Tür. Ich ignorierte es und versuchte, wieder einzuschlafen, aber es hörte nicht auf. Schließlich schleppte ich mich zur Tür und öffnete sie. Zu meinem Erstaunen stand da der *gnaoui* mit einem länglichen Paket in der Hand, dessen Form keinen Zweifel darüber zuließ, dass es sich beim Inhalt um ein Schwert handelte.

»Der gelehrte Yussuf Ibn Abderrahman schickt Euch dieses Schwert, das er für Euch aufbewahrt hat. Er will Euch, wenn es Euch recht ist, alsbald treffen, um eine wichtige Sache zu besprechen.« Nach diesen Worten verbeugte sich der Schwarze und verschwand.

Obwohl mir der Schweiß ausbrach, merkte ich, wie mein Kater erschreckt wegschlich. Ich zweifelte nicht mehr daran, dass dieser Gelehrte die x-te Vermummung meines einstigen Freundes und ehemaligen Herrn Abu al-Fath al-Iskandari war. Wie hatte ich ihn mit diesem Bart nicht erkennen können? Er war nur etwas magerer geworden und grauer, so wie ich selbst auch schon graue Schläfen bekam.

Ich war ein Opfer widerstreitender Gefühle. Einerseits war ich voller Zorn über meine lange Gefangenschaft und Abu al-Fath al-Iskandaris Versuch, mich umzubringen. Andererseits musste ich ihm Recht geben, ich hatte ihn verraten und das Vertrauen, das er zu mir hatte, verletzt. Aber am meisten sehnte ich mich zurück zu den Tagen, als wir zusammen durch die endlosen, von Flüssen durchzogenen Ebenen und Gebirge des Landes der Rus reisten. Ich hatte Abu al-Fath al-Iskandari aus meinen Gedanken verbannt, und als ich jetzt wieder an ihn dachte, spürte ich den Schmerz über das Ende unserer Freundschaft. Aber er hatte mich erkannt und schickte mir als Versöhnungsgeste mein Ulfberth.

Ich schwenkte mein Schwert durch die Luft, stieß zu, parierte und stach einen unsichtbaren Gegner nieder. Es lag zufrieden in meiner Hand, als hätte es sich jahrelang nach mir gesehnt. Ich fühlte ein leises, fortdauerndes Zittern wie von einer schnurrenden Katze. Ich schäumte über vor Lebenslust.

Wieder klopfte es. Ein Soldat meldete, dass Nasr krank sei, ich solle seinen Dienst übernehmen. »Gib mir einen Augenblick!«, sagte ich. Ich hatte mich nach meinem nächtlichen Abenteuer noch nicht umgezogen, also wusch ich mir den Ruß vom Körper und zog saubere Kleider an. Dann legte ich das Schwert an und eilte zum Palast des Kalifen.

Der saß auf seinem Taburett und hörte die Klagen eines Bauern an. Der Kalif trug ein einfaches Kleid aus weißem Leinen und einen Turban. Neben ihm stand sein Sohn Ali der Bucklige, den Kopf traurig gebeugt, da er ihn unter dem Gewicht des Buckels nur mit Mühe einigermaßen aufrecht halten konnte. Ich stellte mich neben Ali. An der anderen Seite des Kalifen sollte, so war es der Brauch, der Großwesir stehen, aber der war an diesem Tag nicht da. Die Bittsteller lagen auf den Knien und warteten, dass sie an die Reihe kamen. Der Bauer klagte, er sei benachteiligt worden, weil er für seine Ziegenherde ahnungslos den alten Preis gefordert und auch bekommen habe.
»Dieser Händler hat mich betrogen. Ich habe von anderen Bauern aus meiner Gegend gehört, dass sie das Zwanzigfache für ihre Herde bekommen haben, so sehr sind die Preise durch die drohende Überschwemmung und die Zunahme der Menschen in der Stadt gestiegen.«
»Was soll ich daran ändern, dass du zu wenig für deine Ziegen gefordert hast?«, fragte missmutig der Kalif. »Dass andere das Zwanzigfache gefordert haben, macht sie zu Wucherern. Du, offensichtlich der einzige ehrliche unter allen Bauern in dieser Gegend, beklagst dich darüber, dass du ehrlich gewesen bist. Du hättest dich also lieber an dem Wucher beteiligt?«
»Aber ganz bestimmt, oh Kalif«, stammelte der Mann.
Der Kalif wandte sich mir zu. »Führe diesen Mann weg und lass ihm zehn Stockschläge geben, weil er verbrecherische Pläne geschmiedet hat! Die Tatsache, dass seine Dummheit ihn an deren Ausführung gehindert hat, spricht ihn nicht frei.«

Ich gab den Soldaten ein Zeichen. Die Anwesenden priesen einer lauter als der andere die Weisheit des Kalifen. Der laut protestierende Bauer verschwand zwischen zwei Soldaten.
»Sind die Bauern in deinem Land auch so dumm, Rosbiet?«, fragte der Kalif über den Buckel seines Sohnes hinweg.
»Sie sind überall gleich, oh Kalif«, bestätigte ich.
Sein Auge fiel auf mein Schwert. »Du streichelst den Knauf deines Schwertes wie ein einsamer Gefangener, der an eine Frau denkt und dabei seine Rute berührt.«
Hastig zog ich meine Hand zurück. »Es tut mir Leid«, sagte ich, »es geschieht aus Gewohnheit.«
»Das kann ich gut verstehen«, sagte er. »Wer ist der Nächste?«
Ein neuer Kläger klagte, wieder sprach der Kalif Recht. Danach wandte er sich abermals an mich. »Fragst du dich nicht, wo Nasr ist?«
»Ich nehme an, dass er krank ist, oh Kalif«, antwortete ich.
Der Kalif grinste. »Er wurde mit einem Krug Wein erwischt, den er aus meinem Keller gestohlen hat. Wenn du gleich nach deinem Dienst zum Platz der Verurteilten gehst, kannst du dich bei ihm noch für deine neue Stelle bedanken, denn ihm hast du deine Ernennung zu meinem Leibwächter zu verdanken. Du musst dich aber beeilen, denn er wurde auf einen Pfahl gespießt, und wenn man seine körperliche Verfassung in Betracht zieht, wird er nicht länger als einen Tag aushalten, der Säufer.«
Ali, der zwischen uns stand, kicherte schwachsinnig und sah bewundernd zu seinem Vater auf.
Mir war klar, dass ich mich beim Kalifen bedanken musste, aber stattdessen stierte ich vor mich hin und schwieg. Er muss gedacht haben, dass ich von Rührung übermannt wurde, denn er klopfte mir gönnerhaft auf die Schulter und fuhr fort mit der Rechtsprechung.
Aber der nächste Kläger hatte noch nicht den Mund geöffnet, als der Großwesir mit viel Tumult hereinplatzte. Er hatte das ganze Protokoll vergessen, so schien es, und war offenbar völlig durcheinander.
»Kalif, ich habe gute Nachrichten«, stammelte der Großwesir.

»Sprich!«, antwortete der Herrscher wohlwollend, während er die Bittsteller zur Seite winkte: »Mir reicht es für heute sowieso.«
Der Großwesir zeigte auf einen langen, mageren Mann, der hereintrat, vor ihm ein kleiner schwarzer *gnaoui* ohne Ohrringe. »Komm herbei und verbeug dich vor dem Kalifen!«, sagte der Großwesir. Beide Ankömmlinge schritten nach vorn, und der *gnaoui* verbeugte sich, bis seine Nase den Boden berührte. Der lange Mann aber stand aufrecht und sagte: »Mein Rückgrat ist mir einst gebrochen worden, und auch wenn meine Wundersalbe es geheilt hat, so versäumte ich doch, anschließend die notwendigen Übungen zu machen. Darum ist es mir nicht möglich, meinen Rücken zu beugen, und ich bitte den großen Kalifen deshalb um Vergebung.«
»Ja, schon gut«, sagte der Kalif ungeduldig. »Wer seid Ihr und was wollt Ihr hier?«
Abu al-Fath al-Iskandari, denn er war es natürlich, zog ein Krummschwert, und sofort umringte ihn die Palastwache, die Piken und Schwerter auf seine Kehle richtete. Ich hatte noch nicht einmal den Befehl dazu gegeben. Der Großwesir beeilte sich zu versichern, dass alles in Ordnung sei und dass der Fremde nur eine Vorstellung geben würde. Ich rief die Soldaten zurück, und Abu al-Fath al-Iskandari schwenkte mit viel Trara sein Schwert im Kreis herum. Dann schlug er den *gnaoui* in viele Stücke, wie er es in der Herberge des Juden gemacht hatte. Ich sah genau zu, in der Hoffnung, ihn bei einem Trick ertappen zu können, aber es sah alles lebensecht aus. Allerdings blieben ein paar Fleischstücke und eine Pfütze Blut liegen, als der *gnaoui* wieder springlebendig unter dem Mantel zum Vorschein kam.
Der Kalif zog seine Augenbrauen hoch. »Das ist allerdings höchst eindrucksvoll«, sagte er. »Aber was geht mich das an? Ich bin nicht krank, und auch meine Familie ist bei guter Gesundheit.«
Der Großwesir verbeugte sich und sagte verlegen: »Vergebt mir, Herr, aber ich dachte an Euren Sohn Ali ...«
Der Kalif winkte ihn herbei und sie flüsterten miteinander. Ich sah, wie sich das Gesicht des Kalifen aufhellte. Dann stand er auf.

»Rosbiet, ich habe schon ein paarmal voller Bewunderung auf dein Schwert geblickt«, sagte er. »Sei so gut und leih es mir!«
Der Wunsch eines Kalifen ist ein Befehl, also zog ich Ulfberth und übergab es ihm. Mein Herr stellte sich vor seinen Sohn, sah ihm in die Augen und schlug ihm dann mit großer Kraft und Präzision die Arme ab, während der Junge, zu überrascht um schreien zu können, mit großen Augen auf die Stümpfe blickte, aus denen das Blut mit kurzen, heftigen Stößen herausspritzte. Dann spaltete der Kalif den Rumpf, und während der Großwesir den fallenden Körper hielt, hackte er Ali auch noch beide Beine ab. Es schien, als führe das Schwert die Hand des Kalifen, so fröhlich sprang es in ihr und so gierig biss es in den Körper des Buckligen. Der Kalif blickte zufrieden auf die Körperteile seines Erstgeborenen und wischte sich mit einem Seidentuch den Schweiß von der Stirn.
»Hier hast du dein Schwert zurück, Rosbiet!« Dann wandte er sich an Abu al-Fath al-Iskandari. »Gut, jetzt bist du an der Reihe mit deiner Wundersalbe. Setz alles wieder zusammen, aber jetzt an der richtigen Stelle, damit mein Sohn so wird wie ich.«
Abu al-Fath al-Iskandari bewegte sich nicht. Er stand da, kreideweiß, mit großen Augen, regungslos wie ein Insekt, das schon vor Monaten eingetrocknet ist. Nur sein Bart zitterte, aber das konnte auch vom Wind sein. Der Kalif wiederholte seine Worte, jetzt etwas lauter. Inzwischen lief das Blut über die Fliesen, der Großwesir, der Kalif, die Soldaten, Abu al-Fath al-Iskandari, sein Freund, der *gnaoui,* und auch ich, wir standen alle in der scharlachfarbenen Pfütze. Es stank nach Exkrementen in dem Saal, und der *gnaoui* musste sich übergeben.
Abu al-Fath al-Iskandari blickte zu mir herüber, als suche er Hilfe, aber ich konnte nichts machen. Dann trat er nach vorn und warf mit wenig überzeugendem Schwung seinen Mantel über Alis Überreste. Er nahm etwas Salbe, und seine Hände verschwanden unter dem Kleidungsstück. Nachdem er etwas herumgewühlt hatte, zog er sie zurück und spreizte seine blutroten Finger in einer ohnmächtigen Gebärde, während er den Kalifen ansah. Dann quoll ein

Schwall dunkles Erbrochenes aus seinem Mund, und er brach zusammen.
Derm Kalifen wurde klar, dass niemand seinen Sohn zum Leben erwecken konnte. Er stieß einen lang gezogenen Laut aus wie ein Tier und ließ sich ebenfalls auf die blutigen Fliesen fallen. Er zog den Mantel weg und versuchte verzweifelt, die Stücke wieder aneinander zu fügen, aber aus dieser Schweinerei aus Knochen, Fleisch und Eingeweiden war nichts mehr zu machen. Der Kopf des Jungen sah so traurig aus wie immer, aber die Augen waren weggedreht.
»*Waliyy*, nimm diesen Mann gefangen!«, sagte der Kalif schließlich. Sein Arabisch klang wie Peitschen- und Stockhiebe zusammen. »Die besten Ärzte von Andalusien sollen sein armseliges Leben fünfzig Jahre verlängern, und in jedem Augenblick wird er höllische Schmerzen leiden.«

Was konnte ich machen, Bodo? Ich ging zu Abu al-Fath al-Iskandari und nahm seinen Arm. Ich befahl den Soldaten, ihn gefangen zu nehmen und darauf zu achten, dass ihm nichts geschehe.
»Schlagt ihn in festes Eisen und bringt mir die Schlüssel!«, fügte ich hinzu. Ich sah, wie mein alter Freund zwischen vier kerzengeraden Soldaten weggeführt wurde: mit den hängenden Schultern und dem steifen Rücken eines alten Mannes. Dann wollte ich den Auftrag erteilen, den *gnaoui* gefangen zu nehmen, aber als ich mich umsah, war dieser spurlos verschwunden. Ich ließ den Saal durchsuchen, und schließlich fanden wir eine Blutspur, die zu einem Fenster führte, und einen Fußabdruck auf der Fensterbank. Das Fenster ging zum Garten, und an dessen Rückseite war das Stadttor, durch das Abu al-Fath al-Iskandari und sein Freund vor zwei Tagen gekommen waren. Ich gab den Befehl, den *gnaoui* aufzuspüren.

37. Kapitel

Der Bericht von Abu al-Fath al-Iskandari. Wie der Balkon der Flüche zu seinem Namen kommt

Abu al-Fath al-Iskandari rasselte mit seinen Ketten, ich glaube, es war als Begrüßung gemeint. Ich hatte einen kleinen Krug mitgenommen und setzte mich ihm gegenüber.

»Hroswith, alter Freund, mir scheint, du hast die Zangen und Haken vergessen«, sagte er, nachdem wir uns gegenseitig eine Weile gemustert hatten. Er versuchte, es wie einen Scherz klingen zu lassen, aber das gelang ihm unter diesen Umständen nur schlecht.

»Für die Bedienung solcher Gerätschaften haben wir hier speziell ausgebildetes Personal und eigens dafür gut ausgestattete Räumlichkeiten«, sagte ich ruhig. Abu al-Fath al-Iskandari schien sich von seiner Verwirrung, die ihn vor ein paar Stunden beherrscht hatte, erholt zu haben.

»Wo ist mein Freund?«, fragte er, aber er lächelte und schien nicht sonderlich besorgt zu sein.

»Ich habe Befehl gegeben, ihn aufzuspüren«, sagte ich. »Der *gnaoui* ist unauffindbar. Auch der katalanische Kutscher ist verschwunden, nur der Wagen ist noch da. Aber lass uns zu einem anderen Thema kommen! Ich erinnere mich da an einen Brunnen, irgendwo in der Nähe von Tarsos …«

Seine Miene verdüsterte sich. »Ich weiß. Ich habe dir großes Unrecht getan. Selbst habe ich mir mehr als hundertmal die Frau eines anderen unter den Nagel gerissen, nur für einen Augenblick des Vergnügens. Und was noch hinzukommt, Sophie war nicht einmal meine Frau. Ich habe es über viele Jahre bedauert, glaube mir.«

»Und warum durfte ich davon nichts merken? Warum hast du mich die ganze Zeit da unten sitzen lassen?«, fragte ich, und mir juckten die Hände, ihm seinen dürren Hals zu brechen.

»Meine Männer hätten jeglichen Respekt vor mir verloren, wenn ich das getan hätte. Ich habe lange über eine Gelegenheit nachgedacht, dich zu befreien. In der Zwischenzeit versuchte ich, deine Lage einigermaßen zu erleichtern, indem ich dir Essen schickte und einen Teppich und eine Frau ...«

»Warst du das?«, unterbrach ich ihn. »Ich dachte, das hätte ich Hosseyn zu verdanken.«

Er lachte. »Es war auch Hosseyn, aber er handelte in meinem Auftrag.«

Ich überlegte kurz. »Ich verstehe immer noch nicht«, sagte ich, »warum du mich in den Brunnen werfen musstest, um die Achtung deiner Leute nicht zu verlieren. Sie wussten doch nicht, was ich gemacht hatte?«

Abu al-Fath al-Iskandari seufzte tief auf. »Oh doch, das wussten sie. Eines Tages besuchte mich mein Neffe, der begabte, aber indiskrete Badi Azzaman al-Hammadani; das geschah ungefähr sechs Monate bevor mir die Werber dich präsentierten. Mein Neffe hatte eine Anzahl Gedichte geschrieben, in denen er in Verbindung mit einer Rahmenerzählung seine Erlebnisse mit mir beschrieb. Er trug diesen Zyklus, den er *Maqaamat* nannte, im Beisein meiner Offiziere und der gesamten Wachmannschaft vor. Ich hätte vor Scham im Boden versinken können, denn dieses Mondkalb nahm kein Blatt vor den Mund. In den Tagen, die darauf folgten, lief ich, wenn ich durchs Lager ging, rot an wie eine Tomate, weil ich mir von einem Franken eine Frau hatte abspenstig machen lassen. Ich rief meinen Neffen zu mir, und wir haben sein Werk von überflüssigen Details gereinigt. Aber sosehr es auch an Kraft gewann, es war zu spät. Überall sah ich Soldaten, die keine ernste Miene mehr machen konnten, wenn ich vorbeiging. Ich dachte, es würde bald vorüber sein, aber immer wieder hörte ich hinter meinem Rücken Bemerkungen. Abu al-Fath al-Iskandari der Gehörnte. Meine Autorität schwand, meine Untergebenen maßten sich mir gegenüber eine freche Haltung an. Dann wurde es plötzlich unruhig im Lager, denn einer der neu Angeworbenen hatte als Namen angegeben: Hroswith, Untertan des sächsischen Kaisers. Die Werber kamen triumphierend mit der Nachricht zu mir, dass sie den ruchlosesten aller Übeltäter gefangen hätten.«

»Und dann hast du überlegt, auf welche Weise du mich zu Tode bringen könntest«, fügte ich hinzu.

»Nein, im Gegenteil, wie ich dich am Leben halten könnte. Darum wählte ich den Brunnen. Ich merkte, dass du mich in diese Richtung lenktest, und vermutete, dass du einen Plan hattest.«

»Ich wollte meine Hinrichtung so lange wie möglich hinausschieben, weil es immer einen Ausweg gibt, wenn einem nur genug Zeit bleibt. Aber du hast mich ja doch nicht freigelassen.«

»Das habe ich wohl!« Er wollte mit seinen Armen eine heftige Bewegung machen, aber die Ketten verhinderten es. Er fluchte und fuhr fort: »Wir waren lange von den Byzantinern umzingelt und hatten schwere Angriffe zu erleiden. Ich hätte dich freilassen können, aber dann hättest du nirgendwohin fliehen können. Meine Leute wären dahinter gekommen. Inzwischen behielten die Männer mich und den Brunnen im Auge. Das einzige Vergnügen der Soldaten bestand darin, an den Lagerfeuern darüber zu spekulieren, wie ihr General diesen *Ifrandi* vom Leben zum Tode befördern würde. Der Feind nahm zunehmend deine Gesichtszüge an – vergiss nicht, dass du ein Ungläubiger bist, genau wie die Byzantiner. Alle schlossen Wetten über meine endgültige Entscheidung ab. Ich wusste aber, dass du in diesem Brunnen sicher warst, dank der Vorräte, die wir hinunterwarfen. Du hast mehr zu essen bekommen als sonst irgendjemand im Heerlager. Wenn du wüsstest, wie mager wir in diesen langen Monaten der Belagerung wurden!«

Er schwieg einen Augenblick und fuhr dann fort: »Zu einem bestimmten Zeitpunkt durchbrachen die Byzantiner unsere Linien, und wir mussten fliehen. Es hatte schon tagelang ununterbrochen geregnet, genau wie hier, und der Bach schwoll an. Bevor es so weit war, ließ ich meine Leute eine Rinne zum Brunnen graben und anschließend den Bach mit Felsblöcken und Ochsenkarren, die wir nicht mehr brauchten, verstopfen. Ich erklärte ihnen, dass du ertrinken würdest und dass dieser *Ifrandi* vor nichts größere Angst habe als vor Wasser. Gleichzeitig würden wir durch die Umleitung des Baches unseren Rückzug decken, weil die heranstürmenden Truppen der Byzantiner vor einer Wasserfläche Halt machen müssten, die sie nicht überqueren könnten. Meine Männer schluckten das, denn jedermann weiß ja, wie selten sich die Ungläubigen waschen.«

»Und du wusstest natürlich, dass ich schwimmen konnte.«

»Ja, ich wusste, dass du rauskommen würdest, auf welche Weise auch immer.«

»Ich konnte mich tatsächlich retten, aber das Mädchen ist ertrunken«, sagte ich finster. »Wer war sie eigentlich? Wo hattest du sie her?«

Abu al-Fath al-Iskandari schüttelte den Kopf. »Das war ein tragischer Fall. Wir hatten ein paar byzantinische Dörfer erobert, die um eine Silbermine herum lagen. Die Grubengänge waren voller Sklaven, die wir befreiten. Das Mädchen, das wohl aus dem Fernen Osten kam, blieb eine Zeit lang bei uns, sie konnte nirgendwo mehr hin. Sie war vielleicht achtzehn Jahre alt, aber wenn ich es richtig verstanden habe, dann hat sie seit ihrem sechsten Lebensjahr unter der Erde gelebt. Die Byzantiner verwenden viele Kinder für die Arbeit in den schmalen Schächten. Die meisten sterben, bevor sie vierzehn sind. Sie lebte nicht auf nach ihrer Befreiung, sondern verkroch sich immer in kleinen, dunklen Räumen. Durch das Licht des Tages und den Anblick des Himmelszeltes geriet sie in Todesangst. Ich wollte dir etwas Gesellschaft verschaffen und ich wusste, dass du gut zu ihr sein würdest.«

Ich wollte etwas sagen, aber er kam mir zuvor. »Ich hatte den größten Teil des Lagers schon Richtung Küste geschickt und war mit einer kleinen Gruppe von Männern zurückgeblieben. Ich wollte die letzte Barriere selbst zerschlagen, die das Wasser von dem Brunnen trennte, aber es war schon zu spät. In dieser Nacht regnete es so fürchterlich, dass der Bach unser Lager hinwegfegte und wir fliehen mussten. Einige Soldaten ertranken, und ich zweifelte nicht daran, dass die Wassermassen sich auch in den Brunnen ergießen würden. Ich habe am Morgen noch eine Anhöhe bestiegen und sah aus der Ferne, dass das ganze Tal unter Wasser stand. In diesem Augenblick dachte ich, du seiest ertrunken. Ich schloss mich der Hauptmacht an und hörte kaum einen Tag später von Hosseyn, er habe dich auf einem Schiff nach Zypern gesehen.«

Ich wusste gar nicht, was ich sagen sollte, und schaute den Wolken nach, die hinter den Gitterstäben am strahlend blauen Himmel vorbeizogen. Abu al-Fath al-Iskandari seufzte noch einmal tief auf.

»All die Jahre habe ich gehofft, dass ich dich noch einmal treffen würde, um dir dein Schwert zurückzugeben, und weil ich dachte, dass wir wieder Freunde werden könnten. Aber jetzt muss ich einsehen, dass man die Vergangenheit nicht zurückholen kann. Die Situation ist nun umgekehrt, und ich sehe ein, dass dir gar nichts anderes übrig bleibt, als deinen Auftrag auszuführen. Also liefere mich ruhig an den Henker aus, alter Freund!«

Ich stand auf. »Wie bitte, Abu al-Fath al-Iskandari? Versuchst du nicht einmal eine List anzuwenden?«

Er schüttelte den Kopf. »Ich merke, dass mir der Tod im Nacken sitzt, und wenn ich vor ihm flüchten würde, dann säße er schon am Ziel meiner Flucht und wartete auf mich.«

»Ich werde dir helfen zu entkommen, aber zuerst muss ich diesen *gnaoui* finden. Und den anderen, diesen Katalanen. Hast du irgendeine Idee, wo ich den *gnaoui* suchen könnte?«

Abu al-Fath al-Iskandari sah mich misstrauisch an. »Warum sollte ich dir sagen, wo Mounain ist? Woher soll ich wissen, dass du ihn nicht auch hinrichten lässt?«

»Das kannst du nicht wissen. Aber ich finde, wir sind quitt, Abu al-Fath al-Iskandari. Lass es zwischen uns wieder so sein wie früher! Ich werde mit euch fliehen.«

Er sah mich lange an. Dann sagte er: »Mounain hat die Stadt schon lange verlassen. Er klettert an einer Wand genauso leicht hoch wie eine Fliege. Gestern ist er bis zu meinem Fenster hochgestiegen, und wir haben durch das Gitter miteinander gesprochen. Ich tat so, als hätte ich einen Plan, obwohl das gar nicht stimmte. Ich wollte, dass er sich in Sicherheit bringt, innerhalb der Stadtmauern ist er in zu großer Gefahr.«

»Und der katalanische Kutscher?«

»Das war kein echter Mensch, sondern ein Golem aus Lehm, den ich unterwegs von einem jüdischen Gelehrten gekauft habe. Ich hatte vor, ihn bei meinen Vorstellungen zu verwenden, aber als wir in die Herberge von Jakub Levi gingen, haben wir vergessen, ihn mitzunehmen. Am nächsten Morgen hatte ihn der Regen weggespült, ihn und seine Lebensgeister.«

»Dann fliehen wir zusammen«, sagte ich. »Heute Abend nach dem Essen komme ich, um dich zu holen.«

Abu al-Fath al-Iskandari stand auf und umarmte mich. Ich blickte auf seine Ketten, sie waren offen.

»Mounain hat mir eine Feile gebracht«, erklärte Abu al-Fath al-Iskandari.

»Dann sorge dafür, dass sie die durchgefeilte Kette nicht sehen, wenn sie dir das Essen bringen«, warnte ich ihn.

Er nickte und grinste. Dieses Grinsen hatte ich schon über sechs Jahre lang nicht mehr gesehen. »Ich freue mich schon jetzt auf die List, die du anwenden wirst, mein Bruder«, sagte er.

Es dauerte lange, bevor der Abend hereinbrach. Ich streifte ein wenig durch die Stadt und kaufte Vorräte für unterwegs. Es begann, dunkel zu werden, und ich ging zu meiner Unterkunft. Mein Weg führte am Platz der Verurteilten vorbei, und dort hing auf einen Pfahl gespießt mein Kollege Nasr. Er bewegte sich nicht, wahrscheinlich war er schon tot. Sein Gesicht war verkrampft, er musste furchtbar gelitten haben. Aber als ich ihn ansah, öffnete er seine Augen und blickte mich an.

»Rosbiet«, flüsterte er.

»Willst du, dass ich jemand bezahle, damit er dich tötet?«, fragte ich, denn ich konnte seine Qual nicht mit ansehen.

»Nein, ich habe es nur bis jetzt ausgehalten, weil ich noch etwas trinken wollte, bevor ich sterbe. Hast du was für mich?«
Ich nahm einen Weinkrug aus meinem Vorratskorb und brach das Siegel ab. Ich half Nasr zu trinken und nahm selbst auch ein paar Schlucke.
Seine Gesichtszüge entspannten sich. Er versuchte zu lächeln und sagte dann: »Rosbiet, wenn sie dir meine Stellung anbieten, dann schlag sie aus! Es lohnt sich nicht.«
»Ich werde es mir merken«, sagte ich.
Dann starb er, und ich setzte meinen Weg fort.

Ich brauchte keine List anzuwenden. Als *waliyy* konnte ich jederzeit Gefangene abholen. Der Kalif schlief, jedermann schlief, außer den Wächtern, und diese würden sich niemals gegen meine Befehlsgewalt erheben. Zu dem schlaftrunkenen Gefängniswärter sagte ich augenzwinkernd: »Der Henker brennt schon drauf.«
Ich nahm Abu al-Fath al-Iskandari mit in mein Zimmer, wo ich ihn die Uniform eines Soldaten anziehen ließ. Wir gingen zum Stadttor. Dort standen schon drei Pferde bereit, eines mit Vorräten bepackt. »Geht Ihr auf Reisen, Waliyy?«, erkundigte sich ein Wachsoldat.
»Ja«, sagte ich, »wir machen uns auf die Suche nach dem geflohenen *gnaoui.*«
»Einen *gnaoui* muss man tagsüber suchen«, scherzte der Mann. »Nachts schützt ihn seine Hautfarbe.«
»Halt deinen Mund, Witzbold, und öffne das Tor!«, schnauzte ich ihn an. Der Soldat beeilte sich, den Befehl auszuführen.
Wir ritten direkt in Richtung der Schwarzen Berge, die wie dunkle Zähne am Horizont Teile des Sternenhimmels wegbissen.
»Und du hast dennoch eine List gebraucht«, sagte Abu al-Fath al-Iskandari. »Schon vor Jahren hast du dich hier in eine Position gebracht, in der du mir zur Flucht verhelfen kannst. Das ist die beste List aller Zeiten.«
»Warte es nur ab, sie kommen bestimmt hinter uns her!«, prophe-

zeite ich düster. Ich hatte zuvor noch den Kämmerer besucht und ihm weisgemacht, ich wolle die Sicherheit der Schatzkammer untersuchen. Ich ließ dort so viele Goldstücke wie möglich in meinem Mantel verschwinden. Anschließend versicherte ich dem Kämmerer dann, es gebe keinen sichereren Ort im Kalifat, dabei ging ich unter dem Gewicht fast in die Knie.

Wir folgten dem Weg, auf dem Abu al-Fath al-Iskandari schon vor ein paar Tagen angereist war, auch wenn dies dem Prinzip meines Freundes widersprach. Aber es gab keine andere Möglichkeit.

»Ohne Wagen wird es schnell gehen«, sagte Abu al-Fath al-Iskandari. Bei einem Steinhaufen, einer natürlichen Formation aufeinander liegender Felsblöcke, machten wir Halt. Abu al-Fath al-Iskandari pfiff einmal schrill, und aus dem Schatten trat Mounain hervor.

»Das hat aber lange gedauert!«, rief der kleine Mann. »Ich bin neugierig, was für eine List du diesmal angewandt hast, Abu al-Fath al-Iskandari.«

»Das kann ich dir gleich sagen«, sagte Abu al-Fath al-Iskandari. »Der *waliyy* ist ein alter Freund von mir. Komm zu mir aufs Pferd! Wir wiegen zusammen nicht so viel wie mein Freund Hroswith.«

Ich fragte: »Wie ging das eigentlich mit dem Schwert? Es sah so täuschend echt aus.«

Abu al-Fath al-Iskandari machte eine abwertende Geste. »Alles nur Schein. Die Leute sehen, was sie sehen wollen. Ein paar Liter *qataa*-Blut, einige Fleischstücke und ein Mantel, um alles zuzudecken. Das war's.« Kleinlaut fügte er hinzu: »Wie sollte ich denn wissen, dass dieser Idiot von Kalif seinen Sohn in Stücke hacken würde?«

»Wie bist du an die *qataa* gekommen? Die gibt es hier nicht«, fragte ich.

»Ich habe sie in Käfigen gehalten und gezüchtet, im Wagen«, sagte Mounain. »Jedes Mal, wenn wir eine Vorstellung gaben, haben wir zwei geschlachtet.«

»Mounain ist mein Koch«, bemerkte Abu al-Fath al-Iskandari.

»Wo ist eigentlich Hosseyn?«, fragte ich.

Abu al-Fath al-Iskandari erhob den Blick zum Himmel. »Er ist vor drei Jahren an der Grippe gestorben.«
Ich schwieg und dachte an diesen seltsamen Hosseyn. Ich hatte Recht bekommen an jenem Abend, als er mich vom Strand her verabschiedete und mir eine Lebensdauer von hundert Jahren wünschte: Wir würden uns nie wiedersehen.

Und nun bin ich bald hundert Jahre alt, denn wenn meine Berechnungen richtig sind, werde ich innerhalb von zwei Monaten das Jahrhundert vollenden. Und noch vor dieser Zeit will ich dieses Buch fertig bekommen. Ich habe, so schätze ich, schon mehr als die Hälfte geschafft. Als ich aus Cordoba geflohen bin, hatte ich ungefähr ein Drittel meines Lebensweges zurückgelegt. In meiner Jugend habe ich mehr erlebt als später, aber bei wem ist das nicht so? Die Jugend ist ein kostbarer Schatz, der nicht aufgespart, sondern mit vollen Händen ausgegeben werden sollte.

Wir flohen mehrere Wochen wie Teufel, die den göttlichen Zorn fürchten, denn ich wusste, wie weit der Arm des Kalifen reichte. Und doch hatten wir eine reelle Chance, denn es gab ja keinen *waliyy*, und ich hoffte, man würde einen Trottel zu meinem Nachfolger ernennen.
Eine Treibjagd war schließlich auch nicht innerhalb von ein paar Stunden ins Werk zu setzen. Ich mutmaßte, der Kalif würde ein Heer hinter uns herschicken. Selbst hätte ich nur eine kleine Schar ausgerüstet, acht oder zehn Leute, gut bewaffnet und wendig. Und sie hätten Pferde von großer Ausdauer bekommen.
Weil wir in die Schwarzen Berge zogen, musste der Kalif annehmen, dass wir nach Norden flohen, darum machten wir eine Kehre und wandten uns unter Zurücklassung falscher Spuren gen Süden. So hofften wir, unsere Verfolger in die Irre zu führen. Ich wusste aber, dass der Kalif nicht dumm war und ein weit verzweigtes Netzwerk von Informanten hatte.
»Oh doch, der Kalif ist ganz schön dumm«, murmelte Abu al-Fath

al-Iskandari, als ich das Problem mit ihm besprach, »sonst hätte er doch niemals seinen Sohn in Stücke gehauen.«

Direkt von Cordoba aus war der Weg nach Süden durch die Überschwemmungen versperrt. So konnten unsere Verfolger uns nie den Weg abschneiden, und wir waren ihnen immer ein paar Schritte voraus. Niemand wusste, dass ich nicht mehr der *waliyy* von Cordoba war, sodass ich vorläufig noch meine Befehlsgewalt ausüben konnte. Ich beschloss aber, davon so wenig Gebrauch zu machen wie möglich, sonst hätte ich unsere Route verraten.

Wir überstanden die beißende Kälte und die Schneestürme auf den Bergpässen und gelangten schließlich in ein tiefer gelegenes Gebiet mit sanften Hügeln und kleinen Gehöften. Hier war es wärmer, obwohl es schon Mitte Dezember war. Ich schlug vor, zu einem Hafen im Süden zu ziehen, aber Abu al-Fath al-Iskandari war dagegen.

»Lass uns ins Land der Franken fahren, dort scheint man gut leben zu können«, sagte er. »Ich bin noch nie da gewesen, während ich die Häfen im Süden schon gut kenne.«

»Das wäre doch gar nicht schlecht?«, fragte ich, aber ich hätte es besser wissen müssen.

Abu al-Fath al-Iskandari antwortete: »Es sollte dir doch bekannt sein, Bruder, dass ich niemals dorthin reise, wo ich schon einmal früher gewesen bin?«

Also beschlossen wir, wieder nordwärts zu ziehen, aber weil wir dringend neue Reittiere benötigten und die Lebensmittelvorräte zur Neige gegangen waren, wollten wir uns zuerst in eine Stadt begeben.

Eines Morgens führte uns unser Weg durch ein dunkles, nebliges Tal, wo eine senkrecht aufsteigende Felswand die Sonne verdeckte, obwohl wir an dem blauen Himmel und dem Licht auf den Bergspitzen der gegenüberliegenden Talseite sahen, dass es ein strahlender Tag war. Wir begegneten einem Schäfer, der seine Herde in dem weichen Gras weidete, und kauften ihm ein Schaf ab. Wir ließen uns am Ufer eines kleinen Baches nieder und luden ihn zum Essen

ein. Während Mounain das Schaf zubereitete, fragten wir den Schäfer über die Gegend aus.
»Kennst du eine Stadt in der Nähe, wo wir Vorräte kaufen können?«
»Gewiss doch, ehrwürdiger Herr«, sagte der Schäfer. »Seht dort, direkt über uns an der Felswand klebt das unvergleichliche Ronda, besser bekannt als der Balkon der Flüche.«
Weit über uns, halb verborgen hinter den Nebelschwaden, die aus dem Tal aufstiegen, sah ich jetzt die Mauern und ein paar Türme. An einer Stelle, wo sich die Felswand spaltete, überspannte eine Steinbrücke den Abgrund. In der Spalte stürzte ein Wasserfall in langen Schleiern in einen kleinen See; der Ursprung unseres kleinen Baches. In der Ferne, an der gegenüberliegenden Seite, sah ich eine Reihe von Männern mit Krügen auf den Schultern den Steilhang hinaufklettern.
»Was sind das für Leute?«, fragte ich.
»Es sind Sklaven, die zweimal täglich Wasser aus dem Brunnen schöpfen und es über einen steilen Pfad und eine lange in die Felsen geschlagene Treppe nach oben bringen. Es gibt Hunderte von ihnen, sie versorgen die Stadt. Wasser ist in Ronda genauso teuer wie Wein.«
»Wie kommen wir da hoch?«, fragte Abu al-Fath al-Iskandari. »Ich glaube nicht, dass ich Lust habe, eine Felswand hochzuklettern, die bestimmt eine Meile in die Höhe ragt.«
»Ihr könnt um den Berg herumreiten, bis zur großen Straße, die allmählich auf eine Hochebene führt. Dort könnt Ihr die Stadt von der Ostseite her betreten. Das heißt, wenn man es erlaubt.«
»Wer sollte dem *waliyy* von Cordoba den Zutritt verweigern?«, fragte Mounain. Abu al-Fath al-Iskandari besah seine Fingernägel. Ich redete schnell über die Bemerkung hinweg und stellte eine Frage über die Schafe. Der Schäfer hatte nicht gehört, was Mounain sagte, und verbreitete sich endlos über seine Tiere, ein Thema, für das er eine große Leidenschaft entwickelte.
»Wenn Ihr Euch beeilt, könnt Ihr morgen Abend dort sein«, sagte er zum Abschied.

Ich sah noch einmal hinauf zu den unscheinbaren Türmen. Der schwere Schlagschatten der Bergwand war inzwischen so weit vorgerückt, dass ich nur ein paar Schritte zu machen brauchte, um im Sonnenlicht zu stehen.

Am nächsten Tag, gegen Abend, sahen wir in der Ferne die Mauern und Tore von Ronda. Nichts an dieser Seite der Stadt ließ vermuten, dass sich an der anderen eine solche Schlucht auftat. Abu al-Fath al-Iskandari, der voranritt, hielt sein Pferd an und sagte: »Freunde, es sollte mich wundern, wenn wir nicht innerhalb einer Stunde ein paar Krüge geleert haben werden. In einer Stadt, in welcher der Wein das Gleiche kostet wie Wasser, wird außer Eseln und Schafen niemand Wasser trinken.«

Wir gaben unseren Pferden die Sporen und eilten in Richtung der Stadt. Die Fackeln auf den Toren waren schon entzündet, und die Sonne, die wir seit Mittag im Gesicht gehabt hatten, war verschwunden. Wir ließen eine Staubwolke hinter uns, die lange in der windstillen Abendluft hängen blieb.

Das Tor war noch offen, und die Wächter hielten es nicht für nötig, uns zu befragen. Abu al-Fath al-Iskandari ritt voran durch die Gässchen und hielt eifrig nach einer Weinschenke Ausschau. Ich rief ihn zurück.

»Bruder, findest du es nicht eigenartig, dass man hier Fremden, die in der Abenddämmerung in die Stadt kommen, keinerlei Aufmerksamkeit schenkt?«

»Was macht das schon? Du wolltest doch nicht auffallen?«

»In der Tat«, sagte ich, »aber es ist verdächtig, dass sie uns überhaupt nicht beachten.«

Er seufzte. »Na gut«, sagte er schließlich, »dann müssen wir uns offenbar Sorgen machen. Aber das können wir genauso gut in einer Weinschenke tun, oder?«

Ich zuckte mit den Achseln, und wir ritten in Schrittgeschwindigkeit durch die leeren Straßen, bis wir an einen Platz gelangten. Dort standen jahrhundertealte Platanen, und ein langes schmiedeeisernes Gitter schloss den Platz ab. Hier sahen wir die Sonne wieder, die an der anderen Seite der Stadt längst verschwunden war. Sie stand tief über einem weit entfernten Bergkamm und dazwischen …

Ich hielt mein Pferd an und stieß einen rheinländischen Fluch aus. Abu al-Fath al-Iskandari fluchte noch etwas lauter auf Arabisch, und ein dritter Fluch – in der Sprache der Berber – kam aus dem Munde von Mounain, dem kleinen *gnaoui*.

Hinter dem schmiedeeisernen Gitter gähnte die Leere. Hier war die Schlucht, die von oben noch beeindruckender aussah als vom Tal aus. Ich ritt vorsichtig zu dem Gitter und sah durch die Nebel hindurch winzige Ackerflächen und das kleine Band des Baches. Irgendwo im Tal iahte ein Esel. Auf einmal wurde mir kühl bis ans Herz, und auch Abu al-Fath al-Iskandari, der neben mir stand, zog seinen Mantel etwas fester um sich.

»Jetzt verstehe ich, warum man den Ort den Balkon der Flüche nennt«, sagte er.

Auf einmal stieß Mounain hinter uns einen Warnruf aus. Fast gleichzeitig erklang eine Stimme: »Rührt euch nicht von der Stelle!«

Wir drehten uns um und standen etwa zwanzig Soldaten gegenüber, die sich im Halbkreis aufgestellt hatten, ihre Schwerter und Speere auf uns gerichtet.

»Es sind nur wenige und sie sind zu Fuß«, sagte Abu al-Fath al-Iskandari. Er trieb sein Pferd zwischen sie, während er mit seinem Krummsäbel einen Speer beiseite schlug. Ich wollte protestieren, hatte aber keine Wahl und musste ihm folgen. Auch Mounain entschied sich für den Angriff. Er wirbelte seine Waffe herum, ich hörte einen Schrei und sah jemand niederfallen.

In wenigen Augenblicken gelang es uns, unseren Belagerern zu entkommen. Wir flohen über den Platz, der eigentlich eine breite, lang gezogene Wandelpromenade an der Schlucht entlang war. Schließlich waren wir an ihr Ende gelangt, und nun stand uns ein hoher Turm im Weg.

»Siehst du die Tür? Lass uns da reingehen!«, rief Abu al-Fath al-Iskandari. Ich hätte lieber die Stadt verlassen, aber nun kamen auch Soldaten aus den kleinen Seitenstraßen, diesmal zu Pferde. Wir stiegen ab und ließen unsere Reittiere zurück, obwohl wir fürchten mussten, dass man sie tötete. Dann zogen wir die Tür hinter uns zu. Es war eine schwere Tür mit Eisenbeschlägen. Als Fachmann musste ich die Schmiedearbeit bewundern.

Kaum hatte ich den Balken vor die Tür gelegt, da begannen unsere Verfolger dagegenzuwummern. Im Erdgeschoss war niemand, offenbar befanden wir uns in einem Lagerhaus, denn an der Rückwand des rechteckigen Raumes waren dicke Tuchballen gestapelt. Außerdem sahen wir Haufen von Backsteinen und Bündel mit diesem und jenem, doch das konnten wir später erkunden. Zunächst einmal wollte ich mich davon überzeugen, dass niemand im Gebäude war. Im Obergeschoss fanden wir einen dicken Mann, der sich unter seinem Schreibtisch versteckt hatte. Er trug ein Gewand aus edlem Stoff und hatte einen Spitzbart. Auf seinem Kopf prangte ein hoher Turban. Das Zimmer war mit teuren Wandteppichen und einem weichen Sofa mit geknüpften Kissen aus dem östlichen Kalifat ausgestattet. Offensichtlich ein reicher Kaufmann.

»Gnade!«, jammerte er. »Tut mir nichts, und ich werde Euch reichlich belohnen. Ich bin ein mächtiger Mann.«

Abu al-Fath al-Iskandari kam von den darüber liegenden Stockwerken. »Es sind weiter keine Leute in dem Turm«, sagte er, verbeugte sich vor dem Kaufmann und stellte sich vor. Der Kaufmann nannte gleichfalls seinen Namen: Cide Abderrazak, Händler in Tuchen und Baustoffen.

»Angenehm«, sagte Abu al-Fath al-Iskandari, »vielleicht werden wir mal Geschäfte machen.«

»Geht erst mal raus und sagt den Leuten, dass wir hier zu Gast sind und dass sie aufhören sollen, uns anzugreifen«, sagte ich. »Gibt es hier irgendwo ein Fenster?«

»Im zweiten Stock«, sagte Abu al-Fath al-Iskandari. »Ich habe schon versucht, die Leute zur Ruhe zu bringen, aber es scheint ihnen jemand weisgemacht zu haben, dass du der ehemalige *waliyy* von Cordoba bist.«

Ich ging vor Cide Abderrazak zur Wendeltreppe. Unter dem Fenster stand jetzt eine Volksmenge. Noch immer hämmerte man gegen die Tür, aber man hatte noch keinen Rammbock geholt.

»Freunde!« Abderrazak hatte die größte Mühe, sich verständlich zu machen, aber das Gehämmer hörte auf, und das Stimmengewirr und Gejohle ebbten langsam ab. »Diese Leute sind meine Gäste«, rief er dann mit erstickter Stimme.

»Was? Sag das noch mal!«, klang es von unten.

»Diese Leute sind zu Gast in meinem Haus«, rief er wiederum. »Wenn ihnen jemand ein Haar krümmt, wird meine Rache fürchterlich sein!« Es klang etwas lächerlich aus dem Munde des Dickwanstes, aber die Menge ließ die Tür weiterhin in Ruhe. Das Stimmengewirr erhob sich jedoch erneut auf dem Platz. Er musste wirklich in der Stadt etwas zu sagen haben, unser Cide Abderrazak.

»Also«, sagte er, »ich habe Eure Wünsche erfüllt und möchte jetzt nach Hause gehen. Meine Frauen warten auf mich mit dem Abendessen.« Er wollte schon die Treppe hinuntergehen, aber ich hinderte ihn daran.

»Ihr geht nirgendwo hin. Hört Ihr, da draußen rufen sie wieder etwas.«

»Cide Abderrazak«, rief jemand, »wisst Ihr, dass diese Männer Mörder sind? Wir haben Befehl, sie gefangen zu nehmen und an den Kalifen von Cordoba auszuliefern.«

Abderrazak antwortete in meinem Auftrag, dass seinen Gästen nichts widerfahren dürfe und er uns nur an die Truppen des Kalifen ausliefern würde.

»Wir werden sie benachrichtigen«, rief der Mann unten, der offenbar der Befehlshaber der Festung war.

»Sehr klug von dir, Freund Hroswith«, sagte Abu al-Fath al-Iskandari. »Das verschafft uns wohl zwei Wochen Zeit, eine List zu ersinnen.«

»Dann fang ruhig schon mal an!«, sagte ich schlecht gelaunt. »Was Listen anbetrifft, ist Abu al-Fath al-Iskandari ohnehin der Größte.«

Abu al-Fath al-Iskandari stieg auf das flache Dach des Turmes, setzte sich hin und dachte nach. Ich schloss Abderrazak in einem kleinen Zimmer ein und fing an, mit Mounain die Vorräte zu inspizieren. Dann schleppte ich die Tuchballen, die im Erdgeschoss aufgestapelt lagen, vor die Tür und legte mich auf ihnen schlafen. So konnte nichts passieren, ohne dass ich es merkte.

38. Kapitel

Eine fliegende Flucht. Hroswith erlebt eine seiner dunkelsten Stunden

Abu al-Fath al-Iskandari weckte mich. Ich kam stöhnend hoch und rieb mir die Glieder. Mein Freund betastete den Stoff, auf dem ich gelegen hatte.

»Es ist schon fast Mittag«, sagte er. »Dies ist übrigens echte Seide, hast du das gewusst? Das könnte uns zum Vorteil gereichen, Bruder Hroswith.«

»Was redest du da von Vorteil«, sagte ich mürrisch. »Willst du etwa mit der Bevölkerung hier Handel treiben? Durch das Fenster im zweiten Stock?«

Er schmunzelte und lud sich einen Ballen auf die Schulter. »Du hast bestimmt nichts dagegen, wenn ich ein paar von diesen Ballen mitnehme? Es bleiben noch genug übrig, auf denen du schlafen kannst.«

»Mach nur!«

Ich stand auf und stieg aufs Dach. Dort stand eine Menge Tontöpfe mit kleinen Bäumen und Sträuchern. Hier und da hingen ein paar violette Blumen herunter. Mounain saß auf einem Schemel an einem kleinen Holzfeuer und bereitete eine Mahlzeit zu. Neben ihm saß Cide Abderrazak, der hungrig in die Pfanne sah. Er hatte einen Krug Wein in der Hand.

»Wie kommt ihr an die Lebensmittel?«, fragte ich.

»Wir ließen einen Korb hinunter, und auf Anordnung von Abderrazak wurde er gefüllt.«

Der Kaufmann lachte. »Die Tatsache, dass Ihr mich als Geisel genommen habt, bedeutet noch nicht, dass wir hier Hunger leiden müssen«, sagte er. »Vergesst bitte nicht, dass dem Kalifen von

Cordoba sehr an Eurer Gesundheit gelegen ist. Es ist ja nur halb so schön, einen Halbtoten zu foltern.«
Ich musste ihm Recht geben und nahm den Krug, den er mir anbot. Ich ging zu Abu al-Fath al-Iskandari, der sich in der Nähe mit der Seide beschäftigte. Er schnitt kleinere Stücke aus und bastelte an irgendwelchen Konstruktionen mit Hilfe von Zweigen, die überall auf dem Dach herumlagen.
»Solltest du nicht besser eine List ersinnen?«, fragte ich.
Er lächelte und hob eine seiner Basteleien hoch. Er warf das Ding, das entfernt einer Fledermaus mit gespreizten Flügeln glich, hinunter in die Schlucht. Das Ding glitt ein kleines Stück durch die Luft, drehte sich erst auf die Spitze, dann noch einmal um die Längsachse und stürzte schließlich in die Tiefe. Abu al-Fath al-Iskandari schüttelte den Kopf. »Das klappt irgendwie noch nicht«, sagte er. Ich sah ihn an und dann wieder auf die Spielzeugfledermaus, die noch immer nicht im Tal gelandet war.
»Du willst mir doch nicht erzählen, dass das dein Plan ist«, sagte ich.
Er nickte lächelnd und begann wieder mit dem Ausschneiden. »Die Wissenschaft, Hroswith, ist unsere einzige Rettung.«
Ich ging zu der kleinen Mauer, die das flache Dach einfasste, und schaute in die Schlucht hinunter. Plötzlich von heftigem Schwindel ergriffen, machte ich einen Schritt zurück.
»Ich habe die ganze Nacht von diesem Abgrund geträumt«, sagte ich. »Die Tiefe übte geradezu einen Sog aus.«
»Damit hatte ich auch meine Probleme«, sagte Abu al-Fath al-Iskandari. »Unser Verstand, der niemals schläft, schickt uns Träume, um Lösungen anzubieten für Probleme, die wir tagsüber nicht bewältigen.«
»Ich glaube, in diesem Fall ziehe ich das Problem seiner Lösung vor«, sagte ich. Ich ging hinunter und versuchte an etwas anderes zu denken als an die Tiefe.
In den darauf folgenden Tagen beschäftigte sich Abu al-Fath al-Iskandari weiter mit der Seide, mit Stöckchen, Stangen und Schnüren. Er stellte komplizierte Berechnungen auf Papyrus an und

führte Versuche bei verschiedenen Windrichtungen durch. Von Tag zu Tag verfinsterte sich seine Miene mehr.
Wir aßen und tranken mehr, als gut für uns war, weiter konnten wir nichts machen. Mounain kochte und spielte Schach mit Abderrazak, der offenbar ein fröhlicher Kerl war. Als ich ihn fragte, ob er nicht befürchte, dass seine Geschäfte unter seiner Gefangenschaft leiden könnten, antwortete er geheimnisvoll, er werde dafür reichlich entschädigt. Ich verstand erst, was er meinte, als ich eines Tages mit zum Fenster ging, von wo aus er seine Bestellungen aufgab.
Der Mann, der die Oberen der Stadt vertrat, rief hoch: »Wir haben noch keinen Bericht aus Cordoba, Cide Abderrazak. Wie steht's im Turm?«
»Meinen Gefangenen geht es ausgezeichnet. Hier kommt unsere Bestellung …«
Er hatte einfach das Wort »Gäste« durch »Gefangene« ersetzt, sodass er in den Augen der ganzen Stadt ein Held war. Cide Abderrazak sagte zu mir: »Ich darf doch auch etwas von dieser Sache profitieren? Eure Gefangennahme ist so unvermeidlich wie der Tod.«
»Vielleicht werfen wir dich ja in die Schlucht, bevor sie diesen Turm einnehmen«, sagte ich böse. Er stieg auf das Dach und blieb die ganze Zeit verstockt am Feuer sitzen. Aber Mounain muss ihm gesagt haben, dass ich so etwas nie tun würde, denn am Abend war er wieder ganz der Alte.
Am zwölften Tag stand ein Trupp Soldaten aus Cordoba vor der Tür. Ich kannte einige von ihnen, ich hatte sie selbst ausgebildet. Aber keiner reagierte auf meine Begrüßung, sie hatten Anweisung, nicht mit mir zu reden. Abderrazak ging herum und rieb sich die Hände. Mounain und Abu al-Fath al-Iskandari saßen nachdenklich auf dem Dach, und ich wusste nicht mehr, was zu tun war. Die Soldaten warteten ab, und bald wurde klar, warum: Aus einer Seitenstraße kamen acht von ihnen mit einem Rammbock heran, einem schweren Holzbalken mit einer Spitze aus Eisen.
Unsere Belagerer verloren keine Zeit. Zwölf Soldaten nahmen den Rammbock auf und fingen an zu laufen. Ich wartete das Ergebnis

nicht ab und flog die Treppen hoch. Noch bevor ich auf dem Dach war, hörte ich ein lautes Krachen.
»Sie kommen!«, rief ich. »Sie können jeden Moment herinnen sein.«
Abu al-Fath al-Iskandari stand schon bereit mit einem großen Gestell, einem Rahmen aus seidenbespannten Holzstangen, die mit Schnüren aneinander befestigt waren. Er sah ähnlich aus wie das kleine Ding, das ich meinen Freund in den Abgrund hatte werfen sehen.
»Willst du zuerst, Hroswith?«, fragte Abu al-Fath al-Iskandari.
Ich schüttelte den Kopf und schaute die Treppe hinunter. Noch war nichts zu sehen. Abu al-Fath al-Iskandari schnallte sich einen Ledergürtel um und schnürte das Gestell an einem kurzen Balken fest, der horizontal vor seiner Brust war. Dann hielt er inne, nahm den Weinkrug und trank noch ein paar Schlucke. Anschließend sagte er: »Wir sehen uns unten!«
Er stieg auf die kleine Mauer und tauchte ab in die Schlucht. Abderrazak stieß einen Schrei aus. Ich blickte Abu al-Fath al-Iskandari nach und sah, wie er in einem langen Gleitflug abwärts schwebte. Jeden Moment erwartete ich, dass er abstürzen würde, aber das trat nicht ein.
Mounain hatte sein Geschirr schon angeschnallt, und auch er stieg auf die kleine Mauer, bereit zum Fliegen. Aber jetzt setzte sich Abderrazak in Bewegung. Er klammerte sich an Mounains Beinen fest und jammerte: »Ihr dürft nicht entkommen, Ihr seid meine Gefangenen, und ich liefere Euch aus!«
Mounain taumelte, riss sich los und wollte sich davonmachen. Aber Abderrazak hielt seinen rechten Fuß fest, sodass der unglückliche *gnaoui* kopfüber an der Außenseite der Mauer herunterhing. Dies dauerte nur einen kurzen Augenblick, denn Abderrazak ließ los, und Mounain stürzte hinunter. Ich hörte seinen lang gezogenen Todesschrei in der Schlucht widerhallen und sprang vor. Ich gab dem Fettsack einen so heftigen Tritt in den Hintern, dass er hinter Mounain herflog, nur schrie er doppelt so laut.
Keine Spur von Abu al-Fath al-Iskandari. Schnell ging ich zur Luke

und spähte die Treppe hinunter, gerade rechtzeitig, um die Soldaten zu sehen, die heraufstürmten. Ich wartete, bis der Erste seinen Kopf durch die Luke steckte, und schlug sie dann so fest ich nur konnte zu, worauf er und seine Gefährten die Treppe hinunterkugelten. Ich nahm das Gestell, das für mich bestimmt war, und schnallte es um. Dabei stellte ich mich, um sicherzugehen, auf die Luke. Gerade als ich den Gürtel befestigt hatte, wurde diese mit Gewalt aufgestoßen. Ich sprang herunter, trat hinkend auf, kletterte auf die kleine Mauer und stürzte mich in die unendliche Tiefe. Ich bin zu schwer, durchfuhr es mich, denn jetzt erst dachte ich an all das Gold in meinen Taschen, das mein Gewicht um viele Pfunde erhöhte.
Einen endlosen Augenblick lang hatte ich meine Augen zugekniffen, aber als ich sie öffnete, sah ich, dass ich einen steten, ruhigen Gleitflug machte wie ein Vogel, der am Himmel kreist, ohne mit den Flügeln zu schlagen. Unter mir war der Flickenteppich der Äcker zu sehen, die nebelverhangene grüne Welt des Tales. Ich musste an früher denken, wenn ich unter Wasser schwamm und die grüne Welt dort unten bewunderte. Dies hier war ein Ozean, aber einer, der mit Luft und Wolken gefüllt war. Einen kurzen Moment lang fühlte ich mich vollkommen glücklich, dann schwenkte mein Gerät heftig zur Seite und klappte um, sodass ich auf ihm zu liegen kam. Kopfüber sauste ich nach unten, genau wie früher das kleine Modell. Ich wusste, dass ich abstürzen und sterben würde. Auf einmal wurde ich ganz ruhig. Ich löste die Hände vom Gestell und wollte sogar den Gürtel lösen, aber dazu hatte ich keine Zeit mehr.

Abu al-Fath al-Iskandari, der mich durchrüttelte, erweckte mich zum Bewusstsein. Ich setzte mich auf und musste heftig husten, um das Wasser aus meinem Hals zu bekommen. Wir saßen am Ufer des kleinen Sees.
»Du hast Glück gehabt«, sagte Abu al-Fath al-Iskandari. »Ich muss sagen, dass ich nicht mit deinem Gewicht gerechnet habe, ich hätte das Gestell etwas größer machen müssen.«
»Und ich hätte das Gold liegen lassen sollen«, sagte ich.

»Das hast du bei dir?«, fragte Abu al-Fath al-Iskandari verdutzt. »Das war nicht sehr schlau. Ein paar Goldstücke hätten auch gereicht. Ein Steinwurf mehr nach links oder rechts und du wärst tot gewesen.«
»Wie Mounain«, sagte ich.
»Wie Mounain. Er liegt da hinten, neben diesem Fettwanst. Schau nicht hin, es ist kein schöner Anblick!«
»Das hatte ich auch nicht vor. Ich werde dir später erzählen, was passiert ist, jetzt müssen wir sofort weg von hier.«
»Das sehe ich genauso«, sagte er. »Aber wir hätten den fetten Kaufmann sofort vom Turm werfen sollen. Ich kannte Mounain zwar erst ein halbes Jahr, aber wir haben zusammen viel durchgemacht, und er war mir ein guter Freund.«
Ein Schatten fiel über uns. »Was ist hier los?«, fragte jemand. Es war der Schäfer, er erkannte uns im selben Augenblick wie wir ihn. Er wollte stehenden Fußes umkehren, aber Abu al-Fath al-Iskandari packte ihn an seinem Wams aus Schaffell und schüttelte ihn. »Du hast uns verraten, oder? Ich glaube, du kannst jetzt ein paar von deinen Schafen entbehren, die uns als Vorrat dienen sollen.«
»Edler Herr, meine Schafe stehen Euch zur Verfügung«, stammelte der Hirte. Ich stand auf und sah mich um. Ein Stück weiter graste die Herde. Zu meinem Erstaunen sah ich direkt daneben unsere drei Pferde, die ebenfalls Gras fraßen.
»War das deine Belohnung?«, fragte ich. »Nicht schlecht für einen Aufstieg von ein paar Stunden. Wo sind die Sättel?«
»In meiner Hütte.«
Abu al-Fath al-Iskandari stieß den Mann zu den Pferden. »Bring uns dorthin!«
Eine Stunde später verließen wir das Tal. Ich sah noch einmal hoch zum so genannten Balkon und fluchte bei dem Gedanken, dass ich von dort herunter gesprungen war.

Wir hatten einen oder zwei Tage Vorsprung vor unseren Feinden. Das musste reichen, um in den Norden zu fliehen. Ich wollte die Spanische Mark erreichen und von dort über die Pyrenäen nach

Frankreich. Ich kannte mich ganz gut aus in diesem Land, denn jahrelang hatte ich Reisende über ihre Erfahrungen ausgefragt.
In den ersten Wochen kamen wir gut voran. Wir ritten lange Zeit hintereinander und schliefen wenig. Lange bevor es tagte, machten wir uns wieder auf den Weg. Ich orientierte mich an den Sternen und versuchte, so weit wie möglich im Osten zu bleiben, damit wir keine Bergzüge auf unserem Weg überqueren müssten. Aber unser Gesundheitszustand verschlechterte sich. Abu al-Fath al-Iskandari hustete und konnte mit seiner rauen Kehle kaum mehr sprechen. Ende Januar erreichten wir die Grenze von Aragon, und hier beschloss ich, es ruhiger angehen zu lassen. Niemand legte uns etwas in den Weg, und wir konnten wieder in Herbergen schlafen und gut essen. Wir versorgten uns mit frischen Pferden, denn unsere Reittiere waren stark abgemagert, genau wie wir. Abu al-Fath al-Iskandaris Stimmung blieb düster, obwohl wir uns die Weine der Gegend gut schmecken ließen. Auch an den Kaminfeuern in den Herbergen zog er immer wieder den Mantel fester um sich und zitterte ständig.
In einem Dorf am Fuße der Pyrenäen wollte ich den Rest des Winters verbringen, aber Abu al-Fath al-Iskandari war dagegen. »Wer weiß, vielleicht dauert es noch Monate, bevor sich das Wetter bessert. Ich habe schlimmere Gefahren überstanden. Vergiss nicht, dass es Straßen gibt und dass die Leute schon seit Jahrhunderten über die Pässe ziehen, auch im Winter. Die Schwarzen Berge waren gefährlicher, und die habe ich in weniger als einer Woche zweimal überquert.«
»Du bist krank, Abu al-Fath al-Iskandari«, warf ich ein.
»Ich fühle mich schon etwas besser.«
Tatsächlich sah er gesünder aus, seit wir in Aragon waren. Seine Wangen bekamen wieder etwas Farbe, und eines Abends ertappte ich ihn dabei, wie er der Tochter des Wirts den Hof machte. »Müssen wir von hier schon wieder fliehen?«, fragte ich ihn.
»Wir brauchen nicht mehr zu fliehen, morgen machen wir uns schlicht auf den Weg in die Herzogtümer der Franken, wo es sich

gut leben lässt, wo die Mädchen willig sind und der beste Wein der Welt angebaut wird.«

»Es ist zurzeit in Frankreich kälter als hier«, sagte ich. Aber am nächsten Tag ließ ich mich überreden, und wir machten uns auf den Weg.

Zwei Tage lang erklommen wir steile Pfade, und oft mussten wir zu Fuß gehen und die Pferde am Zügel führen. Wir kamen durch zauberhafte, stille Landschaften, wo alles weiß war und Eiszapfen von den Ästen hingen. Die Bäume standen regungslos da und reckten ihre Arme schwarz gen Himmel. Abu al-Fath al-Iskandari fing wieder an zu husten. Ich erwog umzukehren, aber mein Freund meinte, wir hätten die Hälfte schon hinter uns, und nun sei es egal, ob wir weiterritten oder umkehrten. Aber im Frühjahr müssten wir dann den Weg erneut zurücklegen.

»Der Frühling in der Gascogne soll sehr schön sein, Bruder«, sagte er zwischen zwei Hustenanfällen.

»Wenn wir den noch erleben«, sagte ich finster.

Am vierten Tag fiel Abu al-Fath al-Iskandaris Pferd in eine tiefe Spalte. »Nur gut, dass ich nicht draufsaß«, rief er gespielt fröhlich. Glücklicherweise hatten wir noch das Lastpferd.

Zwei Tage später begann es zu stürmen und zu schneien. Der Schneesturm dauerte Tage, und wir konnten die Hand nicht vor Augen sehen. Und doch zogen wir weiter. Ich wusste nicht mehr, wie viele Tage wir schon unterwegs waren. Mit unseren Wanderstäben tasteten wir uns wie Blinde vorwärts, um nicht in die Tiefe zu stürzen. Schließlich gaben wir es auf und suchten Schutz in einer kleinen Höhle. Wir hatten nur noch wenig zu verzehren und mussten Schnee essen, weil unsere Wasserschläuche leer waren.

Ich muss einen Augenblick lang innehalten, denn die Kälte von damals scheint in meine Knochen zurückzukehren. Bodo hat mir gerade mein Essen gebracht, gleich wird es wohl besser gehen.

Maleachi, der letzte Prophet, fällt meiner Kratzsucht zum Opfer. Ich schreibe schon sechzehn Stunden hintereinander. Noch zwei

Seiten, Bodo, und ich fange bei den Evangelien an. Aber diese letzten zwei Seiten des *Alten Testaments* fallen mir schwerer als alles, was davor war. Mein Freund, mein Bruder Abu al-Fath al-Iskandari, der mir vom Schicksal vorbestimmt war, den ich treffen sollte und dessen Lockruf ich schon als kleiner Junge hörte, Abu al-Fath al-Iskandari hatte schon vor Monaten eine Prophezeiung ausgesprochen. Diese sollte sich in den Tagen, die nun folgten, erfüllen.

Wir brachten zwei Tage in dieser Höhle zu, und es hörte nicht auf zu schneien. Ich war einige Male nach draußen gegangen, um die Pferde zu füttern. Ich hatte den Eingang mit Schneeblöcken verschlossen, die ich mit meinen bloßen Händen zusammengepresst hatte, und mit beweglichen Schaffellen, sodass ich von Zeit zu Zeit nach draußen konnte, um die Pferde zu versorgen. Drinnen hatten wir es warm. Abu al-Fath al-Iskandaris Gesicht verfärbte sich dunkel, und er schwitzte, als liefe er durch die Wüste.
»Jeder Araber trägt eine Wüste mit sich herum«, sagte er flüsternd, »und meine Wüste braucht dringend Feuchtigkeit.« Seinen Humor hatte er nicht verloren.
Was mir vor einer Woche wie eine gesunde Hautfarbe erschienen war, war offenbar das äußere Kennzeichen einer Krankheit. Mein Freund spuckte jedes Mal Blut, wenn er hustete. Wir sprachen kaum mehr, sondern schauten in die Flammen der Kerzen, bis wir keine Kerzen mehr hatten.
Abu al-Fath al-Iskandari sprach im Schlaf, er nannte die Namen von zahllosen Frauen, die ihm lieb gewesen waren, und wachte dann von seiner eigenen Stimme auf.
»Hroswith«, sagte er fast unhörbar. Ich rückte nahe an ihn heran, um zu hören, was er sagen wollte. »Es ist noch ein Krug Wein da. Wir wollen ihn uns teilen, zum letzten Mal.«
Ich wusste, dass ich ihm nicht widersprechen durfte. Ich trank ein paar Schlucke, und es brannte wie Feuer in meiner Speiseröhre. Ich half Abu al-Fath al-Iskandari beim Trinken. Draußen schnaubte eines der Pferde. Das Tier kratzte mit dem Huf über den Felsboden.

Ich nahm noch einen Schluck und spähte durch ein Loch zwischen Fell und Schneeblöcken nach draußen. Es schneite nicht mehr und der Himmel war blau.
»Wir können weiter, Abu al-Fath al-Iskandari!«, rief ich aufgeregt. »Es klart auf.«
Aber als ich meinen Freund an der Schulter fasste und mich zu ihm herunterbeugte, sah ich, dass er tot war. Ich schloss ihm die Augen und blieb bis zum nächsten Morgen bei ihm sitzen. Dann packte ich meine Sachen zusammen, nahm meinen Sattel und ging hinaus. Den halb vollen Weinkrug ließ ich in der Höhle zurück.
Es dauerte eine Ewigkeit, bis ich genug Steine und Zweige beisammen hatte, denn das meiste lag noch unter dem Schnee begraben. Aber schließlich hatte ich den Eingang versperrt, sodass kein Raubtier hineingelangen konnte. Jahre später bin ich einmal dorthin zurückgekehrt, aber die Höhle fand ich nicht wieder.
Der Schnee, der am Morgen noch auf den Pferderücken gelegen hatte, war nun verschwunden und auch auf den Wegen begann er, schon zu schmelzen. Ich nahm die Zügel in die Hand und machte mich auf den Weg. Die Sonne brannte vom Himmel und sorgte dafür, dass ich innerhalb kürzester Zeit schweißnass war. Ich nahm eines der Felle von der Schulter und ließ es zurück.
Keine Stunde nachdem ich aufgebrochen war, sah ich unter mir die grünen, dicht bewaldeten Hügel der Gascogne liegen. Eingebettet in die von Weinstöcken bewachsenen Bergausläufer lagen die Gebäude und Gärten eines Klosters.

Ich bin müde, Bodo, ich kann nicht mehr. Wenn ich daran denke, was ich noch alles machen muss … Vielleicht sollte ich jetzt aufhören und mich vor den Kamin setzen, um auf den Tod zu warten. Was hat es für einen Sinn, wenn man die ganze Vergangenheit wiederkäut? Und bislang waren es nur meine Reisen. Oft fürchte ich, dass mein Gedächtnis mich im Stich lassen könnte, und zugleich erhoffe ich es. Ein kindischer Greis zu sein wäre wie eine Befreiung. Ich gehe schlafen. Morgen ist auch noch ein Tag, und sei es der Jüngste.

V. Clamosa in voce

39. Kapitel

In dem Hroswith in die Niederen Lande zurückkehrt. Es gibt ein Wiedersehen

Jetzt sind also die Evangelien an der Reihe. Ihr Anfang fällt mit dem Augenblick meiner Rückkehr zusammen, spät im Winter eines Jahres, das nur noch wenige Jahre vom tausendsten Geburtstag desjenigen entfernt war, dessen Stammbaum ich jetzt wegschabe. Denn zum ersten Mal in meinem Leben konnte ich sagen, in welchem Jahr ich lebte, ich hatte es in einem Kloster gelernt.

Unterwegs war ich überall gastfreundlich aufgenommen worden. So warf ich meine Lumpen ab und erhielt eine Mönchskutte, um in ihr meine Reise fortzusetzen. In den Pilgerherbergen und den Gästezellen der Klöster traf ich wandernde Studenten und schloss mich ihnen an. Alsbald lernte ich das Schimpfwort *gyrovagus* kennen. Die *gyrovagi* waren herumirrende Mönche, die es sich überall aufgrund der von Benedikt vorgeschriebenen Gastfreundschaft gut gehen ließen und sich rund aßen und satt tranken, um einige Tage später zum nächsten Kloster weiterzuziehen.

Auch über diese Reise durch die westfränkischen Herzogtümer schrieb ich zwanzig Jahre später ein Buch, unter dem Titel: *De Vino Mulierculisque Neustriensibus.* Vielleicht steht es noch irgendwo in einer vergessenen Ecke einer Bibliothek herum.

In diesen Landen herrschte ein Geist der Buße und Läuterung. Ich sah seltsame Bilder in diesen Herzogtümern: Messen unter freiem Himmel, die auf Hügeln gefeiert wurden und zu denen sich Zehntausende von Menschen aller Stände zusammenfanden und einträchtig schworen, auf ewig Frieden zu halten. Weiß gekleidete Prälaten mit Purpurstolen gingen segnend durch die Reihen, und danach begannen die Leute einander zu umarmen. Pröpste küssten

Bauern, nackte Grafen und Ritter mit gegeißeltem Rücken drückten zerlumpte Bettelmönche an ihre Brust. Wahrlich, hier lagerte sich der Löwe mit dem Lamm.

Es war eine herrliche Reise. Ich schloss und brach zahllose Freundschaften und war wochenlang mordsmäßig betrunken. Was ist aus euch geworden, aus euch Kameraden Cennfaeled, Maelpatrick, Theobald, Gillebert? Ruhelose Seelen waren sie, immer auf der Suche nach Wissen, Wein und einem Weiberschoß. Die fröhliche Schar bog nach Oberlothringen ab, und so zog ich allein weiter, weil mein Reiseziel weiter nördlich lag.

Eile, nach Hause zu kommen, hatte ich noch keine. Je mehr ich mich meinen heimatlichen Gefilden näherte, desto größer wurden mein Groll und mein Abscheu dem Volk gegenüber, das meine Mutter ermordet und mich in die Verbannung geschickt hatte. Aber ich hatte genug von der Welt gesehen, um zu begreifen, dass dies ganz sicher überall hätte geschehen können.

Die bittere Kälte war nach all den Jahren in den warmen Ländern besonders beschwerlich. Ich besuchte die Städte auf meinem Weg, und erst jetzt fiel mir auf, wie klein sie eigentlich waren. Ich schlief in Herbergen, in denen mich Flöhe und Läuse ansprangen, bis ich vor Jucken verrückt wurde. Ich traf Pilger und Kaufleute, die meine Sprache sprachen oder jedenfalls eng verwandte Sprachen. Manchmal redete ich mit Leuten, die so einen beschränkten Wortschatz hatten, dass ihre Konversation nur aus Flüchen und Brummen zu bestehen schien. In meinem Land war das nicht so schlimm, glaubte ich mich zu erinnern, und hielt, weiter gen Norden reisend, Ausschau nach den ersten Zeichen von Kultur, feinen Sitten und gutem Geschmack. Meistens vergeblich, je weiter ich gelangte, desto weniger feine Sitten fand ich.

Ich aß gut, wenn auch die Nahrung einfach war, und achtete darauf, dass ich viel schlief, denn die Flucht durch Spanien hatte auch meine Konstitution angegriffen. Eine Zeit lang reiste ich in Gesellschaft von Pilgern, die aus Santiago de Compostela zurückkehrten. Bei Cambrai im Hennegau nahmen wir Abschied. Ich hielt mich dort noch eine Weile auf, um etwas Pergament zu kaufen. Als ich mich dann wieder auf den Weg machte, hatte ich es auf einmal eilig, denn ich sehnte mich danach, mein Heimatland wiederzusehen.

Ich führte meine Pferde über kleine, krumme Wege und durch Täler mit ausgedehnten Sümpfen, wo Frösche tagsüber derart quakten, dass ich fast taub wurde, während mich in der Nacht die Mücken zum Wahnsinn trieben. Aber all diese Unannehmlichkeiten waren mir lieb, denn sie führten mich in die Vergangenheit zurück. Ganze Nachmittage ließ ich meine Pferde im Schritt gehen, und ich sinnierte im Sattel über meine Kinderjahre, an die ich nun, da sie weit zurücklagen, mit einem wärmeren Gefühl zurückdenken konnte.

Als ich endlich durch bekannte Gegenden kam, fühlte ich mich genauso stark und jung wie an dem Tag, als ich in die Verbannung gehen musste, aber zugleich fühlte ich eine innerliche Ruhe, die ich vorher nicht gekannt hatte.

Ich dachte zum ersten Mal seit langer Zeit wieder an meine Jugendliebe Adela und an Äbtissin Liutgardis. Würden sie sich noch an mich erinnern? Ich hatte im Übrigen nicht vor, alte Bekannte aufzusuchen. Ich wollte mich niederlassen und lesen und studieren, denn ich brauchte mich, dank des Goldes aus Cordoba, um Geld nicht zu sorgen. Auch in den Niederen Landen musste es Bibliotheken und Büchersammlungen wie die von Sleiman geben.

Ich war auf dem flachen Land aufgewachsen, in zurückgebliebenen Gegenden, wo man sich vor allem mit Jagen und Kämpfen beschäftigte. Aber es gab auch andere Landstriche, mit Städten, Schulen und Klöstern, wo Gelehrte schon seit Hunderten von Jahren Bücher verfassten und kopierten.

Ich blieb eine Weile in Tiel, das ich mir wie eine Art Haithabu vorgestellt hatte, aber es konnte sich mit der dänischen Handelsstadt nicht messen. Mich erinnerte hier alles an Wikala, an die Stadt, in der ich als Kind meine Bildung erhalten hatte. Ich beschloss, in das alte Trajectum zu gehen, die Stadt Utrecht, wo Ansfried seit einem Jahr Bischof war. Hier hoffte ich, die Gesellschaft zu finden, die ich suchte.

Utrecht war kleiner, als ich erwartet hatte, hatte grobschlächtige Einwohner und eine wenig zugängliche Geistlichkeit, die keine Neigung verspürte, einen Fremden in die Büchereien des Bischofs zu lassen. Ich konnte keine Namen nennen, die für mich bürgten, und verfügte nicht über hochgestellte Beschützer. Ich war weder Handwerker noch Gelehrter, ich war kein Edelmann, Soldat oder Mönch. Hier hatte jeder seinen genau eingegrenzten Platz in der Welt – jeder außer mir. Vielleicht hatte ich durch meine Erfahrungen zu viele Einsichten gewonnen, und das machte mich in aller Augen verdächtig. Wehe dem, der sein Land verlässt und seinen Horizont erweitert! Seine Landsleute werden ihn nicht mehr kennen, er wird zum Fremden, ohne es doch wirklich zu sein, und dies macht ihn noch fremder als den echten Fremdling, dessen Fremdheit in gewissem Sinne Schutz bietet.

Ich kaufte mir ein kleines Haus im Handelsviertel zwischen Springwijk und Utrecht und nahm ein Dienstmädchen für den Haushalt in Stellung. Allmählich würde man mich ja doch in die Gemeinschaft aufnehmen. Ich wollte der örtlichen Geistlichkeit Honig ums Maul schmieren; ich, der ich so viel durchgemacht hatte, dass ich an keine Götter mehr glaubte, würde mich verstellen müssen, wenn ich mein Wissen vergrößern wollte.

Schätzungsweise siebzehn Jahre war ich fort gewesen, jetzt war ich etwa fünfunddreißig. Ich hörte mir die Geschichten an, die in den Herbergen und auf den Marktplätzen die Runde machten, denn ich wollte mich über den Zustand in diesem Teil des Reiches informieren. Es hatte keinen Sinn, den einfachen Städtern von Trajectum meine Abenteuer zu erzählen, kein Mensch würde mir glauben, und es würde meinen Aufenthalt nicht gerade angenehmer machen, wenn die Leute mich für einen Lügner hielten.

Wenig hatte sich verändert. Kaiser Otto war schon im Jahr meiner Verbannung gestorben, und sein dreijähriger Sohn war ihm nachgefolgt, der sofort zum König gekrönt wurde und auch Otto hieß, der Dritte seines Geschlechts mit diesem Namen.

Aber hatte der Bauer, der seinen Acker pflügte, oder der Schuster über seinem Leisten überhaupt irgendeine Ahnung, wer auf dem Thron des Heiligen Römischen Reiches saß? Was in der Nähe geschah, hatte mehr Einfluss auf die Kneipengespräche: Gaue und Grafschaften waren in ständiger Unruhe, Bischöfe und Grafen bildeten und brachen Koalitionen und bekriegten einander um Land, Ehrentitel und Gutshöfe, genau wie es immer gewesen war. Gerüchte über die Normannen machten die Runde, aber das Volk fürchtete sich inzwischen mehr vor den heidnischen Friesen, und die Leute fragten sich, wann sich einmal jemand die Mühe machen würde, sie über die Klinge springen zu lassen. Aber diese Hoffnung war vergeblich: Jetzt, mehr als ein halbes Jahrhundert später, besteht diese Gefahr immer noch.

Niemand war sich der Tatsache bewusst, dass uns nur noch kurze Zeit vom tausendsten Jahr der Fleischwerdung des Herrn trennte. In Frankreich hatte ich einen Straßenprediger dieses kommende Ereignis erwähnen hören, das seiner Meinung nach mit dem Jüngsten Tag zusammenfallen würde. Ich unterließ es lieber, die Leute hier aufzuklären; Unheilspropheten sind nirgendwo beliebt, und selbst ich schenkte Prophezeiungen wenig Glauben.

Ich amüsierte mich, ohne dass ich es mir anmerken ließ, über diese Kleinstädter, die sich meilenweit über die Dorfbewohner und Bauern erhaben fühlten, dabei aber Einwohner einer Stadt waren, die die Größe eines durchschnittlichen Stadtviertels von Damaskus oder Cordoba hatte. Konstantinopel hatte schon Dörfer innerhalb seiner Stadtmauern, ja sogar Vororte, die Utrecht völlig in den Schatten stellten. Diese kleinen Marktplätze, das ärmliche Kirchlein, diese lächerliche Stadtmauer! Es war, als hörte ich Frösche über ihre Großartigkeit quaken.

Und da ich schon dabei bin: Wie stanken diese Utrechter! Von Waschen hatten sie noch nie etwas gehört, und an den Schanktischen schreckten sie nicht davor zurück, ihre Abendmahlzeiten mit Fürzen zu begleiten, die wie Posaunen tönten. Als ob sie nicht schon genug stanken. Manches Mal habe ich in diesen Tagen mei-

nen Essnapf weggeschoben und vor Ekel die Wirtschaft verlassen. Manchmal, wenn ich schlecht gelaunt war, teilte ich auch mal hier eine Ohrfeige aus und da einen niederrheinischen Arschtritt, den traditionellen Fußstoß in den Hintern (auch wenn ein Holzschuh mehr bewirkt hätte als meine Stiefel aus Reims).
Pflegte man in der Gegend, aus der ich stammte, ebensolche Umgangsformen? Vielleicht war es mir einstmals nicht so aufgefallen, und nun war ich durch ein Übermaß an Kultur verdorben. Manchmal fragte ich mich, warum ich zurückgekommen war. In dieser großen weiten Welt konnte ich überall eine Existenz aufbauen. Was suchte ich nur bei diesen Trotteln?
Ich hörte nicht viel aus dem Osten der Niedereren Lande, es gab wenig Berichte aus Hamaland, Leomerike und Niederlothringen. Ich gebe zu, ich forschte auch nicht viel danach. So viel Gutes hatte ich von diesen Sachsen und Lothringern nicht zu erwarten. Dennoch war ich angenehm überrascht, als mir eines Tages unvermutet ein alter Freund über den Weg lief.

Ich kam immer öfter in die Schankstube von Wolf, einem Westfalen, der mehr von Bier verstand als die anderen Wirte. Daher hatte er auch viel Zulauf. Die meisten seiner Kunden kamen von außerhalb der Stadt, denn oft ist es so, dass die Einheimischen sich nur mit dem Einheimischen begnügen und nicht die geringste Lust fühlen, etwas Neues auszuprobieren. Und genau das war der andere Vorteil von Wolfs Taverne: Zu ihm kamen Leute aus allen Windrichtungen, und man hörte dort interessantere Dinge als die lokalen Neuigkeiten. Ich muss im Übrigen schnell hinzufügen, dass es natürlich gar nichts war im Vergleich zu der Zahl unterschiedlicher Völker, die ich in Haithabu, Kiew oder Konstantinopel gesehen hatte. Niemand hier war weiter von zu Hause entfernt als zweihundert Meilen, jeder verstand jeden, wenn auch manchmal nur mit Mühe.
Die Taverne erstreckte sich zum Teil auf Pfählen über den Fluss, ihr steinerner Kern hatte hier schon zu der Zeit gestanden, als Utrecht während der Einfälle der Normannen verwüstet worden war, vor

mehr als hundert Jahren. Wolfs Schwiegervater hatte das Anwesen vor Jahren ausgebaut, als die wieder hergerichteten Burgen aufs Neue militärische Bedeutung erlangten. Der Handel auf dem Wasser hatte seitdem schnell zugenommen.
An schönen Tagen konnte man draußen am Landungssteg sitzen, wo die Schuten mit Torf, Bierfässern und was auch immer anlegten. Viele Schiffe kamen an, um die Keller der Taverne mit Vorräten zu füllen, denn Wolf brauchte viel. Er sprang schon in die Schute, bevor die Taue festgemacht waren, und war dann der Erste, der mit einem Fass auf dem Nacken hin und her eilte.

An jenem Tag saß eine Gesellschaft von Jägern, zerzaust und mit Blut befleckten Kleidern an den groben Tischen, soff und krakeelte herum. Ich stand einen Augenblick lang in der Türöffnung und zögerte kurz, ob ich mich dazusetzen sollte, nahm aber stattdessen lieber an einem kleinen Tisch am Ende des Anlegers Platz. Wolfs Tochter Karola, ein blühendes Mädchen, das die Muskeln seines Vaters geerbt hatte, gab gerade einem der Jäger eine Ohrfeige, dass das Klatschen weit übers Wasser weg zu hören war.
»Das wird dich lehren, Bruno«, sagte einer seiner Kameraden. »Diese Mädchen aus der Stadt können mit so einem ungehobelten Sachsen nichts anfangen.«
Ich blieb kurz stehen und zwinkerte Karola zu. Der Mann, der ihren Zorn erregt hatte, erhob sich mühsam und begann einen Sermon, von dem nichts zu verstehen war. Sie sammelte inzwischen leere Trinkkannen ein und ignorierte ihn.
»Bleib ruhig, Bruno!«, warnte ihn der Mann, der eben schon auf ihn eingeredet hatte. Der Betrunkene nahm einen Becher und rief auf einmal ganz laut: »Heh, ich rede mit dir!« Als Karola sich umdrehte, schüttete er ihr den Inhalt des Bechers ins Gesicht. Der Wein tropfte in ihre Kleider, und bevor sie etwas machen konnte, trat ich schon vor den Täter. Ich mahnte ihn zur Ruhe, aber er zeterte weiter, während seine Kameraden lachten. Karola stapfte ins Haus, und es konnte nicht lange dauern, bis Wolf herauskommen würde.

Ich mochte Wolf gern, und weil ich befürchtete, dass er dem Betrunkenen etwas antun könne, rettete ich diesen durch einen Schubs ins Wasser.
»Ich würde schnell wegschwimmen«, sagte ich in Richtung des Kopfes, der prustend auftauchte. Das Wasser war so flach, dass der Kerl stehen konnte. Er wollte die Leiter hochsteigen, aber jetzt stand Wolf neben mir, mit einer Tonne Schweinekot, den er morgens aus den Verschlägen geschaufelt hatte, um seinen Gemüsegarten damit zu düngen. Die Tonne war so schwer, dass selbst Wolf sie nur mit Mühe tragen konnte.
»Hroswith, geh mal kurz zur Seite!«, sagte er ruhig. »Ich muss etwas Abfall loswerden.«
Unter dem Jubel der Anwesenden bekam der Sachse die volle Ladung ab, und als er doch noch Anstalten machte hochzuklettern, verpasste Karola ihm einen Tritt. Der Mann watete unter lauten Verwünschungen zu einem nahe gelegenen Uferstück zwischen den Häusern.
»Und was ist mit euch?«, fragte Wolf, während er sich zu den anderen am Biertisch umdrehte.
»Wir hätten schon gern noch einen Humpen Bier«, sagte grinsend ein breitschultriger Mann.
Wolf sah seine Tochter an. »Was meinst du?«
Sie zog die Achseln hoch, nickte mürrisch und ging hinein, um ein paar Kannen zu holen. Der breitschultrige Mann sagte zu Wolf: »Niedliches Ding, deine Tochter.«
»Hier habe ich ein niedliches Ding für dich«, rief Wolf und warf die leere Misttonne nach dem Jäger. Dieser duckte sich unter den Tisch, und bevor noch die Tonne auf den Planken des Anlegers in Stücke brach, stand er schon wieder aufrecht, jetzt mit einem Schwert in der Hand. Wolf winkte ihn heran, obwohl er selbst keine Waffe hatte. Ich wollte dazwischentreten, denn es hätte Tote geben können, obwohl eigentlich gar nichts Ernstes passiert war. In wenigen Sekunden würden Tische, Bänke und Gliedmaßen durch die Gegend fliegen. Da erkannte ich das Schwert, ich hatte es selbst gemacht.

»Balderik!«, rief ich, und der Breitschultrige sah überrascht zu mir herüber. Wolf wollte seine Unachtsamkeit ausnutzen, aber ich sprang zwischen beide.
»Kennst du diesen Mann, Hroswith?«, fragte Wolf.
»Ja, er ist ein alter Freund«, sagte ich. »Ich bin mir sicher, dass er es nicht böse gemeint hat.«
»Das stimmt«, sagte Balderik. Er steckte sein Schwert wieder in die Scheide. »Wir albern nur ein bisschen herum, Wirt. Nimm bitte meine Entschuldigung an, auch für deine Tochter! Komm, setz dich zu uns, wir geben einen aus für dich!«
»Na gut«, sagte Wolf. »Aber dieser andere Kerl kommt hier nicht mehr rein.« Er gab Karola ein Zeichen, die die Kannen abstellte und sofort wieder hineinging, um noch mehr zu holen. Nachdem Balderik mich umarmt hatte, nahmen wir am Tisch Platz. Er sagte: »Wenn der Wirt nicht deinen Namen genannt hätte, dann hätte ich dich nicht erkannt, Hroswith. Wo hast du all die Zeit gesteckt?«
Und da erst, zum ersten Mal seit meiner Rückkehr in die Heimat, erzählte ich all meine Abenteuer. Ich berichtete von jenen ersten Tagen nach meiner Verbannung, als ich im Schiff des wahnsinnigen Angelsachsen geflohen war, von meinem Aufenthalt in Jelling und meiner Begegnung mit Abu al-Fath al-Iskandari, von meinen Erlebnissen bei den Kiewer Rus, vom Schwarzen Meer und Damaskus. Ich erzählte von meinen Jahren in Cordoba und schließlich von der Reise zurück über die Pyrenäen und vom Tod Abu al-Fath al-Iskandaris.
Wir tranken eine Kanne nach der anderen und sahen, wie die Sonne hinter der Stadtmauer verschwand. Es war eine klare Nacht, und als ich endlich fertig war mit meinen Geschichten, war das Himmelszelt mit Sternen übersät. Wolf stand auf, um eine Fackel zu holen, und Balderik sagte: »Wenn nur die Hälfte all dieser Geschichten stimmt, hast du mehr erlebt als die meisten Menschen in einem ganzen Leben. Hroswith, ich beneide dich.«
»Warum?«, fragte ich.
»Für mich ist das hier schon eine lange Reise, ins Niederstift, um

auf den Hügeln zu jagen und um mich mit Freunden zu betrinken. Viel Aufregendes habe ich nicht erlebt; es ist wenig passiert, seit du weg bist.«

Jetzt fing ich doch an, neugierig zu werden auf die Menschen, die ich von früher kannte, vor allem auf eine.

»Wie geht es Adela?«, fragte ich.

Er lachte. »Sie ist noch schöner als früher. Sie hat Kinder bekommen, der Älteste ist schon erwachsen. Aber an ihr sind die Jahre spurlos vorübergegangen.«

»Dieser Sohn, wie heißt er?«, fragte ich. Ich hatte mir all die Jahre keine Gedanken darüber gemacht, aber plötzlich wurde mir klar, dass er mein Sohn sein musste.

»Ja«, sagte Balderik, »einige von ihren Kindern sind sofort gestorben, wie das ja oft so ist, aber der Erstgeborene – er heißt Meinwerk – ist dein Sohn. Er studiert in Hildesheim an der Domschule, aber er hat mit dir überhaupt nichts gemein, fürchte ich. Trotz seiner Jugend ist er ein machtgieriger Frömmler und darauf versessen, innerhalb der Geistlichkeit aufzusteigen.«

»Das klingt nicht nach meinem Kind«, sagte ich. »Bist du dir sicher, dass du ihn gut kennst?«

Balderik nickte. »Er hat stark unter Imeds Einfluss gestanden, den er für seinen Vater hält. Der Junge hat, soweit ich weiß, keine Ahnung von deiner Existenz. In den ersten Jahren machten zwar Gerüchte die Runde, aber die sind nach einiger Zeit verstummt.«

»Und Adela?«, fragte ich. Mein Herz klopfte mir bis zum Hals, und es erstaunte mich, dass mich der Gedanke an sie nach all den Jahren wieder durcheinander bringen konnte. Zu lange hatte ich die Erinnerungen verdrängt.

»Adela geht ihre eigenen Wege. Sie konnte von Anfang an wenig mit Imed anfangen, und er hat es ihr wahrscheinlich niemals vergeben können, dass sie von einem anderen schwanger war.«

»Hast du denn schon lange davon gewusst?«, fragte ich erstaunt.

»Sie hat es mir selbst erzählt. Sie verfügt über ihre eigenen Gemächer im Schloss und nimmt es mit der ehelichen Treue nicht so

genau. Sie hat übrigens noch einen Sohn, der heißt Diederik, und drei Töchter: Glismod, Aselam und Emma.«
Ich erinnerte Balderik daran, dass er sich damals auf Liutgardis' Seite geschlagen hatte.
»Das stimmt auch«, antwortete er. »Das Einverständnis zwischen den beiden Schwestern schwand so schnell, dass ich mich entscheiden musste, und nach und nach hat Adela mich mit sehr treffenden Argumenten für ihren Standpunkt eingenommen.« Letzteres mit einem breiten Grinsen auf dem Gesicht.
»Daher bist du so gut informiert über ihre eheliche Treue«, sagte ich und dachte an das Interesse, das er schon früher an ihr gezeigt hatte.
»Du nimmst mir das doch nicht übel, Hroswith?«
Ich schüttelte den Kopf. »Für mich ist das alles viel zu lange her, und ich will in diese Familienzwistigkeiten auch nicht hineingeraten.«
Ich war davon überzeugt, dass ich niemals mehr nach Hamaland zurückkehren würde, nicht zuletzt weil ich dort vielleicht noch vogelfrei war. Warum sollte ich mir Schwierigkeiten auf den Hals holen?
Über dem Wasser des Flusses lagen jetzt Nebelschleier, die langsam aufwirbelten. Nur das vorüberziehende Aufschimmern einer Schute, die an uns vorbeigestakt wurde, riss sie einen Augenblick lang auf. Wolf brachte noch mehr Bier, und wir stießen auf eine Vergangenheit an, die in Balderiks Erinnerung einen viel größeren Platz einnahm als in meiner, schließlich waren wir damals einander doch nur ein paarmal begegnet. Und ich wollte mich nicht mehr mit dieser entschwundenen Zeit beschäftigen. Mit Recht, wie ich damals meinte, denn nichts drückt einen mehr nieder als der Stillstand. Denn es war so, wie Balderik es gesagt hatte: Dort in Hamaland waren sie all die Jahre hindurch dieselben geblieben, nichts würde sich dort je verändern.
Aber darin irrte ich mich. Die Rivalität zwischen den beiden Schwestern hatte unvorstellbare Ausmaße angenommen, und schon bald wurde ich in den Strudel der Ereignisse tiefer hineingezogen, als ich es mir je hätte träumen lassen.

40. Kapitel

In dem Hroswith die Metamorphosen in seiner Heimstatt entgehen, die in seiner Bettstatt allerdings nicht; Graf Balderik bekommt eine schlechte Nachricht

Ich habe es schon früher gesagt und sage es nun wieder: Ich fühlte mich in meinem Heimatland wie ein Fremder. Die Leute waren nicht viel anders als die in Wikala und Hamaland. Ich weiß nicht mehr, was ich erwartet hatte, aber die Rückkehr auf bekanntes Terrain weckte Erinnerungen, die ich lieber hätte schlummern lassen sollen. Manchmal hatte ich nachts böse Träume, dann durchlebte ich wieder die schrecklichen Dinge aus meiner Kinderzeit. Nur selten riefen meine Gedanken die schönen Erinnerungen hervor; die Zunge ist sich gesunder Zähne nie bewusst, sondern streicht immer wieder über den einen, der hohl ist. Oft war die barsche Bemerkung eines Unbekannten oder einfach eine unbeholfene Geste auf der Straße der Auslöser für lange Überlegungen über die Unterschiede zwischen den Völkern. Mir wurde klar, dass ich dieses Volk hasste.

Es kam mir vor, als lebte hier jeder unter einem grauen Schleier von Unkenntnis, die auf der endlosen Wiederholung sinnloser Taten beruhte, welche man direkt von vorangegangenen Generationen übernommen hatte, ohne dass sich jemals irgendetwas Wesentliches verändert hätte. Man lebte mit festen Vorstellungen über die irdischen Dinge und über das, was sich auf der Oberfläche abspielt, aber niemals machte sich jemand die Mühe, sein Überzeugungen zu überprüfen oder zu untersuchen. Ich aber, der ich dachte, durch meine Reisen Erkenntnisse gewonnen zu haben, hatte demgegenüber meine Sicherheiten verloren. Ich fühlte mich einsam, weil ich nicht mehr in diese Welt passte, in der sich jeder seiner Stellung und Bestimmung so sicher war.

Ich fasste den Entschluss, Teile meiner Abenteuer schriftlich niederzulegen, um dadurch die Aufmerksamkeit mächtiger Leute auf die Entwicklungen anderswo in der Welt zu lenken. Ein kluger Kopf würde nach der Lektüre einsehen, dass viele Dinge der Verbesserung harrten, was für diese Lande von großem Vorteil wäre. Ich holte meine kürzlich erworbenen Pergamentblätter hervor und begann nach einigem Nachdenken mit einem Bericht meines Aufenthalts bei den Arabern. Ich gab ihm den Titel: *De Moribus Maurorum.*

Es kostete mich Monate, ihn niederzuschreiben, und wie viel ich auch gelesen hatte, der Gebrauch der Feder kostete mich ebenfalls viel Mühe, und oft dachte ich darüber nach, die Arbeit einzustellen. Aber ich machte weiter. Ich kramte all meine Erinnerungen an die lateinische Rhetorik zusammen und malte demjenigen, dem ich das Buch widmen wollte (ich wusste noch nicht, wer das werden sollte), ein differenziertes Bild des Kalifats Cordoba, führte die Dichter und Denker auf, mit denen ich in Damaskus Bekanntschaft hatte schließen dürfen, und beschrieb die arabischen Gebräuche. Ich baute meine Darstellung sorgfältig auf, und nach einiger Zeit zweifelte ich nicht mehr daran, dass kein Leser blind bleiben konnte gegenüber meinen Argumenten für einen Austausch mit den Ländern des Südens und des Ostens.

Als ich endlich fertig war, überlegte ich eine ganze Weile, wem ich den Bericht schicken sollte. Die höchste Autorität war natürlich König Otto, aber er musste noch ein Kind sein und war wahrscheinlich mit den Gegenständen, die ich berührte, überfordert. Ein anderer Kandidat war Bischof Ansfried von Utrecht, denn wenn er den Bericht für wichtig hielt – und wie sollte er anders –, dann würde er ihn dem Papst nach Rom schicken. Ich wusste im Augenblick nicht, wer auf dem Heiligen Stuhl saß, hatte aber keinen Grund, am guten Willen des Pontifex maximus zu zweifeln. Ansfried konnte ihn aber auch seinem Lehnsherren schicken, dem König. Dann erhielt es doch noch dieser Junge, der, wie es hieß, nicht wirklich regierte, sondern von seiner Mutter Theophanu am Gängelband geführt wurde. Sie kam aus Konstantinopel und war möglicherweise den

Arabern feindlich gesinnt. Aber warum sollte ich meinen Bericht über Ansfried schicken, wenn es auch direkt zum Papst möglich war?
Nachdem ich meine Wahl getroffen hatte, widmete ich noch einige Wochen dem Anfertigen der Abschrift und legte dann alles auf ein Schrankregal, weil ich noch eine Möglichkeit finden musste, um das Buch sicher nach Rom zu schicken. Am einfachsten wäre es gewesen, es selbst dorthin zu bringen, aber dazu hatte ich wenig Lust. Es war Spätherbst, keine gute Zeit für lange Reisen. Sei verflucht, du Land der Düsternis und Grabeskälte!

Der zweite Winter seit meiner Rückkehr kam ins Land – oder war es der dritte? Mehr als sechzig Jahre später fange ich an, daran zu zweifeln.
Ich merkte in diesen Tagen, dass mich eine schwere Melancholie überfiel, die mit einer Ruhelosigkeit einherging, wie ich sie noch nie zuvor gekannt hatte. Mitten in der Nacht trieb ich mich zwischen Büschen und Hügeln herum, lief, den Mantel eng um meinen Körper geschlungen, gegen den schneidenden Wind, der graue Wolkenberge über den glutroten Himmel jagte. Manchmal kletterte ich auf einen kahlen Baum, hing dann stundenlang träumend in einer Astgabel und sah hinaus in die regungslose Schneelandschaft, in der manchmal das Geheul von Wölfen die Stille durchbrach. Ich erinnerte mich an die neun Tage, die ich in einem Baum verbracht hatte, als ich in Jelling wohnte, und fragte mich, was aus meinen Freunden von damals geworden war.
Einmal stand ich zwischen den dunklen, tropfenden Stämmen in mondloser Nacht, da hörte ich leise Fußstapfen über dem Moos. Ich fürchtete solche nächtlichen Begegnungen und suchte sie zu vermeiden. Eine dunkle Gestalt kam heran und sprach kichernd mit sich selbst. Ich verhielt mich ganz still, damit die Gestalt denken sollte, ich sei ein Teil der Baumgruppe. Aber der Mann hielt unmittelbar vor mir an, umklammerte mit großer Kraft meine Handgelenke und kam mit seinem Kopf ganz nah heran. Ich spür-

te seinen eisigen Atem im Gesicht und hörte ihn wieder leise lachen.
Im nächsten Augenblick war er verschwunden, und ich hörte das Klappern von Hufen, die sich schnell entfernten, obwohl es in der Nähe keinen Weg oder Pfad gab, auf dem ein Pferd hätte galoppieren können. Das Klappern schwoll zu einem Dröhnen an, das den ganzen Himmel erfüllte, bevor es erstarb.
Ich habe oft Pferdehufe in meinem Leben gehört, aber dieser Laut stimmte auf schreckliche Weise nicht: Es hatte nicht wie ein einziges Pferd geklungen, auch nicht wie zwei – es war genau dazwischen.
Ich war ausgefroren bis auf die Knochen, und noch Stunden später, als ich in meinem Bett lag, zitterte ich am ganzen Körper von der Grabeskälte, die sich nicht mehr vertreiben ließ. So fand mich das Mädchen, das meinen Haushalt führte, am nächsten Morgen.
Wochenlang lag ich im Fieber, und sie wich nicht von meiner Seite. Um zu einem Mindestmaß an Schlaf zu kommen, schlief sie bei mir im Bett. Später wurde mir klar, dass ich sie in den langen Fiebernächten für viele andere Frauen angesehen haben muss. Als ich eines Morgens wach wurde, inzwischen kam das neue Jahr heran, saß sie neben mir und blickte mich an. Obwohl sie schon Monate für mich arbeitete, hatte ich ihren Namen vergessen. »Wie heißt du nur wieder?«, fragte ich verlegen, denn ich konnte mich nicht erinnern, dass ich jemals mit ihr etwas gehabt hätte, und wusste daher auch nicht, wie und wann das begonnen haben könnte.
Ihre Brüste spähten wie neugierige kleine Tiere über ihre verschränkten Arme, und ich musste mich zusammenreißen, nicht über die kleinen spitzen Schnuten zu streicheln.
»Ich weiß selbst auch nicht mehr, wie ich heiße«, sagte sie herausfordernd. »Ich wurde in den letzten Monaten schon mit so vielen Namen gerufen … Meinen eigenen habe ich vergessen.«
Ich musste lachen über dieses Mädchen, das sich immer so bescheiden im Hintergrund gehalten hatte. Wie war sie verändert, seitdem sie mit mir geschlafen hatte. Ich griff nach ihr, aber sie entwischte mir und zog sich in eine Ecke der Bettstelle zurück.

»Erst meinen Namen!«, sagte sie und umklammerte mit den Armen ihre hochgezogenen Beine, um mir so wenig Angriffsfläche wie möglich zu bieten. Also riet ich aufs Geratewohl, ich nannte jeden Frauennamen, den ich jemals gehört hatte, aber offensichtlich waren mir einige aus dem Gedächtnis entschwunden, ausgeschwitzt oder was auch immer, ich kam nicht darauf. Sie schüttelte den Kopf und hörte nicht mehr auf damit, bis ich befürchtete, ihr Kopf würde abfallen. Schließlich legte ich mich erschöpft zurück, denn die Krankheit hatte mich sehr geschwächt. Sofort fiel ich in Schlaf.

Später in dieser Nacht, oder vielleicht war es auch Tag, erwachte ich, weil sie sich rittlings auf mich fallen ließ und sanft mit ihren Hüften hin und her zu schaukeln begann. Bei jeder Vorwärtsbewegung sagte sie ihren Namen: »Gisela.« Und damit fuhr sie fort, immer schneller, immer kurzatmiger, bis es mir wie eine Folter erschien, ausgeführt von einem Tobsüchtigen. Willenlos lag ich unter ihr und stöhnte, bis ich schließlich zu einem Erguss kam, der meinen ganzen Körper zu durchfahren schien und länger anhielt, als ich es je für möglich gehalten hätte.

»Ich werde niemals mehr deinen Namen vergessen«, sagte ich, als sie zufrieden im Halbschlaf neben mir lag. Wie hatte ich das Wunder, das sich in meinem Haus vollzog, nicht bemerken können: das dürre Mädchen, das ich in Stellung genommen hatte, die Tochter eines Besenbinders aus einem düsteren Weiler außerhalb der Stadtmauern, hatte sich innerhalb meiner vier Wände zu einer jungen Frau entwickelt. Und zu was für einer Frau – ich werde von der Beschreibung absehen, weil mir so ein Grünschnabel von Mönch über die Schulter sieht. Man muss so einen jugendlichen Toren vor den schlimmen Momenten bewahren, wenn er gleich auf seinem Strohsack liegt und sich mit Gewissensqualen herumschlägt. Gibt es etwas, das noch verrückter ist als dieser selbst auferlegte Zölibat? Hau ab, Novize!

Das Leben ging weiter, mit dem Unterschied, dass Gisela fortan meine Bettstatt teilte. Tagsüber ging sie ihren üblichen Pflichten nach, wenn auch ihre Haltung mir gegenüber nicht mehr die einer

Dienerin war. Kurz nach dieser Veränderung in unserem Verhältnis, am Ersten, zahlte ich ihr wesentlich mehr Entgelt. Sie blickte mich an und fragte: »Wofür ist das?«

»Für deine Dienste, du hast in den letzten Wochen viele Stunden mehr gearbeitet. Es ist bloß logisch, wenn ich dir mehr bezahle.«

Ihre Hand schoss vor, und ich bekam eine Ohrfeige, dass mir der Kopf dröhnte. »Hältst du mich für eine Hure?«

»Natürlich nicht.« Ich rieb mir die schmerzende Wange und schob mit der Hand die Münzen, die die Erhöhung ausmachten, über den Tisch zurück auf meine Seite. »Ich meinte die Nächte, in denen du mich gepflegt hast.«

Gisela beugte sich vor und holte das Geld zurück. »Dafür will ich eine Erhöhung akzeptieren. Und im nächsten Monat betrachte ich die Erhöhung als normal; ich verdiene sie, weil ich meine Arbeit so gut verrichte.« Ich wollte aufbegehren. Meine Wange glühte, aber im nächsten Augenblick zog sie mich aufs Bett, um alles wieder gutzumachen. Und das während der Arbeitszeit!

Am Frühlingsanfang dieses Jahres, ungefähr im Ostermonat, besuchte mich Balderik. Er war wieder mit ein paar Kumpanen zur Jagd gewesen, aber diesmal hatte es ihm nicht gefallen, und so hatte er die Gesellschaft auf der Suche nach Zerstreuung in der Stadt verlassen. Er war in düsterer Stimmung, und selbst ein paar Besuche in den Bierschuppen konnten ihn nicht aufmuntern. Zuerst wollte er gar nicht darüber reden, was ihn bedrückte, aber als wir nach einer stattlichen Anzahl von Krügen voller Gerstensaft in Wolfs Taverne gelandet waren und da noch ein weiteres Mal kräftig loslegten, löste sich seine Zunge etwas.

»Wie lange kennen wir uns jetzt schon, Hroswith?«, fragte er. Ich dachte nach, denn das sind schwierige Fragen, wenn man nicht auf die Zeit achtet.

»Es muss etwa siebzehn, achtzehn Jahre her sein, dass wir uns auf der Baustelle des Sankt-Veit-Stiftes in Eltnon begegnet sind«, sagte ich schließlich.

»Seither wohne ich den größten Teil der Zeit auf der Burg Uplade, und obwohl ich mich mit Adela manchmal – allzu selten – im Geheimen treffe, können wir einander nie ganz besitzen. Ich weiß nicht einmal, welche von ihren Kindern von mir sind und welche von Imed!«
»Nur bei Meinwerk kannst du sicher sein«, bemerkte ich. »Der ist von mir.« Er schien mich nicht zu hören.
»All die Jahre bin ich täglich in ihrer unmittelbaren Umgebung, ich und eine große Schar von Bediensteten, Soldaten, Priestern und natürlich dieser verdammte Imed. Kannst du dir überhaupt vorstellen, was es für eine Qual ist, das Objekt seiner Begierde stets vor Augen zu haben und es nicht bekommen zu können?« Am gegenüberliegenden Ufer des Flusses stand ein Reiher mit einem glänzenden, zuckenden Fisch im Schnabel. Wolf kam mit einem leeren Bierfass heraus, um es auf die anderen zu stapeln, die schon auf dem Anleger standen.
»Alles in Ordnung, Männer?«, fragte er.
»Alles steht bestens«, sagte ich. »Bring uns ruhig noch mal so einen Krug!«
»Sie wird dabei nicht jünger, genauso wenig wie ich«, fuhr Balderik missmutig fort. »Imed mag zwar reich und mächtig sein, aber sie verachtet ihn, obwohl sie es ihn nie merken lässt, dafür ist sie zu durchtrieben. Imed glaubt, dass er der Chef ist, dabei tanzt er nur ständig nach ihrer Pfeife.«
»So ist sie, und sie bläst die Pfeife so süß«, sagte ich in Gedanken an die Adela, die ich gekannt hatte. Ich spürte einen Stich der Sehnsucht nach dieser Zeit und dies nicht nur in meinem Herzen.
»Ich weiß nicht, wie lange ich das noch ertragen kann«, sagte Balderik, der mir nicht zugehört hatte. Er kippte den letzten Rest Bier in sich hinein und hieß mit einem Brummen die neue Kanne willkommen, die Wolf brachte.
»Warum bist du nie von dort weggegangen?«, fragte ich. Schließlich hatte Balderik seine eigenen Besitzungen und Burgen.
»Du hast gut reden«, sagte er. »Ich bin ihr nun einmal verfallen.«

»Du redest, als seist du ihr Vasall«, sagte ich lachend. »Was für eine Dummheit! Die Welt ist voller Frauen, alter Freund! Sich nach einer unerreichbaren zu verzehren ist wirklich keine sinnvolle Beschäftigung, auch wenn ich zugeben muss, dass ich auf meinen Reisen öfter Beispiele solch sinnlosen Zeitvertreibs gesehen habe. Vergiss sie, geh auf deine eigenen Landgüter! Besuch alle Grafen mit unverheirateten Töchtern, es gibt genug davon! Und wenn du keine findest, dann hast du noch die Töchter deiner eigenen Pächter. Wenn du nicht zur Ruhe kommst, kannst du immer noch auf das Jus primae noctis zurückgreifen.«

»Darum geht es nicht. Du hast leicht reden, du bist nicht in meiner Lage«, nörgelte er.

»Wie meinst du das? Ich hatte damals dieselben Probleme, aber ich hatte keinen Platz, wohin ich gehen konnte. Ich bin schon lange drüber weggekommen, das wäre für dich nicht anders.«

»Du warst ein freier Mann ohne Verpflichtungen. Glaubst du, dass es einfach ist, ein Adliger zu sein? Glaubst du, dass ich einfach so in fremde Länder reisen kann, wenn ich Lust dazu habe?«

»Dann mach doch eine Pilgerreise? Hör auf mit diesem heillosen Lamentieren!«, sagte ich. »Lass uns anstoßen ...«

In diesem Augenblick kam über die Klinkersteine des Kais ein Pferd angetrabt, am Tor blieb es stehen, und wir hörten von dem kleinen Anleger hinter dem Gebäude jemanden laut rufen: »Graf Balderik! Wo ist er? Ich muss mit Graf Balderik sprechen.«

Balderik sah verstört zum Hintereingang der Taverne und erhob sich halb von seiner Bank. Noch bevor er auf den Beinen war, kam der Reiter herein, gefolgt von Wolf, der es nicht mochte, wenn seine Gäste beim Trinken gestört wurden. Der Neuankömmling machte drei Schritte und ließ sich auf die grobe Bank fallen.

»Herr Balderik«, stieß er keuchend hervor, »böse Nachrichten aus dem Gau ... Graf Imed hat einen Unfall gehabt. Er ist tot.«

Wie erhebend ist es für die Seele, einen Mann, der den ganzen Abend über so schwermütig war, wie durch Zauberhand aufblühen zu sehen. Der Balderik nach Erhalt dieser Nachricht verhielt sich zu

dem davor wie ein Schmetterling zur Raupe. Es war schon Abend, aber auf Balderiks Gesicht schien die Sonne aufzugehen. Seine Worte standen jedoch zu seinem Gesichtsausdruck in Widerspruch. »Ach, guter Drogo«, sagte er mit sanft umflorter Stimme, »wie traurig ist diese Nachricht, die du mir da bringst! Du darfst es mir nicht übel nehmen, dass ich mich geschwind und eilends in den Gau begebe, denn wer sonst soll Frau Adela in dieser traurigen Stunde beistehen!« Er zögerte nur einen Herzschlag lang, sah dabei auf seine frische Kanne Bier und war auch schon mit einem Sprung durch die Hintertür der Taverne verschwunden.
»Habe ich mich Euch schon vorgestellt?«, fragte ich den erschöpften Edelmann, der sich noch auskeuchte nach seiner langen Suche durch die Stadt. Kurz übertönte Pferdegetrappel meine Worte, aber es ebbte schnell ab. »Ich bin Hroswith von Wikala, Weltreisender und Gelehrter. Ganz offensichtlich ist diese Kanne Bier hier für Euch bestimmt. Ich darf Euch raten, vorläufig nicht nach Uplade zu gehen, denn dort wird des Wehklagens kein Ende sein. Wenn Ihr meine Gesellschaft vorzieht, werde ich Euch von meiner Reise nach Damaskus und ins Kalifat Cordoba erzählen. Nein, sagt nichts, bevor Ihr nicht Wolfs Bier probiert habt!«

41. Kapitel

In dem Hroswith eine frohe Nachricht bekommt, sich Gerüchte breit machen und ein Spuk aus der Vergangenheit an die Tür klopft

⚜

Ich hörte nichts mehr von Balderik. Wolfs Taverne war inzwischen meine feste Bleibe, und ich hörte oft von den Rheinschiffern und Händlern Gerüchte aus Uplade. Die erste Nachricht betraf den Tod der Äbtissin des Stifts in Eltnon. Ich erinnerte mich an Liutgardis. Sie war niemals meine Freundin gewesen, aber die Neuigkeit schockierte mich doch. Ich fragte mich, wie Adela sich jetzt wohl fühlte, schließlich waren die beiden nicht nur Rivalinnen, sondern auch Schwestern. Fühlte sie sich jetzt nicht schuldig?

Ich beschäftigte mich nicht lange mit der Frage, denn ein paar Tage später bekam ich Besuch. Ich saß schon beim Abendessen. Ein heftiger Schlag an der Tür. Gisela stand vom Tisch auf, ging zur Tür und öffnete sie. Ich hörte schlurfende Schritte auf dem Flur, und ein Riese mit traurigem Augenaufschlag und einem Knüppel in der Hand betrat das Zimmer. Er musste sich bücken, um nicht mit dem Kopf gegen den Stock zu stoßen. Er blieb stehen und blickte sich um.

»Das ist mein Vater«, stellte Gisela den Gast vor. Ich suchte nach einer Familienähnlichkeit, konnte aber keine entdecken. Ich bat den Mann, Platz zu nehmen, während Gisela Bier holen ging.

»Es ist mir ein Vergnügen, den Vater meiner getreuen Dienstmagd kennen zu lernen«, sagte ich. »Eure Tochter ist wirklich eine große Stütze für mich. Womit kann ich Euch dienen?«

»Sie ist schwanger«, sagte der Besenbinder fast unhörbar. Er hielt seine Filzmütze in der Hand und starrte auf den Boden. Ich wartete, aber er sagte nichts mehr. Der Mann stank erheblich nach Alkohol, wahrscheinlich hatte er sich Mut angetrunken, um mir einmal richtig die Meinung zu sagen. Vielleicht hatte er in einer Schankstube vor seinen Freunden damit geprahlt, bevor er sich zu mir aufmachte. Er hatte angeklopft, war hereingekommen und damit war sein letzter kleiner Rest Mut dahin.

»Sie kann bei mir einziehen mit dem Kind. Ich werde beide versorgen, und das Kind wird etwas von mir erben«, sagte ich. Ich hatte keine Ahnung, ob es in Handwerkerkreisen Brauch war, bei solchen Gelegenheiten eine Aussteuer mitzugeben. Ich wusste auch nicht, ob Giselas Vater etwas erwartete, und wenn ja, wie viel, aber ich öffnete die Börse, die ich an meinem Gürtel trug, und holte ein paar Silberstücke heraus.

»Das, damit Ihr Eure Unkosten decken könnt, und als Entschädigung für den Lohn, den sie Euch bisher nach Hause gebracht hat.« Er blickte auf und nahm schnell die Münzen an sich. Er richtete sich auf, stieß seinen Kopf an den Balken und ging nickend rückwärts aus dem Zimmer. Er stolperte über seine Beine, prallte gegen seine Tochter und war verschwunden. Ich hörte die Haustür zufallen, und dann kam Gisela herein.

»Das war ja sehr schlau von dir«, sagte sie, die Hände in die Seiten gestemmt.

»Was war schlau?«, fragte ich.

»Wenn du weiterhin so leichtfertig mit unserem Geld umgehst, werden wir innerhalb kürzester Zeit an den Bettelstab geraten.« Ich lachte, auf einmal war mein Geld auch das ihre geworden, aber der präzise Moment, in dem dies geschah, war mir entgangen.

»Ja, lach du nur!«, sagte Gisela.

Meine Melancholie war nicht zurückgekehrt, aber ich merkte, dass die Langeweile mich in ihren Bann schlug. Niemals zuvor hatte ich Langeweile gekannt, und als ich das Gefühl erkannt und benannt hatte, musste ich mir etwas überlegen, um es zu vertreiben. Ich konnte nicht einfach meine alte Beschäftigung wieder aufnehmen. In Utrecht und mehr noch in Springwijk war die Schmiedegilde ein

fester Kreis mit eigenen Gesetzen und Regeln, und ich hatte wenig Lust, mich Beschränkungen zu unterwerfen. Hinzu kam, dass es genug Waffenschmiede gab, um den Bedarf zu befriedigen, auch wenn die Arbeiten, die ich zu sehen bekam, grob und mit wenig Fachwissen ausgeführt worden waren. Ich wusste, dass mein Können qualitativ so viel höher stand, dass ich mir zwangsläufig Feinde gemacht hätte. Feindschaft mit den Schmieden vor Ort ist aber das Letzte, was ein Mensch sich wünscht.
Ich wollte lesen, wie ich es in den Jahren in Damaskus und in Cordoba getan hatte, aber es gab keine Bücher, obwohl das Salvatorkloster über eine berühmte Bibliothek verfügte. Es wurde nun wirklich Zeit, dass ich einmal zu diesem Heiligtum vordrang, aber ich wollte mir nicht Einschränkungen auferlegen lassen, die noch schrecklicher waren als die der Schmiedegilde. Heute lache ich darüber, aber in jenen Tagen war die Klosterordnung ein unüberwindliches Hindernis für mich, da ich genau das zu sehr liebte, was Mönchen untersagt ist.

Ich hatte eigentlich erwartet, dass Gisela keinen Lohn mehr annehmen würde, nachdem ich sie mehr oder weniger als meine Frau im Hause aufgenommen hatte. Aber am ersten Zahltag kam sie und forderte hartnäckig ihren Teil.
»Und ich will eine Erhöhung«, sagte sie, »schließlich bin ich jetzt Tag und Nacht da.«
»Mein Geld ist dein Geld, das hast du selbst gesagt«, argumentierte ich.
»Ich will Geld, über das ich selbst verfügen kann.«
»Du kannst, wenn du willst, ein Dienstmädchen nehmen. Bei deinem Zustand scheint mir das keine schlechte Idee«, schlug ich vor, während ich ihr gab, was sie verlangte. Ich war erstaunt über diese seltsame Frau, aber vielleicht war ich zu lange fort gewesen, vielleicht verhielten sich alle Frauen jetzt so in diesem Land, das mir fremd geworden war. Gisela ging nicht weiter auf meinen Vorschlag ein, ein Dienstmädchen zu nehmen. Ich glaube, sie wollte

mir keinen Grund bieten, ihr keinen Lohn mehr auszubezahlen, obwohl ich gar keinen suchte.

Einen Monat später verursachte ich fast eine Prügelei. Das passierte wie folgt: Eines Abends, der viel zu kalt war für die Jahreszeit, saß ich in Wolfs Lokal am gemauerten Ofen, der, wie ich schon beschrieben habe, den Urkern des Tavernengebäudes darstellte. Eine Gruppe von Schiffern, die meisten von ihnen kannte ich schon, saß um mich herum, und, wie das so ist, wir prosteten einander zu. Die Schiffer sangen die Lieder ihrer Bruderschaft. Einer von ihnen bestellte eine Runde bei Karola und warf eine Münze auf den Tisch. Sie rollte eine Zeit lang auf dem Tisch herum, und in dem Moment, als sie ruhig lag, fischte sie ein anderer vom Tisch und drehte sie um.

»Leg sie nicht auf die Kopfseite«, warnte ihn sein Gefährte. »Das ist das Bildnis der schrecklichen Adela von Hamaland, die ihre Schwester ermordet hat.«

Ich stand auf und nahm mir die Münze. Ich erblickte das Bildnis einer Frau, erkannte in ihr aber nicht die Freundin meiner Jugend. Die Inschrift war unlesbar. Der Kerl, der zuletzt gesprochen hatte, fuhr inzwischen fort mit seinem Getratsche: »Man sagt, sie soll ihre Schwester, die keusche und sehr beliebte Äbtissin des Stifts Eltnon, vergiftet haben, nachdem sie sie unter einem Vorwand zu sich nach Hause eingeladen hatte.«

»Du lügst, Hund!«, rief ich. Ich warf ihm einen Bierkrug an den Kopf, traf aber nicht, das Ding zersplitterte ein Stück entfernt auf dem Fußboden.

»Es ist doch nur das, was ich gehört habe«, sagte der Mann verwundert. Diese Leute waren keine Wutausbrüche von mir gewöhnt. Er fügte hinzu: »Sie soll das zusammen mit einem Komplizen angezettelt haben, diesem windigen Grafen Balderik.« Ich schoss auf den Mann los, um ihm einen Schlag zu versetzen, aber sogleich hängten sich drei Schiffer an meine Arme.

»Hroswith, beruhige dich! Was ist denn bloß mit dir los?« Ich setzte mich wieder hin und stellte mir diese Frage selbst. Zwar glaubte ich keinen Augenblick, was ich gerade gehört hatte, war aber erstaunt, dass die Nennung von Adelas Namen bei mir noch zu solch heftigen Gefühlsausbrüchen führen konnte. Für einen kurzen Moment hatte ich den Verstand verloren.

Die Gemütlichkeit war dahin, die Schiffer verschwanden ziemlich schnell einer nach dem anderen, nur der nicht, der von Adela angefangen hatte. Vielleicht wollte er nicht den Anschein erwecken, als habe er Angst vor mir. Ich rief Wolf, ob er noch zwei Kannen Bier bringen könne, und bot dem Schiffer mit demselben Atemzug meine Entschuldigung an. »Vergib mir meinen unangemessenen Zorn, aber diese Frau, diese Adela, hat mein Interesse geweckt. Wer hat dir die Geschichte erzählt?«

Der Schiffer dachte nach. Er nahm einen Schluck und sagte: »Ich glaube, dass ich es vor ein paar Wochen gehört habe, in der Königspfalz, wenn ich mich nicht irre. Man sagt, diese Dame wütet in ihrer Grafschaft wie eine Rasende.«

»In der Pfalz?« Das klang glaubwürdig, denn die war weniger als eine Tagesreise von Eltnon und Uplade entfernt. Aber ich konnte mir Adela nicht als Mörderin vorstellen, schon gar nicht als die der eigenen Schwester. Und Balderik, der gutmütige Balderik?

»Ja«, fuhr der Mann fort, »sie bevorraten sich dort bereits für den Herbst, denn im Schlachtemonat kommt der König mit seinem ganzen Hofstaat, der Kanzlei und seinem Heer in die Pfalz. Die Nimweger legen einen großen Vorrat an, sie erwarten, dass Otto ein paar Wochen bleibt.«

»König Otto? Der ist doch noch ein Kind?« Ich war nicht ganz auf dem Laufenden, aber der Schiffer half mir aus meiner Unkenntnis.

»Er ist ungefähr sechzehn und also kein Kind mehr. Seine Mutter, Kaiserin Theophanu, die die Vormundschaft führte, ist im letzten Jahr gestorben, auch in Nimwegen.«

»Und was will der König in der Pfalz?«

Ich konnte es mir natürlich vorstellen, wahrscheinlich das, was Könige immer machen: »Essen, trinken, Feste feiern, rumschma-

rotzen. Meistens spricht er auch Recht und belehnt seine Getreuen mit Land und besonderen Privilegien.«
Ich dankte dem Schiffer, bestellte noch einen Humpen Bier für ihn, auch wenn er schon schwer angeschlagen war, und spazierte tief in Gedanken die Kaufmannshäuser der Handelssiedlung entlang zu meinem Haus. Tausend Ideen kamen mir in den Sinn, aber schließlich gelang es mir, sie alle zu verscheuchen. Schließlich ging mich dies alles nichts mehr an, schon lange war ich nicht mehr der Junge, der aus Hamaland verbannt wurde, weil er mit einer verheirateten adligen Dame ein Verhältnis hatte.

Der Sommer ging unbemerkt vorüber, und ich kümmerte mich sehr um Gisela. Je weiter ihre Schwangerschaft voranschritt, desto schöner wurde sie, sie musste inzwischen im sechsten oder siebten Monat sein. Im Übrigen war ihr nichts anzusehen, sie war wie immer mit dem Haushalt beschäftigt, und nachts schien sie nichts von ihrem Feuer eingebüßt zu haben. Die Beeinträchtigungen, unter denen die meisten schwangeren Frauen leiden, gingen spurlos an ihr vorüber.
Ich verbrachte inzwischen meine Tage noch immer mit Müßiggang. Lustlos hing ich in den Tavernen herum oder lag mit dem Rücken im Gras, kaute auf Halmen und schaute den Wolkenformationen nach, mit der Wirkung, dass längst vergangene Zeiten und Geschichten in meiner Erinnerung auftauchten. Die Dschinns und Dämonen aus *Tausendundeiner Nacht* besuchten mich am häufigsten, ich hieß sie als Freunde willkommen, und wir führten lange Gespräche. Dabei war ich nicht melancholisch, nein, ich gab mich dem Glück der Tagträumerei hin. Erst gegen Ende des Herbstes kamen die Regenschauer, die mich nach drinnen trieben und meinen Träumen ein Ende machten.
Neue Gerüchte drangen zu mir, aber ich hatte keine Lust mehr, ihren Verbreitern auf den Zahn zu fühlen. In Hamaland und Niederlothringen gab es heftige Auseinandersetzungen, deren Einzelheiten mir aber nicht klar wurden. Ich saß am Ofen und nickte im-

mer wieder ein, versuchte mir meine Träume des Sommers wieder vor Augen zu führen, und verwünschte die Entfernung, die mich von den Suks des Orients trennte, wo auf jedem Markt Ballen von Haschisch angeboten wurden, zum Preis von ein paar Krügen Bier.
»Vielleicht kannst du mal ein paar Fuhren mit dem Zeug holen«, schlug Gisela vor, als meine Lebensgeschichte, die ich ihr auf unserem Lager erzählte, bis zu meinen ersten Erfahrungen mit diesem herrlichen Kraut gediehen war.
»Weißt du auch, wie weit das ist? Ein Mann alleine ist wochen-, vielleicht monatelang unterwegs, auch wenn er zu Pferde ist. Der Weg ist gefährlich, und die Rückreise mit den vollen Ochsenkarren dauert eine Ewigkeit.«
Gisela schwieg dazu und lauschte weiter.

Das Wetter verschlechterte sich von Tag zu Tag. Das Ende des Herbstes brachte uns einen Sturm, wie ich ihn noch nie erlebt hatte. Viele Häuser wurden beschädigt, Bäume stürzten um und Schiffe wurden an den Balken des Kais zerschmettert. Mein Haus blieb verschont, aber ich wagte mich nicht hinaus. Die Tage waren schwarz wie die Nächte, der Regen peitschte die Tapferen, die sich auf die Straße trauten.
Es war so eine Nacht, in der der Wind heulte, als ich ein Donnern an meiner Tür hörte. Sofort saß ich senkrecht in meinem Bett. Wieder hörte ich das heftige Klopfen. Zu Gisela sagte ich: »Bleib im Bett!«
Ich öffnete vorsichtig das Fenster des Schlafzimmers und spähte hinunter. Dort zeichnete sich gegen die Steine der Straße ein dunkler, in einen schwarzen Mantel gehüllter Bursche ab. Ein weißes Pferd war an einem der Mauerringe festgebunden. Während ich auf die Kapuze des Reiters heruntersah, überlegte ich, so zu tun, als sei niemand zu Hause. Ich bräuchte schließlich nur unter meine Decken zu kriechen und mich taub zu stellen. Da aber begann es plötzlich, heftig zu regnen, und zwar so stark, dass ich die Person vor meiner Tür kaum noch sehen konnte. »Wer ist da, lass mich

dein Gesicht sehen!«, rief ich hinunter, aber das herabstürzende Wasser übertönte offenbar meine Stimme.

»Ha!«, rief Bodo, und ich erschrak so heftig, dass ich fast mein Tintenfass umgestoßen hätte.
»Was hast du?«, fragte ich böse. »Schaust du mir immer noch über die Schulter?«
Bodo ließ sich nicht einschüchtern. »Ich weiß, wer der finstere Kerl war!«, sagte er triumphierend.
»Ist das so?« Ich pustete die Tinte meiner letzten Worte trocken.
»Ja. Wer könnte das anderes sein als dein alter Freund Abu al-Fath al-Iskandari, der Araber!«
»Oh, du Tor!«, murmelte ich, und lauter: »Hast du schon wieder vergessen, dass Abu al-Fath al-Iskandari tot in den Pyrenäen zurückgeblieben ist? Die Toten stehen nicht wieder auf, das weiß man doch!«
Bodo schüttelte heftig den Kopf. »Manchmal geschieht das durchaus, schließlich gründet sich darauf unser ganzer Glauben!«
Ich lachte und scheuchte ihn fort. »Mein Glauben ist das nicht. Lass mich jetzt nur schreiben, dann kannst du es lesen, wenn ich schlafen gegangen bin. Komm nach dem Vespergebet wieder!«

Ich wollte den Menschen nicht vor der Tür im Regen stehen lassen und ging die Treppe hinunter, entdeckte dort aber, dass mir Gisela zuvorgekommen war. In ihrem Nachthemd war sie hinuntergestiegen, hatte den schweren Balken von der Tür entfernt und öffnete sie nun. Ich sah, dass sie ein langes Fleischmesser hinter dem Rücken versteckt hielt, um mögliche Angreifer niederstechen zu können. Mit einem Satz stand ich neben ihr und schob sie beiseite.
Der Finsterling drängte sich an mir vorbei ins Hausinnere und schlug seine Kapuze zurück. Ich sollte wohl besser sagen: schlug ihre Kapuze zurück, denn offensichtlich handelte es sich um eine Frau, und wer konnte es anderes sein als Adela, die Gaugräfin von Hamaland – aber eine Adela, die viel älter war als diejenige, welche

ich als Kind gekannt hatte. Sie war schöner denn je, Züge, die früher nur vermutet werden konnten, lagen nun an der Oberfläche und gaben ihr Tiefe und Charakter.
Sie ließ die triefende Filzjacke von den Schultern gleiten und gab sie Gisela, die sie ihr abnahm und wegbrachte. Dann umarmte sie mich. Zum ersten Mal seit bestimmt fünfzehn Jahren spürte ich die Berührung ihres warmen Körpers, und ich erkannte ihren Duft wieder, der immer noch derselbe war, aber noch intensiver, voller, sodass meine Jugend plötzlich in meinem Körper aufzuspringen schien, gleich einem Fohlen, das wie trunken ist vor Lebensglück.
Ich führte Adela in die Küche, wo das Feuer noch glühte und es nur wenig Mühe machte, es wieder aufflammen zu lassen. Adela hatte sich schon an den Tisch gesetzt, und nachdem ich ein paar Kerzen angezündet hatte, setzte ich mich ihr gegenüber. Jetzt fiel mir auf, wie mitgenommen sie aussah, ihr Haar hatte sich gelöst und war zerzaust, ihr Gesicht gerötet, als hätte sie sich sehr angestrengt.
»Hattest du einen weiten Weg?«, fragte ich.
»Ich bin heute Mittag von Uplade aufgebrochen und in einem Stück durchgeritten, als wäre mir der Teufel auf den Fersen, was auch gut der Fall sein könnte«, sagte sie ernsthaft.
»Wie ist es dir in all den Jahren ergangen?« Ich dachte an die Gerüchte, die ich gehörte hatte, und beschloss, nicht gleich damit anzufangen.
»Das waren lange Jahre, Jahre des Wartens …«, sagte sie, während sie ihre Haare zusammenraffte und in einem dicken nassen Bündel über die Schulter legte. »Und du, wo bist du gewesen, seit du als Vogelfreier verschwunden warst?«
»Das ist eine lange Geschichte«, begann ich. »Ich bin eine Zeit lang an der Küste entlang geirrt, bis ich einen Schiffer fand, der bereit war …«
»Interessant«, fand Adela und blickte sich um. »Wo ist die Kleine, die mir die Tür aufgemacht hat? Es muss mir jemand mal kurz das Haar trocknen und kämmen, ich sehe ja schrecklich aus.«

»Vielleicht ist sie wieder ins Bett«, sagte ich. »Dieser Schiffer schien wahnsinnig zu sein ...«
»Wahnsinnig, das ist ja ein Ding«, sagte Adela. »Na gut, das Kämmen kann warten. Da wir beide nun wieder ganz auf dem Laufenden sind, kann ich dich ja fragen, was du für Pläne hast.«
»Welche Pläne meinst du?«, fragte ich.
»Warum solltest du weiterhin hier leben? Hast du nicht vor, jetzt nach Hause zurückzukehren, da Imed tot ist? Ich bin gekommen, um dir mitzuteilen, dass ich das Verdikt vernichtet habe, das dich für vogelfrei erklärt hat.«
»Das freut mich sehr«, antwortete ich, auch wenn das gar nicht mehr meine Sorge gewesen war. Das Feuer loderte, und die Flammen färbten ihr Gesicht noch röter.
»Weißt du noch, wie wir zusammen Unterricht hatten, Hroswith?«
Das war eine süße Erinnerung. »Wie ist es dem alten Quintillianus ergangen?«, fragte ich.
Adela zuckte mit den Achseln. »Der ist tot, ermordet von Godizos Männern, als sie Uplade geplündert und zum Teil niedergebrannt haben.«
Ich erschrak. Godizo hatte ich gekannt, er war einer von Liutgardis' Beschützern gewesen. Ich hatte nicht gewusst, dass die Feindseligkeiten zwischen den Schwestern derartige Ausmaße angenommen hatten.
Adela lachte über mein besorgtes Gesicht. »Die Burg ist wieder aufgebaut, mach dir keine Sorgen! Und dein alter Arbeitsplatz ist unversehrt geblieben. Genau wie das Zimmerchen von Quintillianus im Übrigen, ich sitze da noch manchmal und lese in seinen Büchern.«
Wir schwiegen eine Weile, dann fuhr Adela fort: »Weißt du noch, Hroswith, dass du damals versprochen hast, mir in schweren Zeiten zu helfen?«
»Ja, das weiß ich noch.«
Sie seufzte tief auf und lehnte sich zurück. Respektvoll blickte ich auf ihren sich hebenden und senkenden Busen, und dann sah

ich den Blick, mit dem sie mich ansah. Der Schweiß brach mir aus.

»Mir wird ganz warm ums Herz, wenn ich dich wiedersehe, Hroswith«, sagte sie. »So viele Erinnerungen werden wieder in mir wach … Ich schmelze geradezu dahin …« Über den Tisch hinweg suchte sie nach meinen Fingern, aber kurz bevor sie mich berühren konnte, steckte dort ein großes Fleischmesser zitternd im Holz zwischen unseren Händen. Erschreckt sahen wir Gisela, die groß, in aufrechter Haltung und die Arme vor der Brust verschränkt, neben dem Tisch stand. Sie hatte inzwischen ein Kleid angezogen, wie es die Frauen der Kaufmannssiedlung trugen. Seit kurzem hatte sie ihre Kleidung dem neuen Stand angepasst, den sie jetzt für sich beanspruchte.

»Hroswith, wer ist das Gör?«, fragte Adela ruhig.

»Wer ist diese alte Frau?«, fragte Gisela im gleichen Ton. »Ich habe nicht gewusst, dass deine Mutter noch lebt, Hroswith. Stell sie mir doch mal vor!«

Adela lachte anerkennend, und ich sah mit einem warmen Gefühl auf Gisela, die nicht aufhörte, mich in Staunen zu versetzen. Vorhin habe ich geschrieben, dass ich dieses Volk hasste, was natürlich nicht für die Frauen galt. Adela zog das Messer aus der Tischplatte und prüfte mit dem Daumen, wie scharf seine Schneide war.

»Dies, meine liebe Adela«, sagte ich, »ist meine Frau Gisela.« Gleichzeitig umklammerte ich mit einer Hand ihr Handgelenk und hielt die andere Hand auf, damit sie mir das Messer geben solle. Ich erinnerte mich daran, wie geschickt sie, die nie eine Küche von innen gesehen hatte, mit den Messern umgehen konnte. Adela zögerte einen Augenblick und gab mir dann das Messer mit einem Lächeln.

»Hab keine Angst, Hroswith! Sie hätte nicht mehr eingebüßt als einen von diesen niedlichen Zöpfen«, sagte Adela. Gisela war hinausgegangen und kam mit Adelas Mantel zurück, den sie ihr mit einer Gebärde hinhielt, die eher Spott als Diensteifer ausdrückte.

»Wir bleiben in Kontakt, Hroswith«, sagte Adela. »Ich weiß, dass ich auf dich zählen kann.« Zu Gisela sagte sie ernst: »Es hat mich gefreut, dich kennen zu lernen.«

Ich brachte sie zur Tür, auf der Schwelle drehte sie sich noch einmal um. »Weißt du, dass Liutgardis ermordet worden ist?«, fragte sie. »Es ist vor ein paar Monaten geschehen. Ein paar Kerle aus der Gegend wollten sich auf Kosten des Klosters bereichern. Sie waren schnell geständig. Ich habe ihnen die Augen ausstechen und die Zunge abschneiden lassen. Du freust dich sicher zu hören, dass die Gerechtigkeit gesiegt hat.« Sie schwieg einen Augenblick und wandte sich halb ab. »Mein liebes Schwesterherz ist tot«, sagte sie gepresst, und dann fiel sie mir wieder in die Arme.

Der kühle Wind ließ mich in meinem Hemd erschauern. Unsere Körper, die sich früher so vollendet zueinander gefügt hatten, mussten sich ziemlich auseinander entwickelt haben, denn ich fühlte mich in ihrer Umarmung unbehaglich und atmete erleichtert auf, als sie mich losließ, um ihr Pferd zu besteigen. Ich löste schnell die Zügel vom Mauerring und verfolgte, wie sie sich, laut genug, um die ganze Gegend aufzuwecken, davonmachte.

42. Kapitel

Worin unser Held eine Reise tut, die aber eine Verzögerung erfährt, worauf er wieder zu Hause landet

Am Anfang des Wintermonats begann Giselas Bauch sichtbar anzuschwellen. Sie zeigte es mir stolz und behauptete, sie spüre schon die Bewegungen des Kleinen.

»Das kann schon sein, denn wenn alles gut geht, muss das Kind meiner Meinung nach in der nächsten Woche geboren werden«, sagte ich zurückrechnend.

»In meiner Familie tragen wir unsere Kinder lange«, sagte Gisela. »Meine Mutter ist bestimmt fünfzehn Monate mit mir herumgelaufen.«

Ich dachte an die Töchter, die ich in Damaskus verloren hatte, und fühlte, wie mein Herz sich vor Angst zusammenzog, weil ich an all die Gefahren dachte, die ein Kind in dieser grausigen Welt bedrohen. Worauf beruht bloß dieses tumbe Vertrauen der Menschen, dass es ihren Kindern in dieser Welt gut ergehen würde? Nichts stimmt weniger, das Leben ist eine Tragödie, und selbst wenn du zu den Glücklichen gehören solltest, so steht doch am Ende jeder Geschichte jener Knochenmann und wartet auf dich.

»Was blickst du so traurig drein?«, fragte Gisela. »Gefällt es dir hier nicht mehr, hast du vor, auf das Angebot dieser Frau einzugehen?« Sie wusste aus meinen Erzählungen, wer Adela war und was sie mir einst bedeutet hatte.

»Es gefällt mir hier nicht weniger, als es mir dort gefallen würde«, sagte ich. »Ich habe keine Lust, mich in Uplade niederzulassen oder wo auch immer in diesen Landen. Ich möchte endlich wieder lesen, das Leben ohne Bücher fällt mir schwer. Ich muss einen Weg finden, um zu den Bibliotheken des Bischofs vorzudringen. Das Salvatorkloster ist als Zentrum der Wissenschaft bekannt, und es scheint sogar, als hätten die Bischöfe vor Ansfried die griechische Sprache gekonnt.«

»Du willst Zugang zur Bibliothek des Bischofs?«, fragte Gisela. Sie stand vor dem Fenster und wiegte ihren Oberkörper hin und her, während sie die Hände auf ihren Unterbauch hielt. »Du hast doch noch diese Mönchskutte! Gib dich doch als reisender Gelehrter aus und biete ihnen ein Buch an, das sie kopieren können! Zum Tausch dafür kopierst du wieder ein paar Bücher von ihnen.«

»Und wie gelange ich an ein Buch, das ich zum Kopieren anbieten könnte?«

»Du hast doch selbst eines geschrieben? Fertige eine Kopie an und bring sie in die Bibliothek! Vielleicht kannst du noch ein Buch schreiben. Du hast doch genug erlebt!«

Als ob das so einfach wäre. Und außerdem, wer würde an meiner Lebensgeschichte Interesse haben? Gedankenverloren saß ich auf meinem Bett. Wie konnte ich an Bücher kommen? Die Chance, außerhalb von Klostermauern etwas zu finden, war gleich null. Und auf einmal fiel mir ein: Uplade! In Quintillianus' kleinem Zimmer lagen noch seine Bücher. Wenn ich die in die Hände bekäme, hätte ich einen Freibrief für die Klosterbibliothek. Aber fürs Erste fehlte mir die Lust, deswegen nach Hamaland zu reisen. Ich entschloss mich, im Frühjahr oder im Sommer einen Versuch zu machen, so lange würde ich es schon noch aushalten.

Aber es kam anders. Zwei Wochen vor dem Weihnachtsfest dieses Jahres, des neunhundertsechsundneunzigsten seit der Fleischwerdung des Herrn, kurz nach der Mittagsstunde, erhob sich draußen ein Heidenlärm. Ich öffnete meine Tür und sah zwei Reiter, riesige Kerle mit Helm und Kettenhemden unter den Mänteln. Einer von ihnen rief mir zu: »Seid Ihr Hroswith?« Sie hatten ein drittes Pferd bei sich.

Ich sah keinen Grund zu leugnen. »Ganz bestimmt bin ich Hros-

with. Könnt ihr nicht absitzen, wenn ihr mit mir redet, ihr Tölpel? Und was sollte dieses Treten gegen meine Tür?«
Sie stiegen vom Pferd. Derjenige, der zuerst gesprochen hatte, übergab dem anderen die Zügel. Er verbeugte sich knapp und sagte: »Ihr werdet in der Pfalz erwartet, wir haben Auftrag, Euch zu begleiten und zu beschützen.«
»Und wenn ich nicht will?«
»Dann wird Eure Reise weniger komfortabel. Ich muss Euch in der Pfalz abliefern, und genau das werde ich tun.« Widersprechen hatte keinen Sinn, das musste ich einsehen.
Gisela stellte sich in die Türöffnung. »Kommt doch bitte einen Augenblick herein!«, sagte sie. »Es ist viel zu kalt, um dort draußen im Stehen zu reden. Ich werde euch etwas zu trinken geben, damit euch warm wird. Und danach werde ich ein paar Kleider für die Reise einpacken, er vergisst doch immer die Hälfte.«
Die Soldaten blickten sich an und banden ihre Pferde fest. Wir tranken einen Krug Wein aus dem Rheinland, und Gisela schenkte noch mal nach. »Es ist nicht gut, gleich wieder aufzubrechen, wenn man schon so eine lange Reise hinter sich hat«, sagte sie.
Aber ich wollte nur eines wissen: »Wer hat euch den Auftrag gegeben, mich nach Nimwegen zu bringen?«
»Der König«, sagte der Mann, der bislang geschwiegen hatte.
»Der Kaiser, er ist kürzlich zum Kaiser gekrönt worden, das weißt du doch, Rollo«, verbesserte ihn sein Kollege.
»Ist Kaiser Otto in der Pfalz?«, fragte ich.
»Seit gestern«, antwortete Rollo. »Es wird immer gefeiert, wenn der Hof nach Nimwegen kommt.«
»Und jedermann ist froh, wenn sie nach ein oder zwei Wochen wieder abhauen«, ergänzte sein Gefährte, der offenbar Rutger hieß.
»Kaiserin Theophanu ist voriges Jahr in Nimwegen gestorben«, wusste Gisela zu berichten. »Da wird man kaum gefeiert haben.«
Die Soldaten bestätigten dies, aber sie konnten nicht aus Erfahrung sprechen, denn im Vorjahr gehörten sie noch nicht zu den Truppen,

die den umherreisenden Hof begleiteten. Sie begannen ein langes Gespräch über eine Jagdpartie, die in den nächsten Tagen in dem Tal stattfinden sollte, über dem sich der Elterberg erhob, aber ich konnte meine Gedanken nicht darauf konzentrieren. Was mochte der Kaiser nur von mir wollen? Und wieso hatte er von mir gehört? Ich konnte mir nicht vorstellen, dass es etwas mit dem Verdikt zu tun hatte, das schon so viele Jahre zurücklag. Ich versuchte, die Soldaten auszuhorchen, aber sie wussten offensichtlich nichts.
Nach einigen Bechern beschlossen wir aufzubrechen, denn wir hatten einen langen Weg vor uns. Gisela hatte mein Gepäck fertig gemacht, und ich küsste sie zum Abschied. »In ein paar Tagen bin ich wieder zurück«, versprach ich ihr.
Wir ritten Schritt durch die Straßen mit den Häusern der Kaufleute und gelangten so nach Utrecht, wo uns der Fluss in der späten Mittagssonne entgegenglänzte.
»Schade, dass ihr so in Eile seid«, sagte ich. »Ein Freund von mir hat eine Taverne hier am Wasser. Er hat eine Menge Bier im Keller, und wenn ihr den Braten probiert, den seine Tochter zubereitet, dann wollt ihr dort nie mehr weg.« Das hätte ich nicht sagen sollen, denn wenn ein Soldat einer Sache nicht widerstehen kann, dann ist es ein Becher voll schäumenden Bieres. Ich muss den beiden zugestehen, dass sie noch einen Augenblick zögerten, vor allem Rutger. Aber als Rollo seine Vorbehalte über Bord warf, konnte sein Gefährte nicht zurückstehen. »Na los, ein einziger Becher, bevor die Reise richtig anfängt!«
Wolf und Karola empfingen uns mit Hirschkeule, wie konnten wir das ablehnen? Wir schlemmten wie die Könige, und danach bekamen wir einen solchen Durst, dass er nicht mit einem einzigen Becher zu löschen war. Mittlerweile sprachen wir über sehr gewichtige Dinge, während das Ofenfeuer unsere Gesichter mit einem roten Schein überzog. Ich glaube nicht, dass ich mir noch vor Augen führen kann, worüber wir uns genau unterhielten, aber auf einmal stieg Rutger auf den Tisch und fing an, ein albernes Liedchen zu singen, das ungefähr so ging:

»Wo ist das Mädchen, von dem ich singe,
wo ist das Mädchen, von dem ich singe.
Graf, such deine Tochter
in Bruocgangdringe!«

Die anderen Gäste wiederholten lautstark die letzten Verse, jeder schien das Lied zu kennen.

»Graf, such deine Tochter
in Bruocgangdringe!
Das Eisen des Schmiedes ist rot,
das Eisen des Schmiedes ist rot.
Schmied, schmied dein Eisen,
oder der Graf schlägt dich tot!«

Dieses Mal wusste ich, was von mir erwartet wurde, und ich stimmte ein. Nach vielen Strophen sprang auch Rollo auf den Tisch, und seine Lieder waren noch dümmlicher als die Rutgers. Ich fragte mich allmählich, ob wir heute wohl noch aufbrechen würden. Am Eingang erhob sich Lärm, der schnell den Gesang übertönte. Wolf ging schnell hinaus und viele folgten ihm.

»Ich werde auch schnell mal sehen, was los ist«, sagte ich zu Rutger, der gerade seinen Kopf auf die Arme gelegt hatte. Rollo sang noch, wenn auch leiser, stand aber immer noch auf dem Tisch. Ich ging zum Ausgang, und als ich hinter mir einen schweren Aufprall hörte, wusste ich, dass Rollo auf den Boden gefallen war.

Inzwischen waren die meisten Gäste auf die Straße gelaufen. Ich folgte der johlenden Menge. Die Nacht war hell, und die Pfützen in den Schlaglöchern der Straße, die zu Beginn des Abends noch voller Wasser gestanden hatten, waren nun fest zugefroren.

Die Volksmenge war bei einer schmalen Reihe kleiner Häuser zusammengeströmt, die sich an einem Platz im Schatten des Klosters müde aneinander lehnten.

»Es ist der Teufel, der Teufel!«, rief jemand, und jetzt sah ich, wie ein paar mit Knüppeln bewaffnete Männer vor der Tür eines der Häuschen standen, um die anderen zurückzuhalten. Ein altes Weib warf einen Stein auf die Männer und kreischte: »Brennt es nieder! Steckt das Haus in Brand, mit dieser Hexe und ihrem Teufelsjungen!«

»Wo ist der Bischof?«, rief ein großer Kerl mit einem wüsten Bart. »Lasst ihn den Teufel austreiben!« Aber das Kloster war ein schwarzer Kasten in der Nacht, und nichts deutete darauf hin, dass dort jemand aufgewacht war. Vielleicht hielten die Mönche sich versteckt, vielleicht wollten sie auch nur nichts mit dem, was auf der Straße vor sich ging, zu tun haben. Ich blickte mich um und sah in der Ferne ein paar Reiter herankommen, Soldaten der Präfektur. Sie blieben am Rand der Menge stehen und stellten den Leuten ein paar Fragen. Dann machten sie kehrt.

»Brennt es nieder!«

»Bist du närrisch, Harda, dann trifft es doch auch unser Haus!«

»Wir finden auch ein anderes Haus! Brennt es nieder!« Jetzt kamen ein paar Kerle mit Fackeln angerannt. Ich merkte, dass ich ganz ruhig wurde. Dies hatte ich als Kind erlebt. Die Fackelträger wurden mit Jubel begrüßt. Ich drängte mich nach vorne, um einzugreifen, aber Wolf kam mir zuvor. Er warf ganze Menschentrauben auf einmal um, nahm einem eine Fackel ab und donnerte über den Platz: »Den Ersten, der hier etwas in Brand steckt, werfe ich in die Flammen, und danach stecke ich sein Haus an!«

»Misch dich nicht ein, Wolf!«, rief der Mann mit dem Bart, der zuerst den Bischof hatte rufen wollen. »Dies ist keine Kneipenschlägerei mehr, dies ist eine ernsthafte Angelegenheit.«

»Sagt mir erst, was los ist, dann werde ich schon selbst beurteilen, ob ich mich einmische oder nicht.« Während Wolf sprach, begannen ein paar Kerle, ihn einzukreisen. Ich glaube nicht, dass er es bemerkte. Ich trat nach vorne mit meinem Ulfberth in der Hand und sagte: »Sieh dich um, Wolf!«

Er schwenkte die Fackel nach hinten und erwischte einen der He-

ranschleichenden am Hals. Der Mann brüllte los, fiel zu Boden und krümmte sich, war aber offenbar nicht ernsthaft verwundet.
»Und jetzt will ich eine Antwort«, sagte Wolf ruhig. Eines der alten Weiber rief: »Diese Hathumoda hat ein Teufelskind geboren. Viele Leute haben es gesehen. Und wenn ihre Brüder nicht dort stünden, hätten wir sie schon auf den Scheiterhaufen geführt.«
Eine andere – wo kommen in solchen Augenblicken nur immer diese alten Weiber her – rief: »Und ihre Schwester gleich hinterher. Die fiese Bucklige schläft auch mit dem Teufel!«
»Niemand kommt hier auf den Scheiterhaufen«, sagte Wolf. »Ich hoffe, dass ihr das gut verstanden habt.«
»Das wollen wir doch mal sehen«, sagte ein kahl geschorener, schielender Kerl mit einem Vorschlaghammer in der Hand. Er sah sehr kräftig aus, offensichtlich war es einer meiner Handwerkskollegen.
»Fordere mich nicht heraus, Gerard!«, sagte Wolf.
Gerard lachte höhnisch und antwortete: »Ich fordere dich heraus, wann es mir passt. Aber zuerst will ich dich daran erinnern, dass du hier nichts zu sagen hast. Und einmal wirst du auch schlafen müssen.«
»Ich kenne Hathumoda. Sie hat nichts mit dem Teufel zu tun«, sagte Wolf. »Lass sie in Ruhe, Gerard, denn sonst, bei Gott, passiert dir was!« Gerard stellte sich ganz dicht vor Wolf und sagte langsam: »Du bist ganz allein, Freundchen, die ganze Stadt wird gegen dich sein. Deine Taverne braucht dringend mal eine kleine Renovierung. Und ich habe den Eindruck, dass deine Tochter auch etwas Bestimmtes ganz nötig braucht. Ich glaube nicht, dass du in den nächsten Nächten noch ruhig schlafen wirst.« Das Volk begann zu johlen, und Gerard grinste Wolf an, der sich nicht bewegt hatte und ihn immer noch ruhig ansah.
»Ich gehe mal kurz rein und sehe nach, was los ist«, sagte ich zu Wolf. Er nickte. Dann rief ich den Leuten zu: »Ich bin Hroswith, Gelehrter und Weltreisender, ich weiß alles von der Heilkunst und kenne alle Erscheinungsformen des Bösen. Ich werde die Lage inspizieren und dann können wir immer noch entscheiden, was zu tun ist.«

Die Leute schwiegen und schienen mich als unparteiischen Experten zu akzeptieren. Ich ging hinüber zu dem kleinen Haus. Hathumodas Brüder blickten einander zögernd an und ließen mich dann hinein. Ich musste mich einen Augenblick an das dämmrige Licht gewöhnen. Dann erblickte ich das Bett, auf dem die Frau lag, die das Kind zur Welt gebracht haben musste. In einer Ecke des Zimmers saß ein Mädchen auf einem Schemel. Es stand auf, als ich es ansah, und zeigte auf die kleine Wiege, in welcher der Säugling lag. Ich beugte mich über das Bettchen und richtete mich sofort wieder auf. Ich spürte, wie mir Schauer über den Rücken liefen. Dann schaute ich wieder hin. Das kleine Kind hatte nur ein Auge, mitten auf der Stirn, ansonsten sah es ganz normal aus. Aber als ich es genauer betrachtete und das kleine Händchen anfasste, merkte ich, dass das Kind tot war. Wahrscheinlich gab es noch weitere Abnormitäten, die sich meinem Blick entzogen.

Auch die Frau auf dem Bett, ein dürres Geschöpf, war offensichtlich tot. Ich streckte meine Hand nach ihrer jüngeren Schwester aus, die tatsächlich einen kleinen Buckel hatte. »Hier in dem Sterbehaus solltest du besser nicht bleiben. Komm, wir gehen!«, sagte ich.

Das Mädchen wich zurück, schaute noch einmal zum Leichnam ihrer Schwester hinüber und ergriff dann meine Hand. Ich sah einen verschlissenen Mantel herumliegen und legte ihn ihr über ihre hageren Schultern, aber sie piepste ängstlich und streifte ihn ab. Ich zuckte mit den Achseln, und wir traten in die Eiseskälte hinaus. In diesem Augenblick, als ich den Leuten entgegenging, mit dem zitternden kleinen Buckelchen neben mir, wusste ich noch nicht, was ich sagen würde.

»Und?«, fragte da Gerard in drohendem Ton.

»Das Kind hat nur ein Auge«, sagte ich.

»Ein Auge! Das kann nur vom Teufel kommen«, rief Gerard triumphierend. »Brennt das Haus nieder!« Die Menge begann wieder zu johlen.

»Ich kenne eine ganze Reihe von Leuten mit nur einem Auge«,

protestierte ich. Eines der alten Weiber kreischte: »Ich auch – aber nicht mitten auf der Stirn!« Laute Zustimmung.

»Werft die Hexe auf den Scheiterhaufen!«, schrie Gerard wieder.

Ich schüttelte den Kopf. »Sie ist bei der Geburt gestorben.« Einen Moment lang war die Menge verwirrt, Hexen mussten auf dem Scheiterhaufen sterben und nicht anders. Aber das konnte natürlich einer jener Listen sein, die der Böse ausheckte, um die Sterblichen in sein Netz zu ziehen.

»Das Hurenkind, das Teufelsjunge auf den Scheiterhaufen!«, donnerte Gerard.

»Das Kind ist auch tot«, sagte ich. »Es tut mir Leid, aber es gibt niemand, den man verurteilen könnte, sie sind beide tot.«

»Die Schwester, nehmt Teckla, diese Hexe!«, rief eine junge Frau, deren Augen Feuer sprühten. Das Mädchen drückte sich an mich, um Schutz zu suchen. Nun wurde es Zeit für meinen Auftritt. Ich rief, so laut ich konnte: »Ihr irrt euch, sie ist keine Hexe. Und Hathumoda war auch nicht gleich tot, ich habe sie noch kurz gesprochen.« Auf einmal war es still. Viel leiser sagte ich: »Sie hat mir den Namen des Vaters von diesem Teufelskind genannt.«

Die Menge schwieg noch immer. Ich wartete. Da sagte jemand: »Ja und, wer war es denn?«

Ich spreizte meine Hände in einer machtlosen Gebärde und blickte den größten Schreihals an, der mich mit offenem Mund, geifernd vor Blutdurst anstarrte. Dann sagte ich: »Hathumoda ist vor neun Monaten von Gerard dem Schmied vergewaltigt worden.«

Der Mund fiel zu, noch immer war es still. Gerard schaute von links nach rechts, dann wurden seine Knöchel weiß, die den Stiel des Hammers umklammerten. »Das ist eine Lüge«, flüsterte er, auf einmal hatte er seine Stimme verloren.

»Eine Lüge auf dem Sterbebett?«, höhnte ich und schüttelte mit erhobenem Zeigefinger den Kopf, während ich einen Schritt in seine Richtung machte. »Glaubst du etwa, es wüsste nicht jeder, was für eine gute Christin Hathumoda war? Sahen wir sie nicht jede Woche in der Kirche?«

»Das stimmt«, erklang es um mich herum. Viele Leute nickten, einer wischte sich eine Träne aus dem Auge bei dem Gedanken an die tugendreiche Hathumoda, aber die Menge schwieg noch immer. Allerdings begannen nun alle auf Gerard einzudringen. Dieser merkte, was los war, ließ seinen Hammer fallen – jemand fing an zu brüllen – und rannte los. Wie ein Mann verfolgte ihn die Menge. Ich sah erhobene Messer, Mistgabeln, rostige Schwerter und Dreschflegel.

»Ich werde dich zu mir nach Hause bringen, mein Kind. Vorsichtig, rutsch nicht aus!«, sagte ich, während ich einen Arm um den zitternden kleinen Buckel schlug. »Meine Frau braucht dringend ein Mädchen für den Haushalt, vielleicht wäre das etwas für dich?«

Die Brüder dankten mir ausgiebig und hatten nichts gegen die neue Stelle ihrer Schwester einzuwenden. Ich rief Wolf zu: »Würdest du bitte auf mein Gepäck achten, das noch in der Taverne liegt? Und richte den beiden Soldaten aus, die bei mir waren, dass sie mich morgen früh zu Hause abholen können. Und bitte nicht zu früh!«

43. Kapitel

Worin Hroswith einen großen Gelehrten trifft, seine Versuche, eine intelligente Konversation zu führen, jedoch scheitern sieht

Nach einer schweren Reise von drei Tagen kamen wir, von Schneestürmen gejagt, in Nimwegen an. Wir hatten tagelang nicht geschlafen, aber beim Anblick der Stadt vergaß ich meine Müdigkeit.

Schon draußen vor dem Tor standen die bunten Zelte des Kriegsvolks, das mit dem Hof mitgekommen war. Die vielfarbigen Fahnen auf dem Torturm flatterten im Wind, sie repräsentierten Dynastien und Geschlechter, aber davon verstand ich damals nicht viel.

Innerhalb der Stadtmauern wimmelte es von Leuten. Wagenlenker fuhren, ohne sich sonderlich um die Fußgänger zu kümmern, mit Fässern und Säcken hin und her, Bauern trieben ihre blökende, meckernde, schnatternde Habe durch die engen Gassen, zweifellos auf dem Weg ins Schlachthaus. Trotz der Kälte lag eine ausgelassene Stimmung in der Luft. Aus den Tavernen erklang Musik, und die Leute, die drinnen kein Plätzchen mehr gefunden hatten, tanzten auf der Straße, schwitzend und mit hochroten Gesichtern vor lauter Trinken und Feiern. Schellenklingende Narrenkappen, Jongleure, reimende Bettelmönche – niemand wird je wissen, woher sie alle kamen, vielleicht entstanden sie wie die Fliegen aus Staub, Mist und Dreck.

Rutger und Rollo, gierig, ihren Beitrag zu den Festivitäten zu leisten, lieferten mich beim Tor in der ansonsten undurchdringlichen Mauer ab und verschwanden. Ich folgte einem schweigenden Mönch in eine einfache kleine Kammer, wo außer einem Bett ein Schreibtisch mit Pergament, Tinte und Gänsefedern stand.

»Habt Ihr Bücher mitgebracht, Herr Hroswith?«, fragte der Mönch.
»Bücher? Ich habe nichts mitgebracht, guter Mann«, sagte ich. »Ich kenne nicht einmal den Grund meiner Anwesenheit hier in der Pfalz, niemand konnte ihn mir sagen.«
Der Mönch schüttelte den Kopf. »Immer dasselbe alte Lied. Und der Majordomus liegt krank im Bett.« Er ging weg, immer noch den Kopf schüttelnd und in sich hineinmurmelnd. Ich war müde von der Reise und beschloss, nicht zu warten. So legte ich mich zum Schlafen ins Bett, das sich als weniger asketisch erwies, als es im ersten Augenblick gewirkt hatte. Dies war auf alle Fälle keine Mönchszelle.

Ich hätte lieber weiter geträumt, aber kein Traum kann gegen Fanfarenstöße bestehen, vor allem dann nicht, wenn sie direkt vor dem Fenster erklingen. Plötzlich endete der Lärm abrupt, und ich versuchte wieder, an meinen Traum anzuknüpfen, aber wie so oft gelang das nicht mehr.
Durch das schmale Fenster fiel ein schiefer Streifen Sonnenlicht über den Schreibtisch. Als ich mich aufrichtete, sah ich, dass drei Bücher und ein paar Pergamentrollen auf dem Tisch lagen. Ich stand auf, warf mir den Mantel über die Schultern und ging zum Tisch, um sie mir anzusehen. Es waren Gesetzessammlungen aus unterschiedlichen Zeiten, Akten, Urkunden … Nicht unbedingt Bücher von der Art, wie ich sie zum Vergnügen las. Was sollte das bedeuten?
Aber ich hatte schon zu lange keine Bücher mehr in der Hand gehabt. Ich setzte mich an den Tisch, fing an zu lesen und war rasch so gefesselt, dass ich alles um mich herum vergaß. Die ältesten Texte, schwer zu lesen wegen der anderen Handschrift, mussten noch aus der Zeit Kaiser Karls stammen, fränkische Texte, aber auch sächsische Gesetzesvorschriften, die das Erbrecht behandelten und das Wehrgeld im Fall von Mord und Totschlag festlegten. Daneben war eine Abhandlung über das römische Recht zu finden, und ich war erstaunt über die Unterschiede zwischen den verschiedenen Rechtssystemen,

wenn sie auch alle von gesundem Menschenverstand und einem ausgeprägten Gefühl für Gerechtigkeit zeugten. Ein Klopfen an der Tür riss mich aus meinen Überlegungen. Balderik kam herein, er machte einen gehetzten Eindruck und setzte sich sofort an den Tisch.

»Balderik, du bist auch hier? Weißt du, was das alles zu bedeuten hat?«

Balderik nickte, er hatte dunkle Schatten unter den Augen. »Adela hat dich bei Kaiser Otto als denjenigen benannt, der sie auf dem Reichstag verteidigen soll.«

»Ist sie angeklagt? Warum?«

»Angeklagt ist übertrieben, aber wir müssen uns vor dem Kaiser verantworten. Wir haben nach Liutgardis' Tod den Elterberg besetzt, weil Graf Wichmans Schenkung unrechtmäßig war. Adela will, koste es, was es wolle, den Familienbesitz zurückbekommen, das heißt, wir wollen das. Es ist im Grunde ein unteilbarer Besitz, der wieder zusammengefügt werden muss.«

»Was hast du davon? Außer dass du offenbar eine Leidenschaft für Adela hast?« Ich glaube, meine Stimme klang spöttischer als ich wollte. Seine Antwort schockierte mich.

»Wir haben nach Liutgardis' Tod geheiratet. Die hatte sich immer einer Ehe widersetzt. Ihrer Meinung nach war ich von zu niedriger Herkunft, um ihre Schwester zu heiraten. Das ist natürlich Unsinn, sie hatte wahrscheinlich Angst, dass wir zusammen zu viel Macht haben würden. Von Imed hatte sie nie etwas zu befürchten, der hat die Teilung des Erbes nie als ein Problem angesehen.«

Ich dachte nach. Ich verstand nicht, was das mit mir zu tun haben sollte. »Warum denn ich? Ich bin doch kein Rechtsgelehrter.«

Balderik stand auf und begann, Runden um den Tisch zu drehen. Kleine Dampfwölkchen entwichen seinem Mund, wenn er sprach.

»Das liegt doch auf der Hand, du kannst lesen und schreiben. Für Adela bist du ein Gelehrter, und was am wichtigsten ist: Du hast in dieser Angelegenheit keine eigenen Interessen. Die Leute, die hinter uns stehen, haben ihre Grafschaften, Bistümer, Präfekturen. Sie müssen sich vorsichtig wie auf Eiern bewegen, und wir können sie nicht bitten, bei einer Verhandlung für uns ihren Kopf hinzuhalten. Für dich ist das einfacher.«

Ich konnte der Begründung nicht so ganz folgen, störte mich aber an den Runden, die er drehte, also sagte ich: »Richte Adela aus, dass ich die Sache übernehme. Wann findet die Verhandlung statt?«

»Sieben Tage vor Weihnachten. Adela hat gleich gesagt, dass du es machen würdest.«

Ich war nicht erfreut über diesen Auftrag, und hinzu kam, dass ich nur fünf Tage Zeit hatte, was nicht viel ist, um eine Rechtssache vorzubereiten, vor allem, wenn man so etwas noch nie gemacht hat.

»Ich will Adela sprechen. Ich muss alle Einzelheiten von der Sache wissen«, sagte ich. »Morgen früh kann ich sie hier empfangen.«

»Ich weiß nicht, ob das so einfach geht. Sie ist noch in Uplade.«

»Du hast den ganzen Tag und die ganze Nacht Zeit, um sie zu holen. Schließ die Tür hinter dir, wenn du gehst, Balderik, und sorg schleunigst dafür, dass ich etwas zu essen bekomme!«

Gegen Mittag machte ich mich zu einer Erkundungstour auf. Meine Gästekammer befand sich tatsächlich in einem Kloster. Ich sprach einen Bruder an und fragte unverblümt nach der Bibliothek, denn wenn auch die Bücher in meinem Zimmer für die Rechtssache ausreichten, war die Versuchung einfach zu groß. Er ging voraus zu einem Innenhof, wo Schweine dampfenden Brei aus einem Trog schlabberten. Durch ein niedriges Tor kamen wir in einen Garten, wo der Schnee wie ein Leichenhemd die Rosensträucher bedeckte. Dort war der Kreuzgang, auf den verschiedene Flure mündeten.

Der Mönch brachte mich zu einem Mitbruder, der neben der Tür hinter einem Pult saß, dann drehte er sich zu mir um und sagte: »Die Bücherei steht zu Eurer Verfügung, Herr Hroswith. Wenn Ihr hier weiterlauft bis nach hinten ins Scriptorium, dann findet Ihr dort eine Tür, die zur Bibliothek führt.«

Ich ging langsam durch das Scriptorium, wo unter einem Deckengewölbe die Schreiber, sechs an der Zahl, hinter ihren Pulten saßen.

Niemand achtete auf mich. Ich war noch nie in einem Scriptorium gewesen und konnte es nicht lassen, im Vorübergehen Blicke auf die Blätter zu werfen, die dort beschrieben oder mit wunderbaren Malereien illuminiert wurden. Was für eine schöne Kunst beherrschten diese Menschen, und wie gern hätte ich hier Jahre zugebracht, um sie selbst zu erlernen! Aber vorerst hatte ich keine Zeit. Ich öffnete die Tür zur Bibliothek, musste aber zuerst noch eine feuchte Wendeltreppe hinauf.

Ich war tief beeindruckt. Zwar hatte ich schon größere Bibliotheken gesehen, aber nicht in diesem Teil der Welt. Mitten im Zimmer, an einem großen Tisch, saß ein Greis und las. Er blickte hoch, nickte mir zu und las weiter.

Ich ging an den Regalen entlang und nahm hier und da einen Band heraus, um ihn mir anzuschauen. Ich begegnete Boethius und Augustinus, Irenäus' Werk gegen die Ketzerei und Stobäus' Anthologie, Bibeln waren da, Bußbücher, Lehrbücher für das Trivium, aber auch, zu meiner Freude, Ovids *Metamorphosen.*

»Sucht Ihr etwas? Kann ich Euch vielleicht helfen?«, fragte der Mann, der bei näherem Augenschein nicht so alt war, wie ich gedacht hatte, wenn auch sein Bart und sein langes Haar grau, ja fast weiß waren. Sein Gesicht hatte scharfe Züge, und er sah mich aus hellen blauen Augen an. Sein Akzent verriet, dass er sich nicht in seiner Muttersprache mit mir unterhielt.

»Ich habe es schon gefunden«, sagte ich und setzte mich mit meiner Lektüre an den Tisch.

»Meint Ihr, dass Ovid Euch beim Aufstellen einer Verteidigung helfen kann?«, fragte der Mann mit hochgezogenen Augenbrauen.

»Das kann ich erst beurteilen, wenn ich das Buch gelesen habe«, antwortete ich. »Und außerdem: Ist ein Stil wie der Ovids keine Quelle der Inspiration für jegliche geistige Arbeit?«

Er lächelte. »Ihr habt Recht. Aber bedeutet das, dass Ihr es früher schon gelesen habt?«

»Jawohl«, gab ich zu. »Ich las Teile daraus bei einem Freund in Damaskus. Leider war sein Exemplar alt und unvollständig.« Traurig dachte ich an die riesige Bibliothek, die mir der alte Sleiman hinterlassen hatte und die ich wegen der fürchterlichen Geschehnisse nicht hatte mitnehmen können.

»Ihr seid in Damaskus gewesen? Ich vermutete bereits, dass Herr Hroswith ein interessanter Mann sein muss. Ihr habt übrigens Glück, was den Ovid angeht, dieses Exemplar ist erst seit fünf Tagen hier. Ich habe es selbst aus Reims mitgebracht, als Geschenk für den Abt.« Er sah missbilligend auf die Regale. »Der Buchbestand ist hier noch ziemlich dünn, und die Auswahl zeugt von wenig Phantasie. Die Einwohner der Niederen Lande mögen zwar pflichtbewusst und treu ergeben sein, aber sie sind blind und taub für den Reichtum und die Unterschiedlichkeit der Dichter und Wissenschaftler der Vergangenheit. Und für die der Gegenwart im Übrigen genauso, auch wenn man die an den Fingern beider Hände abzählen kann. Die Freude, die man beim Lesen der Werke der großen Geister schöpft ...«

»Ich weiß, wer Ihr seid!«, unterbrach ich ihn aufgeregt. Ich war vor einigen Jahren auf meiner Rückreise durch das Westfrankenland in Reims gewesen. Aber schon viele Meilen vor der Stadt hatte ich den Namen des Mannes gehört, der als der größte Gelehrte der Welt galt. »Ihr seid Gerbert von Aurillac!«

»Das stimmt, das habt Ihr gut geraten«, sagte er lachend. »Könnt Ihr auch Arabisch lesen?«

»Ja. Und Ihr?«

Er verzog bedauernd das Gesicht. »Nur wenig. Ich habe früher, in Katalonien, eine Reihe von Übersetzungen gelesen. Aber was ist das für eine seltsame Begegnung! Wisst Ihr, dass es in diesen Landen, genau wie in Frankreich übrigens, schon fast ein Ding der Unmöglichkeit ist, jemanden zu finden, der die griechische Sprache kann!«

In diesem Augenblick kam ein Junge von etwa fünfzehn Jahren die Treppe hoch. Er ging auf Gerbert zu und sagte: »Vergebt mir, dass ich so spät komme, Magister, aber wichtige Geschäfte erforderten meine Aufmerksamkeit.«

Gerbert antwortete auf Griechisch: »Weisheit kommt an erster Stelle.«

»Bekommst du Griechischunterricht?«, fragte ich den Jungen. Er war blass, hatte langes dunkles Haar und hellgraue Augen in einem altklugen Gesicht.
»Nein, ich spreche und lese es ausgezeichnet. Meine Mutter war eine *clarissima* aus Konstantinopel«, antwortete er.
Gerbert sagte: »Hoheit, dies ist der Rechtsgelehrte Hroswithus.«
»Es ist mir ein großes Vergnügen, Euch begrüßen zu dürfen, Hroswithus«, sagte Otto. »Unterlasst Eure Verbeugungen ruhig! Sie sind nur gut für offizielle Angelegenheiten. Ich möchte gern mal mit Euch in einen Gedankenaustausch treten, aber jetzt ist es Zeit für meinen Unterricht. Ich sehe Gerbert viel zu selten und muss jede Gelegenheit nutzen, um mir etwas von seinen Kenntnissen zu Eigen zu machen.«
Ich zögerte. Konnte ich bleiben, um weiterzulesen, oder wurde von mir erwartet, dass ich mich entfernte? Ich entschloss mich, das Letztere zu tun, verbeugte mich erneut vor dem Kaiser und verließ den Raum.

Adela langte erst am dritten Tag an. Ich hatte mir mit Zustimmung des Bibliothekars noch ein paar Bände aus der Bibliothek geholt und war in meine Lektüre vertieft, als sie hereinstürzte wie ein Wirbelsturm, zerzaust wie immer und bildschön. Sie umarmte mich, und ihr frischer Duft nach Wald und Feld erfüllte die muffige Kammer, sodass meine über Tage hinweg geordneten Gedanken herumtaumelten wie trockene Blätter im Wind.
»In zwei Tagen musst du vor dem Kaiser erscheinen«, sagte ich. »Du hättest früher kommen sollen.«
Adela lachte. »Ist dir eigentlich klar, wie viel ich zu tun habe? Weißt du, wie groß die Ländereien sind, die ich verwalte? Ich kann mich nicht einfach mal kurz von meinen Geschäften loseisen, nur weil du darum bittest.«
»Ich denke, dass du hier diejenige bist, die Interesse an der Rechtssache haben sollte.«
»Rechtssache … Übertreib nicht so!«, sagte Adela. Mit einer Ge-

bärde wischte sie all meine Sorgen beiseite. »Ich muss mich vor dem Reichstag verantworten, und ich habe das Recht auf meiner Seite. Was kann der Kaiser schon sagen? Ich tue nichts anderes als meine Pflicht als Vasall.«

»Ich weiß nicht, ob der Kaiser das auch so sehen wird«, sagte ich. »Ich habe überhaupt keine Ahnung, was in Euren Kreisen so gespielt wird, und ich weiß nicht, ob mich die unergründlichen Beziehungen zwischen den adligen Familien überhaupt interessieren.«

Adela, die sich noch nicht hingesetzt hatte, zog ihren Mantel aus und warf ihn aufs Bett. »Das Problem bei den adligen Familien ist, dass wir eigentlich alle miteinander verwandt und verschwägert sind. Wenn du zum Beispiel Balderik und mich nimmst, wir kommen aus zwei alten Geschlechtern, die schon seit Jahrhunderten das Sagen haben, und die Zweige unserer Stammbäume sind seit langem so ineinander verwoben, dass schließlich beide Bäume daran ersticken werden.«

»Nach dem, was ich von Balderik erfahren habe, bin ich nun auch in diese Stammbäume verwickelt«, sagte ich und dachte an Meinwerk, der Balderik zufolge mein Sohn war.

»Ich verstehe nicht, was du meinst«, sagte Adela erstaunt.

»Unseren Sohn, Meinwerk?«

Adela setzte sich auf den Bettrand und fing an zu lachen. »Dieser Idiot Balderik! Der hat doch keine Ahnung! Dein Sohn war eigentlich eine Tochter. Sie wurde tot geboren. Meinwerk war nicht einmal mein erster Sohn, das war Diederic. Und der war von Imed, das weiß ich genau, von Meinwerk kann ich das nicht sagen, auch wenn er genauso fromm ist wie mein erster Mann.«

Ich spürte keine Enttäuschung und keine Freude, ich spürte eigentlich gar nichts. Ich sah zu, wie sie ihr Mieder aufknöpfte. Sie fuhr fort: »Weißt du noch, Hroswith, wie wir immer in den Wald mussten, wenn wir uns früher sehen wollten? Ich glaube, das ist das erste Mal, dass wir zusammen in einem Zimmer mit einem Bett sind.« Sie saß auf dem Bettrand, bekleidet mit nichts als ihrer goldenen Armspange, und ließ sich zurückfallen.

Als ich sie viel später auffordern wollte, sich doch noch für den Reichstag vorzubereiten, war sie neben mir in tiefen Schlaf gesunken.

Sehr früh am Morgen ertönte ein Klopfen an der Tür. Ich wankte schlaftrunken hin und öffnete. Es war Balderik. »Ist sie schon hier gewesen?«, rief er aufgebracht.
»Wer?«, fragte ich verstört.
»Adela natürlich«, rief er böse. Ich war mit einem Schlag wach. Ich erinnerte mich an die Nacht, und das Blut stieg mir zu Kopf, und die Kopfhaut fing an zu brennen. Ich versuchte die Tür zu schließen und murmelte: »Ich möchte noch schlafen, komm doch später wieder!«
Aber Balderik stieß die Tür mit so viel Kraft auf, dass ich zu Boden fiel. Mit zwei Schritten stand er am Bett, das gezogene Schwert – übrigens ein Meisterwerk – in der Hand. Es lag niemand im Bett.
Balderik schaute hinter der Tür und unter dem Bett nach, fand aber nicht, was er suchte. Verwirrt blickte er mich an und steckte das Schwert zurück in die Scheide. »Es tut mir Leid, Hroswith«, sagte er dann. »Ich habe sie schon Tage nicht gesehen, und da habe ich mir gedacht …«
Ich sah ihn mit einem, wie ich hoffte, milde zurechtweisenden Blick an und sagte: »Das macht nichts, Balderik. Aber lass mich jetzt schlafen, ich habe in den nächsten Tagen noch viel zu erledigen.«
Beschämt zog er ab.
Ich bekam den Kaiser und Gerbert von Aurillac bis zum Reichstag nicht mehr zu sehen. Das fand ich bedauerlich, jedenfalls was Gerbert anging. An Kaisern hatte ich wenig Interesse, vor allem, wenn sie noch so jung waren. Auch Adela ließ sich am letzten Tag, bevor sie sich verantworten musste, nicht mehr sehen. Offenbar war die Sache gar nicht so wichtig, und ich konnte meine Anwesenheit nur als eine Formalität betrachten.
Ich spazierte durch die Stadt, trank etwas in einer Bierkneipe, ging auf den Anleger und machte ein paar Schritte auf dem seit Menschengedenken erstmals wieder zugefrorenen Fluss. Nebel hing

über der Eisfläche, und die tief hängenden Wolken schienen schwer mit Schnee beladen. Drei Männer fuhren hintereinander in den Nebel hinein. Kinder hatten ein Loch in das Eis gehackt und saßen nun wie Reiher, grau und armselig, darum herum und fischten. Ich ging ein Stück am Ufer entlang und sah die drei Männer wieder aus dem Nebel zum Vorschein kommen. Es machte mich sehr traurig, an einem Fluss entlangzugehen, der sich nicht bewegte.

Nachdem ich dies niedergeschrieben hatte, ging ich wieder einmal nach draußen, mir wurde klar, dass ich zum ersten Mal im Leben nicht mehr wusste, was für eine Jahreszeit es war. Auf jeden Fall war es nicht Winter. Ich sah noch die Hügel in der Ferne und die dunklen Baumreihen am Waldesrand. Sterne funkelten, und das schwarze Wasser des kleinen Sees, einen Bogenschuss vom Kloster entfernt, kräuselte sich sanft im Abendwind. Ich fragte mich, wie es möglich war, dass ich das alles noch unterscheiden konnte, dass ich noch tage-, wochen-, monatelang nacheinander schreiben und mich an die Vergangenheit erinnern konnte, ohne die Dinge durcheinander zu bringen, wie es Greise gewöhnlich tun.
Dies alles geschah vor so langer Zeit, und keiner der Erwähnten ist noch am Leben. Es kommt mir vor, als habe die Welt sich verändert, aber es kann auch sein, dass ich es bin, der sich verändert hat. Ich lebe eigentlich schon Jahre nicht mehr in dieser Welt.
»Vermisst du die Welt nicht? Oder bist du lebensmüde?«, hat Bodo mich vor ein paar Tagen gefragt. Ich gab ihm keine Antwort, aber er wird ja auch dies wieder lesen. Ich vermisse die Welt, doch nein, lebensmüde bin ich nicht, man ist als Hundertjähriger nun einmal nicht mehr imstande, am Leben teilzunehmen, wie man es gewohnt war, auch wenn ich es lange versucht habe. In der Stunde des Todes, so sagt man, zieht das ganze Leben noch einmal an einem vorbei. Vielleicht mache ich ja deswegen mit diesem Buch weiter, denn nur eine Stunde wird mir nicht reichen.

44. Kapitel

In dem Hroswith ein Plädoyer hält und wieder einmal eine Henkersmahlzeit angeboten bekommt. Er rettet einen armen Hausierer

Adela erschien vor den Mächtigen des Reiches in einem Gewand, wie es wahrscheinlich nur wenige im Saal jemals gesehen hatten. Sie schritt nach vorn in einem Kaftan aus dunklem Samt, der mit Goldfäden durchwirkt war, darunter ein Kleid aus Seide, mehrfach um ihren Körper geschlungen und mit kostbaren Juwelen verziert. Ihr Haar, das sie hochgesteckt hatte, war von einem Netz aus Perlen bedeckt, vor dem Gesicht trug sie einen hauchdünnen Schleier, den sie hochschlug, als sie vor den Kaiser trat. Solch luxuriöse Kleider hatte ich niemals zuvor gesehen, aber der Stil musste jener der adligen Damen in Konstantinopel sein, darüber konnte kein Zweifel bestehen.

Wollte sie mit ihrem Reichtum den Hof einschüchtern? Oder war es ein Versuch, die Anwesenden zu verspotten, indem sie ihre blendende Eleganz mit der viel einfacheren Tracht der deutschen Höflinge konfrontierte, sodass diese neben ihr wie ein Haufen von Bauern erschienen? Auf jeden Fall konnte der junge Kaiser seine Augen nicht von ihr lassen, ebenso wenig wie die anderen Anwesenden.

Der Kaiser schien tatsächlich nicht bei der Sache zu sein. Vielleicht ging es ihm nicht gut, ich hatte auf der Straße Gerüchte über seine angegriffene Gesundheit gehört. Der Reichstag war daher auch aus den zugigen Sälen der Pfalz in den viel kleineren Kapitelsaal des Klosters verlegt worden.

Otto zeigte mit seinem Stab auf Adela. »Gräfin, ich hatte mich darauf gefreut, Euch wiederzusehen. Leider sind die Umstände nicht

so angenehm wie früher, man hat mir vom Tod Eurer Schwester berichtet. Diese Nachricht hat mich sehr schockiert.«
Adela senkte den Kopf. »Ja, es war ein sehr trauriges Ereignis, Kaiserliche Hoheit, zumal von einem feigen Mord gesprochen werden muss. Aber seid beruhigt, die Schuldigen sind bestraft worden.«
Otto sah sie eine Weile schweigend an. Dann sagte er: »Wer sind die Schuldigen?«
Adela richtete sich auf und antwortete: »Ein paar Banditen aus einem anderen Gau, umherziehendes Volk.«
»Was war ihr Motiv für den Mord? In wessen Auftrag handelten sie?«
»Ich kann es Euch nicht sagen«, sagte Adela. »Sie waren nicht mehr so gesprächig, nachdem sie ihre Strafe erhalten hatten.«
»Wo sind diese Männer jetzt?« Ottos Stimme klang schon kühler.
»Ich habe sie über die Gaugrenze nach Leomerike führen lassen, ohne Augen und Zunge werden sie nicht sonderlich weit gekommen sein.« Ich konnte nicht die geringste Spur Untertänigkeit oder Demut in ihrer Haltung entdecken, sie war vielmehr stolz und herausfordernd.
Der junge Kaiser stand auf, stützte sich dabei auf seinen Stab. »Es ist uns ein Gerücht zu Ohren gekommen. Ich werde es nicht aussprechen, denn es gibt keine Zeugen, die es bestätigen könnten. Aber Frau Liutgardis war uns sehr lieb, wir haben sie immer gefördert, und sie und ihr Kloster mit allen dazugehörenden Ländereien standen und stehen unter dem Schutz des Throns.«
Ich dachte damals noch, dass Otto im Pluralis Majestatis sprach, aber in Wirklichkeit, und das wurde mir erst später deutlich, meinte er mit »wir« seine Mutter, die im Vorjahr gestorben war, und sich selbst. Übrigens war seine Mutter Theophanu eher mit Adela als mit Liutgardis befreundet gewesen, aber auch das wusste ich in diesem Augenblick noch nicht.
Das Wort erhielt Bischof Lothar (ich wusste nicht, welchem Bistum er vorstand), der anfing, eine lange Anschuldigung gegen Adela

und Balderik zu formulieren, nur am Rande verwies er gelegentlich auf den angeblichen Mord an Liutgardis, weil dies in seinen Augen eine Nebensache darstellte. Viel schwärzer zeichnete er die Besetzung des Elterbergs und damit die tatsächliche Inbesitznahme der Ländereien des Stifts Eltnon. »Dies war eine so niedrige und üble Tat, dass man bis in die alten Zeiten zurückgehen muss, um etwas Vergleichbares zu finden, ja bis an den Anfang aller Zeiten: Wie einst eine Frau im Garten Eden ihren Mann zu bösen Taten anstiftete ... Und dann der eifersüchtige Kain, der das Blut seines Bruders vergoss ... Jakob nahm seinem Bruder das Erstgeburtsrecht weg und betrog seinen Vater ... das geschah auf Rat der Frau Rebekka ...« Und so ging das die ganze Zeit weiter. Ich konnte mich bald nicht mehr darauf konzentrieren und begann, in meinem Sessel einzuduseln. Es war so angenehm warm im Kapitelsaal.

»Hroswith aus Utrecht wird nun für die Gräfin Adela sprechen.«

Ich weiß nicht einmal, wer diese Worte gesagt hatte, aber auf einmal war ich hellwach. Ich stand auf, ging langsam nach vorn und blieb einige Schritte vor dem Kaiser stehen.

»Imperator«, begann ich, »vor Euch steht eine Nachfahrin des ruhmreichen sächsischen Geschlechts der Brunharigen, Adela, die Gräfin von Hamaland. Ihre Mutter war Liutgarde von Gent, sie stammt also über die Spillmagenseite ab von Kaiser Karl, die Schwertmagenseite geht zurück bis auf Widukind. Auch ihr früherer, leider verstorbener Gemahl war ein herausragender Abkömmling des hohen sächsischen Adels. Ihr heutiger Gatte, Graf Balderik, stammt von einer ebenso berühmten Sippe, den Ansfrieds, ab ...«

Ich war nicht gewohnt, in der Öffentlichkeit zu sprechen, und so klang es nicht so fließend, wie ich es hier aufschreibe, aber die paar Gläser, die ich in den Stunden vor der Verhandlung zu mir genommen hatte, bewirkten, dass ich dennoch recht schnell in Fahrt kam. Es ist immer gut, das hatte ich gemerkt, wenn man mit ein paar Namen beginnt, die Eindruck machen. Ich fuhr fort: »Mein ehrwürdiger Vorredner mag behaupten, dass es jedem freisteht, mit seinem Besitz zu tun, was ihm gut dünkt. Ich aber will im Gegenteil

anführen, dass ein Landbesitzer gegenüber seinem Lehnsherren vielmehr die Verantwortung hat, sein Land zusammenzuhalten und es so gut wie möglich zu verwalten. Nun ja, auch wenn es ihm nach einigen Rechtsordnungen erlaubt sein mag, seinen Besitz zu verschenken, so ist es doch das Recht der Gräfin Adela, nach dem Recht ihres eigenen Stammes beurteilt zu werden, nach den Gesetzen des Volkes, das dieses Land von alters her bewohnt. Ein altes sächsisches Gesetz sagt, dass es nicht erlaubt ist, Grundbesitz an einen Geistlichen oder an die Kirche zu verschenken, wenn dies bedeutet, dass einem der Erben dadurch ein Schade entsteht. Auch darf ein Geistlicher solches Land nicht als Geschenk annehmen oder er muss es zurückgeben, wenn sich herausstellt, dass ein Erbe geschädigt wird. Dies ist hier aber der Fall. Darum ist der einzige Schluss, der aus dieser Sache gezogen werden muss, dass Gräfin Adela der vollständige Landbesitz des Stifts Eltnon zufällt, wie dies sogleich hätte geschehen müssen.«
Kaiser Otto flüsterte etwas in Tammos Ohr. Der war einer seiner Freunde, die ich später noch besser kennen lernen sollte. Tammo grinste mir zu, und bevor ich mich recht besann, grinste ich zurück, auch wenn ich den Grund für dieses Grinsen nicht kannte.
Ich schwieg; es schien mir das Beste, gar nicht auf den Mord an Liutgardis einzugehen, schließlich gab es gar keine Veranlassung, Adela zu verdächtigen. Bis jetzt handelte es sich ja nur um Gerüchte.
Nun richtete der Kaiser das Wort an mich: »Schön sprecht Ihr, Hroswith. Aber es ist eine Tatsache, dass der Besitz der Landgüter des Stifts erst von meinem Vater, nach seinem Tod noch einmal von meiner Mutter und vor gar nicht langer Zeit auch von mir bestätigt worden ist. Wir haben geschworen, das Stift zu beschützen.«
Ich antwortete, vielleicht etwas zu schnell: »Auch Kaiser und Könige stehen nicht über dem Gesetz.«
Nun brach er in Gelächter aus. »Hörst du das, Gerbert?«, sagte er zu dem Gelehrten aus Reims, der zu seiner Linken saß. Der Greis nickte ernst. Otto fuhr fort: »Die Frage ist, über welchem Gesetz

steht der Kaiser? Und ist der Kaiser denn nicht auch der, der die Gesetze macht?«

Ich schüttelte den Kopf: »Auch eine Gräfin vom Rang der Frau Adela macht Gesetze für ihr eigenes Land. Aber die Stammesrechte sind durch Alter und Tradition geheiligt. Es sind die Gesetze, die unverbrüchlich mit dem Land verbunden sind. Berücksichtigt man die Unterschiedlichkeit der Länder und Völker innerhalb des Reiches, scheint es kaum sinnvoll, Menschen anhand von willkürlich eingeführten Gesetzen zu verurteilen …«

Der Kaiser unterbrach mich: »Solange es noch kein allgemein gültiges Recht gibt, das für alle gilt. Ich habe Euch gehört, Hroswith von Utrecht, Ihr könnt Euch setzen.«

Ich hörte der langen Reihe von Leuten nur halb zu, welche anschließend die Gelegenheit wahrnahmen, anlässlich des Reichstags dem Kaiser ihre langwierigen Händel und Streitfragen vorzulegen. Adela hatte sich ebenfalls hingesetzt, und sie warf mir einen Blick zu, der in dieser Gesellschaft der Mächtigen des Reiches, des hohen Adels und der Geistlichkeit ziemlich unpassend war und mich kurz tief Luft holen ließ. Sogar jetzt, im Augenblick, da ich dies schreibe, beginnt mein Blut aufzuwallen wie ein Bergbach im Frühling. Balderik, der neben ihr saß, gab mir ein Zeichen, dass ich meine Sache gut gemacht hatte.

Ich hatte erwartet, dass der Kaiser sofort zu einem Rechtsspruch kommen würde, aber das war nicht der Fall. Nachdem wir geduldig zwei Krakeelern zugehört hatten, die sich gegenseitig zur Freude des gelangweilten Hofes als stinkende Fische bezeichneten – es war inzwischen ein paar Stunden später –, vertagte Otto die Versammlung.

Auf dem Weg zum Ausgang des Kapitelsaals folgte mir ein Page mit der Botschaft, es sei des Kaisers ausdrücklicher Wunsch, dass ich das Mittagsmahl an seiner Tafel einnehmen möge.

Im Refektorium hatten sich alle schon an den Tisch gesetzt. Mir wurde ein Platz zugewiesen, der ein paar Sitze vom Kopfende der

Tafel, wo natürlich der Kaiser saß, entfernt war. Neben Otto saßen Gerbert von Aurillac und Graf Tammo. Direkt gegenüber, am anderen Ende der Tafel, saß die ältere Schwester des Kaisers, Sophia, eine wunderschöne rothaarige Frau, die später Äbtissin des Stifts Gandersheim werden sollte. Was für eine Verschwendung weiblicher Schönheit! Und da ich gerade davon rede, Adela war auch eingeladen. Sie saß mir gegenüber, und ich mochte mich angesichts der Blicke, die sie mir zuwarf, glücklich preisen, dass der Tisch zu breit war, damit sie mich mit ihren Füßen tastend hätte erreichen können. Ich hätte gern jede Sünde zu jeder Stunde des Tages mit ihr begangen, aber nicht hier unter den Augen des Kaisers. Balderik saß ein ganzes Stück von uns entfernt, man hatte ihn zwischen zwei Bischöfe gesteckt, die eifrig in ein Gespräch vertieft waren, an dem Balderik offenbar keinen Anteil hatte.

Es herrschte ein Gackern wie im Hühnerstall, vom hohen gewölbten Dach des Remters wurde alles noch einmal zurückgeworfen und wie im Klangkörper einer Laute verstärkt.

»Essen die Mönche nicht mit?«, fragte ich meinen Nachbarn, einen gewissen Heribert. Schließlich hatten wir ihren Speisesaal in Beschlag genommen.

Heribert, der offenbar trotz seiner Jugend Erzbischof von Köln war, lachte. »Die Mönche haben beschlossen, heute einen extra Fastentag einzulegen. Sie haben dem Kaiser viel zu verdanken, müsst Ihr wissen. Sie bereiten auch die Mahlzeit zu, und Ihr werdet schnell merken, dass sie Großmeister im Kochen sind.«

Er hatte Recht. Rasch wurden jetzt Schüsseln hereingebracht: Hirschkeulen, Wildschwein, gebratene Hühner mit Soße nach lothringischer Art. Dazu Töpfe mit eingemachten Früchten und Grützküchlein. Es gab Gemüse und Früchte, von denen ich gerne gewusst hätte, wie sie im Winter hierher gekommen waren, manche davon konnte man in diesen Gegenden sogar im Sommer nur mit Mühe finden. Eiskeller? Ein Expressdienst durch Kuriere mit vielen Pferdewechseln?

Das Gespräch verebbte, weil jeder sich auf sein Essen stürzte. Ich

nahm Grütze mit Soße und ließ mir ein Stück Hirschkeule abschneiden.
»Habt Ihr schon einmal so gut gegessen, Hroswith?«, fragte der Kaiser zwischen zwei Bissen.
»Das habe ich ganz gewiss, mein Kaiser, und sogar noch besser«, antwortete ich, denn es war die reine Wahrheit, obwohl auch dieses Mahl nicht zu verachten war.
Der Kaiser hielt inne und runzelte die Augenbrauen. »Es erstaunt mich, dies zu hören. Sagt mir, wo und wann das gewesen ist!«
Ich berichtet ihm: »Einmal, in Aleppo … oder war es bei Tarsos? …, gleichwohl, es war eine traurige, vernebelte, weindurchtränkte Periode meines Lebens, Hoheit, und es war so weit gekommen, dass ein Sarazene, der einst mein bester Freund gewesen war, sich gezwungen sah, mich ums Leben zu bringen. Zuerst aber bot er mir eine Henkersmahlzeit an. Und obwohl ich letztendlich doch mit dem Leben davonkam, war das ein so gutes Mahl, dass man sein Leben dafür geben könnte, um noch ein einziges Mal ein solches Essen verzehren zu dürfen.«
»Diese Geschichte will ich mir doch mal in allen Einzelheiten anhören«, sagte der Kaiser. »Habt Ihr meine Mutter gekannt?«
»Leider nicht.«
»Sie war eine gute Freundin der Gräfin Adela.«
Adela zog mit ihren schneeweißen Zähnen einen Streifen Fleisch von einem Rippenstück herunter und sagte mit vollem Mund: »Hroswith ist jahrelang auf Reisen gewesen, er hat sich hier bestimmt fünfzehn Jahre oder länger nicht mehr blicken lassen. Also kann er Eure Mutter nicht gekannt haben.«
Der Kaiser sah etwas bedrückt drein. »Vielen Dank, liebe Base«, sagte er.
»Seid Ihr verwandt?«, fragte ich Adela erstaunt. Sie lachte. »Eigentlich müsste er sagen: Großgroßbase. Natürlich sind wir verwandt, fast der ganze Adel ist miteinander verwandt, das hab ich dir doch vor kurzem erzählt!« Sie wandte sich wieder an den Kaiser. »Hros-

with hat viel gelernt bei den Arabern, das habe ich erst kürzlich erfahren dürfen.«

Ich muss die Farbe gewechselt haben, aber sie lachte mich an wie ein Engel. Glücklicherweise fragte der Kaiser nicht nach der Art von Adelas Erfahrungen. Es stimmt übrigens, dass das Liebesspiel im Orient viel mehr Nuancen hat als bei uns. Verglichen mit der verfeinerten Technik der Araber, wirken Deutsche und Lothringer wie Affen. Aber das sagte ich nicht laut. Einst war ich ja einer von ihnen.

Irgendwo in einem angrenzenden Raum fingen Mönche an zu singen. Die monotonen Stimmen stiegen und fielen und schienen über die Bögen der Decke und die Mauern zu wandern, um sich schließlich mit dem Schmatzen und Rülpsen der Prasser zu vermischen.

»Findest du diesen Gesang schön, Hroswith?«, fragte mich Adela.

»Ja«, sagte ich. »Er lässt mich an die Meereswellen denken, die an den Strand rollen und sich dann wieder zurückziehen.«

»Ich hab das Meer noch nie gesehen«, sagte Adela. »Ich kann mir gar keine Vorstellung davon machen.«

»Das Meer ist ein Fluss mit nur einem Ufer«, behauptete der Kaiser.

»Nein«, widersprach Gerbert, »wenn es kein anderes Ufer gibt, sprechen wir von einem Ozean. Bei einem Meer ist das gegenüberliegende Ufer so weit entfernt, dass man es nicht sehen kann.«

»Wenn man also mit einem Schiff auf dem Ozean fährt, dann ist man ewig unterwegs?«, fragte Adela.

Gerbert wollte etwas sagen, aber Graf Tammo kam ihm zuvor: »Das wissen wir nicht so genau, vielleicht kommt man irgendwo wieder an Land, aber es kann auch sein, dass es nirgendwo aufhört, dass das Meer von der Erde hinunterfließt oder dass es dort eine Mauer gibt, welche die Weiterfahrt unmöglich macht. Über dieses Thema ist von den Alten eine Menge geschrieben worden. Sie waren sich darüber nicht einig.«

»Darauf müssen wir noch mal zurückkommen, Herr Tammo«, sagte Gerbert. »Meiner Meinung nach könnten wir durchaus erfahren, wie sich die Sache verhält.«

Kaiser Otto warf einen abgenagten Knochen in eine leere Schale. »Es gibt nur eine Art und Weise, um dahinter zu kommen«, sagte er, »und das ist ein Experiment. Daher habe ich vor, innerhalb eines Jahres eine Flotte mit sehr erfahrenen Seeleuten auszurüsten, um dies zu erforschen. Wenn sie alle in einer langen Reihe in Sichtabstand hintereinander herfahren, dann können die letzten Schiffe immer noch umkehren, für den Fall, dass den vorderen etwas passiert. Die Augenzeugen können uns dann informieren, wie es sich mit den Grenzen der Ozeane verhält.«

»Kaiser Otto ist ein guter Schüler«, sagte Gerbert zu mir. »Keine Hypothesen, ohne erst Forschungen anzustellen, so muss ein Gelehrter sich der Welt nähern. Glücklich das Volk, dass einen Gelehrten zum Herrscher hat!«

»Ich bin noch kein Gelehrter, aber ich schare die größten Lehrmeister um mich. Ich bin noch jung«, sagte der Kaiser. »Herr Hroswith, wisst Ihr, warum der große Kaiser Karl so viel Einfluss auf alles gehabt hat?«

Ich wusste es nicht, besser gesagt, ich hatte noch nie darüber nachgedacht. Otto sah mich triumphierend an: »Weil seine Regierungszeit notabene fünfzig Jahre dauerte. Er konnte eine Menge einschneidende Änderungen vornehmen und diese dann über Generationen beibehalten. Nach seinem Tod wussten die Leute nicht mehr, wie es früher gewesen war.«

»Auf diese Art hat er die freien Sachsen unterworfen«, sagte Adela missmutig.

»Die freien Sachsen üben zurzeit die Herrschaft aus, Gräfin«, sagte Gerbert höflich. »Ihr könnt wohl kaum behaupten, dass jemand sie unterdrückt.«

Adela schwieg, und ich hatte das Gefühl, dass wir auf gefährliches Terrain gelangt waren. Gerbert meinte natürlich den Kaiser, als er von den freien Sachsen sprach, Adela dagegen hatte die mächtigen Familien im Sinn, die seit alters ihre eigenen Herrschaften regierten. Die Kraftprobe zwischen dem Kaiser und den großen Geschlechtern hatte aber zu dieser Zeit noch nicht angefangen.

Der Kaiser war der Einzige, der nicht bemerkt hatte, dass das Gespräch sich in die falsche Richtung bewegte, oder vielleicht tat er auch nur so. Er sagte: »Macht ist erst dann Macht, wenn man lange Zeit von ihr Gebrauch machen kann. Sonst ruft jede Anordnung nur eine Gegenanordnung hervor, und das Pendel schlägt immer wieder in die andere Richtung aus.«

»Betrachtet Ihr Kaiser Karl als Vorbild, Hoheit?«, fragte ich.

Er nickte begeistert. »Der Unterschied zwischen Kaiser Karl und mir besteht darin, dass ich meine Krone schon im Alter von drei Jahren trug und er erst als Zweiundzwanzigjähriger. Außerdem kann ich seit meiner Kinderzeit lesen und schreiben. Kaiser Karl hat das nie gekonnt, also bin ich auch darin klar im Vorteil. Ich werde der Welt einen deutlicheren Stempel aufdrücken können als Karl.«

»Wenn Ihr genauso lange leben werdet wie er«, ergänzte ich zustimmend und sofort wünschte ich, dass ich meine Worte zurücknehmen könnte, denn eine tödliche Stille trat ein, die noch tödlicher wirkte durch die anschwellenden und ersterbenden Mönchsstimmen, die aus der Ferne zu uns drangen.

Otto sah auf seinen Teller und schwieg. Dann nahm er Gerberts Hand und sagte: »Wünscht dieser Mann meinen Tod, alter Meister?«

»Es hat ganz den Anschein, Kaiser«, sagte Gerbert lächelnd.

Ich wollte etwas sagen, aber Ottos hohe Stimme knallte wie ein Peitschenschlag durch den Saal: »Das ist Hochverrat! Wächter! Ergreift diesen Mann und bringt ihn vor meinen Thron!«

Ich wollte etwas sagen, aber er hielt gebieterisch die Hand hoch. »Schweigt!« Und indem er sich an die Anwesenden wandte, rief er: »Welche Strafe hat dieser Elende verdient?«

»Den Tod!«, rief der ganze Saal im Chor. Ich war erstaunt über die Einigkeit all dieser Leute, die mich doch gar nicht kannten und von denen die meisten wahrscheinlich nicht einmal wussten, was an unserer Seite des Tisches besprochen worden war.

»Und welche Todesart werden wir anwenden?«, fragte der Kaiser, nachdem er mit einer Handbewegung den ganzen Saal zum Schweigen gebracht hatte.

Nun durften die Leute mit Vorschlägen kommen. »Auf einen Pfahl spießen«, rief einer.

»Rädern«, sagte ein anderer. Um diesen Strom von kreativen Ideen nicht unnötig zu verlängern, werde ich nur einige nennen, die durch ihre Fülle an Phantasie hervorragten:

»In einen Kessel mit Eiswasser setzen und dann langsam erwärmen, bis es kocht!«

»Festbinden, mit einer Speckschwarte einreiben und in einen Keller voll ausgehungerter Ratten hinunterlassen«, rief jemand mit französischem Akzent.

»Bei lebendigem Leibe die Haut abziehen und mit levantinischem Pfeffer einreiben.« An der Stimme erkannte ich meine liebe Adela, die sich offensichtlich mit byzantinischen Lösungen einschmeicheln wollte.

Der Kaiser lief während des ganzen Geschreis hin und her und feuerte die Leute mit Gebärden an. Schließlich mahnte er zur Ruhe und sagte: »Ich dachte selbst an ...« Er wartete noch einen Augenblick, bis es ganz still war, und sagte dann triumphierend: »Ertränken!«

Da ich ohnedies sterben würde und mir in diesem Moment keine List einfiel, blickte ich den Kaiser geringschätzig an. Das war kein phantasievoller Tod, aber das kriecherische Volk klatschte zustimmend Beifall. Manche begannen durcheinander zu schreien: »Ertränken, das ist gut!«

»Der Kaiser weiß es wieder am besten!«

»Taucht den Kerl unter!«

»Ersäuft den Halunken!«

Inzwischen rollten die Wachen schon ein großes Fass herein, das sie aufrichteten, um dann mit einem Beil den Deckel einzuschlagen. Viele Hände ergriffen mich, und ich wurde mit dem Kopf voran hineingedrückt. Ich merkte sofort, dass es kein Wasser war. Ich hatte tief Atem geholt, bevor mein Gesicht die dunkle Oberfläche berührte, aber das konnte nicht verhindern, dass mir Wein in die Nase stieg. Sie tauchten mich ganz tief hinunter, sodass mein Gesicht heftig auf den Boden des Fasses stieß. Dann passierte eine Weile nichts, vielleicht hielt ich fünfzig Herzschläge meinen Atem an, und gerade als es nicht mehr ging und ich aufgeben wollte, holten die Hände mich hoch, worauf ich prustend und spuckend nach Luft schnappen konnte. Aber nicht lange. Wieder musste ich kopfüber in das Fass, und wieder holten sie mich hoch. Dies wiederholte sich noch ein paarmal, bis ich wirklich fast erstickte. Aber da fand ich es schon nicht mehr so schlimm, der viele Wein, der durch Mund und Nase in meinen Magen gelangt war, hatte mich sturzbetrunken gemacht.

Nach dem letzten Untertauchen schleppten mich die beiden Wächter wieder vor den Kaiser. Als sie mich losließen, stürzte ich zu Boden. Überall um mich herum hörte ich die Leute lachen und klatschen.

»Hroswith, Ihr habt uns köstlich amüsiert«, sagte der Kaiser.

»Das Vergnügen war ganz auf meiner Seite«, konnte ich mit Mühe herausbringen.

»Steht auf!«, sagte der Kaiser und half mir persönlich hoch. Er umarmte mich und küsste mich auf beide Wangen. »Jetzt bist du einer von uns«, sagte er. Alle jubelten und schöpften sich einen Becher Wein aus dem Fass, um auf meine Gesundheit zu trinken. Ein Höfling nach dem anderen kam, um mich zu umarmen.

»Das haben wir alle durchmachen müssen«, sagte Tammo. »Der Kaiser ist ein Spaßvogel, findest du nicht?«

Adela kam auch zu uns und küsste mich auf den Mund. »Immer dieselben Scherze, diese Kindsköpfe«, sagte sie. »Wie geht es dir?«

»Wessa als je suvor«, antwortete ich. »Aaawer ich weisss … niss ob iss gleich noch deine Versseidisung machen kann …«

»Das brauchst du nicht mehr«, sagte sie. »Der Kaiser wird ein Urteil fällen.«

Diener rieben mich trocken, und dann begaben wir uns in den

Kapitelsaal. Soldaten stützten mich und setzten mich auf eine Bank, von der aus ich alles sehen konnte.
Wie ich dem Folgenden entnehmen konnte, sollte eine Bestandsaufnahme des Landes stattfinden, das früher dem Stift gehörte. Der Kaiser würde dann an Ort und Stelle eine Neuverteilung vornehmen.
Erst am darauf folgenden Abend war ich wieder auf den Beinen. Ich hatte Adela nicht mehr gesehen und war erst spät am Tag in meinem Bett im Kloster erwacht. Ich aß wiederum kräftig, warf mir einen Mantel über die Schultern und ging auf die Straße, um etwas frische Luft zu schnappen.
Es war schon dunkel, als ich hinaustrat. An den Anlegern und Ufern knackte es vor Kälte, es waren nur wenige Leute unterwegs. Von der gegenüberliegenden Seite des Flusses klang Wolfsgeheul herüber, so weit entfernt, dass es fast nicht mehr zu hören war.
Ich wusste nicht, was ich von dem, was am Vorabend geschehen war, halten sollte. Zwar schätzte ich einen guten Scherz durchaus, aber mein Gesicht hatte Blessuren vom Fassboden davongetragen, und einen Augenblick lang hatte ich doch ganz schön Angst gehabt.
Ich lief herum, bis mir ganz kalt war, und ging dann in ein Wirtshaus, in dem eine Reihe von Kaufleuten in ihren Mänteln fröstelnd um flackernde Kerzenstummel herum saßen. Ich ließ mir einen Becher Bier bringen; vielleicht war es der Nachdurst, der mich danach verlangen ließ, wer weiß? Ich trank und hörte den Gesprächen zu, die über den Tisch hinweg geführt wurden.
»Man sagt, dass der Zoll für die Flussschiffe im nächsten Jahr kräftig steigen soll«, sagte der Wirt, ein bärtiger Kerl mit einer Erdbeernase.
»Das ist schon so oft passiert, Liudolf. Dir kann das doch egal sein, deine Kunden kommen auch so, und notfalls verlängerst du einfach deinen Wein mit Wasser«, sagte ein Greis mit einer Filzmütze.
Ein Dritter schnaubte wie ein Pferd, sodass zwei Dampfwolken aus seinen Nasenlöchern stoben. »Als ob er das nicht schon lange machte!«

Liudolf antwortete mürrisch: »Ich habe noch nie gepanscht. Und die Preise erhöhe ich gar nicht gerne. Aber wenn so wenig Leute kommen wie jetzt, werde ich es doch tun müssen.«
Ein abgerissener Hausierer mit schwarzen Striemen auf dem Gesicht fragte: »Aber Ihr macht doch sicher gute Geschäfte, da jetzt so viel los ist in der Stadt? Der Kaiser und sein ganzer Hof ... Die müssen doch Geld in die Stadt bringen, Geld, das auch wieder in Eurer Taverne ausgegeben wird?«
Liudolf lachte. »Der Kaiser und sein Hof leben doch nur auf anderer Leute Kosten. Sie reisen von Land zu Land, und überall, wo sie hinkommen, fressen sie wie ein Schwarm Heuschrecken alles kahl. Ohne dieses adlige Lumpenpack würde es uns besser gehen!«
Einige bestätigten das, aber der Hausierer sagte: »Sie beschützen uns doch auch, oder?« Die meisten schüttelten den Kopf über sein kindliches Vertrauen.
»Wer beschützt uns denn vor ihnen?«, war Liudolfs Gegenfrage.
Der Hausierer richtete sich auf und sagte feierlich: »Das Gesetz! Denn auch Kaiser und Könige stehen nicht über dem Gesetz.«
Das kam mir doch bekannt vor! Ich musterte den Hausierer, und da sah ich, dass es Kaiser Otto war, der sich mit alten Kleidern und einem grauen Wolltuch um den Kopf vermummt hatte. Ich musste an Kalif Harun-al-Raschid denken, der sich auch oft inkognito unter die Leute begeben hatte.
Liudolf machte große Augen. »Was bist du für ein Narr! Man merkt gleich, dass du noch nicht lange auf der Welt bist. Die Adligen machen genau das, was ihnen passt, und wenn du damit nicht einverstanden bist, gibt es bestimmt immer einen Galgen in der Nähe. Die Einzigen, die in diesem Land besser genährt sind als der Adel, sind die Krähen und die Leichenmaden. Wo kommst du eigentlich her, Hausierer?«
Otto zögerte und sagte dann: »Aus Gent, wenn Ihr es wissen wollt.«
»Aus Gent?«, sagte der Greis mit der Filzmütze. »Ich komme aus Gent, und du sprichst überhaupt nicht wie ein Genter und auch nicht wie ein Deutscher. Du bist ein dreckiger Lügner!«

»Das lasse ich mir nicht sagen!«, rief Otto und stand auf. »Ich glaube, es gibt sicher bessere Bierschuppen als dieses Loch. Ich gehe.«
»Nicht so schnell!«, sagte Liudolf. »Ich will doch mal sehen, was du in deinem Korb hast.« Er nahm den großen Lederkorb, der an der Mauer stand und holte heraus, was er finden konnte. Sofort erhoben sich Rufe der Entrüstung, denn es stellte sich heraus, dass nur Kissen darin waren, Kissen von der Art, wie sie auf meinem Bett im Kloster lagen.
»Was hast du hier zu suchen, Betrüger?«, sagte Liudolf und schlug dem Kaiser mit der Faust ins Gesicht. Otto fiel zu Boden und vier, fünf Männer fingen an, auf ihn einzuschlagen und ihn zu treten. Ich ließ sie einen Moment gewähren – schließlich hatte gestern ich die Todesängste ausgestanden –, dann sprang ich zwischen die Männer und rief: »Ich weiß, wer dieser junge Mann ist!«
Sie hielten kurz inne und schauten auf mich. Ich sagte: »Das ist der Dorftrottel von Bruocgangdringe, ein Weiler ungefähr vierzig Meilen von hier. Er ist noch fast ein Kind, eine arme Seele, die immer wieder aus dem Elternhaus abhaut in dem Wahn, ein Hausierer zu sein.«
Die Männer blickten auf den stöhnenden Lumpenhaufen auf der Erde, dann sahen sie einander an.
»Ich bin Kaiser Otto«, kam es aus den Lumpen. Nun brach jeder in Gelächter aus.
»Es ist sogar noch schlimmer mit ihm, als ich dachte«, sagte ich erstaunt. »Seinen Eltern bleibt aber auch nichts erspart!«
»Na dann, los! Werft diesen Trottel auf die Straße«, sagte Liudolf mürrisch. Und das taten sie. Der Kaiser wurde an die Luft gesetzt, und sein Hausiererkorb flog hinterher. Ich trank meinen Becher aus und bezahlte. »Es war sehr nett hier«, sagte ich zum Abschied zu Liudolf.
Draußen fand ich Otto, der noch immer auf der Erde lag. Es hatte angefangen zu schneien, und er war schon mit einer dünnen weißen Schicht bedeckt. Ich konnte ihn nicht im Schnee liegen lassen. Ich half ihm hoch und stützte ihn beim Laufen. »Es war nur gut, dass

ich da war, guter Mann«, sagte ich. »Das hätte dein Tod werden können. Ich werde deinen Korb lieber auch mitnehmen, sonst bist du deinen Broterwerb los.«

»Hroswith, ich bin es, Kaiser Otto …«, stammelte der Junge, der unter den Rußstrichen auf seinem Gesicht noch blasser war als sonst.

Ich blickte ihn an und heuchelte Erstaunen. »Kaiser, du hier?«

»Ja, ich bin es, Hroswith. Kannst du mich in dein Zimmer bringen und dafür sorgen, dass mich niemand sieht, dann bin ich dir ewig dankbar. Ich muss mich erst wieder vorzeigbar machen.«

In meinem Zimmer wusch ich seine Wunden und tupfte die Beulen auf seinem Kopf ab. Ich konnte nur mit Mühe mein Lachen bezwingen, und schließlich merkte er das auch. »Ja, ich weiß, warum du lachst, Hroswith«, sagte er. »Und du hast Recht, wir hätten wohl etwas sanfter mit dir umgehen können, gestern. Bringst du bitte Tammo eine Botschaft?«

Er schrieb ein paar Worte auf ein Stück Papyrus, und ich brachte es Tammo, der sofort mit mir kam, um Otto Kleidung zu bringen. Ich wollte ihm alles erklären, aber Tammo sagte: »Ich weiß, Hroswith, das ist schon öfter passiert. Wir versuchen immer, es ihm auszureden, aber er kann es nicht lassen. Otto ist furchtbar neugierig und will sich stets in Welten begeben, die nicht die seinen sind.«

»Haltet ihn lieber davon ab! Eines Tages könnte es noch seinen Tod bedeuten!«

45. Kapitel

In dem Hroswith ein Vorschlag unterbreitet wird, den er nicht ablehnen kann, und er endlich ein gutes Gespräch führt

Gerbert von Aurillac besuchte mich in meinem Zimmer. »Ihr habt auf den Kaiser Eindruck gemacht«, sagte er. »Es ist Ottos Wunsch, dass Ihr Euch an den Hof begebt, wenn wir nach Sachsen zurückkehren. Vorher wird er noch einiges Land verteilen. Dabei könnt Ihr uns auch begleiten.«

»Und welches Reiseziel habt Ihr anschließend?«, fragte ich, denn ich hatte nach einigen Jahren des Herumsitzens wieder Lust auf eine größere Reise.

»Erst Köln, dort werden wir das Weihnachtsfest feiern. Dann, im neuen Jahr, werden wir dem Rhein stromaufwärts folgen. Irgendwann im Sommer wollen wir in Rom ankommen. Der Hof war im letzten Juni schon dort, um bei der Inthronisation des neuen Papstes, Gregors V., eines Vetters und persönlichen Freundes des Kaisers, zugegen zu sein. Wenn der Winter vorüber ist und die Alpenpässe wieder frei sind, muss Otto in der Ewigen Stadt für Ordnung sorgen, denn kaum war er diesmal weg, da wurde seine Herrschaft wieder von dem verräterischen Grafen Crescentius in Frage gestellt. Der Papst musste nach den letzten Berichten, die uns vorliegen, nach Pavia fliehen.«

»Fahrt Ihr auch mit, Magister?«, fragte ich, denn ich hätte großen Spaß daran gehabt, mit einem Gelehrten wie Gerbert von Aurillac herumzureisen und alle wichtigen Städte und Klöster in Deutschland, der Lombardei und der Toskana zu besuchen – und schließlich sogar Rom. Es soll keine Stadt auf der Welt geben, in der sich mehr Bibliotheken befinden. Zumindest glaubte ich das damals, ich habe es aber nie kontrollieren können.

Aber Gerbert schüttelte den Kopf. »Leider muss ich dringend nach Reims, um eine langwierige Sache zu Ende zu bringen.« Der Ton in seiner Stimme sagte mir, dass ich besser nicht nach der Art der Sache fragen sollte, aber ich hatte schon bei meiner Reise durch Frankreich das Gerücht gehört, dass Gerberts Stellung als Erzbischof von Reims in Zweifel gezogen wurde.

»Ich würde gern mitkommen«, bekannte ich, »aber ich werde erst nach Hause müssen, denn ich kann nicht einfach wegbleiben. Meine Frau erwartet bald ein Kind.«

»Das sind ja gute Neuigkeiten«, sagte Gerbert. »Euer erstes?«

»Ja«, sagte ich knapp, denn ich hatte keine Lust, meine allzu schmerzliche Vergangenheit aufzuwühlen. Aber als hätte er erraten, welche Gedanken ich gerade verbannen wollte, sagte Gerbert: »Wir müssen uns, bevor ich nach Reims zurückkehre, noch einmal über die arabischen Länder unterhalten. Seid Ihr auch über die Wissenschaften der Araber unterrichtet?«

»Ganz sicher bin ich das«, sagte ich. »Ich habe ein paar Jahre in Damaskus gewohnt und dort eine halbe Bibliothek durchgearbeitet.«

»Ihr seid ein Bücherliebhaber, das habe ich schon gemerkt«, sagte er lächelnd.

»Genau«, sagte ich. »Mein größtes Problem ist aber ihre geringe Verfügbarkeit.«

In diesem Augenblick kam Kaiser Otto mit jugendlichem Ungestüm hereingestürmt. »Magister!«, rief er. »Hat er Ja gesagt?«

»Ihr könnt ihn gleich selbst fragen«, sagte Gerbert lächelnd.

»Fährst du mit uns mit?«, fragte Otto flehentlich.

»Ich will gern mit, aber zuerst muss ich hier meine Sachen in Ordnung bringen«, sagte ich.

»Du weißt doch, dass der Wunsch des Kaisers eigentlich ein Befehl ist?«, fragte Otto. Ich runzelte die Augenbrauen und öffnete den Mund zur Antwort, aber sogleich hob er den Finger. »Nein, ich will Euch nicht gegen mich aufbringen. Geh bitte nach Hause, um deine Sachen in Ordnung zu bringen, dann sehen wir dich am Ende dieses oder am Anfang des nächsten Jahres in Köln.«

»Um noch einmal auf die Araber zurückzukommen ...«, warf Gerbert ein.
»Ja, du bist dort gewesen, nicht wahr?«, rief der Kaiser aufgeregt. »Magister Gerbert lehrt mich die Arithmetik und den Gebrauch des Abakus.«
»Welche Gelehrten habt Ihr gelesen?«, fragte mich Gerbert, der seine Neugier nicht länger in Zaum halten konnte.
»Die Abhandlung *Hisab al-jabr w'al-muqabala* des hervorragenden Abu Ja'far Muhammad Ibn Musa al-Khwarizmi, genannt Al-Qutrubbulli. Sagt Euch dieser Name etwas?«, fragte ich.
»Ich habe von ihm gehört«, sagte Gerbert ehrfürchtig. »Könnt Ihr Euch noch an etwas aus dem Inhalt erinnern?«
»Natürlich«, sagte ich. »Wenn ich Zeit habe, werde ich für Euch darüber etwas aufschreiben. Dasselbe kann ich dann auch mit Al-Abbas Ibn Said al-Jawharis *Kommentar zu Euklids Elementen* machen, ein in jeder Hinsicht lesenswertes Buch. Und dann gibt es natürlich noch Abu Yusuf Yaqub Ibn Ishaq al-Sabbah al-Kindi, wie der eben Genannte ein Schüler des berühmten Hauses der Weisheit in Bagdad. Und nicht zu vergessen Abu Abd Allah Muhammad Ibn Isa al-Muhani, der überaus lobenswerte persische Meister ...«
»Die hast du alle gelesen?«, fragte Otto erstaunt. »Ich wusste gar nicht, dass es so viele Gelehrte gibt auf der Welt.«
»Ich hab' doch gerade erst mit der Aufzählung angefangen«, sagte ich. »Außerdem gibt es noch ...«
»Genug Namen!«, sagte Gerbert. »Wir sterben fast vor Neugier, mein junger Schüler und ich. Berichtet uns von dem Inhalt der Werke! Etwas Neues?«
»Das wollte ich gerade tun«, sagte ich. »Ich mache Euch beiden, Magister Gerbert und Kaiser Otto, das größte Geschenk, das sich denken lässt.«
»Ja?«, fragten Lehrer und Schüler gleich neugierig.
»Ich präsentiere Euch das *zephirum,* die Null.«
Otto schaute, wie ich geschaut hatte, als Abu al-Fath al-Iskandari und Ahmad zum ersten Mal mit mir über diese mysteriöse Zahl

gesprochen hatten, auf Arabisch *as-sefr*, die das Nichts bezeichnet und gleichzeitig eine Welt von Möglichkeiten bietet.
Gerbert schüttelte ernst den Kopf. »Ich habe zwar davon gehört und auch von der Anwendung der arabischen Zahlennotierung. Aber mit der Null zu rechnen ist meiner Erfahrung nach kompliziert und auch überflüssig, wenn man über einen Abakus verfügt. Es wird eine Zeit kommen, da wird jeder auf dem Abakus rechnen lernen, und dann werden keine Tricks mehr nötig sein wie etwa eine Zahl, die ›nichts‹ darstellen soll. Als weiterer Vorteil kommt hinzu, dass wir unsere eigene, erprobte Zahlennotierung nicht aufgeben müssen.«
»Ich werde Euch beweisen, dass Ihr Unrecht habt«, sagte ich, denn auch ich kannte den Abakus: ein unmögliches Ding, verglichen mit dem eleganten Vergnügen, das die Null bietet. »Ihr werdet überrascht sein von den Aussichten, die sich auftun, wenn Ihr erst einmal daran gewöhnt seid, mit der Null zu arbeiten.«
»Hroswith, ich will dich unbedingt dabeihaben«, sagte Otto. »Ich habe große Pläne, und ich bin damit beschäftigt, geeignete Leute um mich zu versammeln. Wenn du jemals davon geträumt hast, die Welt zu einem besseren Ort, als er jetzt ist, zu machen und so viele Bücher zu lesen, wie du nur willst, dann bekommst du jetzt die Gelegenheit. Ich biete dir eine Stelle als Ratgeber in der Kanzlei an.«

Gerbert, so erkannte ich später, widersetzte sich einer Zahl, die eigentlich keine Zahl ist. Das kam ihm als eine Gotteslästerung vor. Ihm zufolge kann eine Zahl nicht eine Zahl und gleichzeitig keine sein, das steht im Gegensatz zur Logik. Alles, was existiert, muss seine Zahl haben, und wenn das Allerhöchste, Gott, immer die Eins ist, dann kann es darüber nichts geben. Er erklärte mir das später: »Die Vielzahl ist schließlich immer das absolute Böse, darüber finden wir eine geradezu endlos zunehmende Reihe von Dingen, die schließlich in dem Einem, nämlich in der absoluten Gottheit, ihre Krönung finden. Was kann es darüber noch geben?« In seinen

Augen war Null geradezu ein Zustand, in dem die Vielzahl in den Strudel des absoluten schwarzen Chaos überging.
Ich hätte mir im Übrigen niemals vorstellen können, dass mein Alter einmal eine Zahl mit zwei Nullen aufweisen würde. Ist das etwa die Belohnung dafür, dass ich – wie ich annehmen muss – als Erster die Null in dieses Land brachte? Dann hole mich bald, Tod, denn hier ist kein Mensch mehr am Leben, der sich an diese Nichtzahl erinnert. Zwei *zephira,* zweimal nichts: Das ist am Ende die Summe all meiner Erfahrung. Aber ich will, bevor ich in die Abgründe der Melancholie verfalle (in meinem Alter kann das tödlich sein), zu jenen Jahren zurückkehren, die dem Schicksalsjahr vorausgingen, das selbst drei Nullen trug.
Bodo, wenn du dies bald liest: Meine letzte Gänsefeder ist fast verschlissen. Na los, Junge, mach dich mal nützlich!

Adela kam, um Abschied zu nehmen. Die beiden Soldaten, die mich abgeholt hatten, Rutger und Rollo, sollten mich auch jetzt wieder nach Utrecht eskortieren. Ich stand schon mit Gepäck und dem Mantel über den Schultern am Klostertor. Adela stellte sich auf die Zehenspitzen und umarmte mich. »Komm nach Uplade, Hroswith!«, flüsterte sie. »Ich biete dir eine Stellung als Verwalter meiner Güter an. Wir könnten viel füreinander tun.« Der Schnee hatte eine dünne Schicht auf ihrem schwarzen Umschlagtuch hinterlassen.
»Ich kann nicht«, sagte ich. »Ich muss nach Hause und danach reise ich mit dem Hofstaat nach Italien.«
Sie lachte. »Und bleibst du wieder so lange weg? Wenn wir uns das nächste Mal sehen, werde ich eine alte Frau sein. Dann hast du nichts mehr von mir.«
»Du bist mit Balderik verheiratet«, sagte ich abwehrend. »Balderik ist mein Freund.«
»Das hat dich vor ein paar Tagen auch nicht gestört«, sagte sie. »Balderik ist ein Idiot, aber ein nützlicher Idiot.«
»So komme ich mir in deiner Nähe aber auch oft vor«, sagte ich.

Sie schüttelte den Kopf. »Du irrst dich, Hroswith. Dieser Reichstag wird uns allen Vorteile bringen. Ich finde im Übrigen, dass du das recht ordentlich gemacht hast, meine Verteidigung. Der Kaiser wird die Landgüter neu verteilen, und ich kann mich dabei nur verbessern. Otto braucht mich zurzeit als Bundesgenossin. Nebenbei bemerkt, wir haben noch nicht über deine Entlohnung gesprochen. Ich bin sehr mächtig und kann viel für dich tun.« Sie wartete.

»Ich wüsste schon etwas«, sagte ich. »Die Bücher aus Quintillianus' kleinem Zimmer.«

»Wenn es weiter nichts ist ... Was bist du doch für ein Narr!«, sagte sie lachend. »Bücher! Dafür habe ich schon lange keine Zeit mehr. Ich werde einen Kurier senden, um sie dir zu schicken. Aber wenn du mich jemals brauchen solltest ...«

»Du hättest dir einen Mantel überziehen sollen«, sagte ich. »Du wirst dich noch erkälten.« Sie lachte und schüttelte den Schnee aus ihrem offenen Haar. Ich vermochte mir nicht vorzustellen, dass sie je krank sein könnte.

Es gab nichts mehr zu sagen. Ich bestieg mein Pferd, ein Geschenk des Kaisers, und hob die Hand, um Adela zu grüßen. Sie stand da, mit den Händen in den Hüften (oh, diese Hüften!), eine Haltung übrigens, die nicht zu einer Edeldame passt, und blickte mir nach. Wir sollten uns tatsächlich viele Jahre nicht wiedersehen.

Ohne Eile ritten meine Begleiter und ich durch die menschenleere Landschaft. Dieses Mal hatten wir alle Zeit der Welt. Wir machten Halt, wo es möglich war, und nahmen gern die Gastfreundschaft auf Bauernhöfen und kleinen Burgen in Hamaland und im Niederstift in Anspruch, wo die Bewohner das Beste von ihren Vorräten anboten, begierig, in dieser rauen Jahreszeit die letzten Neuigkeiten zu hören. Wir tranken und prosteten uns zu, und ich bedauerte es fast, als ich die Mauern von Utrecht am Horizont auftauchen sah. In der Gesellschaft von Soldaten fühlte ich mich wohler als zwischen den Adligen, vor allem, wenn Erstere so gute Geschichtenerzähler waren wie diese beiden.

Am Stadttor angekommen, war ich Zeuge eines kleinen Zwischenfalls: Ein dünner Kerl mit bloßen Füßen, in einer von Motten zerfressenen Kutte, kahl geschoren, aber mit langem grauem Bart, wurde von den Wächtern aus der Stadt geworfen. Eine kleine Schar Mönche sah zu und nickte beifällig. »Das wird ihm eine Lehre sein«, sagte einer von ihnen. Der alte Mann rappelte sich auf, stellte sich ein Stück vom Tor entfernt auf und begann, laut zu predigen.

»Volk von Utrecht, fürchte den Zorn des Herrn, oder großes Unheil wird über dich kommen. Die Zeichen sind erschienen: Bei Egmond wurde ein großer Fisch angetrieben, wie das Untier, das Jonas verschlang. Als die Küstenbewohner den Bauch des Fisches aufschnitten, fanden sie ein Kruzifix ... Und in Teisterbant hat im letzten Monat eine weiße Hündin eine schwarze Katze geworfen. Aber es kam noch schlimmer: Im Stift hat unlängst eine Frau ein einäugiges Kind geboren, einen Abgesandten von Belial. Die Zeit, Buße zu tun, ist angebrochen, denn die Stunde ist gekommen. Bald wird sich zeigen, wer Bock ist und wer Schaf ...«

Die Torwächter lachten ein bisschen und ließen ihn gewähren. So ging das noch eine Weile weiter, bis einer der Mönche einen Stein nahm und ihn nach dem Bußprediger warf. Das war das Zeichen für seine Ordensbrüder. Sofort regnete es Steine auf den armen Ausgestoßenen. Schimpfend und fluchend machte er sich davon.

»Das gefällt mir so an dieser Stadt«, sagte Rollo. »Es gibt immer was zu erleben. Lass uns doch noch mal bei der Taverne am Fluss einkehren, wo wir uns beim letzten Mal so amüsiert haben!«

Aber ich hatte mich genug amüsiert. Ich nahm Abschied von meinen Reisekumpanen und lenkte die Zügel heimwärts.

Die Natur ist unergründlich: Als ich abgereist war, hatte Gisela gerade begonnen anzuschwellen. Nun war sie in wenigen Wochen eine Riesin geworden. Ich legte, wie sie es wünschte, meine Hand auf ihren Bauch und fühlte das strampelnde Kind unter der Haut. Aber statt mich zu freuen, erwachte ein beklemmendes Gefühl in meiner Brust. Ich stand auf, nahm meinen Mantel und ging in die Stadt, zu Wolfs Taverne.

Es war eine gute Idee gewesen, die kleine bucklige Teckla zu uns zu nehmen. Den ganzen Tag lief sie hin und her, um Giselas Wünsche zu erfüllen. Gisela demgegenüber hütete während der Weihnachtstage meistens das Bett, wo sie Wiegenlieder summte und in die Unendlichkeit starrte, zweifellos auf das Kind in ihrem Leib horchend. Auch ich geriet nun, trotz der Angst, die mir die Kehle zuschnürte, in den Bann des bevorstehenden Ereignisses und beschloss, meine Abreise zu verschieben. Außerdem wollte ich warten, bis das Kind ein paar Monate alt war, dann würde es Frühjahr sein, und ich konnte immer noch spornstreichs aufbrechen, um den umherreisenden Hof in Italien einzuholen.

Abends im Bett erzählte ich, wie wir das gewohnt waren, meine Abenteuer, aber ich war mir nicht sicher, ob Gisela mich noch hörte. Ich war inzwischen bei der Episode von Djounaadif und Na'alaan angelangt.

Am dritten Tag nach meiner Heimkunft wurde ich schon ruhelos, ich erinnerte mich an das Versprechen, das ich Gerbert gegeben hatte, und fing an, meine Blätter zusammenzusuchen. Aber das Ergebnis war kümmerlich, das meiste war beim Schreiben meines Buches *De Moribus Maurorum* draufgegangen. Ich fragte die kleine buckelige Teckla, ob sie wisse, wie ich hier an Pergament kommen könne.

»Pergament?«, fragte sie einfältig, aber nun schien es, als erwache Gisela endlich.

»Ich kenne mich mit diesen Sachen besser aus als Teckla«, sagte sie, stieg kurz entschlossen aus dem Bett und zog sich an, ohne auf meine und Tecklas Proteste zu achten. Sie verließ das Haus, blieb ein paar Stunden weg, und als sie zurückkam, kletterte sie mit Tecklas Hilfe wieder ins Bett. Zwei Tage später kam ein Junge und brachte ein Paket zusammengebundener Pergamentblätter. Ich nahm sie an und fragte, wie viel ich ihm schuldig sei, aber der Junge sagte: »Es ist schon bezahlt.«

Ich ließ Teckla ein scharfes Messer bringen, durchtrennte den Faden, legte die Blätter auf den Tisch und schnitt sie zurecht. Drei Seiten hatte ich fertig, aber bei der vierten glitt das Messer aus und ich schnitt mir tief in die Hand. Teckla stieß einen Schrei aus. Sie nahm ein Tuch und wollte es mir um die Hand wickeln, aber etwas hielt sie davon ab. Sie starrte auf meine Handfläche, von der das Blut heruntertroff. Da tupfte sie das Blut ab, um besser sehen zu können.

»Eure Lebenslinie«, sagte sie atemlos.

»Was ist mit ihr?«, fragte ich ungeduldig. Ich glaubte nicht sonderlich an Prophezeiungen, die anhand von Lebenslinien gegeben werden.

»Sie ist durchgeschnitten«, sagte sie. »Oder besser gesagt: Sie ist durch den Schnitt verlängert worden.«

Ich warf ihr einen Blick zu. Der Schnitt folgte der Lebenslinie und verlängerte diese beträchtlich, sodass nicht mehr deutlich war, wo der Schnitt anfing und die Lebenslinie aufhörte.

»Und was soll das deiner Meinung nach bedeuten?«, fragte ich spöttisch.

Teckla schwieg. Sie sah mich ängstlich an.

»Na los!«, sagte ich. »Du kannst es ruhig sagen, ich glaube sowieso nicht dran.«

»Gut«, sagte sie. »Es bedeutet, dass du entweder in allernächster Zeit sterben oder aber sehr lange leben wirst.«

»Wenn also jemand lange leben will«, sagte ich lachend, »dann braucht er nur seine Lebenslinie mit einem Messer zu verlängern.«

Sie schüttelte den Kopf über so viel Unwissenheit. »Nein, so ist es nicht. Dann wäre es Absicht, und das funktioniert nie. Nur zufällige, ungewollte Änderungen an der Lebenslinie sagen etwas über die Zukunft aus.«

»Und nun verbinde mich bitte!«, sagte ich. Und etwas später, während sie damit beschäftigt war, spottete ich: »Wie kommt es, dass du über Voraussagen so gut Bescheid weißt? Ich habe deine Mitbürger nur mit Mühe davon überzeugen können, dass du keine Hexe bist.«

»Das habe ich selbst nie behauptet«, sagte sie schlicht, während sie den letzten Knoten legte. Dann verschwand sie eine Weile nach draußen, aber abends erschien sie wieder, um meinen Verband zu erneuern, diesmal mit einem Tuch, das in ein stinkendes Gebräu getaucht worden war. Ich wollte protestieren, aber Gisela rief vom Bett aus: »Nun lass es Teckla schon machen! Sie kennt sich aus.«

In dieser Nacht – es muss die Nacht vom alten zum neuen Jahr gewesen sein –, als ich mich auf die Seite drehte, um zu schlafen, spürte ich Giselas Hand auf dem Rücken.

»Du hast etwas vergessen«, sagte sie.

»Ich weiß«, antwortete ich. »Ich kann den Rest nicht erzählen, es gibt eine Tür in meiner Erinnerung, die geschlossen ist. Auch wäre es für dich in deinem Zustand nicht gut, es zu hören.«

Aber Gisela ließ nicht locker. Sie behauptete, es sei gut, doch darüber zu reden, bis ich es satt hatte und das Bett verließ. Ich nahm einen Krug Wein, trank ein paar Schlucke und erzählte ihr alles über die Schreckensnacht in Damaskus. Ich glaube, es war das erste Mal nach all der Zeit, dass ich meine ermordete Frau und meine Kinder beweinen konnte. Dabei waren so viele Jahre seitdem vergangen. Ich schätzte, zehn.

Gisela tröstete mich, und als ich zu Ende erzählt hatte, fiel ich in einen tiefen Schlaf und träumte von Sophia, meiner Frau, und den Zwillingen Konstantina und Frijonde, die im Garten des Innenhofs meines Hauses in Damaskus spielten.

Die Prophezeiung der kleinen buckligen Teckla ließ mich nicht los, auch wenn ich das aus dem zeitlichen Abstand klarer erkenne als damals. Ich widmete mich der Niederschrift meiner Erinnerungen an die Bücher der Araber, denn auch wenn mein Gedächtnis noch gut war, so war es doch nicht mehr wie in meinen Jugendjahren. Trotzdem glaubte ich, an einer sehr brauchbaren Sammlung von Kommentaren zu schreiben.

Ich arbeitete wochen-, ja monatelang durch, und von Zeit zu Zeit

schaute ich nach Gisela und wunderte mich über die Dauer ihrer Schwangerschaft. Sie aber machte sich über gar nichts Sorgen.
»Schreibst du die Geschichte deines Lebens auf?«, hatte sie gefragt. Ich schüttelte den Kopf und erklärte ihr, was ich schrieb.
»Du solltest deine Lebensgeschichte aufschreiben«, sagte sie. Gisela mochte Geschichten.
»Vielleicht mache ich das noch eines Tages«, antwortete ich. »Ich weiß nur nicht, ob das jemanden interessieren wird.«
»Ich glaube schon – auf jeden Fall mehr als die Schriften, die du jetzt anfertigst.«
Das Warten dauerte lange, erst war es merkwürdig, dann war es unglaublich und schließlich konnte es nicht anders als unmöglich sein. Ich war in düsterer Stimmung und dachte an die komischen Vorstellungen vom Werden eines Kindes, die ich hegte, als ich noch ein Junge war.
Aber schließlich wurde uns doch noch ein Kind geboren. Es war an einem der ersten schönen Tage des Jahres, während ich einen Spaziergang am Fluss entlang machte, weil mir das Mittagessen so schwer im Magen gelegen hatte. Als ich eine Stunde später nach Hause kam, schien alles schon vorbei zu sein. Wir hatten einen Sohn, der nicht nur größer war als jeder andere Säugling, den ich je gesehen hatte, sondern auch so laut schrie, dass wir uns bald gezwungen sahen, zu Wachskügelchen für die Ohren zu greifen.
»Er soll Hagen heißen«, sagte Gisela entschlossen, als habe sie sich den Namen schon vor einem Jahr ausgedacht. Und das hatte sie auch. Die kleine buckelige Teckla brachte das Kind zu mir und wollte es mir in den Arm legen, aber auf einmal blieb sie stehen und bekam einen ganz eigenartigen Blick in den Augen. »Er wird ein großer Krieger werden«, sagte sie. »Er wird seinen Vater nur ein einziges Jahr überleben. Er gewinnt die Schlacht, verliert aber das Leben.«
Ich nahm ihr das Kind ab. »Gib es her, komisches Weib!«, sagte ich böse. Aber ich dachte an ihre andere Prophezeiung. Wenn ich sehr bald sterben und mein Sohn mich nur ein einziges Jahr überleben

würde, dann konnte er niemals ein Krieger werden. Ich beschloss, mich vom Gefasel einer Buckligen nicht mehr verrückt machen zu lassen. Sobald ich Hagen auf den Arm nahm, begann das Kind zu schreien, als sei der Jüngste Tag angebrochen.

»Und ist die Vorhersage eingetroffen?«, fragte Bodo, der wieder über meine Schulter hinweg mitgelesen hatte. Ich bemerkte es an dem Wurstgeruch, der sich nach dem Abendessen in seinem Atem eingenistet hatte.
»Welche Vorhersage?«, fragte ich. »Ich bin noch nicht tot, soweit mir bekannt ist, also weiß ich nicht, ob er mich nur ein Jahr überlebt. Allerdings ist er tatsächlich ein Mann des Krieges.«
»Wo ist er?«
»Vor zwanzig Jahren habe ich ihn das letzte Mal gesehen, da ist er in die Normandie gezogen. Inzwischen ist er auch ein alter Mann.«
»Aber du hast keine Verbindung mehr zu ihm?«
»Nein. Lass mich jetzt arbeiten!«

Wenn man ein Kind bekommt, ändert sich alles. Ich schrieb monatelang an meinen neuen Büchern, und ich beschäftigte mich mit meiner Frau und meinem Kind. Gisela verbrachte viel Zeit in der Stadt, ohne mir zu sagen, was sie dort machte. Sie kleidete sich gut, und das Haus sah immer besser aus. Manchmal blickte ich in meine Kiste mit den Goldstücken, um nachzuschauen, ob sie nicht zu viel ausgab. Aber das Gegenteil war der Fall: Jedes Mal, wenn ich nachsah, schienen noch mehr darin zu sein.
Im Sommer hörte ich Gerüchte, Kaiser Otto führe einen Feldzug im Osten, im Havelland, und diese Information nahm ich zum Anlass, nicht abzureisen. Am Ende des Sommers, als es endlos zu regnen begann, fing die übliche Ruhelosigkeit an, von mir Besitz zu ergreifen. Ich hatte alles niedergeschrieben, was ich wusste, und außerdem begannen die Blätter zur Neige zu gehen.
Eines Abends sagte Gisela: »Du hast schon vor einer Woche aufgehört, Geschichten zu erzählen, vielleicht wird es Zeit, dass du dich

an den kaiserlichen Hof begibst. Wenn du wieder genügend Stoff zum Erzählen hast, dann kommst du einfach wieder zurück zu mir.«

So war es. Meine Geständnisse waren bis zu diesem Sommer gediehen, weiter konnte ich nicht machen oder ich würde jeden Abend denselben eintönigen Tagesbericht abliefern und jede Einzelheit dabei wiederkäuen.

Aber ich fand es schrecklich, dass ich lange Zeit meinen Sohn nicht sehen sollte. Es war zu erwarten, dass der Hof nicht vor Ende des nächsten Jahres wieder in diese Gegend kommen würde.

»Wenn du gehen willst, dann geh!«, sagte Gisela. »Teckla und ich kommen schon zurecht. Du findest bestimmt wieder eine Möglichkeit, um schnell zurückzukommen.«

In dieser Nacht liebte sie mich im Dunkeln unseres Lagers mit unerwartetem Ungestüm. Als ich sie danach küssen wollte, entwischte sie mir und flüchtete aus dem Bett. Ich wartete eine Weile und ging sie schließlich suchen. Sie saß am Küchentisch und redete mit der kleinen buckligen Teckla, beide waren im Nachthemd. Als ich hereinkam, schwiegen sie abrupt, und Gisela stand schnell auf und nahm mich an der Hand. »Zeit zum Schlafengehen«, sagte sie.

VI.
Die drei *zephira*

46. Kapitel

Wie die Römer Hroswith empfangen. Über einen Papst im Untergrund, eine heilige Frau und die Wohltaten der Ruhe

Ich verließ Utrecht am Sankt-Lambertus-Tag im Herbst und reiste zu Pferde schnell südwärts. Es war ein prächtiger Spätsommer, und ich hatte keine Eile mehr, die Tatsache, dass ich mich endlich auf den Weg gemacht hatte, reichte mir aus. Ich zweifelte nicht daran, dass der Kaiser für meine Lage Verständnis haben würde.

Ich hatte wenig Lust, die Alpenpässe zu nehmen. Das Wetter war dort im Frühherbst meist schlecht, und zum Zeitpunkt meiner vermutlichen Ankunft würde das Jahr schon zu weit vorangeschritten sein. So ritt ich durch Oberlothringen und das Elsass und genoss die Reise. Das Land lag noch im goldenen Sonnenschein, eine Erleichterung nach den wochenlangen Regenfällen, die ich zu Hause hatte ertragen müssen. Ich trug meine Mönchskutte und darunter eine Wollhose, umwickelt mit *fascioli,* eine bessere Reisekleidung gibt es nicht. Unterwegs brauchte ich nur selten für mein Essen zu bezahlen, zum Dank für ein paar Neuigkeiten und fesselnde Geschichten genoss ich überall Gastfreundschaft.

Der Kaiser musste ohnedies schon in Rom sein, also konnte ich genauso gut einen Umweg machen. Ich reiste über Burgund in die Provence und buchte in Marseille eine Passage nach Ostia. Die Schiffsreise verlief glücklich, nur einmal sahen wir von fern die roten Segel eines sarazenischen Piratenschiffs, aber die Seeräuber waren offenbar nicht auf eine Konfrontation aus und verschwanden schnell wieder aus unserem Blickfeld.

Gut sechs Wochen nach meiner Abreise kam ich in der alten Hafenstadt an, von wo ich mich zu Fuß Richtung Rom aufmachte, nun nicht mehr in der Kutte, sondern in der Kleidung, die zu meinem neuen Stand passte. Ich hatte ein Pferd mieten wollen, notfalls kaufen, aber in Ostia schien niemand irgendeine bekannte Sprache zu sprechen, und ich erzielte mit meinen Fragen keine andere Reaktion als Achselzucken.

Über den Kirchenstaat kann ich sagen, dass es dort nicht sonderlich sicher ist: Immerhin zweimal schmeckte mein Ulfberth Straßenräuberblut. Glücklicherweise waren die Räuber unterernährte Vogelscheuchen, die sich kaum auf den Beinen halten konnten. Eine kleine Schramme reichte aus, um sie in die Flucht zu jagen.

Ich kam durch ein Dorf, wo ich hoffte, etwas zu essen zu bekommen. Ich sprach ein kleines, schmutziges Mädchen an, aber es rannte davon und verschwand, irgendetwas schreiend, zwischen den Hütten. Es dauerte keine fünf Sekunden, und ich war von etwa einem halben Dutzend abgerissener, mit Knüppeln bewaffneter Kerle umringt. Ich versuchte, mit ihnen zu reden, aber die Knüppelkerle spuckten auf mich und schickten sich zum Angriff an. Wieder war ich gezwungen, mein Schwert zu ziehen, und nur mit Mühe konnte ich entkommen.

Die Sonne schien, die Straße war gepflastert, aber die Äcker am Wegesrand lagen brach, und hier und da sah es aus, als sei die Ernte abgebrannt worden. Aber das konnte nicht erst kürzlich geschehen sein, bestimmt zwei Jahre waren seitdem vergangen, und das Land war nicht mehr bearbeitet worden. Diese Küste, erfuhr ich später, wurde oft heimgesucht.

Allein der Anblick von Konstantinopel hat mir mehr imponiert als die Ewige Stadt, das Ziel aller Wege. Zuerst kam der Tiber in Sicht, der glitzernd eine Kurve neben der geraden Via Ostiense bildete. Dort, in der Biegung, war auch die große Basilika Sankt Paul, an der ich schnell vorüberging, denn ich sah schon in der Ferne die Stadtmauer, welche dem Verlauf der Hügelrücken folgte. Über den mit Zinnen bewehrten Mauern konnte man die Umrisse der Klöster auf dem Aventin unterscheiden und sehr viel weiter entfernt, mit bloßem Auge fast nicht zu erkennen, die vagen Silhouetten von an-

deren Gebäuden, Kastellen, Kirchen – aus diesem Abstand konnte ich nicht sagen, von was.
Am Stadttor Sankt Paul hielt mich ein Wächter an, ein Grobian, der sich auf seine Hellebarde stützte und mich in einer Sprache anschnauzte, welche mich entfernt an das Latein seines einstigen Landsmanns Cicero erinnerte, wenn auch nur gerade ausreichend genug, um den Sinn seiner Worte zu erfassen. Ich richtete mich zu voller Größe auf, sah hochmütig auf ihn herab und sagte gebieterisch: »Ich bin der *magister Nobilissimus* Hroswithus von Wikala, Mitglied der Kanzlei des Reiches und hier auf Einladung von Kaiser Otto. Ich bin auf dem Weg zur Pfalz, also lass mich sofort herein, sonst wirst du es büßen!«
Der Wächter rief etwas in Richtung eines kleinen Holzhauses, das im Schatten des Tores errichtet worden war. Nach einigen Augenblicken kam ein kleiner, dunkler Mann heraus, der mich neugierig musterte. Er wechselte ein paar Worte mit dem Wächter und hieß mich dann in einer gut zu verstehenden Sprache willkommen: »Der Kaiser bedauert, dass er Euch keinen Empfang bereiten konnte. Wir werden unverzüglich Sorge dafür tragen, dass Ihr an die richtige Stelle gelangt und in gebührender Form empfangen werdet.« Ich nickte ihm zu. Der Mann hatte etwas Rattenhaftes. Er war kein Ritter, nicht einmal ein Edelmann, soweit ich sein Äußeres beurteilen konnte, aber offensichtlich war er auf mein Kommen vorbereitet.
Ich ging durch das Tor hindurch und sah eine Reihe kümmerlicher, schief zusammengesackter Häuser, nicht mehr als ein kleines Dorf, während ich in Rom lange, gerade Straßen erwartet hatte. Wo war der Marmor, wo waren die Standbilder? Ein paar schmutzige, in Lumpen gehüllte Kinder warfen Steine nach einem Hund, der jaulend zwischen den Häusern verschwand.
In einiger Entfernung den Hügel hinauf lagen noch ein paar dieser kleinen Dörfchen und ganz oben, von Gärten umgeben, die Klöster, die ich von außerhalb der Mauern schon gesehen hatte. Über den weißen Klostermauern ballten sich schwere Unwetterwolken zusammen. Zu meiner Rechten lagen Äcker, steinig und karg, und

etwas weiter weg floss der Tiber. Drei Straßen stießen hier zusammen: Die in östliche Richtung verlaufende führte in einer langen Kurve zum Fluss und folgte dann dessen Lauf, der Weg direkt vor mir musste zu den Klöstern führen, und dann gab es noch eine dritte Straße, die genau an der Stadtmauer entlanglief.
Ich wollte den Mann etwas fragen, der mich hereingelassen hatte, und mich zu ihm umdrehen, aber mitten in der Bewegung sah ich einen Knüppel herunterfallen, ich konnte ihn gerade noch mit dem Arm abwehren. Ein zweiter Schlag, diesmal von hinten, warf mich in ein schwarzes Loch.

Das Stroh, in dem ich erwachte, stank, wahrscheinlich war es nicht frei von den Ausscheidungen eines Vorgängers. Mein Kopf pochte, und ich fühlte an meinem Hinterkopf, dass die Haare durch geronnenes Blut zusammenklebten. Ich hatte nicht mehr die Kraft aufzustehen. In der Dunkelheit bekam ich kaum mehr als vier Wände und mein verdrecktes Stroh zu sehen, abgesehen von einer Ratte, die ohne Eile vorbeihoppelte und in einer Mauerritze verschwand.
Eine Luke in der Tür ging auf, und eine Schale wurde hereingeschoben. Trotz des Hungers dachte ich nicht einmal daran, den Inhalt zu probieren. Ich schloss die Augen und versuchte zu schlafen, aber ungefähr zehn Herzschläge später wurde ich von einem kurzen, aber heftigen Kampf zwischen drei Ratten geweckt, die sich um die letzten Krumen meines Essens schlugen.
In mir reifte der Gedanke, dass dies möglicherweise ein längerer Aufenthalt werden könne. Ich versuchte alles, was ich über Rom wusste, miteinander zu kombinieren, aber ich verfügte nur über jahrhundertealtes Buchwissen. Warum hatte ich mich auch nicht erkundigt? Ich hätte ein paar Tage in Ostia bleiben sollen, um alles auszukundschaften, es konnte doch nicht wahr sein, dass hier jeder so unzugänglich war wie die Leute, die ich angesprochen hatte. Auf der anderen Seite: Wie hatte ich auf einen solchen Empfang gefasst sein können? Sogar barbarische Städte wie Kiew oder Jelling konnte

man betreten, ohne dass man sofort von Banditen entführt wurde. Aber waren dies überhaupt Banditen?
Ich fragte mich, wo der Kaiser war. Konnte es sein, dass er im Kampf gefallen war und dass ein Feind des sächsischen Kaiserhauses die Macht in Rom an sich gerissen hatte? Ich dachte an meine Frau und mein Kind und die langweilige Existenz in Utrecht und wünschte mir auf einmal, dass ich zu Hause geblieben wäre. Wie lang würde ich nun meinen Sohn nicht wiedersehen? Er würde groß werden, und ich würde das alles verpassen.
Und da wurde ich zornig, zum ersten Mal richtig zornig. Ich dachte an meine eigene Jugend und wurde wieder das Teufelskind von damals. Ich wollte sogar mit meinen Händen einen Tunnel in die festgestampfte Erde graben, um in die Hölle zu gelangen und Satan meine Seele zu verkaufen, damit ich alles und jeden vernichten konnte. Ich kratzte an der Erde, brach mir die Nägel ab und merkte, wie mein Zorn wuchs, bis nichts anderes mehr in mir war als zusammengeballter, glühend heißer Hass. Und da stieß ich ein lang gezogenes Brüllen wie das Grollen des Donners aus, einen Schrei, der bis in die letzten Winkel der Stadt zu hören gewesen sein muss. Danach ließ ich mich wieder ins Stroh fallen und fühlte mich leer.
Nicht viel später hörte ich ein schlurfendes Geräusch, das näher kam. Eine Fackel erschien vor dem vergitterten Fenster meiner Tür, und eine Stimme sagte ruhig: »Mach dich doch nicht so verrückt, mein Junge! Es ist alles gar nicht so schlimm, wie du denkst.«
Ich stand auf und ging zur Tür. Ich sah in das fackelbeschienene Gesicht eines alten kahlköpfigen Mannes. Er fuhr fort: »Du sitzt in einer berühmten Zelle, hast du das gewusst? Deine Vorgängerin hat hier viele Jahre verbracht. Sie war eine ruhelose Seele, aber in ihrer Zelle hat sie schließlich Ruhe gefunden, sodass sie in Frieden sterben konnte. Du musst nicht die Schattenseite deiner Lage betrachten, Bruder. Wenn du dein Schicksal akzeptierst, dann werden deine Augen sich für die guten Seiten deines Aufenthaltes hier öffnen.«

»Wo bin ich?«, fragte ich, denn ich hatte keine Lust, mich auf dieses Gespräch einzulassen.
»In der Engelsburg«, lautete die Antwort. »Du befindest dich unter der Erde, in einer der tiefsten Zellen einer der festesten Burgen der Christenheit. Wenn du erst einmal hier gelandet bist, gibt es keinen Weg mehr zurück. Meine Gäste fügen sich oder sie werden wahnsinnig. Es gibt keine andere Möglichkeit.«
»Und wie heißt du?«, fragte ich. Jeder Bewacher hat seinen Preis, und es konnte nicht schaden, sich Freunde zu machen.
»Meine Eltern haben mich Amalrik genannt, aber ich bin bekannt unter dem Namen Profundus I.« Ich sah ihm noch einmal genau in die Augen, und es kam mir vor, als hätte ich es mit einem Wahnsinnigen zu tun. Nun ließ ich alle Hoffnung fahren. Aber wider besseres Wissen fragte ich doch: »Weißt du, wo sich der Kaiser aufhält? Kaiser Otto? Er muss von meinem Aufenthalt hier in diesem Kerker erfahren. Im Übrigen bin ich auch vermögend, deine Belohnung würde sich verdoppeln.«
Amalrik lächelte nachsichtig und sagte dann kopfschüttelnd: »Ergebenheit. Akzeptanz. Das sind die Lektionen, die man hier lernen kann, mein Junge. Wie alt bist du eigentlich?«
»Noch keine vierzig, alter Mann.«
»So alt war deine Vorgängerin auch, als sie hierher kam. Ich weiß es noch, so lange es auch her ist. Es hat Dutzende von Jahren gedauert, bis sie die Lehren aus ihrem Schicksal zog. Lass dich von ihrem Beispiel inspirieren, damit du nicht mehr Jahre als nötig vertust! Du kannst wie sie heilig werden.«
Ich hörte nicht mehr auf sein Gefasel und setzte mich wieder ins Stroh. Aber er lag mir weiter mit dieser Frau in den Ohren, bis ich schließlich fragte: »Wie lange hat sie eigentlich hier gesessen?«
Er dachte einen Moment laut nach. »Sie kam mit vierzig hierher, da war ich fünfundzwanzig. Vor anderthalb Jahren ist sie gestorben, und da ich jetzt etwas über achtzig bin, hat sie hier fünfundfünfzig Jahre gesessen.«

»In dieser Zelle?«, fragte ich ungläubig, aber die Haare standen mir zu Berge.
»In dieser Zelle. Ist das so merkwürdig? Sie, die kein Maß kannte und sich Ausschweifungen und der Lust hingab, lernte hier Maßhalten, Enthaltsamkeit, Gottesfurcht. Alles Dinge, die ein langes Leben garantieren.«
Ich ließ mich zurückfallen und stöhnte, ich hörte nicht auf zu stöhnen, und endlich ließ der Greis mich allein.

Viel später, inzwischen hatte ich den Ratten beigebracht, dass der Gerstenbrei mir alleine gehörte, erschien vor der kleinen Luke in meiner Tür das Gesicht eines sehr dünnen Mannes. Er sah mich einen Augenblick forschend an und warf danach die Luke zu. Ich sprang auf und rief ihn zurück. Sein kalkweißes Gesicht erschien erneut, und nur die Tatsache, dass dieser Mann einen Mund mit Lippen und fiebrig glänzende Augen statt hohler Schattenlöcher hatte, bewies, dass er ein lebender Mensch war und kein wandelndes Gerippe.
»Was gibt's?«, fragte er tonlos.
»Wo ist der Kaiser?«, fragte ich. Ich hatte mir allerlei geschickte Umschweife ausgedacht, um meine Frage zu verbrämen, falls jemand anderes als Amalrik-Profundus I. erscheinen würde, aber als es endlich so weit war, konnte ich nur direkt auf mein Ziel losschießen, aus Furcht, der Mann könnte keine Geduld für Abschweifungen haben.
»Das weiß nur der Kaiser«, sagte der Mann.
»Ist er nicht in der Pfalz?«
»Wenn du die Pfalz in Rom meinst, hier ist der Kaiser schon mehr als ein Jahr nicht mehr gewesen.«
Ich dachte schnell nach, soweit ich dazu noch in der Lage war. »Und der Papst?« fragte ich, denn ich wusste, dass er Ottos Vetter war und mir wahrscheinlich helfen würde.
»Was soll das werden? Willst du etwa eine Übersicht der aktuellen Politik?«

Ich lehnte mich an den Torpfosten, todmüde. Ich hätte meine Frage doch verbrämen sollen. Machtlos sagte ich: »Ja, darauf läuft es hinaus.«
»Sag das doch gleich!«, sagte der Mann. Und zu meiner Überraschung fuhr er fort: »Ich weiß nicht, welchen Papst du meinst. Papst Gregor ist im Exil, wahrscheinlich in Pavia. Der neue Papst, der Grieche Philagathos, heißt jetzt Johannes XVI. Und dann gibt es noch Profundus I., den Schattenpapst. Der schläft gerade, denn es ist spät in der Nacht, vielleicht ist dir das entgangen. Reicht das aus?«
Aber ich ließ mir diese Möglichkeit nicht entgehen. Ich fragte weiter und erfuhr, dass Crescentius sich gegen Kaiser Otto erhoben hatte und jetzt versuchte, Hilfe beim oströmischen Kaiser zu erlangen, indem er einen Griechen als Gegenpapst auf den Stuhl Petri setzte. Es war auch nicht das erste Mal, dass Crescentius einen Aufstand entfesselte, im vorigen Jahr hatte er es schon einmal vergeblich versucht. Der Kaiser hatte ihm damals, auf Gregors Fürsprache hin, Gnade gewährt. Aber kaum war Otto nördlich der Alpen, bereute Gregor seine Versöhnungsbereitschaft, denn er musste vor dem Furor des Senators flüchten.
»Wie heißt du eigentlich?«, fragte ich den dünnen Mann schließlich.
»Peccato.«
»Und warum erzählst du mir das alles?«
Er blickte mich kurz an aus seinen Fieberaugen, in denen das Fackellicht tanzte. Dann sagte er: »Aus Mitleid und weil es egal ist, was du weißt.«
»Warum ist es egal?«
»Weil du schon nicht mehr zu den Lebenden gehörst.«
Ich versuchte, ihn zu bestechen, ich versprach ihm Gold, Land, alles, was ein Mensch begehren kann. Aber er schüttelte den Kopf. Und er schien auf einmal nicht mehr ungerührt, ich vermeinte, Angst in seinen Augen zu entdecken.
»Ich komme nie nach oben«, sagte er. »Alles, was ich über die

Außenwelt weiß, höre ich von den Soldaten, die die höheren Stockwerke bewachen. Hier unten regiert Profundus, und es gibt keinen ruhigeren Platz auf der Welt. Wir haben keine Geldsorgen.«
»Wie viele Leute sitzen hier in den Kerkern?«, fragte ich, denn ich hörte nie irgendein Geräusch von anderen Gefangenen.
»Nur Profundus, ich und du«, war seine Antwort. »Profundus und ich sind keine Gefangenen, wir bewohnen nur die leeren Kerker, weil es Verschwendung wäre, sie nicht zu nutzen. Und Verschwendungssucht ist ein Gräuel in Gottes Augen.«

Irgendwann erschien Profundus wieder vor meinem Gitterfenster.
»Wie geht's?«, fragte er.
»Ich bin an dem Punkt angelangt, wo ich jeden Besuch willkommen heiße, egal ob du das bist oder die Ratten.« Das ewige Dunkel und die Grabesstille, die an diesem unterirdischen Ort herrschten, bewirkten, dass die Dämonen zum Vorschein kamen, die sich in jedem Menschen verbergen. Was Profundus betraf, so war ich mir nicht sicher, ob er vielleicht nur einer dieser Dämonen war.
»Die heilige Frau, die vor dir hier war, liebte die Ratten«, sagte Profundus lächelnd. »Sie hielt ihnen Predigten und teilte ihre Nahrung mit ihnen.« Das erklärte die Frechheit, mit der sie sich auf mein Essen stürzten. Sie konnten es sich offenbar nur mit Mühe abgewöhnen.
Profundus war noch nicht fertig. »Sie hat den beiden Namen gegeben«, sagte er. »Anastasius und Baldinus.«
»Ich habe aber drei Ratten gezählt«, sagte ich. Meine geistigen Kräfte waren noch nicht so geschädigt, dass ich nicht bis drei zählen konnte. Profundus war entzückt. »Das ist eine gute Neuigkeit. Die Namensgebung der Ratten ist das Vorrecht der Bewohner dieses Kerkers. Ich wünsche dir dabei viel Inspiration.«
»Muss ich etwa auch anfangen zu predigen?«, fragte ich.
Aber der Schattenpapst hob mahnend den Finger. »Du bist noch lange kein Heiliger.« Er ließ die Stimme sinken. »Sie hat ihnen das Singen beigebracht, Marozia.«

»Wer«, fragte ich, »ist Marozia?«

»Das ist natürlich die heilige Frau, die bis vor kurzem noch hier gelebt hat«, sagte er ungeduldig. »Wenn du Glück hast, kannst du Anastasius und Baldinus bei Gelegenheit zweistimmig das *Kýrie* singen hören. Vielleicht schaffst du es, der dritten Ratte, zweifellos ihrem Kind, auch eine Singstimme beizubringen.«

»Das scheint mir eine nützliche Verwendung meiner Zeit zu sein«, bestätigte ich. »Übrigens habe ich ihr schon einen Namen gegeben. Was hältst du von Crescentius?«

Jetzt traten Profundus Tränen in die Augen. »Hroswithus, ich glaube, du bist viel näher an der Seligkeit, als dir selbst klar ist«, sagte er gerührt. »Wenn Herr Crescentius das wüsste, fühlte er sich geehrt.«

In dieser Nacht – so nannte ich meine Schlafperiode – erwachte ich von einem Piepen in einer Ecke meines Kerkers und, so wahr ich hier als fast Hundertjähriger sitze und schreibe, sie sangen zweistimmig und sauber wie die Engelein:

»Kýrie, eléison.
Christe, eléison.
Kýrie, eléison.«

47. Kapitel

Wie Hroswith ein Jünger der Heiligen wird. Von der Kunst, Hagiografien zu schreiben

Sie war die Mutter aller Huren, sie war die Hur der Hurscharen. Niemals mehr wandelte ein billigeres Freudenmädchen auf den heiligen Straßen und Treppen dieser Ewigen Stadt, die der Nabel der Welt ist. Sie bekam – mit fünfzehn, da war sie schon verheiratet – einen Bastard von Papst Sergius. Jahrzehntelang war sie tatsächliche Herrscherin Roms, als *Senatrix et Patricia Romanorum.* Marozia war eine Tante des derzeitigen Grafen Crescentius, so hörte ich. Sie ernannte wie viele ihres Geschlechts einige Päpste und setzte sie auch wieder ab, wenn sie ihr nicht mehr gefielen. Ihr gelang es, einen ihrer Söhne auf den Stuhl Petri zu bekommen, und sie machte aus der Kirche ein Bordell. In puncto Liederlichkeit und Wollust suchte sie nicht ihresgleichen, schließlich setzte ein anderer Sohn, Alberich, sie in dem Kerker gefangen, in dem ich nun steckte und in dem sich schon viele abgesetzte Päpste, sei es nun mit abgeschnittenen Ohren und Nasen und ausgestochenen Augen oder nicht, aufgehalten hatten. Sie alle hätten es nicht lange überlebt, erzählte mir Profundus.

Mit Marozias Gefangenschaft gelangte das Regiment der Kurtisanen an sein Ende, so nannte man die dreißigjährige Herrschaftsepoche von Marozia und ihrer Mutter Theodora, die auch nicht viel besser als sie gewesen war. Aber nach jahrelangem Aufenthalt unter der Erde vollzog sich eine Umkehr in Marozias Gemüt. Die Bewacher vermochten das Erstaunliche zu erfahren: dass eine Frau, die in der Sünde herausragte, auch ein ebenso großes Talent für die Heiligkeit zu besitzen schien.

Täglich kam Profundus und berichtete mir von der Heiligen, die

er so lange in seiner Obhut gehabt hatte. Seine Motive wurden mir klar, als er mir Schreibgerät brachte und fragte, ob ich nicht eine Hagiografie über Sancta Marozia schreiben wolle. Er selbst könne nicht schreiben. Ich nahm den Auftrag an und fragte ihn aus.
»Es war die Ruhe, die sie auf die rechte Bahn brachte«, sagte er. »Die meisten Menschen möchten zwar gern dem Guten nacheifern, aber sie befinden sich in einem Mahlstrom von Versuchungen und Geschehnissen in dieser die Ohren betäubenden und die Augen blendenden Vielfalt, welche das irdische Leben bietet. Sie haben keine Zeit, zur Einkehr zu gelangen. Aber hier unten, hier werden sie doch geradezu Eremiten. Und die Einsamkeit ist wie Balsam für den schlechten Charakter, das Fasten reinigt die Seele und vertreibt Lüste und Begierden. Marozia, eine Frau von unglaublicher Schönheit – ihr liederliches Wesen hielt selbst die Zeit von ihr fern –, war nun weit entfernt von jenen monströsen Gelagen, bei denen sie und der menschliche Abschaum, der sie umgeben hatte, sich mit vor Fett triefenden Gesichtern der Fresssucht und der Wollust hingegeben hatten. Sie saß dort an derselben Stelle, wo du jetzt sitzt: eine Frau deines Alters, aber schön und frisch wie ein junges Mädchen. Wer ihr bisheriges Leben nicht kannte, hätte nichts geahnt von der Verderbnis, die sie vom Scheitel bis zur Sohle erfüllte. Ich sehe sie noch vor mir, nackt, denn die Kleider hatte man ihr vom Leib gerissen, ihre runden Brüste gierig auf der Suche nach einer geilen Hand vorgestreckt, ihr leicht gewölbter Bauch, der sich hob bei jedem Schluchzen, und dieser heiße Schoß, dieses verwerfliche Tor zur Hölle, das dennoch so süß duftete und einen so einladenden Anblick bot, um die Rechtschaffenen zu verführen – auch mich! Wie viele Nächte habe ich mich nicht herumgewälzt, ohne Schlaf bekommen zu können bei dem Gedanken an diese süße Dirne, die hier auf mich im Stroh wartete und sich vor Wollust krümmte.«
»Aber du hast nicht nachgegeben?«, fragte ich, während ich mir rasch mit meinem Stift Notizen machte.
Er schüttelte den Kopf und verdrehte die Augen zum Felsengewölbe über uns. »Leider, wäre ich doch nur so stark gewesen. Aber ich

konnte ihr nicht widerstehen. Ab und zu besuchte ich sie in ihrer Klause, und dann seufzten wir in unseren Umarmungen und begingen die fürchterlichste Unzucht. Aber allmählich vertrieb das Fasten die Wollust aus ihrem schmutzigen Leib. Die Hügel wurden flacher, die Rundungen wurden zu Ecken, die Brüste wurden schlaff wie leere Wursthäute, der Schoß vertrocknete. Ich konnte mich nach einiger Zeit besser beherrschen, gelangte zur Einkehr und sah ein, dass das Absterben des Fleisches der einzig richtige Weg ist. Ich halbierte ihre Essensration, und als dies einen günstigen Einfluss zu haben schien, halbierte ich sie nochmals. Schließlich gab ich ihr nur noch an den geraden Tagen etwas zu essen. Und tatsächlich, sie begann in der Dunkelheit zu strahlen, in ihren Augen leuchtete das Feuer der Heiligkeit auf, und nach einiger Zeit fing sie an, Predigten zu halten. Erst nur für mich und meinen Mitarbeiter, dann predigte sie dem Felsen, der sie umgab, wieder später den Ratten, denn selbst die kargen Portionen, die sie noch erhielt, wollte sie mit denen teilen, die sie ihre kleinen Freunde nannte.«

Ich kratzte alles in meine Wachstäfelchen, und als Profundus mich allein ließ, bearbeitete ich meine Aufzeichnungen und schrieb sie in meiner saubersten Handschrift auf Pergament. Mittlerweile verkleinerte mein Bewacher in raschem Tempo die Essensportionen. Bald aß ich nur noch zehn Gerstenkörner pro Tag.

Und wahrlich, ich sah das Licht. Auch ich begann zu predigen, zunächst Peccato, jedes Mal wenn er sein Gesicht vor den Gittern zeigte, dann Profundus, wenn er mir von Marozia erzählte. War ich allein, predigte ich Fels und Ratten. Wenn ich in Schwung kam, hatte ich das Gefühl zu schweben, und ich wusste, dass ich falls nötig mitten durch den Felsen schreiten könnte. Es würde sein, als ginge ich durch leichten Nebel, um mich herum wirbelten die lichten Schwaden, die sich hinter mir wieder schließen würden.

Warum ich dann nicht weglief aus meinem Kerker? Dieses Stadium hatte ich schon längst hinter mir. Inspiriert von Profundus' Worten, Marozias Beispiel und durch die Reinigungen, die mein Körper und meine Seele durchliefen, reiste ich im Geiste weiter, als es meinem Leib je möglich gewesen wäre. Ich sprach mit den Toten und spazierte durch die Vergangenheit wie durch einen Garten, in dem Bilder aus der Erinnerung eingefroren waren, um bei meinem Erscheinen zum Leben zu erwachen. Ich konnte wahlweise jeden Augenblick meiner Existenz zum Leben erwecken und machte davon dann auch ausgiebig Gebrauch.

Sancta Marozia, deren Atem nach Blüten duftete, bewirkte natürlich Wunder. Sie heilte Profundus von vielen Krankheiten und ist mehrmals von den Toten auferstanden. Sie lehrte Nagetiere singen, und ihr Körper verfiel nicht nach ihrem Dahinscheiden, so hörte ich von Peccato, der ihn in seiner Zelle aufbewahrte. »Im letzten Jahre ihres Lebens«, so berichtete er, »aß sie nur noch drei Getreidekörner an den geraden und trank einen Schluck Wasser an den ungeraden Tagen. Ihr Körper war so leicht, dass ich ihn nach ihrem Tod an einen Nagel in meiner Zelle hängen konnte. Da hängt sie noch immer und hat sich seitdem nicht verändert.«
»Wie viele Getreidekörner brauchst du jetzt?«, fragte ich, denn ich wusste, dass er der Heiligen nacheifern wollte.
»Fünfundzwanzig jeden Tag«, sagte er bedauernd. »Und das auch erst seit Herbstanfang. Davor aß ich vierzig pro Tag. Es ist nicht einfach für einen Sohn, in die Fußspuren einer so hervorragenden Mutter zu treten.«
»Bist du ihr Sohn?«
»Ja«, sagte er, »ich bin der Jüngste.«
»Und Profundus …?«
»Ist mein Vater. Nach seinem Tod werde ich Schattenpapst sein.«

Mein Publikum hörte mir atemlos zu: »… die Menschwerdung unseres Herrn Jesus Christus ist jetzt neunhundertachtundneunzig Jahre her. Wo werden wir sein, Brüder, wenn der Jüngste Tag anbricht und der Herr wiederkommt? Wer von euch wird bereit sein, wenn die Spreu vom Weizen getrennt wird? Weh euch, die Stunde ist nahe …«

Danach begann die Gesangsstunde. Crescentius blickte mich mit seinen munteren Knopfäuglein an und klopfte mit seinem Schwanz den Takt. Ich sang ihm vor, wieder und wieder, denn er schien mit dem *Kýrie* noch etwas Mühe zu haben, aber ich musste meinen Gesang unterbrechen, weil sich auf dem Flur Lärm erhob. Das war vorher noch nie passiert. Ich versuchte, die Störung zu ignorieren, und fing noch einmal von vorne an. Aber plötzlich öffnete sich zum ersten Mal seit langer Zeit – ich hatte keine Vorstellung, wie lange – die Tür, und ein paar Soldaten sprangen herein. Crescentius, Baldinus und Anastasius flüchteten in ihre Ritze, und ich musste mich zwischen sie und die Soldaten werfen, um zu verhindern, dass sie von den Schwerterklingen mitten durchgehackt wurden.

Die Soldaten griffen mir unter die Arme und schleppten mich aus meiner Klause. Ich versuchte, mich zu wehren, aber sie stellten mich im Gang auf die Beine, die mich kaum noch tragen konnten, und sagten: »Ihr seid frei! Die Engelsburg ist in den Händen des Kaisers.« In diesem Moment nahmen sie Haltung an, denn da kam der Kaiser selbst, blutbefleckt und mit zerrissenen Kleidern. Er schritt aus dem Schatten nach vorn und musterte mich genau. »Bist du das, Hroswith?«, fragte er erstaunt. »Du siehst aus wie ein wandelndes Skelett.« Er erteilte schnell einige Befehle, und ich wurde drei Treppen hochgeschleppt und in ein Bett gelegt.

Da lag ich eine Weile und starrte die Decke an, bis der Kaiser wieder vor mir stand. Er raste vor Zorn. »Es ist ein Skandal, was hier geschehen ist. Ich habe die Schuldigen büßen lassen, sie werden bis auf weiteres in demselben Kerker bleiben, in dem du die letzten Monate gesessen hast. Und das ist erst der Anfang.«

»Doch nicht in meinem Kerker?«, fragte ich besorgt. »Ich muss Crescentius noch beibringen, das *Kýrie* zu singen, er ist fast so weit.«

»Crescentius ist besiegt, ich habe ihn auf den Zinnen seiner eigenen Burg enthaupten lassen«, sagte Otto. »Er wollte einfach nicht einsehen, wer der Herrscher in dieser Stadt ist.«

Ich beweinte das Schicksal meines kleinen Schülers.

»Du schaffst es nicht«, sagte Bodo. »Du bist noch nicht mal beim vierzigsten Lebensjahr angelangt, und das Palimpsest geht zur Neige.«
»So weit ist es noch nicht«, sagte ich mürrisch, denn er sprach aus, was ich befürchtete. Aber ich wusste auch, selbst wenn es noch eine Menge zu erzählen gab, es war weniger, als Bodo dachte. Schließlich hatte ich nicht in jeder Periode meines Lebens gleich viel erlebt.
»Wie viel Zeit hast du insgesamt in Kerkern und Brunnen zugebracht?«, fragte Bodo.
»Das Schlimmste stand mir noch bevor«, sagte ich. »Das wusste ich damals noch nicht.«
»Dann beeil dich, Bruder Hroswith«, sagte der Junge. »Wo ist denn eigentlich die Hagiografie der Sancta Marozia geblieben? Ich habe noch nie etwas von dieser Heiligen gehört.«
Ich lachte. »Das kann ich mir vorstellen. Sie ist von Papst Profundus I. heilig gesprochen worden, den sie selbst ernannt hatte. Profundus und sein Sohn kamen nie nach draußen und hatten keinen Kontakt mit der übrigen Welt, außer wenn sie Vorräte anschafften. Die meisten Bewohner der Engelsburg hatten keine Ahnung von ihrer Existenz. Ich habe die Hagiografie nie zu Ende geschrieben, aber soweit ich weiß, muss sie noch immer in den unterirdischen Gewölben der Engelsburg liegen. Durch meine Fürsprache sind Profundus und sein Sohn freigelassen worden. Aber sie hatten keinen anderen Wunsch, als in ihrem Verlies zu bleiben. Ich habe ein paar Jahre später noch mal reingeschaut, Profundus war gestorben, aber Peccato hatte seine Ration inzwischen auf zehn Gerstenkörner reduziert.«
»Ich fühle mich noch ganz schwer und voll vom Abendessen«, sagte Bodo beschämt. »Vielleicht sollte ich auch mal meine Fresssucht bezähmen.«
»Mach das, mein Junge!«, sagte ich. »Zähme und zügle dich, aber lass mich jetzt mal in Ruhe! Ich habe heute noch ein gutes Stück zu tun.«

Schnell verlor ich meinen Drang zum Predigen, und ich bekam allmählich auch eine andere Einstellung zur Askese, aber nachts träumte ich noch von Ratten und sinnlichen fünfundneunzigjährigen Frauen, die mich zu verführen suchten. Schlimmer war, dass ich im Traum sogar auf ihre Annäherungsversuche einging, wie widerwärtig sie auch waren. Langsam verschwanden auch diese Träume, aber nun begann ich, mich nach meiner Frau und meinem Sohn zu sehnen, denn ich hatte sie ein halbes Jahr lang nicht gesehen. Otto sorgte dafür, dass ich gut zu essen bekam, und kam ab und zu selbst vorbei, um sich mit mir zu unterhalten. Er berichtete mir in aller Kürze, warum er so spät nach Rom gekommen war.

Ottos Freund und Vertrauter Adalbert war bei Frühlingsanfang von den Pruzzen ermordet worden, denen er das Christentum gepredigt hatte. In den darauf folgenden Monaten sammelte der Kaiser seine Vasallen an der Elbgrenze in der Nähe von Merseburg. Otto wollte ein für alle Mal den Plünderungen der Slawen ein Ende machen, die immer wieder den Fluss überquerten.

Gerbert von Aurillac hatte sich zu Anfang des Sommers auch wieder Otto angeschlossen. Seinen Kampf um Reims hatte er inzwischen verloren, nicht zuletzt, weil Papst Gregor sich ihm widersetzt hatte. Nun konnte Gerbert einen alten Wunsch des Kaisers erfüllen: Er sollte Ottos ganz persönlicher Lehrmeister werden.

Der Krieg gegen die Slawen hatte inzwischen begonnen. Die Vasallen machten einen Fehler nach dem anderen, und die Arneburg, von Otto befestigt, um das Hinterland zu verteidigen, fiel in die Hände der Feinde, die sie als Ausgangsbasis für ihre Angriffe nutzten. Im Spätsommer zog Otto mit einer Übermacht ins feindliche Gebiet und ließ alles verwüsten. Viel sollte das nicht bewirken, aber jetzt erforderten andere Dinge Ottos Aufmerksamkeit.

Gerbert zog sich auf eines seiner Landgüter zurück, weil er zu krank war, um mit dem Hof mitzureisen. Der Kaiser blieb zwei Monate in der Aachener Winterpfalz und zog dann nach Rom, um ein langwieriges Problem zu lösen: Crescentius Nomentanus, der dem oströmischen Kaiser Basileos die Tore hatte öffnen wollen,

hatte sich verrechnet. Basileos hatte alle Hände voll mit den Bulgaren und den Persern zu tun. Er wünschte, mit Otto Frieden zu halten, um nicht völlig von Feinden umzingelt zu sein.
Der Zug Richtung Süden, ohnehin schon spät begonnen, erwies sich als eine sehr schwere Aufgabe, denn das Wetter war katastrophal und die Truppe kam in den unaufhörlichen Schneestürmen kaum voran. Von Kälte und Lawinen gepeinigt, zog das Heer über den Brennerpass. Aber seit dem Ausgangspunkt in Aachen war das Heer immer weiter angewachsen. Gerbert hatte seinen Platz in der Hofkapelle wieder eingenommen.
Ein wichtiger Mann war Herzog Heinrich von Bayern, Sohn Heinrichs des Zänkers. Dieser war der ständige Feind Ottos und seiner Eltern gewesen war, bis Theophanu ihn in die Knie gezwungen hatte. Der alte Herzog hatte seinem Sohn auf dem Sterbebett das Versprechen abgenommen, dem Kaiser stets die Treue zu halten. Heinrich war inzwischen ein gelehrter Mann, er hatte die berühmte Domschule in Hildesheim besucht und war ein guter Freund des Kaisers, genau wie Heribert, dem ich schon in Nimwegen begegnet war.
Außerdem waren Wilderod von Straßburg und Notger von Lüttich dabei, Brun von Querfurt und Thietmar von Merseburg und natürlich Graf Tammo und Bischof Franko von Worms. Die Markgrafen Eckehart von Meißen und Otto von Kärnten zählten ebenso dazu wie die Äbte Odilo von Cluny und Alawich von der Reichenau. Und jeder hatte sein eigenes Heer von Aufgebotenen bei sich.
Auf dem Weg nach Pavia, wo Papst Gregor zu ihnen stoßen sollte, schlossen sich nun auch die italienischen Grafen, Fürsten und Bischöfe an, jeder mit seinem eigenen Heer. Otto und sein Vetter Gregor trafen sich dann auch in Pavia, wo sie gemeinsam die Weihnachtstage verbrachten. Danach schifften sich der Hof und die päpstliche Kurie ein, um auf dem Po flussabwärts nach Cremona zu reisen, wo die Großen des Reiches einen Reichstag abhielten.
Das riesige Heer zog inzwischen über Land weiter, löste hier und dort schon lange schwelende Konflikte und schlug Aufstände nieder.

Am Tage von Petri Stuhlfeier zog der Kaiser an der Spitze seines Heeres in Rom ein, ohne dass sich ihm jemand in den Weg stellte. Crescentius verschanzte sich auf der Engelsburg, traditionell das Machtzentrum seines Geschlechts, das die Stadt schon ein Jahrhundert im Griff hatte. Während des Monate dauernden Anmarsches des kaiserlichen Heeres war die Unterstützung für den Senator und den Gegenpapst schnell zusammengebrochen.
Der griechische Gegenpapst Philagathos, eigentlich ein Oströmer aus Kalabrien, der früher ein Vertrauter der Kaiserin Theophanu und Ottos Griechischlehrer gewesen war, wurde auf der Flucht von einer deutschen Reiterpatrouille unter der Leitung von Graf Birthilo vom Breisgau abgefangen und schrecklich verstümmelt.
Bevor Otto, der sich als Sachse die römische Grausamkeit verbat, es verhindern konnte, trieben die Römer Crescentius' unglückliche Marionettengestalt durch ihre Stadt, rücklings auf einem Esel sitzend und seiner Augen, Ohren, Nase, Lippen und Zunge beraubt – ich wollte es mir gar nicht vorstellen. Im Übrigen waren diese Strafen nicht, wie ich zuerst dachte, ein Ausbruch wilder Volkswut, sondern alles geschah strikt nach den Regeln des römischen Rechts.
Der uralte Eremit Nilus – er erreichte (so wie ich bald) das Alter von hundert Jahren – reiste eilends nach Rom und flehte den Kaiser um Gnade für den Gegenpapst an. Nilus, auch Kalabrese, wollte den abgesetzten Papst mit in ein Kloster in den Süden nehmen. Aber Gregor, sonst sanftmütig wie ein Lamm, ließ den Griechen dennoch exkommunizieren und öffentlich erniedrigen. Danach setzte er ihn in einem Kloster gefangen.
Nilus jedoch erlitt einen Wutanfall und sprach einen fürchterlichen Fluch über Papst und Kaiser aus.
Die Belagerung der Engelsburg sollte noch zwei Monate dauern. Otto ließ Belagerungsmaschinen bauen und wollte von einer Aussöhnung nichts wissen. Sogar als Crescentius unter freiem Geleit kam, um ihn um Gnade zu bitten, wies der Kaiser ihm höhnend die Tür. Der Sturm glückte: Tagelang hielten Crescentius' Mannen noch stand, und die Treppen der Festung mussten Stufe für Stufe

erobert werden. Ein junger Edelmann aus Parma traf auf dem Wehrgang des Turms auf den abgefallenen Senator und Patrizier und schlug ihn nach einem harten Zweikampf mit dem Schwert nieder. Er trennte Crescentius den Kopf ab und warf den Leichnam von den Zinnen hinunter.
»Ich hatte ihm schon einmal Gnade erwiesen, und er hat mich verraten«, sagte Otto ernst. »Eine zweite Chance konnte ich ihm nicht geben, dann hätte mich niemand mehr ernst genommen, ich wäre eine Witzfigur geworden. Aber mich schmerzt das Schicksal, das mein alter Lehrer Philagathos erlitten hat. Er war in meinem Auftrag nach Konstantinopel gereist, um für seinen Kaiser um eine purpurgeborene Prinzessin zu werben, aber er musste unverrichteter Dinge zurückkehren. Nach seiner Rückkehr hat er sich in Rom von Crescentius und seinen Intriganten herumkriegen lassen.«

Nachdem ich ein paar Tage in der Engelsburg versorgt worden war, brachten mich Diener in einer Sänfte zum Palast an der Südseite des Palatins, wo die mächtige Familie De Imiza residierte, ein Geschlecht, das schon lange das Vertrauen von Ottos Dynastie genoss. Ich verbrachte Wochen im Bett, und obwohl ich fühlte, wie meine Kräfte zurückkehrten, vermochte ich die Notwendigkeit, wieder ins Leben zurückzukehren, nicht recht einzusehen. Mein Gastgeber Gregorius Miccinus, der von Otto zum *vestarar sacri palatii* ernannt worden war, sorgte dafür, dass es mir an nichts fehlte. Vom frühen Morgen bis zum späten Abend brachten seine Diener mir den besten Wein und Essen, wie es die meisten Menschen niemals zu sehen bekommen. Sklaven massierten meine Muskeln und badeten mich lange in einem Warmwasserbassin. Nachts schoben sich die willigen Mädchen, die mich pflegten, abwechselnd zwischen meine Laken und versicherten mir, dies geschehe nicht im Auftrag ihres Herrn.
Gregorius sorgte dafür, dass ich mein Schwert zurückbekam. Als ich ihm den rattenhaften Torwächter beschrieb, versprach er, ein paar Soldaten loszuschicken, die das Schwert zurückholten.

»Soll ich den Dieb töten, oder willst du, dass ich ihn verstümmele, und wenn ja, wie?«
»Nichts von alledem«, sagte ich. »Gebt ihm eine ordentliche Tracht Prügel und lasst ihn weiter seiner Arbeit nachgehen! Beim nächsten Mal, wenn ein Fremder an sein Tor kommt, wird er es sich bestimmt zweimal überlegen.«
Am Tag darauf kam ein Soldat an mein Bett, der mir mein Ulfberth brachte und eine bunte und vergnügliche Beschreibung von der Abreibung gab, die sie dem Torwächter verpasst hatten.
Ottos letzter Besuch lag schon wieder ein paar Wochen zurück. Gerbert hatte ich überhaupt noch nicht gesehen, aber ich nahm an, dass er sehr mit seiner neuen Rolle beschäftigt war, der Kaiser hatte ihn nämlich zum Erzbischof von Ravenna ernannt. Den knappen Berichten, die ich von den Mädchen hörte, konnte ich entnehmen, dass Otto und sein päpstlicher Vetter eine Synode nach der anderen einberiefen, um die schwelenden Konflikte im Reich endgültig beizulegen.
Außerdem sollte offenbar die Politik in Rom reorganisiert werden. Die Machtverhältnisse hatten sich nach Crescentius' Untergang geändert, und Otto lag viel daran, ein neues Gleichgewicht zu schaffen. Natürlich hatte ich daran wenig Interesse, selbst nach einem Treffen mit dem alten Gerbert stand mir nicht der Sinn, obwohl ich an dieser Seite des Mittelmeers noch keinem Menschen wie ihm begegnet war. Es war klar, dass er Zugang zu Bibliotheken hatte, in die ich ohne Empfehlung nicht hineinkommen würde.
Ich sehnte mich nach Hause. Diese Monate hatten mir viel abverlangt, und auch wenn mein Körper wieder in Ordnung war, so hatte ich doch den starken Wunsch zu vergessen, meine Gedanken schweifen zu lassen und mich vor der Welt zu verstecken. Ich trank in diesen Tagen mehr Wein, als gut für mich war. Ein langer Kerkeraufenthalt greift die Seele an, und ich hatte nicht mehr die jugendliche Sprungkraft, die ich zehn Jahre vorher besessen hatte, als ich aus dem Brunnen kam.

Schließlich verließ ich mein Bett und verbrachte Tage und Wochen in einem Innenhof mit einem Garten voller Rosen. Mit keinem anderen Verlangen, als die Sonne auf meinem Gesicht zu spüren, starrte ich in die Weite, auf das üppige Grün des Palasthügels und auf eine verfallene Kirche, die über die Burgmauer hinausragte.

Ein Gartenarbeiter berichtete mir, dass die neue kaiserliche Pfalz tatsächlich nur einen Bogenschuss entfernt lag. Offenbar hatte der Kaiser sich in drei Monaten einen neuen Palast bauen lassen, aber das war auch nicht so schwierig in Anbetracht der vielen Ruinen und verlassenen Gebäude, die überall in der Wildnis aufragten. Auch Miccinus' Palast war eine renovierte und ausgebaute Kaiserresidenz, die aus der Zeit vor dem Fall des Römischen Reiches stammte.

Ich wusste, dass ich in der Pfalz erwartet wurde, aber ich blieb sitzen und hing meinen Tagträumen nach über die große Vergangenheit dieser Stadt, die, soweit ich hatte sehen können, ein überwucherter Schutthaufen war aus halb eingestürzten, verfallenen Palästen, unzugänglichen Klöstern und Kirchen und zahllosen kleinen Hütten, die wie Schwammpilze am Fuß der verwitterten Mauern wuchsen. Jeden Tag schob ich meine Rückkehr ins Gewühl der Welt erneut vor mir her.

Und doch kam der Tag, an dem ich mich einmal außerhalb des Innenhofes umschauen wollte. Bienen summten, violette Dreifaltigkeitsblumen, die ich schon aus den arabischen Ländern und aus Spanien kannte, raschelten im Wind. Wie herrlich war es, hier zu sitzen! Ich stand auf, streckte mich und ging dann gemächlich am eingenickten Torwächter der De Imizas vorbei, der hochfuhr und rief: »Wo soll's hingehen?«

»Ich mache einen Spaziergang«, sagte ich und schritt weiter.

»Geht nur in die alte Kirche nicht hinein!«, rief er mir nach. »Da sind schon mal Leute von herunterfallenden Steinen getroffen worden.« Ich bestätigte mit einer Gebärde, dass ich ihn verstanden hatte, und betrat einen kleinen Ziegenpfad, der auf den Hügel führte. Ich stapfte eine Weile durch hohes Unkraut, aus dem sich ab und zu ein Hase davonmachte, und kam dann zu einer langen, kahlen Fläche, wo nur ein paar einsame Grasbüschel, Disteln und niedrige Dornbüsche wuchsen. Einst musste hier ein Fußboden gewesen sein, denn hier und da waren noch Reste von Fliesen oder Pflastersteinen zu sehen, und ein Stück weiter, am Rand des Terrains, stand auch noch ein kleiner Bogen, ein Stück Mauer mit ausgesparten Fenstern und einem einzelnen Pfeiler. Die Sonne brannte unbarmherzig, und ich beschloss, in dieser friedlichen Umgebung ein Mittagsschläfchen zu halten. Im Schatten einer Mauer fand ich einen kleinen Mooshügel, der wie geschaffen schien, um darauf zu schlafen. Ich setzte mich hin und schloss die Augen.

Ich muss gerade weggedämmert sein, als ich auf einmal Stimmen hörte, die sich näherten. Ich blieb, wo ich war, und wartete, bis die Sprechenden vorbei waren. Aber das geschah nicht, sie befanden sich offensichtlich auf der anderen Seite der Mauer und blieben dort stehen, um sich zu unterhalten. Ich konnte sie Wort für Wort verstehen. Es war ein unterhaltsames Gespräch.

»Ha, endlich passiert was!«, sagte Bodo, der wieder einmal hinter mir stand.

Ich hörte auf zu schreiben und wartete.

»Mach nur weiter, Bruder Hroswith, lass dich durch mich nicht stören!«, sagte er hastig.

48. Kapitel

Wie Hroswith doch noch zur Läuterung seiner Seele seine Gedanken schweifen lassen kann

Meister«, sagte die erste Stimme, »ich will Euch eine Frage stellen, die sich auf das alte Rom der Kaiserzeit bezieht.«
»Stellt Eure Frage!«, sagte die zweite Stimme. »Ob ich sie beantworten kann, weiß ich noch nicht.«
»Das Römische Reich hat, wie jeder weiß, mehr als tausend Jahre bestanden«, sagte der Schüler. »Aber wie konnte es untergehen? Eine Strafe Gottes kann es nicht gewesen sein, denn die Römer waren ja seit Konstantin dem Großen, Jahrhunderte vor dem Untergang des Reiches, schon Christen. Wie kann eine Macht, die die ganze Welt unterworfen hat, so schwach werden, dass nur diese Ruinen übrig bleiben?«
Der Lehrer, offensichtlich ein alter Mann, lachte. »Vergesst nicht, dass das Römische Reich im Osten immer noch existiert, ja sogar eine Großmacht ist. Wie jedes Reich hat es nie lange dieselben Ausmaße gehabt, es schwoll an und schrumpfte wieder zusammen, große Gebiete wurden an der einen Seite hinzugefügt, während man tausend Meilen entfernt Land verlor. Ich glaube sogar, dass das Rom der alten Zeiten sich nicht sehr von den Zuständen der heutigen Zeit unterschied. Auch damals gab es einander bekämpfende Familien, Korruption und Vetternwirtschaft, während die Barbaren immer wieder ins Land einfielen.«
»Ja«, sagte der Jüngere, »Barbaren wie wir.«
»Damals, ja. So wie wir jetzt von Normannen, Slawen und Sarazenen bedroht werden.«
»Das Christentum war damals noch nicht so weit verbreitet wie jetzt«, sagte der Jüngere. »Stimmt es, dass es sich in den ersten Jahr-

hunderten vor allem in den kleinasiatischen Städten festgesetzt hat?«

»Das scheint so gewesen zu sein«, sagte der ältere Mann. »Im Westen hat es viel länger gedauert, und manchmal sind die Gebiete, die schon christianisiert waren, auch wieder ins Heidentum zurückgefallen, sodass sie jahrhundertelang Christi Gnade entbehren mussten. Und dann natürlich die Ketzereien, denen manche Völker anhingen, vor allem natürlich dem Arianismus. Es ist noch nicht so lange her, dass die Langobarden und die spanischen Goten den römischen Kurs eingeschlagen haben.«

»Wie lange, glaubt Ihr, wird es noch dauern, bis unsere Missionare die ganze Welt bekehrt haben?«, fragte Otto, denn um ihn handelte es sich natürlich, während der andere Sprecher Gerbert von Aurillac war.

Gerbert antwortete sofort: »Das hängt davon ab, Imperator, wie groß die Welt ist, ob alle Länder bereist werden können und wie groß ihre Bevölkerung ist. Ich habe Euch gezeigt, wie die Welt meiner Meinung nach aussieht. Die Welt hat die Form einer Kugel, und unsere Länder, ein Teil von Afrika sowie der Osten befinden sich auf der oberen Hälfte. Je weiter man Richtung Süden fährt, desto wärmer wird es. Wenn man mit einem Schiff die Linie nach Norden überquert, welche die Welt in zwei Hälften teilt, kommt man allmählich wieder in kältere Gegenden wie Deutschland oder die Normannenlande, aber dann spiegelverkehrt. Wer weiß schon, wie viele dieser Gebiete überhaupt bevölkert sind? Und wenn man mit einem Schiff in westliche Richtung in See sticht, gelangt man schließlich in die fernen östlichen Länder, wo unsere Schiffe jetzt noch nicht hinkommen können, so habe ich mir berichten lassen. Aber was, wenn dort noch eine Landmasse dazwischen liegt? Nach meinen Berechnungen würde es ohne eine solche Landmasse eine sehr lange Fahrt werden. Und was sollte der Sinn eines Meeres sein, welches so breit ist, dass man es nicht befahren kann? Logischerweise müsste der Schöpfer doch auf der Erde ein gewisses Gleichgewicht zwischen Land und Meer bewahren, da doch der Zweck des Meeres in seiner Befahrbarkeit liegt.«

Ich war fasziniert von dieser Vorstellung, die ich im Übrigen als Unsinn ansah; sie klang mir etwas zu spekulativ. Viele Jahre später hörte ich aber aus unerwarteter Ecke einen Bericht, der mir dieses Gespräch wieder in Erinnerung rief.

»So eine Reise in den Süden wäre sehr nützlich«, sagte der Kaiser triumphierend, »wenn man nicht, falls die Erde wirklich eine Kugel ist, nach dem Überqueren der Linie ganz schnell herunterfallen würde.«

Dieses Argument hatte ich mir auch schon überlegt, unser Kaiser war ein gescheiter und spitzfindiger Mann. Aber genauso spitzfindig klang mir Gerberts Antwort in den Ohren: »Und was wäre, Kaiser, wenn die Bewohner der anderen Halbkugel dasselbe darüber dächten?«

»Ja, was wäre dann?«, sagte der Kaiser, aber ich verstand, worauf Gerbert hinauswollte.

»Warum sollte alles nur in südliche Richtung fallen? Ich glaube, dass unsere Fallrichtung eher zum Mittelpunkt der Erde zeigt, das würde dann für die Menschen auf der anderen Seite auch gelten.«

»Aber wie kann das dann sein?«, fragte Otto.

Gerbert wartete einen Augenblick. Dann sagte er mit großer Bestimmtheit: »Die Erde ist ein Magnet. Das muss so sein, denn wäre sie eine Scheibe, von der man, auf den Rand zufahrend, herunterfällt, dann würde logischerweise das Meer schnell leer laufen.«

Es blieb eine Weile still, dann sagte Otto: »Es wird also lange dauern. Das ist nicht schlimm, ich bin noch jung. Meine Regierungszeit kann länger werden als die Karls.«

»Ihr werdet noch sehr lange leben, Caesar«, sagte Gerbert. »Schon jetzt breitet sich der Frieden in Eurem Reich aus wie Ringe in einem Teich. Die Völker um uns herum sind bereit, unseren Glauben anzunehmen. Wie Ihr in sehr kurzer Zeit die neue Pfalz auf den Ruinen eines antiken Palastes habt erbauen lassen, so werdet Ihr auch einiges vom Weströmischen Reich für den Wiederaufbau verwenden können. Es gibt noch Heerstraßen, Tausende von Meilen lang, wir haben die Freien Künste, wir haben die Möglichkeit, alle Bücher aus der Vergangenheit zu sammeln und sie hundertfach kopieren zu lassen. Mag auch alles verstreut und zersplittert sein, verloren ist noch nichts.«

In diesem Moment spürte ich eine Lanzenspitze auf meiner Kehle. Ein Soldat zeichnete sich groß und dunkel gegen den blauen Himmel ab. Er rief den beiden Männern auf der anderen Seite der kleinen Mauer zu: »Hier hat sich ein Mann versteckt. Zumindest ist er ein Spion, wahrscheinlich aber ein Meuchelmörder. Soll ich ihn durchbohren?«

Otto und Gerbert kamen herüber. »Ich schätze deine Wachsamkeit sehr, Taddeo«, sagte Otto, »aber durchbohren ist nicht nötig, denn das ist mein guter Freund Hroswith aus Niederlothringen.«

»Dieser Idiot soll die Lanze von meiner Kehle nehmen!«, sagte ich verstimmt. »Es ist doch klar, dass ich hier nur im Moos liege und schlafe. Ich bin auf dem Wege der Genesung.« Otto tippte leicht mit seinem Stab gegen die Lanze, und der Soldat zog sie unwillig zurück. Otto reichte mir die Hand und half mir beim Aufstehen. Er umarmte mich, Gerbert ebenso.

»Hroswith, ich wollte Euch schon besuchen«, sagte Gerbert freudig. »Wir brauchen jetzt Eure Mitarbeit.«

Otto bestätigte das. »Komm mit, Hroswith«, sagte er. »Du musst jetzt mal in meine neue Pfalz mitkommen. Übrigens habe ich auch noch ein schwieriges Problem zu lösen, bei dem du vielleicht helfen kannst.«

Wir gingen über den flachen Teil der Wildnis, und Gerbert fragte, ob ich wisse, wo ich mich im Augenblick befände. Ich schüttelte den Kopf.

»Dies ist die Bahn des Circus Maximus, hier wurden einstmals die Pferderennen abgehalten.«

Wir gingen wieder durch das Gestrüpp und zogen unsere Tuniken fest um uns, um sie nicht an den Dornen aufzureißen. Etwas später gelangten wir über die unvermeidlichen verzweigten Ziegenpfade

zu einem kleinen Hintertürchen der Pfalz, die von dieser Seite nur eine uralte, efeubewachsene Mauer aufwies.
Draußen war es drückend heiß gewesen, jetzt gingen wir durch kühle Flure, in denen ovale Fenster, drei, vier Mann hoch, als Windfang dienten, in den Empfangssaal. Abgesehen von den Lanzenträgern an beiden Seiten der Zugangstüren war der Saal leer. Links und rechts befand sich eine Galerie mit Nischen, gestützt von Säulen mit einfachen viereckigen Kapitelen, in der Mitte der große, leere Raum unter einem Dach aus geraden Balken. Die einzige Verzierung war der purpurfarbene, bestickte Baldachin hinter dem von Wächtern flankierten Thron. Otto durchquerte schnell den Raum, dabei klopfte er mit seinem Stab auf den Boden, um dem Saal ein Echo zu entlocken. Er schob den Baldachin ein Stück beiseite, und wir folgten ihm in einen Gang, der zu einem kleinen Zimmer führte. Hier standen auf bunten Teppichen flache Bänke mit Kissen. Es mutete mich ein wenig wie im Orient an. Auf einem Tisch lagen zwei Bücher und eine Papyrusrolle.
»Setzt Euch, Magister!«, sagte Otto ehrfürchtig zu Gerbert. »Hroswith, ich möchte, dass du dir das hier mal ansiehst.« Aus einem Wandschrank nahm er eine kunstvoll bearbeitete Ledertasche, deren Stil unverkennbar arabisch war.
»Der Kalif von Ägypten hat mir Geschenke geschickt: zwei Löwen, die ich in den Tierpark der Aachener Pfalz habe überführen lassen, ein paar Sklavinnen, denen ich gleich die Freiheit geschenkt und die ich habe in ein Kloster stecken lassen, und etwas goldenen Klimbim, dessen Zweck und Wert klar sind. Aber wie soll ich das hier einschätzen?« Er öffnete die Tasche und holte ein Päckchen stark riechende, getrocknete Kräuter heraus.
»Gerbert meint, dass diese Kräuter einem bestimmten Zweck dienen, aber persönlich glaube ich, dass der Kalif auf unsere Neigung zum Fasten anspielt. Es ist bekannt, dass die Eremiten in der Wüste manchmal Gras aßen. Soll ich das als eine Beleidigung auffassen, oder hat es eine Bedeutung, die uns entgangen ist?«
Konnte das wahr sein? Ich zog ein Stückchen aus der getrockne-

ten Masse und roch daran. Ich fing an zu lachen. »Kaiser, das ist Haschisch, das Wort bedeutet ›getrocknetes Gras‹, aber in Wirklichkeit sind es die Spitzen der Hanfpflanze. Dies ist im Übrigen offenbar ausgezeichnete Qualität. Es ist bestimmt keine Beleidigung, sondern ein königliches Geschenk. Außerdem fasten die Sarazenen auch, wenn auch auf andere Art und Weise.«
»Kann man es essen?«, fragte Gerbert, der mir das kleine Büschel abnahm und es aufmerksam betrachtete.
»Ja, man kann es für Mahlzeiten oder Getränke, aufgelöst in heißem Wasser, verwenden. Dabei geht es nicht um den Geschmack, sondern um die Wirkung. So wie man Wein manchmal auch nicht wegen des Geschmacks trinkt, sondern um trunken zu werden.«
Gerbert schüttelte den Kopf vor Verwunderung. »Dies wirft ein neues Licht auf die Gier, mit der die Anachoreten früher Gras aßen. Vielleicht müssen wir diese Geschichten jetzt ganz anders interpretieren.«
»Das klingt sehr interessant«, sagte Otto. »Kannst du es für uns zubereiten, Hroswith? Weißt du, wie viel du davon brauchst?«
»Das weiß ich nur zu genau, mein Kaiser«, rief ich erfreut und ließ mir die Tasche geben. Wenn ich in den letzten Wochen überhaupt nach irgendetwas verlangt hatte, dann nach diesem Wunderkraut. Ich wollte mich schon Richtung Küche bewegen, aber Gerbert warnte mich: »Gebt es erst einem Hund oder einem Schwein zu fressen! Seid immer vorsichtig mit den Geschenken anderer Herrscher!«
Ein Wächter brachte mich zur Küche und befahl den Anwesenden, mir alles zur Verfügung zu stellen, was ich brauchte.
»Zuerst müssen wir etwas Wasser kochen«, sagte ich zu den Köchen und ihren Helfern, die neugierig zuschauten. Ich kochte etwas von dem Kraut in einem kleinen Topf auf und goss es dann einige Male von einem Steinbecher in einen anderen, um es abkühlen zu lassen.
»Bringt mir einen Hund oder ein Schwein!«, sagte ich anschließend.

»Wir haben keinen Hund«, sagte ein Koch, »und die Schweine liegen da.« Er deutete auf ein paar grinsende, geschlachtete Schweine, die zum Abendessen bereitlagen.

»Dann bleibt mir nichts anderes übrig.« Ich kippte die Flüssigkeit hinunter und bummelte eine Weile zwischen den Küchentischen herum, schaute in Pfannen und Töpfe, mopste hier und da einen Happen, bis ich merkte, dass das Küchenpersonal anfing, sich zu ärgern.

Ich ging zur Hintertür hinaus auf einen Innenhof, auf dem Dutzende von römischen Katzen maunzend um Essen bettelten. Ich ignorierte sie, setzte mich in den Schatten eines süß riechenden Tamarindenbaums und wartete ab. An den Stamm gelehnt, fühlte ich dieselbe angenehme Schläfrigkeit zurückkehren, die mich schon am Nachmittag auf den Resten des Circus Maximus umfangen hatte. Ich schloss die Augen und ließ den Schlaf über mich kommen.

Etwas später merkte ich, dass ein Katzenkopf an meiner Hand entlangstrich. Ich schob das Tier weg, spürte aber gleich wieder ein anderes. Und als ich die Augen öffnete, sprang eine der Katzen auf meinen Schoß und eine andere auf meine linke Schulter. Von allen Seiten wurde ich jetzt von miauenden, kratzenden Katzen umschwärmt, die mich unter ihren schmutzigen Fellen zu begraben trachteten. Ich sprang schreiend auf und klopfte mir die Haare von der Tunika. Ein paar Köche schauten durch die Türöffnung. Ich lachte. »Alles in Ordnung«, sagte ich und schob mich zwischen ihnen in die Küche.

Ich hatte vor, in das Zimmer zurückzukehren, wo Otto und Gerbert auf mich warteten, erinnerte mich aber gerade noch rechtzeitig, dass ich das Haschisch zu irgendetwas verarbeiten musste. Außerdem merkte ich, wie ich fürchterlichen Hunger bekam. Ich band eine Schürze um und fing an, alle Schränke auf der Suche nach Zutaten zu durchstöbern.

Das Küchenpersonal rannte alsbald hin und her, um für mich herbeizuschaffen, was ich brauchte, und schnell rührte ich in Pfannen, drehte Spieße und begoss einen mit Pflaumen gefüllten Geflügelbraten mit Fett und Honig, während mir zehn Männer über die Schulter schauten, was ich da machte. Ich bereitete eine dampfende Schüssel mit gedünsteter Gerste zu, über die eine dicke Fischsoße, gewürzt mit dem Geschenk des äußerst lobenswerten Kalifen von Ägypten, gegossen werden sollte. Ich musste dem Kaiser unverzüglich raten, freundschaftliche Bande zu schließen und Handelsrouten nach Ägypten zu eröffnen.

Ich ließ das Essen in das kleine Zimmer bringen, wo Otto und Gerbert mit dem Studium der Musik beschäftigt waren, der einzigen der Freien Künste, von der ich leider keine Ahnung habe. Sie unterbrachen ihren Disput und begannen, mit Appetit zu essen.

»Der Koch hat sich selbst übertroffen«, sagte der Kaiser. »Wo steckt das ägyptische Kraut drin?«

»Ich habe es in der Soße verarbeitet«, sagte ich. »Und was das Essen angeht, das habe ich auch zubereitet.«

»Es ist sehr gut.« Der Kaiser schlang wie ein hungriger Jagdhund, und auch Gerbert schenkte dem Essen seine volle Aufmerksamkeit.

»Magister«, fragte Otto, »wäre der Gedanke nicht besser, Hroswithus die Leitung der Küchen zu übertragen?«

»Ganz bestimmt nicht«, antwortete Gerbert. »Schmackhaftes Essen führt zu Fresssucht und macht faul und dick. Wir haben höhere Ziele und eine gewaltige Aufgabe. Hroswith wird dem Reich unschätzbare Dienste erweisen, aber auf ganz anderem Gebiet als der Nahrungszubereitung.«

»Was sollen eigentlich meine Aufgaben sein?«, fragte ich. »Bis jetzt habe ich darauf noch keine deutliche Antwort bekommen.«

»Geduld, lieber Freund!«, sagte der Kaiser. »Darüber werden wir später reden. Lass uns erst dieses Mahl genießen, denn auch wenn wir uns darüber einig sind, dass leckeres Essen zu Fresssucht und Übergewicht führt, soll das nicht heißen, dass wir es jetzt, da es der Wissenschaft dient, nicht genießen dürfen.«

»Das ist ein wahres Wort«, antwortete ich, ohnehin kein Anhänger der Askese. Ich legte mir ordentlich nach, denn der alte Gerbert

war schon beim zweiten Teller angelangt, grimmig, aber fest entschlossen, dieses Opfer zum Segen der Menschheit darzubringen. Und bei Gott, es war ein Göttermahl.
Danach ließen wir uns auf die Ruhebänke sinken, wie man sie nur in Rom findet, und schnappten schwach nach Luft.
»Ich merke nichts von dem Kraut«, sagte Otto schließlich. »Lass uns über deine Aufgaben reden, Hroswith! Ich glaube, dass Magister Gerbert dir besser Auskunft geben kann als ich.« Er streckte die Hand nach Gerbert aus.
»Ihr habt kein Land und keine Pflichten, Hroswith«, sagte Gerbert. »Aufgrund Eurer Herkunft seid Ihr weder Graf noch Herzog, und obwohl es Menschen einfacher Herkunft durch die Gnade Gottes dennoch manchmal gegeben ist, Abt oder Bischof zu werden, ist das bei Euch nicht der Fall. Ihr habt als unabhängiges Mitglied der Kanzlei große Bewegungsfreiheit und wenige Pflichten. Ihr seid im Trivium geschult und kennt Euch aus mit griechischen und arabischen Schriften und den Büchern der Geistesgrößen des Römischen Reiches.«
»Ihr übertreibt«, sagte ich bescheiden, aber Gerbert ließ mich nicht aussprechen: »Was Euch bei Eurer Ausbildung noch fehlt, wird durch die Art Eures Auftrags innerhalb kürzester Zeit nachgeholt werden. Ihr werdet Verwalter der Kaiserlichen Bibliothek sein, einer Bücherei, die ihresgleichen auf der Welt sucht.«
Ich schloss die Augen und hörte himmlische Musik, vor meinem geistigen Auge sah ich endlose Regale voll Hunderter Folianten in ausgedehnten Sälen, die man kaum zu Fuß bewältigen konnte. Davon hatte ich geträumt. Wie groß musste diese Bibliothek sein! Ich merkte auf einmal, dass ich wohl schon eine Weile mit geschlossenen Augen dasaß. Ich sah mich um und erblickte Gerbert und Otto, die einander ansahen und in Gelächter ausbrachen.
»Und wo«, fragte ich, »ist diese Bibliothek?«
Otto und Gerbert lachten noch lauter. Ich fühlte mich bei ihrem Spott nicht wohl und wollte aufstehen und wütend davongehen, aber das tut man nicht in Gesellschaft von Kaisern und Erzbischö-

fen. Otto sagte, während er sich die Tränen aus den Augen wischte: »Die gibt's gar nicht.«

»Die gibt's noch nicht«, verdeutlichte Gerbert. »Und genau darin besteht Eure Aufgabe. Es sind zwar eine Reihe verstreuter Büchereien in den Pfalzen und Klöstern vorhanden, und einige der Bücher darin sind tatsächlich von großem Wert, aber es wird Zeit, dass eine einzige große Bibliothek kommt, welche der ganzen Christenheit als Leuchtturm in der Dunkelheit dienen kann. Ihr werdet Bücher aufspüren und einkaufen. Ihr werdet selbst Bücher schreiben und übersetzen und andere schreiben und übersetzen lassen. Ihr werdet veranlassen, dass Bücher vielfach kopiert werden, sodass sie gleichzeitig von mehreren Studenten gelesen werden können.«

»Aber geschieht all dies nicht schon überall?«, fragte ich.

Gerbert schüttelte den Kopf. »Früher saßen die Kopisten in Sälen nebeneinander. Einer von ihnen las langsam aus einem Buch vor, und jeder schrieb auf, was er sagte. Auf diese Weise konnte man, wenn genügend Leute da waren, ein Buch in einem Vorgang zehn- oder sogar hundertfach kopieren. Heute geschieht das viel umständlicher. Ein Mönch oder Gelehrter, der ein Buch lesen will, muss erst die Stelle wissen, wo es aufbewahrt wird. Dann muss er um Genehmigung bitten, das Buch ausleihen zu dürfen. Und das ist sehr schwierig, denn kein Kloster leiht gerne Bücher aus. Also muss er stattdessen auf eine Einladung warten, um es an Ort und Stelle zu lesen. Wenn er dann endlich da ist, kann er das Buch lesen, auswendig lernen oder kopieren. Im letzteren Fall ist nach all diesen Schritten nur ein Buch dazugekommen. Wenn jetzt dank Hroswith von Wikala an einem gut erreichbaren Ort im Reich geschickte Kopisten in Scriptorien zusammenkommen und Bücher auf die alte Weise vervielfältigen, dann wird das Wissen sich viel schneller verbreiten, und die Wissenschaft wird bis in den letzten Winkel der Welt erblühen. Einst gab es Bibliotheken wie das Museion von Alexandria, wo Tausende, ja Hunderttausende von Büchern gesammelt wurden. Solche Bibliotheken muss es wieder geben. Das Wissen ist zersplittert und verteilt, aber es ist noch da. Die Klöster haben jahrhundertelang ihre Bücher bewahrt, jetzt ist es an der Zeit, alles zusammenzufügen, jetzt müssen wir Scharen von Mönchen aussenden, um eine Bestandsaufnahme zu machen, was noch vorhanden ist.«

Nun war es an mir zu lachen. Gerbert und Otto blickten mich verwundert an.

»Prächtige Träume, Magister Gerbert! Ihr entwerft eine Vision, wie ich sie jeden Tag gerne haben möchte«, sagte ich. »Aber ich habe schon Erfahrung mit dieser Art Visionen, und wahrhaftig, es ist das Haschisch, das aus Eurem Munde spricht.«

Jetzt griff Otto ein. »Wie sehr dies auch nach einem Luftschloss klingen mag, edler Hroswithus, und auch ich merke jetzt die Wirkung dieses eigenartigen Krauts, ich beschwöre dich: Diese Ideen haben sich im Laufe der Jahre entwickelt, sie entspringen einem heftigen Wunsch, den Gerbert und ich haben.«

»Ich teile diesen Wunsch, auch wenn er mir noch als unerfüllbar erscheint. Und wo soll diese Bibliothek sein?«, fragte ich. »In Rom?«

Otto breitete die Arme aus. »Zunächst bauen wir eine in Rom und eine weitere in Aachen, aber sie werden identisch sein. Jedes Buch, das in der einen Bibliothek eingestellt wird, soll als Kopie in der anderen stehen. So wird das gesammelte Wissen gegen Unglücksfälle, Plünderung und Brand geschützt ... Denn auch die Bibliothek von Alexandria wurde etliche Male verwüstet.«

»Und später können wir noch an anderen Standorten Bibliotheken einrichten«, ergänzte Gerbert. »Konstantinopel kommt natürlich in Frage, das wird auch die Verbindungen zwischen den beiden römischen Reichen, dem alten und dem neuen, festigen und auf lange Sicht vielleicht eine Wiedervereinigung herbeiführen. Antiochia, wo noch viele unserer Brüder leben, ist eine logische Wahl – wenn es uns gelingt, die Sarazenen und Perser zurückzuwerfen.«

»Mannomann«, sagte ich. Und dann sagte ich gar nichts mehr.

Otto schenkte uns allen ein Glas Wein ein. »Überall innerhalb der Grenzen meines Reiches ist nun Frieden«, sagte er. »Und die Grenzen werden sogar immer weiter ausgedehnt. Es ist mein Bestreben, die Kultur, die vor Jahrhunderten untergegangen ist, wieder aufzubauen, sodass in der Spanne unseres Lebens wieder die Pax Romana in diesem Teil der Welt herrschen wird.«

Wir sannen eine Weile über eine friedliche Welt voller Philosophen und unermesslich großer Bibliotheken nach. Dann ergriff Gerbert ein merkwürdiges Instrument: ein Resonanzboden mit langem Hals, an dem eine einzige Saite befestigt war. »Ich werde ein bisschen Monochord für euch spielen«, sagte er und fing an, am Stimmknopf zu drehen.

»Während du in der Küche beschäftigt warst, Hroswith, sprachen Gerbert und ich über die Töne in der Musik, welche die Grundlage des Universums bilden«, sagte der Kaiser.

»Aha, Pythagoras«, sagte ich.

»Meine Frage an meinen verehrten Lehrer lautete, ob es keine gleichwertigen Grundprinzipien auf der Ebene der anderen Sinnesorgane gibt. Er schuldet mir noch eine Antwort. Was meinst du dazu?«

»Du meinst«, sagte ich, »im Visuellen, bei den Farben? Oder vielleicht die Grundfiguren der Geometrie?«

»Genau das meine ich«, rief Otto begeistert. »Aber sind es nun die Farben oder die Figuren? Das müssten wir einmal in einer groß angelegten Forschungsarbeit untersuchen. Und sieh dir mal diese Teppiche an, schön, nicht wahr? Siehst du diese Farben, diese Tiefe? Und die Figuren? Alles kommt darin zum Ausdruck, könnten sie nicht ebenso ein Ausdruck des Universums sein?«

»Ganz ohne Zweifel«, sagte ich, und wahrhaftig, jetzt, da ich den Teppich genau betrachtete, schien er eine magische Glut zu besitzen, die mir vorher gar nicht aufgefallen war.

Inzwischen fing Gerbert an zu spielen. Mit den Fingern drückte er die Saite an den Hals des Instruments und schlug sie mit einem Stück Schildkrötenpanzer an. Er hielt die Augen geschlossen und spielte mit eigenartigem Tempo und mit einer Fingertechnik, die gar nicht zu ihm zu passen schien. Aber was ich hörte, hatte nichts mit Musik zu tun, nicht einmal für jemanden wie mich, der in den verschiedenen Ländern die eigenartigsten Tonleitern kennen gelernt hatte. Es war eine vollkommen willkürliche Reihe von Kombinationen, aber gleichzeitig war klar, dass Gerbert sie einstudiert hatte und nichts zufällig machte. Es klang wie die Komposition eines Wahnsinnigen, aber gerade diese scheinbare Ziellosigkeit des Spiels faszinierte mich. Als Gerbert innehielt, blieben seine Augen noch einen Augenblick geschlossen.

»Was war das?«, fragte ich vorsichtig.

Gerbert öffnete die Augen und sah mich an. »Fandet Ihr es schön?«, fragte er.

Ich glaube, mir stieg das Blut zu Kopfe, und ich sagte: »Es ist sehr apart. Aber schön … na ja, eigentlich doch.«

»Lügner«, sagte Gerbert lachend.

»Es geht weit über Schönheit hinaus«, sagte Otto. »Es ist das Universum, in mathematischen Formeln ausgedrückt. Und diese Formeln hat Magister Gerbert in eine Reihe von Grundtönen transponiert, welche die Basis von allem bilden.«

»Es ist ein Gebet«, sagte Gerbert.

Ich stand auf. »Ich bin sehr müde. Ich glaube, ich werde mal ins Bett gehen.«

»Deine Sachen sind in die Pfalz gebracht worden«, sagte Otto. »Bis auf weiteres wohnst du hier, damit du mit deiner Aufgabe anfangen kannst. Magister Gerbert wird dafür sorgen, dass du einen Stab eifriger Mitarbeiter bekommst.«

»Caesar«, sagte Gerbert, »ich glaube, Hroswith hat noch nicht gesagt, ob er den Auftrag annimmt.«

»Natürlich will er den Auftrag«, sagte der Kaiser. »So ist es doch, Hroswith?«

»So ist es, Kaiser Otto«, sagte ich.

49. Kapitel

Wie ein Bibliothekar die Wirtschaft beeinflussen kann. Der Dorftrottel macht gute Geschäfte

Ich ließ mich auf mein Zimmer bringen, einen ziemlich großen Raum im obersten Wohngeschoss des Palastes mit Fenstern nach Süden. Die Einrichtung war ziemlich asketisch, und nach mehr verlangte ich im Augenblick auch nicht. Ich ließ gleich einen der beiden Schreibtische vor ein Fenster stellen, sodass ich eine prächtige Aussicht auf ein kleines Stück des noch immer beeindruckenden Kolosseums hatte. Im Herbst des Jahres würde das Stückchen viel größer werden, denn jetzt, mitten im Sommer, versteckte sich ein großer Teil des Bauwerks hinter den hohen Kronen von Kastanienbäumen. Ich setzte mich auf eine Fensterbank und schaute auf die grüne Landschaft hinaus. Rom war so ganz anders, als ich es mir vorgestellt hatte. Ich schickte die zwei Diener weg, die die Taubennester an den Fenstern beseitigen wollten. Ich genoss das Gurren der Vögel in dieser stillen Stunde. Vielleicht würde ich sie morgen beim Erwachen verfluchen, aber dann konnte ich die Nester immer noch entfernen lassen.

Allmählich wurde es nun dunkler, und tief unter mir begann das Licht einer einzelnen Fackel zu flackern. Etwas später war es bereits, von den Sternen und den grauen Streifen, die noch vom Sonnenuntergang übrig geblieben waren, abgesehen, ganz dunkel. Ein Knecht steckte im Zimmer eine Öllampe in Brand, wodurch sich der Kontrast zwischen der Nacht und den Sternen verminderte. Ich beschloss, mich an meinen Schreibtisch zu setzen, um einen Plan zu machen. Ich hatte keine Vorstellung, wo ich anfangen sollte und wie viele Vorarbeiten schon geleistet worden waren, aber das hier war der Auftrag, auf den ich mein ganzes Leben gewartet hatte.

Ich öffnete das Schränkchen im Schreibtisch und fand da außer Schreibutensilien Boethius' *De consolatione Philosophiae*, das er in Theoderichs Kerkern geschrieben hatte, als er auf seine Hinrichtung wartete. Es war wahrscheinlich eine freundliche Geste von Gerbert und Otto, aber ich las lieber andere Werke von Boethius.
Ich fing an, auf einem Wachstäfelchen Notizen zu machen. Der erste Schritt sollte, so schien mir, die Erstellung von Inventarlisten sein. Dafür brauchte man viele Kundschafter. Die sollten selbst die Sammlungen inventarisieren, also mussten sie lesen und schreiben können. Wenn jedes Kloster von sich aus eine Liste machen würde, bestand die Gefahr, dass die Mönche nur aufschrieben, was sie für wichtig hielten. Die Leute haben oft die Neigung, die bekanntesten Bücher für die wichtigsten zu halten. Das würde der geplanten Bibliothek nicht dienlich sein. Es bestand auch keine Notwendigkeit, Bücher zu vervielfältigen, die schon überall vorhanden waren, also musste ich auch von diesen Büchern, die von vornherein ausfielen, eine Liste machen.
Nach der Bestandsaufnahme konnte das Kopieren beginnen. Die Frage war aber, ob ich Leute ausschicken sollte, um die Bücher an Ort und Stelle zu vervielfältigen, oder ob die Bücher zeitweise hierher gebracht werden sollten. Ich nahm mir vor, das von Fall zu Fall zu entscheiden.
Dann schien es mir ratsam, die seltensten Exemplare zuerst abschreiben zu lassen. Das sollte am besten vor Ort geschehen, denn während solch einer Reise konnte eine Menge schief gehen.
Ein Klopfen ertönte an der Tür, und Gerbert stand im Zimmer. Er lachte. »Der Kaiser und ich sind beide eingeschlafen. Aber dieses Haschisch, wie Ihr es nennt, muss ich noch mal näher untersuchen. Meint Ihr, dass Ihr in diesem Raum gut arbeiten könnt?«
»Ich habe schon damit angefangen.«
»Wir werden alles gemeinsam vorbereiten«, sagte Gerbert. »Wir müssen unsere Leute gut instruieren. Ich glaube, wir sollten vor allem junge Mönche einsetzen, von denen gibt es genug. Ich habe gute Kontakte mit Klöstern in ganz Deutschland, im Land der Fran-

ken und in Italien, aber auch in der Spanischen Mark. Davon könnt Ihr Gebrauch machen. Außerdem sind natürlich zurzeit sehr viele angesehene Bischöfe und Äbte in Rom. Wir können jeden einbeziehen, um so schnell wie möglich die erste Phase unserer Unternehmung abzuschließen.«
»Vergesst den Papst nicht!«, sagte ich.
Gerberts Miene umwölkte sich. »Der Papst ist ein Vetter Kaiser Ottos und er ist ihm auch wohl gesinnt, aber in manchen Dingen steuert er seinen eigenen Kurs. Er glaubt, es sei nicht im Interesse des Glaubens, Werke zu sammeln, die nicht in erster Linie die Religion zum Gegenstand haben. Ich aber bin demgegenüber der Meinung, dass dem Glauben die Erforschung aller Teile der Schöpfung nur nützen kann. Naturkundliche Kenntnisse zum Beispiel vergrößern unsere Ehrfurcht vor Gott.«
»So sehe ich das auch«, sagte ich, auch wenn ich der Meinung war und bin, dass das Betreiben der Wissenschaften ein Zweck an sich ist. Ich erinnerte mich auch, davon gehört zu haben, dass Papst Gregor im Streit um das Reimser Erzbistum immer auf der Seite von Gerberts Gegnern zu finden gewesen war.
»Gregor ist dem Kaiser eine große Hilfe beim Realisieren seiner politischen Pläne«, fuhrt Gerbert fort. »Aber manche Sachen bespricht er lieber mit mir.«
»Ist für die Bibliothek schon ein Gebäude bestimmt?«, fragte ich.
»Wir sind darüber noch im Gespräch«, antwortete Gerbert. »Rom ist eine seltsame Stadt, müsst Ihr wissen. Es bleibt ein Durcheinander von kleinen Macht- und Einflusssphären, und obwohl theoretisch der Kaiser die höchste Autorität ist, gibt es immer noch Parteien, die seinem Machtanspruch öffentlich oder im Geheimen widerstehen. Natürlich haben wir nicht vor, die Bücherei in die Hände eines der mächtigen Clans fallen zu lassen. Deshalb muss es darum gehen, einen so neutral wie möglichen Standort zu finden.«
»Die Pfalz selbst ist wahrscheinlich erste Wahl?«
»Möglicherweise. Aber wir benötigen viel Platz, und wie es ausschaut, muss die Pfalz selbst auch schon wieder vergrößert werden.«

Wir stellten eine Liste der Klöster auf, welche als Erste für eine Bestandsaufnahme in Frage kamen. Gerbert würde Briefe an die Äbte und Bischöfe ausschicken, die in ihrer Diözese über eine bedeutende Domschule verfügten. Auch würde er junge Mönche rekrutieren, die die Bücher kopieren sollten. »Leider gibt es noch zu wenige, die gut genug lesen und schreiben können, um diese Arbeit zu verrichten«, sagte er.

»Jeder kann es lernen«, sagte ich optimistisch.

Gerbert musste lachen. »Ihr könnt nicht Euch selbst als Maßstab nehmen, Hroswith! Ihr seid die Anomalie, genau wie ich übrigens, denn wir sind beide von einfacher Herkunft. Aber das ist nur wenigen vorbehalten, die meisten Mönche sind gerade mal in der Lage, die Evangelien zu lesen.«

»Dann muss sich das endlich einmal ändern«, fand ich. »Wie viel Zeit verbringt der Klosterbruder nicht mit seinen endlosen Gebeten? Vielleicht wäre es möglich, ausgewählten Novizen Dispens zu erteilen, damit sie die gewonnene Zeit mit Studien verbringen?«

»Davon kann keine Rede sein, Hroswith. Ohne Gebete sind wir gar nichts«, sagte Gerbert ermahnend.

Aber ich hatte schon wieder eine andere Idee. »Und wenn«, schlug ich vor, »wir ihre Betstunden von den dümmeren Novizen übernehmen lassen, von den Burschen, die kein Talent oder keine Lernfreude erkennen lassen? Sie könnten dann für zwei, vielleicht sogar für drei Begabte beten.«

Gerbert lachte: »Ich wusste, dass Ihr der Beste für diese Aufgabe sein würdet, Hroswith. Wieder zeigt Ihr uns Euren Scharfsinn und Euren Erfindungsgeist. So werden wir es machen.«

Bodo war beleidigt. »Also die meisten Mönche können kaum lesen und schreiben, meint dieser Gerbert?«, sagte er. »Ich lese schon seit meiner frühen Kindheit wie eine Eins. Ich kann sogar deine winzigen Krakel lesen. Und das in der Volkssprache, die sich überhaupt nicht zur Niederschrift eignet.«

»Warum liest du es dann?«, fragte ich.
»Weil mich dein Geständnis interessiert.«
»Und meinst du, dass diese Geschichte auf Latein genauso interessant gewesen wäre?«
»Woher soll ich das wissen?« Er zuckte mit den Achseln. »Auf jeden Fall wäre es kompakter.«
»Der große Beda hat schon Teile der Evangelien in die Volkssprache übersetzt«, bemerkte ich. »Und ich habe noch viele andere Bücher in der Volkssprache gesehen.«
»Die möchte ich auch gern mal sehen«, antwortete der ungläubige Narr.
Ich zog meine knochigen Schultern hoch, dass es knackte. »Es würde dir nichts nützen, sie sind nicht in der Sprache unseres Volkes geschrieben.«
Ich glaube, es war eine Offenbarung für den im Kloster aufgewachsenen Jungen, dass es viele Volkssprachen gibt.

Und so kam es, dass ich im Spätsommer dieses Jahres schwerer arbeitete als in irgendeiner Periode meines Lebens. Ich führte Gespräche mit Hunderten von Menschen und schloss Verträge mit Großgrundbesitzern und Händlern über die Lieferung von Pergament. Die Bestellungen waren so groß, dass der Preis für Kalbfleisch in ganz Nord- und Mittelitalien einbrach und die Leute sich satt und fett aßen. Ich instruierte Novizen und inspizierte Gebäude, ich schrieb Briefe und besuchte Abgesandte. Und ich fasste den Plan, selbst wieder eine Reise zu unternehmen.
Wenn ich ein paar seltene Bücher im Norden aufspürte, konnte ich das gut mit einem kleinen Besuch zu Hause kombinieren. Ich zählte die Monate, die ich schon fort war, und fragte mich, wie wohl mein Sohn jetzt aussehen würde.
Andererseits lockte mich auch Andalusien wieder. Es gab prachtvolle Büchersammlungen jenseits der Pyrenäen, sowohl in der Spanischen Mark als auch im Kalifat. Zweifellos würde man das eine oder andere mit den regionalen Machthabern regeln müssen,

und wem konnte ich das Kopieren oder Übersetzen von arabischen Büchern besser anvertrauen als mir selbst?
Schließlich ließ sich von diesen Plänen nur wenig verwirklichen. Die Vorbereitungen waren an sich schon kein Kinderspiel, sodass meine Anwesenheit unentbehrlich war. Der Kaiser und Gerbert hielten eine wichtige Synode in Pavia ab. Der Papst blieb diesmal in Rom. Ich entschied mich, in jedem Fall in Rom zu überwintern, vielleicht konnte ich im Frühjahr Richtung Norden ziehen. Ich ärgerte mich, dass ich meiner Frau nicht das Lesen beigebracht hatte, dann hätte ich ihr einen Brief schreiben können.

Im Schatten des Stadttors bei der Via Ostiense war eine Herberge, wo Reisende ein Bett und etwas zu essen bekommen konnten. Ich hatte mir erzählen lassen, dass dies in alter Zeit ein Mithrastempel gewesen war, aber das Gebäude sah aus wie zufällig entstanden, aufs Geratewohl zusammengestoppelte Baumaterialien aus verschiedenen Epochen. Der Eingang war fast zwischen schief zusammengebrochenen kleinen Säulen versteckt, und die Skulpturen auf dem Dachsims waren von Grasbüscheln und Disteln überwuchert. *Villa Amnesia,* so hieß diese von Mendax dem Kreter betriebene Weinschenke, die in der Stadt einen zweifelhaften Ruf genoss.
Müde von der Arbeit und mit einer aufsteigenden Melancholie, die ich dem Herbst zuschrieb, ging ich an diesem Tag in Mendax' Lokal. Ich grüßte die Stammgäste und setzte mich in eine Ecke, die nicht von den Fackeln beleuchtet wurde. In den südlichen Ländern leidet man im Winter mehr unter der Kälte als im Norden, wo die Häuser so gebaut sind, dass sie während langer Frostperioden Schutz bieten können.
Mendax kam grüßend auf mich zu, Krug und Becher in der Hand. Mit seinem schweren Akzent rief er: »Herr Hroswithus, wir haben in diesem Herbst ein schönes Angebot: gratis Kalbfleisch, so viel Ihr nur wollt, wenn Ihr es Euch selbst bratet. Der Wein kostet natürlich dasselbe wie immer, bei der Qualität ist er fast geschenkt.«
Mendax hatte ein einfaches Konzept: Er schenkte nur eine Sorte

Alkohol aus, nämlich Wein aus Kreta, der aus dem Weinberg seiner eigenen Familie stammte. Auch die Schiffe, welche die Fässer in Bari ablieferten, gehörten diesem Clan, ebenso wie die Ochsenkarren, die die Ladung über Land transportierten. Mendax' Familie verfügte schon seit einem Jahrhundert über das Monopol für den Import kretischen Weines in das Patrimonium Petri und hatte sich damit ein schönes Vermögen erworben. Mendax gehörte ferner ein Lagerhaus in der Stadt, und er schien auch noch aus ein paar Mietshäusern Geld zu pressen. Aber am liebsten arbeitete er in seiner Taverne, denn er war selbst, wie man so sagt, sein bester Kunde.
Ich schüttete mir zwei Becher die Gurgel hinunter und begab mich dann, innerlich erwärmt, in die Mitte des Raumes, wo die Gäste ihr Fleisch auf dem Rost des Steinofens brieten. Auf einer Bank standen tiefe Schalen mit Fleischstücken in verschiedenen Marinaden, und daneben lagen zweizackige Spieße, um die Brocken darauf anzuordnen. Ich hatte gar nicht vorgehabt zu essen, aber die Gerüche, so überwältigend, dass der Rauchabzug sie nicht mehr abführen konnte, ließen meinen Magen brummen wie ein reißendes Tier.
Ich suchte mir ein schönes Stück aus, drückte es auf meinen Spieß und legte es auf den Rost. Ein Torwächter, der neben mir ebenfalls sein Fleisch briet, bemerkte: »Das ist mal was Neues, Fleisch umsonst. Getreide für die Armen und Bedürftigen, das kannten wir schon, aber so was habe ich noch nicht erlebt.«
»Bedenken?«, fragte ich.
»Keineswegs. Es bedeutet wahrscheinlich, dass es dem Land gut geht und der Kaiser es sich erlauben kann, Lebensmittel zu verschenken.«
Ein Reisender war damit nicht einverstanden. »Der Kaiser hat damit nichts zu tun. Aus irgendeinem Grund gibt es in den letzten Wochen einen Überschuss an Kalbfleisch, überall schlachten die Bauern. Auf den Märkten liegt das Fleisch und verdirbt, aber gleichzeitig werfen sich viele Bauern auf die Kälberhaltung. Jemand bezahlt gute Preise für Kälber.«

»Solange es zu unserem Vorteil ist«, fand der Torwächter.
»Genießt es nur, aber sorgt auch dafür, dass ihr euch eine Fettschicht anfresst, denn dergleichen kann niemals lange dauern«, sagte Mendax, der vorbeikam, um allen nachzufüllen.
»Wie kommst du darauf?«, fragte ich.
»Das sagen mir mein Handelsinstinkt und die Logik. Schau doch mal: Die Bauern schlachten massenhaft ihre Kälber, und das wird wohl eine Weile so weitergehen. Bald werden ein paar Generationen von Kühen ausgefallen sein, wie bekommen wir dann noch Nachwuchs? Ich sage voraus, dass wir in den nächsten Jahren großen Mangel an Kalbfleisch haben werden und an anderen Fleischsorten, denn viele Schafhalter gehen schon zur Rinderzucht über. Durch den Mangel wird bei den Metzgern Mangel herrschen, bei den Bauern, den Kaufleuten … und so weiter.«
»Und bei den Tavernenbesitzern. Das werden fleischlose Jahre«, sagte der Torwächter. Er zeigte dabei auf Mendax' Bauch und biss in sein Gebratenes.
»Von wegen«, antwortete Mendax. »Ich zum Beispiel habe beschlossen, in diesem Jahr keine Hühner mehr zu schlachten, damit sie in den nächsten Jahren noch viele Küken bekommen. Und ich habe dafür schon Land dazugekauft. Im nächsten Jahr werde ich dann Huhn auf der Speisekarte haben, und ich kann euch jetzt schon sagen, dass ich dann einen sehr guten Preis machen kann, verglichen mit den Wucherern und Schwarzhändlern, die zweifellos aus ihren Löchern herausgekrochen kommen.«
Da ertönte eine Stimme aus einer Nische: »Vielleicht sollten die Aufkäufer von Pergament hieraus eine Lehre ziehen und ihre Ware aus einem möglichst großen Gebiet beziehen?«
Ich sah in die Richtung, aus der die Stimme kam, und fragte: »Und wer sagt dies und weiß so gut Bescheid?«
Ein Lachen aus der Ecke, dann sagte die Stimme: »Ich bin nur ein einfacher Hausierer, aber man hat mich schon mal den Dorftrottel von Bruocgangdringe genannt.«
»War das nicht der Idiot, der glaubte, der Kaiser zu sein?«, fragte ich.

»Eben der, und er hat diese Wahnvorstellung immer noch«, antwortete die Stimme.
Mendax sagte: »Das hat uns gerade noch gefehlt, ein Idiot, der glaubt, der Kaiser zu sein! Da fragt man sich: Wo ist da der Unterschied zum echten Kaiser?«
»Du nimmst mir die Worte aus dem Mund«, sagte der Torwächter. »Ein Ausländer, ein Deutscher, der sich jetzt schon *Caesar Augustus* nennen lässt!« Er biss noch einmal ein Stück ab, diesmal ein viel zu großes.
»Ein Phantast ist er«, bestätigte Mendax kopfschüttelnd.
Ein Unbekannter an der anderen Seite des Kamins rief: »So nennen sich alle Kaiser, das ist nichts Neues!«
Jetzt stand Otto auf einmal neben dem Kamin. Er sah genauso aus wie in der Taverne in Nimwegen: ein armer Hausierer, in Lumpen gekleidet. Nur etwas dünner war er geworden. »Vielleicht ist es genau das, was wir brauchen«, sagte er. »Jemand mit Phantasie, jemand, der das Reich in seiner alten Pracht wiederherstellen kann.«
»Wer will das denn … Es geht uns doch nicht schlecht? Die großen Träume der Machthaber – daraus entsteht nur Scheiße«, sagte Mendax, der die Welt kannte.
Otto stellte sich dicht neben mich. Er grinste schelmisch unter seiner ausgefransten Mütze und flüsterte mir zu: »Vox populi! Gut, dich zu sehen, mein Freund Hroswith!«
»Ebenso, oh Imperator.« Und wirklich, was war ich froh, ihn wiederzusehen. Wie verwandt fühlte ich mich diesem so talentierten jungen Mann und seinem weisen Lehrmeister, und wie sehr betrauere ich es, dass heute von diesen Menschen niemand mehr auf dieser alten, verdorbenen Welt herumläuft, die auch ich bald wie einen abgetragenen Lumpen hinter mir lassen werde.
»Was sollte das im Übrigen eben über das Pergament?«, fragte der Torwächter, der endlich hinuntergegessen hatte.
Otto erklärte, obwohl ich nicht weiß, warum: »Pergament wird doch aus der Haut von Kälbern gemacht. Was passiert, wenn je-

mand in großem Umfang Kalbshäute aufkauft, um Pergament herzustellen? Dann ist das Fleisch nur ein Nebenprodukt, daher die Überschüsse und der niedrige Preis.«

»Womit meine Begründung immer noch stimmt«, sagte Mendax zufrieden. »Auch noch etwas Wein, Hausierer?« Er schenkte Otto einen Becher ein, und auf einmal fiel ihm etwas ein. »Warum sollte jemand so viel Pergament benötigen? Wenn ihr mich fragt, steckt der Kaiser dahinter. All diese Neuerungen haben natürlich nur einen Zweck.«

»Und der wäre?«, fragte Otto amüsiert.

»Um Steuern aus uns armen Bürgern herauszupressen. Und das ziehen sie natürlich ganz groß auf. Der Kaiser hat die Zügel ganz fest in der Hand. Das Pergament ist nötig für die Verwaltung und Erhebung der Steuern. Wofür sonst?«

»Du hast ganz bestimmt Recht«, sagte der Torwächter. »Vielleicht könnten dann auch die Löhne der Torwächter mal steigen?«

Mendax lachte. »Was für ein närrischer Gedanke! Du glaubst doch nicht, dass Veränderungen im Steuersystem dir zugute kommen könnten?«

»Glaubt ihr denn nicht, dass ein Kaiser auch mal den Nutzen seiner Untertanen im Auge haben könnte?«, fragte Otto etwas entrüstet. »Die Steuern kommen schließlich allen zugute. Habt ihr darüber schon mal nachgedacht?«

Mendax schüttelte heftig den Kopf. Dann sagte er auf einmal misstrauisch: »Was für ein Hausierer bist du denn eigentlich?«

»Ich dachte schon, du würdest mich nie danach fragen!« Otto ging schnell zur Nische und holte seinen Korb. Er schlug den Deckel hoch und fing an, seine Waren auszubreiten. »Ein Knochenkamm für deine Frau, Mendax? Was hältst du von diesem schönen Spiegel? Oder ein paar Küchenmesser aus Bayern?«

Mendax prüfte die Messer an seinem Nagel. Auch der Torwächter und die anderen stellten sich rings um die Ausstellung auf. Wie aus dem Nichts kam Mendax' Frau Philomena angerannt, von zwei Küchenmädchen gefolgt. Sie nahmen den Spiegel und betrachteten

sich darin, prustend vor Lachen. Ein Küchenmädchen probierte den Kamm aus, aber das Ding blieb an ihren Rattenschwänzen hängen.
»Dieser Spiegel kommt aus Tours«, begann Otto. »Er gehörte der schönen ...«
»Sag einfach, was er kostet, dann weiß ich wenigstens, woran ich bin«, brummte Mendax.
Die Leute scharten sich interessiert um den Korb, und in wenigen Augenblicken war der Hausierer ausverkauft. »Schade, meine Damen«, rief er fröhlich. »Ich komme bald mit neuen Waren zurück, wie Ihr sie noch nie gesehen habt! Köstlicher Tand, den selbst die reichen Leute in Konstantinopel nicht bekommen können, und das zu einem Preis, der sogar Mendax gefällt!«
Er bestellte eine Lokalrunde und legte einen gut bestückten Spieß auf den Rost. »Du siehst, Hroswithus, ich habe was dazugelernt und verdiene mir sogar noch ein Zubrot«, sagte er. »Von allen Seiten erreichen mich übrigens Berichte, dass du mit großem Eifer ans Werk gegangen bist. Ich bin zufrieden. Du hast genau das Maß an Begeisterung, das wir gesucht haben. Ich werde am Anfang des neuen Jahres in den Süden reisen. Es wird eine Pilgerfahrt, aber ich will auch unsere Verbindungen mit den campanischen Hafenstädten, den oströmischen Provinzen und den dortigen Fürstentümern verstärken. Im Süden treffen viele Traditionen aufeinander. Manche der Städte schrecken nicht davor zurück, immer wieder mit den Sarazenen zusammenzuarbeiten. Das bedeutet, dass wir vielleicht Zugang zu unbekannten Büchern bekommen. Außerdem gibt es dort oströmische Mönche, Illuminatoren, Übersetzer und Dichter. So ist Capua bekannt für seine Miniaturmaler und Hagiografen. Ich reise als Pilger, nur mit einem kleinen Gefolge, und ich werde die Gelegenheit nutzen, um die örtlichen Machthaber dort für meine Pläne zu erwärmen.«
Ein Freudenmädchen stellte sich neben Otto und zeigte ihm ihren leeren Weinbecher. »Hast du noch was übrig für ein liebes Mädchen, hübscher Junge?« Otto lachte und gab Mendax ein Zeichen.
»Aber du bist ja wirklich noch ein Knabe!«, sagte das Mädchen

überrascht. Sie schmiegte sich an Otto. »Du hast ganz schön was verdient mit deinem Korb. Weißt du schon, wo du heute Abend schläfst?«

Otto nickte. »Ich habe darüber nachgedacht, aber ich weiß es noch nicht bestimmt. Lass mich nur kurz mit meinem Freund sprechen, dann lernen wir uns gleich näher kennen.«

Sie zwinkerte kurz mit ihren langen Wimpern und glitt dann in eine andere Ecke des kleinen Saales.

Otto machte sich an sein Fleisch, das inzwischen gar war. Er riss es mit den Zähnen vom Spieß und verdrehte die Augen vor Genuss. Ein paar Männer fingen an, auf Tamburinen zu musizieren und auf einem Instrument, das Gerberts Monochord in vielem glich, auch wenn sie dem ihren sehr viel angenehmere Geräusche entlocken konnten. Monoton war es aber doch.

Otto fuhr fort: »Wenn du noch etwas brauchst, dann lass hören, Hroswith, ich bin bis auf weiteres noch in der Stadt. Am Ende des Jahres halten Bruno und ich eine Synode ab, danach ziehe ich fort.«

»Bruno?«, fragte ich, merkte aber gleich, dass er seinen Vetter, den Papst, meinte.

»Noch etwas«, setzte Otto hinzu. »Vergiss nicht, dass diese Unternehmung dazu bestimmt ist, die Ehre Gottes zu stärken und zu verbreiten. Ich will nicht, dass Gregor, mein geliebter Vetter, ein falsches Bild von unseren Absichten gewinnt. Er ist mein bester Bundesgenosse, und ich wünsche nicht den geringsten Missklang in unserer Zusammenarbeit, die sehr harmonisch ist.«

Er winkte dem Mädchen, das ihn gerade angesprochen hatte, und reichte ihm den Arm. Dann ging er mit ihr zu einer leeren Stelle und begann, mit ihr zu tanzen, wie es sächsische Bauern tun. Offensichtlich unterschied sich das nicht sonderlich von der römischen Art, denn das Mädchen folgte ihm, als hätte sie es niemals anders gemacht.

50. Kapitel

In dem Hroswith seine Arbeit für eine Jagdpartie unterbricht

Ich hörte vage Gerüchte über die Synode. Einer der Streitpunkte betraf die Ehe des französischen Königs, der mit seiner Base verheiratet war. Dies und anderes hatte zur Folge, dass viele französische Würdenträger in der Stadt waren, um über dieses Problem zu beraten, und das kam mir gerade recht. Irgendeine in der Hierarchie hoch gestellte Persönlichkeit wusste von meinen Tätigkeiten, was zu interessanten Begegnungen führte.

So vernahm ich, dass es um die Bildung in Frankreich noch schlechter stand als anderswo, auch wenn ich Namen hörte, welche es wert sind, in der Erinnerung bewahrt zu werden, wie den des gelehrten Fulbert, der in Chartres Unterricht erteilte. Fulbert war ein Schüler Gerberts gewesen, als dieser noch in Reims dozierte. Ich nahm mir vor, ihn aufzusuchen, wenn ich in diese Gegend kommen sollte, aber es ist niemals dazu gekommen.

Allerdings traf ich in Rom einen anderen von Gerberts ehemaligen Schülern, einen gewissen Johannes von Laon, der keine hohe Stellung einnahm, sondern seine ganze Zeit Forschungen über das Wesen der Dinge widmete. Er berichtete mir von Gerberts Methoden, die stark auf das Experiment und die Veranschaulichung der Probleme ausgerichtet waren.

Johannes musste zwangsläufig an der Synode teilnehmen, aber er verbrachte viel Zeit in meinem Zimmer, wo er mir ein aus Bronze gearbeitetes Himmelsmodell vorführte, mit dem die Umlaufbahnen der Planeten sichtbar gemacht werden konnten. Ich erkannte meine Chance und erläuterte Johannes den Gebrauch der Null. Und zu meiner Freude geriet er in denselben Zustand der Erregung wie einst ich.

In der ersten Woche des neuen Jahres reiste Johannes ab, aber nicht

ohne mir zu versprechen, dass er für mich ein ebensolches Himmelsmodell anfertigen lassen würde. Er wollte auch die neuen Rechenmethoden verbreiten, als seien sie das Evangelium. Außerdem wollte er auf die Suche nach Büchern gehen und für Kopien sorgen. »Auf alle Fälle, wenn die Dinge nicht im nächsten Jahr eine unerwartete Wendung nehmen«, sagte er halb im Scherz, denn wir hatten in der *Villa Amnesia* den Anbruch des neuen Jahres gefeiert, dieses Jahres 999 nach der Geburt unseres Erlösers. Obwohl das Jahr mit den drei *zephira* nahe war, teilten Johannes und ich nicht die verbreitete Meinung, dass wir in einer Endzeit lebten. Wir erwarteten eher einen Neubeginn.
Wie Brüder nahmen wir Abschied, und ich wartete lange Zeit auf Nachricht von ihm. Jahre später hörte ich, dass er auf dem Rückweg nach Laon von Strauchdieben ermordet worden war.

Otto sah ich nicht mehr. Er hielt sich nicht in der Pfalz auf, und nach der Synode brach er, wie angekündigt, in den Süden auf. Gerbert besuchte mich zwei Wochen nach dem Jahreswechsel. Wir sprachen darüber, dass nur wenige Klöster bereit waren, beim Tausch der Bücher mitzumachen, die meisten hatten schlechte Erfahrungen mit dem Ausleihen.
»Ich muss ihnen Recht geben«, sagte Gerbert. »Auch ich bin auf diese Weise Bücher losgeworden, ohne dass auf der Seite des Ausleihers von Absicht gesprochen werden konnte. Du siehst sicher ein, dass ein Buch in den Klosterbibliotheken am sichersten liegt, während des Transports können tausend Dinge passieren, und so gehen kostbare Werke für immer verloren.«
Wir beschlossen daher, jedes Buch, wenn es nicht ohnedies weit verbreitet war, an Ort und Stelle einmal kopieren, dann nach Rom bringen und es dort nochmals in der gewünschten Anzahl abschreiben zu lassen.
»Ich habe gestern mit dem Papst gesprochen«, sagte Gerbert. »Er ist beunruhigt über unsere Unternehmung, die bei manchen Misstrauen zu wecken scheint. Es haben sich schon Äbte beklagt, wir

wollten ihren Bücherbesitz ausdünnen. Sie haben Angst, dass Otto oder sein Papst allein bestimmen, welche Bücher in den Klöstern vorhanden sein dürfen und welche nicht. Und das wiederum könnte den Papst auf falsche Gedanken bringen. Er gehört zu den Leuten, die finden, dass das Studium der alten Philosophen sich für die Gläubigen nicht schickt. Nach seinen Vorstellungen liegt auf den Büchern kein Segen, nur auf der Bibel und den Werken der Kirchenväter.«

Gerbert hatte Gregor zu beruhigen gewusst. »Jedenfalls bis auf weiteres. Aber es besteht immer noch die Gefahr, dass er Otto für seinen Standpunkt gewinnt. Der Kaiser ist für die Ansichten seines Vetters sehr empfänglich, und gegenwärtig hat er ein offenes Ohr für alle Ratschläge seiner religiösen Ratgeber.«

»Ich hatte sonst den Eindruck, dass Ihr, Magister, den größten Einfluss auf den Kaiser habt«, bemerkte ich. Otto hatte sich selbst schon einmal mit dem jungen Alexander dem Großen verglichen, wobei Gerbert die Rolle des Aristoteles bekleidete, der ja Alexanders Lehrer war.

»Das ist in gewissem Sinne wahr. Otto liebt die Wissenschaft sehr, und er ist ein großer Politiker. Aber seine religiösen Pflichten nimmt er ernster als irgendeiner seiner Vorgänger, und je älter er wird, desto schwerer drücken ihn diese Verpflichtungen. Otto folgt noch immer dem Kurs seiner Vorfahren, der darin besteht, Klöster und Kirchen mit Land und Privilegien zu begünstigen. Der Märtyrertod seines Freundes Adalbert hat ihn sehr bewegt, und er ist fest entschlossen, Adalbert zum Heiligen zu machen.«

Vielleicht, so meinten wir beide, wäre es besser, meine Wirkungsstätte nach Ravenna zu verlegen, wo Gerbert selbst für die Scriptoria sorgen könnte, für den Bibliotheksraum und vor allem für die Sicherheit.

»Ravenna war früher der Zufluchtsort der Kaiser, weil es günstiger und weniger angreifbar liegt als Rom. Wenn man es genau nimmt, ist Rom der Ort, der für unseren Zweck am schlechtesten geeignet ist«, sagte Gerbert.

Wir beschlossen, das mit dem Kaiser zu besprechen, wenn er von seiner Pilgerfahrt zurückkommen würde. Gerbert reiste wieder nach Ravenna ab. Inzwischen sollte ich einfach mit meiner Arbeit fortfahren und versuchen, nicht allzu sehr aufzufallen.
Ich gebe zu, dass in den darauf folgenden Monaten eine gewisse Unruhe von mir Besitz ergriff, nicht zuletzt wegen der Rückschläge, die meine Arbeit erfuhr. Manchmal lag ich nachts wach und hörte auf den Wind, der um den Palast heulte, und dann hatte ich Angst, dass sich all meine Anstrengungen als vergeblich erweisen könnten.
Aber noch in diesem Winter geschah etwas, wodurch sich alles völlig änderte.

Alberik, der Sohn von Gregorius Miccinus, unter dessen Dach ich nach meinem Aufenthalt in den Kerkern der Engelsburg Gastfreundschaft genossen hatte, lud mich zu einer kleinen Jagdpartie ein.
»Du hast das bleiche Aussehen eines Klosterbruders, Hroswith«, sagte er. »Das kommt davon, wenn man nicht vom Schreibtisch wegkommt. Wir gehen eine knappe Woche auf die Jagd in die Sabiner Berge, meine Freunde und ich. Wir kennen die besten Tavernen in dieser Gegend und wir haben die Erlaubnis, in einem der schönsten Jagdgebiete von Latium zu jagen.«
Ich zögerte, aber bevor ich es ablehnen konnte, fügte Alberik hinzu: »Schau mal, die Sonne scheint, es ist herrliches Wetter, der Frühling hängt schon in der Luft. Es wird dir gut tun, wieder unter Leuten zu sein, Hroswith. Ich habe keine Lust, täglich am Tisch in deine bleiche Fratze zu schauen.«
Alberik war Ottos *magister palatii* (was das auch bedeuten mochte), und wir aßen immer zusammen mit den anderen Edelleuten, die in der Pfalz wohnten.
»Na gut«, sagte ich, denn die Stubenhockerei fing an, auch mir gegen den Strich zu gehen, so sehr mir meine Arbeit am Herzen lag. Und die Aussicht auf eine erholsame Jagdpartie zog mich wirklich an, es war ja tatsächlich herrliches Wetter.

Ein paar Tage später schifften wir uns auf einer kleinen Galeere ein, die uns flussaufwärts brachte, wo Diener mit Pferden aus den Reitställen der De Imizas und Proviant für einen Aufenthalt in den Wäldern auf uns warteten. Von da aus ritten wir Schritt über einen Pfad, der ein paar Meilen dem Fluss folgte und dann nach Süden abbog, weil Felsblöcke den Weg versperrten.
»Dies sind die Landgüter des Klosters Farfa«, erzählte Alberik, der mit Ardo, einem seiner Verwandten, neben mir ritt. »Der Abt hat uns seine Gastfreundschaft angeboten, aber es dauert schon noch ein paar Tage, bevor wir dort ankommen. Wir schauen erst mal, wohin die Jagd uns führt.«
Ich hatte mein Ulfberth zu Hause gelassen und trug wie die anderen einen Bogen und einen Köcher mit Pfeilen. Einige von uns hatten Lanzen dabei; ich fand aber immer, dass dies unhandliche Waffen waren, vor allem im Wald. Als Kind, aber auch in meiner andalusischen Zeit, hatte ich viel mit Pfeil und Bogen gejagt.
Ich genoss die frische Luft und die Ruhe. Die Pferdehufe verursachten kaum einen Laut auf dem federnden Boden, und die Vögel schienen uns immer wieder in den Wald hineinzurufen. Wir tranken und sangen und ließen unsere Hörner erschallen. Drei Tage lang trieben wir wie wild durch den Wald, nachts feierten wir bei drehenden Spießen Feste und erleichterten die Last der Packpferde, indem wir dem Wein reichlich zusprachen. Am dritten Tag schoss ich einen Hirsch – einen Sechzehnender für diejenigen, die an Einzelheiten interessiert sind.
Am Tag darauf beschlossen wir, das Kloster Farfa aufzusuchen. Wir hatten das Schlafen unter freiem Himmel satt, auf die Dauer kriecht einem die Kälte in die Knochen, und man sehnt sich nach einem Bett und nach einem Dach über dem Kopf, das dicker ist als ein Zelttuch.

Abt Hugo war nicht da, aber wir wurden von den Mönchen königlich empfangen, welche die von uns erlegten Hirsche mit Freuden entgegennahmen und für das Abendessen zubereiteten. Wir aßen alle zusammen im Remter, und ich wunderte mich über den Appetit und den Durst der Mönche, denn ich hatte mir immer vorgestellt, das Klosterleben setze eine asketische Haltung voraus.

»Das ist auch so, Hroswith«, sagte Adzo, ein Bruder, der mir gegenübersaß. »Wir leben asketisch, aber wenn wir Gäste haben, passen wir uns ihnen an, um sie nicht in Verlegenheit zu bringen.«

»Habt ihr oft Gäste?«, fragte Alberik nach. Er blinzelte mir zu, wahrscheinlich, weil Bruder Adzo so rund war wie eine Tonne.

Adzo lächelte. »Nicht so oft, wie wir es gern hätten«, sagte er freundlich.

Neben Alberik und Ardo bestand unsere Gesellschaft aus zwei Brüdern, Grafensöhnen aus dem Geschlecht der Tusculaner namens Adammo und Amedeo. Außerdem waren da Baldwin, ein junger Adliger aus Gaeta, und Nicolas aus Bari.

»Schade, dass ihr den Vater Abt nicht trefft«, bemerkte Adzo. »Wir hängen sehr an ihm. Im letzten Jahr hat der Kaiser ihn absetzen lassen, weil er der Simonie beschuldigt wurde, aber auf unser Ersuchen hin hat er ihn uns zurückgegeben. Jetzt stehen wir hinter dem Kaiser.«

»Die meisten Klöster sind Anhänger des Kaisers«, bemerkte Amedeo. »Seine Macht und die seiner Familie beruht auf den Klöstern. Aber in Rom freuen sich nicht alle, wenn er sich ständig einmischt. Zum ersten Mal seit Menschengedenken haben wir einen deutschen Papst.«

Adzo korrigierte ihn: »Gregor ist der erste deutsche Papst überhaupt! Menschengedenken ist kurz, aber die Liste der Päpste seit Petrus wird korrekt geführt.«

»Ich möchte kein böses Wort über den Kaiser hören«, sagte Alberik.

»Du arbeitest für ihn«, sagte Adammo. »Aber was haben die Sachsen in Rom zu suchen? Wir sind immer ohne sie zurechtgekommen, aber seit etlichen Jahrzehnten müssen wir nach der Pfeife dieser Ottos tanzen.«

Alberik trat für den Kaiser ein. »Als *magister palatii* weiß ich, wie sehr Kaiser Otto die Stadt Rom Leid tut. Er will sie zur Hauptstadt des neuen Römischen Reiches machen, das er in seiner Ehre wiederherstellen will, sein Ziel ist die *renovatio imperii Romanorum*. Wie sollte das denn schlecht sein für Rom oder für die Römer? Vor Zeiten kümmerte sich niemand darum, wo einer herkam. Der Stadtadel ist in all den Jahrhunderten seit den letzten römischen Kaisern nicht mehr imstande gewesen, die Großartigkeit der Stadt wiederherzustellen. Wir Adligen leben auf kleinen Inseln in einer ummauerten Wildnis und bekämpfen einander ständig von unseren verfallenen kleinen Palästen aus.«

»Vergesst nicht, dass Kaiser Ottos Mutter aus Konstantinopel stammt und daher auch eine Römerin ist«, pflichtete ich ihm bei.

»Eine Purpurgeborene außerdem«, sagte Adzo triumphierend. Er steckte seine fetten Finger in eine Wasserschüssel, um sie zu säubern.

»Wäre es dann nicht sinnvoller«, sagte Amadeo, »dem oströmischen Kaiser auch die Herrschaft über Rom anzuvertrauen?«

Adammo streckte mit einer warnenden Gebärde die Hand nach seinem Bruder aus. Nach einer kurzen Pause sagte Alberik: »Das war auch der Plan von Crescentius Nomentanus. Und wo ist er jetzt? Sein faulender Kadaver ist zum Futter für die Krähen geworden.«

Amadeo schwieg und musterte den Knochen in seiner Hand, um zu prüfen, ob noch eine Faser Fleisch daran war. Adzo hatte seinen Becher abgesetzt und sah erschrocken von einem zum anderen. Weiter oben an der Tafel ging das Stimmengewirr einfach weiter.

»Nichts passiert, Adzo«, sagte Alberik. »Wir sind alle miteinander befreundet. Amadeos Frage war rein rhetorisch, und jeder weiß, dass Kaiser Basileos kein Interesse hat an dem Wespennest in Rom. Er hat schon genug mit seinen Feinden zu tun.«

Adzo atmete erleichtert auf. »Wir sitzen hier weit entfernt von der bewohnten Welt, ich finde es immer schwierig, die Verhältnisse untereinander und die Umgangsformen bei euch Adligen zu beurteilen.«

»Das finden wir selbst auch schwierig«, sagte Amadeo grinsend. »Das ist ja gerade das Schöne bei dem Spiel.«

Adzo wandte sich an mich: »Welches Lehen hat deine Familie inne?«
»Gar kein Lehen, Bruder«, sagte ich. »Ich stehe im Dienst des Kaisers als *bibliothecarius palatii,* und außer einem Haus in Niederlothringen nenne ich nichts auf dieser Welt mein Eigen.«
Die jungen Adligen gaben Laute des Erstaunens von sich. »Wer war denn dein Vater?«, fragte Amedeo, während er sich von einem Mönch aus einem großen Krug nachschenken ließ.
»Sein Name war Fritherik, und er war der Schmiedemeister von Wikala«, sagte ich.
»Ein Schmied?«, fragte Amedeo. »Hat er Pferde beschlagen?«
»Das tat er auch zuweilen. Aber seine Spezialität war die Anfertigung von legendären Schwertern. Er hat sein Fach bei Ulfberth gelernt.«
»Du müsstest Hroswiths Schwert mal sehen«, sagte Alberik. »Es ist ein prächtiges Stück, eines Königs würdig.«
»Wie kommt es dann«, fragte Amedeo wieder, »dass du als Sohn eines Schmieds lesen und schreiben kannst? Denn ich nehme doch an, dass du diese Kunst als *bibliothecarius palatii* beherrschst?«
»Deine Annahme ist richtig«, sagte ich. »Meine Mutter war die Tochter von König Harald von Dänemark, genannt Blauzahn. Und obwohl sie dagegen war, fand mein Vater, dass ich lesen und schreiben lernen sollte. Er glaubte, dass ich zu großen Dingen vorbestimmt sei.«
»Interessant«, sagte Alberik. »Das hast du mir noch nie erzählt, Hroswith. Aber wie konnte der König jemals seine Erlaubnis geben, dass seine Tochter einen Handwerksmann heiratete? Ohne den Qualitäten deines Vaters zu nahe treten zu wollen …«
»Er hat sie entführt«, sagte ich. Alberik hatte Recht, ich hatte es ihm nicht erzählt, und eigentlich war dies das erste Mal, dass ich es jemand anderem sagte als meiner Frau Gisela. Jetzt schämte ich mich etwas wegen meiner Prahlerei, aber es war der Wein, der meine Zunge gelöst hatte.
Adammo und Amedeo waren ganz Ohr. »Erbst du die Herrschaft von deinem Großvater?«, fragte Adammo.

»Nein, er kennt mich zwar, ahnt aber gar nichts von unserer Verwandtschaft. Außerdem hat er einen sehr fähigen Sohn, der wird ihm nachfolgen.«
Adzo wusste besser Bescheid: »König Harald ist schon seit Jahren tot«, sagte er. »Sein Sohn Svein hat ihn vom Thron gestoßen, das geschah schon vor mehr als fünfzehn Jahren. Soweit ich weiß, ist Svein in Dänemark immer noch an der Macht.«
»Das habe ich nicht gewusst«, sagte ich erstaunt und dachte an Svein, meinen Freund und Spillmagen.
»Du musst seinen Thron fordern«, sagte Adammo. Und Amedeo pflichtete ihm bei: »Mann, was machst du noch hier? Es gibt einen Thron zu gewinnen!«
»König Svein ist mein Onkel und ein guter Freund von mir. Ich strebe keinen Thron an«, sagte ich. »Ich habe kein Interesse daran, Macht auszuüben.«
»Woran hast du denn dann Interesse?«, fragten die Brüder gleichzeitig.
»Am Lesen von Büchern und am Erwerb von Wissen.«
Sie beugten sich schweigend über ihr Essen und schüttelten den Kopf über so viel Dummheit. Adzo lachte. »Du hast Recht, Hroswith«, sagte er. »Es gibt Wichtigeres auf der Welt.«

In diesem Augenblick wurde die Tür mit einem Ruck aufgerissen und ein großer Mann stürmte in die Mitte des Remters. Er streckte beide Arme in die Höhe, und das Stimmengewirr der Mönche verebbte.
»Weh uns! Weh Rom!«, rief der Mann aus. »Gregor, unser Heiliger Vater, hat uns verlassen, er ist tot! Rom hat keinen Papst mehr …«
Einen Augenblick lang war es totenstill, dann begannen alle Mönche zu wehklagen und zu jammern. Adzo weinte laut und griff sich an den Kopf, aber seine suchenden Finger fanden keine Haare, die er sich hätte rausreißen können, denn er war so kahl wie ein Ei. Überall um uns herum flogen die Haare in Büscheln durch die Luft. Das Wehkla-

gen war ohrenbetäubend. Einer der Mönche steckte seinen Daumen durch den Henkel eines Weinkrugs, hob das schwere Ding auf seinen Arm und ließ den roten Wasserfall in seine Gurgel prasseln. Ich wunderte mich über das Fassungsvermögen dieses Mönches, denn er trank weiter, bis er der Länge nach auf den Boden fiel und der leere Krug auf den Fliesen in Scherben ging. Manche lagen auf der Erde und krümmten sich vor Kummer, andere liefen blindlings und händeringend im Kreis und rannten ihre Mitbrüder über den Haufen. Aber langsam nahm der Tumult ab. Die Mönche kamen wieder etwas zu Verstand, suchten ihre Becher und Krüge und schenkten sich noch mal ein, denn jetzt kamen die Trinksprüche auf diesen guten Papst, der streng in der Lehre gewesen war, keine Zugeständnisse machte, keine Simonie duldete und doch versöhnlich war wie kein Zweiter …

Ich fing an, mich nach meinen Gefährten umzusehen, neugierig, wie sie die Lage einschätzten. Aber wohin ich auch schaute, ich sah nur Kutten, Krüge und kahl gerupfte Schädel. Meine Kameraden waren weg. Ich ging ins Freie und entdeckte, dass ein paar Reittiere verschwunden waren, mein Pferd war noch da. Am Tor standen Baldwin und Nicolas und blickten vier Staubwolken nach, die anzeigten, wie weit unsere Jagdgenossen schon weg waren. Adzo kam mir mit einem Krug und einem Becher nach.

»Trink noch was, Hroswith«, sagte er.

»Wo sind die Jungens so schnell hin?«, rief ich.

»Was hast du denn gedacht.« Adzo hatte seine gute Laune schon wiedergefunden. »Die fetteste Pfründe in der Christenheit ist vakant.«

Nicolas schlang den Mantel fester um sich. »Ich bin froh, dass ich kein Römer bin«, sagte er auf Griechisch zu Baldwin. »Das wird ein Kampf auf Leben und Tod werden.«

»Aber wir können wenigstens unsere Mahlzeit ruhig beenden«, antwortete Baldwin.

»Dann gib mir mal den Krug!«, sagte ich seufzend zu Adzo. Und ich begann, mich zu fragen, welche neuen Gefahren nun auf mein Unternehmen warteten.

51. Kapitel

In dem das ›Habemus Papam!‹ *zwischen den Palazzi widerhallt. Das Schimmern eines goldenen Morgenrots und das Versprechen einer neuen* Pax Romana

Ich war schon wieder eine Woche zurück in Rom, das jeden Tag mehr vor Spannung und Intrigen erzitterte, als mir die Kunde von Ottos Rückkehr aus Benevent zu Ohren kam.

Wie zu erwarten war, hatte noch niemand vom hohen Adel es gewagt, einen Papstkandidaten in den Vordergrund zu schieben. Man erinnerte sich nur allzu gut an das Schicksal von Crescentius Nomentanus und das albtraumhafte Bild des verstümmelten Gegenpapstes Philagathos, rücklings auf seinem Esel. Das abschreckende Beispiel hatte gewirkt, und ich glaube, niemand wollte mehr bestreiten, dass der Kaiser die ausschlaggebende Stimme bei der Papstwahl hatte.

Inzwischen wurden Bündnisse geschmiedet, Magistrate bearbeitet, Beamte bezahlt und Gegner angeschwärzt. Ein Patrizier, von dem jeder dachte, er habe gute Chancen auf den Stuhl Petri, wurde aus dem Hinterhalt von Pfeilen durchbohrt. In schwarze Mäntel gehüllte Spione glitten nachts die Mauern entlang und prallten auf den schmalen Ziegenpfaden der Ewigen Stadt aufeinander.

Manche Leute hielten sogar mich für einen einflussreichen Mann, denn diverse Male erwischte ich einen Lauscher oder Meuchelmörder, der sich im Efeu neben meinem Fenster versteckt hatte. Oh glückliche Eingebung, die mich die Nester der schreckhaften Tauben vor meinem Fenster hatte verschonen lassen! Und gibt es ein süßeres Schlaflied als den ersterbenden Todesschrei eines stürzenden Mörders, nachdem er von der Spitze eines legendären Schwertes zum Absprung ermuntert wurde?

In der *Villa Amnesia* wussten sie genau, wer der nächste Papst werden würde.
Mendax der Kreter führte selbst die Wettkasse und war hervorragend im Bilde über die Favoriten. Bischof Franko von Worms gehörte zu ihnen, er war ein guter Freund und geistlicher Ratgeber des Kaisers, außerdem Heribert von Köln und Burchard, Leo von Vercelli … Viele Namen hörte ich in diesen Tagen, und manche waren wirklich sehr überraschend. Mir kam zu Ohren, wie Mendax einigen Leuten einen Tipp gab und jedes Mal einen anderen haushohen Favoriten nannte. Er berief sich auf »interne Informationen«, »eine verlässliche Quelle in Hofkreisen« und weitere Empfehlungen dieser Art.
»Sagt mal, Herr Hroswithus«, fragte er mich eines Tages, irgendwann im April, »Ihr wohnt doch auch in der Pfalz? Wollt Ihr denn nicht wetten?« Er hoffte natürlich, dass ich, der ich so dicht an der Quelle saß, über mehr Informationen verfügte als die anderen. Ich fragte mich, von wem er wusste, wo ich wohnte.
»Nein, Mendax, um die Wahrheit zu sagen, ich habe überhaupt keine Ahnung, wer die besten Chancen hat. Ich habe schon Monate nicht mehr mit dem Kaiser gesprochen und rede wenig mit den Höflingen.«
»Euer Bekannter war heute auch schon da, dieser Hausierer aus Lothringen. Er hat auf die Papstwahl gewettet. Einen ordentlichen Betrag, kann ich Euch sagen. Wie kommt dieser Junge an so viel Geld? Wenn man den schmalen Kopf sieht, denkt man: Der hat nichts zu beißen.«
Mein Interesse war geweckt. »Ihr habt ja selbst gesehen, wie gut er verkauft. Darf ich erfahren, auf wen er gewettet hat?«
»Natürlich«, antwortete Mendax lachend. »Er hat auf den Franzosen gewettet, diesen Erzbischof von Ravenna, Gerbert von Aurillac. Der wird es natürlich nie.«
»Manche Leute wollen nun mal unbedingt ihr Geld loswerden«, sagte ich, während ich mir Mühe geben musste, um nicht vor Freude zu singen und loszujubeln. Stattdessen lachte ich mit Men-

dax mit und setzte selbst einen kleinen Betrag ein, und zwar auf mich. Ich ließ Mendax ziemlich fassungslos zurück.

Drei Tage später sah ich den Kaiser in der Pfalzkapelle, wo er in einem härenen Büßerhemd vor einem Bild des Erzengels Michael kniete und betete. Neben ihm kniete, ebenfalls ins Gebet versunken, sein Freund Franko, der Bischof von Worms. Otto hielt seine Augen fest geschlossen, sein angespanntes Gesicht war stark abgemagert, hatte er doch in sehr kurzer Zeit mehrere schlechte Nachrichten erhalten. Vor etwa zehn Tagen war nach seinem Vetter auch die Äbtissin Mathilde von Quedlinburg gestorben, Ottos Tante und Statthalterin in Sachsen während seiner langen Abwesenheit. Wegen der unterschiedlichen Entfernung hatten die beiden Hiobsbotschaften ihn fast gleichzeitig erreicht, als er auf dem Weg nach Benevent war.

Ich wollte ihn eigentlich sprechen und beschloss, ihn am Eingang der Kapelle abzupassen, aber nachdem ich lange vergeblich gewartet hatte, gab ich dem Knurren meines Magens und den Gerüchen nach, die aus dem Speisesaal kamen.

»Hroswith, was macht deine Arbeit?«, fragte Alberik.

»Sie kommt gut voran«, antwortete ich, obwohl ich in den letzten Tagen wenig getan hatte, weil ich wie auf heißen Kohlen saß und nur auf die Verkündung des neuen Papstes wartete.

»Du hast davon gesprochen, dass deine Tätigkeit nach Ravenna verlagert werden sollte, hat man damit schon angefangen?«

»Ich weiß nicht mal, ob das noch auf der Tagesordnung steht«, sagte ich. »Ich habe Magister Gerbert schon lange nicht mehr gesprochen.«

»Es ist eine seltsame Zeit«, fand Ardo, der eine Zeit lang in der Pfalz weilte, um seinem Vetter beizustehen. »Es scheint, als halte die ganze Stadt den Atem an und erwarte große Neuigkeiten.«

»So scheint es tatsächlich.« Alberik lachte. »Aber hinter den Kulissen ist die Kungelei in vollem Gange. Wie ein Schirokko streicht ein Flüstern durch die Straßen, und es streiten sich mehr Parteien als je zuvor. Mein Herz steht fast still, wenn ich an Ottos Versammlung mit den Großen des Reiches und dem römischen Adel wegen der Nachfolge denke.«

»Wann findet die statt?«, fragte ich.

Alberik zuckte mit den Achseln. »Das weiß nur der Kaiser.«

»Wo ist der Kaiser eigentlich?«, fragte Ardo und machte dabei eine Kopfbewegung zum leeren Sessel am Kopfende der Tafel. Der Kaiser hatte sich seit seiner Rückkehr noch nicht gezeigt.

»Er nimmt das Essen allein ein, in seinen eigenen Gemächern«, sagte ein Graf mit dunklem Schnurrbart, ein alter Kriegsmann, der als Junge noch mit Ottos Großvater auf dem Lechfeld gegen die Magyaren gekämpft hatte. Eine schneeweiße Narbe von einem Dolchhieb lief quer über sein Gesicht. »Das gefällt mir übrigens gar nicht«, fuhr er fort, »ein Herrscher muss das Abendessen zusammen mit seinem Hofstaat einnehmen.«

»Sei du bloß still, Rudolf, alter Sachse!«, sagte Alberik. »Der Kaiser hat es nicht leicht. Er ist sicher nicht in der Stimmung für dein versoffenes Geprahle über die Schlachtfelder, die du vor hundert Jahren kennen gelernt hast.« Alle lachten, und Rudolf lief rot an.

»Du … Hund von einem Römer!« Rudolf holte mit einer Rehkeule aus, aber Alberik duckte sich, sodass ich das Riesending voll ins Gesicht bekam. Ich warf es zurück und Alberik goss den Inhalt eines Weinkrugs hinterher. Es wurde eine fröhliche Schlägerei, wie es durchaus öfter beim Essen vorkam, vor allem wenn der Kaiser nicht dabei war.

Nachdem noch so einiges durch die Luft flog, wollten wir uns hinsetzen, um die Mahlzeit fortzusetzen, aber jetzt kam Franko in den Saal. Er sah missbilligend auf die Unordnung und sagte dann zu Gregorius Miccinus: »Der Kaiser lässt mitteilen, dass er drei Tage vor Ostern bekannt macht, wer der neue Papst wird.«

»Und wann werden wir die Wahl mit dem Kaiser besprechen?«, fragte Gregorius erstaunt, denn Ostern war schon in weniger als einer Woche.

»Ich verstehe die Frage nicht«, sagte Franko kühl. »Der Kaiser hat schon eine Wahl getroffen, er wird sie drei Tage vor Ostern bekannt geben, wie ich schon sagte. Es ist sein Wunsch, dass Ihr Vorbereitungen für eine Zusammenkunft des Adels in der Basilika Sankt Peter trefft. Die Inthronisation des Papstes wird dann Ostern stattfinden, am selben Ort.« Er drehte sich um und ging.

Niemand sprach. Alberik, der mir gegenüber saß, starrte mit kreidebleichem Gesicht vor sich hin. »Es ist doch wohl deutlich, Vater …«, sagte er dann. Der alte Patrizier Gregorius Miccinus nickte betrübt. »Du hast Recht, Junge. Wir haben nicht mehr viel zu sagen.«

Ich machte mir Sorgen, denn diese Männer waren die treuesten Untertanen des Kaisers, die Stützen seiner römischen Politik. Wie musste dann erst die Stimmung unter seinen Gegnern in der Stadt sein? Otto konnte nicht ewig in der Stadt bleiben, um die Ordnung aufrechtzuerhalten. Bei seinem nächsten Zug nach Norden würde es unzweifelhaft wieder Schwierigkeiten geben.

Aber wenn der nächste Papst wirklich Gerbert von Aurillac war, dann gab es einen Funken Hoffnung: Gerbert wurde von keiner römischen Partei unterstützt. Die Wahl eines Außenstehenden würde vielleicht weniger böses Blut machen, als wenn es jemand aus den Adelsfraktionen wäre. Gerbert genoss einen sehr guten Ruf, bis in die letzten Winkel der Christenheit wurde ihm hoher Respekt entgegengebracht. Schließlich würde man sich doch im Interesse des ganzen Reiches entscheiden müssen, und diesem Interesse wäre, meiner Meinung nach, am meisten mit einem Papst wie Magister Gerbert gedient.

In dieser Nacht blieb ich lang in der *Villa Amnesia*. Ich lauschte mit gespitzten Ohren den Tratschgeschichten der anderen Gäste und trank mehr, als ich eigentlich wollte, aber das ist meistens der Fall, wenn ich erst einmal anfange. Es rumorte schon von Gerüchten, und jeder von der einfachsten Gänsehüterin bis zum Hauptmann der Palastwache war über die bevorstehenden Ereignisse im Bilde. Auch hörte ich jetzt zum ersten Mal von dem Gerücht, dass Papst Gregorius vergiftet worden sei.

Ich schwankte nach Hause, mit einer aufsteigenden Übelkeit, die zum Ausbruch kam, als ich die Torwächter schon passiert hatte. In der dunklen Kolonnade erbrach ich eine saure Masse aus Kalbfleisch und kretischem Wein auf die Fliesen.
Während ich noch auf Händen und Füßen wie ein kranker Hund herumtappte, hörte ich Schritte und Gemurmel, und schon erschienen Gerbert und Otto, beide die Hände auf dem Rücken verschränkt. Gerbert schien neben dem viel kleineren Otto riesig, er machte große Schritte, sodass der Kaiser, obwohl er kein Kind mehr war, laufen musste, um mithalten zu können. Sie sprachen in gedämpftem Ton, und ich verstand nichts. Sie hatten mich nicht gesehen, und das war auch gut so. Also wartete ich, nachdem sie vorbei waren, nicht lange, sondern schoss durch die Dunkelheit in einen Flur und rannte, so schnell ich es in meinem Zustand konnte, die Treppen hoch in mein Zimmer.

Zu meinem Ärger konnte ich am Tage der Verkündung des neuen Papstes keinen Zugang zur Basilika mehr bekommen. Nicht dass mich jemand daran gehindert hätte, ich hatte es vielmehr meiner eigenen Dummheit zuzuschreiben, dass ich draußen auf dem Platz stand und nicht drinnen zwischen den Adligen saß.
Aber wie hätte ich wissen sollen, dass die Basilika voll sein würde? Auch auf dem Vorplatz waren so viele Menschen, dass kein Gedanke daran sein konnte, zum Eingang zu gelangen. Ganz davon abgesehen, dass niemand mich vorlassen würde, denn ich trug kein äußeres Kennzeichen meiner Würde, worin immer die bestand. Die Leute drängten sich dicht an dicht, und an den Mauern der Basilika standen sie sogar auf den Schultern des anderen, um durch die Fenster hineinschauen zu können.
Draußen herrschte Totenstille, als warte jeder auf ein erlösendes Wort, und das sollte schließlich auch kommen. Ein Stimmengewirr rollte wie eine Welle durch das große Eingangstor heraus und verbreitete sich schnell bis an die Ränder der Menge in den kleinen Gässchen rund um den Vorplatz. Das Murmeln wurde zu einem

Schrei, der aufgenommen und aus voller Kehle in den blauen, wolkenlosen Frühlingshimmel gebrüllt wurde, wie um Gott wissen zu lassen, dass wieder ein Stellvertreter auf dem Stuhl Petri säße: »*Habemus Papam!*«

Und eine neue Welle rollte auf mich zu und über mich hinweg, die Welle, die uns verkündete, dass es dieser Franzose sei, dieser Mann aus Aurillac, Gerbert, der gelehrteste Mann seit Aristoteles …

Zu meinem Ärger, ich sagte es schon, konnte ich nicht dabei sein. Otto hatte seinen berühmten apokalyptischen Mantel angehabt, und er hatte mit unsicherer Stimme gesprochen, ganz schwach vor Erschöpfung in diesen für ihn so ereignisreichen Tagen. Nächtelang habe er mit seinem Lehrmeister gesprochen, und schließlich seien sie beide zu dem Schluss gelangt, dass es niemals einen geeigneteren Kandidaten geben würde als Gerbert.

Ottos Stimme hatte gezittert, aber sie war bis ganz hinten in der Basilika zu hören gewesen. Und die Botschaft war eine Verheißung für die Zukunft: Eine Zeit der Versöhnung werde anbrechen und ein lange bestehendes Reich des Friedens, in dem Kaiser und Papst einträchtig ihre Macht ausüben und das Evangelium bis in die dunkelsten Winkel der Erde verbreiten würden. Alle unter dieser zweiköpfigen Leitung versammelten Völker würden gemeinsam Gog und Magog bezwingen, und wenn dies vollbracht sei, werde der Moment kommen, da Otto in Jerusalem Krone und Zepter Gott übergab.

So berichteten es mir einige Leute später, aber da man die Unzuverlässigkeit von Zeugenaussagen berücksichtigen muss, kann es im Einzelnen auch anders gewesen sein.

Von Uneinigkeit war nichts mehr zu spüren, das Volk stellte sich wie ein Mann hinter Papst und Kaiser. Rom ohne Papst ist wie ein Krug ohne Wein, und wenn Menschen gern etwas glauben möchten, dann sicher, dass ein goldenes Zeitalter anbricht und sie daran teilhaben werden.

Und dann wurde berichtet, dass Gerbert von Aurillac den Namen Silvester annehmen würde: Silvester II. Der erste Silvester war, wie bekannt, der Papst, der Konstantin bekehrte und von ihm mit großen Schenkungen bedacht wurde. Mit sehr großen Schenkungen: Rom, die Halbinsel Italien und eigentlich das ganze Weströmische Reich. Eine Namenswahl fürwahr, die große politische Bedeutung haben konnte. Jeder fing sofort an zu spekulieren, wie dieser Name interpretiert werden solle.

»Jetzt muss ich aber doch mal unterbrechen, weil ich eine Frage habe, die mir auf den Lippen brennt«, sagte Bodo hinter mir.
Ich schrak hoch und sagte dann, nicht einmal unwillig: »Sprich!«
»Ich habe natürlich von Papst Silvester gehört, aber was ich dennoch gerne wissen möchte: Hatte er damals schon seine Seele an den Teufel verkauft, oder geschah das erst nach seiner Einsetzung als Papst?«
Mit Mühe erhob ich mich. »Raus aus meiner Zelle!«, rief ich. »Hau ab, oder ich will dich spüren lassen, dass ich trotz meiner Jahre noch in der Lage bin, dir einen rheinischen Tritt in den Hintern zu verpassen.«
Er schürzte die Kutte und lief weg. Ein neugieriges, knopfäugiges Gesicht voll grauer Bartstoppeln schaute um die Ecke. Ich warf meine Dochtschere nach ihm, und der Kopf verschwand eilends. Die Schere knallte in eine Ecke meiner Zelle.
Idioten!

Ostern wurde dann die eigentliche Salbung vollzogen: eine langweilige Angelegenheit, bei der ich zwar anwesend war, aber mehrere Male von meinem Nachbarn mit dem Ellenbogen angestoßen wurde, weil ich zu laut schnarchte. Ich gebe zu, dass ich kein Freund kirchlicher Zeremonien bin, und es gab wenig zu sehen, sah man von Ottos apokalyptischem Mantel ab. Aber leider sah ich aufgrund der Entfernung nur das schwache Leuchten der goldgestickten Abbildungen und nicht, was sie darstellten.
Ich wollte natürlich mit Gerbert darüber reden, wie die Lage sich jetzt darstellte. Und ob er überhaupt noch Zeit hatte, um sich mit

den Vorbereitungen für die Errichtung der Kaiserlichen Bibliothek zu beschäftigen? Ich fürchtete, dass er wie viele Menschen durch den Machtzuwachs einen ganz anderen Blick auf manche Dinge bekommen hätte und dass er sich dadurch ganz andere Ziele setzen würde.

Ich bekam Gerbert nicht zu sehen und hatte wenig Lust, zum Vatikan zu einer Audienz zu gehen. Ich wollte den neuen Papst nicht bei seinen anstrengenden Geschäften stören, und er und Otto waren, wie ich hörte, tatsächlich mit dem Beilegen alter Konflikte beschäftigt, dem Versöhnen der Parteien und der Gewinnung von Mitstreitern und Freunden. Ich verstand ja, dass nach diesen Machtverschiebungen zunächst mal das eine oder andere konsolidiert werden musste. Na gut, ich konnte warten.

»Könnt Ihr Euch noch an den Hausierer erinnern, der auf Gerbert von Aurillac gewettet hatte? Der hat nun also doch gewonnen!«, sagte Mendax zu mir. »Das Glück ist also mal wieder mit den geistig Armen, was?« Mendax' Haltung mir gegenüber war deutlich respektvoller geworden, seitdem ich mich als möglichen Kandidaten für den Pontifikat vorgeschlagen hatte.

»Ist er schon zum Kassieren gekommen?«, fragte ich.

»Nein. Das ist ja gerade das Merkwürdige, man müsste doch annehmen, dass so ein Hungerleider schnell auf sein Geld aus ist, aber wir haben ihn hier gar nicht mehr gesehen. Mit dem Betrag, den er gewonnen hat, könnte er doch einen schönen Laden aufmachen.«

»Wenn ich ihn sehe, sage ich es ihm bestimmt«, versprach ich.

Bei Tisch, während der reichhaltigen Mahlzeiten in der Pfalz, hörte ich von Gerberts und Ottos strategischen Zügen. Der rote Faden in ihren Plänen war auf Versöhnung gerichtet. Kleinere Geister hätten die günstige Lage genutzt, um Rache an früheren Gegnern zu nehmen.

So erhielt ein Mann, der während der Auseinandersetzung um den Reimser Bischofssitz einer von Gerberts erbitterten Opponenten gewesen war, das vakante Bistum Ravenna verliehen. Es war Leo, Abt von Sankt Alexius und einstmals Legat des verstorbenen Papstes Gregor.

Derjenige, der Gerbert wirklich aus Reims verdrängt hatte, Arnulf, erhielt den Segen des neuen Papstes in Gestalt der zeremoniellen Verleihung des Palliums, und gleichzeitig erteilte Gerbert ihm das Recht, die französischen Könige zu weihen. Wichtige Bistümer empfingen neue Privilegien, und Klöster wie Gandersheim und Quedlinburg, wo Otto seine Schwester Adelheid als Äbtissin einsetzte, wurden mit reichen Landschenkungen bedacht.

So strichen Papst und Kaiser die Falten und Knitter glatt, die im Gewebe von Staat und Kirche entstanden waren. Und es war ein fester, kostbarer Stoff, denn niemals zuvor hatten sich weltliche und geistliche Macht gegenseitig so ergänzt, dass sie verwoben schienen wie Kette und Einschlag in einem Stück feinster Seide.

Aber dieser im Himmel geschlossene Bund konnte allen Versöhnungsgedanken zum Trotz doch gleichzeitig auch seine Zähne zeigen, wie Markgraf Arduin von Ivrea erfahren musste. Dieser gefährliche, gewalttätige Gegner Ottos musste vor einer Synode erscheinen, wo er seiner Besitzungen beraubt, exkommuniziert, verbannt und vertrieben wurde. Seine Güter fielen nicht zufällig an die Klöster, die ja das Rückgrat der Macht des sächsischen Kaiserhauses bildeten.

»Diese Politik der Versöhnung steht unter dem Einfluss des Eremiten Nilus von Rossano«, berichtete Burchard, der gut über Ottos Pilgerreise in diesem Jahr Bescheid wusste. »Otto ist ihm barfuß und im Büßerhemd entgegengekommen und hat ihn um Vergebung angefleht für die in seinem Namen verübten Grausamkeiten an dem Gegenpapst Philagathos. Nilus hat lange mit ihm über seine kaiserlichen Pflichten gesprochen.«

»Da liegst du aber ganz falsch«, sagte Alberik. »Otto setzt lediglich die Politik seiner Mutter Theophanu fort, die sich mit ihrem größten Widersacher, Heinrich dem Zänker von Bayern, versöhnte. Dieser hatte es gewagt, ihren Sohn, der damals noch ein Säugling war, zu entführen, um für die Herausgabe den Thron des Reiches zu fordern. Diese Frau hat Otto zu dem gemacht, was er nun ist.«

»Unsinn«, sagte Rudolf, der alte Kriegsmann. »Der Kaiser will sich Bewegungsfreiheit verschaffen, damit er später, wenn er die Hände frei hat, seine Feinde vernichten kann.« Er saugte laut an einem Markknochen.

»Aber wer«, fragte ich, »sind denn seine Feinde?«

Alberik lachte. »Rudolf ist nun mal ein Krieger, der sieht überall Feinde. Aber die gibt es gar nicht. Ich glaube, die Bedingungen für die angestrebte *Pax Romana* sind niemals günstiger gewesen, ja, sie sind jetzt besser als im alten Römischen Reich.«

»Aha!«, sagte Rudolf. »Hier wird wieder deutlich, dass du keine Ahnung hast von dem, was in der Welt los ist. Bestimmt hast du noch nie etwas von den heranstürmenden Heeren von Gog und Magog gehört?«

Alberik tippte sich an die Stirn. »Wohl ein bisschen zu viel getrunken, Rudolf?«

Rudolf warf den Knochen auf den Tisch. »Was weißt du denn schon davon, junger Narr!«, rief er aufbrausend. »Will der Kaiser denn nicht alle Länder dem Reich eingliedern? Und du glaubst, dass das alles glimpflich abgeht? Was werden die Oströmer dazu sagen? Und die Normannen, dieses Pack? Und hast du schon mal an die Sarazenen gedacht, die uns von allen Seiten bedrohen? Wie kann da der Kaiser sein Zepter am Ölberg niederlegen? Die Mohammedaner werden ihn bestimmt nicht einladen. Nein, er wird riesige Heere zusammenziehen und das Heilige Land mit dem Schwert erobern müssen, wenn er sein Ziel erreichen will.«

»Wenn ich dich so toben sehe, dann habe ich jetzt schon Mitleid mit den armen Sarazenen«, sagte Burchard lächelnd.

»Bei mir hat es eher eine vernichtende Wirkung auf meinen Appetit«, sagte Alberik und schob seinen Teller von sich.

»Aber wo ist der Kaiser jetzt?«, fragte ich, denn Otto war schon lange nicht mehr in der Pfalz gewesen, jedenfalls hatte ich ihn dort nicht gesehen.

»Der Kaiser ist vor ein paar Tagen zusammen mit Franko in die Krypta der Basilika von San Clemente hinabgestiegen, um dort zu beten und zu fasten«, wusste Burchard zu berichten. Er konnte das genau, denn Franko war sein Bruder.

»Eine reine Seele, dieser Franko«, fand Alberik. Jeder wusste, dass der Kaiser von der Frömmigkeit seines Freundes beeindruckt war, der schon bald nach der Berufung zum Bischof seine Diözese Worms wieder verlassen hatte, um bei seinem Kaiser sein zu können.

Rudolf stand abrupt auf, sodass sich der Tisch ein Stück verschob.

»Verdammte Heuchler!«, schnaubte er im Weggehen böse.

In der Mitte des Sommers wurde ich langsam ungeduldig. Wie lange war ich nicht schon mit den Vorbereitungsarbeiten beschäftigt? Ich bekam auch wenig Nachrichten, es war, als habe jeder, der mir seine Mitarbeit zugesagt hatte, inzwischen etwas Wichtigeres zu tun bekommen. Und auch wenn ich schon lange Listen mit Büchern und ihren Standorten erstellt hatte, so war die weitere Arbeit undurchführbar und konnte gar nicht erst beginnen, wenn nicht ein paar Leute mit Autorität halfen. Ich schickte Gerbert einen Brief und berichtete ihm, dass ich mich gern mit ihm über die nächsten Schritte beraten würde. Ich hatte den Eindruck, dass er die Arbeit an der Bibliothek auf halber Strecke eingestellt hatte, um seinen Pflichten als Pontifex nachzukommen.

Ein paar Tage später kam er zu einem Kurzbesuch. Er sah jünger aus, und seine Augen strahlten. Übrigens war ihm nicht anzusehen, dass er der Papst war, er trug dasselbe einfache Gewand wie immer. Er kam natürlich inkognito, um nicht für jeden kleinen Besuch mit Gefolge unterwegs sein zu müssen.

»Ich möchte Euch noch zu Eurem neuen Amt beglückwünschen«, sagte ich, als wir uns gesetzt hatten.

»Ich hatte es nicht angestrebt«, sagte er. »Aber es bietet große Möglichkeiten.«

Er berichtete mir, dass der Plan, eine Bibliothek mit dem ganzen

Wissen der Menschheit einzurichten, aktueller war als je. Nur hatten sich natürlich die Bedingungen verändert.
»Ganz bestimmt nicht zum Schlechteren«, erklärte er. »Nein, Hroswith, wir nehmen die Sache jetzt ganz groß in Angriff. Die Bibliothek wird nicht in einem der bestehenden Gebäude untergebracht, sondern es ist mein Wunsch, ein ganz neues Haus zu errichten, das nur für die Bücher und das Studium gedacht ist.«
Das Bibliotheksgebäude werde ganz in die Nähe des Vatikans kommen, und es solle noch ein Schulkomplex hinzugefügt werden. Der Kaiser würde, so Gerbert, persönlich darauf achten, dass in Aachen ein ähnliches, möglicherweise sogar identisches Gebäude errichtet werde.
»Tatsächlich sind alle Pläne des letzten Jahres von den Ereignissen durchkreuzt worden. Damit nun nicht ein Chaos entsteht, sollen wir besser alle früheren Verabredungen fallen lassen und einen neuen Plan aufstellen, der im nächsten Sommer in Kraft treten wird. Dann werden wir ein Heer von Kopisten losschicken, und das päpstliche Siegel wird ihnen jede Tür öffnen.«
»Und was mache ich in der Zwischenzeit?«, fragte ich. Es war ja gerade erst Sommer.
»Wie lange seid Ihr nicht mehr bei Eurer Familie gewesen?«, fragte Gerbert. »Geht nach Utrecht und bringt Eure Angelegenheiten in Ordnung! Vielleicht solltet Ihr Euch überlegen, Eure Familie hierher zu holen, dann braucht Ihr nicht hin und her zu reisen. Im nächsten Frühjahr werden wir uns dann in Rom treffen. Vielleicht könnt Ihr unterwegs schon ein paar Besuche machen und Informationen sammeln.« Er stand auf und fing an, im Zimmer auf und ab zu gehen. »Wenn Ihr über die Alpen reist, dann kommt Ihr durch Sankt Gallen, da haben sie eine der interessantesten Bibliotheken, die es gibt. Ihr werdet da einzigartige Bücher finden. Vielleicht sollten wir Sankt Gallen auch ganz eng in unser Unternehmen einbeziehen, schließlich liegt es in geografischer Hinsicht genau zwischen Rom und Aachen. Redet doch mal mit dem Abt!«
Ich hatte schon Lust dazu. Ich wollte nichts lieber, als meine Frau

und meinen Sohn wiedersehen, denn es war jetzt fast zwei Jahre her, dass ich Utrecht verlassen hatte.
Gerbert umarmte mich. »Wir gehen einem goldenen Jahrhundert entgegen, einem Jahrhundert des Friedens«, sagte er begeistert. »Wir werden den ewigen Kampf um Macht und Besitz umwandeln zu einem Kampf für die Wahrheit. Die Philosophen werden über die Krieger siegen, die Weisen über die Toren!«
Ja, Bodo, ich spüre deinen Atem in meinem Genick. Klingt das nicht unwiderstehlich?

Als Gerbert weg war, begann ich wie ein Rasender meine Sachen zu packen. Obwohl ich eigentlich sofort auf ein Pferd hatte springen wollen, legte ich mich auf mein Bett und wartete ungeduldig und ohne ein Auge zu schließen auf die Morgenstunde. Ab und zu warf ich einen Blick auf die lange Bestandsliste der Bibliothek von Sankt Gallen, eine der umfangreichsten Listen, die ich bekommen hatte. Ich fühlte mich wie ein hungriges Kind, das vor einer Masse von Süßigkeiten steht.
Zu meinem Erstaunen standen am Morgen, als ich mit dem Frühstück fertig war, schon Diener mit einem Reit- und einem Lastpferd bereit. Auch kam ein Kurier, der mir einen Brief mit dem Siegel des Papstes aushändigte, mit welchem ich mir überall Zutritt verschaffen konnte.
Ich nahm Abschied von meinen Freunden und ritt spornstreichs in Richtung Stadttor.

52. Kapitel

In dem Hroswith die süßen Vorteile eines päpstlichen Empfehlungsschreiben erfährt. Oh Freuden einer wohl geordneten Bibliothek – aber hütet euch vor Langobarden

In raschem Tempo ließ ich die Halbinsel hinter mir. Die Schönheit des Landes konnte mich diesmal nicht fesseln. Ich jagte mein Pferd über die Heerstraßen, und wenn es müde war, tauschte ich es bei der Wechselstation gegen ein frisches. Ich schlief in Gasthäusern, Klöstern und Burgen. Alle Türen öffneten sich mir, ich brauchte nur mein Dokument zu zeigen und die Leute fingen an zu rennen und mich zu bedienen. Und obwohl sich meine Reisegeschwindigkeit in den Alpen stark verlangsamte und ich mir die Augen nach den scharfen Bergsilhouetten mit ihren ewigen Eismützen aussah, stand ich schon fünfzehn Tage nach meiner Abreise vor den Toren des großen ummauerten Klosters Sankt Gallen.

Ich hatte ein oder zwei Tage bleiben wollen, um auszuruhen, damit ich die zweite Etappe in demselben Tempo zurücklegen konnte, aber das erwies sich als unmöglich.

Der Erste, dem Abt Gerhart mich vorstellte, war Notker, ein liebenswerter Mann und ein Lehrer mit Herz und Blut, der mich in das berühmte Scriptorium und in die Bibliothek mitnahm, die er leitete.

»Es wird dich erstaunen, Hroswith, was wir alles hier haben«, sagte er begeistert, während er vor mir durch einen der Gänge ging, wo die Bücher aufgestapelt waren, weil in den Schränken und Sälen kein Platz mehr war.

Notker, der wegen seiner dicken Lippen Labeo genannt wurde, stellte einen Stuhl an den Tisch, schob einen Stapel Bücher beiseite und schenkte mir einen Becher Wein ein.

»Ich glaube nicht, dass es mich erstaunen wird«, bemerkte ich. »Du vergisst, dass ich eure Liste bekommen habe. Ich kenne den Bestand inzwischen auswendig. Als ich sie zum ersten Mal zu Gesicht bekam, war ich allerdings tatsächlich erstaunt. Es sind sehr seltene Exemplare darunter.«

»Lass uns eines absprechen«, sagte Notker scharf. »Du kannst bleiben, solange du willst, kopieren, was du nur willst, aber du darfst keine Bücher ausleihen. Nicht, dass ich dir oder dem Heiligen Vater nicht vertraue, aber so sind unsere Regeln. Wir haben schon kostbare Werke verloren. Ich bin noch jetzt ganz zornig darüber.«

»Das ist schlimm. Ich hatte im Übrigen gar nicht vor, etwas auszuleihen. Und zum Kopieren fehlt mir die Zeit, aber ich brenne darauf, einige von euren seltenen Werken zu lesen.«

»Natürlich«, sagte Notker. »Womit willst du anfangen?«

»Ich habe gelesen, dass ihr hier die zweite *Poetica* von Aristoteles habt.«

Sein Gesicht verdüsterte sich. Er hatte wirklich sehr dicke Lippen, vor allem wenn wie jetzt seine Mundwinkel herunterhingen. »Genau die ist gerade verschwunden. Vor etwa sechs Wochen war hier ein Bruder aus Bobbio, so ein schwergewichtiger Langobarde, der dem Namen seines Volkes noch Ehre machte. Er bat um dieses Buch und nahm es mit in sein Gästezimmer zum Kopieren. Nach ein paar Tagen vermissten wir ihn. Er war durchgebrannt – mit dem Buch. Wir forschen gerade nach, ob er noch mehr Bücher bei sich hatte.«

Das war Pech. Ich leerte meinen Becher, und während Notker weitersprach, nahm ich ein paar Bücher zur Hand. Es waren vor allem Lehrbücher, Bußbücher, Chrestomathien, eine Grammatik, eine *Consolatione philosophiae* … Jetzt war ich wirklich verblüfft. Ich hatte das Buch aufgeschlagen und las:

»Tés íst óuh túrft, uuánda mír íst úngeuuândo,
fóne árbéiten zûo-geslúngen, spûotíg álti.
Únde léid hábet míh álten getân.

Fóne dîen díngen grâuuên íh ze únzîte.
Únde sláchíu hût, rídôt an chráftelôsemo lîchamen.
Táz chît, mîne líde rîdônt únder sláchero híute.«

Ich unterbrach Notkers Wortschwall. »Was hat das um Himmels willen zu bedeuten?«
»Boethius«, antwortete er lachend. »Kennst du den etwa nicht?«
»Es ist in der Volkssprache geschrieben«, sagte ich. »Wer hat das übersetzt?«
»Ich«, sagte er. »Es ist ein Lehrbuch für Schüler, welche die lateinische Sprache noch nicht so gut beherrschen. Ich habe noch viel mehr übersetzt: Martianus Capella, ein paar Werke von Aristoteles, Passagen aus der *Vulgata* und noch einiges mehr.«
Ich wusste nicht, was ich davon halten sollte. Aber als ich später in meinem Gästezimmer darüber nachdachte, fand ich es fabelhaft. So etwas wollte ich auch machen.
Ein junger Mönch kam aus einem der Gänge mit einem kleinen Bücherstapel unter dem Arm. Er grüßte höflich. »Ich bin froh, dass du kommst, mein Junge«, sagte der Bibliothecarius, und dann zu mir: »Dies ist einer meiner besten Schüler, Ekkehard, ich möchte dich gern Hroswith vorstellen, *bibliothecarius palatii* Kaiser Ottos. Vielleicht kannst du mit Magister Hroswith einen Rundgang durchs Kloster machen?«
Ekkehard zeigte mir das Gästehaus, in dem ich schlafen sollte, und führte mich sachkundig durch die Kirche. Dann gingen wir auf der Höhe des Abthauses hinaus und gelangten hinter die Basilika, wo sich das Hospital und die Badehäuser für die Kranken befanden. Ekkehard zeigte mir den Kräutergarten, wo ein Mönch, der sich als Rada vorstellte, auf den Knien Unkraut jätete. Dabei sprachen wir über den Grund meines Besuches. Auch Ekkehard hatte von dem Plan gehört, an verschiedenen Standorten eine Reichsbibliothek zu errichten. »Sogar mitten in den Bergen ist eine Bibliothek noch gefährdet«, sagte er. »Vor siebzig Jahren, als die Ungarn einfielen, ist hier alles niedergebrannt. Der damalige Abt hat zum Glück noch

vorher einen großen Teil der Sammlung zeitweise in ein anderes Kloster bringen lassen.«

»Aber dann und vor allem wegen des Überfalls ist die Mauer gebaut worden«, bemerkte Rada. »Diesmal würden sie es schwer haben.«

»Die Ungarn sind keine Bedrohung mehr«, sagte ich. »Sie sind jetzt Christen und stehen mit dem Heiligen Vater und dem Kaiser auf sehr gutem Fuß.«

Und tatsächlich, vor weniger als fünfzehn Jahren war Großfürst Stephan in Ungarn von Adel und Geistlichkeit per Akklamation zum König ausgerufen worden, das Land der Ungarn hatte sich dauerhaft mit den Völkern im Reich verbunden. In Rom hatte ich schon von den raschen Veränderungen in diesem Land gehört, von der Eile, mit der man sächsische und bayerische Äbte und Bischöfe herbeiholte, um die neu gestifteten Diözesen und Klöster mit erfahrenen Oberhäuptern zu besetzen. Die ersten Samen dieser Metamorphose waren von Ottos Freund Adalbert in den letzten Jahren vor seinem Tod gelegt worden.

Wir gingen über den Friedhof, der gleichzeitig der Obstgarten war, sodass sich die Bäume von den Körpern der verstorbenen Klosterbrüder ernähren konnten. Wir besuchten die Novizenschule und ließen die Hostienbäckerei links liegen. Die Werkstätten der Sattelmacher, Schuster sowie Gold- und Eisenschmiede besuche ich aber. In der Küche beim Refektorium aßen wir Käse und Brot. Anschließend gingen wir durch die Viehställe und umrundeten die Basilika, bis wir wieder bei der Bibliothek waren. Ich brannte darauf, an die Arbeit zu gehen.

Mit Ekkehard ging ich die Inventarliste durch, und er – trotz seiner erst zwanzig Lebensjahre genau informiert über den Besitz der Bibliothek – ergänzte und strich weg. In Absprache mit Notker gelangten wir zu einer neuen Liste von Büchern, die in Frage kamen, mit den seltensten Exemplaren an erster Stelle. Notker versprach, er werde einen Teil des Scriptoriums in den nächsten Jahren für meine Unternehmung einsetzen. Ekkehard werde die Leitung

einer Gruppe von Schreibern übernehmen, die entsprechend beschäftigt würden. Ich meinerseits versprach für die Auffüllung des Pergamentvorrats zu sorgen.
Ich blieb ein paar Wochen in Sankt Gallen und sah nun endlich mit eigenen Augen, wie der große Plan von Gerbert und Otto zur Ausführung gelangte. Ich wusste nicht, ob man anderswo schon an der Arbeit war, aber dies bedeutete immerhin einen Anfang, jetzt ging es richtig los. Allerdings erwartete ich jetzt nicht mehr, dass es so schnell gehen würde, wie ich anfangs gedacht hatte. Vielleicht war es keine gute Idee gewesen, das Ganze so riesig und gigantisch anzulegen. Besser sollten ein paar engagierte Leute persönlich die Klöster besuchen, um jeden von der Notwendigkeit zu überzeugen, dass das Wissen gesammelt, zur Verfügung gestellt und gesichert werden musste.
Tagsüber half ich den Mönchen bei der Arbeit im Gemüsegarten, genau wie sie nur mit einer dünnen Tunika bekleidet (sie waren nicht so streng) und mit einem Strohhut gegen die Sonne auf dem Kopf. Ab und zu vergaß ich meine Arbeit, dann stand ich aufrecht in einem Salatbeet und starrte verträumt auf die Berge, die ganz wie ich mit dem Kopf in den Wolken standen. Wenn Gerbert Recht hatte und sich Sankt Gallen auf halbem Wege nach Aachen befand, konnte ich in zwei Wochen bei meiner Familie in Utrecht sein. Aber sosehr ich mich auch nach Gisela und Hagen sehnte, so widerstrebte es mir doch, zu diesem düsteren, rückständigen Volk zurückzumüssen, das mir ebenso nieder wie das Land selbst erschien. Und dann erinnerte ich mich, dass es gerade das Ziel war, dies zu ändern.
Meine Abende verbrachte ich mit Lektüre. Ich las, bis mir die Augen von den tanzenden Schatten schmerzten, welche die Kerzen auf das Pergament warfen. Ich las alle Übersetzungen von Notker, nicht zuletzt wegen des wohligen Gefühls, die Alltagssprache, die Sprache, die ich schon so lange kannte, schriftlich vor mir zu sehen. Mochte diese Sprache auch nicht völlig dem Zungenschlag meines eigenen Landes entsprechen, so waren doch die Unterschiede minimal.

Notker war ein Anhänger des großen Plans, an dem ich arbeitete, aber eines Tages äußerte er bei Tisch doch einen Einwand. »Ich halte nichts davon, dass du so viel Wert auf die alten heidnischen Schriftsteller legst. Sie können zwar zweifellos einen gewaltigen Beitrag für das Studium leisten, aber gleichzeitig bringen sie möglicherweise einen unerfahrenen Studenten, der auf die richtige Anleitung verzichten muss, auf falsche Gedanken.«
»Aber du musst doch wohl zugeben, dass wir einem Aristoteles, Plato oder Vergil nicht verübeln können, dass sie Heiden waren?«, fragte ich. »Schließlich haben sie Jahrhunderte vor Christi Geburt gelebt. Und es steht außer Zweifel, dass sie, wenn sie in unserer Zeit lebten, Christen wären.« Das glaubte ich zwar selbst nicht, aber ich war damals – und bin es noch immer – gern bereit, den *Advocatus Diaboli* zu spielen.
»Das ist noch die Frage«, fand Notker. »Manchmal sind gerade die größten Geister am offensten für die Versuchungen der Ketzerei.«
»Du hast sie doch selbst gelesen und sehr viel von ihnen profitiert?«
»Das stimmt«, sagte er. »Und ich habe es sehr genossen, muss ich gestehen. Aber das soll nicht heißen, dass es für jeden geeignet ist. Und man liest Bücher schließlich nicht zum Vergnügen.«
Ich steckte mir schnell ein Stück Fleisch in den Mund, obwohl ich schon satt war.

Eines Morgens, als dicke graue Regenwolken zwischen den Bergen hängen blieben und nicht zum Ausbruch kommen wollten, zog ich fort aus Sankt Gallen. Ich hatte bis zu diesem Zeitpunkt die Klöster immer gemieden, trotz meiner Schwäche für Bibliotheken. Jetzt fragte ich mich, warum. Wie hatte ich doch meinen Aufenthalt in diesem ruhigen Ort des Lernens und der Weisheit genossen! Aber ich machte mir klar, dass nicht alle Klöster wie Sankt Gallen waren. Und damit hatte ich Recht, auch wenn ich damals noch nicht aus Erfahrung sprach.
Diesmal zog ich nachts den bloßen Himmel der Gastfreundschaft der Klöster und Kastelle vor. Ich wusste nicht, wann ich wieder die

Gelegenheit haben würde, draußen zu schlafen, wie ich dies früher getan hatte. Und so hörte ich den Grillen zu und blickte den Schäfchenwolken nach, die am Mond vorbeizogen. Als es zu regnen anfing und tagelang nicht aufhörte, bekam ich das Gefühl, es könne nicht mehr weit nach Hause sein. Ich ritt Nächte durch und schlief im Sattel.

Etwa um die Zeit, als ich in Xanten ankam, hatte es aufgehört zu regnen. Ich kam mit ein paar Mönchen ins Gespräch, die in einem sonnenüberfluteten Weinberg bei der Arbeit waren.

Auf ihre Einladung blieb ich über Nacht in der Pilgerherberge ihres Klosters, von dem ich nicht einmal den Namen wusste. Für eine gepflegte Konversation zu müde legte ich mich an diesem Abend sofort zur Ruhe. Mitten in der Nacht wurde ich von einem schrecklichen Heulen wach, und einen Augenblick fragte ich mich starr vor Schreck, wo ich war. Aber durch das enge Fenster meines Zimmerchens sah ich, wie die Bäume sich in dem starken Wind bogen. Ich ging wieder zu meiner Pritsche und schlief weiter, bis mich etwa um die Mittagsstunde lautes Geschrei weckte.

Nackt rannte ich aus meinem Zimmer und traf im Gang zum angrenzenden Hospital auf Mönche, die händeringend und jammernd wie Hühner durcheinander rannten, die noch nicht verstanden haben, dass man ihnen den Kopf abgehackt hat. Ich konnte aus ihrem Gejammer nicht schlau werden und lief ins Freie, wo es offenbar wieder angefangen hatte zu regnen. Dort standen zwei Mönche starr vor Angst (oder vor Ekstase), die Hände zur Abwehr (oder vielleicht zum Gebet) zu den Wolken erhoben, und schauten gen Himmel, während sie Mühe hatten, bei diesem fürchterlichen Unwetter auf den Beinen zu bleiben. Und auch ich erstarrte, denn die Brüder waren von oben bis unten mit Blut bedeckt, es troff aus ihren Haaren und Bärten und lief wie Tränen über ihre Gesichter. Und in der sehr kurzen Zeit, in der ich draußen war, wurde auch mein nackter Körper völlig mit Blut überzogen …

»Das ist das Blut Christi!«, riefen die Brüder, die nach mir ins Freie gekommen waren. Allmählich füllte sich der Innenhof mit Männern, die mit erhobenen Händen im Chor zu beten anfingen, bis ihre Stimmen sogar das Sturmgetöse und das Klatschen des Regens übertönten. Auch ich, übermannt vom Gräuel des Blutregens, stimmte mit ein.

Als das Jüngste Gericht ausblieb, gingen wir hinein und sprachen noch lange über das Wunder, oder das Zeichen, oder den Fluch, dessen Zeugen wir gewesen waren. Jeder hatte eine andere Theorie darüber. Ich merkte, dass die Männer hier nicht wussten, dass wir in wenigen Monaten das tausendste Geburtsjahr Christi erleben würden, und hielt es nicht für nötig, sie in dieser Hinsicht aufzuklären.
Später, in meinem Zimmer, untersuchte ich das Blut. Aber während normales Blut riecht und zu einer schwarzen Masse zusammenklumpt, schien dieses eine ganz andere Zusammensetzung zu haben. Ich wusch es mir ab und sammelte so viel wie möglich davon in einer Phiole, die mir der Abt lieh. Es schien, als sei der Regen mit einem Farbstoff gefärbt, mit feinem roten Sand, denn ein anderer Rückstand blieb nicht übrig, nachdem ich das Wasser auf dem glühenden Herd hatte verdampfen lassen.
Das erinnerte mich an ähnliche Erscheinungen, die mit dem Samum zusammenhängen, dem Wüstenwind, den ich in meinem früheren Leben mehrfach erlebt hatte.

Am nächsten Tag, dem Tag der Enthauptung Johannes' des Täufers, kam ich an Nimwegen vorbei, das von allen Seiten vom Wasser umschlossen war, weil der Fluss über die Ufer getreten war. Ich ließ die Stadt links liegen und setzte meinen Weg nach Utrecht fort, aber schon bald merkte ich, dass mein Pferd keine Kiesel mehr unter seinen Hufen hatte und ich mich hoffnungslos im Wald verirrt hatte. Ich musste absteigen, um mein Reittier und das Lastpferd auf höher gelegenes Gebiet zu führen, denn die Tiere begannen schon einzusinken. Aber das Wasser schien immer weiter zu steigen, also ging ich auf die Suche nach einem Bauernhof, denn solche Anwesen

werden ja meistens auf Erhebungen erbaut. Ich fand schließlich höheres Terrain, aber der Boden blieb sumpfig, bis der Morgen graute und die Schauer aufhörten, um der Sonne Platz zu machen.
Der Wald hörte auf. Ich blickte auf einen sanften Hügel und glaubte, in der Ferne eine Straße zu sehen, die in westlicher Richtung verlief. Dies musste der Weg nach Utrecht sein. Ich stieg in den Sattel und machte mich spornstreichs auf den Weg. Stundenlang folgte ich der Straße, die da und dort durch umgestürzte Bäume versperrt war, und nach einiger Zeit hatte ich das Gefühl, als sei ich hier schon einmal gewesen. Ich schaute mich genau um und spitzte die Ohren, aber das Einzige, was ich hörte, waren die rauschenden Baumkronen und das leise Hufgeklapper meiner Pferde.
Gegen Abend beschloss ich, Halt zu machen und mir etwas vom Weg entfernt eine trockene Stelle zu suchen, sodass ich endlich schlafen konnte. Ich fand eine geeignete Stelle und aß etwas altes Brot, das ich Tage vorher in einem kleinen Dorf gekauft hatte. Danach machte ich es mir auf dem Moos gemütlich. Ich pries mich glücklich, dass meine Kleider im Laufe des Tages getrocknet waren, und schlief sofort ein.
Mitten in der Nacht wurde ich von Stimmen geweckt, die über das Gemurmel des nahen Flusses hinweg zu hören waren. Ich verhielt mich ganz still und hörte gespannt zu. Zum Glück standen die Pferde ein Stück entfernt und konnten mich daher nicht so schnell verraten.
Die Stimmen kamen aus der Richtung des Flusses, und es dauerte doch einen Augenblick, bis es in meinem schlaftrunkenen Kopf klar war, dass sie Dänisch sprachen. Ich zog mein Schwert aus der Scheide und begann, langsam und äußerst vorsichtig in die Richtung zu kriechen, aus der die Stimmen kamen. Nach einer Weile sah ich ein kleines Feuer zwischen den Bäumen flackern. Als ich näher herangekrochen war, konnte ich die Männer, etwa zehn an der Zahl, unterscheiden, die dort um das Feuer saßen, aßen und redeten. Ein Stück entfernt tauchten aus dem Dunkeln drei hölzerne Drachenköpfe auf; sie gehörten zu den Schiffen, die am Ufer

vor Anker lagen. Auf einmal erinnerte ich mich, wie ich vor etwa zwanzig Jahren genau dasselbe erlebt hatte. Auch damals hatte ich zwischen den Sträuchern gelegen und dänische Piraten und Sklavenjäger gehört, aber damals war ich unerfahren und hatte mich fassen lassen. Immerhin, wenn ich irgendetwas von den Dänen gelernt hatte, dann war es Anschleichen und Belauschen.

Diese Männer fühlten sich offenbar sicher, sie machten überhaupt keine Anstalten, sich ruhig zu verhalten. Wir mussten uns in unbewohntem Gebiet befinden, oder, was wahrscheinlicher war, sie hatten einen erfolgreichen Überfall verübt, denn es fehlte ihnen nicht an Essen und Trinken. Der Hunger begann, in mir zu nagen, und ich versuchte, den Gesprächen einer Würfel spielenden Gruppe von vier Männern zu folgen, die mir am nächsten saß. Zwei Schwerter waren an einen Baumstumpf gelehnt, und ich sah sofort, dass sie von einem Meisterschmied angefertigt worden waren: Klingen in Ulfberths Stil, aber mit einem Griff von seltsamer Machart. Mischlinge waren es, und teilweise waren sie von mir selbst geschmiedet worden.

Die Dänen sprachen von dem Überfall, den sie an diesem Abend auf einen großen Bauernhof stromaufwärts verübt hatten. Offenbar waren die Bauern gewarnt worden, denn die Angreifer hatten keine Menschenseele angetroffen und, von einem ordentlichen Vorrat an Lebensmitteln abgesehen, nichts nach ihrem Geschmack vorgefunden.

»Ja, Hrolf«, sagte einer der Männer lachend, »wenn du Ohrringe ernten willst, dann darfst du nicht so viel Lärm machen. Die Leute konnten ja schon auf zwei Meilen Entfernung hören, dass du kommst.«

»Sag das lieber Igufu, diesem Tollpatsch!«, antwortete der Angesprochene böse. »Wenn der auch nur einmal seinen Verstand gebrauchen würde ... Im Übrigen, wenn geerntet werden soll, dann haben die jungen Töchter der Bauern aber was Besseres zu bieten als ihre Ohrringe. Die betrachte ich als Zugabe.«

Ein Kerl, der Größte in der Gesellschaft, stotterte etwas Unverständ-

liches, und sofort darauf sagte der vierte Mann versöhnlich: »Igufu ist etwas tollpatschig, das stimmt. Aber wenn es zum Kampf kommt, hat man mehr von ihm als von zehn normalen Kriegern.«
Der erste Sprecher, der Hrolf genannt worden war, sagte: »Mit List und Verschlagenheit kommt man bei den Bauern weiter. Igufu lassen wir deshalb, wenn es um einen Bauernhof geht, lieber auf dem Boot. Aber wenn wir ein Städtchen überfallen, dann geht er voran!«
Der versöhnlich Sprechende sagte: »Wir haben doch gut gegessen? Bis auf weiteres fahren wir ja noch nicht nach Hause, und ein Stück weiter muss es ein paar fette Städte geben. Der König braucht uns bis zum nächsten Frühjahr nicht, also können wir machen, wozu immer wir Lust haben. Warte nur, bis wir uns übermorgen wieder den Fluss hinunter treiben lassen!«
»Warum fahren wir nicht zurück nach England, Helgi, da kann man wenigstens in eine Taverne gehen und ein Bier trinken, wenn man Lust dazu hat«, sagte Hrolf.
»Das stimmt«, bestätigte Helgi. »Aber man muss auch bezahlen können, denn im Danelaw gibt es Gesetze, während wir hier frei sind und machen können, was wir wollen.«
Ich steckte mein Schwert in die Scheide, stand auf und schritt in den Lichtkreis. »Gelten in diesem Land etwa keine Gesetze, ihr Hundesöhne?«, schrie ich. Die Männer erstarrten und blickten alle auf mich. Dann flogen die Schwerter heraus. Ich hob die Hände. »He, Jungens«, rief ich erschreckt. »Hier steht der Schmied, der eure Schwerter geschmiedet hat. Helgi, Hrolf, Igufu! Sagt das diesen Idioten!«
Helgi, der auch aufgestanden war, kam heran. »Hroswith!«, sagte er und umarmte mich stürmisch. Danach kamen Hrolf und Igufu, dessen bärenartige Umarmung für mich beinahe fatal ausgegangen wäre. Die anderen Dänen, die mich nicht kannten, standen brummend um uns herum und ließen nur unwillig ihre Schwerter sinken.
»Er mag ja ein Freund von dir sein, Helgi«, sagte einer von ihnen, »aber trotzdem hat er uns zuerst Hundesöhne und dann Idioten

genannt. Solche Beleidigungen können nur mit Blut ausgewaschen werden.«
»Aus dem Munde des Meisterschmieds Hroswith, der übrigens ein Blutsbruder unseres Königs Svein Gabelbart ist, sind dies Ehrennamen, stolzer Gorm«, erklärte Helgi. »Wir sind doch schließlich die schrecklichen, wüsten, sich vor nichts fürchtenden Söhne des Höllenhundes?«
»Das stimmt. Aber Idioten?«
»In unserer Unerschrockenheit sind wir wie Idioten, die sich blindlings in den Abgrund stürzen«, sagte mein kluger Freund, den ich seit meiner Entführung aus Haithabu durch Abu al-Fath al-Iskandari, diesen anderen schlauen Fuchs, nicht mehr gesehen hatte.
»Bei Gott, du hast Recht«, sagte Gorm lachend und schlug mir auf die Schulter, dass es krachte. »Gebt diesem Niederlothringer ein Stück Schaffleisch und lasst ihn voll Bier laufen!«
»Sieh an, daran erkenne ich meine dänischen Freunde«, sagte ich erleichtert, denn meine Scherze waren wohl doch etwas verwegen gewesen. Schließlich war es schon sehr lange her, dass ich mit Helgi, Hrolf und Igufu in den Bierschenken von Jelling herumhing, und das Gedächtnis eines dänischen Kriegers reicht meist nicht weiter zurück als bis zur letzten Klopperei.

Unter dem Sternenzelt sprachen wir von früher und erzählten uns gegenseitig, wie unser Lebensweg seit jenen fröhlichen Tagen in Jelling und Haithabu verlaufen war. Gorm setzte sich zu uns. Er war wie Hrolf ein Vetter von Svein und hatte, obwohl er sich dabei nicht überanstrengte, die Leitung dieser kleinen Expedition übernommen. Wir tranken und redeten, bis wir die Sonne durch den Morgennebel sahen.
Es stellte sich heraus, dass der Mönch, welcher mir von Sveins Regentschaft erzählt hatte, gut unterrichtet war. Svein hatte bald nach meinem Verschwinden seinen Vater vertrieben und die Macht in Dänemark an sich gerissen. Ich erhielt eine lange Darlegung der politischen Scherereien und der Eroberungen des jungen Königs,

aber davon habe ich mir nichts gemerkt, was zum Teil an der Komplexität der Ereignisse, teilweise auch daran lag, dass das Bier in Strömen floss.

Es schien, dass Svein sich eine ordentliche Herrschaft aufgebaut hatte. Helgi spielte auf einen Kampf an, der im nächsten Frühjahr oder Sommer gegen Olav Trygvason ausgetragen werden sollte, dem König von Norwegen, der dort vor fünf Jahren an die Macht gekommen war.

»Viele Stämme werden zusammenkommen, um diesen Hund zu schlagen, und entkommen kann er nicht mehr. Aber zunächst einmal sind wir noch hier und lassen es uns richtig gut gehen. Komm mit uns mit, Hroswith, es wird wieder sein wie in alten Zeiten! In ein paar Tagen wollen wir Tiel überfallen, da scheinen die Kaufleute mehr Geld zu haben, als sie ausgeben können. Und danach fährst du mit uns mit, zurück nach Hause. Svein wird sich freuen, dich wiederzusehen.«

Ich hatte alles erzählt, was mir widerfahren war, aber ich erwähnte weder mein Haus in Utrecht noch meine Funktion am kaiserlichen Hof. Denn wie froh ich auch war, meine alten Freunde wiederzusehen, und wie ich auch das Leben in Jelling genossen hatte, so wurde mir an diesem Abend doch klar, dass ich mich sehr weit von dem Jungen entfernt hatte, der vor so langer Zeit als Vogelfreier herumgeirrt war und nichts zu verlieren hatte als sein Leben. Meine Freunde aus Jelling hatten sich nicht verändert, und ich merkte, dass ich einen Teil meines Lebens vor ihnen verborgen halten musste, weil sie ihn einfach nicht verstanden hätten. Meine Vorlieben und Interessen hatten im Laufe der Jahre eine größere Spannweite bekommen als dieses fröhliche Juxen und das Plündern von Landgütern. Diese barbarische Lebensweise, so schloss ich meine Überlegungen, als ich mich irgendwann mitten am nächsten Tag wie meine Freunde zum Schlaf zusammenrollte, hatte nichts mehr mit der Person zu tun, die ich seit langem geworden war.

Aber noch vor dem darauf folgenden Abend sollte sich herausstellen, wie sehr ich mich irrte.

Ich erwachte früh am Abend, dreckig und verschwitzt. Ich stand auf und ging vorsichtig zwischen den schlafenden Männern hindurch zum Fluss. Die zwei Dänen, die Wache halten mussten, nickten mir zu und setzten ihren Schlenderschritt rund um das Lager fort, das noch immer in dichten Nebel gehüllt war.
Ich ging zum Ufer und gelangte sehr schnell an das eigentliche Flussbett, entkleidete mich, verrichtete mein Bedürfnis und wusch mich dann im Wasser. Ich schwamm zum gegenüberliegenden Ufer und hatte durch den Nebel nur wenig Sicht auf den toten Flussarm mit den Drachenschiffen. Schließlich hockte ich mich eine Weile ans Ufer und sah den vorbeitreibenden Blättern und Zweigen nach – bis ich auf einmal merkte, dass ich nicht allein war. Ich blickte zur Seite und sah einen Mann, der mir gegenüber hockte und mich spöttisch anblickte. Er trug einen schwarzen Mantel über einer roten Jacke und hatte auf dem Kopf einen Schlapphut, dessen Krempe sein Gesicht halb im Schatten ließ. Ich fasste mich an die rechte Wange.
»Es brennt wohl immer noch etwas, nicht wahr?«, fragte er leise. »Wo ist denn nun das Teufelskind? Wo ist die Satansbrut? Schau dich um, du Narr, schau dich um!« Und als er das gesagt hatte, stand er auf und gab mir, schneller als ich es für möglich gehalten hatte, eine Ohrfeige auf meine linke Wange. »Jetzt ist das Gleichgewicht hergestellt«, hörte ich noch durch das Sausen im Ohr hindurch sagen, aber dann war er auch schon verschwunden. Und das sumpfige Flussufer, wo ich bis an die Knöchel eingesunken war, schien an der Stelle, wo ich den Mann mit dem Mantel hatte sitzen sehen, völlig unberührt. Hätte meine Wange nicht gebrannt, hätte ich nicht geglaubt, dass das Vorhergehende tatsächlich geschehen war.
Ich tat, was er gesagt hatte: Ich schaute mich um. Der Nebel riss auf einmal auf, und ich war mir ganz sicher, dass ich hier schon gewesen war. Einem plötzlichen Einfall folgend, stieg ich ins Wasser und überquerte den Fluss. Dort stieg ich ans Ufer und ging an den Drachenschiffen vorüber. Bis auf die Wächter schliefen noch alle Dänen. Nach einer halben Meile erreichte ich einen Teil des einstigen

Altwassers, das, versandet und dicht bewachsen, inzwischen mitten im Wald und weit entfernt vom heutigen Flusslauf lag. Die Versandung hatte noch mehr zugenommen, als ich es in Erinnerung hatte, aber ich fand doch, was ich suchte. Zwischen dem Unkraut an einer Stelle, die vor langer Zeit offen gewesen sein musste, aber jetzt mit niedrigen Sträuchern bewachsen war, lagen die Schuttreste eines vor langer Zeit eingestürzten Hauses und die Überbleibsel eines steinernen Schornsteins, der einst zu einer Schmiede gehört hatte. Wie oft hatte ich dort nicht am Blasebalg gezogen!

Und ein Stück weiter im Wald fand ich ein Grab aus groben Steinen und mit Moos bewachsen. Neben dem Grab lag eine flache Steinplatte, die offenbar einst auf dem Grab gestanden hatte. Ich hob die Platte hoch und strich die Asseln und den Sand von der Unterseite. In Runen stand eingemeißelt: *Frijonde, Königstochter.*

Ich saß lange mit geschlossenen Augen am Grab meiner Mutter, und ich merkte, wie sich Erinnerungslücken, deren Existenz ich nicht einmal mehr ahnte, in meiner Vorstellung wieder füllten. Ich dachte an die glücklichen Jahre meiner Jugend zurück. Und ich erinnerte mich an den schrecklichen Abend, als mein Vater und ich das niedergebrannte Haus entdeckten. Da stand ich auf und stellte die Steinplatte auf die Stelle, an die sie gehörte.

»Das Teufelskind ist erwacht«, sagte ich in der Sprache meiner Mutter, drehte mich um und rannte, immer noch nackt, quer durch die Dornensträucher und Brennnesseln zurück zu den Drachenschiffen meiner Freunde, wo mich diejenigen, die schon wach waren, ins Wasser springen und triefend vor Blut und Wasser am Ufer wieder hochkriechen sahen.

»Brüder«, sagte ich. »Tiel ist gar nichts, ich kenne das kleine Städtchen. Ich werde euch zu einem viel wohlhabenderen Ort bringen, einem Ort, wo die Kaufleute fett sind und die Lagerhäuser voll, wo die Geldkästen überquellen und die Mädchen hübscher sind als anderswo. Und es gibt eine Kirche voller Schätze. Aber die sind nicht aus Gold, nein, viel wertvoller! In dieser Kirche wird ein eiserner Nagel aufbewahrt, der tatsächlich von dem Kreuz stammt, an dem

Jesus Christus gestorben ist. Es ist eine Reliquie von unschätzbarem Wert, für die die neuen Bistümer im Norden und im Osten riesige Beträge bieten werden.«

»Unser eigenes Bistum kann auch eine gute Reliquie gebrauchen«, fand Hrolf. Igufu, der selten sprach, richtete sich auf, rieb sich den Schlaf aus den Augen und brüllte, das Schwert zum Himmel gereckt: »W… w… wo ist der Met?«

53. Kapitel

In dem ein Blutbad einem Blutregen vorangeht und sich schließlich Hroswiths eigenes Blut in unerwarteter Richtung verzweigt

»Lasst niemanden am Leben!«, sagte ich, als wir nach Wikala gingen. »Lasst keinen Stein auf dem anderen!«

Von zwei Jungen begleitet, die genauso alt waren wie ich bei meinem ersten Strandüberfall, schwamm ich zum Hafen, wo wir uns zwischen den Schiffen verbargen. Als wir uns davon überzeugt hatten, dass keine Leute auf der Straße waren, kletterten wir am Kai hoch und schlichen an den Häusern entlang zum Stadttor. Auf dem Weg dorthin nahm sich einer der Jungen mit seinem Dolch den Nachtwächter vor und machte dabei weniger Geräusche als der Nachtwind in den Blättern der Linden auf dem kleinen Kirchplatz.

Vor dem niedrigen Stadttor standen zwei Wachen auf ihre Lanzen gestützt und schwatzten miteinander. Zwei Dolche flogen gleichzeitig durch die Luft und durchbohrten ihre Kehlen. Bis der dritte Wächter, der drinnen saß, merkte, was vorging, und er seinem Tod entgegenrannte, war das Tor schon geöffnet und die Brücke rasselte herunter.

Der Mensch neigt dazu, große Gräueltaten zu vergessen, ja aus seinem Gedächtnis zu streichen, und das muss auch Wikala widerfahren sein, denn in keiner der Legenden und Geschichten, welche herumerzählt werden, habe ich den verfluchten Namen jemals erwähnt gefunden. Natürlich überlebte niemand das Blutbad und das darauf folgende Flammenmeer dieser Nacht. Kirche, Häuser, Schiffe, alles brannte lichterloh, und heute, mehr als sechzig Jahre später, hätte ich Mühe, die Stelle wiederzufinden. Zweifelsohne wird sich der Fluss seitdem seine Rechte wieder genommen haben und sind Hafen und Stadtgräben weggespült, weil es keine Menschen mehr gab, die die Anleger und Wasserläufe in Ordnung hielten, und weil kein Stein mehr auf dem anderen lag.

Die tosende, wutschäumende Dänenbande, die in die Stadt einfiel, hielt sich an ihr Versprechen. Viele der Stadtbewohner haben nie erfahren, was über sie hereinbrach, so schnell geschah alles. Und lange nachdem der letzte Einwohner niedergemacht worden und alles Brennbare verkohlt war, tanzte ich noch wie ein zeternder Narr durch die Straßen, brüllte besessen wie ein Esel, meckerte wie eine Ziege und hetzte, den Vorschlaghammer schwenkend, die Berserker auf, fortzufahren mit dem Rütteln, Einschlagen und Abbrechen der Häuser, bis wirklich kein Stein mehr auf seinem alten Platz ruhte.

Es kann auch tagelang gedauert haben, ich weiß es nicht. Wir kamen zu uns zwischen den rauchenden Schutthaufen und den gepeinigten, zertretenen Leichen, die schon in Verwesung übergingen. Wir wuschen das Blut und den Ruß von uns ab und gingen schweigend zurück zu den Drachenschiffen, wo die Dänen sich zum Aufbruch bereitmachten. Ich habe niemals erfahren, ob sie den Nagel von Jesu Kreuz gefunden hatten.

»Fahr mit!«, sagte Helgi, aber ich schüttelte den Kopf und bat ihn, Svein zu grüßen. »Ich kann nicht, meine Bestimmung liegt woanders.«

»Lass uns dann Abschied nehmen!«

Ich starrte den Schiffen nach, die eines nach dem anderen in großer Eile abfuhren, als hätten selbst sie keine Lust, länger an diesem vermaledeiten Ort zu verweilen. Dann zog ich meine Kleider aus, die vom Ruß und getrockneten Blut schwarz und steif waren. Aus dem Packen auf meinem Lastpferd holte ich meine alte Mönchskutte und warf sie über. Nur mit Mühe konnte ich die Blicke meiner Pferde ertragen, so fest hielt mich die Scham in ihrem Griff. Dann nahm ich die Pferde am Zügel und führte sie in die Richtung, in der meiner Erinnerung nach der Weg war.

Ich kam jetzt nur noch ganz langsam voran. Ich war völlig verstört und fühlte mich leer gepresst wie ein Weinschlauch in der Wüste. Immer wieder glaubte ich, den Geruch von Blut zu riechen. Nächtelang lag ich wach unter den Sternen und blickte zu den schnell dahinjagenden Wolken empor. Ich fühlte mich wie vor zwanzig Jahren nach dem Strandüberfall – ich weiß nicht mehr an welcher Küste. Aber dieses Mal war es schlimmer. Ich war kein Jugendlicher mehr wie damals, und im Gegensatz zu den Dänen hatte ich keinen Met getrunken, ja nicht einmal Bier. Trunken war ich gewesen, trunken vom Blut und von der Rachsucht. Ich wunderte mich über die Gräuel, zu denen ich imstande gewesen war, ich, ein Mann der Wissenschaften! Im Nachhinein musste ich dem Pfarrer von Wikala Recht geben, was seine einstige Meinung über mich betraf.
In diesen Tagen, auf dem Weg nach Utrecht, wollte ich sterben. Aber diese Gnade war mir nicht vergönnt. Meine Strafe sollte vielmehr ein langes Leben sein, ein viel längeres Leben als alle Menschen, sieht man von diesem Nilus von Rossano ab und von ein paar Gestalten aus der Bibel, deren Alter ich nicht persönlich nachprüfen kann, weshalb ich die Zahlen nur cum grano salis nehme.

Ich wollte meiner Familie noch nicht unter die Augen treten und beschloss daher, als ich eines Morgens an Tiel vorbeikam, der Stadt, die, wie ich mir einredete, dank meines Eingreifens verschont geblieben war, ein paar Tage dort zu verbringen.
Ich nahm mir ein Zimmer in einer Herberge und ließ mir eine Wanne heißes Wasser bringen, in dem ich mich sehr lange einweichen ließ. Dann bestellte ich einen Barbier. Nach dem Mittagessen kaufte ich in der Stadt neue Kleider, denn meine Mönchskutte kratzte noch mehr als früher.
Das Städtchen erinnerte mich sehr an Wikala, und ich war verstört, als ich sechs Jahre später hörte, dass es schließlich von den Normannen ausgeplündert worden war. Ich weiß nicht, wer den Überfall verübte, aber Graf Balderik hat anschließend als Vertreter des

Präfekten die Verteidigung des Orts übernommen. Tiel scheint in den Folgejahren wieder aufgeblüht zu sein.

Am nächsten Tag fühlte ich mich so gut erholt, dass ich mich entschloss, endgültig heimzukehren. Ich ließ alles zurück, was mich bei meinem Ritt behindert hätte, und machte mich jetzt ohne Lastpferd auf den Weg. Es war schönes Spätsommerwetter, und ich kam sehr gut voran. Mittags stieg ich ab und nahm im Gras eine mitgebrachte Mahlzeit zu mir, dann machte ich ein kleines Nickerchen, um anschließend meinen Weg fortzusetzen.

Aber gegen Abend, lange vor Sonnenuntergang, bezog sich der ganze Himmel, und es brach ein Sturm los, wie ich ihn selten mitgemacht habe. Innerhalb weniger Augenblicke war es schwarz wie die Nacht. Ich wollte mich aber nicht mehr unterstellen und jagte das Pferd weiter, obwohl mir die Zweige um die Ohren flogen. Eine Eiche wurde vor meinen Augen entwurzelt und schlug krachend auf den Boden. Ich merkte, dass mein Pferd nicht mehr weiter wollte, daher stieg ich ab und nahm es am Zügel. So ging ich durch Nacht und peitschenden Regen und bückte mich ab und zu unter einem Ast. Einmal strauchelte mein Pferd, und ich konnte gerade noch zur Seite springen, um nicht unter seinem schweren Leib zu landen. Aber es kam wieder hoch und ließ sich erneut führen, obwohl es mir inzwischen schien, als hätte ich das Tier im Schlepptau. Es muss gegen Morgen gewesen sein, als ich die Mauern von Utrecht vor mit auftauchen sah. Weil es noch zu früh war, suchte ich Schutz im Windschatten des Tores. Bei Tagesanbruch legte sich der Sturm. Ich schlug an eine kleine Tür im Stadttor, und als jemand ein Fensterchen öffnete, rief ich meinen Namen.

Die Tür öffnete sich. »Willkommen, Herr Hroswith!«, rief eine Stimme, und ich zog mein Pferd durch die Öffnung und ging durch die stillen Straßen zu meinem Haus.

Aber irgendetwas Eigenartiges war geschehen. Das Haus war mindestens doppelt so breit, wie ich es in Erinnerung hatte. Ich machte mein Pferd fest und klopfte leise an, um meine Frau und mein Kind nicht zu erschrecken.

Fast zeitgleich ging die Tür auf, und in der Öffnung zeigte sich die kleine bucklige Teckla mit einem Kind auf der Hüfte. Als sie mich sah, riss sie die Augen auf und fing an zu schreien. Das Kind folgte ihrem Beispiel. Hinter Teckla erschien Gisela, und auch sie stieß einen Schrei aus. Und hinter ihr begann ein weiteres Kind zu weinen und noch eines ... Ich muss ziemlich dumm dreingeblickt haben, so einen Empfang hatte ich nicht erwartet.

Gisela kam als Erste wieder zu sich. »Hroswith, was ist los?«, fragte sie.

»Das würde ich selbst auch gern wissen«, sagte ich verwundert.

»Du bist voller Blut.« Sie zeigte auf mich, und ich schaute auf meine Kleider, meine neuen Kleider, die mit einer dicken Blutschicht bedeckt waren. Meine Hände und mein Gesicht, meine Haare, alles war voller Blut. Dickes, zusammengeklumptes Blut: echtes Blut. Sofort hatte ich wieder diesen Geruch in der Nase. Ich begann, am ganzen Leib zu zittern, und versuchte, etwas zu sagen, aber es kam nur Gestotter aus meinem Mund. Welchen schrecklichen Fluch hatte ich auf mich herabgerufen?

Gisela nahm mich am Arm, um mich ins Haus zu ziehen, aber da stießen die Kinder und Teckla wieder einen Schrei aus. Mit einem fast menschlichen Stöhnen ging die Stute, die mich so viele Tage getragen hatte, in die Knie und fiel um, wobei ihr Kopf, der noch an einem Ring in der Außenmauer befestigt war, sich merkwürdig verdrehte. Ich nahm mein Schwert und schnitt die Zügel durch. Jetzt schlug der große Pferdekopf auf die Straße. Das Tier war mausetot. Ich sah die Frauen an, die nun beide still waren und denen das Entsetzen ins Gesicht geschrieben stand, und dann betrachtete ich die Stute etwas genauer und bemerkte die große Wunde, die von der Mitte des Schädels quer über das Genick verlief. Ich holte tief Atem.

»Macht ein Bad für mich fertig!«, sagte ich zu den Frauen. »Und versucht, die Kinder zu beruhigen.«

Der kleine Buckel lief hinein. Im Flur standen drei Kinder. »Welcher ist mein Hagen?«, fragte ich, denn sie ähnelten einander und hatten auch ungefähr das gleiche Alter. Drei aufgerissene schreiende Mäuler. Gisela zeigte auf den Größten der drei. Tatsächlich, wie konnte es auch anders sein. Aber ich wagte nicht, das Kind hochzuheben, blutbesudelt wie ich war, und es hätte sich bestimmt auch nicht von mir hochheben lassen. Der Junge sah mich sterbensbang an und schrie weiter, genau wie die beiden anderen Kinder.
»Und von wem sind die anderen?«, fragte ich schlecht gelaunt, denn ich hatte mir doch eine andere Heimkehr vorgestellt.
»Von dir«, sagte Gisela. Sie nahm zwei der Kinder und ging mit ihnen in die Küche, wo sie sie in Kinderstühle setzte. Dann nahm sie das dritte, setzte sich an den Tisch und nahm es auf den Schoß. Ich blickte sie an.
»Teckla hat Zwillinge bekommen«, erklärte Gisela. Ich blickte den kleinen Buckel an, der damit beschäftigt war, die Wanne zu füllen, und mir dabei ängstliche Blicke zuwarf.
»Von mir?«, fragte ich dumm. Gisela nickte.
»In der Nacht, bevor du weggingst, ist sie bei dir gewesen«, sagte sie. »Hast du das denn gar nicht gemerkt?«
Ich schüttelte den Kopf. »Aber warum?«
»Ich hatte sie darum gebeten«, antwortete Gisela. Sie lächelte Teckla an und fragte dann: »Wie war es in Rom?«
»Viele kleine Ziegenpfade und Disteln, aber es ist wärmer dort als hier«, sagte ich. »Was ist eigentlich mit dem Haus passiert?« Wo vorher eine Außenmauer gewesen war, sah ich jetzt einen Flur und eine Tür, und das stimmte mit der plötzlichen Verbreiterung überein, die ich schon an der Front konstatiert hatte.
»Ich habe es umbauen lassen, es war zu klein geworden«, sagte meine Frau. »Komm, zieh dich aus und steig in die Wanne, dann werden wir dich ordentlich sauber schrubben! Du bist übrigens dicker geworden.«
Ich stieg ins Wasser und entspannte mich mit jedem Kessel, der hinzugeschüttet wurde. Während Teckla meinen Rücken scheuer-

te, blickte ich meine Kinder an, die ruhig geworden waren und mich alle drei aus großen Augen in verheulten, rotzüberströmten Gesichtern misstrauisch musterten und sich dabei unablässig in Milch eingeweichte Brotstücke in den Mund steckten. Die Zwillinge, Bruno und Brand, waren nicht voneinander zu unterscheiden, Gisela zufolge sahen sie mir ungeheuer ähnlich.

Später spielten sie auf dem Boden mit Holzklötzen, die Gisela extra für sie hatte machen lassen. Ich setzte mich, sauber wie ich inzwischen war, zu ihnen und fragte: »Was macht ihr denn da?«

»Haus«, sagte Hagen, der weniger schüchtern war als die beiden anderen, immerhin war er ja auch ein oder anderthalb Jahre älter.

»Soll ich mal eine schöne Kirche für euch bauen?«, fragte ich hilfsbereit.

»Nein«, sagte Hagen resolut. »Haus.«

Ich seufzte. »Gut, dann werde ich ein schönes Haus bauen.«

Hagen öffnete den Mund und hob ein Geschrei an, dass mir Hören und Sehen verging, und die Zwillinge stimmten ein. Nach langem und geduldigem Ausfragen konnte Hagen deutlich machen, was ich Falsches gesagt hatte. »Kein schönes Haus. Einfach Haus.«

Ich baute also ein einfaches Haus, und als ich damit fertig war, merkte ich, dass ich die Kinder beeindruckt hatte. Nicht umsonst hatte ich ja auch die Werke des großen Vitruvius gelesen.

»Also, wenn ich es richtig verstehe, habe ich jetzt zwei Frauen«, sagte ich, als wir abends beisammen saßen.

»Wenn du das möchtest«, sagte Gisela. Sie hatte Teckla damals zu mir geschickt, weil das unglückliche Mädchen ihr anvertraut hatte, sie erwarte nicht, jemals ein Kind zu bekommen, kein Mann werde sie haben wollen. Und dabei wünsche sie sich nichts lieber als ein eigenes Kind.

»Ich fand es auch schön für Hagen«, sagte Gisela.

»Ihr hättet mich immerhin fragen können«, erwiderte ich.

»Du hättest es nicht getan«, sagte Teckla. Das war das Erste, was sie zu mir sagte, seitdem ich wieder zu Hause war.
»Ich denke schon«, antwortete ich. »Die Bettstelle ist groß genug, und ich habe mich lange genug in Ländern aufgehalten, wo Vielweiberei ganz normal ist. Ich habe keine Einwände, solange es unter uns bleibt. Ich habe keine Lust, wegen Bigamie verurteilt zu werden.«
Manche Leute finden einen Buckel abstoßend, aber darüber habe ich eine andere Meinung. Es ist eine interessante Rundung, und ich nahm mir vor, das Ding alsbald einer eingehenden Untersuchung zu unterziehen.
Später, als ich zwischen den beiden lag, sagte ich: »Ich habe wieder viel zu erzählen, Gisela, oder soll ich für Teckla mit meiner Geschichte von vorne anfangen?«
»Ich bin dank Gisela schon auf dem Laufenden«, sagte Teckla.

Endlich besuchte ich die Bibliothek in Utrecht, kam aber enttäuscht wieder heraus. Es standen keine besonderen oder seltenen Exemplare in den Schränken, und in dem kurzen Gespräch, das ich mit dem Bibliothekar führte, wurde deutlich, dass man im Stift alles ablehnte, was vom Kanon abwich. Und den kannte ich inzwischen auswendig.
Ich bekam den Bischof nicht zu sprechen und hatte dazu auch wenig Neigung. Lieber hielt ich mich in Wolfs Taverne auf, der mich wie den verlorenen Sohn empfing. Er half mir, ein großes Bierfass, in das wir ein kleines Fenster und eine Tür sägten, zu meinem Haus zu rollen. Damit sollten meine Söhne spielen. Ich ließ noch mehr Spielklötze machen und lehrte sie, wie man eine Kirche baut und eine Pyramide und eine Abtei. Bald waren sie nicht mehr daran interessiert, Häuser zu bauen, geschweige denn einfache Häuser.
Ich las mein Buch *De Moribus Maurorum* und beschloss, in Kürze mit der systematischen Niederschrift all dessen zu beginnen, was ich in meinen Jahren in Syrien und Andalusien gelernt hatte.

Was für eine große Aufgabe lag da vor mir! Ich dachte inzwischen über die großen Bibliotheken und die Zentren der Wissenschaft und der Weisheit nach, die wir gründen wollten. Von unserem Papst, dem die Wissenschaft so sehr am Herzen lag, konnte die Welt nur profitieren – auch dieses Utrecht, wo man noch nicht wusste, welche Töne jetzt in Rom angeschlagen wurden, Töne, die bald wie Posaunen bis in den letzten Winkel der Erde schallen würden.

Weder Gisela noch Teckla verstanden so richtig, was jetzt meine neue Beschäftigung war. Sie brachten dafür, glaube ich, auch wenig Interesse auf. Ich entdeckte, dass der Umbau keine Schneise in meinen Geldvorrat geschlagen hatte, im Gegenteil, jedes Mal, wenn ich die Kisten kontrollierte, schien mehr Geld in ihnen zu sein. Gisela hatte, schon bevor ich nach Rom abgereist war, angefangen, mit den Marktkaufleuten und reisenden Händlern kleine Geschäfte zu machen. Teckla war dazugestoßen, und zusammen hatten sie in den Jahren meiner Abwesenheit ihre Aktivitäten erweitert. So besaßen wir nun Lagerhäuser in Springwijk und ein kleines Landgut im Niederstift, wo die Frauen, sobald die Kinder etwas größer waren, die Sommermonate verbringen wollten.
Ich wunderte mich einmal mehr über Gisela, die nicht einmal lesen und schreiben konnte. Als ich ihr anbot, es ihr beizubringen, lehnte sie es ab. »Ich rechne alles immer im Kopf«, sagte sie. »Und ich vergesse niemals etwas. Wenn ich die Dinge aufschreibe, gibt es keinen zwingenden Grund mehr, sie zu behalten, und ich würde bald die Übersicht verlieren.« Eine kluge Frau.
»Das meiste hab' ich mit dem Handel von Pergament verdient. Weißt du noch, wie ich vor zwei Jahren ein Paket mit Blättern für dein Buch aufgetrieben habe? Vor einem Jahr kam auf einmal eine große Nachfrage nach Pergament auf, und ich konnte viel aufkaufen.«
»Diese Nachfrage wird in den nächsten Jahren noch zunehmen«, sagte ich ihr. »Sorg dafür, dass du viel davon einlagerst!« Aber sie

lächelte, als wolle sie sagen, dass sie schon selbst bestimmte, womit sie sich eindeckte. Und sie hat immer Recht behalten.
Ich schlug vor, dass wir alle nach Rom umziehen sollten, die Frauen wollten jedoch nicht. Wer sollte dann hier die Geschäfte führen? Und was sollten sie in einem Land, dessen Sprache sie nicht konnten? Sie waren auch nicht für mein Versprechen empfänglich, dass sie in einem Palast wohnen würden. Und dabei blieb es.

Wie sehr ich auch das Zusammensein mit meinen Frauen und Kindern genoss, so sehnte ich mich doch nach der Aufgabe, die auf mich wartete, und ich wollte an den großen Ereignissen beteiligt sein, die sich jetzt weit entfernt von meinem Haus abspielten.
In Wolfs Taverne fragte ich Schiffer und Reisende nach tausenderlei aus, immer in der Hoffnung zu erfahren, was sich im übrigen Reich abspielte. Aber ich konnte nicht einmal herausbekommen, wo sich der Kaiser aufhielt. Dass er im Spätsommer und im Herbst wieder im Süden war, diesmal mit Heeresmacht, um die Ordnung in Kampanien und den Langobardenlanden wiederherzustellen, hörte ich erst im Frühjahr des nächsten Jahres von ihm selbst. Immerhin vernahm ich von einem Reisenden aus Worms, dass der Bischof dieser Stadt gestorben war, Bischof Franko, der strenge, asketische Freund Kaiser Ottos.
Es musste etwa in der Zeit geschehen sein, als ich nach Hause kam. Genau einen Monat früher hatten sich der Kaiser und Franko einer Bußübung in Subiaco unterzogen, wo der heilige Benedikt einst seine ersten Klostergemeinschaften gestiftet hatte. Wochenlang hatten sie betend, fastend und Psalmen singend in den engen, feuchten Grotten gesessen. Auf der Rückreise nach Rom war Franko krank geworden und kaum innerhalb der Stadtmauern angelangt, gab er den Geist auf.
Ich trauerte nicht, ich hatte ihn als kühlen und gestrengen Mann kennen gelernt. Aber ich hatte Mitleid mit dem jungen Otto, der wieder eines seiner Vorbilder und einen geistlichen Ratgeber ver-

loren hatte. Zuerst Adalbert, dann seinen Vetter Bruno, den letzten Papst, und jetzt auch noch Franko. Aber der Größte von allen, Gerbert, war noch am Leben. Und ich glaubte nicht, dass die Einmischung all dieser Asketen, die den Kaiser allmählich umzingelt hatten, dem Reich sehr viel Nutzen eingebracht hatte.

Es wurde ein langer, strenger Winter, den ich damit verbrachte, meinen Söhnen Schneehütten zu bauen und Schlittschuhe zu schmieden. Die Schlittschuhe wurden angesichts drei blutiger Nasen von meinen wütenden Frauen wieder abgeschafft.
Obwohl ich mir vorgenommen hatte, viel zu schreiben, kam ich zu nichts. Ich geriet allmählich in eine Art Halbschlaf, einen Traumzustand, in dem ich bis zum Ende des Winters gefangen blieb.
Ganz langsam erwachte ich aus meiner Melancholie, und in der letzten Märzwoche hatte ich Wolfs Taverne schon wieder einen Besuch abgestattet. An den schönen Tagen, die ein Vorbote des Frühlings waren, spielte ich mit meinen Kindern auf dem kleinen Platz hinter dem Haus, wo das Bierfass sich in eine uneinnehmbare Festung verwandelt hatte. An einem dieser Tage ließ ich mich überreden, in das Fass zu kriechen. Ich sollte, so war es geplant, große Angst haben vor drei kleinen, aber sehr gefährlichen Drachen, die sich drängelten, um mich aufzufressen.
Aber auf einmal wurde zu meinem Schrecken das böse Fauchen und Kratzen meiner Kinder von einem starken Rumoren übertönt. Gleichzeitig fing das Fass an zu wackeln. Ohne zu wissen, was ich tat, zog ich die Kinder ins Fass und wartete ab. Das Wackeln wurde schlimmer, und wir wurden mit dem Fass hochgehoben und wieder herabgeworfen. Im nächsten Augenblick fiel die alte Mauer, die unseren kleinen Platz nach hinten abschloss, über der Tonne zusammen.
Nach einigen weniger starken Stößen blieb es ruhig, sieht man vom Heulen der Kinder ab, von den kreischenden Frauen im Haus und vom Geschrei auf der Straße. Als alles vorbei war, schob ich die Kinder hinaus und sah nach, ob Gisela und Teckla nichts passiert war.

»Was war das?«, fragte Gisela, die mir schon entgegenkam, mit der händeringenden Teckla im Schlepptau.
»Ein Erdbeben«, sagte ich. »Ich habe schon mal eins miterlebt, aber noch nie in dieser Gegend.«

Durch dieses Ereignis war ich erst richtig aus meiner Melancholie erwacht, und in den Tagen danach begannen sich meine Lebensgeister dann auch derartig zu regen, dass ich es nicht mehr aushielt, ein Pferd kaufte und Abschied nahm. Mein Reiseziel war Rom, diesmal würde ich den kürzesten Weg nehmen, denn im Gegensatz zum letzten Mal wusste ich nun, welchen Platz ich in der Geschichte einnehmen würde. Und es war keine Zeit zu verlieren.
Unterwegs fiel mir auf einmal ein, dass das Jahr der drei *zephira* angebrochen war, ohne dass ich auch nur einen Augenblick daran gedacht hätte, das Jahr 1000 nach Christi Geburt. Obwohl ich in Sankt Gallen gehört hatte, dass von verschiedenen Gelehrten unterschiedliche Zählungen verwendet wurden, benutzte ich die traditionelle Jahreszählung von Dionysius Exiguus. Ich wusste, dass Dionysius sich verrechnet hatte, aber wahrscheinlich nicht viel. Ich fand es auch nicht so wichtig, in welchem Jahr ich lebte, ich legte nur Wert auf das Jahr der drei *zephira*, der dreifachen Null.

VII.
Tausend Jahre Abenteuer

54. Kapitel

Über das Wunder der Unverweslichkeit. Wie Hroswith Kaiser Karls Nägel schneidet und seinem Spiegelbild begegnet

Anders als bei meiner Heimreise entschloss ich mich diesmal, über Aachen zu reiten, weil ich jetzt auch einmal die berühmte Kaiserpfalz sehen wollte, die auf ewig mit dem Namen Karls des Großen verbunden sein wird. Das war eine gute Idee, denn auch wenn ich anfangs dachte, der hier zur Schau gestellte Glanz und all die Pracht seien ganz normal, so erwies sich alsbald, dass man sich deshalb so ins Zeug legte, weil jeder Abt oder Bischof oder Markgraf, der diesseits der Alpen etwas zu bedeuten hatte, sich hier aufhielt. Ich erkannte meinen Irrtum, als ich auf der Straße einen Bekannten nach dem anderen traf. Unter ihnen war auch Burchard, des verstorbenen Frankos Bruder, der an mir vorüberging, ohne mich zu grüßen.

Heribert von Köln berichtete mir, dass gerade eben eine Synode begonnen habe und dass der Kaiser schon etwa drei Tage in der Stadt sei. Otto war nach den Weihnachtstagen des Jahres 999 von Ravenna nach Regensburg gezogen und von da aus zu Großfürst Boleslaw Chrobry nach Gnesen gereist, wo er das Grab seines ermordeten Freundes Adalbert besuchte. Kaiser Otto und der Großfürst tauschten anlässlich dieses Besuchs wertvolle Geschenke aus und besiegelten ihre ewige Freundschaft.

Die wichtigste Gabe war zweifellos der in einem kostbaren Reliquiar verwahrte Arm des heiligen Adalbert, den der Großfürst bei dieser Gelegenheit Otto schenkte. Und Otto schenkte Boleslaw … Aber nein, das geschah erst in den folgenden Wochen, darauf komme ich später noch zurück.

Der Seneschall der Pfalz hieß mich willkommen und wies mir ein Zimmer zu. »Leider sind die besten Zimmer vergeben, Magister«, sagte er, während er in seine Gästeliste schaute. »Es kommt selten vor, dass sich so viele Gäste in der Pfalz aufhalten.«

»Das ist mir egal«, sagte ich. »Ich stelle keine besonderen Ansprüche. Kann ich in den nächsten Tagen den Kaiser sprechen?«

Er lachte. »Ich werde Eure Bitte auf die Liste setzen, aber da stehen schon sehr viele Wünsche nach einer Audienz drauf. Letztendlich bestimmt der Kaiser selbst, wen er sehen will.«

Ich brachte mein Gepäck auf das Zimmer und schaute hinaus auf die Ländereien, welche die Pfalz umgaben, und die blühenden Obstgärten. Ich hatte schon viel von Karls Palast gehört, aber er war noch größer, als ich ihn mir vorgestellt hatte. Ich konnte ein kleines Stück des Innenhofes mit dem Gerichtsgebäude erkennen, das über das Seitentor gebaut war. Ich ging hinunter auf den Innenhof, wo es nach Blumen und Wildbraten roch. In den langen überdachten Galerien arbeiteten Handwerker. Meine Aufmerksamkeit wurde von einem kleinen Gebäude erregt, aus dem Dampf drang, und als ich mich neugierig näherte, hörte ich, wie jemand meinen Namen rief. Es war Graf Tammo, der mir freudig auf die Schulter schlug und mich dann in das Gebäude schob, das sich als Badehaus entpuppte. Diener halfen uns beim Ausziehen, und bevor ich überhaupt wusste, wie mir geschah, saß ich mit Tammo in einem großen Wasserbecken, das in der Mitte von Pfeilern geteilt wurde. An der anderen Seite der Pfeiler saß eine Gruppe von älteren Würdenträgern, und auf den Bänken rund um das Becken lagen ein paar Männer und ruhten sich aus. Einer ließ sich massieren.

»Wie kommt es, dass das Wasser so heiß ist?«, fragte ich erstaunt, denn ich versuchte mir einen Kessel vorzustellen, in dem man diese Menge Wasser erwärmen konnte.

Tammo lachte aus vollem Herzen. »Das ist ein natürliches Bad, das Wasser kommt siedend heiß aus der Erde. Wenn es nicht erst ein gutes Stück umgeleitet würde, kochten wir hier wie die Garnelen.«

Nach einer Weile stiegen wir aus dem heißen Wasser und schlenderten an anderen Becken vorbei. Tammo schubste mich in ein Bad, das so eiskalt war, dass das Wasser gerade eben nicht zufror. Danach reichte er mir die Hand, um mir beim Heraussteigen zu helfen, aber stattdessen zog ich ihn auch hinein. Wir kletterten prustend und brüllend aus dem Wasser und trockneten uns ab. In besonders große Tücher gehüllt, gingen wir zu einem abgetrennten Teil des Innenhofes, wo sich der Tiergarten befand.

Respektvoll musterte ich die ruhelose Löwin, die hinter den Gitterstäben auf und ab lief und uns pausenlos beobachtete. Ihr männliches Gegenstück stand regungslos in einer Ecke des Käfigs.

»Das gehörte zu den Geschenken von Kalif Al-Asis«, sagte Tammo.

Ich nickte und fragte mich, ob von dem anderen Geschenk wohl noch etwas übrig war.

»Und der Elefant?«, fragte ich, denn da stand ein Exemplar dieser Tierart, die ich schon einmal bei den Arabern gesehen hatte.

»Der war schon zur Zeit Ottos des Großen da«, sagte Tammo. »Ich weiß nicht, wie alt das Tier ist, aber es ist älter als wir und hat alle anderen Tiere überlebt. Wie du siehst, sind die meisten Verschläge leer, aber Otto hat vor, wieder einen schönen Tierpark anzulegen.«

»Warum?«, fragte ich.

»Weil Kaiser Karl einst damit angefangen hat. Otto will dieser Pfalz ihren alten Glanz zurückgeben. Seine Mutter ist nicht gern hierher gekommen und auch die letzten Kaiser pflegten andere Pfalzen vorzuziehen. Aber jetzt sollen die Aachener Pfalz und die in Rom die beiden Stützpfeiler des erneuerten Reiches werden.«

Gegen eine Wand gelehnt, musterte uns ein alter Aufseher. »Sorgst du für die Tiere?«, fragte ich ihn. Der Mann nickte unwillig.

»Dann hast du wohl nicht viel zu tun«, sagte Tammo.

»Vor kurzem sind die Löwen dazugekommen«, sagte der Mann. »Aber davor hatte ich nur diesen Elefanten. Zwanzig Jahre habe ich nur für ihn gesorgt. Als ich hierher kam, zur Zeit des ersten Otto, gab es auch einen Wilden Mann, der saß in dem Käfig da hinten. Eines Tages ist er entwischt, er hatte eines der Gitter durch-

gesägt. Wir nehmen an, dass einer der Handwerker ihm eine kleine Säge zugesteckt hat.«
Ich ging zu dem Käfig und sah tatsächlich ein durchgesägtes Gitter, das nach beiden Seiten auseinander gedrückt war. »Ein Wilder Mann?«, fragte ich. »Wie sah der denn aus?«
»Dunkel, nackt, mit sehr langen Haaren und einem langen Bart. Er hustete ständig, vor allem im Winter. Dann versteckte er sich meistens im Heu, und ich musste ihn mit einem Stock anstupsen, wenn Zuschauer kamen, sonst zeigte er sich nicht.«
»Konnte er auch sprechen?«, fragte ich. Der Aufseher zuckte in einer für einen so einfachen Mann fast beleidigenden Weise die Achseln. »Ich hab' doch schon gesagt, dass es ein Wilder Mann war!«
Meine Aufmerksamkeit richtete sich auf einige Krakel an der Wand. Ich steckte den Kopf durch das Loch im Gitter und musterte sie genauer. In deutlich lesbaren arabischen Schriftzeichen war da hineingekratzt:

Auf ewig verflucht seien der Ifrandi
und seine unreinen Nachkommen!

»Wie lange hat der Wilde Mann hier gesessen?«, fragte ich. Der Alte dachte nach. »Als ich hierher kam, war er schon lange da, vielleicht zehn Jahre? Aber ich habe ihn nur noch zwei Jahre erlebt. Ich fand es schade, nur ein Elefant ist ja wirklich nicht viel. Aber gut, jetzt habe ich auch noch die Löwen.«
»Freu dich, alter Mann! Es werden noch mehr Tiere dazukommen«, sagte Tammo lachend. »Vielleicht finden wir auch einen neuen Wilden Mann, für den du sorgen kannst.«
Er zog mich weiter, zurück ins Badehaus. »Hroswith, der Kaiser weiß, dass du hier bist. Er will, dass du um Mitternacht in die Pfalzkapelle kommst. Ich werde auch da sein. Er hat Arbeit für uns.«
Ich versprach zu kommen, aber als ich mich etwas später auf mein Bett legte, fiel ich sofort in Schlaf. Es muss etwa um Mitternacht gewesen sein, als ich bemerkte, dass mich ein fremder Mann wach

schüttelte. »Herr Hroswith«, sagte er. »Ihr müsst in die Kapelle kommen, schnell!«
»Wer seid Ihr?«
»Ich bin *protosphatarius* Otto von Lemello, der Kaiser schickt mich.«
Ich folgte dem Mann mit seiner Fackel durch die langen Gänge, bis wir zu einer schmalen Wendeltreppe kamen, die wir hinabstiegen. Ich musste aufpassen, dass die Fackel des Mannes vor mir nicht meine Kleider in Brand setzte.
In der Pfalzkapelle warteten der Kaiser und Tammo bei Kaiser Karls Marmorthron auf mich. Es war noch eine dritte Person da, ein Kanoniker, dessen Namen ich nie erfahren habe. Otto war magerer als bei unserer letzten Begegnung, seine Augen lagen tief in den Höhlen, aber sie leuchteten. Er packte mich an den Schultern. »Hroswith, gesegnet sei der Tag, an dem ich dich wiedersehe! Und sogar anlässlich eines so großen Augenblicks. Pfalzgraf Otto, ihr habt euch ja schon kennen gelernt, hat Kaiser Karls Grab lokalisiert. Wir werden es heute Nacht öffnen.«
»Warum wollt Ihr das tun?«, fragte ich, aber der Kaiser gab keine Antwort. Später hörte ich, dass er einen Traum gehabt hatte, in dem Karl ihm zurief, das Grab zu suchen und zu öffnen. Vor drei Tagen wurde das Grab gefunden, und Otto hatte seitdem gefastet.
Tammo zeigte mir eine geborstene Platte im untersten Chorumgang und gab mir Hammer und Meißel. Selbst legte er mit einer Brechstange los, die er in den Spalt steckte, um mit ihr zu rütteln. Ich hielt ihn davon ab und zeigte ihm, wie man erst den ganzen Stein lösen und ihn dann hochheben konnte.
Als sich der Stein tatsächlich bewegte, hielt ich den Atem an. Ich erwartete, eine jahrhundertealte Leiche zu finden, aber stattdessen stießen wir auf eine schmale Treppe, die eine Drehung machte und deren Ende wir nicht sehen konnten.
»Nach dir«, sagte ich zu Tammo. Er grinste und verschwand in dem Loch. Ich folgte ihm und musste einen Augenblick warten, weil er auf eine schwere Falltür stieß, die aber mit dem Brecheisen schnell

aufgebrochen war. Die Klappen öffneten sich, muffige Luft stieg die Treppe empor. Tammo ließ sich von mir eine Fackel geben und ging wieder voran. Ich stieg ebenfalls in die Krypta. Sofort wurden mir dort die Knie weich, denn was wir dort zwischen den schweren Säulen sahen, war kein Sarg, sondern ein Thron. Auf ihm saß eine dunkle Gestalt mit einer Krone auf dem Haupt. Selbst in dieser sitzenden Haltung schien sie mir größer als sonst irgendjemand. Inzwischen war auch Otto nachgekommen. Er ging an mir vorbei und kniete vor dem großen Thron nieder. Wir folgten seinem Beispiel. Dort thronte, eingesponnen in Spinnweben und bekleidet mit Gewändern, die als solche noch erkennbar waren, wenn auch von einer dicken Staubschicht bedeckt, mit dem Zepter in der Hand der alte Herrscher seit mehr als hundertachtzig Jahren. Auf seinem Kopf prangte eine mit Juwelen besetzte goldene Reifkrone, die nur an der Vorderseite eine kleine Zacke hatte.
»Wie kann er so groß sein?«, fragte ich Tammo flüsternd, der wie betend die Hände um seine Fackel geschlungen hatte. Er hob die Schultern.
Aber Otto hatte mich gehört. »Kaiser Karl ragte zwei Köpfe über seine Untertanen hinaus«, sagte er. Er stand auf und ging auf seinen toten Vorgänger zu, während auch Tammo nach vorne ging, um seinem Kaiser mehr Licht zu geben. Auch die Fackeln von Pfalzgraf Otto und die des Kanonikers kamen dazu. »Genau wie ich dachte«, sagte der Kaiser. »Er ist nicht verwest. Unverweslich wie ein Heiliger. Wenn doch Magister Gerbert, unser Papst, hier wäre …«
Auch ich wagte einen Schritt nach vorn und betrachtete das Gesicht des großen Karl. Ich will nicht verschweigen, dass die Nase fehlte. Ich weiß nicht, ob sie sich einfach aufgelöst hatte, ob sie von Ratten abgefressen oder abgefallen war, aber ich fand, das dies nun wirklich kein Beweis für Unverweslichkeit war. Hinzu kam, dass die Haut sich recht lederartig um den Schädel spannte, aber ihre Farbe war tatsächlich bleich, mit roten Flecken auf den Jochbeinen. Der Bart war länger, als ich es erwartet hatte. Und die Augenhöhlen waren natürlich leer.

»Sieh nur«, sagte Otto und wies auf Karl, »sein Bart ist nach seinem Tode weiter gewachsen, genau wie seine Nägel!«
Zu meinem Schaudern sah ich, dass die Nägel wirklich zu langen Klauen, länger als die Finger selbst, ausgewachsen waren. Sie hatten sich durch die Handschuhe gebohrt, deren Reste noch zu sehen waren. Otto und der Pfalzgraf fingen an, mit Pinseln den Kaiser abzustauben, ganz vorsichtig, um zu verhindern, dass die Gewänder nach all den Jahren auseinander fielen. Dennoch hüllten uns in der kleinen Krypta Staubwolken ein, und wir husteten und niesten wie verrückt. Dann gab der Kaiser Tammo und mir jeweils eine kleine Schere und bat uns, Karls Nägel zu schneiden.
Ich glaube, niemals eine seltsamere und gruseligere Arbeit verrichtet zu haben als das Schneiden der Nägel des berühmten Kaisers. Wir verrichteten schweigend unsere Arbeit und waren gleichzeitig fertig. Da blickten wir uns an, und auf einmal hatte ich Mühe, mein Lachen zu bezwingen. Ich sah, dass Tammo dasselbe Problem hatte, aber wir konnten uns beherrschen. Der Kaiser hätte das wenig geschätzt.
Otto ließ sich die abgeschnittenen Nägel von uns geben und wandte sich dann an mich: »Du bist Schmied, Hroswith«, sagte er. »Ich möchte, dass du noch heute Nacht für Kaiser Karl eine neue Nase machst, eine Nase aus reinem Gold.«
»Wie komme ich so schnell an Werkzeuge, Rohstoffe, Hilfsmaterial?«, fragte ich entgeistert, aber der Kaiser gebot mir zu schweigen. »Pfalzgraf Otto wird das regeln.«
Der Pfalzgraf regelte es so, dass der Goldschmied vom Innenhof, der dazu geweckt werden musste, seinen Ofen anheizte, seine Gussformen ausbreitete und genug Gold zum Schmelzen brachte, um eine stattliche Nase anzufertigen. Inzwischen nahm ich Maß an dem Loch in Karls Gesicht. Kaiser Otto kam mit einem kleinen Bronzebild, aus welchem deutlich werden sollte, welche Form Karls Nase gehabt hatte.
In kurzer Zeit gelang es mir, eine einigermaßen akzeptable Nase anzufertigen. Das Schwierigste ist in solch einem Fall natürlich die Befestigung, aber während des Schmiedens kam mir der Gedanke,

ein paar kräftige Haken in der Nase anzubringen. Bronzene Haken waren vorhanden, und als gerade niemand zusah, verankerte ich diese mit Gewalt in den Knochen, sodass die Nase ordentlich festsaß. Ich machte einen Schritt zurück und bewunderte meine Handwerkskunst, obwohl ich sofort beschloss, niemals mehr etwas aus Gold herzustellen. Was für ein minderwertiges, butterweiches Material ist das! Ein Meisterschmied spuckt darauf!

Während ich in der Goldschmiede beschäftigt war, hatten Otto und sein Namensvetter den toten Karl mit sauberen weißen Tüchern behängt, um das kunstvoll bestickte Gewebe seines Totenkleides zu schützen. Nachdem ich die Nase angebracht hatte, wurde ich entlassen. Otto dankte mir und wünschte mir eine gute Nacht. Ich ging durch einen langen Gang, in dem in regelmäßigen Abständen Fackeln angebracht waren, und dachte darüber nach, dass dies doch nun wirklich die bizarrste Erfahrung meines Lebens gewesen war.

Aber kaum fünf Herzschläge später, noch immer in jenem langen Gang, geschah etwas, das mir in diesem Augenblick mindestens ebenso merkwürdig, wenn nicht noch merkwürdiger vorkam: Ein Stück vor mir öffnete sich eine Tür, und ein Mann in Mönchskutte trat heraus. Je mehr wir uns näherten, desto langsamer wurden wir beide, denn es kam mir vor, als ginge ich dort selbst, eine bleiche, jüngere, aber unverkennbare Version meiner selbst. Mein Spiegelbild benahm sich wie ich, wir gingen aneinander vorbei, drehten uns umeinander und blickten unverwandt in die vor Erstaunen weit aufgesperrten Augen des anderen.

Die Begegnung mit deinem Doppelgänger ist der Vorbote deines baldigen Todes, so hatte ich es einmal gehört. Nur ist nicht sicher, für wen der beiden der andere als Vorbote gilt.

Nachdem mein Ebenbild und ich einander gemustert hatten, sagte es mit unsicherer Stimme: »Gute Nacht, Bruder.«

Automatisch wiederholte ich seinen Wunsch: »Gute Nacht, Bruder.«

Dann drehte der Mönch sich um und setzte seinen Weg fort, und ich, als sein Spiegelbild, ging auf meinem weiter. In den verbleibenden Stunden bis zur Dämmerung schlief ich, aber es war ein finsterer Schlaf, voller Gespenster und Dämonen.

Der Seneschall verstand die Frage nicht. »Eine Pfalzbibliothek? Und die soll schon im Bau sein? Davon habe ich nichts gehört, Magister.« Er schaute auf eine kleine Wachstafel, die er in der Hand hielt, als sei darauf alles Wissenswerte über die Pfalz aufgezeichnet.

Ich seufzte. »Aber wenn jemand es wissen muss, dann seid Ihr das doch, oder?«

»Aber ganz bestimmt, Magister. Wenn es dem Kaiser gefällt, eine große Bibliothek zu bauen, dann sind das jedenfalls bis auf weiteres noch Zukunftspläne. Ihr solltet das besser mit dem Kaiser selbst besprechen oder mit denjenigen, die mit diesen Plänen beauftragt sind.«

»Ich weiß nicht, wer damit beauftragt ist. Ich habe zwar Kaiser Otto heute Nacht gesprochen, aber meine Bitte um eine Audienz bleibt bestehen«, sagte ich. »Vielleicht könnt Ihr den Kaiser über die Dringlichkeit benachrichtigen, mit der ich ihn sprechen möchte?«

Der Seneschall spreizte ohnmächtig die Hände. »Das vermag ich nicht persönlich, Herr. Es gibt mehr Glieder in der Kette, als mir lieb ist, aber ich werde tun, was ich kann.«

Ich sah in den darauf folgenden Tagen weder den Kaiser noch Tammo. Allerdings machte ein Gerücht die Runde, der Kaiser sei von einem bösen Traum heimgesucht worden, in dem ihm ein früher Tod vorausgesagt wurde. Und die Verbreiter dieses Klatsches fügten noch hinzu, dass doch Nilus von Rossano Otto und seinen Vetter Gregor verflucht und beiden einen vorzeitigen Tod gewünscht habe. Und wo war Gregor jetzt? Die Würmer nagten schon an seinen Knochen. Der Kaiser mochte zwar Frieden mit dem alten Eremiten geschlossen haben, aber konnte ein Fluch, von einem Heiligen in äußerster Wut ausgestoßen, zurückgenommen werden? Das schien sehr unwahrscheinlich.

Und dann ging noch eine Geschichte um, die nur im Flüsterton erzählt wurde und die die meisten Leute ins Reich der Fabel verwiesen: Der Kaiser solle an Pfingsten das Grab Kaiser Karls geöffnet und sich die Krone seines großen Vorgängers angeeignet haben. Eine lachhafte Geschichte. Aber andererseits, warum war die Kapelle dann schon seit Pfingsten ein verbotener Ort? Offiziell hieß es, dort werde umgebaut, und tatsächlich sah man Arbeiter mit Baumaterialien und Werkzeugen ein und aus gehen. Aber wenn man ihnen eine Frage stellte, sprachen sie offenbar eine Fremdsprache. Eine Sprache, die kein Christenmensch je gehört hatte.

Als ich selbst eine Woche nach jener merkwürdigen Nacht bei der Kapelle vorbeiging, kamen zwei mörtelbeschmierte Maurer heraus, eifrig ins Gespräch vertieft. Als sie mich sahen, schwiegen sie sofort, aber doch nicht schnell genug, als dass ich nicht gehört hätte, dass sie Griechisch sprachen.

»Geht es voran, Männer?«, fragte ich in derselben Sprache.

»Es geht, Herr. Es geht ganz gut«, sagten sie im Chor und machten, dass sie wegkamen.

In den zugigen Gängen und dunklen Nischen der Aachener Pfalz liefen mehr Gerüchte um als Ratten, und am Tag der heiligen Barbara erfuhr ich, dass Otto sich nur noch in härene Gewänder hüllte und ausschließlich an Donnerstagen Essen zu sich nahm.

Weil ich ja in jedem Falle in diesem Jahre nach Rom ziehen sollte, beschloss ich, meine Abreise nicht länger zu verschieben, denn ich war der Gerüchte und des Müßiggangs in diesem finsteren Palast müde. Hier schien der Winter noch zwischen den Mauern zu hängen, während draußen alles in Blüte stand. Außerdem spürte ich eine starke Ruhelosigkeit, und oft lag ich nachts wach und fürchtete mich vor dem Schlaf. Wie eine Leiche, die in einen See geworfen wird, nach einiger Zeit wieder nach oben treibt, so ertönten jetzt in meinen Träumen die Todesschreie der Männer, Frauen und Kinder von Wikala, die noch nicht einmal ein Jahr zuvor mit meinem Dazutun abgeschlachtet worden waren.

Ich verlangte sehnsüchtig nach Ablenkung und sehnte mich danach, meine große Aufgabe ausführen zu können. So beschloss ich, bei Gerbert mein Heil zu suchen, der zwar eine ebenso hohe Position bekleidete, aber zweifelsohne zugänglicher war als sein junger Schüler. Und ich freute mich auf einen neuen Aufenthalt im gastfreundlichen und inspirierenden Sankt Gallen.

So reiste ich bald nach Süden, noch immer im Besitz von Gerberts Empfehlung. Unterwegs besuchte ich einige Klöster, und überall fand ich für Gerberts Plan freundliches Interesse vonseiten der Äbte und Bibliothekare, auch wenn nur weniger als die Hälfte während dieser Vorbereitungsphase tatsächlich eingeweiht waren. Aber ich erwartete auch gar nicht, dass jeder Pfeil sein Ziel treffen würde: Manchmal hatte es gerade einen Abt- oder Bischofswechsel gegeben, manchmal war ein Kurier nie angekommen, weil er entweder ein anderes Lebensziel oder als Anonymus auf Gottes endlosen, gefahrvollen Wegen sein Ende gefunden hatte, ausgeplündert von Räubern oder von einer tödlichen Krankheit dahingerafft und schon vergessen, bevor die Krähen und Ratten Wind von seinem verrottenden Kadaver bekamen.
Ich war froh, meine Freunde, denn das waren sie inzwischen geworden, wiederzusehen, aber selbst Sankt Gallen konnte meine Ruhelosigkeit nicht kurieren. Ich war, so erkannte ich, nicht mehr derselbe Mann, der im letzten Sommer hier gewesen war, und ich setzte, todmüde und bis aufs Äußerste von meinen nächtlichen Dämonen geplagt, schon nach wenigen Tagen meine Reise fort.

Ich kam schnell voran, aber eines Mittags in der Poebene, als ich gerade den Fluss überquert hatte und in der Nähe der Brücke einen Fasan briet, geschah ein Zwischenfall. Zwei seltsame Geschöpfe näherten sich. Eine Frau, wie ein Pferd angeschirrt, zog einen niedrigen kleinen Karren über die Holzbrücke, auf dem ein sehr dicker Mann ohne Beine saß. Sie machten vor mir Halt und blickten gierig auf meinen sich über dem Feuer drehenden Vogel. Jetzt sah ich auch,

dass die Frau Stümpfe anstelle der Hände hatte. Jemand hatte ihr aus Leder und Holz ein Zuggeschirr gemacht, das ihre üppigen Brüste berücksichtigte. Damit war sie in der Lage, den Beinlosen zu ziehen.
»Kommt her, unglückliche Geschöpfe, und greift zu!«, sagte ich. Die Frau zog den Mann zum Feuer und warf das Geschirr ab. Ich nahm meinen Fasan vom Spieß und gab beiden eine Keule. Die Frau setzte sich hin, schlug ein Bein unter, nahm die Keule mit den Zehen ihres anderen Beines und führte sie mit großem Geschick zum Mund. Auch der Dickwanst auf dem kleinen Karren ließ sich die Keule schmecken.
»Was ist euch widerfahren, gute Leute?«, fragte ich.
Die Frau öffnete den Mund, um etwas zu sagen, aber der dicke Mann hob die Hand, sodass sie schwieg. »Wir sind Bruder und Schwester. Vor Jahren wurden wir von Sarazenen überfallen, die uns, als sich herausstellte, dass wir kein Geld hatten, aus Missvergnügen einiger Gliedmaßen beraubten. Dadurch sind wir zum Betteln gezwungen, denn wir können uns zu unserem großen Kummer unseren Lebensunterhalt nicht verdienen.«
Er spuckte ein Knöchelchen aus und zwinkerte mir mit seinem Triefauge zu. »Hübsch ist sie schon, oder? Mein liebes kleines Schwesterchen. Diese Sarazenen haben ihr mehr geraubt als nur die Hände.« Gurgelnd lachte er auf, und das Lachen artete zu einem Hustenanfall aus. Dann fuhr er fort: »Die Kerle wussten durchaus, was gut ist. Und wie steht's mit dir? Für ein paar Münzen kannst du dich mit ihr für ein Schäferstündchen zurückziehen, dann mache ich in der Zwischenzeit ein Nickerchen. Sie ist klasse, auch wenn sie keine Hände hat. Ich spreche aus Erfahrung.«
Die Frau blickte finster auf die Erde und kaute langsam auf ihrem Fleisch herum.
»Ich denke, es wird Zeit für mich zum Aufbruch«, sagte ich freundlich. »Ich kann durchaus ein paar Münzen entbehren, mein Freund. Von deiner Schwester will ich aber gar nichts dafür haben.«
In dem Moment, als ich nach meiner Börse griff, um etwas Geld für

diese verlorenen Seelen herauszuholen, blickte die Frau auf einmal auf und sagte: »Einen Schritt vor und eine halbe Elle nach rechts, Brüderchen.«
Ich sah sie erstaunt an. »Was hast du gesagt?«, fragte ich, aber ein Geräusch hinter mir ließ mich reflexartig hochschnellen. Ein großes Beil strich an mir entlang und bohrte sich tief in die Baumwurzel, auf der ich saß.
»Pack ihn!«, kreischte die Frau, und ich fühlte, wie zwei starke Arme meinen Körper zu umklammern versuchten. Doch mein Ulfberth war schon aus der Scheide, allerdings konnte ich in meiner bedrängten Lage nur einen einzigen Stoß anbringen, einen Stoß nach hinten und nach oben, sodass die Klinge knapp unter dem Brustbein des Meuchelmörders eindrang und unter seinem Schulterblatt stecken blieb. Sein schwerer Kopf fiel röchelnd auf meine Schulter, und ich spürte, wie sich ein Blutschwall über mich ergoss. Ich sprang auf und durchbohrte auch den Dickwanst auf seinem kleinen Karren, der gerade ein großes Messer zum Vorschein brachte. Dann schaute ich mir den ersten Angreifer an: ein Riese mit einem Gesicht, dem die Augen fehlten.
»Es ist misslungen«, sagte ich, noch immer nach Atem ringend, zu der Frau. »Es zeugt nicht gerade von Klugheit, einen Blinden für einen Meuchelmord zu gebrauchen. Aber ich verstehe, dass ihr euch unter den gegebenen Umständen mit dem behelfen musstet, was ihr hattet. Du kannst mir nichts tun, deshalb werde ich dich leben lassen. Du kannst gehen, wohin du willst.«
Sie sprang auf und schrie: »Was soll ich jetzt tun? Wie kann ich ohne meine Brüder überleben?«
»Ich werde dir Geld geben«, sagte ich, ohne nachzudenken.
Sie lachte rau. »Wer wird mir das Geld aus dem Beutel holen und mir ehrlich geben, was ich kaufen will? Wer wird mir mein Essen zubereiten? Ich war an die Dienste meiner Brüder gewöhnt, die für mich sorgten, jetzt muss ich mir von jedem Mann, der meinen Weg kreuzt, alles gefallen lassen. Und wenn sie mit mir fertig sind, bekomme ich noch einen Tritt dazu. Sei verflucht, du Hundesohn,

mit deiner Frau und deinen Kindern und allen deinen Nachkommen bis zum Ende der Zeiten!«

»Scher dich weg, Satanstochter!«, sagte ich gereizt. Ich hielt mein Ulfberth in den Fluss, um das Blut abzuwaschen, und packte dann meine Sachen zusammen.

Die Frau stand da und schaute eine Weile auf das Wasser des Flusses, dann atmete sie tief ein und fing an, auf die Brücke zu rennen. Ich blickte ihr nach und hörte ihre Schritte auf den Planken der Brücke poltern. Als sie in der Mitte angekommen war, blieb sie stehen, stellte sich an das Geländer und stürzte sich rückwärts in den tosenden Fluss. Als klar war, dass sie nicht mehr auftauchen würde, setzte ich meinen Weg in die Ewige Stadt fort. An manchen Tagen, Tagen wie diesem, war ich ohne alle Hoffnung.

55. Kapitel

In dem Adelas größte Lüge herauskommt und die Bibliothek endlich Gestalt annimmt

Das wundertätige Bild der Maria hob und senkte sich über der Menge, die es im Licht der lodernden Fackeln von allen Seiten umdrängte. Schwerfällig kroch die Prozession, die an der Laurentiuskirche begonnen hatte, über die Via Maior, am Lateranpalast und der dazugehörigen Basilika vorbei, sodass die vordersten Teile des konstantinischen Gebäudekomplexes und das Reiterstandbild des großen Kaisers immer mehr ins Licht gerieten, während die dahinter liegenden Gebäude sich noch in Schatten hüllten, von einer einzelnen Wandfackel abgesehen.

Ich hielt mich von der Volksmenge fern und drängte mich an die Seite, versuchte aber gleichzeitig, die Prozession zu überholen. Während in der Nachhut noch die Antifonen der griechischen Kirchen erklangen, übertönten an der Spitze der Prozession die lateinischen Hymnen alles. Ich fragte mich, ob es angesichts der Tatsache, dass die Prozession ja schließlich auch noch eine Mitte hatte, nicht sinnvoller wäre, wenn jeder dasselbe sänge, vielleicht beide Sprachen im Wechselgesang. Aber noch bevor ich den Gedanken zu Ende gedacht hatte, drang aus der Nachhut ein lautes Gemurmel nach vorn, das von jedermann aufgenommen wurde: Es war das Gebet an die Heilige Muttergottes, deren Himmelfahrt Rom in diesen Tagen feierte.

Ein Stück entfernt sah ich am Weg den Baldachin, unter dem Papst Silvester mit seinen Kardinälen stand, und noch weiter entfernt näherte sich ein Zug auf der Straße: Kaiser Otto und sein Hofstaat, die gerade aus dem Norden zurückgekehrt waren.

Obwohl ich mich dem Hofstaat hätte anschließen können, zog ich es vor, einen ruhigen Platz gegenüber der Tribüne zu suchen, wo ich alles gut überblicken konnte.

Vor zwei Wochen war ich in Rom angekommen, also war meine Abreise aus Aachen tatsächlich voreilig gewesen. Ich hätte genauso gut vierzehn Tage warten können, um mit dem Hof zu reisen. Dann hätte ich wahrscheinlich unterwegs mit dem Kaiser sprechen können.

Gerbert hatte mich schon in der ersten Woche nach meiner Rückkehr besucht. So alt er auch war – zu jener Zeit fand ich jemanden in seinen Jahren alt –, so schäumte er doch über vor Lebenskraft, und ich konnte feststellen, dass er nach all den Jahren der Obstruktion in Reims seine Macht genoss. Erst jetzt schien der Gelehrte zu seinem Recht zu kommen.

Nach einer herzlichen Begrüßung fragte ich ihn, wie es um unseren großen Plan stehe und wo die Bibliotheken gebaut werden würden, die den gewaltigen Buchbestand beherbergen sollten. Er lächelte entschuldigend: »Hroswith, es scheint, Ihr zweifelt an meinem Wort und an dem des Kaisers? Vor ein paar Tagen habe ich einen Brief Ottos erhalten, in dem er schreibt, dass sich noch mehr Leute bereit gefunden hätten, an unserer Unternehmung mitzuwirken. Ihr seht, er hat sie nicht vergessen! Vielleicht geht es nicht so schnell, wie du oder ich uns das wünschen, aber ich will keinen Zweifel aufkommen lassen, dass ich die Realisierung dieses Traumes als mein Lebenswerk betrachte. Ihr werdet aber bestimmt verstehen, dass das Amt des Papstes große Verpflichtungen mit sich bringt. Niemals, seit der große Konstantin sich bekehrt hat, machte das Christentum so rasche Fortschritte. Völker, welche gestern noch barbarische Feinde waren, sind jetzt unsere Brüder, und wo Kaiser Karl noch mit dem Schwert den Glauben durchsetzen musste, schließen sich uns die Völker jetzt freiwillig und in Frieden an. Boleslaw hat vor ein paar Monaten in Gnesen von unserem Kaiser die heilige Lanze empfangen, und noch in diesem Jahr will Stephan, Herzog von Gran, in Ungarn zum König gesalbt werden, und auch er wird die Mauritiuslanze erhalten. An der Peripherie des Reiches, in Gnesen und Gran, gelten Aachen und Rom jetzt als die großen Vorbilder. Und seit einer Weile habe ich Kontakt mit Kiew im Land der Rus und mit König Olav Tryggvason von Norwegen, dessen Eifer für die Verbreitung des Glaubens einzigartig ist …«

Vielleicht war ich in diesem Augenblick der Einzige diesseits der Alpen, der wusste, dass dieser Tryggvason wahrscheinlich schon tot war, besiegt von einer großen Koalition unter der Leitung meines Freundes Svein. Aber ich fühlte mich nicht berufen, Gerbert dies mitzuteilen. Ich unterbrach ihn und sagte: »Mir scheint, diese Völker werden nichts zur Verbreitung und Rettung der bestehenden Bücher und des vorhandenen Wissens beitragen. Dort wird es nur wenige Bücher geben, und nur ein paar Leute können in diesen Ländern lesen, noch weniger als anderswo.«

Gerbert sprang auf, stützte sich auf den Tisch und rief: »Wie könnt Ihr das nur sagen, Hroswith? Ich schicke geeignete Leute, Bischöfe und Missionare in diese Länder. Die werden für den Unterricht der Unwissenden sorgen. Und wenn sie dort womöglich keine Bücher haben, dann wird das nicht mehr lange so sein. Wir werden dafür sorgen, dass Bücher dorthin kommen.«

»Ihr meint, dass viele Buchbestände, die jetzt schon zerstreut sind, noch mehr zerstreut werden und immer weiter aufgeteilt werden sollen? Das stimmt nicht mit Euren früheren Plänen überein«, fand ich.

»Oh doch. Wir werden in den Zentren des Reiches seltene Werke sammeln, sie aber bekommen in erster Linie Bibeln, Grammatiken, Chrestomathien; dann die Kirchenväter, Isidor, Boethius und den Areopagiten – kurzum, den ganzen Kanon. Das ist auch am wünschenswertesten für diese jungen Christenstaaten. Die alten Schriftsteller, die ja Heiden waren, könnten diesen unerfahrenen Leuten leicht den Kopf verdrehen.«

Er streckte triumphierend die Hände in die Luft.

»Ich prophezeie Euch, Hroswith, dass auch die Völker, die sich uns jetzt anschließen, innerhalb einer Generation große Schriftsteller und Denker hervorbringen werden, sodass der Bücherstrom schließlich in umgekehrter Richtung wieder zu uns zurückfließt.«

Ach, guter Bodo, wenn doch nur Gerbert von Aurillac seine Seele dem Teufel verkauft hätte! Dann wäre alles ganz anders gekommen.

Die Gebete und Antifonen der Prozessionsteilnehmer wurden von dem aufbrausenden Jubel der Menschen übertönt, die am Rande der Via Maior standen und von Soldaten in Schach gehalten werden mussten. Auch die Teilnehmer der Prozession jubelten jetzt, und es schien, als wollte die Freude des Volkes kein Ende nehmen, dass der Kaiser nach acht Monaten Abwesenheit wieder in der Stadt war. Aber ich wusste, dass viele, vor allem unter den Angehörigen des alten Adels, vor Neid mit den Zähnen knirschten.
Otto, den ich seit jener Nacht vor vier Monaten in der Krypta nicht mehr gesehen hatte, ritt auf einem Schimmel zu der Tribüne, auf der der Papst ihn erwartete. Dort half ihm einer der Edlen aus dem Sattel, und ich sah, dass es der Mann war, dem ich in jener seltsamen Nacht in der Aachener Pfalz begegnet war: mein Ebenbild also. Otto stieg die drei Stufen zu Silvester, seinem alten Lehrer, empor und küsste dessen Ring. Dann umarmten die beiden einander. Es folgten viele Katzbuckeleien und Kniefälle, und die Mitren auf den Köpfen nickten und wackelten heftig bei den kurzen Gesprächen, die der Kaiser und einige seiner Getreuen mit jedem der Würdenträger führten. Der Jubel des Volkes war verebbt, aber das Gemurmel schwoll langsam an, als der Kaiser sich zur Menge umwandte und die Hände hob. In zwei Sekunden war alles still.
»Römer«, sagte er, »Euer Diener ist nach Hause zurückgekehrt.«
Jubel. Als dieser sich gelegt hatte, hielt Otto eine kurze Rede über die Mission, welche er, der Kaiser, und Papst Silvester gemeinsam übernommen hätten. »Ihr seid alle Teilhaber einer großartigen Vergangenheit, und heute bin ich gekommen, um Euch zu sagen, dass sich dank unserer Anstrengungen das Wort Gottes über die

Welt verbreitet und dass man überall die Früchte in den Gärten zu ernten beginnt, die von unseren Missionaren gepflanzt worden sind. Nicht weil jemand die Menschen dazu zwingt, sondern weil die süßen Früchte des Glaubens reif sind und die auf der ganzen Erde verstreuten Völker nach ihnen hungern.«

Und dann sprach er von Adalbert, dem großen Vorbild aller Missionare, aber ich verlor den roten Faden, weil ein Soldat kam und mir sagte, es sei Ottos Wunsch, dass ich ihn nach Mitternacht in seinem Studierzimmer in der Kaiserpfalz treffen solle. Ich arbeitete mich durch die Menge und begann, die Via Maior in Richtung Kolosseum hinunter zu gehen, aber schon bald folgten mir einige Männer zu Pferde nach. Es waren Graf Tammo, Alberik und Herzog Otto von Niederlothringen, der Letzte aus dem Geschlecht der Karolinger.

»Du hättest warten müssen, Hroswith«, sagte Tammo tadelnd. »Der Kaiser war verstimmt, dass du ganz allein nach Rom abgereist bist.«

»Das habe ich getan, weil ich in Aachen nichts verloren hatte. Ich bekam trotz meiner wiederholten Bitten beim Kaiser keine Audienz.«

Tammo schüttelte den Kopf. »Du hättest mehr Geduld haben müssen. Der Kaiser war in dieser Zeit ernsthaft krank. Aber während der Reise nach Süden hat er sich sehr gut erholt, es ist für uns alle ein guter Sommer gewesen.« Er begann einen langen Bericht über den Unterschied der Speisen zwischen Nimwegen, Hildesheim und Sankt Gallen.

»Du musst mal mit mir in die *Villa Amnesia* kommen«, sagte ich.

Kaiser Otto, der diesmal gut aussah, umarmte mich und auch seinen Freund Alberik, den er lange nicht mehr gesehen hatte. Es waren noch andere Leute im Raum, zumeist vertraute Mitglieder des Hofstaats. Auch mein Ebenbild aus Aachen. Otto stellte mir den Mann vor. »Dies, Hroswith, ist Meinwerk, einer meiner Verwandten, der mir näher steht als ein Bruder. Er hat an der Domschule in Hildesheim studiert, bei dem berühmten Bernward.« Er

zeigte lachend auf den jungen Mann. »Sieh ihn dir mal genau an! Gleicht er dir nicht aufs Haar? Ihr seid wahrhaftig Doppelgänger.«
Ich atmete tief ein und begrüßte dann den jungen Meinwerk, von dem ich natürlich schon oft gehört hatte. Mir war sofort klar, dass Adela gelogen hatte: Dies musste doch mein Sohn sein.
»Es ist mir ein Vergnügen, Herr Meinwerk«, sagte ich.
»Ebenso«, murmelte er und sah dabei zu Boden.
»Aber das hätte ich ja fast vergessen«, sagte Otto auf einmal. »Du kennst natürlich Meinwerks Mutter sehr gut, du hast sie ja kürzlich verteidigt. Und auch seinen Vater Imed musst du gekannt haben. Du bist doch auf Uplade aufgewachsen?« Er hatte offenbar gemerkt, dass irgendetwas nicht stimmte, und versuchte, ein Gespräch in Gang zu halten. Ich konnte es ihm nur gleichtun und sagte zu dem Jungen: »Ja, das stimmt. Wie geht es Eurer Mutter?«
Einen Augenblick lang sagte er nichts. Dann schaute er auf, bleich wie der Tod. Sein Gesichtsausdruck wechselte, die Schroffheit wich dem Erschrecken, gleich darauf verzog sich sein Gesicht vor Hass. »Meine Mutter«, zischte er, kaum Herr seiner selbst, »meine Mutter ist ein verdorbenes, wollüstiges Weib, das dem Andenken meines Vaters und der Ehre des Geschlechts der Imedingen nur Schande bereitet. Jeder einzelne ihrer Atemzüge ist eine Lüge, eine Beleidigung Gottes. Mit ihr und ihrem zweiten Ehemann, dem infamen Balderik, will ich nichts zu tun haben. Redet bitte nicht von ihnen!«
Alle schwiegen erschrocken. Ich glaube, dass Meinwerk, der sich als sehr intelligent erweisen sollte, in diesem Augenblick plötzlich seine wirkliche Abstammung erkannte. Er war kein edler Imedingen, sondern der Bastardsohn eines Waffenschmieds. Vielleicht hatte er immer schon vermutet, dass er ein Kuckucksei war, denn als ich später seine drei Schwestern und seinen Bruder kennen lernte, wurde mir klar, wie sehr er sich von ihnen unterschied.
Auch Otto hatte es verstanden, aber erst nachdem er Adela erwähnt hatte. Nach einem peinlichen Moment der Stille fuhr er stotternd fort: »Meinwerk ist ein gelehrter Mann. Es ist mein Wunsch, dass Ihr beim Aufbau der Reichsbibliothek zusammenarbeitet.«

»Imperator, entschuldigt mich«, sagte Meinwerk, ohne die Augen von mir zu lassen. »Ich fühle mich nicht wohl und möchte mich auf mein Zimmer zurückziehen.« Und ohne eine Antwort abzuwarten, verließ er Ottos Studierzimmer.

Otto blickte mich verzweifelt an und brach dann in Tränen aus. Tammo stand sofort neben ihm und tröstete ihn. Der Kaiser schluchzte mit zuckenden Schultern, aber es dauerte nicht lange. Als er sich wieder unter Kontrolle hatte, trocknete er seine Tränen an seinem bestickten Ärmel und sagte: »Setzt Euch!«

Während der langen Stille, die nun folgte, schenkte der Kaiser selbst allen Anwesenden Wein ein. Es ist seltsam, aber obwohl ich davon überzeugt bin, dass alle genau wussten, was passiert war, hat meines Wissens niemand das Thema jemals wieder zur Sprache gebracht. Sogar im Strom der Gerüchte, die sich auf beiden Seiten der Alpen wie ein Windhauch durch die Flure der Pfalzen ziehen, ist niemals Imeds Vaterschaft bezweifelt oder mein Name mit Meinwerk in Verbindung gebracht worden. Und auch unsere erstaunliche Ähnlichkeit erwähnte kein Mensch mehr.

Es hätte ein so schöner Abend sein können, der Augenblick, in dem ich mich mit erneuerter Kraft, den Rücken gestärkt durch den Kaiser und seinen fähigen Vertrauten, auf das große Werk hätte stürzen können. Stattdessen lief nach Meinwerks schnellem Aufbruch dieses Thema tot, und man begann über andere Dinge zu reden. Nachdem mühsam die Marienprozession wiedergekäut worden war, die doch, wie man befand, sehr eindrucksvoll gewesen sei, kam das Gespräch auf Adalbert, dem Otto schon wieder eine neue Kirche weihen wollte. Dieser fast unerschöpfliche Gegenstand fand natürlich nicht im Mindesten mein Interesse. Ich hatte diesen Adalbert selbst nie gekannt, und soweit ich es beurteilen konnte, war er ein ziemlicher Frömmler gewesen.

Ich blieb so lange, wie es die Höflichkeit verlangte, dann nahm ich Abschied vom Kaiser, aber erst nachdem ich meine Bitte deutlich gemacht hatte, ihn bald noch einmal zu sprechen.

Obwohl Meinwerk in dieser Nacht in der Pfalz schlief, bekam ich ihn in den Tagen und Wochen danach nicht mehr zu sehen. Wahrscheinlich hatte er sein Heil in einem der anderen Paläste gesucht, die der Hof bewohnte, oder er hielt sich bei einer befreundeten Familie auf. Sicher war, dass er mir aus dem Weg ging. Aber ich bezweifelte nicht, dass sich unsere Wege wieder kreuzen würden.

»Es gab mal einen Bischof Meinwerk in Paderborn, einen sehr heiligen Mann, der viele Wunder bewirkte und Kathedralen erbauen ließ«, sagte Bodo. Ich blickte von meiner Arbeit auf.
»Ja?«, sagte ich.
Bodo schüttelte den Kopf. »Aber dieser Meinwerk war es nicht, der ist schon vor langer Zeit gestorben, vielleicht sogar schon zehn Jahre vor meiner Geburt.«
»Das stimmt«, sagte ich. »Er starb vor ungefähr dreißig Jahren, und das war wiederum fünfunddreißig Jahre nachdem wir uns in Rom begegnet sind. Auch ihn habe ich überlebt, und er ist nicht einmal jung gestorben.«
»War das denn derselbe?«, fragte Bodo erstaunt.
»Ja. Er wurde etwa mit vierzig Bischof von Paderborn und hat dort viele gute Taten vollbracht. Aber er war auch schon sagenhaft reich zu der Zeit.«
»Wie kam das?«
»Lass mich schreiben«, sagte ich, »denn dann vergesse ich, dass ich des Lebens müde bin. Letztendlich wirst du alle Antworten in meinem Geständnis finden.«
»Du wirst in wenigen Tagen das Pergament aufgebraucht haben, und deine Handschrift wird unlesbar, wenn du noch kleiner schreibst.«
»Je mehr sich mein Blick auf die Vergangenheit richtet, desto schärfer wird meine Sicht«, sagte ich. »Es kommt der Tag, da wird meine Handschrift so klein sein, dass ich meine Worte auf die Oberflächen der Atome ritzen muss, aus denen diese Blätter bestehen.«
»Was sind Atome?«, fragte der Junge.
»Lies bei Demokrit nach, bei Epikur oder Lukrez … Von mir aus bei Isidor von Sevilla, aber lass mich in Ruhe!«

Der Herbst setzte in jenem Jahr früh ein, und ich, der sich auf die Milde des römischen Winters gefreut hatte, musste eine Enttäuschung verarbeiten. Dieser Winter, der Monate zu früh zu beginnen schien, war bitterkalt. Ich schrieb meine Briefe mit steifen Fingern, und obwohl ich zwei Gewänder übereinander trug und das Feuer hoch angefacht war, klang mein Zähneklappern wie der Tanz von Skeletten auf den Holzbohlen eines Dachbodens.
Und gerade als die Kälte zu weichen begann, zog eine Krankheit über Rom hinweg, die die Zahl der Einwohner stark dezimierte. Auch ich brach mitten am Tage in der Pfalzkapelle zusammen und musste fünf Wochen lang das Bett hüten. Täglich kam der Doktor mit seinen Blutegeln.
Die meiste Zeit wusste ich nicht, wo ich war, und die Albträume, die mich vor meiner Erkrankung nur nachts geplagt hatten, suchten mich jetzt fast ununterbrochen heim. Ab und zu, wenn ich fiebrig zwischen triefnassen Laken erwachte, dachte ich, es sei der Tod, der an meine Tür klopfte. Aber trotz meiner wiederholten Bitten, doch hereinzukommen, ging er jedes Mal vorbei.

Schließlich saß ich wieder am Tisch mit Alberik und seinem Vater Gregorius, mit Graf Arnulf und dem alten Rudolf, mit Tammo und allen anderen, und noch immer blieb an der Tafel Kaiser Ottos Sessel leer, obwohl wir wussten, dass er sich oft hier in der Pfalz aufhielt. Tammo sagte, der Kaiser faste wieder und wolle seinen Untergebenen das Vergnügen an den Mahlzeiten nicht verderben, indem er ihnen Schuldgefühle auflade.
»Quatsch!«, sagte der alte Sachse und schwenkte einen Schweinefuß, dass uns das Fett in die Haare spritzte. »Dieser Junge hat schon genau solche Launen wie seine Mutter, dieses Püppchen aus Konstantinopel.« Rudolf war der Einzige, der über den Kaiser oder seine Mutter Beleidigendes äußern konnte, ohne dass jemand ihn zurechtwies oder anklagte. Das war das Privileg seines Alters. Man nahm an, dass er allmählich kindisch wurde, und er nutzte das eifrig aus. Und wie das oft so geht, der gespielte Altersschwachsinn ging

in echten über, denn es ist für einen Spieler immer einfacher, bei seinem Spiel zu bleiben, wenn sich die Kluft zwischen Spiel und Wirklichkeit verwischt.
Ich aber hüte mich lieber davor, dergleichen vorzuspielen.

Geschwächt wie ich war, trieb mich die Melancholie schon in den ersten Tagen nach meiner Genesung zur *Villa Amnesia,* wo ich hörte, dass Mendax vor einem Monat an der Krankheit gestorben war, welche, weil die Alten sie nicht gekannt haben, keinen Namen hatte. Seine Frau Philomena hatte beschlossen, den Laden weiterzubetreiben, und eigentlich war jedermann schon wieder zur Tagesordnung übergegangen, die aus kretischem Wein und Straßenmädchen für alle diejenigen bestand, denen die Straße zu dieser Jahreszeit zu kalt war.
Es gefiel mir eine Zeit lang dort zwischen den Eseltreibern, Torwächtern und Wagenführern recht gut. Es war mir nicht gelungen, meine Freunde vom Hofstaat mit in die *Villa Amnesia* zu kriegen, und im Nachhinein war ich auch ganz froh darüber, denn hier zwischen dem einfachen Volk fühlte ich mich freier in meinem Tun und Lassen. Jetzt, da Mendax nicht mehr da war, schien sich offenbar niemand daran zu erinnern, dass ich mich tagsüber zwischen den Großen des Reiches bewegte.
Trotz oder vielleicht wegen des fröhlichen Treibens kamen meine Kräfte zurück, aber dennoch hatte ich das Gefühl, meine Aufgabe nicht weiter ordentlich ausführen zu können und erlaubte mir, abwechselnd in Rausch und Lethargie zu verfallen.
Aber da erhielt ich zwei Nachrichten, die mich wieder in die rechte Bahn führten.
Etwa um die Wintersonnenwende erreichte mich ein Brief von Papst Silvester, in dem er mir mitteilte, dass ich zeitweise ein Gebäude der Kurie auf dem Palatin für die neue Bibliothek nutzen könne.
Aber die größte Überraschung kam von meinen Freunden Ekkehard und Notker, die mir zehn frisch abgeschriebene Kopien – eigentlich

fünf Bücher in zweifacher Anzahl – von wichtigen Werken aus der Bibliothek von Sankt Gallen schickten, mit der Mitteilung, dass die Schreiber sich voll Begeisterung schon auf die nächste Serie gestürzt hätten. Sollte es stimmen, dass die Bergluft, wie man sagt, der Arbeitslust zugute kommt?
Jener brave Notker Labeo fügte in seinem Brief hinzu, dass er mit dem Verfassen eines Kommentars zu Augustinus beschäftigt sei. Dieses Werk lasse er Blatt für Blatt von zwei Schülern kopieren, sodass es sofort in die beiden Bibliotheken geschickt werden könne. Ich stimmte mit ihm überein, dass eigentlich jedes Buch dreimal geschrieben werden müsste, denn wie viele Werke sind nicht schon verloren gegangen, weil es nur ein einziges Exemplar gab?

Ich wanderte durch die beiden Säle des mir zugewiesenen Gebäudes, wo schon die wahrscheinlich jahrhundertealten Schränke standen, deren Bretter sich bald unter der Last der Bücher beugen sollten. Während des Herumgehens musste ich die Versuchung bezwingen, wie ein Lämmchen auf der Weide närrische Sprünge zu machen. Dieser Ort war vollkommen, und bis auf weiteres brauchte ich mich um den Neubau der Bibliothek nicht zu sorgen. Ich fragte mich allen Ernstes, ob es auf der Welt überhaupt so viele Bücher gebe, deren Kopien diese Räume füllen sollten. Vielleicht schon, zumindest wenn es gelänge, alle literarischen Schätze des Orients zu übersetzen und hierher bringen zu lassen.
Nun nahm ich den Faden wieder auf, den ich verloren geglaubt hatte. Ich brachte alles, was ich an Dokumentationen, Büchern und Briefen hatte, in das Gebäude und bekam drei junge Mönche zugeteilt, die mir auf alle Fälle bis zum Ende des nächsten Jahres helfen sollten. Alle drei hatten eine ausgezeichnete Ausbildung.
Ich beschloss, selbst in den viergeschossigen Turm einzuziehen, der zu dem Gebäude gehörte. Es befand sich nicht weit von der Pfalz, und wenn ich wollte, konnte ich dort immer das Abendessen mit meinen Freunden einnehmen. Aber meistens würde ich in der nächsten Zeit zusammen mit meinen Mitarbeitern in dem kleinen

Saal in einer nahen Burg essen, wo eine Anzahl deutscher Ritter einquartiert war. Dort führten wir während der hervorragend zubereiteten Mahlzeiten heftige Streitgespräche über den Kurs, den wir einschlagen sollten.

Thiatbald, Wino und Ekkio waren begeisterungsfähige junge Männer, die schon früh an dem Projekt mitgewirkt hatten. Sie gehörten zu den Mönchen, die ausgeschickt worden waren, um Bestandslisten anzufertigen und weitere Klosterbrüder in die Arbeit einzubeziehen. So wie ich es verstand, hatten sich letztendlich nur sehr wenige wirklich auf den Weg gemacht, und der Plan hatte, jedenfalls ganz bestimmt vor dem Tod Gregors, mehr Widerstand erfahren, als ich gedacht hatte.

Ekkio war mit der Beschränkung auf seltene Werke nicht einverstanden. Er argumentierte, dass nur wenige Leute ihretwegen kommen würden. Vor allem für Studenten, die noch am Beginn ihres Studiums stünden, wäre eine solche Bibliothek nicht geeignet. »Gesetzt den Fall, dass in einem dieser seltenen Werke auf Augustinus verwiesen wird und der Student will das sofort in dem betreffenden Werk nachschlagen? Dergleichen, Hroswith, passiert ständig bei einem vernünftigen Studium. Auch du musst das einsehen. Die Bibliothek, deren Zusammenstellung du im Auge hast, wäre unvollständig und zusammenhanglos. Meiner Meinung nach müssen wir Vollständigkeit im Auge haben.«

»Aber dafür fehlen Zeit und Arbeitskräfte«, warf ich ein. »Die gängigen Bücher sind schon an vielen Stellen zu finden, und in Rom braucht man sich nur an das nächste Kloster zu wenden, um eine gute Büchersammlung zu finden.«

»Vielleicht ist es dann besser«, bemerkte Thiatbald, »die Bibliothek neben einer schon bestehenden zu bauen, damit die beiden sich ergänzen.«

»Dieses Gebäude dient uns nur auf Zeit«, sagte ich. »Der Papst und der Kaiser haben versprochen, dass wir in nicht allzu ferner Zeit ein eigenes Haus bekommen werden. Wir sollen nur alles in Gang setzen und begleiten.«

Wino sah nicht ein, wieso die in Frage kommenden Bücher eine Bereicherung für die Wissenschaft oder eine Lobpreisung Gottes sein könnten, wenn beim Kopieren nicht auch die Illustrationen, welche die Originalwerke ja hatten, übernommen würden.

Ich seufzte, die beiden anderen auch. »Wino, es würde uns tausend Jahre Arbeit kosten und ebenso viele talentierte Illuminatoren brauchen.«

Aber Wino war nicht überzeugt. »Was sind tausend Jahre angesichts der Ewigkeit? Sind tausend Jahre vor Gott nicht wie ein Tag und umgekehrt?«

Wir beschlossen, diese Frage als rhetorisch zu betrachten, denn solange er nur seine Pflicht tat, durfte er eine andere Meinung haben als wir.

Thiatbald war etwas älter als die beiden anderen. Er hatte vor einem Jahr bereits eine Liste des Buchbestandes von Monte Cassino angefertigt, hatte aber den Eindruck, dass sie nicht vollständig war. »Wenn du wüsstest, wie viele Türen abgeschlossen sind, zu denen niemand den Schlüssel hat. Die Werke, die für uns interessant sind, wirst du auf dieser Liste nicht finden.«

Eines der Klöster hatte uns eine Inventarliste geschickt, die in Reimen verfasst war, geschrieben vor fast zweihundert Jahren von einem der Gelehrten aus dem Kreis um Kaiser Karl. Nachdem wir tüchtig gelacht hatten, verdüsterte sich unsere Stimmung, denn der Unverstand auf allen Seiten war erschreckend.

Und doch kamen gelegentlich ein paar Bücher herein, manchmal eine Woche lang gar nichts und dann fünf auf einmal.

Aber dann, eines Morgens, kam ein französischer Ritter an unsere Tür mit der Mitteilung, dass wir etwas in Empfang nehmen sollten. Als wir hinaustraten, fanden wir zwei voll beladene, von Rittern bewachte Wagen mit Büchern vor. Sie erwiesen sich als Gerberts Bücherschatz, den er in seiner Zeit in Reims gesammelt hatte.

Während die Ritter, an die Wagen gelehnt, den Küchenmädchen nachschauten, die auf dem Innenhof beschäftigt waren, rannten wir mit Büchern hin und her, keuchend vor Anstrengung und Aufregung, und riefen uns gegenseitig beim Laufen die Titel zu, die wir in den Händen hielten.

Als die Ritter abgezogen waren, betrachteten wir die Ernte. Hunderte von Büchern waren es, eine prächtige, zusammenhängende Sammlung mit dem Schwerpunkt auf dem Quadrivium. Außer schweren gebundenen Bänden gab es viele Loseblattwerke, die wahrscheinlich erst kürzlich abgeschrieben worden waren.

»Es ist viel vom Üblichen dabei, Ekkio«, sagte Thiatbald beim Blättern in einer reich illuminierten Schrift des *Hrabanus Maurus*. »Du kannst zufrieden sein.«

»Aber auch viel Seltenes«, sagte ich und wog ein arabisches Werk in meiner Hand. Es hieß *Ghayat al-hakim, Die Ziele des Gelehrten,* und ich nahm mir vor, es so schnell wie möglich zu lesen und eine Übersetzung anzufertigen, wenn es sich lohnte.

»Ist das hier heidnisch?«, fragte Wino. Er zeigte mir die aufgeschlagene Seite eines von der Feuchtigkeit angefressenen Buches, das recht alt sein musste. Ich ließ meinen Blick hungrig über die Zeilen wandern, die in einer mir nicht bekannten Sprache geschrieben waren, aber was ich las, kam mir vage bekannt vor, als stünden die Worte kurz davor, ihre Bedeutung preiszugeben. Auf einmal verstand ich es.

»Es ist eine Bibel, du Narr«, sagte ich. »Aber eine ganz besondere. Sieh, hier steht: ›*stibna wopjandis in authidai*‹ … Und jemand hat auf Griechisch dazugeschrieben: ›Eine Stimme ruft in der Wüste.‹ Das kennst du doch wohl? Es steht auch darüber: ›*Anastodeins aiwaggeljons iesuis xhristaus sunus gaudis*‹, ›*Anfang des Evangeliums von Jesus Christus, Sohn Gottes*‹, muss das wohl heißen.«

Wino musste gestehen, dass er kein Griechisch konnte. Die beiden anderen zum Glück schon.

»Das ist eine *Wulfilabibel,* auf Gotisch geschrieben«, sagte Thiatbald. »Ich habe davon schon mal gehört, das ist ja sehr interessant.«

Das musste ich bestätigen, und dann fluchte ich los, weil ein Teil der Bücher während des Transports nass geworden war. »Das ist kein Wasser«, bemerkte Thiatbald, der an einem Feuchtigkeitsfleck schnüffelte, »das ist Wein.«

»Und hier ist schlecht weggewischtes Erbrochenes«, sagte Ekkio mit vor Ekel verzerrtem Gesicht. »Offenbar hat hier einer der französischen Ritter im Wagen seinen Rausch ausgeschlafen, auf Papst Silvesters Bibliothek!«

»Das hier hat der Heilige Vater selbst geschrieben«, sagte Wino und hielt ein Manuskript aus losen Blättern hoch. Es war ein Kommentar zu Aristoteles' *Peri hermenei.* Einen anderen Blätterstapel hatte Gerbert für Kaiser Otto geschrieben: *De rationale et ratione uti.* Von Gerbert stammten außerdem noch die von ihm selbst geschriebenen Lehrbücher, die er an der Kathedralschule verwendet haben musste, und ein Handbuch über die Rhetorik. Es war auch viel über Musik dabei, aus Gerberts Feder, aber auch Hucbalds *De Harmonica Institutione.*

Wino stieß einen Schrei aus: »Fulgentius! *Mitologiarum Libri III,* die Kommentare zu Vergil und das *Liber absque litteris de aetatibus mundi et hominis!*«

»Ich mag Fulgentius nicht, er ist ein Phantast«, sagte Thiatbald, der gerade in Demosthenes' *Ophthalmica* hineinschaute.

Ich legte eine *Astronimica* von Marcus Manilius hin. »Ich fürchte, ich muss Thiatbald Recht geben.«

Endlich hatte ich eine echte Bibliothek unter meiner Obhut. Ich fing an, die Schrankwände voll zu räumen, unterschied zunächst grob zwischen Quadrivium und Trivium, zwischen brüchigen Papyrusrollen in Lederköchern und schweren gebundenen Bänden, zwischen Arabisch und Griechisch. Tertullian und Irenäus waren dazugekommen, aber auch Proklos und Iamblichos, dazu Lactantius Placidus. Und noch mehr Araber. Gerbert hatte ja vorgehabt, Arabisch zu lernen oder einen Übersetzer zu finden. Diese kannte ich schon, es waren Al Rhazi und Jabir Ibn Hayam.

»Es wird doch Zeit, dass ich unseren geliebten Papst mal besuche«, sagte ich auf der Suche nach meinem Mantel, der sich irgendwo unter den Bücherstapeln befinden musste.

56. Kapitel

In dem das alte Rom sich wieder einmal als Schlangengrube erweist

Als ich am Lateranpalast ankam, ging dort gerade Kaiser Otto hinein, begleitet von Tammo und dessen älterem Bruder, Bernward von Hildesheim. Letzteren hatte ich schon in Aachen kennen gelernt. Er war ein Gelehrter und Dozent an der Hildesheimer Domschule, wo mein Sohn Meinwerk und der bayerische Herzog Heinrich zusammen studiert hatten. Heinrich war auch dabei. Ich trat auf Otto zu und ignorierte die herbeieilenden Leibwächter.
»Caesar, ich war auf der Suche nach Magister Gerbert und freue mich, Euch hier zu treffen.«
»Meistens sind der Papst und ich nicht weit voneinander entfernt«, sagte Otto lächelnd. »Wie geht es, Hroswith von Wikala? Kennst du Heinrich schon, einen meiner treuesten Vasallen, und Magister Bernward?« Der Kaiser war vom Fasten sehr abgemagert.
»Ganz bestimmt kenne ich sie«, sagte ich und begrüßte sie. Gerbert kam uns schon entgegen, und nach den Begrüßungen führte uns der Papst in seine persönlichen Gemächer, er nannte sie sein Studierzimmer. Aber es hatte wenig mit den Studierzimmern gemein, die ich gesehen hatte.
Da standen ausgestopfte Tiere und Glasflaschen mit Teilen von Tieren, manche aufgeschnitten, andere mit seltsamen Verwachsungen. Ein Menschenschädel lag neben dem eines Krokodils, und zwischen den Bücherstapeln standen Instrumente, von denen ich nicht immer wusste, wozu sie dienen sollten. Zu meiner Freude erblickte ich ein Himmelsmodell, wie Johannes von Laon es mir gezeigt hatte, und einen großen Abakus, dessen Reihen mit kleinen Figuren in vielen verschiedenen Formen besetzt waren. Außerdem gab es

ein Astrolabium, das kannte ich schon aus Andalusien. Grüne Glasglocken mit Flüssigkeiten, und schmale hohe Gläschen auf Metallfüßen standen auf einem Tisch, der übersät war mit Zangen, losen Papyri und Pergamentstücken.

Wir nahmen an einem Tisch Platz, wo uns ein Junge Wein einschenkte. Ich dankte Gerbert für die Büchersendung, und er war froh, dass ich alles bekommen hatte.

»Ich hatte den Erzbischof von Reims gebeten, meine Sammlung an deine Bibliothek zu schicken. Den größten Teil habe ich selbst kopieren lassen, auf meine Kosten. Auch in Ravenna und auf meinem Landgut Sasbach im Elsass habe ich noch Bücher, die ich so bald wie möglich kommen lassen werde. Die Verfügungsgewalt über die Bibliothek der Kurie habe ich ja selbst. Die hat schon vor fünfundzwanzig Jahren, als ich zum ersten Mal hierher kam, meine kühnsten Erwartungen übertroffen, und das tut sie immer noch jedes Mal, wenn ich dorthin gehe. Natürlich bekommt Ihr und Eure Mitarbeiter vollen Zugang, Hroswith.« Während er redete, beschäftigte er sich mit einem kleinen Mechanismus, der nicht ganz das tat, was er wollte.

»Ist das *horologium* wieder kaputt?«, fragte Otto.

»Es geht nach, und ich kann den Grund dafür nicht finden«, sagte Gerbert, während er ein kleines Rädchen gegen das Licht hielt.

»Was ist ein *horologium?*«, fragte ich, denn alle anderen schienen die Funktion dieses interessanten Instruments zu kennen.

»Es ist ein Instrument, das die Zeit angibt. Es gibt für jede Stunde dieselbe Zeitdauer an, sodass wir niemals im Ungewissen bleiben müssen, an welchem Zeitpunkt des Tages oder der Nacht wir leben«, erklärte Gerbert.

»Aber die Sommerstunden dauern doch länger als die im Winter?«, fragte ich.

»Nein, das scheint nur so, weil das Licht im Sommer länger da ist und wir für die Dauer genauso viele Stunden berechnen wie im Winter«, sagte Otto, der ein guter Schüler gewesen war. »Aber eine Stunde dauert immer eine Stunde und sie stellt eine feste Einheit dar. Wenn man ein *horologium* hat, kann man exakt sagen, wie spät es ist, ganz unabhängig von der Jahreszeit.«

Ich lachte, legte aber mein Gesicht gleich wieder in Falten. Der Nutzen dieses Instruments war mir nicht deutlich, aber ich zweifelte nicht daran, dass Gerbert eine Anwendung dafür wusste, also hütete ich mich, meine Unwissenheit vor diesen gelehrten Reichsgrößen zu demonstrieren.

»Heiliger Vater«, sagte Heinrich, der schon eine Weile auf heißen Kohlen zu sitzen schien, »ich will Eure Meinung zu einem bestimmten Thema wissen, über das ich schon mit dem Kaiser gesprochen habe.«

»Sprich, mein Freund!«, sagte Gerbert, ohne das *horologium* aus den Augen zu lassen.

»Viele meinen, genau wie ich, dass etwas brodelt in der Stadt – seit den Ereignissen in Tivoli.«

»Was brodelt denn da, Herzog?«

»Es gibt Stimmen im römischen Adel, dass Kaiser Otto härter hätte auftreten müssen. Die Abwicklung dieser Affäre hat den Eindruck hinterlassen, dass wir eine schwache Führung haben. Ihr wisst doch, wie die Römer sind? Sie sind Wölfe, die im Schatten darauf lauern, bis ihr Opfer einen Augenblick lang nicht aufpasst, und ihn dann überrumpeln.«

»Tivoli war ein viel bedeutenderer Sieg als einst die Schlacht auf dem Lechfeld«, sagte Gerbert, der jetzt aufblickte. »Wir haben dort einen Aufstand mit Worten, nicht mit dem Schwert niedergeschlagen. Es wäre ein großes Blutvergießen geworden, Herzog, das haben wir vermeiden können.«

Ich entnahm dem Gespräch, dass vor ein paar Tagen ein Aufstand in der nahe gelegenen Stadt Tivoli stattgefunden hatte. Deren Bürger hatten den Kommandanten, den kaiserlich gesinnten Römer Mazolini, ermordet, woraufhin Ottos Truppen die Stadt umzingelten und Kriegsgerät in Stellung brachten. Aber alles änderte sich, als Gerbert, Bernward und der Eremit Romuald Zugang zur Stadt erbaten und erhielten. Innerhalb von zwei Tagen öffneten sich die

Stadttore, und alle männlichen Einwohner kamen heraus, um sich dem Kaiser zu unterwerfen. Der gewährte Gnade, überantwortete den Mörder aber der Mutter des Opfers, die sich von dem Eremiten Romuald überreden ließ, Gnade vor Recht ergehen zu lassen.

»Ich bleibe dabei«, fand Heinrich, »das war ein schlechtes Signal für den römischen Adel.«

»Zu meinem Glück«, sagte Otto scharf, »steht ein großer Teil des Adels hier noch immer auf meiner Seite. Vergesst nicht, dass ich der Kaiser des Römischen Reiches bin!«

Aber Heinrich ließ sich nicht bremsen. »Kaiser, mit allem Respekt, aber die Adelsparteien, die Euch vollkommen ergeben sind, murren, weil Ihr den Mord an einem der Ihren nicht gerächt habt. Sie fragen sich jetzt, ob Ihr sie denn verteidigen oder rächen werdet, wenn es notwendig sein sollte.«

Nun mischte sich Tammo in das Gespräch ein. »Herzog, Ihr vergesst, dass der Kaiser nicht nur von einem Teil des Adels unterstützt wird, sondern auch vom Papst, der ein hohes Ansehen in der Stadt genießt, dazu von Romuald und seinen Einsiedlern. Die Römer haben eine hohe Meinung von Romuald.«

»Ich glaube, auch manche Deutsche stehen stark unter dem Einfluss dieser Asketenbande«, bemerkte Heinrich verächtlich.

Tammo sprang auf. »Das stehen wir auch! Brun und ich haben unsere Wahl getroffen, und dabei bleibt es.«

Brun von Querfurt, der junge Hofkaplan, und Graf Tammo hatten beschlossen den Hofstaat zu verlassen und sich Romualds Jüngern anzuschließen, um sich in deren Einsiedlerhöhlen der strengen Askese zu unterwerfen, die der Eremit forderte.

»Ach, wie sehr werde ich Euch vermissen!«, klagte Otto. »Und wie viel lieber würde ich zu dem guten Romuald mitgehen, um als Mönch unter Mönchen zu leben. Einst wird der Tag kommen, da ich mein Zepter und meine Krone niederlegen und für ein einfaches Leben der Zucht und Buße eintauschen werde.«

»Jeder hat seine Pflicht gegenüber Gott«, befand Gerbert. »Der eine findet sie in Buße und Gebet, der andere trägt das Kreuz der Kaiserwürde. Deine Last ist schwerer als die des strengsten Eremiten, Otto. Und sie zu tragen wird dir am Schluss als schwere Bußübung angerechnet und als solche belohnt werden.«

»Aber wenn Ihr, was wir nicht hoffen wollen, doch dieses Opfer bringen wollt, oh Caesar, dann werden Eure Getreuen Euch vollkommenen Schutz bieten«, sagte Heinrich, der Ottos nächster Blutsverwandter war und für diesen Fall Anwärter auf den Thron des Römischen Reiches.

»Wenn ich nicht meine Pflichten in Hildesheim hätte«, sagte Bernward, »dann würde ich auch Romuald folgen. Ich bin ganz neidisch auf meinen Bruder.«

Ich fragte mich, was diese Leute um Himmels willen in ihrem Drang nach Askese beseelte. Ich mochte diesen Herzog Heinrich nicht, aber er schien mir in diesem Augenblick der einzig Vernünftige in dieser Gesellschaft. Und offenbar hatte er Recht, was die Stimmung in der Stadt anging. Er verstand eine Menge von solchen Dingen, obwohl er in der römischen Schlangengrube viel weniger zu Hause war als die meisten anderen Großen des Reiches.

»Ich glaube, jetzt funktioniert es wieder.« Gerbert stellte das *horologium* wieder auf den Tisch und betrachtete es aufmerksam. In der nun folgenden Stille hörte ich ganz deutlich ein regelmäßiges Ticken aus dem Apparat.

»Es macht ein Geräusch«, sagte ich.

»Das muss so sein.« Gerbert verschob noch einen kleinen Zeiger und stellte das Uhrwerk wieder hin.

»Man könnte es auch beim Musizieren verwenden, um das genaue Tempo zu bestimmen«, überlegte ich laut, der ich einst die andalusischen Rhythmen gehört hatte. Gerbert blickte erstaunt auf.

»Ihr habt Recht, Hroswith, darüber habe ich noch nicht nachgedacht. Dann muss man aber einen Apparat entwickeln, der lauter tickt, ohne die Zeit anzugeben. Vielleicht sollte er auch ein bewegliches Teil haben, damit der Musikant es sehen kann, wenn die Musik das Ticken übertönt.«

Plötzlich brach der Kaiser in Tränen aus. Tammo und Bernward, die links und rechts von ihm saßen, trösteten ihn, und nach einigen Augenblicken hörte er wieder auf. In der Stille, die jetzt hereinbrach, hörte ich, dass der Apparat aufgehört hatte zu ticken.

Wir nahmen an diesem Tag alle das Abendessen im Remter des Vatikans ein, und ausnahmsweise aß Otto nicht allein, sondern er saß neben mir am Tisch. Gerbert hatte seinen Platz am Kopfende. Heinrich war zu seinem Heer zurückgekehrt, das außerhalb der Stadt lagerte. Bernward, der sich an dem vorherigen Disput nicht beteiligt hatte, wärmte das Thema römischer Adel wieder auf und sagte, dass Gregorius von Tusculum in den letzten Tagen mehrere Leute von fragwürdigem Leumund in seinem Palast empfangen habe. Heinrich habe Recht gehabt, man müsste wachsam sein.
»Heinrich weiß gar nicht, wovon er redet, und zudem ist er erst vor zwei Wochen hier angekommen, genau wie du übrigens«, sagte Otto. »Gregorius ist ein treuer Vasall und als mein *praefectus navalis* bekleidet er einen der höchsten Posten südlich der Alpen.«
»Heinrich irrt sich nicht so schnell, er war mein bester Schüler«, fing Bernward an und wollte noch etwas hinzufügen, aber Otto unterbrach ihn. Er hielt eine Möhre in der Hand, und mehr sah ich ihn bei dieser Mahlzeit auch nicht essen.
»Heinrich ist ein grober Kerl, der keinen Sinn für die römischen Verhältnisse hat. Ich aber habe ihn, du weißt doch, dass meine Mutter eine Purpurgeborene war, eine Prinzessin aus dem Oströmischen Reich? Sie hat mir alles über die Intrigen beigebracht, die es innerhalb des Reiches gibt. Dafür hatte sie ein tadelloses Gespür, und das hat sich deutlich in dem Kampf herausgestellt, den sie mit Heinrichs Vater führte, diesem Streithammel, der mich des Thrones berauben wollte.«
Er wandte sich an mich, seine Augen strahlten. »Rom kann sich doch gar nichts Besseres wünschen als eine Wiederbelebung des Römischen Reiches? Noch in diesem Jahr werde ich eine neue Gesandtschaft nach Konstantinopel schicken, um für mich um eine purpurgeborene Braut werben zu lassen. Und schließlich werden

wir durch Heirats- und Freundschaftsbande die beiden Reiche wieder vereinigen, sodass es wieder sein wird wie früher.«
Ich bestätigte seine Worte und lehnte mich dann, Sättigung vortäuschend, zurück, denn der vom Fasten verdorbene Atem des Kaisers ließ mich an ein gerade geöffnetes Familiengrab denken.

Im Übrigen war Ottos Mutter gar keine echte Purpurgeborene. Ottos Vater hatte sich von Konstantinopel betrügen lassen und ein Mädchen aus niedrigem oströmischem Adel geheiratet. Als dies bekannt wurde, blieb ihm nichts anderes übrig, als diese Tatsache zu ignorieren und das Beste daraus zu machen. Aber Theophanu, das weiß inzwischen jeder, erwies sich als eine Frau, wie wir sie im Westen niemals vorher erlebt hatten und vielleicht niemals wieder erleben werden. Was für eine kraftvolle Persönlichkeit muss sie besessen haben! Selten hatte ein Kaiser solch eine gute Gemahlin und selten hatte ein auf den Thron gesetztes Kind solch einen tatkräftigen Vormund. Und Otto hatte Recht: Damals hatte sie Heinrichs Vater, der nicht umsonst der Zänker genannt wurde, ordentlich in die Schranken verwiesen.

Mit meinen Mitarbeitern verbrachte ich drei herrliche Tage mit Streitgesprächen über die Einteilung der Räume und Schränke und über das System, das wir bei der Katalogisierung anwenden sollten. In Wirklichkeit waren wir noch sehr gut imstande, innerhalb von zwanzig Herzschlägen jedes einzelne Buch in der Sammlung zu finden, aber so würde es natürlich nicht immer bleiben.
Wie hoffnungsvoll, wie ermutigend ist es, einen ordentlichen Anfang zu haben. In meinen vermessensten Tagträumen erinnerte ich mich, dass die Bibliothek von Alexandria, die erst von Caesar, dann von den Christen und schließlich von den Mohammedanern verwüstet worden war, auf dem Höhepunkt ihrer Blüte mehr als eine Million Buchrollen besessen hatte. Was für ein Verlust für die Menschheit! So etwas durfte nie wieder passieren.

Am vierten Tag nach meinem Besuch bei Gerbert wurden wir von Lärm überrascht, der aus der Richtung des Hauptgebäudes des Palastes kam. Wir blickten hinaus und sahen einen Kampf. Die Angreifer, wer auch immer sie sein mochten, wurden abgeschlagen und die Tore schlossen sich. Ich fürchtete, dass wir in unserem ungeschützten Bau das nächste Ziel sein würden, aber glücklicherweise zogen die Angreifer ab, nachdem es von den Zinnen Steine und Pfeile geregnet hatte. Danach öffneten sich die Tore wieder, und wir hörten von Kaufleuten, die mit ihren Eseln über die Via Aurelia kamen, dass auch die Pfalz von einer ähnlichen Bande angegriffen worden war. Otto und eine Reihe der Reichsfürsten hatten sich verschanzt und drohten den Kürzeren zu ziehen. Der Angriff hatte schon am Abend vorher stattgefunden, und einige Ritter waren getötet worden.
»Wo sind Heinrich von Bayern und Hugo von Tuscien?«, fragte ich ein paar Ritter, die in der Burg ihren Vorrat auffüllten und danach die Truppen im Lateranpalast verstärken sollten.
»Die liegen mit ihren Heeren noch vor den Stadttoren«, berichtete einer von ihnen. »Die Aufständischen, die wahrscheinlich unter der Leitung dieses Hundes Gregorius von Tusculum stehen, haben die Stadttore geschlossen.«
»Und warum machen sich nicht alle kaiserlichen Truppen, die innerhalb der Mauern sind, auf, um die Tore zu öffnen oder den Kaiser zu entsetzen?«
Die Ritter stiegen ab und übergaben ihre Pferde einem Knecht. »Wir werden von verschiedenen Seiten angegriffen, und die Römer haben den Anschlag gut vorbereitet. Wir sind auch deutlich in der Minderheit.« Außerdem kam hinzu, dass es natürlich keine Verbindung zwischen den unterschiedlichen Truppenteilen gab und dass alle wichtigen Führer in ihren Burgen eingeschlossen oder aber aus der Stadt ausgeschlossen waren.
Ich dachte den ganzen Tag über die Lage nach, und bei Einbruch der Dunkelheit sagte ich meinen Mitarbeitern, dass ich wichtige Geschäfte anderswo zu erledigen hätte und vielleicht ein paar Tage

wegbliebe. Ich zog einen einfachen Mantel über ein altes Kettenhemd, der groß und weit genug war, um mein Ulfberth zu bedecken. So würde mich niemand als ein Mitglied des Hofstaats erkennen.
Ich ging zum Aventin und sah in der Ferne die Fackeln und die kleinen Holzfeuer der Belagerer, die die Pfalz umringten. Hier war bis auf weiteres nichts auszurichten. Ich fragte mich, wo der Papst sein mochte. War er auch in der Pfalz? Wenn er sich noch im Lateranpalast befand, würden die Verschwörer den sicher auch belagern. Ich kletterte auf einen Baum, fand eine Astgabel, in der ich es mir bequem machen konnte, und fiel in Schlaf.
Am Morgen ließ ich mich mit steifen Knochen herab und machte ein paar Übungen, um die Nachtkälte aus meinen Gliedern zu vertreiben. Danach näherte ich mich der Menge, die vor den Toren der Pfalz stand. Mir fiel auf, dass nirgendwo Ritter oder Adlige zu sehen waren. Dies wies darauf hin, dass es ein Aufstand des einfachen Volkes war. Obwohl eine bedrohliche Stimmung herrschte und mit dem ersten Tageslicht auch Sprechchöre ertönten, merkte ich, dass ich von diesen Leuten, die auch gerade erwacht waren und sich in Decken und Mäntel gehüllt hatten, nichts zu befürchten hatte. Und während ich mich durch die Menge drängte, begannen mich links und rechts die Leute zu grüßen.
»He, Hroswith, auch hier?«
»Hroswith, alter Junge, wurde es dir zu still in der *Villa Amnesia?* Wenn wir bald mit diesem Sachsen und seinen Bischöfen fertig sind, dann werden wir einen Krug leeren, hörst du?«
Ich nickte einem Obstverkäufer zu, hob die Hand zum Gruß für einen Schmied und schlug einem Eseltreiber auf die Schulter. »Schön, dass ihr auch hier seid, Jungens!«
Und ich freute mich tatsächlich, meine Freunde aus der *Villa Amnesia* zu sehen. Es waren die üblichen Straßenmädchen, Arbeiter und Torwächter … Offensichtlich hatte Gregorius seinen Anhang in der Umgebung der Pfalz rekrutiert. Und obwohl ich vielleicht nur einen von zehn Leuten kannte, fühlte ich mich aufgenommen wie ein Bruder.

Ich setzte mich an eines der Lagerfeuer und hörte von dem Messerschleifer Malatesta und seinem Bruder Capello, die Brot und Bier mit mir teilten, dass vor ein paar Tagen Männer in die *Villa Amnesia* gekommen waren und dort jedermann auf ihre Kosten hatten trinken lassen. Sie hatten Stimmung gegen den Kaiser gemacht und dann verkündet, dass das Volk bald aufstehen werde. Wer mitmachen wolle, werde einen schönen Geldbetrag von den neuen Machthabern erhalten, die in wenigen Tagen die Herrschaft in der Stadt übernehmen würden.

»Direkt hier vor dem Tor liegt das Heer des Herrn Hugo, was kann das Volk dagegen ausrichten?«, hatte einer der Torwächter eingeworfen, wie Capello berichtete. Aber die Verschwörer hatten ihn ausgelacht und gefragt: »Wie lange faulenzt du hier schon rum? Weißt du denn nicht, dass vor ein paar Stunden die Stadttore hermetisch abgeschlossen worden sind? Niemand kann mehr rein oder raus, und wer jetzt mitmacht, wird reichlich belohnt werden. Aber wehe den Widerstrebenden, niemand kann in dieser Phase für ihr Schicksal einstehen.«

Außerdem verbreiteten die Männer das Gerücht, dass die neuen Herrscher – ihre Namen könnten sie noch nicht preisgeben – anderswo in der Stadt schon die Fäden in der Hand hielten.

Ich wusste nicht, was davon stimmte, musste aber zugeben, dass es niemals eine schlechte Idee ist, sich einladen zu lassen und Geld für einen Auftrag zu bekommen, der tatsächlich ziemlich einfach schien. »Aber«, argumentierte ich, »wie ich gestern gehört habe, haben die Aufständischen woanders die Waffen schon gestreckt, nachdem die Ritter des Kaisers sie mit überwältigender Mehrheit geschlagen haben. Ich sage euch, das ist vielleicht ein Blutbad gewesen!« Ich schauderte kurz, auch wegen der Morgenkühle.

Malatesta, der durch einen Messerhieb über die Wange ein ewig schiefes Grinsen im Gesicht hatte, schüttelte den Kopf. »Du hast Unrecht, Hroswith«, sagte er. »Wenn die Sache so stünde, warum hauen uns denn die Ritter nicht in die Pfanne? Warum wagt der Kaiser dann keinen Ausfall?«

»Mir scheint, lieber Freund, dass du keine Ahnung hast, wie der Adel sich zu benehmen pflegt«, sagte ich lachend. »Es ist nun einmal so, dass die hohen Herren gern ausschlafen. Die sind noch lange nicht wach, und glaube mir, die haben euretwegen kein Auge weniger zugemacht. Nein, wenn sie gleich erwachen, dann werden sie erst mal ordentlich tafeln, einen Humpen vom allerbesten Wein trinken oder zwei, drei, aber dann kommen sie raus. Mit der heiligen Lanze des Mauritius vorneweg!«

»Und dann?«, fragte jemand anderes aus dem Kreis, ein ängstlicher Junge von etwa fünfzehn.

»Dann werden natürlich Exempel statuiert. Es werden ein paar Augen ausgestochen, Zungen und Ohren und Nasen kommen runter, denn der Kaiser ist zwar gnädig, aber er kann nicht mit sich spotten lassen.«

»Meine Ohren bin ich schon los.« Malatesta, der sein Haar aus diesem Grund lang trug, grinste. »Den Rest möchte ich gern behalten. Die Frauen erschrecken ohnedies genug, wenn sie mich sehen.«

»Vernünftig gesprochen«, sagte ich. »Ich denke genauso darüber. Deshalb gehe ich, wenn ich diesen Becher geleert habe, lieber mal nach Hause. Oder sogar noch besser, ich glaube, ich werde nach Ostia gehen und dort warten, bis alles vorbei ist, denn auch in anderen Teilen der Stadt fühle ich mich nicht sicher.«

»Ist das nicht etwas übertrieben, Hroswith?«, fragte Malatesta.

»Bestimmt nicht«, antwortete ich. »Es ist so, dass der Papst gestern Abend gesagt hat, es sei an der Zeit, ein paar übernatürliche Helfer einzusetzen, obwohl es ihm eigentlich zuwider ist. Er ist ganz schön wütend, das kann ich euch sagen.«

»Übernatürliche Helfer?«, fragte ein gewisser Gino, ein Hufschmied, der sein Gewerbe in einer kleinen Hütte an der Stadtmauer betrieb.

Ich fing an, im Flüsterton zu sprechen, und die Köpfe um mich herum kamen näher heran, vor allem der ohrenlose Kopf Malatestas. »Dieselben Dämonen, die er schon während seiner Zeit in der Spanischen Mark vor dreißig Jahren eingeschaltet hat«, sagte ich.

»Soweit ich gehört habe, sind es Dämonen von sarazenischer Herkunft. Außerdem verwahrt er in seinem Studierzimmer einen allwissenden Kopf aus Kupfer, der sprechen kann und ihm Ratschläge gibt. Vergesst auch nicht den Originalgolem, den er von den Juden in Andalusien bekommen hat. Der ist besonders gefährlich, er schleicht nachts in die Häuser und erwürgt einen Feind des Heiligen Vaters nach dem anderen.«

»Woher weißt du eigentlich so genau, was der Heilige Vater gestern gesagt hat?«, fragte Malatesta misstrauisch.

Ich blickte mich scheu um und sagte dann: »Mein Kutscher hält es mit einer von den Nonnen, die den Papst bei Tisch bedienen. Sie hört alle Gespräche, die er mit den Mitgliedern der Kurie führt.«

»Das stimmt«, flüsterte Capello. »Der Heilige Vater scheint seine Seele an den Teufel verkauft zu haben, und die Mitglieder der Kurie hat er schon alle auf seiner Seite. Wenn er will, kann er alle Kräfte der Hölle gegen uns aufbringen.« Capello setzte noch eins drauf. Meine Geschichte hatte nur auf die Gerüchte angespielt, die damals ohnehin auf den Straßen und Stiegen der Ewigen Stadt umliefen und die jetzt, sechzig Jahre später, auch in den entferntesten Ecken des Reiches zu hören sind, wie Bodo, dieser Narr, kürzlich erst bewiesen hat. Ich fürchte, in jenen Tagen habe ich keinen Beitrag zu der Liebe geliefert, die das Volk für seinen Papst empfinden sollte.

»Das ist doch alles Unsinn!«, sagte Malatesta resolut. Aber er befühlte mit den Händen die Stellen, an denen einst seine Ohren gesessen hatten.

»Wahrscheinlich hast du Recht«, sagte ich. »Ich jedenfalls werde nur noch mal kurz mit einem Freund da hinten reden und dann mache ich mich davon.« Ich ging weg, blieb aber doch noch einmal stehen. »Wer ist hier eigentlich der Anführer?«, fragte ich.

»Ja, wie heißt der Mann auch wieder?« Sie blickten sich fragend an. Capello sagte: »Benino oder Benilo, ich weiß es nicht mehr genau. Schau, da steht er, der Mann mit den Bändern am Hut.« Inzwischen löste sich der kleine Kreis von Leuten rund um das Feuer allmählich auf, jeder machte sich auf die Suche nach Freunden und Bekannten, um die Neuigkeiten weiterzugeben. Ich schritt langsam, hier und da ein kleines Schwätzchen haltend, in Benilos Richtung, der inmitten einer kleinen Gruppe von Männern mit Schwertern stand und zur Zugbrücke hinüberschaute.

Auf dem Wehrgang der Pfalz erschien zwischen den Wächtern auf einmal mein Freund Alberik, der Ausschau hielt und mich schon bald zwischen den Leuten entdeckte. Ich machte eine knappe Gebärde, dass er schweigen solle, zeigte auf den Anführer des Aufstandes und schlug dann meinen Mantel auf, um ihm zu zeigen, dass ich mein Schwert trug. Dies war weniger riskant, als es scheint, denn aller Augen waren jetzt auf die Wehrgänge der Pfalz gerichtet, wo noch weitere edle Herren erschienen, die offenbar in einen eifrigen Disput verwickelt waren.

Ich drehte mich um und hockte mich vor ein Feuer, denn nicht jeder würde so schlau sein wie Alberik, und ich hatte keine Lust, mir eine Schimpfkanonade von den Zinnen anzuhören, weil ich anscheinend meinen Kaiser verraten hatte. Als ich mich einen Augenblick später umblickte, sah ich, dass Bogenschützen in Stellung gebracht wurden. Offenbar war etwas im Gang. Hinter mir raunte die Menge, und die Sprechchöre waren verstummt.

57. Kapitel

In dem Hroswith den Rat der heiligen Walburga zu seinem Motto macht und mit Schmalhans als Begleiter wieder auf die Reise geht. Oh Freuden der Askese

Noch vor dem Mittag erfolgte der Ausfall. Während sich die Menge vor der Pfalz etwas ausdünnte, fuhr ich fort mit der Begrüßung und der Beratung mit den mehr oder weniger guten Bekannten, die ich traf. Als schließlich das Tor der Pfalzburg aufgerissen wurde und einige Ritter herausstürmten, allen voran Bernward von Hildesheim mit der heiligen Lanze, unterbrach ich mein Gespräch und lief schnell zu Benilo, der zehn Schritte vor mir stand, gerade sein Schwert ziehen wollte und seinen Mund öffnete, um Befehle zu rufen.

Ich steckte ihm den Bratapfel, den ich von einer Waschfrau bekommen hatte, in den offenen Mund und drückte die Klinge meines Ulfberth leicht an seine Kehle. »Benilo«, sagte ich in der platten Alltagssprache der Leute von der Straße, während der Mann in seiner Haltung erstarrte, »du kennst den Spruch ›Halt still, wenn du rasiert wirst!‹«

Die Schwertträger in Benilos Umgebung blickten von mir zu ihrem Chef und dann auf die heranstürmenden Ritter, und in diesem fatalen Moment des Zögerns verpassten sie ihre Chance. Plötzlich fielen Knüppel, Dreschflegel, Harken und Speere mit viel Getöse auf die Erde, und die Leute ließen sich Reihe für Reihe auf die Knie sinken und verbeugten sich beim Anblick des Kaisers, der mit der Krone auf dem Kopf und totenbleich nach vorn trat, während sich die schwer bewaffneten Ritter und Bischöfe in Zweierreihen neben ihm aufstellten und die Schwerter in Anschlag brachten.

Ich stieß Benilo nach vorn, bis er dem Kaiser direkt gegenüberstand, aber Otto schenkte ihm keine Beachtung, sondern sprach zum Volk und ging dabei auf und ab.

Er sprach leise, aber ich bin mir sicher, dass ihn in der Totenstille, die vor der Pfalz herrschte, jeder verstanden hat. Er redete von seiner Enttäuschung über die Treulosigkeit der Römer, die er doch immer wie seine eigenen Kinder behandelt habe. Hatte er nicht das Gebiet des Römischen Reiches weit über die Grenzen des Altertums ausgedehnt? Hatte der Glanz seiner Siege, die er ohne Blutvergießen errungen habe, nicht auch auf das Volk von Rom ausgestrahlt?

Als der Kaiser seine Ansprache beendet hatte, brach Jubel aus, der schnell in die lautstarke Forderung nach Auslieferung Benilos überging. Ich bewegte mich mit dem Führer des Aufstandes langsam rückwärts, in der Hoffnung, ihn vor der Wut der Menge zu retten. Aber als sich die Leute schreiend vor Hass und Zorn um mich drängten, beschloss ich, es nicht zu übertreiben. Ich nahm mein Schwert von seiner Kehle und flüsterte ihm ins Ohr: »Es tut mir Leid, Benilo«, gab ihm einen Schubs und trat zurück. Innerhalb nur eines Atemzuges hatte man ihm die Kleider vom Leib gerissen, dann sah ich, wie er hinfiel und von der vielköpfigen Hydra, die um vieles grausamer ist als Skylla, regelrecht verschlungen wurde.

Ich glaube, dass die Ritter des Königs hier und da noch einigen Aufrührern auf die Schulter tippten und höflich baten, zu einem Verhör mitzukommen. Es ging darum festzustellen, wer für den Aufstand verantwortlich war.

Otto kam zu mir. »Ich wusste doch, dass das Volk mich liebt«, sagte er. »Siehst du jetzt, dass ich Recht hatte?«

»Du irrst dich, Caesar«, sagte ich. »Das Volk ist wie eine Fahne im Wind, es ist ihm im Grund egal, wem es folgt, jeden Augenblick kann es seine Meinung ändern. Viele Motive spielen da mit, und keines ist besonders edelmütig.«

Nun dankten mir nacheinander alle Mitglieder des Hofstaats für mein Eingreifen, obwohl ich selbst es nicht für entscheidend hielt.

Auch Meinwerk umarmte mich. »Ihr seid ein faszinierender Mensch, Magister Hroswith«, sagte er. Ich nickte ihm zu und fühlte mich wie Narcissus, der im Wasser sein Spiegelbild betrachtet, diesmal das der ewigen Jugend.

Ich blieb nicht in der Pfalz. Die Nachricht vom Entsatz des Kaisers verbreitete sich schnell in der Stadt, und überall legte das Volk die Waffen, zumeist nur Holzknüppel, nieder. Alles schien wie früher, und ich ging wieder in die Bibliothek, um mich wichtigeren Dingen zu widmen.

Einige Tage später wurden mir zwei Pakete zugeschickt. Aus Hildesheim und Gent erhielt ich insgesamt sieben Bücher, Besonderes war jedoch nicht dabei. Aber Gerbert schickte mir zu meiner großen Freude ein silbernes Astrolabium.

Allmählich schien die im letzten Jahr begonnene Arbeitsweise nicht mehr zu funktionieren. Es war höchste Zeit, weitere Mitarbeiter hinzuzuziehen. Ich bat Gerbert, mir Mitarbeiter zu schicken, während Wino, Ekkio und Thiatbald mit Pergament und wohl gefüllten Börsen abreisten, um die Sammlung zu vergrößern und in den Klöstern neue Mitstreiter zu finden. Thiatbald ging zu den Griechen ins Katepanat, Ekkio reiste mit einem Empfehlungsschreiben Gerberts, der dort einmal Abt gewesen war, nach Bobbio. Wino sollte diverse Klöster im Apennin aufsuchen.

Kaum waren die drei fort, da bekam ich Besuch von Meinwerk, der mir berichtete, dass sich Kaiser und Papst entschlossen hätten, die Stadt zu verlassen. Otto ließ anfragen, ob ich mich dem Hofstaat anschließen wolle.

»Warum ziehen sie fort?«, fragte ich.

»Auf Rat der Heerführer Hugo und Heinrich, die nach wie vor der Meinung sind, dass es in Rom jetzt zu gefährlich sei«, sagte Meinwerk, der an den Bücherschränken entlangging und ab und an ein Buch herausnahm und aufschlug.

»Aber dagegen müssten sie doch etwas tun, schließlich befehligen sie das Heer?«

Er zuckte mit den Achseln. »Was meint Ihr, wie sich die Stimmung in der Stadt wandeln würde, wenn man ein oder sogar zwei Heerhaufen in die Stadt brächte? Das käme einer Besetzung gleich und machte nur die allergrößten Probleme. Das Heer wäre hier gebunden, was gefährlich wäre, wenn es woanders eingesetzt werden müsste.«

»Ich bleibe«, sagte ich. »Jemand muss sich um die Bücher kümmern, und meine Mitarbeiter sind nicht mehr da.«

»Ihr habt eine Vorliebe für heidnische Schriftsteller?«, fragte Meinwerk, während er weiter in den Büchern blätterte.

»Ihr seht da keine Auswahl nach meinen Vorlieben«, antwortete ich. »Der größte Teil stammt aus der Privatsammlung des Heiligen Vaters.«

Meinwerk lachte. »Ich hätte es wissen sollen«, sagte er. »Wie auch immer, eine interessante Sammlung.« Er legte das letzte Buch zurück. »Ich werde Eure Entscheidung dem Kaiser mitteilen. Wahrscheinlich sind wir in ein oder zwei Monaten wieder zurück, denn Otto hat in Deutschland schon ein neues Heer aufgeboten. Nur die Jahreszeit kann Probleme machen, wenn wir Pech haben, sind die Alpenpässe wegen des Schnees wochenlang unpassierbar.«

Er nahm wieder ein Buch, schaute auf das Titelblatt und sagte: »Als die Hunnen vor langer Zeit St. Gallen bedrohten, baten die Mönche die heilige Einsiedlerin Walburga um Rat. Sie antwortete ihnen: ›Rettet zuerst die Bücher.‹ Seit dieser Zeit ist die heilige Walburga die Schutzpatronin der Bibliophilen, und ich rate Euch, ein Stoßgebet an sie zu richten, wenn es hier gefährlich wird.«

»Ich habe nichts zu befürchten«, sagte ich. »Ihr dürft nicht vergessen, dass ich zu keiner der Parteien in der Stadt gehöre und keinerlei politisches Amt wahrnehme.«

»Umso gefährlicher wird es für Euch. Wenn ein Römer merkt, dass Ihr nicht zu seiner Partei gehört, dann gehört Ihr automatisch zur Partei seiner Feinde. Also wird Euch im Grunde jeder als seinen Feind betrachten.«

»Ich lasse es darauf ankommen«, sagte ich.

Er entbot mir seinen Gruß und verschwand dann eilig in Richtung Aventin. Von meinem hoch gelegenen Zimmer konnte ich sehen, dass er nicht auf der Straße ging, sondern denselben kleinen Ziegenpfad benutzte, den auch ich wählte, wenn ich zur Pfalz musste.
Ich setzte mich an den Tisch und fragte mich, was ich nun tun sollte. Wenn mir eines klar war, dann die Tatsache, dass der aufständische Adel die Macht wieder völlig an sich reißen würde, sobald der Kaiser die Stadt verlassen hatte. Würde es wieder das alte Lied werden mit Usurpatoren und Gegenpäpsten? Der Graf von Tusculum und auch der der Crescenti bildeten mächtige Clans in Rom, und ich war mir sicher, dass einer der beiden die neuerlichen Unruhen geschürt hatte.

Später am Tag ritt ich doch noch zur Pfalz, in der Hoffnung, dort Gerbert oder Otto sprechen zu können, doch ich hörte, dass der Kaiser die Stadt gerade verlassen hatte. Ich beeilte mich, zum Tiber zu kommen, und sah dort, wie in der Ferne der Tross des Kaisers den Fluss überquerte. Kaiser und Papst an der Spitze, gefolgt von den ehrwürdigen Vertretern der Kurie und den Bischöfen. Danach folgte der Rest des Hofstaates, zu Pferd oder in überladenen Wagen: Soldaten, Ritter und Fußvolk, begleitet von neugierigen Römern, die alles ganz genau sehen wollten. Es sah nicht nach einer überhasteten Flucht aus, aber Berittene bewachten die Brücke an beiden Seiten, und in einiger Entfernung, im nebligen Trastevere, patrouillierten Reiter. Die Tiberinsel war in dem aus dem Fluss aufsteigenden Nebel fast nicht mehr zu sehen.
Ich ritt weiter, holte den Zug ein, und nachdem mich die Leibwache passieren ließ, gesellte ich mich zu Gerbert und Otto.
»Kommst du doch mit, Hroswith?«, fragte Otto. »Das freut mich.«
»Ich bleibe«, sagte ich. »Meine Aufgabe ist hier in der Stadt.«
»Unsere Aufgaben liegen auch in Rom«, sagte Otto. »Dies ist nur vorläufig, wir werden bald zurückkehren. Bis auf weiteres begeben wir uns in die nahe gelegenen Burgen. Später in diesem Winter

ziehen wir nach Ravenna, aber noch vor dem Frühjahr werden wir wieder auf dem Aventin sein.«

»Das ist schon in anderthalb Monaten, Caesar«, bemerkte Gerbert. Er wandte sich an mich: »Es gibt übrigens keinen Grund, die Bibliothek nicht nach Ravenna zu verlegen, vielleicht ist es sogar besser.«

»Da kann ich dir nicht zustimmen, Magister. Rom ist der einzig geeignete Ort«, befand Otto.

Gerbert erwiderte: »Kaiser, Ravenna ist rein strategisch gesehen ein viel sicherer Ort, auch politisch herrscht dort eine weitaus größere Stabilität.«

»Die Bibliothek bleibt in Rom«, antwortete Otto mit unerwarteter Heftigkeit, sodass Gerbert schwieg und vor sich auf die Straße blickte.

Mir blieb nichts anderes, als mich zu verabschieden.

Ich gebe zu, dass ich mich in den nächsten Wochen nicht weiter um die politischen Entwicklungen in der Stadt kümmerte. Nachdem ich mit dem Katalogisieren der Bücher fertig war, begann ich zu lesen, denn darum sollte es schließlich gehen. Wochenlang saß ich in meiner Kammer vor dem Lesepult und erfreute mich an Gerberts Sammlung. Ich kam nur heraus, um im angrenzenden Palast zu essen, und verschwand dann sofort wieder in meiner Kammer, wo ich mit dem Astrolabium spielte oder mich in die Geheimnisse der Natur vertiefte.

Als Thiatbald zurückkam, besprachen wir unsere Strategie. Er hatte in der Campania und im Katepanat seine Aufträge erfüllt und eine Eselslast von Büchern mitgebracht, wahre Schätze.

»Ich bin zufrieden mit dir, Thiatbald«, sagte ich. »Wenn du eine Zeit lang meine Arbeit übernehmen willst, dann sehe ich mich hier in Rom in den Klosterbibliotheken um, die wir noch nicht kennen. Wer weiß, welche Schätze sich nur ein paar Schritte von hier entfernt noch verbergen?«

Und dann verfügte ich natürlich noch über Zugang zur Bibliothek der Kurie. Mit dem päpstlichen Empfehlungsschreiben konnte ich sogar Bücher ausleihen, was ich auch tat. Thiatbald machte sich sogleich ans Kopieren und versprach, sein eigenes Kloster um einige Schreiber zu bitten. Er würde auch ein Scriptorium einrichten. Ich erzählte ihm von der heiligen Walburga, ihr Rat sollte uns fortan als Motto dienen: Rettet zuerst die Bücher!

Ich hörte von einem Mönch, dass Adzo, den ich in Farfa getroffen hatte, in der Stadt sei. Farfa verfügte auch über Niederlassungen und Kirchen in den alten Alexanderthermen, und als ich eines Tages nach einem Besuch im Vatikan über die Via Recta kam, beschloss ich, Adzo aufzusuchen. Hätte ich mich doch nur besser über die Lage in der Stadt informiert!

Es war schwierig, zwischen Ruinen, Klöstern und Palästen zu unterscheiden, geschweige denn zu erkennen, wer welchen Teil dieses verwinkelten Stadtteiles beherrschte. Aber die Farfabesitzungen waren so gelegen, hörte ich später, dass man in jedem Fall feindliches Territorium durchqueren musste. Ich geriet an eine Patrouille des Crescenti-Clans, und meine Erklärung, wonach ich ein Freund eines Farfamönches sei, verbesserten meine Lage nicht gerade. Die Crescenti und Farfa stritten sich schon seit Jahren um bestimmte Gebiete in den Sabiner Bergen, auf die beide Ansprüche erhoben, und ein nun kurz zurückliegendes Eingreifen Ottos – natürlich zugunsten Farfas – hatte erst recht für böses Blut gesorgt. Bevor ich merkte, wie mir geschah, landete ich wieder in einer Gefängniszelle.

Die Nacht und den folgenden Tag verbrachte ich mit Verfluchungen und Beschimpfungen. Am darauf folgenden Morgen brachten mich die Soldaten zu einem gelangweilten Kommandanten der Wache, der mir einen Stuhl anbot, sich mir gegenübersetzte und mich genau ansah. Ich erklärte ihm, wer ich war.

»Mein Name ist Hroswith von Wikala, ich gehöre zum Hofstaat und bin von Kaiser und Papst beauftragt, in Rom eine Bibliothek aufzubauen. Hier ist mein Empfehlungsschreiben.« Der Mann sah nicht auf das Pergament, das ich auf den Tisch legte, sondern sagte

zu den Soldaten, die mich bewachten: »Er ist ein Fremder, werft ihn aus der Stadt!«
Er hatte mich wahrscheinlich überhaupt nicht verstanden, ich hatte Latein gesprochen, während er im örtlichen Dialekt redete.
Die Soldaten warfen mich gefesselt auf einen Wagen und brachten mich zum Stadttor an der Via Flaminia, wo sie mir noch eine ordentliche Tracht Prügel verabreichten und mich dann blutend am Straßenrand zurückließen.
Einer der Soldaten sagte noch: »Wenn wir dich hier in der Stadt wieder treffen, dann …«
Es folgte eine lange Aufzählung von Folterqualen, die mir zuteil würden, mich aber nicht töten würden, denn davon hielt der Schinder nichts, wie er mir versicherte. Er liebte das Schreien und Stöhnen, und in dieser Hinsicht vermochten Tote wenig zu seinem Vergnügen beizutragen.
Meine Geldbörse und mein Empfehlungsschreiben war ich los, zum Glück hatte ich mein Schwert nicht bei mir gehabt, das lag noch in meiner Kammer in der Bibliothek. Ich betete zur heiligen Walburga, dass es Thiatbald gelingen würde, die Bibliothek zu beschützen, und beschloss, mich doch dem Hof anzuschließen. Am Ufer des Tiber wusch ich mir das Blut vom Gesicht und lief zur nächstgelegenen Brücke. In der Nacht schlich ich mich an den Außenmauern des Vatikan entlang und suchte die Heerhaufen von Hugo und Hendrik. Ich fand Hendriks Lager, erfuhr dort aber, dass der Hof in Begleitung von Hendrik und einiger seiner Ritter bereits vor einer Woche nach Ravenna aufgebrochen war. Nach Verhandlungen mit den aufständischen Adligen hatte Hendrik lediglich den freien Abzug seiner Truppen aus der Stadt erreichen können. In wildem Zorn hatte er die Landgüter seiner Feinde in der Nähe Roms plündern und niederbrennen lassen.
Ich beschloss, dem Beispiel des Hofes zu folgen. Für die Reise benötigte ich Proviant. Aber auf meine Bitte, mir etwas zu überlassen, erntete ich von Hendriks zurückgelassenen Soldaten nur höhnisches Gelächter. »Bettele lieber woanders!«, sagten sie und

wandten sich ab. Da ich nun wieder ein Niemand war, machte ich mich zu Fuß auf den Weg mit nichts als den blutbefleckten Fetzen, die ich noch auf dem Leibe trug.

Nachdem ich zwei Tage ein verwüstetes Land durchquert hatte, in dem nur vor sich hin glimmende Schutthaufen davon zeugten, dass hier einmal Menschen gelebt hatten, fielen meine Schuhe, die nicht für ein Leben auf der Straße gemacht waren, auseinander. Ich hatte nichts zu essen und zitterte vor Kälte, denn der Wind wehte durch alle Löcher meiner Kleider. Meine Füße waren voller Blasen, und ich verfluchte mein Schicksal. Wie weit war es noch bis Ravenna? Ich nahm an, dass ich noch über den Apennin musste, auch wenn mir damals die Geografie der Halbinsel noch nicht genau bekannt war.
Am Abend des zweiten Tages gelang es mir, ein frei herumlaufendes Huhn, ein Opfer des allgemeinen Chaos zu fangen. Weil ich kein Feuer machen konnte, nagte ich voller Ekel einen rohen Knochen ab und band mir den Rest mit einer Schnur um die Schulter, damit er trocknete.
Einige Meilen weiter musste ich mich übergeben, das gesamte Hühnerfleisch kam wieder heraus. Und während ich so dastand, mit Tränen in den Augen, hörte ich eine Stimme: »Meidet die Völlerei, Bruder, Ihr seht, was daraus wird!« Und als ich ins späte Licht blinzelte, sah ich einen Eremiten in einem Erdloch, das gerade so groß war, dass ein Mann darin sitzen konnte.
»Wie lautet Euer Name, heiliger Mann?«
»Theophilus«, antwortete er. »Ich bin ein Schüler des heiligen Romuald, des Geringsten unter den Geringen. Ich züchtige meinen Körper zur Reinigung der Seele und bewege mich hier in meinem Loch Schritt für Schritt weiter auf dem Weg zur völligen Askese.«
»Weil wir gerade von der Askese reden, heiliger Mann«, sagte ich, »dürfte es Euch doch nicht schwer fallen, einem hungrigen Reisenden etwas von Eurem Essen abzugeben. Ich habe seit zwei Tagen nichts gegessen als das Bein eines eben ausgebrochenen Huhns.«
Der Klausner tastete hinter sich. »Diese Brotrinde habe ich mir

als Ostermahl für den nächsten Monat aufgespart«, sagte er, »aber wenn ich genauer darüber nachdenke, kann ich Gott besser ehren, wenn ich an diesem bedeutungsvollen Tag gar nichts esse. Er selbst hat an diesem Tag ja schließlich auch nichts zu sich genommen.«

Ich aß mit Appetit, obwohl die Kruste steinhart war und ich erst den Schimmel abkratzen musste, was mir nur zum Teil gelang. »Und, heiliger Mann«, fuhr ich fort, »weil ich ebenfalls die Berufung zur Askese verspüre, hätte ich gern so ein härenes Bußgewand, wie Ihr es tragt. Wo könnte ich ein solches bekommen?«

»Ihr habt Glück, denn der Zufall will es, dass ich gerade in einem inneren Konflikt stecke. An dieses härene Gewand habe ich mich schon so gewöhnt, dass keine Kasteiung mehr von ihm ausgeht. Ich habe den Punkt erreicht, an dem mich die Kälte, die ich spüren werde, wenn ich dieses Gewand ablege, mehr leiden lassen wird als dieses Gewand, das ja bekanntlich juckt und die Haut aufscheuert. Ihr müsst mir von Gott geschickt worden sein, denn mein innerer Kampf ist beendet, und nun kann ich weiter über das Leiden meditieren.«

Und nachdem er so gesprochen hatte, stand er auf und zog sich das Gewand über den Kopf, sodass er nackt vor mir stand. Ein wankendes Skelett mit glühenden Augen und einem langen schwarzen Bart. Seine Haut war mit Tausenden kleiner Wunden übersät. Das verfilzte Haar reichte ihm bis zur Hüfte. Theophilus übergab mir das Gewand und sagte mit einem etwas sündhaften Stolz: »Ich habe Myriaden von Läusen und Flöhen in diesem Kleid Nahrung gespendet. Leider muss ich auf die Gesellschaft meiner kleinen Brüder und Schwestern jetzt verzichten, doch ich werde sie vermissen.«

Er ging mit knirschenden Gelenken zu dem erbrochenen Hühnerfleisch auf dem Weg, schob mit dem Fuß die Reste auf die Seite und bedeckte sie mit Sand. Zu mir sagte er: »Ich will durch den Anblick solch köstlicher Nahrung nicht in Versuchung kommen.«

Dann hockte er sich in seine Kuhle, kreuzte die Beine und kehrte seinen Blick nach innen.

Ich machte mich mit dem stinkenden Gewand, das ich weit von

mir streckte, eilig fort und begab mich auf die Suche nach einem Bach, in dem ich das sorgsam gezüchtete Ungeziefer aus dem Stoff herauswaschen konnte.

Die ganze Nacht und den folgenden Tag ließ ich das Bußgewand an einem Baumast trocknen. Danach zog ich es über meine Lumpen, sodass ich nicht die vollen Freuden der Buße auszukosten brauchte, und machte mich mit schon wieder knurrendem Magen auf den Weg. Aber nun tauchten plötzlich überall am Wegrand Klausen, Höhlen und Katakomben auf, das Eremitentum schien hier üppig zu gedeihen.

Bauernhöfe und Schlösser sah man nicht mehr, das Land wurde offenbar überhaupt nicht bebaut. Die Einsiedler hatten nur wenig, aber alle steckten mir etwas zu. So konnte es passieren, dass ich eine getrocknete Apfelschnitte frühstückte, mein Mittagsmahl aus einer Hand voll Roggen oder Dinkel bestand und ich am Abend eine Brotrinde aß. Und manchmal, wenn der Eremit noch ein Anfänger war oder sich gegenüber besonders großzügig, war die Rinde in einen Tropfen Öl getaucht oder mit ein paar Oliven belegt. Alle sangen aus voller Kehle ein Loblied auf Romuald, denn niemand hatte sich so erniedrigt wie er.

So erneuerte ich, ohne es zu wollen, meine Bekanntschaft mit der Askese. Und fürwahr, nach einigen Tagen fühlte ich mich ganz vortrefflich. Ich spürte weder Müdigkeit noch Kälte, ich verlor Gewicht, und mit den Pfunden fielen etliche Lebensjahre von mir ab. Mein Schritt beschleunigte sich, und selbst steile Berghänge vermochten meine neue Kraft nicht aufzuzehren. Mit geschärften Sinnen prüfte ich schon die Frühlingsluft, die durch die Bergtäler strich, und der Teufel soll mich holen, wenn ich nicht singend und tanzend herunterstieg, als die Sonne das Land aufheizte und ein schwülwarmer Wind aufkam.

Ich glaube, es war Mitte April, als ich die letzten Ausläufer des Gebirges hinter mir ließ und nach einem Bach Ausschau hielt, um zu trinken und mich zu waschen. Ich folgte dem Bachlauf ein wenig stromaufwärts und erblickte dann zu meiner Überraschung eine nackte Frau mit einem schönen, muskulösen Körper, die bis zu den Knien im Wasser stand und ein Kleid wusch, das meinem sehr ähnlich war. Bevor ich überlegen konnte, stand ich schon neben ihr und wusch ebenfalls mein Bußgewand.

»Ich grüße Euch, Schwester!«, sagte ich demütig. »Befindet sich Eure Klause in der Nähe?«

Sie stieß vor Schreck einen Schrei aus, sah dann aber, dass ich auch ein Asket war, und sagte: »Meine Klause ist dort drüben, ein Loch am Ufer, das ich am Ende des letzten Herbstes gegraben habe. Aber durch das ansteigende Wasser ist mein Loch feucht geworden, und so schwer mir die Askese schon im Winter gefallen ist, jetzt ist mein Kreuz noch schwerer zu tragen.«

»Schwer, Schwester?«, fragte ich erstaunt, denn mittlerweile war ich ein leidenschaftlicher Anhänger der Askese geworden.

Sie errötete. Ihr blondes Engelshaar fiel in Locken über ihre Brüste, die wegen des kalten Wassers eine Gänsehaut überzog. »Ach, lieber Bruder«, sagte sie, »die Züchtigung des Fleisches ist im Hinblick auf den Nahrungsentzug nicht gar so schwierig, zu schaffen macht mir vor allem die Wollust, die sich aus meinen Gedanken einfach nicht verbannen lässt und die mich, sobald der Schlaf mich überfällt, so quält, dass ich mich vor Begierde winden muss.«

»Als Kenner der Theologie erfreut es mich, meine Schwester«, sagte ich, »Euch mitteilen zu können, dass ich ein Spezialist auf dem Gebiet der Wollust bin. Wenn Ihr zu Eurer Klause zurückkehrt, werde ich Euch begleiten und Euch die Geheimnisse der Askese erläutern, soweit sie sich auf die Frage der Wollust beziehen.«

Sie wiegte sich in den Hüften, weil sie gar nicht anders konnte, und ging mir kurze Zeit später voran in Richtung ihrer Klause, wo wir unsere Kleider trocknen wollten. Aber wie ich so hinter ihr herlief, spürte ich, wie sich alle meine Lebenskraft zusammenballte, und ausgestattet wie ein Satyr, umfasste ich ihre Hüften und rosa Pobacken und sagte mit heiserer Stimme: »Knie nieder, Schwester, und lass uns Gott um Stärke anrufen!« Und wir ließen uns beide auf die Knie fallen und begannen dort, vom Zirpen der Grillen

begleitet, eine tief schürfende Untersuchung des Wesens der Wollust.
Später kamen wir zu ihrer Klause im hohen Ufer des Flusses und sprachen dort lange über die rechte Handhabung der Askese.
Ich erzählte ihr das Gleichnis vom Abt und den ertrinkenden Mönchen. Pass auf, Bodo, es lautet folgendermaßen: Ein Abt geht mit seinen Mönchen an einem Fluss entlang. Ein älterer Mönch fällt in den reißenden Strom und geht sofort unter. Drei starke junge Novizen springen sogleich hinterher und verschwinden ebenfalls in den Wellen. Jammernd und weinend laufen der Abt und die übrigen Mönche stromabwärts, um zu sehen, ob die Leichen vielleicht schon an der Oberfläche treiben. Dann sehen sie plötzlich, weit weg von der Stelle, an der er hineingefallen ist, den alten Mönch ruhig, als käme er aus der Kirche, ans Ufer steigen.
Nachdem er vom Schicksal seiner Mitbrüder gehört hatte, antwortete der alte Mann auf die Fragen, mit denen man ihn bedrängte: »Unter Wasser, oh Abt, spürte ich plötzlich, dass die mich hinunterziehende Strömung zu stark war, und da ich von Natur aus faul bin und mich ungern anstrenge, beschloss ich, mir die letzten Momente meines Daseins so angenehm wie möglich zu gestalten. Ich erinnerte mich an die schönen Ereignisse meines Lebens und ließ mich treiben, bis ich auf den Boden sackte. Dort angekommen, konnte ich mich mit den Füßen in die richtige Richtung abstoßen und erreichte, kurz bevor ich den Atem nicht mehr hätte anhalten können, die Oberfläche.«

»Welche Lehre können wir aus dieser schönen Geschichte ziehen, heiliger Mann?«, fragte die Klausnerin mit Namen Flavia, denn solche Gleichnisse machen aus einem gewöhnlichen Asketen gleich einen Heiligen.
»Die Bedeutung, Schwester, liegt darin, dass die Askese zwar eine gute Sache ist, man sie aber nicht unvorbereitet betreiben sollte. Was nützte die Askese, wenn es keine Begierden gäbe? Origines hat sich selbst entmannt, wodurch seine Askese in den Augen Gottes

jeden Wert verlor, denn Origines kannte ja nun keine Begierden mehr. Darum, Schwester, ist es unbedingt nötig, dass Ihr Euch hinunterziehen lasst von den Strömungen Eurer Begierde, um ihr auf den Grund zu gehen und Euch dann von ihr abzuwenden, sodass Ihr sie überwinden könnt.«
Flavia dankte mir von ganzem Herzen und flehte mich an, ihr zu helfen, den Grund ihrer Begierde auszuloten. Ich versprach, mein Bestes zu tun, und blieb viel länger, als ich geplant hatte.
Schließlich habe ich mich Wochen später wie ein Dieb in der Nacht weggestohlen, und ich fühlte mich schuldig, weil ich sie nicht von ihrer Begierde geheilt hatte.

»Was meinst du damit? Du hast sie doch nicht belogen? Warst du nach all den Wochen noch immer nicht bis zum tiefsten Grund ihrer Begierde vorgedrungen, Bruder Hroswith?«, fragte Bodo, der weder von den Frauen noch vom Leben überhaupt eine Ahnung hatte.
»Ach, guter Bodo«, sagte ich, »du verstehst das noch nicht, aber die Begierden einer wollüstigen Frau sind bodenlos.«

58. Kapitel

In dem Romuald Hroswith auf seine verborgenen Talente hinweist

Als ich mich Ravenna näherte, sah ich immer mehr Eremiten. Unterwegs erfuhr ich, dass sich ihr geistiger Führer in Pereum aufhielt, wo er sich erst vor kurzem mit einer Gruppe von Jüngern niedergelassen hatte. Ich fasste den Plan, Romuald zu besuchen, um ein paar alte Freunde wiederzusehen. Aber zuerst begab ich mich nach Ravenna zum Hofstaat.

Der Haushofmeister hieß mich willkommen, sah freundlich auf mein Bußgewand und bot mir eine kleine Zelle in einem der Flügel der Pfalz an, der offenbar ganz für die Unterbringung von Asketen bestimmt war. Ich machte ihn auf seinen Irrtum aufmerksam und erbat ein normales Zimmer und Kleider, die meiner Position entsprachen. Danach wünschte ich gleich den Kaiser zu sprechen.

Der Kaiser hielt sich aber, wie ich erfuhr, nicht in der Pfalz auf, sondern in einem Kloster namens St. Apollinare ganz in der Nähe der Stadt. Der Haushofmeister versorgte mich mit allem, was ich brauchte. Ich ließ mir einen Zuber warmes Wasser bringen und wusch den Dreck von Monaten ab, kuschelte mich in die weichen Laken eines Bettes und kam da längere Zeit nicht heraus.

Am nächsten Tag stand ich auf, als die Glocke zum Essen rief. Ich zog meine neuen Kleider an und folgte den Leuten auf dem Flur. Im Speisesaal traf ich viele Bekannte und sah auch neue Gesichter. Ich lernte den Abt Odilo von Cluny, den unermüdlichen Erneuerer des Klosterwesens, kennen. Im Übrigen waren auch die bekannten Bischöfe, Grafen und Markgrafen da. Heinrich von Bayern war nach Deutschland zurückgekehrt. Hugo musste in der Nähe sein, hielt sich aber wie üblich bei seinen Truppen auf.

Einer sagte, der Kaiser besuche ein Kloster, ein anderer behauptete, er sei bei Romuald. Man konnte sich unter den Anwesenden über den Aufenthaltsort des Kaisers nicht einigen. Erst jetzt erfuhr ich, dass der alte Rudolf gestorben war. Schon in der Zeit, als Rom belagert wurde, war der alte Sachse buchstäblich vor Wut erstickt.

Ich traf Petrus, den *comes palatii* des Lateranpalastes. Er war auch zuständig für die Gebäude, in denen ich mit meinen Mitarbeitern die Bibliothek eingerichtet hatte. Ich setzte ihn über die Entwicklungen ins Bild, und er versuchte, mich zu beruhigen, indem er mir erklärte, dass diese Gebäude in der Vergangenheit zumeist von den Unruhen verschont geblieben seien.

Besonders herzlich war die Begegnung mit dem jungen Bischof Heribert von Köln. Wir kannten uns aus Nimwegen und Aachen. Heribert, der neben mir saß, musste am folgenden Tag zum Papst, der im Erzbischöflichen Palast residierte.

»Kommt Ihr mit?«, fragte er. »Gerbert wird sich freuen, Euch zu sehen.« Er zeigte großes Interesse an meiner Bibliothek und lud mich ein, ihn später im Jahr, wenn er wieder in Köln sei, zu besuchen und seine Büchersammlung zu bewundern.

Nach dem Essen, als wir uns den Wein munden ließen, fragte ich Odilo, ein Mann, der bestimmt kein Asket war: »Wie steht es eigentlich um die Büchersammlung in Cluny? Hat der Papst sie schon in unser Projekt einbezogen?«

Er beantwortete die Frage mit einer Gegenfrage. »Seid Ihr der Hroswith, der vorgeschlagen hat, den Mönchen ihre Zeit des Gebets zu verkürzen, wenn sie Arbeit im Schreibsaal leisten?«

»Das stimmt«, sagte ich verwundert. Das konnte er nur von Gerbert oder von Otto gehört haben.

Odilo trank einen Schluck Wein und schloss seine Augen. »Cluny nimmt an dem Projekt nicht teil«, sagte er dann. »Nach meiner Ansicht und der meiner Vorgänger ist es entscheidend, die Klosterregeln strenger anzuwenden, die Gebetsstunden genau einzuhalten und die frommen Übungen zu vertiefen. Das Streben nach Gelehrsamkeit hat bei uns keinen höheren Stellenwert als die Demut, die Gott uns abverlangt.«

»Über wie viele Tochterklöster verfügt Cluny eigentlich?«

»Viele, allein in Frankreich sind es Dutzende, und inzwischen übernehmen immer mehr Klöster unsere Regeln. Eines Tages wird sich die Erneuerung, die von Cluny ausging, in der ganzen Welt durchsetzen.«

Die Cluniazenser schrieben übrigens keine Askese vor, denn die eiserne Disziplin, die von den Mönchen erwartet wurde, forderte den ganzen Körper. Nun, solange sie ihre Bücher nicht verbrannten oder abschabten, um sie als Gebetsbücher neu zu verwenden, konnten wir hoffen, sie irgendwann zu übernehmen.

»Wann zieht der Kaiser gegen Rom?«, fragte ich Heribert.

Dieser verdrehte die Augen. »Das ist noch unbestimmt. Er hält sich lieber bei Romuald auf, um zu beten und zu fasten, statt sich mit seinen Bischöfen und Herzögen zu beraten.«

»Ihr klingt ziemlich verbittert«, merkte ich an.

Er hob die Schultern. »Es gibt eine Zeit, Psalmen zu singen, und eine Zeit zu handeln. Wir lieben den Kaiser alle, aber er täte gut daran, sich mehr um seine weltlichen Pflichten zu kümmern.«

Keiner stimmte ihm zu. Ein Bischof namens Eggihard betonte, dass sich der Kaiser besonders in letzter Zeit sehr für die Ostmission eingesetzt und heimlich den Dogen von Venedig besucht habe. Ganz Ravenna war in Panik geraten, weil niemand wusste, wo der Kaiser steckte.

»Die Ostmission, das ist gut«, sagte Heribert, »aber was kann das alles nützen, wenn wir Rom verlieren? Die im Osten werden uns nicht helfen, und der Doge Orsoleo hat genug mit seinen eigenen Problemen zu tun. Rom muss für uns absolute Priorität haben.«

»Das betont der Kaiser ja auch«, bemerkte ein gewisser Hildulph. »Ihr könnt sicher sein, dass der Kaiser nichts sehnlicher wünscht, als wieder nach Rom zu ziehen. Im Übrigen ist Rom schließlich nur eine Stadt, eine ziemlich große zwar, aber man muss auch

bedenken, dass der Kaiser im restlichen Italien auf die volle Unterstützung seiner Getreuen zählen kann.«
Und Thietmar sagte: »Mehr als jemals zuvor beschäftigt sich der Kaiser mit Schenkungen an Klöster und der Verleihung von Lehen mit der Bestätigung von Privilegien, dem Schlichten von Streitfällen ...«
»Man fragt sich«, unterbrach ihn Heribert, »wie er das viele Umherreisen, das Fasten und das Regieren aushält. Und die meiste Zeit weiß niemand, wo er sich aufhält.«
»Der Kaiser ist noch jung«, sagte Odilo. »Er verfügt über die unbezwingbare Tatkraft der Jugend und gleichzeitig über das Verantwortungsbewusstsein und die Weisheit des Alters. Er ist Mönch, Soldat und Politiker zugleich.«
»Und darüber hinaus ist er noch ein Gelehrter«, fügte ich hinzu, denn die Worte des dicken Abtes saßen mir noch immer quer.
Odilo sah mich spöttisch an. »Wie gelehrt, Magister Hroswith, kann ein Junge von zwanzig Jahren sein, der sich schon seit frühester Jugend um so vieles zu kümmern hat?«
»Das beruht alles auf seiner Klugheit, der Fähigkeit, von seinen hervorragenden Lehrern zu lernen«, erwiderte ich sofort. Otto hatte natürlich die besten Lehrer gehabt, die es nur gab, das war nicht zu bestreiten. Aber Odilo lachte und wechselte das Thema.

Gerberts Arbeitszimmer im Erzbischöflichen Palast war größer als das im Lateran. Als Heribert und ich eintraten, war er ganz auf seinen Abakus konzentriert. Er stellte diverse komplizierte Berechnungen an, schrieb die Ergebnisse auf und nutzte diese für weitere Rechnungen.
»Willkommen, Heribert ... und Hroswith! Das ist eine Überraschung! Setzt Euch, ich bin sofort fertig.«
Ich sah amüsiert zu, wie er die Zählsteine schob, und fragte mich, was er wohl berechnete. Als er fertig war, schien er nicht zufrieden. Er schob das Brett weg und sagte: »Ich werde hier gleich weitermachen.«

»Wann soll ich Euch den Gebrauch der arabischen Ziffern und der Null zeigen?«
Er lachte und streckte einen Finger in die Luft. »Das will ich durchaus lernen, Hroswith! Ich glaube nur, dass meine Methode besser ist, aber vielleicht kann eine Kombination ein ganz neues Verfahren ergeben. Diesen Abakus habe ich selbst deutlich verbessert, obwohl er ja schon lange bekannt ist. Wie erging es Euch in Rom?«
Ich musste einräumen, dass ich die Stadt schon vor fast zwei Monaten verlassen hatte. »Die Crescentier haben mir jeden Zugang zur Stadt verboten. Ich könnte zwar zurückkehren, aber wenn ich in ihre Hände falle, erwartet mich ein böses Schicksal. Thiatbald kümmert sich inzwischen um die Bibliothek. Er ist ein guter Mitarbeiter und weiß genau, was zu tun ist. Er hat auch neue Hilfskräfte gewonnen. Ich werde ihm bald schreiben.«
Gerbert blickte gebannt auf einen Punkt im Zimmer, schließlich erkannte ich, dass es sich um eine Spinne handelte, die sich an einem Faden direkt vor seinem Gesicht herunterließ. Er ergriff vorsichtig den Faden und brachte die Spinne zum Fenster. »Such dir einen festen Punkt, um dich fest zu verankern, kleine Spinne!«, sagte er. »Denk daran, was Archimedes gesagt hat!« Dann wandte er sich an mich. »Ravenna ist der bessere Ort, selbst wenn der Kaiser in Rom wieder fest im Sattel sitzt«, sagte er. »Ich werde es mit ihm besprechen. Es ist ein heikler Punkt. Otto ist von den Ereignissen tief betroffen und wird nicht ruhen, bis die Hauptstadt wieder in seiner Hand ist. Aber meiner Meinung nach stellt die Bibliothek eine Ausnahme dar. Ich werde die Kurie bitten, den Transport zu regeln. Thiatbald und die anderen sollen hierher kommen, ich werde für eine ordentliche Unterbringung sorgen.«
»Heiliger Vater«, sagte Heribert vorsichtig, »nur die Hälfte der Kurie ist Euch gefolgt. Die Zurückgebliebenen werden kaum gewillt sein, Eure oder des Kaisers Wünsche zu erfüllen.«
Gerbert setzte sich wieder und streckte beide Zeigefinger in die Luft. »Heribert, ich werde Euch etwas sagen, das Euch bei Eurer

Laufbahn als Bischof noch nützlich sein kann: Es ist eine Tatsache, dass es innerhalb der Kurie tief gehende Meinungsverschiedenheiten gibt, vor allem im Hinblick auf die weltliche Rolle der Kirche. Deshalb habe ich, als wir Rom verließen, mit allen Mitgliedern persönlich gesprochen. Meine Getreuen bat ich zu bleiben und den kaiserlichen Interessen zu dienen, die anderen überredete ich mit allerlei Schmeicheleien und Versprechungen, meine Seite zu wählen. Es ist also ganz anders, als Ihr denkt.«

Heribert nickte ehrerbietig. »Ich merke, dass ich Eure Weisheit unterschätzt habe, Heiliger Vater.«

»Weisheit ist das nicht, Heribert, das sind Tricks, die ich auf den Straßen von Aurillac gelernt habe, als ich noch jung war, und später dann in der Spanischen Mark, wo ich studierte.«

»Wo befindet sich der Kaiser eigentlich?«, fragte ich.

Gerbert seufzte tief. »Der Kaiser ist bei Romuald in Pereum. Er hat sich erneut den Bußübungen verschrieben, in der festen Überzeugung, dass alle Rückschläge, die er in letzter Zeit hinnehmen musste, eine Strafe Gottes für seine Sünden darstellen.«

»Welche Sünden sollen das sein?«, fragte Heribert.

»Er wirft sich vor, dass er seinen alten Lehrer Johannes Philagathos nicht hat beschützen können.«

»Aber Philagathos hat sich doch zum Gegenpapst ausrufen lassen!«, sagte Heribert entsetzt. »Er hatte nichts anderes als schwere Strafe verdient.«

Gerbert schüttelte den Kopf. »So sieht der Kaiser das nicht. Otto ist von seiner Mutter erzogen worden, einer starken, klugen Frau. Philagathos war immer ihr engster Vertrauter und ein wahrer Freund. Um Otto kümmerte er sich stets wie ein Vater. Die Tatsache, dass sich Philagathos von einem schlauen Intriganten aus Konstantinopel hat mitreißen lassen, also eine leichte Beute für Crescentius war, der im Hintergrund die Fäden zog, ist in Ottos Augen ein zu entschuldigender Irrtum.«

»Der Kaiser ist zu nachsichtig«, fand Heribert.

»Vielleicht«, sagte Gerbert nachdenklich. »Aber wir haben gemeinsam Philagathos besucht. Man hatte ihn nach seiner Verstümmelung in einem Kloster unweit von Rom aufgenommen. Ich kann Euch versichern, dass diese Begegnung einen tiefen Eindruck auf Otto und auch auf mich gemacht hat. Nichts ist entsetzlicher als der Anblick eines Mannes, dem man alle seine Würde und alles Menschliche genommen hat. Er wurde sich unserer Anwesenheit wahrscheinlich gar nicht bewusst, blind und taubstumm wie er war. Von diesem Mann, der lange Jahre Otto als Lehrer diente, war nichts geblieben als ein krächzendes, stöhnendes Stück Fleisch, zweifellos völlig dem Wahnsinn verfallen. Der Tod, noch kein Jahr nach seiner Absetzung und Erniedrigung, muss wie eine Erlösung gewesen sein.«

»Aber«, bemerkte Heribert, »all diese Qualen sind doch nichts im Vergleich mit dem Höllenfeuer, das ihn erwartet? Stellt Euch doch vor, wie es ist, eine ganze Ewigkeit von Teufeln mit Schwefel und Salpeter gefoltert zu werden, ohne dass ein Ende absehbar ist?«

Gerberts Gesicht verzog sich. »Ich wusste nicht, dass Ihr auf dem Richterstuhl sitzt, Heribert! Passt auf, was Ihr sagt, denn solche Urteile können vielleicht auch einmal über Euch gefällt werden!«

Heribert zuckte zusammen und erwiderte stotternd einige Worte.

»Es ist gut, Heribert«, sagte Gerbert. »Ich wollte Euch nur klar machen, dass die Logik Eures Denkens ebenso gut auf Euch anzuwenden ist wie auf Philagathos.«

Ich habe danach nicht weiter darüber nachgedacht, aber eines Tages sollte ich mich an Gerberts Worte erinnern und verstehen, was er gemeint hatte.

Ich wollte Otto und natürlich auch Tammo und Brun in den Sümpfen von Pereum besuchen. Weil ich bis dahin noch nie in einer Asketengemeinschaft gewesen war, beschloss ich, barfuß und im Bußgewand zu gehen. Ich hatte noch von meiner Reise nach Ravenna Schwielen unter den Füßen, und mit einer sauberen Tunika als Unterkleid trug sich das Bußgewand ganz komfortabel. Ich wusste, dass Otto genau das Gegenteil praktizierte: Er trug Tag und Nacht

ein Büßerhemd unter seinen kaiserlichen Gewändern. Aber mir hatte man nun einmal das Asketentum nicht in die Wiege gelegt. Romuald dachte allerdings anders darüber. »Otto ist fort«, sagte er. »Er kommt zurück, aber die nächsten beiden Wochen möchte er in völliger Abgeschiedenheit in einer Zelle im Kloster Pomposa verbringen. Tammo ist natürlich bei ihm, der Junge hat noch nicht die Stärke eines echten Eremiten. Brun ist schon weiter, er wacht in der Nacht und nimmt nur an einem Tag in der Woche Nahrung zu sich. Daneben ist er unermüdlich mit dem Unterrichten zweier Mönche beschäftigt, die mit der Ostmission beauftragt sind. Er bringt ihnen die Sprache der Slawen bei und sonst noch alles, was ein Missionar wissen muss. Es würde dich erstaunen zu sehen, wie schnell ein Mensch mit leerem Magen lernen kann.«
Romuald hatte einen langen schwarzen Bart, der in fettigen Rattenschwänzen bis zum Nabel hinunterhing. Sein Haar war so lang, dass er es mehrfach verknotet hatte, um nicht darüber zu fallen. Sein Bußgewand war zerrissen, die ganze Vorderseite war offen, sodass die Knochen seines Skeletts zu sehen waren, was er wohl beabsichtigte. Sein Blick ließ einen nicht los; wenn er einen einmal fixiert hatte, war es schwer wegzusehen. Er sog mich förmlich in seine kohlschwarzen Augen hinein, deren Pupille vor Konzentration so groß wurde, dass die Iris verschwand.
»Du, Hroswith«, sagte er mit einer Stimme, die Balsam war für die Seele, »du bist ein Naturtalent.«
»Ich war aber ein ziemlicher Schwerenöter zu meiner Zeit«, sagte ich verwirrt.
»Das weiß ich, aber diese Zeit ist vorüber«, flüsterte er. »Viele Heilige haben so angefangen, du trägst alles in dir, um heilig zu werden. Warte hier mit mir auf Otto, Hroswith! Ich lade dich ein.«
Es gab für mich eigentlich keinen Grund, der Einladung nicht zu folgen. Die Vorzüge der Askese hatten sich mir schon früher offenbart, und als man mir ein Loch anwies, setzte ich mich hinein und richtete meinen Blick nach innen. Wenn die Mönche um mich herum sangen, sang ich mit, wenn sie beteten, dann bete ich die Sterne vom

Himmel herunter. Und wenn sie aßen, dann aß auch ich. Das geschah allerdings in den fünfzehn Tagen, die ich dort war, nur dreimal. Ich geriet schnell in einen erleuchteten Zustand und sah die Dinge schärfer als jemals zuvor. Außerdem erfolgte eine Art Zustand des allumfassenden Verstehens, wobei ich nicht behaupten will, dass ich wirklich alles begriff. Mein Verstand funktionierte, aber das Ich war aufgelöst wie ein Krümel Salz in einem Topf voll Suppe.

In der Nacht lauschte ich der sanften Musik der Sterne und betrachtete das Leben, das ich bis dahin geführt hatte, und mir wurde mit fast unerträglicher Schärfe klar, dass dies alles eine Vorbereitung auf den Zustand gewesen war, in dem ich mich jetzt befand.

Dicht bei den Löchern lag ein von Otto erbautes Eremitenkloster, das dem heiligen Adalbert geweiht war, aber ich wusste mich mit den Bewohnern der Löcher um mich herum einig, dass sich das Dasein eines Eremiten nicht mit dem Leben in einem Kloster vereinbaren ließ. Ein Eremitenkloster mit einer dazugehörigen protzigen Kirche schien mir eine Contradictio in Termini zu sein, und was konnte es in Gottes Namen schon mit einem ordentlichen Loch in einem sumpfigen Grund aufnehmen?

Aber eines Morgens bekamen viele Mönche Fieber, und am Abend waren sie nicht mehr in der Lage, ihren Übungen nachzukommen. Die Nacht war voller Stöhnen und Jammern, und am anderen Tag schienen allein in meiner unmittelbaren Umgebung zwölf Eremiten gestorben zu sein. Wegen des drückenden Wetters musste man sie schnell begraben, und ich bot mich als Freiwilliger an. Mein Eremitenleben neigte sich dem Ende zu, denn der Kaiser konnte jeden Augenblick zurückkehren.

Mit einem knochigen Einsiedler grub ich ein Grab, und als wir fertig waren, sagte der Mann: »Grüßen Freunde sich jetzt nicht mehr, Hroswith?«

»Brun!«, rief ich. »Verzeih mir, aber diese Asketen sehen alle gleich aus.«

»Du müsstest dich selbst mal sehen«, sagte er. »Solltest du nicht beim Kaiser sein?«

»In Pomposa? Er wollte doch allein sein?«
Brun machte große Augen. »Pomposa? Aber nein, der Kaiser ist nach Rom aufgebrochen, schon vor zehn Tagen ist er an der Spitze eines großen Heeres abgereist.«
Wütend ging ich zu Romuald und berichtete ihm, was ich erfahren hatte.
»Ich wollte dich beschützen, Hroswith«, sagte er beruhigend. »Wende dich doch ab von dem weltlichen Treiben! Bei uns bist du doch glücklicher.«
Ich schüttelte den Kopf, riss mich von diesen Augen los und rannte, ohne mich umzusehen, hinaus. In meiner Erinnerung wuchsen schneeweiße Flügel aus meinen Schulterblättern, und mit kräftigen Schlägen flog ich zurück nach Ravenna, aber irgendetwas sagt mir, dass meine Erinnerung mich trügt.

In der Pfalz aß ich mich satt, schlief wie ein Gott und holte mir am nächsten Morgen einen besonders starken schwarzen Hengst aus den Stallungen. Dann ritt ich nach Rom, als wäre mir der Teufel auf den Fersen. Ich ritt drei Tage ohne Pause und ohne Pferdewechsel, schneller konnte die Strecke nie zurückgelegt worden sein. Ich hatte natürlich an Gewicht verloren, und mein Reittier, die Pferdeknechte nannten es Fulmen, war außerordentlich kräftig.
Am frühen Abend erreichte ich die kaiserlichen Truppen, die bei Sankt Paul außerhalb der Mauern lagerten. Die große Streitmacht, die ich erwartet hatte, fand ich nicht gerade vor. Es schien nur eine kleine Garnison zu sein, gerade ausreichend, um die Burg zu verteidigen. Der Kommandant, ein gewisser Marcellus, berichtete mir, dass die Hauptstreitmacht nach Benevent gezogen sei, um einen Aufstand niederzuschlagen. Er sah aus, als hätte ich ihn aus seinem Mittagsschlaf aufgeschreckt, daher ließ ich ihn in Ruhe.
Ich ging in das Lager und sprach mit einigen Soldaten, die nichts zu tun hatten und gerne ein Schwätzchen hielten. Sie sind oft eine verlässlichere Quelle als ihre Befehlshaber.
»Von einem Angriff auf Rom war keine Rede«, sagte ein Elsässer

namens Chlodo. »Die Heere des Kaisers sind den Truppen von Arduin und Gregorius von Tusculum nicht gewachsen. Ich denke, dass er es später im Jahr noch einmal versuchen wird.«
»Arduin?«, fragte ich erstaunt. »Der hat doch alle seine Besitzungen verloren und ist verbannt worden?«
»Er ist wieder zurück. Er muss mächtige Freunde haben«, sagte Chlodo.
»Was hat der Kaiser in der Woche, die er hier war, denn gemacht?«
»Er hat einige Dörfer und Höfe, die er beim letzten Mal vergessen hatte, niederbrennen und Manöver vor den Stadtmauern abhalten lassen. Er wollte wohl seine Macht demonstrieren, aber ich glaube nicht, dass das die Tusculanier besonders beeindruckt hat. Von den Mauern herab belachten und beschimpften sie die Soldaten. Sie machten nicht einmal Anstrengungen, die Tore zu schließen, offenbar hofften sie, dass Otto so dumm sein würde, mit seinen Truppen in die Stadt zu ziehen. Der Kaiser ging aber nicht in die Falle und ist schließlich nach Süden abgerückt.«
Ich lief kurz auf dem Innenhof herum und betrat dann die Wohngebäude der Burg. Ein Wächter senkte seine Lanze und fragte, wer ich sei.
Aber ich schnauzte ihn an: »Hier halten sich doch die Mitglieder des Hofstaats auf, wenn sie zugegen sind?«
»Das ist so«, sagte er verwirrt.
»Dann sei so gut und melde deinem Kommandanten, dass du Hroswith von Wikala, dem bibliothecarius palatii, den Zugang zu den Wohnräumen verweigert hast, in die er sich, wie es seine Position gebietet, begeben wollte.«
»Ich denke, ich habe mich geirrt, edler Herr«, sagte der Soldat. »Geht bitte durch!«
»Wo kann ich den Haushofmeister finden?«
»Den gibt es nicht mehr. Es muss hier noch irgendwo sein Knecht herumlaufen.«
Ich ließ mir von dem Knecht ein Zimmer zuweisen und schaute

an diesem Abend aus dem Fenster auf die dünnen Lichtkegel der Fackeln der Wachttürme und die sich im Mondlicht abzeichnenden Hügel. Meine Bibliothek war nur eine halbe Stunde entfernt, aber ich konnte nicht hingelangen. Wie es wohl Thiatbald erging? Ich war zwar Otto gefolgt, doch in erster Linie interessierte mich meine Aufgabe in der Bibliothek.

Der Knecht klopfte an meine Tür. Ich rief ihn herein.

»Herr«, sagte er, »ich wollte Euch wegen einer Sache, die ich in einem der Zimmer gefunden habe, um Rat bitten.« Ich sollte mitkommen.

»Es ist nämlich so«, sagte er, »dass alle Zimmer leer sind bis auf einige abgetragene Kleider und einigen Abfall, den die Herren zurückgelassen haben und den ich wegräumen soll.« Er öffnete eine Tür und zeigte mir einen großen Korb, der an der Wand lehnte.

»War dies das Zimmer des Kaisers?«, fragte ich.

»Das weiß ich nicht.«

Plötzlich kam mir eine Idee. »Das ist ein ganz gewöhnlicher Hausiererkorb«, sagte ich. »Mach dir darüber keine Gedanken! Ich werde ihn dem rechtmäßigen Besitzer zurückgeben.«

Der Junge war froh, dass sein Problem aus der Welt war, und schleppte den Korb in mein Zimmer.

»Ich möchte gern mit dir die Kleider tauschen«, sagte ich, froh, dass ich so schlank geworden war. Der Junge sah mich erstaunt an, aber ich hatte meine Kleider schon ausgezogen und reichte sie ihm. »Oder sind meine Kleider nicht gut genug für dich?«

»Natürlich sind sie das, edler Herr«, sagte er und wusste nicht, wie schnell er seine Tunika über den Kopf ziehen sollte. »Ich habe auch noch einen Mantel für Euch.«

59. Kapitel

Zurück in der Schlangengrube. Wie Hroswith Vasall des Kaisers wird

Der Torwächter, der mich vor einigen Jahren an die Männer des Crescentius verraten hatte, war noch immer im Dienst. Er lahmte, und sein Rattengesicht war vor Missgunst oder wahrscheinlicher noch vor Schmerz zu einer ständigen Grimasse erstarrt. Er stellte mir einige Routinefragen und wollte mich dann durchlassen, aber ich hatte mich gut in meine neue Rolle eingelebt und sagte: »Edler Herr, ich sehe, dass Ihr Schmerzen leidet, deshalb möchte ich Euch auf eine starke Medizin hinweisen, über die ich verfüge. Sie stammt aus Ägypten, eine weiser Mann hat sie hergestellt nach einem Rezept des großen Hermes Trismegistus, das er in einem uralten Manuskript gefunden hat.«

Nachdem ich ihm einen Monatslohn abgeknöpft hatte, bestieg ich mein Pferd Fulmen und ritt zum Palatin, wo ich an der Tür meines eigenen Hauses klopfte.

Der Kopf Thiatbalds erschien hoch über mir an einem Fenster. Der junge Mönch rief: »Scher dich weg, du Hund! Lass einem hart arbeitenden Mönch seine Nachtruhe!«

»Ich bin Hroswith«, rief ich hinauf. »Und es ist eine Stunde vor Mittag.«

Der Kopf verschwand, und kurze Zeit später konnte ich Thiatbald umarmen. »Ich erkenne dich gar nicht mehr wieder«, sagte er. »Bei Romuald sagst du? Das hätte ich in deinem Fall gar nicht vermutet.«

»Ich selbst auch nicht«, sagte ich. »Wie ist es dir hier ergangen? Seit wann schläfst du am Tag?«

»Seit ich die ganzen Nächte über lese«, sagte er lachend. Thiatbald erzählte mir, dass eigentlich gar nichts passiert sei. Die beiden anderen waren mit einer dürftigen Ausbeute an Büchern zurückgekehrt, inzwischen aber schon wieder weg. Ekkio war nach Süden gezogen, um sich den Eremiten des Nilus anzuschließen, und Wino war zu einem Kloster in Burgund aufgebrochen.

»Kein Ärger mit den derzeitigen Machthabern?«

Thiatbald schüttelte den Kopf. »Nicht im Mindesten. Sie haben kein Interesse an diesen alten Gemäuern, es geht um die Macht in Rom, vielleicht sogar in ganz Italien. Sobald der Kaiser abgezogen war, lief hier wieder alles seinen normalen Gang.«

»Der Kaiser kommt bestimmt zurück«, versprach ich ihm. »Zurzeit stellen einige Bischöfe in Deutschland eine gewaltige Streitmacht zusammen. Für die Zwischenzeit, vielleicht aber auch für immer, wünscht der Papst die Verlegung der Bibliothek nach Ravenna. Wie sollen wir vorgehen?«

Doch Thiatbald war mit diesen Plänen überhaupt nicht einverstanden. »Wenn wir die Bibliothek verlegen, ist es gut möglich, dass alles am Hafen beschlagnahmt wird. Was immer man sich auch ausdenkt, es ist doch klar, dass diese Bücher dem Feind in die Hände fallen würden. Wenn wir hier mit unserer Arbeit weitermachen, wird kein Hahn danach krähen. Die Grafen von Tusculum haben kein Interesse an Büchern und wissen nicht einmal, dass es uns gibt.«

»Du hast vielleicht sogar Recht, aber …«

Er unterbrach mich: »Hroswith, wenn es sicher ist, dass der Kaiser hierher zurückkehrt, dann ist es doch am besten, wenn wir hier auf ihn warten, das spricht doch wohl für sich selbst?«

Ich stimmte ihm zu, fürchtete aber um mein Leben, wenn ich dem Usurpator erneut in die Hände fallen würde.

»Das ist einzig und allein eine Frage, ob man auf der Straße herumspaziert oder bestimmte Stadtviertel meidet«, meinte Thiatbald.

Und so entschloss ich mich zu bleiben, nicht zuletzt, weil schließlich ich der bibliothecarius palatii war und nicht Thiatbald. Ich hatte das Gefühl, dass er meinen Platz eingenommen hatte, und das gefiel mir nicht. Darum nahm ich die Zügel wieder fest in die Hand und war bald wieder in der täglichen Routine meiner Arbeit versunken. Wir disputierten, klassifizierten, schrieben Briefe und erhielten ab und zu neue Bücher aus Klöstern oder bischöflichen Büchersammlungen. Sankt Gallen schickte erneut sechs Bücher, aus Notkers Brief erfuhr ich, dass Abt Gerhard gestorben war. Zur Kurie wagte ich mich nicht mehr, nahm mir aber fest vor, sofern erforderlich, alles dorthin zu schicken, schließlich hatte Gerbert dort seine Getreuen zurückgelassen.

In den folgenden Monaten erfuhr ich Neuigkeiten über Otto: Er hatte den Aufstand in Benevent niedergeschlagen und zog, nachdem er die Lage im Süden unter Kontrolle gebracht hatte, nach Paterno, wo er den Sommer verbrachte. Mitte September hörte ich, dass er auf dem Weg nach Ravenna sei; tatsächlich aber war er dort schon Wochen vorher angekommen.

Ich besuchte Alberik und seinen Vater in ihrem Palast, und sie erzählten mir von Gerüchten über eine Verschwörung einiger deutscher Fürsten gegen den Kaiser. Als ich dann noch hörte, dass Otto von Ravenna nach Pavia weitergereist sei, fragte ich mich, ob er wohl die Absicht hatte, nach Deutschland zurückzukehren. Vielleicht kam er dann mit seinem Heer im nächsten Frühjahr zurück, vielleicht würde er – enttäuscht wie er war – Italien auch ganz aufgeben.
Mir wurde es allmählich zu eng in der Stadt. Ich fragte mich, wo sich der Papst wohl aufhielt. Der Adel hatte keinen Gegenpapst ernannt. Vielleicht konnte Papst Silvester einfach in den Lateranpalast zurückkehren. Er verfügte über ein enormes Prestige, und ich zweifelte, ob es ein Vertreter des alten Adels wagen würde, sich an dem ersten guten Papst seit hundert Jahren zu vergreifen. Allzu lange hatte der Lateranpalast als Bordell gedient, ein verkommener Ort der Hurerei, der Korruption, des Machtmissbrauchs und der Simonie ... Aber ich sollte die wenigen Zeilen, die mir noch bleiben, nicht mit den Untaten der Päpste füllen.

Ende September kam es in den Straßen Roms erneut zu Gefechten. Kleinere Scharmützel wurden in den verwilderten Gegenden zwischen den Burgen und den Wohnvierteln ausgetragen, auf den Straßen war niemand mehr sicher. Die Gefechte ließen nach und flammten dann plötzlich wieder auf, es schien kein Ende zu geben. Dann, von einem Tag auf den anderen, verschwand Thiatbald. Ich stand den ganzen Abend über am Fenster und betrachtete den roten Feuerschein, der im Osten über der Stadt hing. Am darauf folgenden Tag erkannte ich in der Ferne Rauchsäulen und Flüchtlinge, die die Stadt auf der Via Tusculana verließen. Von Thiatbald war nichts zu sehen. Ich fürchtete um sein Leben. Ich mochte ihn inzwischen sehr, diesen unermüdlichen jungen Mönch. Nach drei Tagen vergeblichen Wartens fasste ich einen Entschluss. Ich schloss die Bibliothek ab und gab meinem Nachbarn, dem Burgherrn, den Schlüssel mit der dringenden Bitte, ihn nur an von mir oder vom Papst autorisierte Personen auszuhändigen. Es wurde Zeit, die Bibliothek nach Ravenna zu schaffen. Gerbert konnte das als Einziger bewerkstelligen, weil er mit der Kurie in ständigem Kontakt stand.
Ich gürtete mir mein Schwert um, holte mein Pferd Fulmen aus dem Stall und ritt zum Tor. Dem Hengst gab ich die Sporen, sodass er die Wächter umrannte. Ich blickte mich nicht um und wusste nicht, ob sie mich verfolgten, aber gegen dieses Pferd hatte keiner eine Chance.

In den Bergen traf ich zwei Tage später auf das Heer. Mein Pferd war so schnell, dass ich erst mitten zwischen den Rittern zum Stehen kam. Ich fürchtet anfänglich, dass es sich um das Heer von Arduin oder Gregorius handelte, aber dann erkannte ich einige Ritter der Vorhut. Ihr Führer Ziazo, ein römischer Patrizier, war von Otto vorausgeschickt worden, um in der Nähe von Rom Stellung zu beziehen. Otto war also nicht in Deutschland, sondern in Ravenna oder auf dem Weg dorthin.
Ich kannte Ziazo nur vom Sehen. Er war sehr schweigsam, vielleicht hielt er mich für einen Spion Arduins. Ich berichtet ihm kurz von den Scharmützeln in Rom, wusste aber zu wenig, um seine Fragen beant-

worten zu können. Ziazo warnte mich vor feindlichen Patrouillen in den Bergen, dennoch beschloss ich, allein weiterzureiten.
Einige Tage später erreichte ich Ravenna. Unterwegs traf ich nur die Eremiten, die ich schon von meiner letzten Reise kannte. Ich grüßte sie, ritt aber weiter, weil ich es eilig hatte. Flavia war nicht mehr in ihrem Loch, der Fluss war durch den Herbstregen stark angeschwollen, das Uferstück, in dem sie ihre Klause hatte, war eingestürzt.

Gerbert musste über gute Informanten verfügen, denn ich kam am späten Nachmittag in Ravenna an, und noch am selben Abend besuchte er mich. Wir sprachen über die Probleme in Rom, und er versprach mir, mit der Kurie eine Lösung zu finden. Aber auch er war der Ansicht, dass ein Transport der Bücher unter den gegenwärtigen Umständen zu riskant sei. Ohne dass ich dazu Veranlassung gegeben hatte, sagte Gerbert plötzlich: »Ich weiß, Ihr denkt, dass das Sammeln und Kopieren von Büchern für mich eher nebensächlich ist, doch Ihr irrt Euch, Hroswith. Ich betrachte das vielmehr als meine allerwichtigste Aufgabe. Tatsächlich war mein ganzes Leben davon bestimmt, und mein Pontifikat gibt mir Möglichkeiten, Pläne in die Tat umzusetzen, deren Realisierung ich nie für möglich gehalten hätte.«
»Und der Kaiser?«, fragte ich.
»Otto durchlebt schwere Zeiten.« Gerbert erzählte, dass Otto und er nach Beendigung des Reichstages in Pavia erst seit kurzem wieder in der Stadt seien. Auf dem Rückweg seien sie zunächst nach Pereum gezogen, um die Kirche des heiligen Adalbert zu weihen. Tammo, Brun und die Missionare sollten ebenfalls mitkommen nach Ravenna, aber Romuald war dagegen, er wollte keinen seiner Einsiedlermönche gehen lassen. Mehr noch, er verlangte sogar, dass Otto jetzt seinen Thron aufgab und sich in eine Klause zurückzog. Otto wolle das auch, sagte Gerbert, aber zuerst müsse er Rom erobern und dem Land Frieden bringen. Romuald hätte ihm daraufhin wütend zugerufen: »Wenn du nach Rom ziehst, wirst du

Ravenna nie wieder sehen!« Otto betrachte das als Fluch und unterwerfe sich infolgedessen strengeren Bußübungen als jemals zuvor.

»Und Romuald?«, fragte ich.

»Viele seiner Mönche sind in den Sümpfen gestorben, er verliert zusehends an Einfluss. Das Letzte, was ich hörte, war, dass er sich auf der Suche nach neuen Jüngern nach Istrien eingeschifft hat.«

Ich erfuhr nun auch, dass Erzbischof Leo von Ravenna kürzlich gestorben war. Gerbert hatte es eilig, alles für die Weihe des neuen Erzbischofs Friedrich vorzubereiten. Er versprach mir, einen Platz zu finden, wo ich meine Arbeit fortsetzen könne, dafür müsse ich nicht auf den Transport der Bücher warten. Er würde mir auch neue Mitarbeiter beschaffen und seine Informanten in Rom beauftragen, nach Thiatbald und Wino Ausschau zu halten. Ekkio saß inzwischen irgendwo in einem Loch und fastete.

»Und wann ziehen wir gegen Rom?«, fragte ich, obwohl mir das sichere Ravenna eigentlich besser gefiel.

»In einigen Tagen bricht Graf Tammo mit einem Heer auf, um in Paterno, einer Burg im Norden Roms, einen Stützpunkt zu errichten. In Deutschland wird zurzeit ein großes Heer zusammengestellt, und wenn alles gut geht, wird es noch vor Weihnachten die Alpen überqueren.«

»Warum muss das jedes Mal im Winter sein?«

Er blickte traurig vor sich hin. »So ist es nun mal. Ich hätte es auch lieber anders gehabt, aber man kann ein so großes Heer nicht jahrelang diesseits der Alpen unter Waffen halten. Und die italienischen Truppen, über die der Kaiser verfügt, reichen nicht aus, um seine Macht aufrechtzuerhalten.«

Einige Tage später glaubte ich, von meinem Balkon in der Pfalz aus Tammos Heer abziehen zu sehen. Aber er war bereits einen Tag vorher aufgebrochen, was mir entgangen war, weil ich in der erzbischöflichen Bibliothek nach verborgenen Schätzen gesucht hatte. Erst am Abend erfuhr ich, dass es Gerbert selbst war, der an der Spitze eines Heeres in das nahe gelegene Caesena zog, um einen

Aufstand niederzuschlagen. Er hatte keine Zeit gefunden, sich mit meinen Problemen zu beschäftigen.
Am selben Abend während eines Spaziergangs in der näheren Umgebung sah ich Otto mit einigen Soldaten, Herzog Hugo, Protospatharius Otto von Lomello, noch einige Grafen, die ich nicht kannte, und eine Frau, die mit einem silbernen, kreuzförmigen Reliquiar in den Händen vorausging. Kaiser Otto und Hugo führten einen heftigen Wortwechsel, als ich mich ihnen näherte, verstummten sie aber abrupt. Der Kaiser war über mein plötzliches Erscheinen erschrocken, aber als er mich erkannte, zeigte sich ein breites Lächeln auf seinen ausgezehrten Gesichtszügen. »Hroswith, mein lieber bibliothecarius palatii«, sagte er und umarmte mich. Sein Körper, den er an mich drückte, fühlte sich hart und knochig an, wie das Skelett einer ausgehungerten Taube unter den Federn.
»Geh mit uns zur Stadt, dann können wir uns unterhalten. Schläfst du in der Pfalz? Wir sollten heute Abend zusammen essen«, sagte Otto. »Kennst du alle?« Er zeigte auf die Frau. »Das ist die Äbtissin Geppa aus dem Kloster Sankt Salvatoris und Felicis, sie ist die Hüterin der Kreuzreliquie.« Das Reliquiar enthielt einen Splitter des wahren Kreuzes.
Wir nahmen den Weg, der zum Stadttor führte, und sprachen über die Ereignisse der letzten Zeit. Otto wollte alles über meine Arbeit in Rom wissen und war sehr aufgeregt, als ich ihm kurz schilderte, was sich alles in den Schränken der Bibliothek befand. »Wenn wir wieder in Rom sind, werde ich selbst einer deiner treuesten Besucher werden«, sagte er. Aber als er weiterging, wurde seine Stimme bitter. »Diese Römer, für sie habe ich mein Land und meine Untertanen im Stich gelassen. Ich wollte Rom wieder den Platz verschaffen, der ihm aufgrund seiner großartigen Vergangenheit zukommt. Meine Mutter …«
Weiter kam er nicht, denn plötzlich strömten Tränen über seine eingefallenen Wangen. Ich wusste nicht, was ich tun sollte, und legte ungeschickt eine Hand auf seine Schulter. »Ganz ruhig, mein Junge, es wird alles gut …«, hörte ich mich zum sächsischen Kaiser sagen.

Aber er weinte nur noch heftiger und umarmte mich erneut. Ich wusste nicht, was ich gegen seine Traurigkeit tun sollte, und blickte Hilfe suchend zu Geppa, die mit einer Hand das Reliquiar über Ottos Haupt hielt, wohl in der Hoffnung, dies könne ihn trösten.
»Hast du meine Mutter gekannt, Hroswith?«, fragte Otto, nachdem er sich wieder etwas beruhigt hatte. Geppa hängte sich das an einer Schnur befestigten Reliquiar um den Hals und wischte mit einem kleinen silbernen Spatel über Ottos Gesicht. So fing sie einige Tränen auf, die sie in ein silbernes Fläschchen tropfen ließ.
»Warum tut sie das?«, fragte ich, nachdem Geppa das Fläschchen eingesteckt hatte und die Kreuzreliquie wieder in den Händen hielt.
»Sie glaubt, ich sei ein Heiliger, Hroswith; manche sagen, ich sei der vorhergesagte Kaiser, der gekommen ist, um der ganzen Erde den ewigen Frieden zu bringen.«
»Glaubst du das auch?«, fragte ich ihn und blickte dabei auf die Äbtissin, die viele Säckchen mit Haaren, Nägeln, Tränen oder sonstiger Ausscheidungen verstorbener Heiliger oder potenzieller Heiliger, die noch lebten, bei sich trug.
Er schüttelte heftig den Kopf. »Ich bin ein Sünder, aber einer, der den festen Vorsatz hat, ein Heiliger zu werden. Und bei Gott, ich werde der Welt wirklich den Frieden bringen, bevor ich mich aus ihr zurückziehe.«
Und dann gestand ich: »Caesar, als ich in deinem Alter war, glaubte ich, ein Sohn des Bösen zu sein, zeitweise hielt ich mich sogar für den Antichrist. Seit meiner frühesten Jugend hörte ich Stimmen, und später sagte mir mein erster Lehrer, dass ich ein Teufel sei.«
Nun konnte Otto wieder lachen. »Der gute alte Hroswith, ein Teufel! Das finde ich lustig.«
»Ich finde es nicht lustig. Es war eine Wahnvorstellung, die noch dadurch gesteigert wurde, dass meine Mutter von einer aufgebrachten Volksmenge ermordet wurde«, sagte ich. »Ich habe in meinem Leben schreckliche Dinge getan.«
»Und diese Stimmen?«
Ich hatte lange darüber nachgedacht, aber keine Erklärung ge-

funden, es sei denn in Legenden und Wundererzählungen. Es hat mit meiner außerordentlichen Begabung für das Erlernen fremder Sprachen zu tun. Es kommt mir vor, als sei jede menschliche Sprache in meinem Geist schon vorhanden, zusammengerollt wie ein Tier im Winterschlaf. Ich sagte: »Wenn ich es zu erklären versuche, denke ich an eine Art Glossolalie.«
Otto lachte nicht mehr. »Also sprichst du in Zungen und verstehst diese Rede auch.«
»Ja, so etwas muss es sein.«
Otto ging eine Zeit lang schweigend neben mir, dann sagte er: »Wenn auch nur eine Begabung wichtig ist für einen bibliothecarius palatii, dann diese. Es war Gerberts Idee, dich an die Spitze dieses Unternehmens zu stellen, ein neuer Beweis seiner großen Weisheit, die ihm wohl direkt von Gott eingegeben ist.« Er wandte sich zu Geppa und sagte, wie ich annehme, halb im Scherz: »Gebt Acht auf Hroswith, Geppa! Er besitzt übersinnliche Fähigkeiten und wird es noch weit bringen.«
Einige Wochen später, als wir in Paterno waren, meinte die Äbtissin, meine Nägel seien zu lang und sie würde sie mir gern schneiden. Ich lehnte natürlich ab.

Ob der Kaiser verstanden hatte, dass ich seine Ideen für die überspannten Phantasien eines Jünglings hielt? Während des Essens, das wir in Ottos Privatgemächern in der Pfalz einnahmen, kam er darauf zurück. Einer der Tischgenossen war mein Sohn Meinwerk, der mich mit einem Lächeln und einer tiefen Verbeugung begrüßte. Der Kaiser sagte: »Geh mit mir, Hroswith! Ich finde, du solltest dabei sein, wenn wir Rom erobern.« Er aß während der Mahlzeit überhaupt nichts, nippte aber ab und zu an seinem Weinglas. Er hatte tiefe Schatten unter den großen Augen. Dann fuhr er fort: »Wenn die Zeit reif ist, dann werden sie mich als ihren Herrn anerkennen, sie haben keine Wahl, es ist ihr Schicksal. Und dann, Hroswith, wirst du mit eigenen Augen sehen, dass sie mich mit feierlichen Gesängen und Palmwedeln heimholen.« Er schüttelte den Kopf und schaute einen Augenblick in sein Glas. »Das ist keine kindische Idee«, sagte er dann. »Seit meiner frühesten Jugend habe ich darauf hingelebt, meine Mutter hat mich in diesem Sinne erzogen, und die besten Lehrer des Reiches haben mich dafür unterrichtet. Alles diente nur dazu, diese Aufgabe zu erfüllen. Ich habe viel dafür aufgegeben.«

Ich sagte: »Mein Schwert gehört dir. Ich werde von jetzt an mit dir ziehen, bis Rom befriedet ist. Und danach werde ich mich wieder meiner Aufgabe widmen.«

Daraufhin ließ Otto einen Schreiber kommen, der eine Urkunde aufsetzte, der gemäß Otto III., *apostolorum servus, dono dei Romani orbis imperator Augustus,* dem Hroswithus von Wikala sieben Hufe schenkte, eine in der Nähe von Tiel, drei im Gau Leomerike und drei in Westfalen, nebst allen dazugehörigen Landgütern und Hörigen, insgesamt vierundfünfzig Männer, siebenundfünfzig Frauen und neunzig Kinder. Mit der Ausfertigung dieser Urkunde nahm der Kaiser mich als Vasall an.

Nach der Unterschrift sprach er kurz mit Hugo und wandte sich dann an mich. »Hugo von Tuscien will bis zum Frühjahr mit der Eroberung Roms warten. Ich bin damit nicht einverstanden. Ich erwarte schon in einigen Wochen die in Mainz, Augsburg, Worms und Köln zusammengestellten Truppen. Graf Tammo ist schon unterwegs, und Ziazo muss inzwischen bereits seine Stellung vor Rom bezogen haben. Der Papst, der auch ein großer Stratege ist, wird die gegen ihn gerichtete Erhebung schnell unter Kontrolle bringen, sodass er sich wohl noch vor Weihnachten mit der Hauptstreitmacht in Paterno vereinigen kann. Anfang, spätestens Mitte Januar müssten wir die volle Stärke erreicht haben. Schwester Geppa wird dann die Kreuzreliquie mit in die Schlacht führen, und ich selbst werde den Zeigefinger meines guten Freundes, des Märtyrers Adalbert, bei mir tragen. Was können wir bei einer solchen Übermacht anderes erwarten als einen triumphalen Sieg?«

Hugo schüttelte den Kopf. »Die Truppen aus Deutschland werden nicht so schnell hier sein, wie Ihr annehmt, Caesar. Keiner kann die

Wetterverhältnisse in den Alpen voraussehen, Ihr geht von idealen sommerlichen Bedingungen aus.«

Geppa, die außer beim Essen nur selten ihren Mund öffnete, höhnte plötzlich: »Ihr vergesst eines, *Duce:* Wir haben Gott auf unserer Seite. Er wird für Sommerwetter an den Alpenpässen sorgen.«

Der Herzog, der in Heinrichs Abwesenheit der wichtigste Heerführer war, stand auf und entschuldigte sich beim Kaiser, er ziehe sich zurück, weil er sich unwohl fühle.

Trotz der Kälte genoss ich die Reise die Küste entlang, blieb bei der Nachhut und betrachtete das Adriatische Meer, über dem am Morgen die Sonne rot wie Klatschmohn aufging. Tagsüber wurde mir warm unter meiner Kutte und nur mühsam konnte ich mit dem Heer Schritt halten, oft erreichte ich erst Stunden nach der Hauptarmee die auf dem Weg nach Spoleto gelegenen Städte: Rimini, Cagli, Paluzuollo. Keinen dieser Orte sah ich bei Tageslicht, denn wenn ich gemütlich durch das Stadttor ritt, schliefen meine Weggenossen schon. Der Kaiser wurde trotz seiner Blässe kaum müde. Wir legten sehr lange Tagesetappen zurück, und ab und zu kam er zur Nachhut, um mit mir zu sprechen. Es schien, als würden wir nicht gleich angreifen, sondern zunächst eine Synode in Todi abhalten, wo wir auch das Weihnachtsfest feiern wollten. Gerbert würde dort sein und viele Größen des Reiches. Obwohl es bei der Synode um das Problem Gandersheim gehen sollte, konnte der betroffene Bischof Bernhard von Hildesheim nicht anwesend sein. Wir sollten deshalb seinen Abgesandten Thangmar dort treffen, worauf ich noch zurückkomme, wenn mir dafür Zeit bleibt, denn stärker als in letzten Jahren spüre ich, wie mir Todeskälte in die Knochen zieht.

In Spoleto schloss ich mich – nun wieder in passender Kleidung – der Hofgesellschaft an. Die Treffen mit Gerbert und Thangmar verliefen wie geplant. Der Papst, der uns nach dem Sieg über die Stadt Caesena gefolgt war, schien nie weiter als eine Tagesreise hinter uns gewesen zu sein.

Nun zog das deutlich angewachsene Heer nach Todi, wo wir am

nächsten Tag spätabends ankamen. Ich ritt unterwegs neben Hugo und fragte ihn, ob wir eine Chance hatten, im neuen Jahr wieder in Rom zu sein. Aber er schwieg über die gesamte Strecke von dreißig Meilen. Als wir bei einem Kloster Halt machten, blieb er im Sattel sitzen, und ich bemerkte, wie bleich er war. Ich bot ihm meine Hand an, aber er schob sie weg und stieg mit großer Mühe allein ab.
Seine Beine schienen ihn nicht mehr zu tragen. In voller Rüstung, schwer wie eine Statue, schlug der große Mann der Länge nach auf die Fliesen des Innenhofes. Ich ließ ihn von Soldaten aufheben und ins Kloster tragen, wo ihn der Leibarzt des Kaisers, ein Römer namens Gandolfo, untersuchte. Kopfschüttelnd blickte er mich dann an.
»Mal'aria«, sagte er, einen Begriff, den Ärzte verwenden, wenn sie nichts Genaues wissen. »Schlechte Luft«, und das, obwohl wir tagelang in der Seeluft geritten waren, die ja für die Gesundheit besonders förderlich ist.
Hugo starb kurz nach Mitternacht, genau zur Wintersonnenwende. Ich, der an seinem Bett gesessen hatte, musste die traurige Nachricht Kaiser und Papst überbringen, die sich mit einigen der Reichsgrößen berieten.
»Gott sei seiner Seele gnädig!«, sagte Otto und senkte den Kopf.
Gerbert stand auf, um zu dem Toten zu gehen, dem er früher am Abend schon die Sterbesakramente verabreicht hatte.
Nach einem Moment der Stille redeten die Bischöfe wild durcheinander. Notker brachte vor, was sie alle dachten: »Caesar, wenn so kurz vor einem Angriff Euer wichtigster Stratege und Heerführer stirbt, ist das dann kein göttliches Zeichen, vorläufig das ganze Unternehmen zu unterbrechen?«
»Keineswegs«, sagte der Kaiser. »Hugo war ein tapferer Mann, das stimmt, aber er war es auch, der sich stets meinen Befehlen widersetzte und meinte, alles besser zu wissen. Und wie sehr ich auch seinen Tod betrauere, denke ich, dass Gott ihn von uns genommen hat, weil er meinen Plänen im Wege stand. Dies bestärkt mich noch in dem Bemühungen, keine Zeit zu verlieren.«

60. Kapitel

In dem sich das Heer in Stellung bringt; eine traurige Wache

Der Tod Hugos und sein Begräbnis warfen einen dunklen Schatten auf das Weihnachtsfest.

Der Kaiser unterzog sich erneut einem strengen Fasten, obwohl Gerbert ihm abriet. »Ihr müsst stark sein, um Eure schwere Aufgabe erfüllen zu können«, sagte er. Aber Otto hörte nicht einmal mehr auf seinen alten Lehrer, er saß totenbleich auf seinem Sessel, mit nackten Füßen, im zerschlissenen Bußgewand. Geppa saß neben ihm. Sie trug Schuhe voller Kieselsteine und unter ihrem härenen Gewand klirrten die schweren Ketten, die sie sich umgehängt hatte.

Ich fühlte mich nicht verpflichtet, am Weihnachtsfest teilzunehmen. Stattdessen verbrachte ich diese und die folgenden Tage in der kleinen Schmiede der Klosterstallungen, in der ich einen Novizen in die Grundfertigkeiten des Hufschmiedens einweihte, denn der Mönch, der bis dahin die Schmiedearbeiten verrichtet hatte, war im letzten Herbst von einem Pferd zu Tode getreten worden. Ich zeigte dem Novizen auch, wie man es vermied, so zu Tode zu kommen wie sein Vorgänger.

Inzwischen hatte die Synode begonnen. Äbte und Bischöfe drängten sich im Remter und mästeten sich an dem kärglichen Wintervorrat der Mönche, die es gut verstanden hatten, der Hungersnot zu entgehen, welche in den letzten Monaten in diesen Gegenden gewütet hatte. Erst in den folgenden Monaten erfuhr ich, dass es sich um eine allgemeine Hungersnot handelte, die sich bis zu den nördlichen Grenzen des Reiches erstreckte. Nach den kargen Ernten dieses Jahres war die Versorgung des Heeres eine schwere Last für die örtliche Bevölkerung.

Die nun von Otto und Gerbert geleitete Versammlung verhandelte über den rechtlichen Status des Klosters Gandersheim. Die Bischöfe von Hildesheim und Mainz stritten um das Recht, die neue Kirche dieses Frauenstiftes zu weihen. Als Bernhard vor anderthalb Jahren versuchte, die Kirche zu weihen, rief die Äbtissin Sophia von Gandersheim, Ottos Schwester, mit der Unterstützung Willigis' von Mainz unterstützt, eine kleine Streitmacht zusammen und drohte, den Bischof von Hildesheim mit Gewalt zu vertreiben.

Die Versammlung verlief nicht nach Wunsch, und eine endgültige Entscheidung wurde mehrfach verschoben, weil einige deutsche Kirchenfürsten, deren Anwesenheit unbedingt nötig war, noch unterwegs waren. Einer der Nachzügler war Heribert.

Kuriere wurden nordwärts den heranreisenden Reichsgrößen entgegengeschickt, um sie trotz des sich verschlechternden Wetters zur Eile zu mahnen. Schließlich blieb aber auch diese Synode ohne Beschlussfassung, denn am sechsten Tag des neuen Jahres, tausendundein Jahr nach der Menschwerdung Gottes, setzte sich das gesamte Heer wieder in Bewegung Richtung Paterno.

Wir folgten dem Flusslauf Richtung Süden. Diesmal ritt ich zwischen den Bischöfen in der vordersten Gruppe und führte lange Gespräche mit Hezzelin, dem Grafen von Luxemburg, und Otto, dem Protospatharius, dem ich zum ersten Mal begegnet war, als wir in der denkwürdigen Nacht in Aachen das Grab Karls des Großen öffneten. Ich mochte beide Männer sehr gern. Hezzelin äußerte seine Besorgnis über den Kaiser. »Ich habe ihn noch nie so leidend gesehen.«

Ich stimmte ihm zu. »Das ist nicht verwunderlich. Er isst fast nichts und hat sich in den letzten Monaten, eigentlich schon in den letzten Jahren auf Anraten seiner geistlichen Führer und der Eremiten Romuald und Nilus immer mehr Bußübungen auferlegt.«

»Aber jetzt wird es Zeit, dass er damit aufhört«, meinte der Protospatharius. »Fasten ist gut für einen Mönch, aber ein Krieger muss essen. Sieh doch, wie schief er im Sattel sitzt, die Lanze des heiligen Mauritius ist ihm schon zweimal aus den Händen geglitten.«

In diesem Augenblick fiel die heilige Lanze das dritte Mal zu Boden. Bischof Notger von Lüttich, der noch jung und sehr gelenkig war, reckte sich beim Vorbeireiten tief hinunter und ergriff die Lanze, ohne aus dem Sattel zu steigen. Aber wie geschickt er das auch vollführte, er verlor doch seine Mitra. Ich versuchte meinerseits, Notgers Kostprobe echter Reitkunst nachzuahmen, fiel dabei aber vom Pferd. Allerdings war ich auch ein gutes Stück älter. In meinem Rücken schien irgendetwas zu reißen – den Schmerz spürte ich noch viele Jahre –, aber die Ritter und Bischöfe um uns hatten endlich einmal wieder Gelegenheit, herzlich zu lachen.

Am Abend schlugen wir eilig unsere Zelte am Fluss auf, denn wir waren schon allzu lange im Dunkeln weitergeritten. Die schwarzen Wolken im Westen versprachen nichts Gutes. Stunden später, als der Regen laut auf das Zeltdach trommelte und sich krachende Donnerschläge mit grellen Blitzen abwechselten, wurden wir von allen Seiten angegriffen und konnten uns nur mit Müh und Not verteidigen. Die Wächter drangen mit den Warnsignalen ihrer Hörner kaum durch den Lärm des Unwetters.

Ich konnte mit meinem Ulfberth zwei Angreifer töten und erhielt einen Hieb in den Oberschenkel. Als sich die Angreifer zurückgezogen hatten, kam Gandolfo, um mich zu verbinden. Gerbert, der kurz nach ihm in mein Zelt trat, schickte den Mann weg, um eigenhändig meine Wunde zu waschen und zu versorgen.

»Morgen sind wir in Paterno«, versprach er. »Einige Tage Ruhe, und du wirst keine Beschwerden mehr haben.«

Otto kam in Begleitung Meinwerks auch kurz herein. Der Kaiser hatte einen roten Schimmer auf den Wangen, offenbar noch erregt von dem Kampf. »Du hast dich tapfer gewehrt, Hroswith«, sagte er. »Ich werde dich berücksichtigen, wenn bald der große Aufmarsch beginnt, und dir ein Kommando über eine Heeresabteilung geben.«

»Das will ich nicht, Kaiser«, sagte ich erschrocken. »Ich bin nicht der Richtige für solch eine Aufgabe.«

»Ich denke doch«, antwortete Otto. »Du bist deinem Kaiser ver-

pflichtet. Aber ich werde dich nicht zwingen. Es ist allerdings merkwürdig, dass ich gerade dieselbe Diskussion mit meinem lieben Kaplan hatte, stimmt es nicht, Meinwerk? Und er gab mir genau dieselbe Antwort.«
Meinwerk bestätigte Ottos Worte. Er sagte: »Gebt Acht auf Euch, Hroswith! Besser Ihr reist morgen in einer Sänfte oder in einem Wagen.« Ich meinte, so etwas wie Sorge in seiner Stimme zu spüren.
Auf Meinwerks Arm gestützt, verließ Otto das Zelt.

Vor Paterno spaltete sich das Heer wieder, und die Befehlshaber verteilten die Truppen auf die verschiedenen Burgen der Umgebung. Ich blieb in der fast uneinnehmbaren Burg Paterno, eine Tagesreise von Rom und einige Stunden vom befreundeten Farfa und den Truppen Ziazos entfernt, die auf die Burgen der Sabiner Berge verteilt waren.
Tammo war froh, uns zu sehen, aber sein Gesichtsausdruck verdunkelte sich, als er sich nach der Umarmung den Kaiser genauer ansah. Trotz der Januarkälte schwitzte Otto, seine Augen waren fiebrig. Dennoch entfaltete er in diesen Tagen eine große Aktivität.
Er stellte, sofern er sich nicht mit seinen Strategen beriet, fieberhaft Urkunden über Schenkungen und die Bestätigung alter Rechte aus; manche dieser Papiere habe ich selbst für ihn geschrieben. Am Tag nach unserer Ankunft reiste der Abgesandte Thangmar unverrichteter Dinge nach Hildesheim ab, später im Jahr sollte eine weitere Synode die Lösung für das schwelende Gandersheimer Problem finden.
Ich erholte mich rasch und stand oft auf den Zinnen der Burg, um über die dunklen Wälder und die so friedlich daliegenden Hügelketten zu blicken. Ich versuchte, nicht an die bevorstehenden Kämpfe zu denken. Obwohl ich dem Kaiser mein Schwert angeboten hatte, war ich in meinem Leben an einen Punkt gekommen … Aber immer wenn mich solche Gedanken heimsuchten, musste ich mir sagen, dass das Ziel, die große Aufgabe, die mich in Rom erwartete, wichtig genug war, um dafür zu kämpfen.

Fünf Tage später, als ich mein Pferd ein wenig über die verwitterte Via Flamina traben ließ, sah ich in der Ferne Heriberts Heerscharen heranrücken, der Bischof von Köln selbst an der Spitze. Ich ritt ihm entgegen und erfuhr, dass es eine lange und mühsame Reise gewesen war, die viele das Leben gekostet hatte. Ein Zehntel aller Männer war durch Hunger und Krankheit, seit einer Woche auch durch feindliche Übergriffe gestorben. Die Angreifer kamen aus den Bergen und zogen sich rasch zurück, bevor sich das schwerfällige Heer in Kampfposition bringen konnte. Dennoch schien eine unendliche Menschenschlange über die Straße heranzukriechen.

Auch der Kaiser ritt nun näher, er trug einen Kettenpanzer und einen Brustharnisch. Unter der glänzenden Rüstung konnte man das härene Büßerhemd deutlich erkennen. Nur zwei Leibwächter begleiteten ihn. Er schien guter Dinge, aber die Haut spannte sich um seinen Schädel, und die Augen lagen tief in den Höhlen. »Heribert, geliebter Bruder, dein Heer übertrifft meine Erwartungen. Die in Fulda und Augsburg ausgehobenen Truppen sind auch unterwegs, wie ich von meinen Kurieren erfahren habe. Und dann erwarte ich noch deinen Bruder Heinrich. Wir sind fast bereit für Rom.«

Heribert protestierte. »Herr, meine Männer brauchen Ruhe. Sie müssen nach den Entbehrungen des Marsches erst wieder zu Kräften kommen. Im jetzigen Zustand des Heeres haben wir dem Feind nichts entgegenzusetzen.«

Otto sah voll Mitleid auf die vorüberziehenden Soldaten und Ritter, dann sagte er: »Ich hatte auch nicht vor, schon morgen aufzubrechen, Heribert.« Er ritt zwischen Heribert und mir, und als ich zu ihm schaute, dachte ich, er wolle mir etwas sagen, denn er hing zur Seite gebeugt in seinem Sattel. Tatsächlich verlor er das Gleichgewicht und fiel fast vom Pferd. Ich konnte ihn gerade noch auffangen und stützen.

Er lächelte mir gequält zu: »Es geht schon wieder, Hroswith«, sagte er. »Mir war einen Augenblick lang schwarz vor Augen.«

Wir ritten durch das Burgtor, und Heribert befahl, die Zelte außerhalb der Burg aufzustellen, denn innerhalb der Mauern war kein Platz.

Beim Abendessen war der Kaiser nicht anwesend. Gerbert nahm zwar teil, wirkte aber geistig ebenso abwesend wie sein junger Schüler. Den ganzen Abend stocherte er gedankenverloren in seinem Essen, ohne auch nur einen Bissen zu sich zu nehmen.

Ich saß bei Heribert, Hezzelin und Sigfried von Augsburg. An der anderen Seite der Tafel saß Meinwerk, der mich ab und zu nachdenklich ansah. Auch er aß nur wenig und trank nichts. Die Bischöfe und Grafen langten kräftig zu und ließen den Wein in Strömen fließen, denn wo immer auch eine Hungersnot herrschen mochte, innerhalb der Mauern von Paterno jedenfalls nicht. Als ein Adjutant Heriberts meldete, dass die Nahrungsvorräte für das Heer außerhalb der Umfriedung nicht ausreichten, beschlossen die versammelten Bischöfe nach kurzer Beratung, den Viehbestand eines nahe gelegenen Klosters schlachten zu lassen. Die Mönche sollten später entschädigt werden, schließlich war es ja vor allem in ihrem Interesse, wenn Rom entsetzt würde.

»Mein Bruder kommt nächste Woche mit den Truppen aus Würzburg«, sagte Heribert.

»Und dann folgen noch Erkanbald und Burchard mit ihren Rittern. Wollen wir hoffen, dass die, die mit der Versorgung betraut sind, über andere Quellen verfügen als nur über die nächstgelegenen Klöster! Dieser Landstrich ist schon völlig ausgeplündert.«

Sigfried sagte: »Meine Leute kommen über den Küstenweg und haben Befehl, in den Häfen so viel Nahrungsmittel wie möglich zu kaufen. In den vorangegangenen Wochen haben sie zahlreiche Treffen mit Händlern vereinbart. Soviel ich weiß, ist ein großer Konvoi unterwegs zu uns.«

»Ihr habt doch für ausreichend Schutz gesorgt?«, fragte Heribert.

»Die Tusculanier und Crescentier werden alles tun, ihn aufzuhalten.«

»Natürlich, der Konvoi wird von einem großen Heer begleitet. Aber eben diese Größe macht es verwundbar bei kleinen, schnellen Angriffen aus den Bergen oder Buchten, wenn aus dem Hinterhalt Pfeile auf die Soldaten niederprasseln, die darauf abzielen, viele zu verwunden und die Packtiere in Panik zu versetzen. Diese Angriffe untergraben die Moral.«

»Ziazo meldete, dass in seinem Lager gehungert werden muss«, bemerkte Notger von Lüttich.

Jetzt schaltete sich Geppa, die Reliquienträgerin und Äbtissin, in das Gespräch ein. »Es täte den Truppen gut, sich auf etwas anderes als das ständige Fressen zu besinnen. Sie sollten sich an ihrem Kaiser ein Beispiel nehmen. Wie wenig Nahrung er doch braucht! Ein Mann sollte nur in seinem Ranzen die Nahrung für einen Monate dauernden Feldzug mitnehmen. Es ist geradezu lächerlich, dass jeder einzelne Soldat Monat für Monat eine Wagenladung Fleisch und Getreide leer frisst. Sollen sie sich doch selbst um ihre Wagen kümmern! Wenn sie fressen wollen wie Tiere, dann soll man sie doch an die Deichseln spannen und sie immer kräftig die Peitsche spüren lassen.«

»Aber«, gab ich ihr zu bedenken, »Ihr müsst doch zugeben, Äbtissin, dass ein Mensch, der einen Kreuzsplitter trägt, auch gern einmal auf einer Deichsel reiten möchte?«

»Meinwerk, was meint der *bibliothecarius palatii* damit?«, fragte Geppa argwöhnisch.

»Meiner Meinung nach, Äbtissin«, sagte Meinwerk, »versucht Magister Hroswith die Bibel zu zitieren, es mangelt ihm aber an entsprechender Kenntnis, und sein rhetorisches Talent reicht nicht aus, sich klar auszudrücken.«

In der Tat hatte ich eigentlich gar nichts gemeint, und nur der Wein ließ mich Unsinn reden. Aber ich hatte eine dunkle Ahnung und schreibe dies der Angst vor dem Krieg zu, in den wir in einigen Tagen oder Wochen verwickelt werden sollten.

Erst zwei Tage später erschien der Kaiser wieder bei Tisch. Er war gekommen, um eine Tischrede zu halten. Jetzt sah er besser aus, er hatte etwas Farbe im Gesicht, und auf Anraten von Gerbert und Gandolfo aß er sogar ein wenig.

»Geliebte Freunde und Brüder«, sagte er, »bald werden wir gemeinsam ein Festmahl in der Kaiserpfalz auf dem Aventin halten. Das wird ein bedeutender Tag sein. Diesmal werde ich nicht als zorniger, strafender Vater kommen, sondern als einer, der seine Kinder, die Römer, liebt und ihnen alles vergibt, was sie ihm angetan haben. Dann wird endlich die *Pax Romana* verwirklicht, und viele Völker werden sich bekehren lassen. Wir werden ins Heilige Land aufbrechen. Nach Jerusalem werden wir ziehen, aber nicht mit Schwertern und Lanzen, sondern mit Palmzweigen und Friedensgaben. Nicht wie Habichte, sondern wie Tauben werden wir kommen, und so wird man uns empfangen. Beim Heiligen Grab werden wir niederknien, dann wird meine Aufgabe erfüllt sein, und ich ziehe mich in ein Kloster zurück, um den Rest meines Lebens der Buße und dem Gebet zu weihen.«

Er sprach noch eine Weile weiter, setzte sich dann und nahm ein Stück Brot. Gerbert neigte sich zu ihm und beratschlagte flüsternd mit ihm.

Ich ritt mit Graf Hezzelin in die Umgebung, um Wild zu jagen, aber die Wälder waren wie leer gefegt. Unter jedem Strauch schien eine von den hungrigen Soldaten versteckte Schlinge verborgen zu sein. Von den angekündigten Heeren fand sich noch keine Spur, obwohl sie doch vor Ende des Monats eintreffen sollten. Kuriere, die man ausgeschickt hatte, waren noch nicht zurück, wahrscheinlich waren sie in einen Hinterhalt geraten und getötet worden.

Kurz hintereinander wurden einige Burgen, in denen unsere Leute einquartiert waren, angegriffen, ohne dass dabei allerdings viel Schaden entstand.

Schwerwiegender war ein nächtlicher Angriff auf die Truppen außerhalb der Mauern von Paterno. In einer schnellen Aktion wurden Hunderte von Soldaten wie Vieh abgeschlachtet. Ich erwachte in der Nacht vom Lärm, und als ich von meinem Turmzimmer hinuntersah, bot sich mir der Anblick eines mit Fackeln hell erleuchteten Lagers in völliger Verwirrung. Jeder schrie durcheinander, man hatte Zelte gleichzeitig an verschiedenen Stellen in Brand gesetzt, sodass die überraschten Schläfer nicht entkommen konnten. Wer mit heiler Haut herauskam, dem wurde der Bauch von einer Lanze durchbohrt oder er bekam ein paar Pfeile in die Brust. Die Leute in der Burg waren auf einen Kampf überhaupt nicht vorbereitet, und als sie schließlich die Tore öffneten und einen Ausfall taten, waren die Feinde längst im Wald verschwunden. Die Soldaten weigerten sich, im Dunkeln die Verfolgung anzutreten, für die Mehrzahl von ihnen war der Wald unbekanntes Gelände. Auch ich kehrte unverrichteter Dinge in mein Zimmer zurück.

Gerbert kam mir im Gang entgegen, er schien mich nicht zu sehen. Er hatte die Arme auf dem Rücken verschränkt und sah sorgenvoll vor sich hin. Ich rief ihn an, und er drehte sich um. Er grüßte mich und sagte: »Der Kaiser ist krank, Hroswith. Ich war gerade bei ihm und habe Angst um sein Leben. Er hat Fieber und phantasiert.«

»Kann Gandolfo nichts tun?«

Er schüttelte ärgerlich den Kopf. »Ich glaube, es kommt Ottos Gesundheit nur zugute, wenn wir diesen Idioten nicht in seine Nähe lassen.«

Ich war am nächsten Morgen schon früh wach und verließ mein Zimmer. Als ich durch die dunklen Gänge lief, traf ich Meinwerk, der im Nachthemd mit einer Kerze in der Hand zur Kapelle ging.

»Was macht Ihr da?«, fragte ich ihn. Es war nicht die Zeit der üblichen Gebetsstunden, wobei ich nicht wusste, ob er sich beständig an sie halten musste.

»Dem Kaiser geht es nicht gut, ich will für seine schnelle Genesung beten«, sagte er ernst. Er hatte seine Zurückhaltung aufgegeben, was aber noch nicht bedeutete, dass wir Freunde geworden waren.

»Soll ich Euch begleiten?«, fragte ich.

»Wenn Ihr wollt«, sagte er und ging vor mir den kühlen Gang entlang.

In der Kapelle, in der so viele Kerzen brannten, dass es warm war, übermannte mich leichter Schlaf. Er war genau ausreichend, dass ich in ein glückseliges Vergessen hineinträumen konnte und schließlich einnickte, während die Zeit verstrich. Es waren noch andere da: Hugo von Zeitz, Sigfried und Hezzelin. Natürlich auch Graf Tammo, der müde und abgespannt aussah. Wir beteten für die Genesung des Kaisers, und als wir da so knieten, hörten wir draußen Tumult: Der Feind griff erneut an.

Hezzelin stand auf und sagte wütend: »Warum hat man nach dem letzten Angriff nicht alle Soldaten innerhalb der Mauern untergebracht?«

»Es ist einfach kein Platz mehr in der Burg«, sagte Tammo, ohne den Kopf zu heben und seine kniende Haltung zu verändern.

Ich beeilte mich, nach unten zu kommen, und dort sah ich, dass das Tor schon offen stand. Diesmal hatte eine schnelle Einheit aus Reitern bereitgestanden, um sofort zurückzuschlagen. Eine lange Reihe von Bogenschützen auf den Mauern hatte dem Feind schwere Verluste zugefügt. Als ich mit gezücktem Schwert durch das Tor lief, erkannte ich, dass Heribert die Situation unter Kontrolle hatte. Offenbar waren auch außerhalb der Burg Einheiten versteckt worden, die nun dem Feind, ungefähr fünfzig Mann, die Richtung Waldrand liefen, den Weg abschnitten. Jetzt trieben sie sie zurück zum Lager des Heeres, wo unsere Soldaten mit Speeren und Schwertern bereitstanden. Sie lachten und riefen Beleidigungen, ganz begierig, den Tod ihrer Kameraden zu rächen. Ich brauchte bei dem zu erwartenden Gemetzel nicht dabei zu sein und ging wieder hinein.

Ich begab mich in mein Zimmer, um mich auszuruhen, aber die Todesschreie der Feinde gaben mir einen Stich in die Seele. Es konnte lange dauern, die Soldaten waren fest entschlossen, es den Anstiftern des Blutbades vom Vorabend nicht so einfach zu machen mit dem Sterben. Ich lief auf den Innenhof, wo die Soldaten ihre gefangenen Gegner folterten, und suchte Heribert, aber einer seiner Untergebenen berichtete mir, dass der Bischof beim Kaiser war. »Er hat uns freie Hand gelassen.«

Nun kam Gerbert heraus, er trug Mitra und Pallium. »Hroswith, der Kaiser fragt nach Euch, er ist auf seinem Zimmer.«

Ottos Zimmer erinnerte an Visionen der Hölle. Beim Eintreten war es wegen der dichten Weihrauchwolken, die im Raum hingen, schwierig, dessen Begrenzung zu erkennen.

Am Kopfende des Bettes standen kleine Schränkchen und Halter, die einen wahren Sternenhimmel brennender Kerzen trugen. Neben dem Bett kniete Geppa und betete, die Augen geschlossen, die Hände fest aneinander gepresst. Und Heribert saß neben dem Kaiser, Tränen liefen über sein Gesicht.

Ich setzte mich auf einen Stuhl neben dem Bett. Ottos Gesicht war nass vor Schweiß, vielleicht auch vor Tränen und voller dunkler Flecke. Sein Atem ging schwer und stockend, seine Augen blickten starr auf das Kreuzreliquiar, das am Fußende des Bettes stand, neben dem in Silber gefassten Knochen von Adalberts Zeigefinger. Auf dem Kissen neben Ottos Kopf lagen Krone und Zepter, seine rechte Hand ruhte auf der Lanze des heiligen Mauritius, die schräg über seinem Körper lag.

»Hroswith«, flüsterte der *Caesar Augustus Romanorum.* »Sieh dort den schlichten Holzsplitter in dem Reliquiar! Vor tausend Jahren starb Jesus an dem Kreuz, von dem er stammt.«

»Neunhundertachtundsechzig, um genau zu sein«, sagte ich, der Tradition von Exiguus folgend. In besonders bewegenden Momenten fallen mir immer in diesem Zusammenhang ganz unwichtige Details ein.

»Es ist nicht gelungen, Hroswith«, fuhr Otto fort. »Ich habe versagt; Gott hat mich wegen meiner Sünden nicht für würdig erachtet, meine große Aufgabe zu erfüllen.«

»Ihr werdet wieder gesund«, sagte Heribert. »So dürft Ihr nicht sprechen, Caesar, wenn Ihr selbst nicht an Euch glaubt, dann kann Euch nichts mehr retten.«

»Meine Mutter, Heribert … Meine Mutter Theophanu hat mich alles gelehrt über die Vergangenheit und mir den Weg gezeigt

zum …« Er schwieg kurz, dann sagte er: »Meine Regentschaft hat nichts bewirkt. Meine Taten werden verwehen wie Spreu im Wind.«
Nun sprach neben mir Gerbert. »Kaiser«, sagte er, »noch nie sind solch riesige Gebiete in friedlicher Weise christlich geworden wie unter Eurer Regierung. Eure Taten wird man nie vergessen.«
Aber Otto hörte nicht zu. Er wiederholte, was er bei einer unserer ersten Begegnungen vor fünf Jahren in Nimwegen gesagt hatte. »Kaiser Karl lebte lange. Fünfzig Jahre saß er auf dem Thron, so kann man die Zukunft prägen. Aber wie viel Zeit habe ich gehabt? Gott, wie viel Zeit habe ich gehabt?« Er hob die heilige Lanze einige Finger breit an und ließ sie dann wieder fallen. Wie Gespenster tauchten nun Freunde und Große des Reiches, Bischöfe, Grafen und Äbte aus dem Weihrauchdunst auf. Einer nach dem anderen nahm Abschied.
Geppa begann zu wehklagen, und plötzlich hörte ich wieder die Schreie der gefolterten Gefangenen auf dem Innenhof. Tammo stimmte einen Psalm an, um die Schreie zu übertönen, und andere taten es ihm gleich. Aber Otto hatte sie schon gehört. »Was ist das?«, fragte er mit vor Entsetzen weit aufgerissenen Augen. »Sind das die Knechte des Satans? Wollen sie mich holen?«
Heribert sagte: »Caesar, es sind nur die Feinde, die von meinen Soldaten gefoltert werden, die Rache für den brutalen Überfall gestern Nacht.«
»Sie sollen aufhören«, sagte Otto. »So hat schließlich alles angefangen. Mit der Folterung von Philagathos, der doch der Beichtvater meiner Mutter war. Sie sollen aufhören. Unsere Gewalttaten haben schließlich den Fluch des Nilus von Rossano über mich gebracht.«
Heribert stand auf und ging aus dem Zimmer. Otto richtete sich halb auf und sah sich um. »Gerbert, Magister, bin ich verdammt? Können mir meine Sünden vergeben werden?« Er sank wieder zurück in die Kissen. Gerbert beruhigte ihn und sagte, dass er ihm bereits die Absolution erteilt habe.
Nun trat Gandolfo an das Bett. Er bestrich die Stirn des Kaisers mit

einer heilenden Tinktur. Früher am Tag hatte er ihm Schröpfköpfe auf den Rücken gesetzt, das ausgetretene Blut war fast schwarz, was auf die Schwere der Krankheit hindeutete.
»Wie steht es um ihn, was hat er?«, fragte ich.
Gandolfo schüttelte den Kopf, sodass der Pompon seiner Mütze hin und her wedelte. »Mal'aria, mal'aria ...«, sagte er.
»Es ist mein Wunsch, in Aachen begraben zu werden, in der Pfalzkapelle neben Kaiser Karl«, sagte Otto zu Heribert, der den Folterungen auf dem Innenhof ein Ende gemacht hatte und nun wieder neben ihm saß. Auch Geppa war jetzt still.
Meinwerk saß mir gegenüber am Bett, und der Kaiser hielt seine Hand. »Mein lieber Kaplan, ich möchte Euch noch eine Grafschaft überantworten. Lasst Pergament bringen, Heribert!«
Aber Meinwerk sagte: »Kaiser, ich wünsche nichts als Euer Leben. Ich bete zu Gott, dass er mein Leben nimmt anstelle des Euren.«
Heribert stand auf, um Ottos Wunsch zu entsprechen, aber Meinwerk sagte: »Setz dich, Heribert, bleib bei deinem Kaiser! Wenn du jetzt gehst, wirst du ihn vielleicht nicht lebend wiedersehen.«
Nun sah Otto mich an. »Hroswith«, sagte er, und fast glaubte ich, dass mit meinem Namen der letzte Atemzug seinen Körper verließ. Ich neigte mein Ohr nahe an seinen Mund, um zu hören, was er sagen wollte. »Wenn ich zurückdenke an mein Leben ... Am liebsten war ich doch der Hausierer«, sagte er. Er lächelte – zum letzten Mal.
So saßen wir alle in völliger Stille und horchten auf Ottos stets schwächer werdenden Atem und das Zischeln der Kerzenflammen, die matter wurden und immer mehr verschwammen.
Niemand von uns aß an diesem Tag oder bewegte sich auch nur von der Stelle.
Und gegen Abend sahen wir, wie sich das Gesicht unseres jungen Kaisers langsam entspannte und er in den ewigen Schlaf sank.

Es mag seltsam klingen, aber am Ende meines Lebens kann ich sagen, dass dies mein traurigster Moment war, und ich denke, dies traf für alle Anwesenden zu. Wir wachten die ganze Nacht, und am

Morgen besprachen wir vor dem Leichnam des Kaisers, was nun zu tun sei.
»Wir befinden uns alle in Lebensgefahr«, sagte Heribert. »Von der Eroberung Roms kann jetzt natürlich keine Rede mehr sein, es gibt keinen König oder Kaiser mehr, der einen Anspruch auf die Macht erheben kann. Wir müssen uns so schnell wie möglich über die Alpen nach Deutschland zurückziehen, sonst werden wir im jetzt losbrechenden Machtkampf zerrieben.«
»Wenn wir den Abzug überleben wollen, müssen wir den Tod des Kaisers so lange wie möglich geheim halten«, sagte Gerbert, »andernfalls bricht in ganz Italien die Hölle los.«
Einer von uns übernahm es, Ziazo einzuweihen, denn auch er durfte nicht dem zu erwartenden Chaos zum Opfer fallen. Und so kümmerte sich jeder der Anwesenden darum, dass seine Truppen sich bereitmachten. Die Marschziele waren ganz anders, als die Ritter erwartet hatten, und eine Aussicht auf baldige Versorgung der hungrigen Mannschaften gab es nicht.
Wir hätten Burchard, Erkanbald und Hendrik von Würzburg warnen müssen, damit sie kehrtmachen, aber die Todesnachricht hätte zu den falschen Leuten gelangen und uns in Gefahr bringen können. Ottos Tod würde früher oder später ohnehin bekannt werden. Im Übrigen vertrauten wir darauf, dass sich die mächtigen und gut versorgten Heere unserer Bundesgenossen schon selbst zu retten wüssten.

61. Kapitel

Wie Hroswith Träger der heiligen Lanze wird. Eine Unterhaltung im Taubenschlag

⚜

»Hör jetzt nicht auf zu schreiben!«, sagte Bodo, denn ich hatte meine Feder niedergelegt, um zu sehen, wie viel Platz mir noch blieb.
»Es ist fast vollbracht«, versicherte ich mir selbst laut.
Bodo lief um den Tisch herum und blieb mir direkt gegenüber stehen. »Willst du wirklich behaupten, dass du nach dieser Periode fast nichts mehr erlebt hast?«
Ich nahm wieder meine Feder und sagte: »Im Gegenteil, ich habe viel erlebt seitdem. Aber nicht alles ist geeignet, es dem Pergament anzuvertrauen. Ich möchte nur über Ereignisse schreiben, die vom Alltäglichen abweichen. Schweig jetzt!«

Während im Lager große Geschäftigkeit herrschte, streifte ich durch die niedrigen Sträucher zwischen Burgmauer und Waldrand. Ab und zu sah ich zu den brennenden Kriegsmaschinen, die man opferte, um einen schnellen Abzug zu ermöglichen.
Nun erst wurde mir klar, dass jetzt, da Otto nicht mehr lebte, wahrscheinlich auch meine Aufgabe zu Ende war. Das heißt, es hing nun alles von dem Nachfolger ab, doch trotz allerlei Spekulationen hatte noch niemand die Krone für sich beansprucht. Gerbert, der Architekt des großen Planes, war natürlich noch da, aber gerade die Verbindung von Kaiser und Papst war ein besonders günstiges Unterpfand für ein Gelingen dieses Plans gewesen. Hatten wir noch Zeit zur Ausführung? Und wie viele Leute gab es noch, die so dachten wie wir?
Ich beschloss, nach Rom zu gehen und dort vorerst meine Arbeit

fortzusetzen. Gerbert würde mich unterstützen, aber was würde geschehen, wenn die Crescentier einen Gegenpapst benannten? Ich war sicher nicht willkommen in Rom, wo jeder aus dem Norden jetzt als äußerst verdächtig gelten musste.
In der Nacht während der Totenwache hatte ich beobachtet, in welchem Zustand sich Gerbert befand. Sein sonst so gelassener selbstsicherer Gesichtsausdruck war leer und grau, zum ersten Mal sah man ihm die Jahre an. Dieser Mann war innerlich verzweifelt, und ich wagte es nicht, ihn später am Tag noch in seinem Zimmer aufzusuchen.
Am nächsten Morgen sollte das ganze Heer so früh wie möglich mobilisiert werden und nach Norden aufbrechen.
Aus dem Lager hörte ich jemanden rufen: »Welcher Idiot hat die Wurfgeschütze in Brand gesteckt? Zurücklassen haben wir gesagt, nicht verbrennen!« Und ich dachte dabei, dass jetzt auch der letzte Dummkopf wissen musste, dass unser morgiger Aufbruch eine überstürzte Flucht war.

Zum ersten Mal in meinem Leben trug ich zum Panzerhemd einen Kürass. In voller Rüstung trat ich an das Totenbett meines Kaisers, um einen letzten Blick auf seinen Leichnam zu werfen. Heribert und Gerbert saßen am Bett, und als sie sahen, dass ich hereinkam, standen beide gleichzeitig auf. In einer Ecke des Zimmers kniete die Äbtissin Geppa. Sie ließen mir keine Zeit, auf den toten Kaiser zu blicken. Heribert übergab mir die Mauritiuslanze. »Hroswith, Krone und Zepter des Kaisers reisen mit seinem Sarg, aber Ihr sollt die Lanze tragen. Das haben wir gerade beschlossen.«
»Warum ich? Und was soll ich mit ihr machen?«
Gerbert legte eine Hand auf meine Schulter. »Der Nachfolger Kaiser Ottos braucht alle herrscherlichen Insignien, und die heilige Lanze ist das wichtigste Zeichen der Königsherrschaft. Sie verschafft dem Besitzer einen bedeutenden Vorteil. Und Ihr habt in dieser Sache ja keinerlei Interessen. Wir fürchten, dass schon während der Überführung unter den Fürsten ein Machtkampf aus-

brechen wird. Wenn die Lanze im Zug mitgeführt wird, kann uns das alle vernichten …«
Ich sah auf das Ding in meiner Hand und fragte noch einmal: »Aber was soll ich mit ihr machen?«
»Reite uns voraus, bring die Lanze nach Deutschland, nach Köln! Begib dich in den erzbischöflichen Palast, ohne zu vermelden, dass du die *sacra lancea* mit dir führst. Wir werden dort mit dir Kontakt aufnehmen«, sagte Heribert. Gerbert fügte hinzu: »Wir selbst wissen auch nicht genau, wer sie bekommen soll, aber darum können wir uns später kümmern. Sie muss erst über die Alpen, dann sehen wir weiter.« Er überreichte mir ein zusammengefaltetes versiegeltes Pergament. »Dieses päpstliche Geleitschreiben kann Euch sogar beim Feind noch von Nutzen sein, jedenfalls solange keiner weiß, dass Ihr die Lanze bei Euch tragt.«
»Und was wird aus Italien?«, fragte ich.
Gerbert schüttelte den Kopf. »Italien wird dem Reich verloren gehen. Wir müssen alles dafür tun, dass nicht das ganze Reich auseinander fällt, und das wird schwierig genug.« Nun sah er mich an, sein Blick schien direkt in meine Seele zu dringen. »Das alles ist nichts gegen die Gräuel, die wir im schlimmsten Fall zu erwarten haben, Hroswith. Vergesst Rom bis auf weiteres! Ich werde Euch noch im Laufe des Jahres über unsere weiteren Pläne in Kenntnis setzen.«
»Und Ihr, geht Ihr in die Verbannung?«, fragte ich.
»Ich gehe nach Rom, meine Verbannung hat lange genug gedauert.«
»Warum riskiert Ihr Euer Leben?«
Gerbert trat beiseite, um Gandolfo mit einigen Helfern vorbeizulassen, die mit kupfernen Bottichen, Zangen, Spateln und Messern hereinkamen. Auf ein Zeichen Heriberts verließen wir den Raum.
»Sie balsamieren die Leiche ein«, sagte Heribert. »Die Eingeweide steckt man in verschlossene Bottiche, und der Leichnam wird in einen Sarg gelegt. Wir müssen nicht dabei sein.«
Ich sah wieder zu Gerbert. »Erwartet Ihr keine Probleme mit Arduin oder den Crescentiern und ihren Anhängern?«
»Nein«, sagte Gerbert. »Der Tod des Kaisers hat alles völlig ver-

ändert. Der römische Adel hat keine Schwierigkeiten mit meinem Pontifikat, schon gar nicht nach Ottos Tod. Die Kurie ist auf meiner Seite, und ich habe nicht vor, jemanden zu vernichten. Der Papst gehört nach Rom, das wird keiner bezweifeln.«

Ich stellte die Frage, die mir besonders am Herzen lag. »Was geschieht mit der Bibliothek?«

»Alles bleibt, wie es ist. Später können wir die Pläne weiterverfolgen, vorläufig muss man abwarten, wie sich die Dinge entwickeln.«

Er setzte sich auf eine Bank im Gang und sah zu mir hoch. »Hroswith, es ist in der Geschichte der Menschheit nur selten vorgekommen, dass alle Umstände so günstig waren, um etwas Großes hervorzubringen. Vor vielen Jahrhunderten waren die Umstände in Griechenland günstig und später auch in Rom. Wir haben unsere Chance verpasst. Nun ist alles anders geworden. Ich bin alt, und meine Stellung ist nicht gefestigt. Vielleicht erhalten wir noch eine neue Chance, die werde ich dann sofort ergreifen. Man muss sehen, wie sich die Machtkonstellationen entwickeln.«

»Und wenn das nicht geschieht?«, fragte ich.

»In diesem Fall möge Gott uns helfen! Schon oft erlebte die Welt Zeiten, in denen Wissenschaft und Weisheit einen gewaltigen Aufschwung nahmen, und weil das früher der Fall war, wird es bestimmt auch wieder so kommen. Aber bis dahin werden wir, wie ich fürchte, noch tausend Jahre in der Finsternis umherirren.«

Es blieb nichts mehr zu sagen. Ich nahm Abschied von Heribert und Gerbert. Letzterer versicherte mir, dass er mir so bald wie möglich eine Nachricht zukommen lassen würde, und er umarmte mich. »Bis bald!«, sagte er, aber wir wussten beide, dass wir uns nie wiedersehen würden.

Ich ging zur Treppe und sah mich dabei noch einmal um. Papst und Bischof knieten vor der Tür von Ottos Zimmer und beteten für den Toten. In diesem Augenblick verließ auch Geppa den Raum und blickte scheu auf die Geistlichen, wie ein Hund, der gerade das Fleisch für das Abendessen stibitzt hat. Weiß der Teufel, was sie in der Eile noch alles von der Leiche an sich genommen hat.

Als ich die Treppe hinunterging, musste ich mich eng an die Wand drücken, denn der eilig zusammengezimmerte Sarg für den Kaiser wurde gerade hochgeschafft.
Ich ging in das Refektorium und sorgte dafür, dass ich ordentlich zu essen bekam. Dann ging ich in die Küche und stopfte eine Ledertasche mit Nahrungsmitteln voll, sodass ich mehrere Tage von ihnen zehren konnte. Danach versorgte ich Fulmen, erklärte dem Pferd meine Pläne für die folgenden Wochen und ging auf mein Zimmer, um Mitternacht abzuwarten. Ich wollte einige Stunden vor dem Leichenzug aufbrechen.

Ich hatte Glück. Die Neuigkeit hatte sich noch nicht verbreitet, und keiner unserer Gegner war schon auf die Idee gekommen, nördlich von Paterno einen Hinterhalt zu legen. Aber das konnte nicht mehr lange dauern, man musste schneller sein als die Nachricht.
In dieser Nacht und am folgenden Tag kam ich gut voran. Spätnachts erreichte ich das Kloster Orvieto, wo ich mein Pferd in den Stall brachte und die Gastfreundschaft der Mönche in Anspruch nahm, ohne ihnen von meiner Mission zu berichten. Die Lanze hatte ich im Stall der Länge nach auf einen Balken gelegt, sodass sie niemand sehen konnte.
Im Kloster herrschte noch eine himmlische Ruhe, auch von der Hungersnot war wenig zu spüren. Ich aß und trank mit den Brüdern und lachte mit ihnen, aber in der Nacht schlief ich schlecht, trotz der Anstrengungen des Tages. Ich wusste nicht, ob dieses Kloster loyal zum Kaiser stand. Wer konnte schon sicher sein, dass nicht bereits ein Informant zu Arduin oder den Crescentiern unterwegs war. Ich schätzte mich glücklich, über ein so ausdauerndes Pferd zu verfügen, gleichzeitig war mir aber auch klar, dass ich Fulmen auf keinen Fall überfordern durfte.
Obwohl es nachts sehr kalt wurde, beschloss ich, von jetzt ab allein im Freien zu schlafen. Ich ritt pro Tag achtzehn Stunden, dann schlief ich in eine Decke eingerollt. In Verona, das seit je zum Kaiser hielt, schlief ich zwei Nächte. Als ich in der Stadt eintraf, hatte sich

die Neuigkeit noch nicht herumgesprochen, und ich wollte auch nicht deren Überbringer sein, denn dann hätte ich keine Ruhe mehr gefunden. Aber früh am Morgen meines Abreisetages traf die Todesnachricht ein. Großes Jammern und Wehklagen hörte man in den Straßen, und ich erfuhr, dass der Leichenzug von allen Seiten angegriffen wurde und sich den Rückweg nach Norden freikämpfen musste.

Es gab keinen Grund, zu bleiben und zu warten, bis das Heer in die Stadt einzog. Also setzte ich meine Reise fort, nachdem ich mein Lasttier mit Nahrung und Decken bepackt hatte. Für dieses Pferd kaufte ich auch eine wollene Decke. Sie sollte das Tier nicht nur in den Bergen wärmen, sondern auch die Lanze verbergen, die ich unter seinen Bauch geschnallt hatte.

Ich hatte nun keine Eile mehr, denn der Leichenzug kam nur langsam voran, und ich musste auch kein feindliches Gebiet mehr durchqueren. Wem sich diese Gegenden in einem Monat untertan machen würden, wusste ich nicht, aber vorläufig waren sie sicher.

Auch in Bayern, diesseits der Alpen, hatte man die Neuigkeit noch nicht gehört. Nach dem beschwerlichen Weg über die verschneiten Pässe konnte ich angesichts des milden Winters hier nur lachen. In Augsburg stieg ich in der besten Herberge der Stadt ab. Zum ersten Mal seit Wochen schlief ich zwischen weichen Laken und holte alles nach, was ich in den Bergen hatte missen müssen. Diesmal versteckte ich die Lanze nicht im Stall, sondern schob sie zwischen Dachbalken und Schindeln. Ich beschloss, einige Tage hier zu bleiben, das schöne Wetter zu genießen und wieder zu Kräften zu kommen, um die Reise gestärkt fortsetzen zu können. Das Reiten strengte mich mehr an als früher, meine Jugend hatte ich ja damals schon hinter mir.

Als ich an diesem Morgen zum Marktplatz ging, hörte ich eine Stimme, die nach mir rief. Ich sah mich um und erblickte genau die Person, der ich nicht begegnen wollte: Heinrich, den Herzog von Bayern.

Er kam mit einer Gruppe von Adligen und natürlich mit seiner Leibwache auf mich zu.
»Was für eine angenehme Überraschung!«, sagte er und umarmte mich. »Kommt mit zu meiner Burg! Dort können wir uns unterhalten.«
»Eigentlich, edler Herr, hatte ich vor, zur Kirche zu gehen«, sagte ich. Aber Heinrich lachte nur. »Dieser Hroswith, immer voller Späße!« Er blickte vielsagend auf die Adligen, die mitlachten. »Wenn sich jemand nie in der Kirche sehen lässt, dann ist es Hroswith! Ich glaube, er ist so ungläubig, wie man überhaupt nur sein kann …« Daraufhin entstand eine unheimliche Stille.
»Nun gut«, sagte ich schließlich, »es ist bekannt, dass Herzog Heinrich ein großer Kenner und Liebhaber guter Weine ist, davon würde ich gern einmal kosten.«
Die Stille wurde bedrückender, die Umstehenden hielten den Atem an. Heinrich, wenn auch ein kluger Herrscher und Stratege, war weithin als gewaltiger Säufer verschrien.
Nach einiger Zeit brach der Herzog in Lachen aus, in das die Adligen erleichtert einfielen.
»Kommt also mit, alter Mann!«, sagte er und hielt meine Schulter in einem eisernen Griff.
Alter Mann? Er mochte zwar ein Studienkollege meines Sohnes Meinwerk sein, ging aber schon auf die dreißig zu, während ich zu diesem Zeitpunkt vielleicht ein Jahrzehnt älter war. Ich fühlte mich beleidigt, ließ es mir aber nicht anmerken.

Aber wir tranken an diesem Tag nicht zusammen. Heinrich nahm mich mit zu seiner Burg. Dort schickte er sein Gefolge weg und ging mit mir über eine Wendeltreppe zu einem Turmzimmer. Es war ein Taubenschlag mit Hunderten in die Wände eingelassener Nester, in denen die Brieftauben nisteten. Heinrich führte mich stolz herum und sagte: »Hier bin ich am liebsten, wenn ich mich kurz von meinen Pflichten freimachen will. Während ich in Augsburg bin, versorge ich meine Tauben immer selbst. Schaut, diese sind

erst kürzlich flügge geworden, der Nestflaum steckt noch unter den Federn.«
Ich bewunderte die aufgeplusterten Köpfe und fragte mich, was das alles solle. »Hroswith, habt Ihr schon einmal von Heinrich dem Vogler gehört?«, fragte Heinrich, während er einen Kotkratzer nahm und begann, die Nester zu reinigen.
»War das nicht …«
»Kaiser Heinrich der Vogler war mein Urgroßvater und der meines Vetters, unseres geliebten Kaisers Otto.« Er hörte auf zu kratzen und rechnete mir mit den Fingern vor. »Heinrich des Voglers Sohn war Otto der Große, ihm folgte Otto II., der mit der Kaiserin Theophanu verheiratet war, die Frau, die meinem Vater so oft in die Quere kam. Ihr Sohn war unser gegenwärtiger Kaiser. Mein Großvater war Heinrich, der zweite Herzog von Bayern. Mein Vater war der dritte. Beide stammen wir also vom großen Widukind ab.«
»Ich weiß«, sagte ich, aber er war noch nicht fertig.
»Mein Vater Heinrich, genannt der Zänker, hat mir vor fünf Jahren auf dem Sterbebett das Versprechen abgenommen, niemals gegen meinen Kaiser die Waffen zu erheben, wie er selbst es fast ein Vierteljahrhundert lang getan hat. Ich habe mich daran gehalten, auch als mich im letzten Jahr viele Fürsten baten, mich an die Spitze einer Verschwörung zu stellen, um der Herrschaft des verwirrten Jungen ein Ende zu machen. Otto wäre in einem Kloster besser aufgehoben gewesen. Für mich als einen Mann von Ehre ist ein Versprechen heilig. Als aber vor etwa zwei Wochen eine meiner Brieftauben mit der Nachricht vom Tod des Kaisers eintraf, wusste ich, dass jetzt endlich meine Stunde gekommen war. Ich soll bekommen, was mir zusteht und was man meinem Vater all die Jahre vorenthalten hat: den deutschen Thron.«
Wie dumm war ich gewesen! Während der ganzen Zeit, in der ich über die Alpen zog, hatte Heinrich es schon gewusst. Als einer der mächtigsten Männer und als Befehlshaber des Heeres stand er in ständigem Kontakt mit Italien. Die letzte Partie von Brieftauben

war noch Anfang Januar mit dem nach Süden ziehenden Heer abgegangen und über verschiedene Schläge in Innsbruck, Pavia, Sankt Gallen, Verona und Ravenna verteilt worden.

»Im Unterschied zu meinem Vetter«, bemerkte Heinrich spottend, »habe ich die Liebhaberei meines Urgroßvaters, des Finklers, in Ehren gehalten und immer gewusst, dass sie mir eines Tages noch einmal von Nutzen sein würde. Denn, Hroswith« – er ergriff mich plötzlich bei den Schultern und sah mich durchdringend an –, »ich habe mir überlegt: Was würde ein kluger Mann jetzt tun, wenn er ein großes Heer sicher nach Hause bringen müsste, quer durch feindliches Land, während auch noch die Gefahr besteht, dass sich die mitziehenden Fürsten schon unterwegs um die Macht stritten?«

»Das ist einfach«, sagte ich. »Ich würde auf der Stelle bei einer Versammlung der Großen des Reichs einen der Anwesenden zum König ausrufen, damit es einen Führer gibt, der das Heer nach Hause zurückführen kann.«

»Das würde dann aber jeder akzeptieren müssen«, sagte Heinrich lächelnd. »Die Großen des Reiches diesseits der Alpen stellen sich vielleicht ganz andere Kandidaten vor. Nein, Hroswith, das ist kein guter Plan.«

Er nahm wieder den Kotkratzer und machte ein Nest sauber, während er weiterredete. »Ich würde die kaiserlichen Insignien auf mehrere Kuriere verteilen, die in den Machtkampf nicht verwickelt sind, und die sollten dann in Deutschland an einem sicheren Ort auf weitere Instruktionen warten, bis zur großen Reichsversammlung, die die Großen des Reiches zweifellos nach dem Begräbnis abhalten werden.« Er drehte sich plötzlich zu mir um und hielt mir den metallenen Kratzer direkt vor die Nase. »Welche der Insignien führt Ihr mit Euch, Hroswith? Krone oder Zepter? Oder vielleicht die Lanze des Mauritius?«

Ich trat einen Schritt zurück. »Nichts von alledem, Herzog«, sagte ich. »Ich habe mich entschlossen, nach dem Tod des Kaisers nach Utrecht in die Niederlande zu gehen, denn ich habe Frau und Kinder lange nicht gesehen.«

»Ihr werdet sie noch länger nicht sehen«, sagte Heinrich drohend. Er kam näher und sagte: »Ich habe auf allen Wegen, die in die Alpen führen, Wachen aufstellen lassen. Meine Leute verfolgen dich schon, seit du in Bayern bist. Wenn meine Bediensteten, die in diesem Augenblick dein Zimmer durchsuchen, eine der Insignien finden, hat deine letzte Stunde geschlagen.«
Wir gingen nach unten, ich mit zitternden Knien. Ein Ritter meldete dem Herzog, dass man in meinem Zimmer nichts gefunden habe. Sie hätten auch noch die gesamte Herberge und die Ställe durchsucht, aber keine Spur der kaiserlichen Insignien entdeckt.
Heinrich sagte nun etwas freundlicher: »Ihr müsst verstehen, Hroswith, dies sind schwierige Zeiten. Ich bitte Euch deshalb auch, die Stadt nicht zu verlassen und mit mir auf den Leichenzug zu warten, der in einigen Wochen hier eintreffen wird.«

So wartete ich in der Herberge. Die Tage vergingen. Ich trank mehr, als mir gut tat, und versuchte, nicht allzu viel darüber nachzusinnen, was nun passieren würde.
Heinrich war also ein Kandidat für den Thron. In der Schenke machten andere Namen die Runde: Hermann von Schwaben und Markgraf Ekkehard galten als besonders aussichtsreich. Aber noch bevor der Leichenzug eintraf, starb der Markgraf bei einem Zweikampf.
Dann kam der Tag, da sich die Straßen mit Kriegsvolk und Gerüchten füllten. Der Zug mit dem toten Kaiser näherte sich. Ich hörte, dass Heinrich nicht weit von Augsburg den Zug aufgehalten hatte.
Nachdem er vor den ausgedünnten Reihen des Heeres eine Ansprache gehalten und den Mut und das Durchhaltevermögen der Krieger gelobt hatte, war er unter Tränen zum Sarg gewankt, vor dem er, kurz ins Gebet versunken, stehen blieb. Dann ergriff er Krone und Zepter, die auf dem Sarg lagen, legte sie zur Seite, öffnete den Deckel und küsste den nun schon mehr als sechs Wochen toten Kaiser – meiner Meinung nach nur, um den Sarg schnell nach

der Lanze zu durchsuchen. Als die nicht auftauchte, nahm Heinrich Erzbischof Heribert gefangen.
Heinrich sprach mit allen Anwesenden, um die Unterstützung für seine Kandidatur abzuschätzen, die allerdings nicht sehr groß war. Der Einzige, der ihm den Rücken stärkte, war der Bischof seiner Stadt Augsburg. Aber Heinrich verstand es, Heribert davon zu überzeugen, dass ihm die Lanze zustand. Er ließ den Erzbischof von Köln frei, nahm aber an seiner Stelle dessen Bruder Heinrich von Würzburg als Geisel.
»Wo ist der Erzbischof jetzt?«, fragte ich meinen Gewährsmann, denn ich wollte Heribert dringend sprechen, schließlich war er es, der mir zusammen mit Gerbert den Auftrag gegeben hatte.
»Er ist nach Köln gegangen, um die Lanze zu holen, damit Heinrich seinen Bruder freilässt.«

Ich ließ mich sofort bei Heinrich melden, der die Nacht in seiner Burg verbrachte. »Wenn Euch Erzbischof Heribert die Lanze verschafft, bitte ich Euch, meinen Hausarrest aufzuheben und mich mit dem Leichenzug mitreisen zu lassen«, sagte ich.
»Natürlich«, antwortete Heinrich. »Ich werde auch mitreisen, der Zug steht unter meinem Schutz.«
In dieser Nacht befestigte ich die Lanze wieder unter der Decke meines Lasttieres, und am Morgen, zwei Stunden bevor es hell wurde, gesellte ich mich unauffällig zu dem abrückenden Trauerzug, der gegen Ostern in Aachen eintreffen sollte. Ich trug meine Mönchskutte und zog die Kapuze über den Kopf, um keine unnötige Aufmerksamkeit zu erregen.
Unterwegs taten die Städte und Klöster ihr Bestes, um dem Zug ein würdiges Aussehen zu geben. Die vielen Überfälle hatten den Rittern und Soldaten ihr Äußerstes abverlangt, und was da in Augsburg angeritten gekommen war, erinnerte noch am ehesten an eine abgerissene Bande von Bettelmönchen.
Nun gingen wir in Schwarz, und Trommler in der Vorhut kündeten mit Stakkato die Ankunft des toten Augustus an. Ich ging nicht weit

hinter dem Sarg, aber ich denke, der Leichengeruch muss über dem ganzen Zug gehangen haben, denn die Ritter berichteten, dass der Gestank schon vor Verona schrecklich gewesen war. Bei Verona hatten die Angriffe Arduins aufgehört, erfuhr ich weiter. Dieser Verräter, dessen Leben der edelmütige Kaiser Otto noch vor drei Jahren geschont hatte, ließ sich in Pavia zum König von Norditalien krönen, wodurch die Halbinsel vom Römischen Kaiserreich abgetrennt worden war.

Ich hörte auch, dass die Gesandtschaft, die Otto nach Konstantinopel geschickt hatte, um eine purpurgeborene Braut für ihn zu werben, drei Wochen nach seinem Tod mit einer Prinzessin namens Zoe in Bari gelandet war. Sofort nach der Ankunft war die Todesnachricht eingetroffen, und die oströmische Gesandtschaft war sogleich wieder in See gestochen. Ottos Gesandter, Arnulf von Mailand, konnte sich dem Leichenzug erst in Worms anschließen.

An einem Mittag, wir hatten Worms schon passiert, kam der Zug plötzlich zum Stillstand. Das Gerücht verbreitete sich, dass Bischof Heribert aus Köln zurückgekehrt sei, mit der heiligen Lanze. Das nächste Gerücht verneinte das, und man hörte, dass Heinrich einen Wutanfall bekommen habe. Dann entstand ein neues Gerücht, das bald auf allen Lippen brannte: »Hroswith von Wikala hat die Mauritiuslanze.«

Wo war Hroswith von Wikala? Ich fand, nun sei es an der Zeit, alles aufzudecken, schließlich ging es mich ja nichts an. Ich griff von hinten unter mein Leitpferd, zog die Lanze heraus und gab Fulmen die Sporen, um mit aufgesteckter Lanze nach vorn zu galoppieren. Dort lenkte ich mein Pferd hinter das von Heribert und schlug die Kapuze zurück.

Heinrich war in der Nähe, und neben ihm ritten Meinwerk und Tammo. Auch Heriberts Bruder war zugegen wie auch Otto von Niederlothringen. Jeder starrte mich an, als hätte er einen Geist gesehen.

»Was ist los?«, fragte ich.

»Hroswith«, sagte Tammo, der noch immer aussah, als ruhe die ganze Welt auf seinen Schultern, »dein Haar ist ganz weiß geworden.«
Das stimmte. Jemand hielt mir einen geschliffenen Spiegel vor, und ich sah einen Mann, der dreißig Jahre älter aussah, als ich in Wirklichkeit war. Kein Wunder, dass Heinrich mich einen alten Mann genannt hatte. Es musste auf der Reise passiert sein.
Nun kam Heinrich nach vorn. »Gib mir die Lanze!«, sagte er gebieterisch. Aber ich hatte sie nun so lange beschützt, dass ich mich weigerte. Ich zog mein Ulfberth und sagte: »Der rechtmäßige Kaiser bekommt diese Lanze und sonst niemand!«
»Ich bin der rechtmäßige Thronfolger«, sagte Heinrich. »Hroswith, ich mag Euch, ich will Euch nicht töten.«
»Nein«, sagte ich und blickte Hilfe suchend zu Heribert. Niemand half mir. Die Großen des Reiches sahen einander unentschlossen an, denn es herrschte große Uneinigkeit über die Nachfolge.
Aber jetzt kam plötzlich Meinwerk nach vorn. Er dirigierte sein Pferd neben Fulmen und legte mir die Hand auf die Schulter. Er sagte leise: »Es ist in Ordnung, Vater. Gebt Heinrich die heilige Lanze!«
Ich sah ihn an, und er nickte. Dann reichte ich Heinrich die Lanze, und ein Seufzer erfasste die Menge um mich. Ich wendete und nahm meinen Platz im Zug wieder ein.
Weiter gibt es nicht viel zu berichten: Am Ostersonntag wurde Otto in der Aachener Pfalzkapelle begraben, im östlichen Umgang, unterhalb des Leichnams Karls des Großen. Und wie ich erwartet hatte, begannen von diesem Moment an die Streitigkeiten um die Nachfolge. Der Besitz der Insignien hatte zwar Gewicht, war aber nicht der einzige Faktor, der einen Kandidaten zum Herrscher machte. Erst im Juni wurde Heinrich gekrönt, nicht in Aachen, sondern in Mainz von Erzbischof Willigis.
Und ich? Ich ging nach Hause, denn mich ging das alles nichts mehr an. Meine Rolle in diesem Spiel war ausgespielt. Diese Geschichte war zu Ende.

62. Kapitel

In dem Bodo damit nicht einverstanden ist, und wie es Hroswith weiter ergeht

Ende?«, fragte Bodo. »Wieso ist die Geschichte zu Ende? Sehr vieles ist noch nicht klar.«

»Der Rest ist nicht von Bedeutung«, sagte ich.

»Aber du hast dein Leben nur bis zum vierzigsten Lebensjahr erzählt!«

Ich seufzte tief. »Das war mein Fluch, in meinem restlichen Leben passierte eigentlich nichts mehr.«

»Davon glaube ich kein Wort«, sagte Bodo. »Ich nehme an, du kamst nach Hause und hast dort die Frauen und Kinder angetroffen. Wie war es ihnen ergangen? Was passierte mit deinem Sohn Meinwerk? Hast du ihn wiedergesehen? Hat Gerbert wieder von sich hören lassen? Und Adela … Ich weiß, was ihr widerfahren ist, aber warst du daran beteiligt? Wie kannst du sagen, dass nichts mehr passiert ist? Das kann doch nicht wahr sein!«

»Also, dann fast nichts. Es war nicht von Bedeutung. Ich mache Schluss.«

Bodo wurde böse, zum ersten Mal seit er sich um mich kümmerte sah ich, wie er rot wurde vor Zorn. »Wie steht es dann um die Widerlegung der Geschichten von Albertus?«, sagte er. »Damit hat doch alles angefangen.«

»Ich wollte nichts widerlegen, ich wollte etwas hinzufügen. Ich habe meine Geschichte erzählt. Die Sache mit Albertus spielt keine Rolle mehr. Ich könnte bestenfalls noch einiges weiter ausführen, was er schon besprochen hat.«

»Aber die Geschichte ist noch nicht vollständig.«

Ich schüttelte den Kopf. »Es ist genug, Bodo.«

»Dann bekommst du nichts mehr zu essen«, rief er.
Ich lachte ihn aus. Aber nachdem er zornerfüllt meine Zelle verlassen hatte, begann ich, wieder zu schaben, nicht weil Bodo wollte, dass ich weiterschrieb, sondern weil meine Aufzeichnungen in der Tat noch nicht zu Ende waren. Ich schabte diesmal alles weg, bis zum letzten Amen.

Am Ende eines langen, warmen Maitages erreichte ich endlich mein Zuhause. Zwei Jahre war ich fortgeblieben, nun war ich müde von all dem Reisen.
Ich machte mein Pferd Fulmen an einem Ring in der Mauer fest und drückte die Tür auf, die einen Spalt offen stand. Im Flur blieb ich kurz stehen, damit sich meine Augen an die Dunkelheit gewöhnten. Da kam ein kleiner Junge angerannt, gekleidet in einen grob gewebten Kittel, einen verbeulten Topf auf dem Kopf und ein Holzschwert in der Hand. Ich machte einen Schritt nach vorn, um ihn besser sehen zu können. »Hagen?«, fragte ich. Er machte einen Ausfall mit seinem Holzschwert, sodass ich unwillkürlich zurückwich. Jedenfalls wollte ich das, denn inzwischen hatte sich ein anderes Kind hinter meinen Füßen zusammengerollt, worauf ich strauchelte und hinfiel. Im nächsten Moment sprangen mich drei Kinder an, die mit ihren Holzschwertern wild auf mich eindroschen. Ich hatte große Mühe, sie abzuwehren, und schrie sie wütend und ärgerlich an. Mühsam entwaffnete ich sie und nahm sie ins Gebet.
»Wer bin ich?«, fragte ich.
»Ein Gauner«, sagte Bruno (oder Brand).
»Ein Gauner«, sagte Brand (oder Bruno).
»Ihr irrt euch«, sagte ich. »Hagen ist der Älteste, er weiß, wer ich bin.« Ich blickte ihn erwartungsvoll an. Er musste sich an seinen Vater erinnern, schließlich hatte ich im Winter vor zwei Jahren viel mit ihm gespielt.
»Ich weiß, wer du bist«, sagte Hagen. »Du bist ein schmieriger Gauner, der all unsere Sachen stehlen will, und wenn ich groß bin, dann hacke ich dich mit meinen Brüdern in Stücke.«

»Also drei Leute, um einen in Stücke zu hacken?«, fragte ich, erfreut über seine Sprachfertigkeit. »Schaffst du das nicht allein?«
»Nicht drei«, sagte Hagen und zählte an den Fingern: »Ich, Bruno, Brand, Sybert. Vier Brüder.«
»Vier?«, sagte ich. Das war neu. Also noch ein Kind.
»Und eine Schwester«, sagte Bruno (oder Brand).
»Hroswitha«, sagte Brand (oder Bruno).
In diesem Moment kamen Gisela und Teckla herein. Sie hatten im Innenhof in der Sonne gesessen, mit meinem jüngsten Sohn Sybert und meiner Tochter Hroswitha, beide fast anderthalb Jahre alt. Nun wurde das Wiedersehen doch noch so, wie erwartet.
»Die Jungen müssen noch lernen, wie man einen alten Vater behandelt«, sagte ich.
Und ich kann dir schon jetzt versichern, Bodo, sie haben es gelernt.

Es vergingen einige Jahre, in denen ich auf Nachricht von Gerbert wartete und mich mit dem Schreiben von Büchern beschäftigte. Ich rekonstruierte philosophische und mathematische Werke, die ich in Damaskus und Andalusien gelesen hatte, und schrieb auch ein umfassendes Buch über die Natur. Ich kann sagen, dass es noch ausführlicher war als das von Hrabanus und stärker auf Fakten basierte als die Fragmente, die ich von Aristoteles kannte. Ich schrieb ein Buch über Heilkunde, auch dies eine Zusammenstellung von Erkenntnissen, die ich im Lauf der Jahre in den Manuskripten verschiedener Schriftsteller gefunden hatte.
Die erste Nachricht von Gerbert, die ich schließlich etwa drei Jahre nach meiner Rückkehr erhielt, war die von seinem Tod. Er muss 1004 gestorben sein, weniger als anderthalb Jahre nach Kaiser Otto. Die Neuigkeiten erreichten mich nicht mehr so schnell wie früher. Diese hörte ich von einem Mönch, den ich auf dem Markt traf. Gerbert war der letzte Vertreter einer Menschenart, die inzwischen wohl gar nicht mehr geboren wird. Ich machte einfach weiter, als sei nichts passiert, aber im Laufe der Zeit verlor ich den Glauben an den Sinn meines Tuns.

Ich hörte auf zu schreiben und widmete mich dem Unterricht meiner Kinder. Meiner Meinung nach ist guter Unterricht genauso wichtig wie die Errichtung ausgedehnter Bibliotheken. Meine Kinder sollten mich einmal bei meiner Arbeit unterstützen können. Oft dachte ich an Otto, der wie auch Gerbert die weitere Geschichte, wie man inzwischen sieht, nicht wesentlich beeinflusst hat. Vielleicht werden die beiden noch eine Zeit lang in Legenden weiterleben, aber schließlich wird von ihrer Existenz nicht mehr bleiben als von Steinen, die man in einen See wirft und die dann Wellen bis zum fernsten Ufer erzeugen. Sind sie einmal auf den Grund gesunken, kommt das Wasser zur Ruhe, und es ist alles so, als hätte es sie nie gegeben.

Otto hatte nur zum Teil Recht gehabt, als er sagte, dass nur ein langes Leben jemandem die Möglichkeit gibt, Großes zu leisten. Mein Leben, so lang es auch gedauert hat, hatte noch weniger Sinn als das seine. Denn nach meinem Tod wird jemand dieses Buch finden und abermals abschaben, damit das Pergament wieder für etwas Nützliches dienlich ist. Dann wird sich niemand mehr an Hroswithus erinnern.

Im fünften Jahr nach meiner Rückkehr fuhren fast hundert kleine Drachenschiffe den Lek hinauf. Eine große Schar von Normannen sammelte sich vor den Mauern der Stadt. Sie riefen, dass sie nichts Böses im Sinn hätten, sondern nur Handel treiben wollten. Weil ich ihre Sprache konnte, musste ich ihre Verhandlungen mit den Stadtherren führen. Ich fragte den Anführer, wie es dem König gehe. Ich erfuhr, dass Svein schon vor einigen Jahren England erobert hatte, als Rache für das Blutbad, das König Aethelred der Ratlose unter den Dänen im Danelaw angerichtet hatte. Sveins Schwester war dabei umgekommen. Inzwischen war Svein auch König von Norwegen geworden.

Die Kaufleute von Utrecht, meine Frauen zählten inzwischen zu den erfolgreichsten, trauten meinen langen Gesprächen auf Dänisch nicht und fragten, wie ich es bewerkstelligen wolle, die Dänen

zu vertreiben, da doch unsere Truppen völlig unzureichend seien, um die Stadt zu verteidigen.
»Ich kann sie nicht vertreiben«, sagte ich. »Ich kann sie nur freundlich bitten abzuziehen.«
»Und wenn sie das nicht tun?«, fragte einer von ihnen.
»Dann steckt ihr einfach alle Lagerhäuser in Brand, dann ist nichts mehr zu holen«, sagte ich scherzhaft. Aber während ich den Kriegern vor den Mauern den Reichtum weit entfernter Städte ausmalte, die noch nie geplündert worden waren und jetzt mal an der Reihe seien, sah ich zu meinem Erstaunen, dass die Utrechter ihre ganze Stadt in Brand gesteckt hatten. Als die Dänen das bemerkten, rückten sie ab und lachten nur über so viel Dummheit.
Unser Haus war weg, aber die Kinder waren in Sicherheit. Alles, was ich geschrieben hatte, war verbrannt. Meine Frauen verloren an diesem Tag viel von ihrem Besitz. Ihre Handelsunternehmen wurden weit über unsere Gegenden hinaus geschätzt, aber im Niederstift wurden wir jetzt nicht mehr gern gesehen. Wir ließen uns auf einem meiner Höfe im Gau Leomerike nieder, wo ich weiterhin meine Kinder unterrichtete und neue Bücher schrieb.

»Und Adela?«, fragte Bodo, der wieder in meinen Nacken hustete. Er ging um mich herum und setzte sich mir gegenüber an den Tisch. Er trug einen Reisemantel und hatte einen großen Brotbeutel dabei.
»Was hast du vor?«, fragte ich.
»Ich habe nur auf das Ende deines Buches gewartet, Hroswith. Wenn du fertig bist, dann gehe ich.«
Ich verstand gar nichts. »Wohin gehst du, Bodo? Novizen gehen nicht mitten in der Nacht einfach auf Reisen.«
Er lachte. »Dieser hier schon, alter Mann! In ein paar Tagen ist mein Noviziat zu Ende, dann folgt die Profess. Aber je länger ich in deinem Buch lese, desto mehr plagt mich der Gedanke, dass ich nichts vom Leben weiß. Ich habe noch nie eine Frau gehabt, sogar gesehen habe ich Frauen nur aus großer Entfernung. Ich glaube, da draußen liegt eine große Welt vor mir, eine Welt, die entdeckt

werden muss. Dereinst will ich ein Heiliger werden, aber zuerst muss ich die Sünde kennen lernen. Ich bin noch nicht so weit, die ewigen Gelübde abzulegen.«

»Gut gesprochen, Junge!«, sagte ich. »Wohin gehst du?«

Er zuckte mit den Achseln. »Ich gehe in den Süden, nach Spanien, später vielleicht ins Kalifat. Mag sein, ich besuche das Heilige Land. Ich werde sehen, wohin der Weg mich führt.«

»Ich werde jetzt weiterschreiben, sonst wirst du noch vom Morgen überrascht.«

All die Jahre hörte ich Gerüchte und Nachrichten über Adela. Sie soll sogar den eigenen Sohn Bischof Diederik, einen ihrer Gegner im Machtkampf, ermordet haben.

Auch ein gewisser Graf Wichman, der – anders als sein Name vermuten lässt – nicht zu ihrer Sippe gehörte, wurde von einem ihrer Anhänger ermordet. Dieser Graf war in eine langwierige Fehde mit Balderik wegen der Nachfolge in der Präfektur verwickelt. Die Grafen waren von gleichem Rang, und beide erhoben Anspruch auf die Nachfolge.

Nach dem Tod Godfrieds im Jahre 1006 war die Präfektur an dessen Sohn, einen Schwächling, der ganz unter Wichmans Einfluss stand, übergegangen. Balderik, der in diesem Jahr, wie bereits berichtet, einen Sieg über die Normannen errang, war dies ein Dorn im Auge. Wichman seinerseits neidete Balderik dessen Ländereien in Lothringen. Er suchte dort Verbündete, um seinen Besitz am linken Rheinufer auszudehnen.

Balderik sah sich bedroht und vernichtete die Streitmacht Wichmans, sodass dieser sich auf die Burg Monterberg zurückziehen musste. Balderik ließ den Landstrich um diese schier uneinnehmbare Burg plündern. Zu dieser Zeit wurde Balderik noch vom Bischof Adelbold von Utrecht, Erzbischof Heribert von Köln und von Heinrich II., der da noch König war und erst 1014 zum Kaiser gekrönt wurde, unterstützt.

Der Streit um die Präfektur schleppte sich über zwölf Jahre hin.

Nachdem sich Wichman und Balderik auf Druck von Heinrich endlich versöhnt hatten, lud Wichmnn Balderik zu einem Festmahl ein. Danach begleitete er mit seinen Rittern Balderik nach Uplade. Dort angekommen lud Balderik seinerseits Wichman ein. Auch dieses Essen, bei dem Adela anwesend war, verlief in einer Atmosphäre von Freundschaft und Versöhnung.
Balderik begleitete seinen Rivalen danach noch ein Stück Wegs. Er ritt in der Nachhut und war mit einem von Wichmans Bundesgenossen ins Gespräch vertieft. Wichmans Ritter waren ein Stück vorausgeritten und sahen die zwei Reiter nicht, die plötzlich aus dem Wald stoben. Bevor jemand recht begriff, was geschah, lag Wichman blutüberströmt am Boden, die Täter waren verschwunden. Von allen Seiten kamen die Ritter angeritten, und Wichmans Leute beschuldigten Balderik, der unter Tränen alles von sich wies und, wie mir Augenzeugen später berichteten, ganz außer sich war.
Albertus hörte nicht auf, Adela zu beschuldigen. Sie habe hinter dem Rücken ihres Mannes den Mord an Wichman in Auftrag gegeben. Ich habe nie einen Beweis dafür gefunden. Natürlich war Albertus' Brötchengeber ein Bischof, der sich gegen das Grafenpaar verschworen hatte.
Nun gingen Eilboten zu Heinrich, der inzwischen Kaiser war. Heinrich befahl, Balderiks Besitzungen zu verwüsten und ihn gefangen zu nehmen. Balderik versuchte nun, überall Unterstützung zu finden, was ihm aber nur zum Teil gelang. Adelbold ließ ihm ausrichten, dass er ihm nur helfen werde, wenn er sich zum Kaiser begebe und den unumstößlichen Beweis seiner Unschuld liefere. Heribert von Köln unterstützte Adela und Balderik dagegen weiterhin. Balderik blieb nun keine Wahl, als seine Getreuen zusammenzurufen und seinen Besitz zu verteidigen.

Und so geschah es, dass mich im Winter dieses Jahres, dem vierzehnten von Heinrichs Regentschaft, zwei Soldaten besuchten, die mich, genau wie achtzehn Jahre zuvor, baten, mitzukommen zur

Pfalz, da der Kaiser meine Mitwirkung bei einer dringenden Angelegenheit verlange.
Nimwegen hatte diesmal nichts Festliches, es herrschte eine grimmige Stimmung. Ritter und Soldaten drängten sich hastig durch die engen Gässchen, und obwohl Heinrich anwesend war, konnte er mich nicht persönlich empfangen. Ich war nicht traurig darüber. Ich meldete mich bei dem Seneschall, der mich, über meinen Besuch schon im Bilde, direkt zu Meinwerk brachte. Mein Sohn umarmte mich. »Ihr seid alt geworden, Hroswith«, sagte er. »Seid doch so gut und nehmt mit mir eine einfache Mahlzeit ein, dann können wir uns über die ernste Lage in Uplade unterhalten.«
Ich setzte mich und sagte: »Ich bin nicht ganz auf dem neuesten Stand, Ihr müsst mir helfen!«
Und so erfuhr ich von den Auseinandersetzungen und Morden. Uplade wurde belagert, und es sah nicht so aus, dass dieser Kampf schnell vorbei sein würde. Schließlich war die Festung schwer zu nehmen, wegen der Mauern aus Stein und weil die Burg auf einen steilen Hügel gebaut war.
»Ihr müsst sie umstimmen, Hroswith«, sagte Meinwerk. »Ihr seid immer gut mit meiner Mutter und diesem Mann klargekommen. Sie werden von Euch keinen Verrat fürchten, weil Ihr von der ganzen Angelegenheit nicht betroffen seid.«
»Das bin ich durchaus«, sagte ich, nachdem ich einen Happen gekochten Dinkel hinuntergeschluckt hatte. Mindestens zwei meiner Höfe im Gau Leomerike waren in den letzten Jahren von Balderiks Verbündeten niedergebrannt worden. Aber Meinwerk hatte nicht gehört, was ich gesagt hatte.
»Die Zeiten haben sich geändert, Hroswith«, sagte er. »Meine Mutter führt Nachhutgefechte. Ihr werdet zu ihrer Verteidigung sicherlich jahrhundertealte Gesetze anführen, aber die Zeit der großen Adelsgeschlechter ist vorbei. Die Imedinger, Brunharinger, Ansfrieds, sie werden alle wegen ihre Streitigkeiten untereinander untergehen.«
»Ich habe nicht vor, mich in dieser Sache einzumischen«, erklärte

ich. »Ich habe Adela fast zwanzig Jahre nicht mehr gesehen, und wie ich hörte, ist sie nicht mehr die Adela, die ich früher kannte.«
»Und die taugte auch schon nicht viel«, sagte Meinwerk. »Meine Mutter war schon immer eine Hure und Ehebrecherin.«
»Und Ihr wollt, dass ich deshalb an ihrem Untergang mitwirke?«
Meinwerk schüttelte den Kopf: »Im Gegenteil, ich werde ihr Leben retten. Ich habe noch immer ein gutes Verhältnis zum Kaiser, der, Ihr wisst, einer meiner Studienkollegen in Hildesheim war. Adela wird nicht zur Rechenschaft gezogen, aber sie verliert all ihre Besitzungen. Sie sollte ihre letzten Jahre besser in einem Kloster verbringen. Balderik wird sich auf dem nächsten Reichstag verantworten müssen.«
»Und Euer Halbbruder Diederik? Hat sie ihn wirklich ermordet?«, fragte ich.
Er ignorierte den ›Halbbruder‹ und sagte: »Die Umstände seines Todes liegen im Dunkeln. Er war zwar einer ihrer schlimmsten Feinde, aber ich kann mir nicht vorstellen, dass sie wirklich den Auftrag gegeben hat, ihren eigenen Sohn umzubringen.« Er sah kurz in seine Schüssel mit Dinkel, den er noch gar nicht angerührt hatte, dann stand er plötzlich auf und verabschiedete sich mit einem Kopfnicken.

So brachte mich eine Eskorte an einem klaren Abend an den Rand der Heideflächen vor Uplade. Ich sah Zeltlager, in denen Soldaten herumstapften, um die Kälte nicht zu spüren, oder über Holzfeuern Fleisch brieten. Der ganze Wald, der einst die Feste umgab, war abgeholzt, die wenigen Höfe, an die ich mich erinnerte, waren verschwunden; sie mussten schon vor langer Zeit niedergebrannt und das Gelände dann zugewuchert sein.
Noch vor Einbruch der Dunkelheit stand ich am Schlossgraben und rief hinauf. Ich erkannte lange Reihen von Soldaten, die unbeweglich stehen blieben. Es schien, als ob niemand mich hörte. Wieder rief ich: »Balderik, Adela! Zeigt euch!«
Nun erschien plötzlich Adela auf den Zinnen. Sie trug einen Helm, den sie festhalten musste, weil er herunterzufallen drohte, als sie

sich hinunterbeugte, um besser sehen zu können, wer da rief. »Wer ist der Verrückte, der da so schreit?«, rief sie herunter.
»Ich bin es, Hroswith von Wikala.«
Sie beugte sich weiter nach vorn, um noch besser sehen zu können, dann rief sie: »Ich kenne Hroswith von Wikala, der ist ein schöner Jungbulle und nicht der Mann, der da steht.«
»Ich bin alt geworden«, rief ich zurück. »Aber mit einem alten Bullen, das weiß jeder Bauer, lässt sich noch eine gute Zucht aufziehen.«
»Hroswith!«, rief sie vergnügt. »Ich wusste gar nicht, dass du noch lebst.«
Nachdem sie mich erkannt hatte, und ich kein kochendes Blei mehr fürchten musste, konnte ich mich mit einer flachen Schute, die dort vertäut war, hinüberstaken. Unter mir zerbrach das dünne Eis, das sich auf dem Wasser gebildet hatte. Soldaten ließen ein Tau mit einer großen Schlinge am Ende herunter und forderten mich auf, mich festzuhalten. Dann zogen sie mich schnell hinauf und brachten mich im Innern wieder nach unten, wo die Burgherrin mich erwartete.
Nach der Umarmung sahen wir einander lachend an. Das letzte Mal, als wir uns gesehen hatten, waren wir noch jung gewesen. Nun, nachdem Adela den Helm abgesetzt hatte, erkannte ich ihr graues Haar und die Falten in ihrem Gesicht. Sie nahm mich bei der Hand und wollte mich zu den Wohngebäuden ziehen, aber ich blieb stehen und sah mich um in der Burg, in der ich vor fünfundvierzig Jahren gelebt hatte. Es gab neue Gebäude, und die Schmiede, wo ich das Handwerk gelernt hatte, war verschwunden.
»Wo ist Balderik?«, fragte ich.
Ihr Gesicht verzog sich. »Der Feigling ist mit einigen seiner Männer abgehauen, als wir mitbekamen, dass unsere Feinde ihre Truppen in der Nähe zusammenziehen«, sagte sie »Ich denke, dass er in Köln ist, dort werden sie ihm wohl Unterschlupf bieten.«
»Ich bin hier mit einer Botschaft des Kaisers«, sagte ich und erzählte ihr, was man mir aufgetragen hatte. Sie lachte höhnisch.

»Natürlich bekomme ich freien Abzug«, rief sie. »Glaubst du, der Schurke Heinrich wagt es, mich zu bestrafen? Er ist der gleiche Schwächling wie sein Vater. Ich weiß noch, wie die Kaiserin Theophanu den alten Säufer in die Knie gezwungen hat.«
»Im Unterschied zu seinem Vater ist Heinrich aber tatsächlich Kaiser«, merkte ich an. Ich schaute mich um, und mir fiel auf, dass es nur wenige Soldaten gab. Dann sah ich nach oben auf die Mauerumgänge und stellte fest, dass die unbeweglichen Soldaten in Wirklichkeit mit Helmen drapierte Strohpuppen waren, auch Frauen und Kinder trugen Helme, Männer gab es fast keine mehr.
»Wir haben nicht viele gefunden, die uns verteidigen können«, sagte Adela, die meinen Blicken gefolgt war, traurig. »Ich werde mich ergeben müssen.« Sie drückte sich an mich und legte ihren Kopf auf meine Schulter. »Geh mit mir zum Kaiser, Hroswith! Verteidige mich noch einmal, denn ich bin unschuldig und will nur meine Domänen gut verwalten.«
»Ich habe gehört, dass deine Domänen schon seit Jahren brachliegen und dass die Höfe und Felder von den Kämpfen verwüstet sind. Und was ist mit den Morden?«, fragte ich.
Sie zeigte Richtung Westen. »Kennst du den Galgenhügel noch? Dort kannst du die Kadaver der Mörder wahrscheinlich noch finden. Nach langen Folterungen haben sie ausgesagt, dass sie es für Gold getan haben. Es waren gewöhnliche Räuber, und ich habe sie bestrafen lassen.«
Ich fühlte mich unbehaglich und wollte so schnell wie möglich weg. »Du solltest froh sein, dass man dir freien Abzug gewährt«, sagte ich. »Ich möchte mit der ganzen Sache wirklich nichts mehr zu tun haben, ich gehe nach Hause.«
Adela ergriff mich bei meiner Tunika und zog mich an sich. »Geh mit mir, du kannst mich jetzt nicht im Stich lassen!«, flüsterte sie in Panik. »Denk an früher, du bist mir das schuldig!«
Ich stieß sie weg, etwas heftiger als beabsichtigt. »Ich bin dir gar nichts schuldig, alte Hexe!«, sagte ich.
»Dann sei verflucht«, zischte sie und gab den Soldaten, die mich

kurz vorher hochgezogen hatten, ein Zeichen. »Godeschalk und Bodwin, der Greis geht denselben Weg zurück.«

Die beiden Soldaten schleiften mich in einen Turm, dann eine Treppe hinauf und setzten mich hoch über dem Graben auf den Rand der Schlossmauer. Der eine, ein magerer Kerl mit einem Fuchskopf, kam mit seinem Gesicht ganz nah heran und sagte: »Springst du selbst, oder müssen Bodwin und ich etwas nachhelfen?«

»Ich springe selbst«, sagte ich. Ich sah mich um und erkannte im Mondlicht die dunklen Umrisse der Zeltlager und Dutzende, ja Hunderte von Feuerstellen, die überall um uns herum brannten. »Ich weiß nicht, ob es die Hölle gibt«, sagte ich dann, »aber dass ihr schmoren werdet, steht fest.«

Nachdem ich das gesagt hatte, sprang ich so weit wie möglich hinaus, damit ich an der tiefsten Stelle des Grabens landen würde. Während ich fiel, nahm ich die Beine zwischen die Arme, und noch bevor ich ins Wasser tauchte, hörte ich das Gelächter der beiden Soldaten.

So ein Sturz ist schon heftig, wenn man über sechzig ist. Dennoch konnte ich, nachdem mich die Belagerer aus dem Wasser gezogen hatten, noch auf meinen Beinen stehen. Ich war wütend und verlangte nach meinem Pferd Fulmen. Inzwischen öffnete sich das Tor von Uplade, und die Zugbrücke wurde heruntergelassen, damit sich die Bewohner ergeben konnten.

»Wohin geht Ihr?«, fragte jemand.

»Ich gehe nach Hause«, sagte ich und wollte schon in den Sattel steigen, aber viele Hände halfen mir aus den Kleidern, und ich bekam eine Kutte zum Überziehen. Dann erst bestieg ich Fulmen. Als eine Gruppe von Büßern mit gesenktem Kopf über die Zugbrücke kam, gab ich meinem Pferd die Sporen. Ich wollte hier weg.

Ich ritt eine Zeit lang und bemerkte dann erst, dass ich mich auf dem falschen Weg befand. Ich kehrte um, orientierte mich an den Sternen und fand den richtigen Weg. In dieser Gegend war ich schon viele Jahre nicht mehr gewesen. Die Heideflächen gingen in Wald über, und als Fulmen auf dem dunklen Weg strauchelte, stieg ich ab und ging ein Stück neben meinem Pferd. Plötzlich hörte ich schnell näher kommendes Hufgetrappel. Ich verließ den Weg und band die Zügel an einen Ast, sodass man den Hengst vom Waldpfad aus nicht sehen konnte. Dann versteckte ich mich und wartete.

Kurze Zeit später erschien ein Reiter. Auch er war abgestiegen und ging nun zu Fuß. Ich musterte den Mann in der Dunkelheit, und als kurz das Mondlicht auf sein Gesicht fiel, erkannte ich den Soldaten mit dem Fuchskopf, der mich vorhin gezwungen hatte, von der Burgmauer zu springen. Adela hatte ihn Godeschalk genannt.

Ich zog mich weiter zurück. Der Mann beobachtete alles ganz genau, und ich zweifelte nicht daran, dass er mich suchte.

Als er vorüber war, beschloss ich, es mir im Moos gemütlich zu machen und den Tagesanbruch abzuwarten. Der Mann wäre dann weit vor mir, und ich könnte meinen Weg ungestört fortsetzen.

Aber als ich am nächsten Morgen nach einem kurzen Ritt den Wald verließ, sah ich, als ich über die Heidefläche blickte, den Mann, der mich verfolgt hatte. Er stand neben seinem Pferd auf einem kleinen Hügel und spähte in die Umgebung. Als er auf sein Pferd sprang, wusste ich, dass er mich gesehen hatte. Ich saß schon im Sattel und trieb Fulmen über die Heide. Ich gab meinem Pferd die Sporen, aber es war schon lange kein feuriger junger Hengst mehr, und ich spürte, dass Godeschalk mich einholte.

Plötzlich ging die Heide in eine trügerische Morastlandschaft über, und jeden Moment konnte mein Pferd wegsacken und in die Tiefe gezogen werden. Ich war froh, dass ich mich früher oft in solchen Gegenden herumgetrieben hatte, und manchmal kam mir sogar die eine oder andere Stelle bekannt vor. Aber dann hörte ich die Hufe von Godeschalks Pferd, und als ich mich umsah, erkannte ich, wie nahe er mir schon war. Ich konnte sogar das Messer erkennen, das er sich zwischen die Zähne geklemmt hatte.

Ich blickte wieder nach vorn und spornte Fulmen an, aber plötzlich, ohne zu wissen warum, zog ich die Zügel an und ließ das Pferd einen kleinen Umweg machen. Kurz darauf hörte ich lautes

Wiehern und sah, dass das Pferd meines Verfolgers gestürzt war. Godeschalk lag auf dem Boden. Als ich jedoch Fulmen zum Stehen brachte und mich noch einmal umschaute, rappelte der Mann sich schon auf, ergriff sein Messer und kam auf mich zugerannt. Er hatte noch keine drei Schritte getan, als er im Morast einsank, sofort bis an die Hüfte. Er sah mich mit seinen gelben Fuchsaugen an, die nun vor Angst weit aufgerissen waren, und rief dann: »Helft mir, Hroswith! Ich habe eine Botschaft von Frau Adela.«
Ich ging vorsichtig auf ihn zu und behielt die Umgebung genau im Blick. Ich wusste plötzlich, dass ich hier schon einmal gewesen war. Vor vielen Jahren war ich mit Adela diesen Weg gegangen, um mit ihr in dem Weiler Bruocgangdringe zu schlafen. Und hier, an derselben Stelle, war ich damals auch im Morast versunken.
»Wie lautet die Botschaft?«, fragte ich.
»Helft mir zuerst, Ihr könnt einen Christenmenschen doch hier nicht einfach ohne Hilfe lassen!«, rief er.
Ich bog einen langen Ast in seine Richtung, sodass er ihn zu fassen bekam. »Jetzt kannst du dich selbst herausziehen«, sagte ich.
Er grinste und zog sich mit dem linken Arm an dem Ast hoch. Gleichzeitig warf er mit dem rechten das Messer mit ganzer Kraft in meine Richtung. Ich versuchte, mich zu ducken, konnte aber nicht verhindern, dass es mich tief an der Seite traf. Zum Glück war es nur eine Fleischwunde.
Ich zog mein Ulfberth aus der Scheide, die an meinem Sattel hing, und ergriff den Ast, an den Godeschalk sich noch immer klammerte und an dem er sich jetzt mit beiden Händen hochzog, um sich aus dem Sog des Morasts zu befreien.
»Weißt du, was das ist, Godeschalk?«, fragte ich. »Das ist ein Ulfberth, ein echtes. Mein Vater hat es geschmiedet. Du glaubst gar nicht, wie scharf ein legendäres Schwert sein kann.«
Godeschalk riss die Augen weit auf und brachte einen gequälten Laut hervor. Ich sah, wie seine Handgelenke weiß wurden, und indem ich mich ebenfalls an dem Ast festhielt, lehnte ich mich weit vor und hieb Godeschalks Hände knapp über dem Puls ab. Zu

meiner Überraschung und zu meinem Entsetzen umklammerten die Hände den zurückschnellenden Ast noch immer ganz fest.
Ich wollte gehen, überlegte es mir aber noch einmal und durchschnitt Godeschalks Pferd, das noch immer mit gebrochenem Bein dalag, die Kehle. Während ich mein Schwert mit einem Grasbüschel säuberte, sagte ich zu dem schreienden Mann, der nun rasch wegsackte: »Du solltest, wenn du daran glaubst, besser die Sterbegebete aufsagen.«
Als das Röcheln allmählich verstummte, setzte ich meinen Fuß in den Steigbügel und schwang mich in den Sattel. Ich erhob meine Hand und grüßte die gelben Fuchsaugen, die gerade noch aus dem Morast herausschauten.

Meinen Sohn Meinwerk: Den sah ich nie wieder. Sein ganzes Leben hat er, der schließlich ein Heiliger geworden ist, der Buße für die Sünden seiner Mutter geweiht, die in diesem Jahr verbannt wurde. Ihre ausgedehnten Besitzungen wurden größtenteils dem Bistum Paderborn übereignet, in dem, wie man weiß, Meinwerk Bischof war.

»Und wie bist du hierher gekommen?«, fragte Bodo.

Das kam so: Meine Söhne, die mir schon, als Hagen etwa zwölf Jahre alt war, einmal das Pferd stahlen, um sich zu viert auf seinem Rücken nach Köln aufzumachen, schlugen einen anderen Lebensweg ein, als ich erwartet hatte: Hagen, Bruno und Brand wurden Bischöfe, nicht aus weltlichen Erwägungen, sondern aus Berufung. Sybert wurde Abt eines Klosters nahe dem Gehöft, das ich im Gau Leomerike bewohnte. Viele Jahre, bis zu seinem Tod im Jahre 1026, verbrachte ich eine Menge Zeit in seinem Kloster, das eine ganz ordentliche Bibliothek hatte, aber einen noch größeren Ruf auf dem Gebiet des Bierbrauens. Ich bekam von Sybert die Möglichkeit, neue Braumethoden auszuprobieren, und war über einige Jahre hinweg für die gesamte Brauerei verantwortlich. Dort hat mich dann Albertus aufgesucht und die Geschichte meines Lebens erfahren.

Gisela und Teckla starben innerhalb eines Monats, und zwar in dem Jahr, als Hagen dreißig wurde. Hroswitha hatte sich schon Jahre zuvor von ihrem Geliebten, einem Friesen, den ich vor die Tür gesetzt hatte, entführen lassen. Wir sahen sie niemals wieder.
Nach Tecklas Begräbnis sah ich meine Söhne jahrelang nicht. Eines Tages kamen die drei, die noch lebten, zu dem Hof, den ich bewohnte. Es war eines der größten Gehöfte, die mir Otto überschrieben hatte. Die Anstrengungen meiner Frauen hatten den Besitz inzwischen um dieselbe Anzahl von Gehöften und eine Reihe von Handelsniederlassungen entlang des Rheins vergrößert.
Hagen ergriff das Wort. »Vater«, sagte er, »wir haben uns jahrelang Eure Erzählungen angehört, und jetzt sind wir der Meinung, dass es Zeit wird, dass jemand für Euch sorgt. Als Mutter und Tante Teckla noch lebten, war alles kein Problem, aber sie sind nicht mehr da. Wir glauben nicht, dass Ihr hier allein bleiben könnt, auch nicht mit den Hörigen. Seit Eurer frühesten Jugend hörtet Ihr schon Stimmen, und auch hier macht Ihr nichts anderes, als bei Kerzenschein Pergament auf Pergament mit heidnischem, gottlosem Unsinn zu füllen. Bisher konnte Sybert noch ein Auge auf Euch haben, aber da er jetzt nicht mehr da ist, müssen wir eine andere Lösung finden.«
Sosehr ich auch protestierte, sie brachten mich in dieses Kloster, weit weg von meinen Gehöften, und zahlten dem Abt eine schöne Summe, damit ich bis zum Ende meines Lebens versorgt wäre. Seitdem sind schon drei Äbte gestorben. Wenn sie gewusst hätten, wie lange das dauern würde? Meine Bücher sind wahrscheinlich verbrannt, mein Ulfberth habe ich nie wiedergesehen. Wurde es zu einer Pflugschar eingeschmolzen?
Das war also schließlich der Fluch, der über meinem Leben lag: Jeder Tag glich nun dem anderen, über dreißig Jahre habe ich mich in diesem Narrenflügel gelangweilt, obwohl ich im Laufe der Jahre

immer mehr Freiheiten bekam. Ich durfte auch in die Bibliothek, fand jedoch dort nichts von Bedeutung. Es gab kein Buch, das ich nicht schon kannte. Ich hätte weglaufen können, aber dazu war ich schon zu alt. Ich döste an meinem Ofen und träumte von vergangenen Zeiten. Jahrelang rührte ich kein Buch mehr an. Bis du mir eines Tages diese Bibel gebracht hast, Bodo. Ich glaube, dass du sie aus Versehen hast liegen lassen.

Bodo unterbrach mich: »Ich brachte sie dir, damit du etwas zu lesen hast. Ich konnte nicht wissen, dass du sie auswendig kennst.«
Ich sah nach draußen. »So wie sie jetzt ist, abgeschabt und neu gefüllt, ist sie mir das liebste Buch überhaupt. Aber du musst gehen, Junge, ich sehe im Osten schon das erste Anzeichen des Morgenrots.«
Er schüttelte den Kopf. »Es ist nur das falsche Morgenrot, alter Mann. Ich habe noch eine letzte Frage, denn du hast das Wichtigste vergessen.«
Ich nickte. »Du willst wissen, was aus der kaiserliche Bibliothek geworden ist. Einige Jahre vor seinem Tod im Jahre 1021 sprach ich darüber mit Heribert von Köln, der nach Ottos Tod noch einige Male in Rom gewesen war. Heribert erzählte, dass er im Winter 1014 in Deutschland einen Mönch namens Thiatbald getroffen habe, der die Leitung einer umfassenden Klosterbücherei mit dazu gehörigem Skriptorium innehatte. Später soll er sogar Abt geworden sein. Heribert, der schon früh Probleme mit Altersplagen wie Gedächtnisverlust hatte, konnte sich nicht mehr erinnern, wie das Kloster hieß. Aber er wusste noch, dass es in der Gegend von Bamberg lag und dass sie dort die Regeln der Cluniazenser strikt befolgten. Thiatbald sei durch seine Strenge aufgefallen.«
»Das klingt nicht nach deinem Thiatbald«, meinte Bodo.
»Nein, der war ganz anders. Aber ich habe in meinem Leben viele Menschen gesehen, die sich völlig verändert haben.«
»Bist du nicht lebenssatt?«, wollte der ehemalige Novize von mir wissen.

»Überhaupt nicht, wenn meine Beine mich tragen würden, ginge ich mit dir«, war meine Antwort.
Wir mussten beide lachen. Dann sagte Bodo: »Ich muss gehen, ich will weit weg sein, wenn sie meine Abwesenheit entdecken.«
»Lass es ruhig angehen! Mach dir klar, dass du immer nur ein Gefangener deiner eigenen Gewohnheiten bist«, sagte ich, denn Bodo kannte nichts anderes als die festen Regeln des Klosters.
Wir nahmen Abschied. Als er weg war, vergoss ich meine letzten Tränen. Ich hatte den Jungen wirklich lieb gewonnen.

Epilog

In dem Hroswith eine Wette mit einem mageren Mann eingeht

⚜

Totenstille herrschte darauf in der Zelle. Das letzte Blatt meiner Bibel ist fast voll. Ich schabe langsam die vier Minuskeln des abschließenden *amen* weg, höre ein unbestimmtes Geräusch und blicke auf.

»Bist du es?«, frage ich die Gestalt, die mir gegenübersitzt, den mageren Mann in seinem schwarzen Mantel mit der dunklen Kapuze.

Aber er antwortet nicht. Nun erkenne ich ein Grinsen im Schatten der Kapuze, ein Grinsen, das sich aufrollt wie die Spitzen arabischer Pantoffeln.

»Erzähl mal!«, sage ich, während ich die Schabreste mit meinem Ärmel wegfege. »Wie wird es sein: ein Himmel mit weiß gefiederten Cherubinen, ein Garten voll ewig bezaubernder Jungfrauen oder eine Walhalla mit Met und dröhnenden Heldenliedern?«

»Nichts davon«, sagt er. »Zunächst einmal werden wir ein gutes Glas an einem Ort trinken, wo uns zeitlose Schönheiten Gesellschaft leisten.«

»Das klingt gut«, stimme ich ihm bei. »Aber gibt es dort auch Bücher?«

»Natürlich gibt es dort Bücher«, sagt der dunkle Mann. »Und viel mehr, als du lesen kannst.«

»Wollen wir wetten?«, frage ich. »Gib mir noch einen Augenblick, dieses Geständnis zu beenden, dann komme ich mit.«

Danksagung

Die Namen vieler Leute, die mir geholfen haben, sind mir entfallen. Vor acht, neun Jahren stand ich mit ihnen über das Internet in Kontakt, ohne dass ich überhaupt daran dachte, dieses Buch zu veröffentlichen. Ich habe mit einem Schwertschmied aus den USA korrespondiert, einem Danelaw-Spezialisten aus England und einem Geschichtsprofessor aus Norwegen. Zu Beginn der neunziger Jahre bekam man noch eine begeisterte Antwort, wenn man jemandem eine E-Mail-Nachricht zukommen ließ, diese Zeiten sind leider vorbei.

Als ich mit *Das Geständnis des Mönchs* begann, gab es nur wenige Publikationen über die Zeit von Otto und Gerbert, das hat sich in den letzten Jahren geändert. Vor einem halben Jahr entdeckte ich das sehr informative Buch von Ton van Doorn *Apocalypse toen! Een geschiedenis van het jaar 1000* (De Walburg Pers 1997). Dieser Band hat mir geholfen, einige Dinge zu klären, über die ich schon länger nachgrübelte.

Mein besonderer Dank gilt meinem Freund Hafid Bouazza, den Schriftsteller, auf den folgende Verse des Archipoeta zutreffen:

poculis accenditur animi lucerna,
cor imbutum nectare volat ad superma.
mihi sapit dulcius vinum de taberna,
quam quod aqua miscuit praesulis pincerma.

loca vitant publica quidam poetarum
et secretas eligunt sedes latebrarum,
student, instant, vigilant nec laborant parum
et vix tandem reddere possunt opus clarum.

Als ich vor Jahren zu den Kapiteln vorgedrungen war, in denen Araber in der Geschichte auftauchen, bekam ich Hafid Bouazzas herrliche Übersetzung einer Sammlung klassischer Schelmenge-

schichten, den *Maqamaat,* in die Hand. Ich beschloss, den Verfasser Badi Azzaman-al-Hammadani und seine Protagonisten als Figuren in mein Buch aufzunehmen.
Hafid war und ist ein unerschöpflicher Brunnen von Informationen und Erzählungen über die arabische Sprache sowie die Geschichte und die Bräuche des arabischen Volkes. Ich lernte zahllose Wörter kennen, die es im Niederländischen nicht gibt, die bizarrsten Etymologien und orientalischen Mythen, die ich gar nicht wiedergeben möchte.
Weiter gilt mein Dank Freunden und Familienangehörigen, die mein Manuskript in den unterschiedlichen Stadien gelesen und kommentiert haben, und allen, die mir in Details weiterhalfen, einen Kasus hier, einen Buchtitel da, und ihre Beiträge für zu gering erachteten, um namentlich genannt zu werden. Aber gerade diese Details sind es, die mir so wichtig sind.

Adela, die in die Geschichte als »die Böse« eingegangen ist, ihre Schwester Liutgardis und Graf Balderik sind ausführlich von Albert von Metz, dem ersten niederländischen Geschichtsschreiber, der um die Jahrtausendwende lebte, beschrieben worden. Seine Schrift *De diversitate temporum* (Übersetzung von Hans van Rij, Verlag Verloren, Hilversum 1980), die er um 1022 aufgezeichnet hat, ist kürzlich nachgedruckt worden und eine Lektüre wert. Aber schließlich waren die besten Quellen die *Monumenta Germaniae Historica* und die Regestenbücher der sächsischen Kaiser, in denen alle Urkunden verzeichnet sind, sodass man fast von Tag zu Tag das Itinerar der Kaiser verfolgen kann.
Die meisten Figuren aus *Das Geständnis des Mönchs* haben wirklich gelebt. Die Figur des Abu al-Fath al-Iskandari stammt, wie gesagt, aus dem *Maquaat* des arabischen Schriftstellers des zehnten Jahrhunderts, Badi Azzaman al-Hammadani.
Ekkehard, der junge Mönch, der Hroswith bei seiner Arbeit geholfen hat, ist derjenige, der als Ekkehard IV. bekannt geworden ist. Sein Lehrer in Sankt Gallen war Notker Labeo.

Die Teufelsbeschwörung, die der Priester von Wikala ausspricht, habe ich dem von Heinz Metke herausgegebenen Titel *Älteste deutsche Dichtung und Prosa* (Reclam 1979) entnommen. Das Fragment aus Notkers Boethius-Übersetzung stammt aus Wilhelm Braunes *Althochdeutschem Lesebuch* (Max Niemeyer Verlag, Halle a. S. 1921). Die Bibelübersetzungen stammen aus der Übersetzung der Niederländischen Bibelgesellschaft.
Die Geschichte vom Abt und den ertrinkenden Mönchen, die Hroswith der Klausnerin Flavia erzählt, habe ich einem der Bücher des Bhagwan Shree Rajneesh entnommen. Ich weiß nicht, ob er ein Erleuchteter war, aber er war sicher ein großer Geschichtenerzähler.
Die Parabel von den drei Schuldnern, die einen Dirham weitergeben, habe ich als Kind in einem Band von C. Wilkeshuis gelesen.
Für Erbsenzähler: Das Wort *zephirum* ist, soweit man es ermitteln konnte, erst im dreizehnten Jahrhundert von Leonardo von Pisa, genannt Fibonacci, eingeführt worden. Leonardo fand dieses Wort in einem jahrhundertealten, verstaubten Manuskript in der Bibliothek eines verstorbenen Freundes. Es ist gut möglich, dass es sich hierbei um die *Historia* des Hroswithus von Wikala gehandelt hat. *Zephirum* leitet sich übrigens vom arabischen Wort *sefr* ab, das null bedeutet.